脉

庄深 著

作家出版社

图书在版编目（CIP）数据

脉 / 庄深著 .—北京：作家出版社，2024.1
ISBN 978-7-5212-2604-1

Ⅰ . ①脉…　Ⅱ . ①庄…　Ⅲ . ①长篇小说—中国—当代
Ⅳ . ① I247.5

中国国家版本馆 CIP 数据核字（2023）第 227283 号

脉

作　　者：庄　深
责任编辑：朱莲莲
装帧设计：张子林
出版发行：作家出版社有限公司
社　　址：北京农展馆南里 10 号　　　邮　　编：100125
电话传真：86-10-65067186（发行中心及邮购部）
86-10-65004079（总编室）
E-mail:zuojia @ zuojia.net.cn
http://www.zuojiachubanshe.com
印　　刷：唐山玺诚印务有限公司
成品尺寸：170×240
字　　数：688 千
印　　张：42.25
版　　次：2024 年 1 月第 1 版
印　　次：2024 年 1 月第 1 次印刷
ISBN　978-7-5212-2604-1
定　　价：108.00 元

一幅清明上河图式的历史画卷

杨剑龙

倘若以绘画作喻，庄深先生的新作《脉》是一幅浓淡相宜的水墨画，而非浓艳绚烂的油画；倘若以音乐作比，则是一阕二胡短笛演奏的民乐，而非一部长号钢琴伴奏的西洋乐。庄深先生以其对于故土浓浓的乡情，对于文学创作执着的追求，在出版了六十八万字的长篇小说《根》后，又创作了这部近七十万字的《脉》，延续了以庄家为中心的家族叙事，成为当代家族小说叙事的新气象。《根》以抗日英雄成长与讴歌为主事，呈现对家族之根的寻觅与守护;《脉》以新中国成立后坎坷历史的回溯，呈现对家族跌宕发展与命运之脉的梳理与展现，也是共和国六十多年坎坷历史的生动呈现，成为一幅清明上河图式的历史画卷。

庄先生以历史长卷的书写方式，形成了清明上河图式的历史画卷。小说以江南溧水东庐乡庄家村、丹阳县、苏州市、常州戚墅堰及甘肃武威为背景，细致梳理庄、黄、袁、刘、李、金六个家族的命运发展脉络。在这幅历史长卷中，以散点透视方式，生动呈现了河流街市、乡村阡陌、车马行人、民俗风情：庄家村的农舍柳烟、碧山农田，丹阳县的城墙集市、商铺大街，练湖农场的滩地鱼塘、稻田果园，戚墅堰机车车辆厂的铁轨纵横、钢花飞溅，刘家村的杏花野花、大树参天，苏州城的古塔石桥、流水小巷，甘肃武威九里沟的沟壑溪水、绿草奇花……庄先生如撑一叶扁舟顺历史之流而下，生动呈现新中国成立后各个时期的坎坷历史：镇反运动的镇压制裁，“三反”“五反”的大力开展，反右运动的扩大化，大跃进的大炼钢铁，自然灾害的饥肠辘辘，“文化大革命”的批斗游街，上山下乡的战天斗地，工宣队长的为非作歹，“文革”结束的平反纠错，恢复高考的百废待兴，中越自卫反击战的炮火连天，计划生育的严格控制，“严打运动”的从重从快，北漂一族的坎坷遭际，开发区的建设发展，生态农业观光园的规划筹建，……将家族命运与发展置于不同历史时期，生动呈现出坎坷历史发展中人们的追求与奋斗、人性的丰富与复杂，在以长篇小说恢复与再现历史真相的努力中，填补了以长篇小说形象地书写这段历史的空白。

庄先生以传奇故事的书写形式，构成了作品引人入胜的叙事张力。庄先生如以二胡、短笛如泣如诉地讲述故事，家族传奇故事演绎出情节的跌宕与生活的丰富。小说以抗日英雄庄坤林抗日被害为叙事起点，以探究山寨离奇的玉石失窃案为暗线，以寻觅与日本骑兵战斗殒身的十二位壮士骸骨为支脉，在六个家族的命运发展梳理中，演绎了诸多引人入胜的传奇故事：桃树村血案的调查，新媳妇骑骡子进门的传奇，庄家村大嘴的自缢身亡，副经理刘地给领导提意见被打成右派，刘地的妻子明君与顾副市长的偷情，自然灾害时期挨家挨户搜查粮食，包菜地里躺着一个死婴，因偷南瓜金富友被抓贼的人们吓死在田里，工农大桥倒塌河面漂满了死尸，夜救被批斗关押的练湖农场钱场长，学校工宣队队长颜元元猥亵女教师，建设兵团召开斗私批修大会，公社书记李邱巴费尽周折寻觅失联妻子，刘地妻子明君惧怕被批斗投河自尽，中越自卫反击战黄跃进、钱三孤军作战被捕，金大娃去南方打工摔下工地大楼致死，刘军在大街抢军帽遭到“严打”，文艺青年刘波与文化公司老总同居四次打胎，庄福生领着投资商泊田一郎到庄家村寻旧，小三子居住院落的粪缸里找到十二个骷髅头，刘波在街头被人泼硫酸毁容，庄家村人为十二位抗日英烈建了公墓，……小说将人物的不同遭际与命运，与共和国坎坷发展的历史融为一体，将哀婉却执拗的奋斗与追求，与不屈不挠执着追求的民族性格交相辉映，呈现出具有民族史诗特性的风范。

庄先生以家族命运沉浮之脉的梳理，刻画了诸多颇有个性的人物形象。他以拳拳的乡土之情，以其故乡江苏溧水永阳东庐庄家村为主要背景，并没有描述家族之间的矛盾冲突、恩怨情仇，而在庄家与李家、袁家、黄家、金家、刘家的姻缘关系中，在各家族四代或五代的延续中，在充满地域色彩生活的描述中，刻画了形形色色生动的人物形象系列。基层干部形象：踏实精明任劳任怨的乡镇干部李邱巴，清廉自律朴实坚定的丹阳丝绸厂书记黄德胜，嚣张跋扈见风使舵的村支书杨伢子，实干尽职总念旧情的老革命钱场长。家庭主妇形象：

黄大树的不贪钱财勤勉豁达的妻子兰儿，黄德胜的如花似玉任劳任怨的妻子庄慕兰，金富贵的泼辣絮叨颇有心计的妻子巧凤，刘地的颇有姿色背叛出轨的妻子明君，袁唐平的勤快踏实雷厉风行的妻子庄雪花，金富友的活泼性感勤勉要强的妻子金凤，庄维根的矜持顺从谨慎幽怨的妻子袁依冰。工友形象：敦厚朴实豁达坦诚的浇铸工庄维根，沉稳可靠热情真诚的锅炉工袁唐平，敦厚老实固执胆小的编筐工金富友，张扬跋扈胡作非为的铸钢班长颜元元，重情重义好打抱不平的编筐工独眼龙。知识者形象：聪明谦卑生不逢时的右派分子刘地，年轻漂亮遭受凌辱的中学老师黄月英，话语不多医术精湛的齐医生，知书达理有情有义的袁旺松。年轻男女形象：文质彬彬聪慧执着的建筑承包队长庄福生，文静刚强自我改造的下放知青庄英群，清秀可人独自北漂的文学青年刘波，英勇无畏壮烈牺牲的坦克兵庄二娃，聪明斯文埋头创作的文学青年袁顺悟，坚定执着并投资支持同母异父的弟弟创业致富的创建生态园的金二娃，憨厚聪慧精于设计的建筑工程师庄黑皮。庄先生以其丰富的生活积累与文学想象，刻画了诸多生动的人物形象，成为当代文学丰富的人物画廊。

庄先生在小说第三十三章中，以庄家村支书杨伢子的口吻反省道："那时候年轻，满腔热血。从斗庄家分田地开始，镇压反革命，'三反''五反'，大炼钢铁去山上砍树，直到'文化大革命'结束，我才真正弄明白斗来斗去，都是斗自己。"小说《脉》在梳理家族生存和延续脉之过程中，也梳理了共和国跌宕坎坷的发展历史，尤其反省了新中国成立后不间断的"斗来斗去"，这种反省是深入的、深刻的，也成为庄先生创作这部长篇小说的初衷。

庄先生是一位企业家，也努力成为一位文学家。他在 2019 年创作出版了长篇小说《根》后，又将其改编为四十集电视连续剧剧本，2021 年由上海文艺出版社出版，同年该社还出版了庄深先生的诗集《亲爱的，我们去踏秋》。2022 年 8 月，庄深先生被批准为中国作家协会会员，真正实现了庄先生的作家梦。现在，庄深先生又完成了这部长篇小说新作《脉》，让读者回眸共和国这段耐人寻味的历史，让人们在清明上河图式的历史画卷中，思考人们的追求与奋斗、人性的丰富与复杂。

2023 年 8 月 21 日于瞻雨斋

【杨剑龙，上海师范大学人文学院二级教授、文学博士、博士生导师】

第一章

1

春天来了，庄家村被四周翠绿的群山簇拥着。染柳烟浓，绿叶碧山，桃花灿灿地开放在农家屋舍四周，鸟儿兴奋地在柳梢喧鸣。庄家大院的门依旧紧闭，土改时，贴在门上的封条早无踪影，封条的贴痕还能依稀看见。大院内，耐不住寂寞的爬山虎，奋力地攀过墙头，探望着墙外春的世界。

杨伢子起得早，他穿着一身新衣裳，早早地去了庄家大宅。村委会就在庄家大宅内。他有些激动，在庄家大宅门口徘徊，焦急地等待手下和村民的到来。

立春过后，庄家村就要开春试犁，这是庄家村传承数百年的风俗。前几年，忙于搞土改，斗地主分田地，庄家村这一风俗停顿了几年。庄家大奶奶死后，庄家村也没有个人挑头来主持这一仪式。以往庄家村开春试犁，都是由庄家大奶奶率领村民举行。掌犁的好手挑选出一头膘肥体壮的公牛，将红布条扎在牛角上。由大家公认最勤快的村民将牛轭往牛颈上一架，展示出耕牛犁地之状。大家说着喜气洋洋的吉祥语，一起将稻谷黄豆抛向耕牛，祈盼新的一年五谷丰登。

那时候，杨伢子只是个小把戏。他和其他庄家村的伢子们只是看客，他们欢快地在大人堆里嬉闹，时不时去桶里抢几把黄豆，天女散花般抛向耕牛。杨伢子渐渐长大后，也曾幻想过，哪一天自己也像庄家大奶奶一样，主持春耕试犁的仪式。他很羡慕庄家大奶奶拿着红布条扎在牛角上时，村民们向她投去的尊崇的目光。

现在的杨伢子是庄家村的村支书，是庄家村数一数二的人物。前段日子不少村民向他提建议，要求恢复庄家村这一习俗。杨伢子也琢磨了一番，也认为有必要沿袭庄家村的这一风俗。庄家大奶奶是地主婆，以往的春耕试犁仪式放在庄家牛棚，秋收时五谷丰登，全都流向庄家的粮库。这次，他决意将春耕试犁的地点，改放到农田里去，由老光棍将牛轭套上牛颈。

按理说，庄大冬是庄家村公认的种田好手，新中国成立前一直给庄家做长工。庄大冬一个人能种十几亩地的庄稼。庄家牛棚里那十几头水牛都听他使唤。犁起地来，只要庄大冬的手不离犁把，犁地的水牛就不会停下脚步。

老光棍虽然也会犁地，但犁地的架势和技巧比庄大冬要差几个田埂远。庄大冬犁地时，常高兴地唱着山歌；老光棍犁地时，常脸红脖子粗地吼嗓子。杨伢子想，庄大冬和庄家是至亲，老光棍和自家是同根。庄大冬是庄家的长工，老光棍是附近有名的贫农，在这一点上，选谁都一样。若要说不一样，庄大冬难得喝酒，老光棍少不了一日两顿酒。庄大冬小气，老光棍大气，杨伢子没少喝老光棍的酒，胳膊肘当然拐向老光棍了。

太阳出来了，庄家大院门前的石阶上，像是铺了层金光灿灿的毯子。村民们沐浴着阳光，从四面八方向庄家大宅聚拢。杨伢子兴奋地招呼着手下，他的两个衣兜里鼓鼓囊囊的，里面装着稻谷和黄豆，杨伢子手一挥，喜不自禁地喊了声：“牵牛去！”

2

老光棍前天和杨伢子喝酒时，听到让自己套牛轭，敬酒时双手颤抖，两眼发光。多大的荣耀啊，让自己在全村人面前长脸。他以为听错了，直到杨伢子举杯祝贺他时，他才敢相信。酒后，他赶到洪兰镇，一咬牙买了双崭新的解放鞋，回家后又翻出那年杀老病牛时穿的那件衣服，让邻家村妇帮忙，把掉的三粒纽扣缝上。他把犁扛到小溪边洗了个干净，还找了块红布扎在犁把上。

太阳刚出来，他便兴冲冲地扛着犁来到自家地里。他远远地看到，杨伢子牵着大公牛往自家地里走来，前后簇拥着许多兴高采烈的村民。

大公牛被牵到了田地中央，围观的村民越来越多，个个脸上透着喜气。在乱哄哄的嘈杂声中，杨伢子精神抖擞地将红布条扎向牛角。他满脸喜气，冲着老光棍喝了声：“套牛轭——”

杨伢子吆喝完，两手从衣袋里各抓了把稻谷和黄豆，围观的村民也有人准备了稻谷和黄豆，他们等待着老光棍套牛轭的那一刻。

在众人关注的目光下，老光棍抖抖身，一弯腰，拿起牛轭冲牛奔去。他兴冲冲地叫了声：“来嘞！”

谁知往日温驯的公牛一改脾气，摆动着牛头，就是不让老光棍套。围观的村民们乐得大笑，有人开始喝起了倒彩。

老光棍很难堪，强打起精神，左突右蹿，伺机给牛上套。公牛鬼精，迈开四蹄，扭动脑袋，左防右堵。只一会儿工夫，老光棍就大气直喘，满头大汗，崭新的解放鞋变成了泥鞋。

突然，公牛停下不动，高昂起头，牛眼瞪得老大，鼻孔里发出哼哧哼哧的愤怒声，公牛布满血丝的眼睛死死盯着老光棍。老光棍和围观的人群刚觉得不对劲，那公牛已经低垂着脑袋，猛冲过来。坚硬的牛角刺向老光棍的肚子，又猛地一晃脑袋，将老光棍抛向空中。老光棍在空中翻了两圈，重重地摔在田里。人群惊得大叫，村民们四散逃开。

杨伢子和一些胆大的村民急忙跑向老光棍，他们抬着老光棍往有马车的人家跑去。公牛似乎觉得闯了大祸，撒开四蹄，沿着弯曲的山道，往南山逃去。

老光棍躺在马车上昏迷不醒，肚皮上的血流了一大摊。马车一路狂奔，往县城医院而去。杨伢子转身率着手下赶往庄家大宅，他打开武器库，取出两支步枪，沿着公牛逃跑的方向，一路追搜过去。

3

大嘴和泥鳅一家人此刻正在惊喜之中。正准备午饭之时，儿媳妇苗苗在自留地里种菜，她发现一头硕壮的水牛，正往自家跑来。牛角上的两块红布格外显眼。

水牛跑到院门口停下脚步，晃着脑袋，摆动着尾巴，左看右瞧后，牛尾巴悠悠地拍打着牛屁股，一步一晃地走进了院子。苗苗细看水牛，正是自家养了四年的黑牛，她惊喜地喊了起来。大嘴和泥鳅听到喊声，从厨房里出来，见是自家的水牛跑进院子，又惊又喜。

“哞——”水牛在院子里叫了声，熟门熟路地晃到槐树下，习惯地趴下身体晒着太阳。

“泥鳅，这不是咱家的黑牛吗？咋牛角上绑着红布条呢？”大嘴喜不自禁，瘪着嘴巴嚷着。

泥鳅走到水牛身边，细细地绕着水牛看了一遍。他见水牛尾巴根部有一撮白毛，欣喜地回大嘴的话：“真是咱家的水牛。”

这头水牛原先是庄家的牛犊子，斗庄家分财产时给了大嘴家。那时的水牛只有两百多斤重，分给大嘴家后，四年不到的光景，泥鳅就把它养得膘肥体壮。水牛犁起地来不含糊，泥鳅一家人将这头水牛当作命宝。

去年，庄家村成立了互助合作社，各家各户拥有的主要农业生产资料，被统一收归村委会。大嘴和泥鳅虽舍不得，但又无奈。村委会来牵牛那天，苗苗还和杨伢子一伙争执了一番，闹得不欢而散。黑牛被牵走一年多了，一家人也时常念叨。现在见自家黑牛认门，泥鳅喜不自禁，赶紧捧来草料给牛吃。

正当一家人欢天喜地喂牛时，杨伢子带着人循着牛蹄印，在路人的指引下，追到了大嘴家。他们见水牛正津津有味地咀嚼草料，如临大敌般将水牛包围，枪口直指水牛的脑袋。大嘴被这一阵势吓了一跳。

未等杨伢子开口说话，大公牛突然停止了咀嚼，一骨碌爬起来，怒瞪牛眼，牛角冲着杨伢子顶了过去。杨伢子吓得将枪一扔，猴子般翻上院墙。他骑在石墙上急得大叫：“快开枪，杀了这疯牛啊！”

民兵们不敢开枪射杀牛。牛是重要的农业生产资料，擅自杀牛是违法行为，哪个人也没胆量开枪。他们只是缓缓地向后退缩。

杨伢子骑在石院墙上，见大公牛时不时摆出冲撞的动作，心里干着急。

还是泥鳅有办法。泥鳅左手抓把草料，缓缓地走到牛身旁，右手轻轻地拍着牛背，嘴里吔吔地叫着。公牛听到熟悉的叫声，立马乖巧了起来，它温驯地跟着泥鳅进了牛棚。临进牛棚时，公牛还恨恨地扭过脑袋，瞪了会儿杨伢子。

杨伢子沮丧地爬下石墙，将步枪捡起背在身上，又走到墙根处将帽子捡起。他抡着帽子使劲拍了拍满身的墙灰，见一个衣兜已经扯破，黄豆撒了一地。

“泥鳅，看好这头疯牛，待我请示李邱巴后，回来办了它。”杨伢子愤愤地说，他领着民兵们往庄家大宅而去。没走多远，杨伢子突然一拍大腿，对民兵们说：“糟了，邱巴书记上午等着见我哩。”

4

昨晚，李邱巴和衣在乡政府宿舍睡了个踏实觉。自从镇反运动开展以来，他思想高度紧张，身心疲惫，整天忙忙碌碌。镇压反革命、抗美援朝、土地改革三大运动并举。尤其是镇反运动如狂风暴雨般在整个东芦乡范围内开展。通过群众检举揭发，乡政府依法惩处了一批公开的反革命分子、恶霸、土匪、反动会道门分子……现如今，镇反运动结束了，他顿觉心里轻松了许多。

李邱巴起身打开窗户，雾气迎面而来。略带寒冷和潮湿的雾气，透着山里特有的春的气息，让他心旷神怡。他探身窗外，望了望门卫室，门窗关得严密，无一丝光亮透出。

“让大夏多睡会儿吧。”李邱巴嘴里轻声地嘀咕了声。

庄大夏是他特招的门卫，刚来不久。庄大夏是庄小夏的哥哥，也是庄小春的亲老表。庄小夏牺牲了，庄大夏成了烈属。庄大夏体弱多病干不了重活，家中日子过得紧巴巴的。庄大夏缠着自己，想到乡政府吃个“皇粮”。李邱巴心里清楚，凭庄大夏和庄小春的亲戚关系，等到庄小春给他打招呼就显得被动了，再看在牺牲的战友庄小夏的情分上，便给庄大夏安排了看门的差事。

李邱巴打开宿舍门，来到了长廊，他在长廊上踱起了步。他忽然叉开腿，使劲伸开双臂，在空中写了个“大”字。随后深吸了一口气，像是过足了瘾似的，徐徐地将气吐出，他心绪飞扬起来。

庄家村是东芦乡自然村中较大的村庄，也是较富裕的村庄，土地资源多。随着互助合作社率先在庄家村搞起来，摸清整个东芦乡的农地数量，变得十分迫切。

前些日子，县里召开了重要会议，要求各乡镇摸清土地资源，以便调整今年征收公粮的指标。据说，邻省许多地方通过三大运动，农民种粮的积极性高涨。水肥土的充分运用，使得粮食产量大幅增长，交公粮的指标也急剧增加。

李邱巴整不明白，一样的水肥土，粮食产量咋会一下子蹿那么高。县上的领导也整不明白，可报纸却言之凿凿，刊登的照片也确实是大丰收的景象。李邱巴通过对其他县乡领导的旁敲侧击，渐渐地悟出了门道。

李邱巴摸了下略微潮湿的脸，转身向办公室走去。他推开门，笑着望了望办公室的墙角，墙角堆着一大捆特制的麻绳。杨伢子要来，这是乡里特地为杨伢子准备的。

5

乡政府离庄家村有些路。日上中天了，杨伢子的身影仍未出现在乡政府。李邱巴心里有些光火，他耐住性子，喊上两个工作人员，捎带上一大捆麻绳，骑上自行车往庄家村而去。

一路上，李邱巴不吭声，他心里憋着气，使劲踩着脚踏车。杨伢子长能耐了，叫他上午来乡政府，等了他一个上午居然不来。在镇反运动中，杨伢子在庄家村一带树立了威望。这小子喜欢背着枪，带着一群民兵和积极分子满庄子跑得欢。捆人多了，捆人的绑法也练了出来。一个大汉几分钟不到，便被杨伢子捆了个结实。庄家村一带的村民见了杨伢子，也不像以往那么怠慢，点头哈腰打招呼的，笑嘻嘻伸手递烟的不在少数。李邱巴觉得不能让杨伢子有不听话的表现，他心里隐隐不快，窝着火，算计着该给杨伢子念念紧箍咒了。

李邱巴清楚，县上即将大力开展“三反”“五反”运动。上面强调，必须把这一运动看作像镇压反革命一样重要，而且必须大张旗鼓地发动群众开展这一斗争。他既要用好杨伢子，又得治住杨伢子，李邱巴心里有了办法。他回头望了眼紧随着自己的工作人员，脚下使劲地踩着自行车，很快来到了庄家村。

庄家大宅成了庄家村村委会的办公场所。灰瓦白墙，门楼高大，两扇木门洞开着。站在门外，可以望见宽大的院落，爬山虎依旧吸附着高大的围墙，苹果树开着白里透红的花朵。只是蔷薇枝蔓丛生，纷乱的枝蔓因无人修剪而伸出花坛。

乡工作人员使劲地按了几下车铃，李邱巴停好自行车，双手反背身后，噌噌地上了石阶。

“乡长来啦！”村会计听到车铃声奔出门外，“乡长啊，不得了啦，老光棍被牛角顶穿了肚皮，肚肠子都出来啦。”村会计急切地向李邱巴报告。

“老光棍人呢？”乡工作人员问。

“送县医院了，不晓得死活。”

“杨伢子呢？”李邱巴问。

“杨支书背着枪和民兵一起抓牛去了。”

“日！”李邱巴火冒三丈，大声骂了句，一挥手，领着两人急步出了庄家大门。

6

李邱巴等人火急火燎地赶往牛伤人的地方，碰巧与杨伢子在庄家桑树林大田边相遇。未等李邱巴发问，杨伢子一脸懊恼地冲他开了腔。

“乡长，你来得正好。你给发个话，让我毙了那疯牛。疯牛伤了老光棍，恐怕还得伤更多人哩！”

李邱巴见杨伢子衣袋被扯破，满身的灰土，一副狼狈样，狠狠地瞪了他一眼，劈头盖脸地训斥开来：“杨伢子，你懂不懂规矩？乡里这么多人等你半天，土地测量的工作这么迫切，你却带人抓什么疯牛，还要把牛毙了，看你那德行。”

“那公牛真疯了，再伤人咋办？老子也差点儿被疯牛挑了。”杨伢子满腹恶气，顶撞起李邱巴。

李邱巴眼珠子一瞪：“杨伢子，在我跟前你也敢称老子？”

“乡长，别恼火，我这是气昏了头哩。今早开春试犁，想着结束了，上你那儿赶得上趟。没料这公牛牵出去还是好好的，一见老光棍就发起了牛疯，真是活见鬼了！”杨伢子一把摘下帽子，右手挠了挠头，悻悻地说。

“李乡长，我看那牛没疯，正在大嘴家牛棚吃草呢。”一民兵多嘴，拍着李邱巴的马屁。

杨伢子一听，扭头瞪了他一眼：“你咋知道这牛没疯，老光棍现在死活还不知道哩！”

“杨支书，那年庄家大奶奶卖给老光棍的那头病牛，是这头大公牛的娘。老光棍杀了它娘，还吃了它娘的肉，它咋不报仇？”民兵生气地回着杨伢子。

“什么？”杨伢子一惊，怪不得那头公牛会顶撞老光棍，而且在大嘴家，那头公牛直冲着自己撞，那晚他也吃了它娘的肉哩。杨伢子心里不由得感到后怕。

“这桑树林砍了几年了？怎么桑树四处又长开啦？”李邱巴明知故问。

“弄不干净。桑树根须太多，年年砍了年年长。”杨伢子委屈地回道。

众人环视大田，百来亩的大田里，桑树苗四处钻出泥土，有些桑树长得半人高。翠嫩的桑叶蓬蓬勃勃地长满枝头，桑树和桑树之间长满了各种野草。

“土地测量的标准绳给你带来了，尽快组织人手，把庄家村的粮食用地搞清楚，乡里等着往县上报哩。今年县上要调高交公粮的指标，你明不明白？”李邱巴板着脸说。

“山坡地要不要丈量？”杨伢子问。

“山坡地是粮食用地吗？就这块大田净长桑树，你看是粮食用地吗？”李邱巴反问杨伢子。

杨伢子糊涂了，他吃不准李邱巴的心思。山坡地和桑树田一样长庄稼，究竟算粮食用地还是不算粮食用地。

乡政府的人员憋不住了，开口点化起杨伢子。

“杨支书，你脑袋被驴踢了，乡长的意思还不明白？”

“明白，明白了。”杨伢子讪笑着，其实心里还是没明白。

“杨支书，县上发的百米测绳已经放村委了。那测绳每隔一米用白铁皮卷着，每个村只有两条，小心用着。”乡政府工作人员特地叮嘱着。

“嗯哪！”杨伢子点着头。

“你们都回去吧。杨伢子，去你那地方，我有事要问你。”李邱巴借故支开旁人，他要给杨伢子念紧箍咒了。

多嘴多舌的民兵还没走远，杨伢子憋不住大声喊着：“柱子，你说那牛没疯，下午去大嘴家，把那牛牵回来。”

7

庄家大院里冷冷清清，八角井四周散落着一些烟头和枯叶，院子的青石板上，留着许多乱七八糟的泥脚印。

“乡长，进屋去喝杯茶吧。”杨伢子殷勤地说。

李邱巴好久没进庄家大院了，他眼睛扫视着大院，目光落在了八角井上，心里升起一股莫名的惆怅。当年爹爹领着他找庄大奶奶说情的一幕，突然浮现在眼前。他想着坤林、大树和庄大奶奶都已去世，不由得黯然神伤。

“哎，这世道变化得真快啊。”李邱巴心里感叹着。

“乡长——”杨伢子见李邱巴走神，喊了声。

“就在这院里聊会儿吧。”李邱巴换了副面孔，和颜悦色地说。

“杨伢子，你是怎么当上村支书的？”李邱巴问。

“全靠乡长拉扯，我这心里透亮着哩。”杨伢子笑着，用手摸了摸心口。杨伢子知道，那年黄德胜将自己绑在门口的拴马桩上时，工作组要李邱巴撤了自己的职，是李邱巴从中捣糨糊，才保住了自己的民兵队长。

“你现在好歹也是个五品官了，别总拿自己当棵葱啊。”李邱巴转动着眼珠，嘴角微微上翘，流出一丝揶揄的笑容。

“哪是什么五品官啊，县长才只有七品哩。”杨伢子讪笑着。

“杨伢子，你看啊，”李邱巴伸展左手，逐个扳起了手指头，“中央、省、县、乡、村，这不是五品吗？”李邱巴说完，自己也笑了出来。

“乡长啊，您这么一说，倒也是。”杨伢子来劲了，顺着邱巴的杆子往上爬。

“厚脸皮！你现在的架势比县长还要大哩！”李邱巴脸色一变，厉声说了句，把杨伢子吓了一跳，他惶恐地望着李邱巴。

“一个村委会办公的地方，居然比县上办公的地方还要气派。上头来人见了，会怎么说我们东芦乡？”李邱巴喝问。

“李乡长，庄家大院空了几年了，我寻思空着也是空着，所以，就把村委搬到庄家大院里了。过几日，我再把村委搬回去就是了。”杨伢子声音低了下来，心里有些怯。

“最近有群众举报，你把庄家村的银杏树砍了卖钱后，从中截了些钱，有没有这回事？”李邱巴压低嗓子，虎着脸问。

“天地良心，乡长啊，大部分钱给了庄家村各家各户，余下的五千块钱，交给了乡财政，这您是知道的啊。”杨伢子底气不足地回，两眼哀哀地望着八角井。

李邱巴精明，心里早就盘算好了一本账。庄家族谱里的那些人家，他都清楚。卖树的钱扣除分掉的及上交乡财政的钱，余下的钱即使在镇反运动中，民兵们吃掉了一些，就杨伢子这个德行，哪会干净。

“好啦，我这是给你提个醒。自个儿把屁眼擦干净，别给乡里丢脸。三反运动这么严厉，别撞在枪口上。”李邱巴见杨伢子垂着头，眼睛不敢看自己，语气宽厚了许多。

“哎哎，乡长啊，在东芦乡，我杨伢子最服您了。”杨伢子脸上恢复了气色。

“裤袋里装的什么，鼓鼓囊囊的？”李邱巴随口问了句。

“村委会的公章。乡长啊，最近不少后生，见庄维根去城里工作后，都想往城里跑，我把着关哩。后生们都跑了，谁来种地啊？”杨伢子颇为得意地说。

“那些后生不管跑到哪里，根还在庄家村。他们找不到工作，还得回来种地，你还得管着他们的口粮呐。土地丈量工作，十分重要，多用脑子去琢磨。好啦，我得回去看望一下我爹娘，个把月没回家了。”李邱巴说完，摆了摆手，转身走出庄家大院，跨上自行车往李家村而去。

杨伢子愣愣地站着，他琢磨不透李邱巴的心事，心里压着块大石头。他想着这大半天发生的事情，心里堵得慌。他听着远去的自行车铃声，眼睛一亮，心里有了主意。

8

杨伢子并不傻。李邱巴一定是在砍银杏树卖钱的这件事上，嗅到了味道，说不准他手上捏着自己的把柄。三反运动与镇反运动一样重要，要是惹恼了李邱巴，整肃他一个杨伢子，对李邱巴来说，简直是小菜一碟。小辫子捏在李邱巴手上，官大一级又压死人。杨伢子又惊又怕，他琢磨不透李邱巴对他的叮嘱。他心想，邱巴回家看爹娘，免不了会将工作上的事对半仙和邱萍扯上一些。半仙和邱萍是快嘴，或许，通过半仙和邱萍那两张嘴，他能揣摩准邱巴的心思。好不容易盼到太阳偏西，琢磨着李邱巴应该回了乡政府，他拔腿往李半仙家中奔去。

沿途，山坡上丰草长林，夕阳照耀着翠绿的群山。土路旁，野荠菜连片地生长，偶尔可见萱草成丛。杨伢子无暇顾盼，急匆匆赶往半仙家。

果然，推开半仙家院门，邱萍正依偎在半仙身旁，两人还坐在院中晒着太阳。邱萍见杨伢子前来，有些惊讶。

“杨伢子，邱巴前脚走，你后脚来，莫不是有急事吧？”邱萍缓缓起身，给杨伢子让座。

“是啊，我正要请示乡长，土地怎么丈量哩？”杨伢子加重语气回着。

“这土地千百年来搬不走。分田地那年，你带着人弄了个把月。现在互助社了，怎么又要量土地哩？累不累人啊。”邱萍话匣子打开了，开始唠叨起来。

半仙拄着拐棍，费力地站起来。他那满头白发，骨瘦的身体，在杨伢子的眼里，仿佛是木果河畔的一束芦苇。杨伢子上前几步，搀扶着李半仙。

“杨伢子，听邱巴讲，外面的土地出了高产，产量高得吓人。这丈量土地的事，没准与高产有关哩。”半仙皱着眉头，一字一句地说着，边说边摇着头。

“半仙，这话怎么讲？我咋听得稀里糊涂的。”邱萍问。

半仙激动了，提高了嗓门：“庄家村土地肥沃，一亩地也就打几百斤粮。外面的土地，就算和庄家村的土地一样肥，最多高个担把粮。除非两亩地变一亩，这产量才会高哩。”

杨伢子一听恍然大悟，怪不得李邱巴不明不白地给他布置土地测量工作，这是要让他想办法，把土地数量瞒下一些，才能完成交公粮的任务，才能给庄家村多留些口粮。杨伢子明白了李邱巴在桑树林边说的话。他心里盘算开来，将那一百米的丈量绳，当作七十米用，庄家村就可以少报三成的粮食地，再将那块大田当作经济林上报。到秋收时，庄家村可以有许多口粮。县上的那些领导，谁又会光着脚，卷着裤腿，下田复量呢。

杨伢子越想越激动，转身对半仙说：“李叔，我还要赶县上医院，老光棍还在抢救哩。”

“造孽啊！大奶奶在世时，那头母牛难产，还是我抓了草药，给母牛止的血哩。”半仙叹着气，晃着脑袋，用拐杖捅了捅地面。

“半仙啊，我想起来了，维根那年回来，庄家大奶奶为了给维根凑学费，将那头母牛卖给了老光棍，谁料被老光棍吃了，那牛犊子记仇啊。”邱萍感叹着对杨伢子说。

杨伢子心有余悸，往后遇到那头牛，一定要绕开它走。

第二章

1

江南的五月，正是春深季节。木果河畔的垂柳团团浓绿。街道上人声鼎沸，各种小贩的叫卖声和孩童的嬉笑声充斥在空气中。离袁家大院不远的街道上，正是集市。县城的居民和从乡村赶来的百姓们脸上透着欣喜，早早地从四面八方向集市会集。忙完了春耕的人们，肩挑着手提着各种物品拥向集市，寻找着道路两旁的空地，见缝插针地摆起了地摊。有卖鸡鸭禽蛋的，有卖香椿马兰头的，有卖山里竹笋的。男人们会聚最多的地方，是卖杈、耙、扫帚、牛羊的场所。招呼声、讨价还价声不绝于耳，人们从四面八方聚拢到此，有的以物易物，有的直接用钱购买家中所需的生活物品。

喧闹的集市声，让沉寂多时的袁家大院有了些许生气。袁通的脸上有了久违的笑容。他坐在客厅的靠椅上，闭着眼睛想象着集市的闹猛，沉浸在昔日的回忆中。

对面的庄宅此刻安静了许多。庄家大宅被县上充公后，作为公安的办公场所。自从镇反运动开始后，袁通的院门少有打开。他怕看见那些被五花大绑的人，押进押出庄家大宅。每当看到这一幕，袁通和袁大奶奶的心就像刀割般疼。俩人常相挨着坐在客厅，默默无语地潸然泪下。

袁旺松被判了十五年，这让袁通和袁大奶奶始料未及。原先听兰儿说，旺松最多判个三五年。更让袁通伤心欲绝的事情，发生在上个月。旺松起初拘押在邻县监狱，上个月劳改局来人告诉他，袁旺松可能被发配到新疆劳改。袁通刹那间觉得天昏地暗，可能今生再也无法等到旺松出狱的那天了。袁通和袁大奶奶万念俱灰。

袁通和袁大奶奶已过鲐背之年，俩人身子还算硬朗，尚能独立行走。自从婷婷带着小桃红、袁唐平、庄雪花去了苏州，袁依冰跟着庄维根去了常州后，家中再也没了昔日的欢声笑语。袁通和袁大奶奶备感孤独，袁通行走离不开拐杖，山羊胡子也掉得稀疏，俩人常常唉声叹气。

“袁老爷子，我去把大门打开透透气？”袁大奶奶见袁通脸上有了些许喜色，欲起身开门去。

袁通伸出枯枝般的手，朝袁大奶奶摆了摆。他费劲地用手撑着靠椅站起，“还是去院子里赏赏花草吧。今天，那两个讨厌鬼会来。”

袁通边说边摇着头，他长叹了口气。袁大奶奶起身，俩人相互搀扶，小心地抬腿跨过门槛。

袁家大院里寂静无声。院子左角落长着一丛观赏竹。竹子茎干纤细，株态玲珑，柳叶般的竹叶婀娜多姿。

袁通喜欢竹子，喜欢竹子茎干上的竹节，一节套着一节。他尤喜千枝万叶在风中起舞时发出的婆娑声，在袁通的画作中，常有竹子出现。

袁通依恋地伸手，摘下一片脆嫩的竹叶，放在鼻子下嗅了嗅，顺手递给袁大奶奶。

“世道变了，竹叶的清香不变。”袁通喃喃地说着。

“还是等兰儿来了说与她听，或许还有办法。”袁大奶奶悄声地对袁通说。

袁通不语，低头沉思。他嘴巴嚅动着，独自吟起了诗：

“一节复一节，千枝攒万叶。我自不开花，免撩蜂与蝶。”

袁大奶奶含笑静静地望着袁通，每当袁通雅兴上来时，她总是习惯地聆听着袁通的话语。

袁通见院子的另一角落，夹竹桃枝繁叶茂，深绿色的树叶衬托着开满枝头的花朵，浓浓烈烈的花香从枝头袭来。袁通伸出手，牵着袁大奶奶移步近前观赏起来。

夹竹桃是几年前旺松亲手挖坑种下的。那年，袁通在画室作画，拿捏不准夹竹桃的枝条有没有棱，顺口问了声在客厅喝茶的旺松。谁知旺松第二天居然弄来两棵夹竹桃的树苗种在院子里。几年过去了，夹竹桃长得蓬勃旺盛。

“为了旺松，只能这样了。”袁通黯然神伤地对袁大奶奶说。

袁大奶奶似乎有了些预感，她拉着袁通的手，笑着说：“你去哪儿，我就跟着去哪儿。”

2

兰儿这几天心神不宁，右眼皮总是在跳。俗话讲，“左眼跳财，右眼跳灾”，兰儿总觉得有什么地方不对，似乎有灾祸降临的感觉。

自从黄大树死后，兰儿悉心照料着公婆。公公黄秋生走后，照顾婆婆大娟的日常起居全靠兰儿。去年，婆婆得了痴呆，卧床不起，大小便拉得满床都是。仅凭兰儿一个人，替婆婆擦洗身子，更换衣服，兰儿已经力不从心了。更何况，县城自己的爹爹和娘，还得时常抽空前去看望。好在爹爹和娘还能自己走动，两人相互照顾着，这让兰儿稍稍安心些。

德胜和慕兰有段日子不来信了。德胜自从被组织上调到丹阳去后，也算是安家扎根了。慕兰这几年替黄家连生了两个女儿，慕兰上一次来信说，她又怀上了胎。慕兰在信中兴奋地告诉她，许多女人见她就说，一二不过三。说这次十有八九，会生个儿子。慕兰的信让兰儿激动不已，她就盼着慕兰赶紧替黄家生个儿子，让黄家的根脉得以延续。

上个月清明时，给大树上坟。兰儿把慕兰又怀胎的消息告诉了大树。每次上坟，兰儿总会在大树坟前埋怨他，明知道救不了坤林，还去白白送死。

兰儿的右眼皮跳得厉害，加剧了她心里的不安。兰儿开始胡思乱想起来。上次去看爹爹和娘，她隐约觉察到有些不对头。爹爹的画从来都是锁在画柜里的，那天爹爹执拗地拉着她的手，进了二楼的储藏室，挑出几幅心爱的画作，硬要自己带回去。爹爹还找出那块小半截玉石，塞给自己保管。爹爹告诉她，等到旺松刑满出狱时，将画和玉石给旺松，好让旺松日后有些本钱，做些小买卖糊口。

兰儿很诧异，总觉得爹爹和娘有什么不对劲。但见爹爹坦然自若的眼神，兰儿又开不了口问。兰儿心想，爹爹和娘毕竟这么大岁数了，旺松遭难，爹爹想着儿子的未来也是正常事一件。现在兰儿回想起爹爹塞玉石给自己的场景，爹爹的眼睛明显湿润着。爹爹和娘一定有什么事情对自己隐瞒着。兰儿的心跳得怦怦响，她必须立马去县城，看望一下他们。

兰儿转身去了院外，径直往英娣家走去。英娣家离自家不远，英娣和自己也讲得来，平时家中不便时，她常叫英娣来搭把手。

兰儿三拐四绕地来到英娣家。英娣眼尖，见兰儿入得院门，热情地招呼起来："哟，兰儿，莫不是今天要去县城看望你爹娘？"

"正是。妹妹啊，我这眼皮子跳了几天，揪心着爹爹和娘会不会出啥事。这一上午，右眼皮咣咣地跳哩。"兰儿笑着回。

英娣放下手中的活儿，朝里屋喊了声："大冬，我去兰儿家搭把手。"

英娣说完，转身随兰儿就走。大娟躺在床上，兰儿去县城没人看护也是个麻烦。好在英娣的儿子庄维田还没有讨老婆，家务活耽搁个把天也没多大关系。

马车行驶在蜿蜒的山道，路旁的野花开得灿烂。野柿子树零星地生长在山坡上。江南农村的五月，正是景色迷人的时候，万物贪婪地吸取着大地的精华，为金色的十月做着准备。

兰儿的身子随着马车的颠簸而晃动，岁月的刻刀将兰儿雕刻成了乡村老妇的形象。兰儿的身上，已经寻不到四十年前那个充满青春活力、少女气质的影子。

兰儿心里不断地揣测着，莫非爹爹和娘天数将近？兰儿知道，一些上了年纪的老人，常有些古怪的行为令人费解。待老人离世后，家人从追忆中才会悟出古怪行为背后的原因。

兰儿清楚，爹爹心里对家人的思念，犹如奔腾不息的江河。爹爹看似平静的外表下，内心的情感世界极为丰富。二娘三娘的离世，对爹爹是个打击，四娘小桃红随婷婷一家去了苏州，旺松又去了新疆。这一连串的变故，让爹爹承受不了。直到有一天，爹爹得知袁家的根脉，正在雪花的肚子里孕育着时，她看见爹爹两眼兴奋地发光，身子都在打战。

马车驶入了县城。一路上，兰儿心里准备了许多宽慰爹爹和娘的话语，她只盼着马车快一点儿到家门。

3

“咚咚咚”，院门被人敲响了。袁大奶奶神情紧张地望着袁通。

袁通捋了捋山羊胡须，拄着拐杖，缓缓移步到大门，他费力地打开门。门口站着两人，一胖胖的中年男人神情严肃地朝着袁通招呼：“袁老爷子，那份告知书签字了吗？”

袁通伸手扶了扶金丝眼镜，眯着眼睛，盯着胖男人的脸看了许久，不慌不忙地揶揄起来：“朗朗乾坤，红日当空。我袁家几百年来，不偷不抢不犯法，凭什么要没收袁家宅子？”

门外另一人显然是个书生，也戴着副眼镜，瘦高个儿，看起来文质彬彬。

“袁老爷子，我们股长是公事公办，您老人家要理解国家的政策。来，让我扶着您进屋，咱们慢慢聊。不急。”

瘦高个儿微笑着上前，不顾袁通的反应如何，架着袁通的胳膊进了院中的客厅。

股长显然气恼，左腋下夹着黑色公文包。他步子沉重地迈进大门，皮鞋踩在院子的石板上咔咔作响。袁大奶奶步履蹒跚地泡了两杯茶给来人，一语不发地坐在一旁，听着袁通和股长对话。

“袁老爷子，您要理解国家的政策。县房管部门考虑到你们年岁又大，另外给你们找了两间屋子居住。干干净净的地方，房租也不贵，够人道的了。”胖子股长温和地对袁通解释着。

袁通不恼，哈哈地笑起来，对胖子说：“天下哪来这样的歪理？袁家宅子从上代传下来，至今已有九十九年了。就凭你们一张告知书，就要把这袁家宅子没收了？这是私有财产，历朝历代都受政府的保护，凭什么让我拱手相送？”

胖子脸一沉，将公文包往桌子上一拍，严厉地对袁通说：“现在是新社会，人民当家做主，共产党就是要消灭私有制。袁旺松是汉奸，告知书写得很明白，其财产依汉奸罪要收归国家。你是文化人，不会老糊涂到看不懂告知书吧？”

袁通气得山羊胡须直抖。他用拐杖戳着罗砖地面，半晌憋出一串话：“我袁通生于斯，长于斯，死于斯，铭于斯。当年日本飞机扔炸弹，庄家坤林劝我躲避，我就是不躲避。日本鬼子逼不走我袁通，你们也休想让我离开。”

胖子股长耐不住性子，嘣地站起，他转身指着对面说：“袁老爷子，对面庄家的宅子，不输你袁家的宅子。庄坤林还是个烈士，庄家的宅子不照样收归国家？县房管部门是根据今年政务院关于城市房产权的文件规定办理的。告知书上也写得明明白白。你这个旧社会的孔夫子，思想得好好地改造一下了。”

胖子股长气呼呼地起身，他觉得没必要与这个行将就木的枯老头子讲道理。县上看上了袁家大宅，计划将袁宅没收了，当县政府招待所。上头来的领导多，就这么个小县城，能上点档次的院落也不多，袁旺松是以汉奸论罪判刑的，袁家的宅子理当没收。

胖子股长将公文包往腋下一夹，转身招呼瘦高个儿出门。

袁通气得跺脚，用拐杖敲打着地面，嚷着：“只要我活着，你们休想拿走这宅子。”

胖子股长正当气头，走到大门口突然转身，指着袁通怒声说：“你个顽固的反动分子，不信你不签字。只要你不死，我们会常上门的。”胖子股长说完，带着瘦高个儿气冲冲地拂袖而去。

袁通一屁股坐下，心里堵得慌，头上也憋出了汗。袁大奶奶赶紧将桌上的茶水端给袁通。袁通咕咚咕咚地喝了几口，少时，感觉气顺了些，开口问：“告知书里限定的搬家日期是几日？”

袁大奶奶缓缓地扳着手指，过了会儿对袁通说：“还有七天。”

袁通不语，只是不断地捋着胡须。他心里纠结着，突然，袁通似乎拿定了主意，他两眼爱怜地看着袁大奶奶，久久不语。

4

兰儿跳下马车，急匆匆往家中走。临近家门，见院门大开，顿生疑窦。这些年，爹爹和娘在家，大门总是紧闭。她心里一沉，疾步跨入大门。

院子里弥漫着花的香味。一只小蝴蝶扑扇着五彩的翅膀从兰儿眼前掠过。夹竹桃细嫩的枝头开满了鲜艳的花朵。

“爹爹，娘，兰儿看你们来了。”兰儿见爹爹和娘正坐在客厅，八仙桌上摆着两杯刚泡的绿茶，翠绿的茶叶歪歪扭扭地悬浮在水中。兰儿脸上露出笑容，霎时心情轻松了许多。

袁大奶奶眉开眼笑地起身，微笑地迎向兰儿。

“老爷子，女儿来啦。”袁大奶奶欣喜地对袁通说。

袁通只是扭头看了下兰儿，脸上露出尴尬的笑容。他依旧心事重重，默默地沉思着。

“爹爹，您哪儿不舒服？”兰儿觉察到异样，急切地挨近袁通身边，伸手摸着袁通的额头。袁大奶奶背转身，暗自抹着眼泪。

“娘，您怎么哭了？”兰儿见娘转身抹泪，急切地询问。

袁大奶奶抹着泪，伸手朝香案上指了指。兰儿顺眼望去，见桌案上有张纸，上面盖着大红印章。她伸手拿过来一看，脸色大变。

“凭什么？县上凭什么要没收咱家的宅子？还要限日搬离。爹爹、娘，别害怕。这宅子是咱家祖传的，又不是旺松的宅子。我去找邱巴，找庄小春，找县上领导。兰儿不信没个讲理的地方？”兰儿一脸激动而又气愤地说。

袁通缓过神来，起身摸了摸兰儿的头发，深深地叹了口气：“政府的公章都盖了，覆水难收啊。”

兰儿倔强，心里就不信这个邪。她强压怒火，温顺地对袁通说：“爹爹，还有七天时间哩。我这就去找李邱巴，看看有没有什么法子。”

兰儿不容爹爹和娘的劝说，将告知书揣进衣袋，火急火燎地出了袁家大门，急匆匆往东芦乡赶去。

说实话，面对兰儿的请求，李邱巴很犯难。他只是一乡之长，论资历和知名度尚可，论权力有限。何况面对的是县房管部门，级别比东芦乡还略高一些。最关键的是，他出面过问这桩事，那是狗拿耗子，多管闲事。李邱巴想，要是袁家宅子位于东芦乡，他还能找些理由管这事。若要让他放手不管这件事，李邱巴又觉得心不甘。

他拿起告知书，又认真地看了一遍。袁通没有签字，表明袁家不认可。袁旺松虽说是以汉奸罪名入狱，但袁通是袁宅的主人。袁宅的历史比袁旺松的年龄大得多。这足以说明，并非袁旺松攒钱购买的宅子，事实上也不能算作汉奸财产而没收。明摆着县房管部门要没收袁宅的理由站不住脚。

李邱巴转动着眼珠子，脑子飞速地盘算开来。庄雪花是袁家的孙媳妇，若能保住袁宅不被充公，今后这袁宅说到底是袁唐平的，也是自己女儿庄雪花的财产。冲着这一点，李邱巴更觉得不能不管。兰儿见李邱巴转动着眼珠子，一声不语地沉思着，不敢惊扰李邱巴。过了好长时间，李邱巴才开口："兰儿啊，这事难办。人家大红公章盖着，你让房管部门收回决定？"

"一点儿法子都没有？"兰儿焦急地问。

"这样，我让庄大夏直接去找庄小春。你呀，这么办……"李邱巴压低了声音，对兰儿细细说了起来。

兰儿按照李邱巴的主意，分别给李邱巴、庄小春和县委书记写了群众来信。在信中，兰儿强调，自己是革命烈士黄大树的遗孀，也是袁通的女儿，袁旺松的姐姐。袁家宅院是袁家祖传之屋，并非袁旺松名下的私有财产，房管部门欲强行收袁宅无法律依据。

庄小春听庄大夏说了此事后，也觉得房管部门的做法不妥。收到兰儿的信后，他立即向县委书记做了汇报和解释。县上十分重视此事，责令房管部门立即纠正。

几经辗转，当消息传到兰儿这儿时，兰儿兴奋地坐上马车，哼着小曲儿往县城赶，心想着爹爹和娘终于可以安心了，娘说不准还会夸赞几句自己呢。

兰儿擂着自家的大门，院子里寂静无声。兰儿的心提到了嗓子眼里，她把大门擂得像鼓响。

"砰！砰！砰！"擂门的声响引起对门庄家宅院里公安的注意，人们三三两两地聚拢在袁家门口。有人搬来了长长的竹梯，翻过围墙，从里面把大门打开。

兰儿跌跌撞撞地冲入院内，众人尾随着一拥而入。兰儿见客厅空无一人，她急忙冲入书屋，见书桌上铺着爹爹写的书法。兰儿定神一瞧，只见上面写着白居易的诗："行潦毁我墉，疾风坏我宇。开帘望天色，黄云暗如土。"

兰儿大惊，又听到相拥进屋的人中有人叫道："不好了，夹竹桃树叶煮的汤。"

兰儿迅速地扒开人群，见客厅圆桌上放着一只砂锅，里面有许多煮熟的夹竹桃叶片。

兰儿觉得天旋地转，一头栽倒在地上。

第三章

1

黄德胜今天下班略微早了些，他上午接到县公安局电话，有紧急事情要他去一趟，公安部来了几个同志要找他谈话。

黄德胜百思不得其解，他没有战友和同事在公安部工作。自从调到丹阳后，在工作中，他很少和公安系统的同志有交集。去了公安局才知道，那年发生在桃树村的凶杀案，公安部专门成立了调查组，找他了解当年血案发生的详细情况。

金刚、大银牙、刀疤脸三个恶魔，在桃树村犯下了滔天血案后，如同消失了一般，在严厉的镇反运动中，也没有将他们捞上网。旧事重提，黄德胜心里既高兴又沉重。他期盼着公安部调查组能早日将这三个恶魔抓捕归案，血祭牺牲了的那些战友。为此，黄德胜尽可能回忆事发的经过，并根据自己的记忆，向公安部的同志提供了金刚、大银牙和刀疤脸的长相特征。

黄德胜骑着自行车往家踏去。公安部调查组的同志，让他最好写个书面材料，尽可能提供案发前后的细节。黄德胜拿得动枪杆子，却提不动笔，只能口述。这给公安部调查组带来了麻烦，因此谈话的时间拖长了许多。

黄德胜吃了没文化的亏。他行政十六级，工作上虽说管着五个乡，实际上是让他管五个乡的水利，也就是管五个乡的沟沟渠渠，而且是个光杆司令。丹阳各个乡都有专职分管水利的副乡长，解放不久的丹阳，也没有什么完善的水利工程，实际上黄德胜的工作应该是个闲差事。可黄德胜却当真了，一两年内，跑遍了五个乡的沟沟渠渠和湖泊河塘，摸清了水系的分布情况。他去县上汇报工作，如数家珍，让县领导们出乎意料，对他大为赞赏。上周县上决定，将位于练湖农村的排灌站，也交给黄德胜管。

丹阳位于江苏省南部，境内河流交错，也是苏南地区一座具有悠久历史的古城。窄窄的老西门大街，又是这座古城中最古老、最悠久也最繁华的一条街道。街道不宽，路面用历朝历代的大条石铺就。街道两侧，小商铺云集，人流如织，喧闹声能从太阳升起到星星满天。黄德胜的家就在西门大街中段的一侧，正是闹中取静的好地方。

街道上行人太多，黄德胜索性下车推着自行车。他走了一段路，身上出了些汗。只要走过三思路头的警钟楼、福音堂、老县府衙门，穿过正仪坊，拐两个弯便可到家，黄德胜不由得加快了脚步。

丹阳老浴室位于护城河边上，浴室锅炉的烟囱正冒着黑烟。沿河居民的院墙上爬满了扁豆，一串串粉红色的小花朵掩藏在绿叶丛中。

黄德胜途经浴室门口，犹豫了一下。见太阳西沉，索性锁好自行车，去泡会儿澡堂。虽说黄德胜来丹阳时间不长，他也不喜欢这个地方，但泡澡堂子让他觉得舒畅。

黄德胜掀开浴室大门的布帘子，一团热气扑面而来。

“哎呀，是黄书记来了，几天不来澡堂子了。”伙计双喜笑嘻嘻地迎了上来，“凑巧，赶上头汤，人不多。”

丁双喜穿条短裤，光着膀子，脚上穿了双木屐，左手持着一根叉衣杆，热情地招呼着黄德胜。

浴室火炉子烧得正旺，热烘烘的空气里，已有七八个脱光的老浴客，躺在长椅子上。他们肚皮上盖着一条大浴巾，或闭着眼睛睡觉，或捧着茶壶吃茶聊天。

黄德胜冲丁双喜点了个头，随便找了张空位子，将衣服脱光了，放入一只大竹篮内。丁双喜笑嘻嘻上前，将竹篮叉起挂在天花板上。天花板上钉了一排排挂钩，七八个竹篮挂在上面就像七八只蜂巢。

黄德胜在浴池里泡着，水温正好。热腾腾的蒸汽在浴池顶部的天花板上凝结了许多水滴，时而有水滴吧嗒吧嗒地滴下来。黄德胜的身体被热水泡得发红，额头上布满了汗珠，思绪回到了那个血案发生的夜晚。

根据金刚、大银牙和刀疤脸逃跑的方向，应该是往溧水。出了安徽去溧水的那段路上，必须经过刘家村，而刘家村是庄坤林韩湖游击队的大本营。莫非这三个魔鬼，从庄坤林眼皮子底下溜走了？或许，他们根本没经过刘家村，而是蛰伏后又潜回了安徽境内？黄德胜心里一亮，想着今后去溧水时，得抽空与李邱巴聊聊。

“黄书记，要擦背喊一声啊。”丁双喜殷勤地走进浴池，冲着黄德胜叫了一声。丁双喜二十多岁，长得粗壮，住在老西门斜对面的丁巷村。丁巷村不大，十几户人家。但丁巷村在丹阳的名气很大。全村人大都是捉鱼佬，半个丹阳城的鱼贩子都是从他们手里拿的鱼。丹阳吃鱼的人都知道一首顺口溜：“丁巷里老二哥，吃饭吃一锅，打鱼打一篓。”

黄德胜周身被热水泡得通红，笑呵呵地从浴池里爬上来，说：“擦个背吧。”

“好嘞。”丁双喜南腔北调地嚷了声。

黄德胜熟练地往擦背凳上一趴，丁双喜拎来一桶热水，往黄德胜身上一浇，热乎乎的水温，令黄德胜痛快。

丁双喜从另一木桶里取出块滚烫的毛巾，往空中抖动了一下，熟练地将毛巾缠绕在右手，开始从黄德胜的耳背点擦起来。

“黄书记，听我家喜梅说，庄慕兰又有了？”丁双喜边擦边搭话。

“嗯！”黄德胜喜滋滋地回，心想着这回该生个儿子了。

“你晓得不，丹阳是个水城，这个地方容易出凤凰。老人家都说，要想生儿子，最好到后巷龙庆禅寺烧烧香。”丁双喜额头冒着汗，卖力地给黄德胜擦后脖子。

“那是迷信。”黄德胜笑着回。

“我家喜梅去过三趟，头胎就生个儿子。”丁双喜吭哧吭哧地边擦边说。

黄德胜趴着，心里琢磨开来。庄慕兰连生两个女儿，这次应该要生儿子。来探望庄慕兰的姐妹们，在她面前都说“一二不过三”。黄德胜心想，庄慕兰万一再不争气，不妨让她悄悄地去那儿烧烧香。

丁双喜擦背功夫了得，说话间从黄德胜后脖子一直擦到了脚丫子。他让黄德胜翻了个身，丁双喜又拎来一桶热水，哗地浇在黄德胜身上，开始正面擦了起来。

“黄书记，你不要小看这个浴室，全丹阳的事情我都晓得。昨天张县长来洗浴，我帮他擦的背。”丁双喜一脸自豪，汗珠顺着他那张胖脸往下淌。

"老西门大街，有两个老革命，一个姓曾，一个姓范，你是第三个老革命。"丁双喜自顾自地边擦边说。

黄德胜听着丁双喜嗨，他早就知道，姓曾的是个伙夫，姓范的是个马夫，他们参加革命的年代和自己差不多。他是枪林弹雨里钻出来的真正的军人，那两个老革命算什么东西？

哗啦，又是一大桶热水浇在黄德胜身上。

"好了！"丁双喜喊了声。他换了块毛巾，擦了擦脸上的汗，又直了直腰。

"要不要捏捏脚？"丁双喜讨好地问。

黄德胜摆了下手，舒服地起身，他又回到浴池，像水牛趴在池塘里避暑一样，不停地晃动着身子。过了会儿，他爬起来，拿起干毛巾擦着身子。

"要不要躺一息再走？"丁双喜殷勤地拿了块毛巾，帮黄德胜抹身。

"到吃饭的时候了。"黄德胜感激地对丁双喜说。丁双喜三步并作两步，拿起叉衣杆将竹篮叉下来。

"丁师傅，擦个背。"有浴客大声喊着。

"好嘞，马上来。"丁双喜殷勤地回。

黄德胜穿好衣服，结了账，转身掀开布帘。丁双喜追在身后，讨好地喊："黄书记，正仪坊边上开了家面皮子店，是甘肃人开的，好吃得不得了，人特别多。我昨天吃的，你空了去尝尝。"

2

庄慕兰在家心绪不宁。她刚接到弟弟维根的来信，袁依冰怀孕四个月了，维根在信里对她讲，想让她来丹阳生孩子。

维根的情况摆在那里，到火车头厂当工人两年了，他一直住在集体宿舍。一个宿舍四个人，上下铺。袁依冰在外打零工，也是住单身宿舍。让袁依冰到自己家里来生孩子，维根也是不得已。

庄慕兰很为难，家里添了两个女儿，抗美三岁，抗英才一岁，现在自己的肚子也挺了。虽说有娘给自己带孩子，吃喝拉撒的家务活，娘给撑着，但袁依冰若来，肯定会影响到家里的安稳。她担心和袁依冰时间处长了，两人肯定会有些冲撞。尽管在经济上维根表态，按照德胜的收入，平均到黄家人口给支付费用。庄慕兰还是有些犹豫，她在想，袁依冰应该去苏州生产，婷婷和小桃红歇在家里，正好照顾她。庄慕兰想到了庄雪花，一定是袁依冰讨厌庄雪花，才不愿意去苏州。

听说儿媳妇怀孕了，汤正益呵呵地笑。自从坤林死后，常有人劝她改嫁。汤正益毫不心动，她从小受的教育就是“三从四德”。她笃信未嫁从父，既嫁从夫，夫死从子的教诲。她和坤林生了一双儿女，坤林生前对她的好，她心里知道。因此，无论她在哪里，她对妇德、妇言、妇容、妇功都十分注意。汤正益跟女儿到黄家后，就是干着老妈子的事。一日三餐地煮饭烧菜，衣服天天要洗一大盆。女婿初娶慕兰时，进出门还叫她一声岳母，声音里还有些腼腆。待抗英出生后，黄德胜进出门连个招呼都不打了。汤正益心里知道，女儿女婿已经把自己当老妈子看了。

汤正益心里清楚，儿子维根过着居无定所的日子，庄家没个撑门面的人，这是其中的原因之一。慕兰又不争气，没给黄家留个根儿，黄德胜心里也窝囊。媳妇要来这里生孩子，汤正益当然高兴。如果依冰长点志气，给庄家生个儿子，她再苦再累也觉得值，这样她就对得起死去的坤林了。

天渐渐黑了，汤正益将菜端上桌，她还熬了一锅香喷喷的大麦粥。她炒了三个菜，韭菜炒鸡蛋、青椒肉片、炒扁豆。

“老娘，我关照你，一会儿德胜回来，我跟他说事，你不要插嘴。”庄慕兰叮嘱着汤正益。

汤正益看了眼庄慕兰，转身走到天井里。她掏出一根烟，点燃了，吸了几口，又把烟掐灭了装进烟盒内。烟味飘进屋子，庄慕兰皱了皱眉头。娘自从跟她来到丹阳，开始抽起了烟。

屋内传来抗英的哭声，庄慕兰冲着天井喊了声：“娘，抗英醒了，要换尿布了。”

黄德胜到家天已黑了。见庄慕兰腆着肚子，站在院门口等着自己，心里一阵温暖。他将车推入院内，左手取下挂在车把上的饭盒，右手赶紧搀着庄慕兰进屋。

“德胜，买了什么好吃的？”庄慕兰闻到了一股食物香味。

“回来时去泡了个澡。澡堂的丁双喜说正仪坊边上开了家面皮子店，我也没吃过，就去买了点儿，不知道你喜不喜欢吃？”黄德胜殷勤地扶着庄慕兰坐下，将饭盒子打开。

“哇，真香，又好看又香。”庄慕兰很高兴，冲着黄德胜抛了个媚眼。

面皮子是甘肃武威一带的著名风味小吃，用面粉制作，色泽晶莹黄亮，透明如玉，切成筷子粗细的长条状，用酱油、香醋、蒜汁、辣椒油、精盐等调拌，上面撒了些黄瓜丝，透着浓浓的香味和黄瓜丝丝的清香。庄慕兰迫不及待地夹起一块面皮子塞入口中，津津有味地咀嚼着。

“酸得舒服，好吃。”庄慕兰喜滋滋地边吃边说，她夹了一大筷，塞进黄德胜嘴里。黄德胜乐呵呵地咀嚼着，“酸，酸得厉害。”黄德胜赶紧将面皮子咽下肚，端起桌上的大麦粥喝了一大口。

“还是大麦粥好喝，这味道和我娘熬的一样。”黄德胜贪婪地转动着粥碗喝了起来。他突然放下粥碗，问：“你说面皮子酸得舒服？”庄慕兰娇羞地冲着黄德胜笑。“哎呀呀。”黄德胜心中大喜，不都说酸儿辣女嘛。前几日他熬不住想和庄慕兰亲热，庄慕兰就是不许，怕坏了胎气。要是庄慕兰肚子里是个带把的小子，就是憋上几年，他也乐意哩。

见黄德胜欢天喜地的样子，庄慕兰趁机说：“德胜，你小舅子来信了，袁依冰怀孕四个多月了，想到我这儿来生产，维根每个月贴钱给我们。依冰来了也正好陪伴我，你看呢？”

“家长里短的事，你说了算，男人家婆婆妈妈的干什么。”黄德胜显得大气。他知道若不是正逢土改，自己怎能讨到像庄慕兰这样如花似玉又有文化的女人？

“德胜，你外公外婆走了，袁家的宅院怎么办呢？今后分财产，你娘和你都有份儿哩。”庄慕兰小心地提醒黄德胜。

黄德胜沉思了会儿，开口说：“慕兰，这种事情，往后别掺和进去，只有坏处没有好处。你家县城的房子被没收，屁手续都没有哩。”

庄慕兰吐了下舌头，冲着黄德胜笑着说：“快趁热吃吧，吃完了早些上床睡觉。”

黄德胜从庄慕兰的眼神里读懂了什么，他兴奋地夹起一大块肉片，大口吃了起来。

3

第二天，黄德胜早早起床，胡乱吃了些早餐后，往练湖农场排灌站而去。

黄德胜沿着不宽的条石街道骑行，街道两侧的商店陆续开门迎客。穿过老城墙门洞，上了老西门大桥，人流如潮，车来车往，十分热闹。马路两边菜摊上，各种商贩及市民的吆喝声、叫卖声、讨价还价声此起彼伏，不绝于耳。

黄德胜只能下车推行，在熙熙攘攘的人群中穿行。大运河静静地横亘在脚下，运河两侧花红柳绿，炊烟袅袅。

下了老西门大桥，黄德胜继续推行了约百米远。他骑上车，径直往练湖农场方向骑行。此段路行人稀少，道路两旁的白杨树长得又高又大，繁茂的枝叶丛里，不断传来鸟儿的鸣叫声。

黄德胜继续骑行了约二十分钟，往右一拐，一条笔直的马路出现在眼前。马路可容纳两辆汽车交会，马路很长，一眼望不到尽头，两旁依旧长着高大的白杨树。马路两侧是一大片一大片鱼池，中间夹着一块块桃园梨园。看得出来，这儿原是一片沼泽洼地，应该是先民们围湖造出来的地。

黄德胜边骑边想，若是雨涝，这么大的地方一定是泽国一片，这排灌站的重要性不言而喻。他加快蹬着自行车，往农场场部骑去。

场部位于农场深处，离练湖不远。练湖方圆二十公里，风景旖旎，景色宜人。一道长堤将练湖与农场隔开，一条约六米宽的内河，蜿蜒伸向湖里。黄德胜心想，在内河和练湖的交界处，一定有排灌站。场部是一栋砖混结构的小二楼，长长的一排，显得朴实。离小二楼不远处，有一座养猪场，时不时传来猪的哼哼声。

黄德胜将自行车停好，登上二楼，径直往场长室而去。他推开门，一张宽大的老式办公桌边，坐着一瘦高个儿，正在沏茶。

黄德胜也喜欢喝茶，但大清早一般不喝茶。他到了丹阳工作后才知道，丹阳人喝茶比溧水人讲究。老茶客不太喝“头和子”，喜欢喝“二和子”或“三和子”。丹阳人俗称“君子酒，仆仆烟，第二开茶可吃到天边”。瘦高个儿正在把头开茶倒掉，对黄德胜进门，他瞧都没瞧一眼。

“是钱场长吧？”黄德胜问了声。

“唔……你是？”钱场长喝了口茶，慢条斯理地问了声。

“我是黄德胜，向你报到来了。”黄德胜调侃地说。

“哟，是老黄啊，来，坐，喝杯茶。”钱场长赶紧起身，热情招呼着。

“这么早就赶来了？我是昨天接到县上电话的，水利科的同志可能还没上班呢。不过，也差不多要到了。”钱场长边说边将茶端给黄德胜。

“心里没底，慌着呢。说实话，我也没见过排灌站，赶个早过来看看。”黄德胜实话实说，县上既然要他负责排灌站，他就得把工作做好。

钱场长哈哈哈地笑了起来，对黄德胜说：“老黄啊，不复杂，就是一台抽水机啊。”钱场长说完，走到窗户边，指了指不远处大堤上的一间小房子，对黄德胜说，“老黄啊，就那间小房子，里面装了台水泵。”

钱场长对着窗下喊了声：“丁科长，县上的黄德胜同志来啦，你陪黄同志去泵房看看。”

“别别别，劳驾你也陪我去看看吧。”黄德胜起身，将茶杯往桌子上一搁，冲着钱场长说。

钱场长一愣，脸色有些难看。他是堂堂国营农场的场长，论职位与县领导不相上下。虽说丹阳县管辖着练湖农场，可他的顶头上司却是省农林厅呢。这个黄德胜，也不知天高地厚，县上不就是让你管台抽水机吗？

钱场长刚想发作，话到嘴边突然又噎住。昨天县上打电话给他时特别强调，黄德胜同志是老共产党员，老革命。看黄德胜这架势，还是忍一忍好。

“好，好！”钱场长的脸上堆出笑容，装出愉快的样子。两人下楼，喊上水利科丁科长，三人一起向排灌站走去。

4

排灌站果然如黄德胜猜想的那样，在蜿蜒的内河尽头。堤岸的一侧是浩瀚的练湖，湖滩边青青的芦苇蓬蓬勃勃地生长着。湖水碧清，近处可见湖滩底。站在堤岸上望练湖，湖色苍茫，不见天际线。长堤正对排灌站处，修筑有一座钢筋混凝土的水闸，水闸的顶端有个刷着红漆的提升盘。提升盘的红漆已斑驳陆离，一根粗大的铁管从水泵房伸向内河，另一端张着大口，面朝练湖，泵房的门窗已破损不堪。

黄德胜推开泵房破门，地上阴暗潮湿，一股异味扑鼻而来，一群受惊的老鼠吱吱地惊叫着，四处逃散。泵房配电板上的刀闸裸露在外，黄德胜的脸黑了下来。

“钱场长，这是练湖农场最重要的阵地。汛期不远了，水泵房和闸门要是出了问题，练湖农场可就完蛋了。”黄德胜虎着脸，不客气地对钱场长说。

“丁科长，从明天起，泵房要修缮。要安排专人值班，万一遇到坏人搞破坏，出了问题谁负责啊？”黄德胜不客气地对丁科长说。

丁科长抬眼望了望钱场长，钱场长的脸色不好看。丁科长觉得眼前这个县上来的人其貌不扬的，说话怎么这么不客气？他觉得拍马屁的机会到了。

“黄同志，这个泵房自解放前，一直到现在都在使用。别看它破旧，功能还行。农场水利科每年也检查七八次呢。”丁科长显然带着不满情绪。

“你这个同志啊，镇反运动刚结束不久，这个地方人迹稀少，要提高防范意识。你说对不对？”黄德胜问丁科长。

丁科长很尴尬，与黄德胜首次见面，对方说话的分量这么重，尚且钱场长在身边呢，这打狗还得看主人吧？丁科长眨巴着眼睛，估量着黄德胜。眼前这个虎着脸的中年汉子，充其量和自己的职务差不多高，兴许比自己还要低个半截。丁科长直了下腰，正面望着黄德胜，开口了。

“老黄同志，县上没有资金投给我们练湖农场。农场接管过来没几年，一穷二白啊。钱场长是老革命了，为这事也揪心啊。”丁科长有意将老革命三个字减缓了语速，意在提醒眼前这个黑脸人，说话注意点分寸。

钱场长显然对手下的回答比较满意。他抬着头，望着黄德胜，想看看他的反应。

黄德胜抬着那张长脸，眼睛瞪着钱场长。两股又浓又黑的眉毛向中间汇集，眉宇间透出刚毅的神态。钱场长望着黄德胜，突然觉得黄德胜那双瞪大的眼睛和眉宇间的神态似曾熟悉，却一时半会想不起来。少时，他猛然往前跨了两步，盯着黄德胜的脑门心看了下，一把握着黄德胜的手，激动地摇晃着。

“你，你是黄连长？”钱场长激动了。

“哦？”黄德胜不解地吱了声，奇怪地望着钱场长。

“哎呀呀，黄连长啊，你怎么到丹阳来啦？”钱场长更激动了。黄德胜糊涂了，眼前的钱场长和自己认识？

“走走走，去我那儿，咱们边说边聊。”钱场长一把拉着稀里糊涂的黄德胜，朝自己办公室走去。

钱场长兴冲冲地重新沏了茶，双手端着递给黄德胜。他激动地笑着问黄德胜，“德胜同志，一九四三年的秋天，在安徽马鞍山火烧土地庙，你还记得吗？”

“火烧土地庙？”黄德胜突然想起，往事像开闸的水，哗哗地倾泻而出……

一九四三年，庄坤林的韩湖游击队被日军几乎消灭殆尽。团长刘沸腾带着黄德胜连，急速奔赴溧水庄家村。黄德胜与战友们含泪埋葬了庄坤林、爹爹黄大树、贾亮、刘金后，连夜往部队驻扎地开拔。满怀悲愤的黄德胜骑在马上，恨不得率领部队直扑溧水县城，打高桥一个突袭。无奈团长刘沸腾在身边，他只能将泪水吞下肚子，虎着脸，一声不吭地往驻扎地赶。

拂晓时分，尖兵突然勒马停下。大高个儿翻身下马，紧张地向黄德胜报告，前方发现一队日伪军，正悄悄地合围一个村庄。

黄德胜勒住马，放眼望去，村庄很大，在星光的照耀下，静寂无声。黄德胜立刻怒火冲天，想着溧水县城的日军，正是采用这种偷袭的方法，打死了自己的爹爹。他迅速下马，疾步跑到团长刘沸腾身边，低声急速地报告这一情况。

刘沸腾勒住马，举起望远镜，隐约看到敌军正兵分两路。一路沿着大道，正对村庄跑去，一路贴着村庄的边缘，沿山坡绕行，到村庄的另一侧。这种偷袭的战法，与高桥偷袭庄家村的方法几乎如出一辙。运动中的敌军，隐隐约约地在望远镜中显现，刘沸腾一时无法判断出这股日军的规模。

“团长，我带两个排攻击村前的日军，大高个儿带一个排攻击村后运动的日军，四排留给团长。”黄德胜冲刘沸腾说。

“看起来，村子里一定有我们的同志，必须救！但敌人兵力不明，记住，此地离马鞍山不远，破坏了敌人的部署后，部队旋即撤离。”

刘沸腾话音刚落，黄德胜抽出驳壳枪，率领两个排，悄悄向村庄大道潜进。大高个儿领着三排，迅速地向村庄后侧奔去。

此时，村庄内响起了枪声。砰砰的枪声夹杂着狗吠声传来，村庄大道前的日军开始分散，向村庄发起了攻击。

“打！”黄德胜一声令下，两个排的战士纷纷开枪，一时枪声大作。机枪手占据有利地形，哒哒哒地向日军扫射开来。

突然的攻击让日军大吃一惊。这一带根本没有国军和新四军主力部队存在。猛烈的机枪声和密集的喊杀声，不容日军指挥官多想，迅速领着几十名日军稍做抵抗后，急速地回撤。

迂回到村庄后面的几十名日伪军，听到猛烈的枪声，以为是村前的日军发动了攻击，他们迅速地散开，向一座四合院发出了攻击。四合院周围顿时枪声一片。四合院内，向外冲出七八个人，边开枪边试图突围。但敌不过四周猛烈的火力，又被迫退回大院内。

大高个儿率着三排，旋即加入战斗。两挺机枪和几十条步枪、冲锋枪迅速开火。突如其来的猛烈打击，使得包围四合院的敌军慌乱不已，急切地向山坡后撤。大高个儿不依不饶，紧追不舍，将敌军压缩到村子一座土地庙内，双方展开了激烈的枪战。

黄德胜击退了村前的日军，留下一个排警戒。带着二排，往村庄内搜索。见四合院内冲出七八名持枪的人，立即将其团团包围。

“同志，我们是马鞍山游击队二支队的，自己人。”一个光着脚和膀子，只穿着条长裤的瘦高个儿大声叫着。

“你是谁？”黄德胜杀气腾腾，枪口对着瘦高个儿。

“我是小队长，我叫钱正刚。”瘦高个儿慌张地叫着。

“报告黄连长，敌人被压进了土地庙，喊话不中用，死不投降呐。”大高个儿见黄德胜赶到，大声报告着。

“烧！放火烧死这些个王八蛋。”黄德胜瞪大着眼，两股眉毛紧锁，一脸杀气腾腾。

“你个家伙，愣着干吗，带你的人去搬柴草来。”黄德胜冲着瘦高个儿骂着。

大火熊熊燃烧，黑烟和火光吞噬了鬼哭狼嚎声。火光映照着黄德胜头顶的伤疤，钱正刚看得仔细。大火熄灭后，庙内四处散落着刺刀、枪管和枪栓。二十多具尸体，被烧得面目全非。

……

“你？你就是那个小队长啊。”黄德胜兴奋了，不由自主地站起来，嘭地擂了钱场长一拳。

原来，钱场长所在的游击队，那天打了这个村子的一个土财主，因天色已晚，便留宿在了土财主家。谁料，消息被人密送到离村庄最近的一个日军炮楼群。日军以为只有几个游击队，便出动了日伪军偷袭。谁料想，半路杀出了正从庄家村回返的刘沸腾部。

“老黄啊，咱省农林厅的林副厅长，当时是游击队的政委，那晚他也在啊。要不是遇到你相救，我和林副厅长早就成了烈士啦。”钱场长说得激动，端起茶杯一饮而尽，顺势一抹嘴巴，对丁科长大声说：“丁科长，黄德胜同志的意见是正确的，一周内将问题整改了。呃，中午让食堂加几个菜，我要和德胜同志喝两杯。”

酒足饭饱后，钱场长神秘地贴近黄德胜的耳边，轻轻地说了几句话。黄德胜一听，喜笑颜开，手心立刻痒痒的，不住地点起头来。

练湖农场太大了。仅一个练湖，方圆二十公里，都属于农场的管辖范围。

湖内水产特别丰富。农场养殖大队每年都要往湖内投放大量鱼苗。湖里出产的鱼类湖鲜产品，直接归省农林厅调拨。

练湖湖畔，到处生长着茂密的芦苇。风吹过芦苇丛，发出细碎的沙沙声。一群群鸟儿，欢快地鸣叫着，在芦苇丛里飞来跳去。随处可见三五成群的野鸭漂浮在水面。湖滩草丛里，时不时有野兔子出没。

小船悄悄地划过平静的湖面，木桨在水面撩起细碎的水花。黄德胜手握驳壳枪，全神贯注地盯着百米开外的芦苇深处，那里正有一群野鸭悠闲地戏水。

船儿慢慢地逼近野鸭，忽见黄德胜唰地起身，扯开嗓子，猛吼了声。一刹那，如雷的吼声惊动了鸟儿和野鸭，在一阵扑棱棱翅膀的扇动声中，黄德胜的驳壳枪发出一连串枪声，“砰！砰！砰！”

三五只野鸭扑通扑通地跌落水面。丁科长兴奋地站起，惊叫着：“好枪法！”

小船猛烈地晃动起来，一串哈哈哈的笑声在水面荡漾。钱场长忍不住向黄德胜竖起大拇指。带人下湖狩猎，黄德胜并不是开了先例。那些上面来的老同志们，到农场来指导检查工作，最喜欢的活动，就是去湖里放几枪。钱场长招待重要客人，通常都会用上这一招。

枪声在浩瀚的湖面，陆续又响了一阵。太阳渐渐西下。小船靠岸后，黄德胜喜滋滋地挑了几只野鸭，往布袋里一装，朝自行车后座上一绑，开心地与钱场长告辞。

“老黄啊，空了就过来啊。”钱场长对着远去的黄德胜的背影高声喊着。

第四章

1

沪宁铁路是清政府一八九八年修筑。为了使沪宁铁路有一个制造、检修铁路机车车辆的工业基地，建造了吴淞机厂。抗战初期，日军入侵上海，国民政府出于国防考虑，将吴淞机厂迁至常州戚墅堰。它是常州市第一个大型近代化工厂。

庄维根分配在铸钢车间，沪宁线将火车制造工厂一分为二。铁路线南侧的工厂叫南厂，铁路线北侧的工厂叫北厂。北厂主要由铸铁、铸钢、锻造、油漆等车间组成。工厂区内铁路纵横交错，停满了长长的报废的车厢。工厂上空烟雾滚滚，金属的轰鸣声不绝于耳。

两年多了，庄维根已经熟悉了工厂的环境。铸钢车间是全工厂最苦最累的车间，浇铸工段又是这里面最为艰苦和危险的工段，庄维根就在这个工段劳动。

浇铸工段三班倒。偌大的浇铸车间里，无论春夏秋冬，始终热浪滚滚，烟熏火燎。天空中，巨大的行车吊着钢包，来回穿梭。行车轰隆隆地驶来驶去，震得大地颤抖。伴随着滚滚而来的热浪，热浪把空气炙烤得发烫。钢水被吊送到浇铸场地，一排排巨大的、形状各异的机车部件的砂模，被沸腾的钢水填满空隙。此时钢花飞溅，热浪从洞开的大门和门窗冲泄而出。热浪遇到车间砖墙的阻挡，又被巨大的鼓风机驱赶回来。此时的浇铸场地，划根火柴，能把空气点燃。

庄维根和工友们像古代的士兵，无论春夏秋冬，全身穿着厚厚的白色帆布工装，脚蹬又重又笨的防刺、防烫大头皮鞋，头戴帆布工作帽，工作帽三面帆布披挂，比日本兵的战斗帽还多两面，手戴厚厚的帆布专用手套，抄着专用的工具，打开出水口，将炙热的钢水连续不断地浇入模具内。在庄维根的周边，到处是前一个班组开箱后敲碎的砂块，砂堆里夹杂着尖锐发烫、形状各异的钢片。钢水浇入砂模的吱吱声，伴随着砂模内石英砂几乎融化时散发出的刺鼻的恶臭味，整个车间内如同炼狱一般。

铸件全部浇铸完成后，一天的工作也就结束了。待铸件降温后，会有另一个班组将铸件吊到一个巨大的震动平台。当平台发出震天撼地的轰鸣声后，车间内像凭空起了沙尘暴，让人喘不过气来。那些粘连在巨大铸件上的砂子，四分五裂地散落开来。一些顽固地粘连在铸件上的砂块，工人们手持风镐，砰砰砰地开凿起来。不到两年的时间，工人走了许多。但是，工厂永远不缺劳动力。

庄维根不走，再苦再累也不走。他讨厌回到溧水庄家村，那块土地让他无限伤感。这儿再苦再累再危险，在他的心里，也如同世外桃源一般。这里没有人与人斗争的风暴，每个月拿着固定的工资，吃着最高标准的口粮。而且，每天有着一张食堂的营养菜票。大家穿一样的工装，干一样的活。空闲时，工友们围坐在休息室里，大茶缸咕咚咕咚地喝着水，大声说笑，谈论着天南海北的事。休息室狭小的空间里，充斥着汗味、臭味、烟味。有人脱下工装，拧着汗水，露出厚实的胸脯。有人解开笨重的皮鞋，抖落鞋内的砂子。人们期盼着下班的铃声，然后一窝蜂地向食堂、浴室拥去，干干净净地回到自己的家里。

只要提到家，庄维根的心里始终像扎着一把刀。刀插在心里，被血凝固着。庄家村的家已经不复存在，往日的温馨如电般闪去。面对新的生活，庄维根感到新奇和充满着希望。每当工友们热烈地嬉笑着，谈论着时，他都静静地坐在角落里，解开鞋带，让光着的脚出来透透气。他的脚板被大头鞋和砂子烙出了厚厚的茧，脚上的皮肤裂开了口子。久未握笔的手上伤痕累累，这是被钢丝绳上的毛刺刺的，也是被滚烫的铸件烫的。

依冰跟随自己来到常州，两人在乡下租了间小屋。上班的第一天，当他将工作服穿回家时，依冰望着工作服上的盐渍，扑在他怀里嘤嘤地哭了。庄维根只是将依冰拥在怀里，半天憋出一句话：“依冰别哭，我是个男人。”

庄维根愧对依冰，他无法给依冰一个家。他的心里最大的愿望，就是让依冰有个遮风避雨的地方。

依冰腆着肚子，去了姐姐慕兰家，想着亲姐姐会关心依冰，娘更会照顾依冰，维根的心里稍稍安心了些。姐姐家房子宽绰，又有个小院子可以转悠。丹阳离常州不远，工厂又给自己办了铁路通勤卡，他每周可以免费坐火车去丹阳。

庄维根知道，依冰其实心里不愿去丹阳。婷婷要她去苏州待产，依冰和庄雪花从小关系紧张，袁唐平又什么事情都依着庄雪花。再说了，雪花刚刚生了个儿子，苏州原先袁家买的宅子，也被政府充公了，相比之下，依冰只能去慕兰处落落脚了。

丁零零，下班的铃声终于响了，工友们兴高采烈地离开。

“庄维根，一块走？”工友周大彬高声喊着。周大彬是本地人，家住周家塘，离工厂三里地远。庄维根租的房子就在周家塘。

庄维根随口应了声，一把拎起蛇皮袋，里面装着饭盒和瓷茶缸，与周大彬一起走出了车间。

车间离开工厂北大门有几里路，厂区内纵横交错的铁路线上，停着数百节报废的货运车厢。庄维根租着周大彬家两间小屋，周大彬大气，租金比外面要便宜许多。农村人家有自留地，周大彬的老婆时不时采摘些自家田里的蔬菜送给庄维根。庄维根和周大彬的关系，比一般工友关系要强些。

“大彬，我有个想法想与你商量一下。”庄维根放慢脚步，对周大彬说。

“什么想法？”周大彬来了兴趣。

“咱们铸造工段三个班组，本来铸件一来，车间地方就小。那些堆在场地四周的砂，小山般高。我寻思了一下，如果每个班组浇铸或开箱后还有些时间，不如动手把废砂用车推到车间外空地上，免得一周一次工厂的厂车来铲。这样场地大了，干净了，干活也利索，又安全。你看行吗？”庄维根试探着问周大彬。

“好是好。问题是班组近三十人，一个班下来精疲力竭，你要弄，人家不乐意怎么办？”周大彬晃着头，摆着手。

“事在人为。去年乙班的刘大胖出事，你还记得吗？”庄维根提醒着周大彬。

刘大胖是乙班的开箱工，东北人，长得壮实高大。刘大胖去年在起吊铸件时，开天车的女司机以为四个钩子全部挂上了，起吊早了些，结果一个钩子未挂上，巨大的铸件被三个吊钩悬空时突然侧翻，侧翻力使得天车为之一震。刘大胖吓得急忙后退，大头皮鞋却被身后的废砂堆陷住。刘大胖仰面栽倒在废砂堆上，后脑被尖锐的废钢刺中。虽经医院抢救挽回了性命，但整个人傻傻呆呆，失去了劳动力。

“刘大胖是因祸得福，他老婆被安排到家属连工作，工厂还分给了他一间工房居住。”周大彬不以为然地说。

“唉，庄维根，你知道吗，前些日子有人在工房三区看到刘大胖。刘大胖比以前更胖了，走路颤颤巍巍的。刘大胖双手提着裤腰带，骂骂咧咧地去家属连找领导告状，说他老婆自从他工伤后，就没再给他碰过，外面有人了。弄得他老婆一把眼泪一把鼻涕的，在好多人面前哭诉，说刘大胖那样的身体，家里还有两个孩子，不敢给他碰啊。唉，也是个苦命的女人。”周大彬侃侃说着，不免叹了口气。

庄维根不语，心里暗暗思忖着。刘大胖出事前，他就知道，工厂有职工家属区。家属区住房条件不错，有自来水和电灯，而且不用交水电费和房租。只是若想分配到房子，比登天还难。他设法弄来了工厂住房分配条件，光工龄起点就要十年。但是分房条件中有加分项目，只要被车间表扬一次，可以加一分。被分厂表扬一次，可以加两分。被总厂表扬一次，可以加三分。一分抵一年工龄，这对于庄维根来说，如同看到天空的闪电，尽管抓不住，但也想去抓一下。

“庄维根，你在想什么？”周大彬见庄维根不语，问了声。

“大彬，在我们甲班，你和我算是老人马了。除了班长顾兵，其他人都好说话。我是担心哪天再发生刘大胖那样的事情，万一把你给伤了，咋办？”庄维根一本正经地说，两眼望着周大彬，眼睛里透露出真诚和友谊，让周大彬有些感动。

“不如下次，我请顾班长吃个饭，你让你老婆备几个菜，钱算我的。咱们三人好好议一下，你看呢？”庄维根显得大气，让周大彬无后顾之忧。周大彬欣喜地点着头，两人边说边出了厂门。

落日的余晖把西边的天空染上了金色，村庄的烟囱冒着黑烟。周家塘的泥路上，路边一畦畦菜地，青菜绿油油的，西红柿挂满了枝。

“嘿，小赤佬，不许打枣。”周大彬突然扯开嗓子，吼了起来，把庄维根吓了一跳。周大彬家门口几棵枣树下，一群调皮的小孩正捡着石头，往枣树上砸。忽听到周大彬一声吼，哄地四散逃开。

“庄维根，每年枣子成熟，家里的屋顶就遭殃。屋顶上的瓦常被小赤佬们的石头砸碎。”周大彬气呼呼地说。

庄维根笑了笑，望着歪歪扭扭生长着的枣树和挂在高空的枣子，那枣树枝头上尖锐的刺，无法挡住孩子们偷枣的快乐。他仿佛又回到了儿时的庄家村，大奶奶递着竹竿给自己。他兴奋地挥舞着竹竿，将手中的竹竿对着挂满果子的枝头乱抽乱打，打得枣子和树叶簌簌地落下。

“维根啊，别学你爹爹，学学这歪脖子树。树不显眼却长果子，实用。”大奶奶笑盈盈地弯腰帮维根捡枣子时对他说。

庄维根忽然觉得心里酸酸的。他揉了揉眼睛，望了望枣树，心想，日子再难，也要活下去。这辈子就做一棵带刺的枣树，把根先扎下去。

2

顾兵是甲班的班长，五十多岁的年纪，白发半头。解放前，顾兵就在工厂当工人，资格老，对生产工序十分熟悉。七十多块钱的工资，家庭生活过得舒坦。工厂给他一套三十多平方米的房子，他一个人住，老婆孩子都在上海。顾兵有铁路通勤票，他每个礼拜都往上海跑。在工厂，顾兵穿着十分普通，一到周末，顾兵穿着一新，蓬松的头发被凡士林油压得服帖。他经常带着常州的大麻糕、小笼包或常州萝卜干回上海的家。

庄维根请他吃饭后，顾兵对庄维根有了好感。庄维根平时最服从自己的工作安排。他让庄维根干什么活儿，庄维根从来不拗自己。听了庄维根的建议，顾兵也觉得不错。但多一事不如少一事，再撑几年，他就退休了，让上海的大儿子来顶替。顾兵想，按照庄维根的建议，自己班组弄干净了场地，乙班和丙班第二天上班就舒服了。万一乙班和丙班的生产垃圾依然如故，那不是吃哑巴亏了？都说上海人精明，顾兵也一样。庄维根的点子不错，一旦实施起来，必须三个班组同步才行。如果让他出面带头，会不会得罪另外两个班组的工友们？顾兵脑子一转，心里有了主意。

第二天，工余后，休息室里一如往常地喧闹。顾兵悠悠地起身，咳嗽了两声，慢吞吞地对手下说："大家安静些，庄维根有个设想，大家听一下，好不好？"

庄维根的脸唰地红到脖根。他心里清楚，顾班长不出面，让他出面谈论此事，无非是不想成为众矢之的。事到如今，箭在弦上，不得不发。

庄维根脑子飞快地盘算开来，他满脸堆笑地对着大家说："师傅们，自从去年乙班的刘大胖出工伤，我心里一直难受。刘大胖是我们的工友，多好的一个人啊，说这样就这样了。大家都为刘大胖难受，是不是啊？"庄维根捏着大家的痛处说。

果然，众工友们七嘴八舌地说开了。有唉声叹气的，有抽着烟不语的，还有人开口了：

"要不是那些废砂，刘大胖就跑开了，也不会弄得这样惨。"

"虽说车间募的捐，也顶不得长久啊。"

庄维根见把话引开了，大声说："诸位师傅，万一哪天，这种事发生在咱们班，大家在一起这么久了，感情这么深，不论谁遭了难，大家心里都难受，是吧？"

众人沉默了。一团团烟雾，缭绕在休息室里。刚才的喧闹声被烟雾压了下去。

"如果我们带个头，把每天的废砂，运到车间外的荒地上，集中堆放，腾出工作空间，就会给我们逃生的机会，也会给车间降低生产成本。大家认为好不好？"庄维根鼓起勇气，大声问着。

休息室里，变得鸦雀无声。顾兵开口了："各位师傅，庄维根的建议，我觉得不错。阿拉都是工人阶级，都有思想觉悟，对伐？现在下班辰光还没到，讲得好不如做得好，愿意的跟我一道去弄。"

顾兵话音刚落，庄维根一把抓起铁铲，率先出了休息室的门。周大彬紧随起身，去寻找手推车。众人见状，也不好意思，纷纷出门，寻找合适的工具。车间里的小推车很多。几十个工人挽起袖子，抄砂的、推车的，大家干劲儿十足。尽管下工的铃声响起，谁都没有准点下班。

3

“一石激起千层浪。”庄维根一个普通的建议，迅速传遍了整个铸钢车间。最早知道此事的，是工段里的生产调度。生产调度每天要检查和盘点完成的工作。一早，当生产调度出现在干净宽敞的铸造场地时，眼睛为之一亮。他并没有通知派车来清理废砂，这事让他感到奇怪。当了解到，是甲班带头自发干的，他惊讶得很，立即向工段长作了汇报。工段长看了现场后，立即向车间党委作了汇报。车间党委领导一听，感觉到这是工人阶级当家做主的典型案例，车间正好需要这样的典型案例，立即派宣传科的同志，下到班组进行采访，并在车间的宣传栏里进行报道。在车间班组学习会上，车间主任表扬了顾兵。号召车间各个工段，各个班组要向铸造工段甲班学习。

顾兵开心，工段长更开心。工段长有水平，立即召集三个班组负责人开会，商量了各个班组的责任范围。工段长决心要将“工完场清”这一行动，保持和贯彻下去。

顾兵获得了表扬。顾兵有房子，他压根儿就没想到过，表扬会在分房上加分。都说上海人爱虚荣，顾兵也一样。人一受到表扬，精神就不一样了，那几天，顾兵脸上的笑容没断过。

庄维根心里很失落，没捞上工段和车间的表扬。周大彬耐不住，在班会上说了几句，其实也是抬庄维根的同时，抬自己。庄维根显得很大度，在班会上把顾兵捧到了天上，说只有老班长才能想出这个点子，而且带头鼓动大家干。顾兵被庄维根捧得心里舒服，上海探亲回来，还送了一小盒绿豆糕给庄维根。

庄维根自己不知道，工段长是知识分子，也是上海人。他早就了解到整个事情的原委，工段长还特意把庄维根的档案调出来，看了下。他意外发现，庄维根居然是高中生，本想好好地表扬一下庄维根，只因档案上写着，庄维根是地主分子不戴帽，当人民内部矛盾处理。所以工段长不拟公开表扬庄维根。但庄维根从此引起了工段、车间领导们的注意，更勾起了乙班班长颜元元的妒意。

颜元元是本地人，年纪比庄维根大，比庄维根早进厂多年。颜元元是初中文化，这在工人中，显得鹤立鸡群。颜元元嘴上功夫了得，见人三分笑，干活还带得过去。颜元元个子不高，左眼皮上吊，平时穿着也干净。只要领导下班组，他总是贴着屁股，跟着跑。不长的时间，就当上了班长。颜元元心里有个目标，一定要混到车间去坐办公室。空闲之时，颜元元常常围着车间宣传科干事转，帮着出出板报，写写文章，在铸钢车间有了点小名气。

颜元元对庄维根的妒意，来自庄维根的学历。他以为自己是初中文化，在工段的工人群里首屈一指。这几天，听工段生产调度讲，庄维根是高中文化，心里莫名其妙地对庄维根产生了妒意，甚至有了敌意。当听说庄维根成分不好时，他忽觉全身畅快。颜元元觉得，自己是名副其实的初中生，出板报、写文章不在话下。当了班长后，几十个工人被他管得服服帖帖。只要他往工作场地一站，工人们便熟门熟路地干了起来。除非工段长和车间干部下来，他才拿着风镐打上几枪，做个样子。

这一次，让甲班顾兵出了风头，他心里对庄维根充满了敌意。工段哪天提拔庄维根当班长，势必将影响自己的前程。颜元元在两个班组交班时，常常会斜着眼睛，关注着庄维根的一举一动，心里慢慢有了主意。

4

铸钢车间里炉火熊熊，钢花四溅。天空行车来来往往，地面各种炼钢设备和原材料满目皆是。铸铁车间和铸钢车间挨得近，炼铁时黑色的烟尘笼罩在两个车间的上空。工厂的小火车拉着一车车铸件进进出出，火车头汽笛的轰鸣声震耳欲聋。

庄维根今天收工早，见车间外堆满废砂的场地旁，装载机正在作业。装载机巨大的铲斗把废砂举起，倒入一旁的小火车上。庄维根好奇地上前探望，心想，这么多废弃砂子以及炼铁的矿渣，究竟要运到哪里去？

“师傅，这么多废料运到哪里去啊？”庄维根大声问着铲车工人。

“运铁山去。”铲车师傅大声地回。

“铁山？这儿哪来铁山啊？”他进工厂快三年了，没听说过附近有铁山啊。

“顺着这铁路一直往北，几十年来工厂的废铁渣、钢渣和这些废砂都是运那儿去的。”火车司机笑了，抢着回答。

“带我去看看铁山好吗？”庄维根笑着问火车司机。

“那儿有啥好看啊，一片沼泽地。”火车司机哈哈笑着回。

“远不远啊？带我去看看行吗？”庄维根向司机师傅请求着。

“一刻钟，上来吧，待会回工厂后，你得走一段路回车间了。”火车司机也是个小伙子，豪爽地对庄维根说。

庄维根呵呵笑着爬上车厢，几节车厢内堆砂的大铁槽已经堆得尖尖的。随着小火车一声汽笛，火车头一侧喷出一股水蒸气，火车缓缓地驶向铁山。

庄维根见另一节车厢坐着几个装卸工，他们穿着五花八门的脏衣服，坐在车厢地上，嗞嗞地抽着烟。火车是工厂内部的车辆，加装有一个可伸缩的吊臂，庄维根还是第一次见到能够吊重物的火车。

“师傅，你是哪个车间的？”一装卸工问庄维根。

“铸钢车间的。这些废砂就是我们打下来的。”庄维根似乎有些骄傲地说。

“正式工吗？”另一装卸工问。

“正式工，来了快三年了。”庄维根漫不经心地回。

“正式工？我们哥儿几个来了快五年了，到现在还是临时工。”另一装卸工猛抽了口烟，将烟头弹向车外，似乎有些吃惊地问庄维根。

“你老婆在铁山吗？”弹烟的装卸工问庄维根。

“不在铁山，我老婆在外地呢。”庄维根回。

“那你去铁山干什么？我还以为你老婆在铁山呢。”装卸工怪怪地说了句，扭头望着天空，似乎在想些什么。

“铁山是工厂吗？”庄维根继续好奇地问。

装卸工们不再搭理庄维根，各自无语地抽起了烟。

咯噔，咯噔，车轮在铁轨上缓缓地行驶，发出金属轮子轧过铁轨接缝的声响。

“呜——”小火车头长鸣了一声，火车近乎停顿了下来。只见两个戴着红袖章的门卫从轨道旁的值班室走了出来，一边一个观察着袒露的车厢。随后打开横亘在铁轨上的大铁门，火车呜的一声，缓缓地出了厂门。

突然，让庄维根惊讶的一幕发生了。庄维根忽地起身，瞪大着眼睛，吃惊地望着四周。

一大群衣衫褴褛的男女老少吆喝着，欢呼着，从大门围墙两侧迎着火车而来。他们争先恐后，奋不顾身地追逐着缓缓行驶的火车。有的试图攀爬上缓缓行驶的火车。他们的手上拿着各种各样的铁耙子，有的人肩上搭着破麻袋，有的人将麻袋束在腰上。拿铁铲的，扛铁锤子的，全然不顾个人安危，像飞蛾扑火般地簇拥着火车。

吊装工们将钢缆套上铁柜，大声吆喝着驱赶那些拾荒人。随着轰隆隆的垃圾倾倒，一团团巨大的粉尘像沙尘暴般吞没了拾荒的人群。粉尘渐渐消散开来，上百个人影在尘埃中奋力地扒着、挖着、刨着。有人兴奋地边跑边呼喊着，金属与砂子的摩擦声扣人心弦。

庄维根惊恐地望着这些不要命的拾荒人，那滚滚而下的废砂完全会将人活埋了。在这群拾荒人中，居然还有许多儿童。

几个女人奔向车厢旁，装卸工们纷纷将自己坐在屁股底下的铁块扔给她们。

“孩子爹，回家里来洗澡啊，老家来人了。”一中年妇女背着沉甸甸的麻袋，捡起铁块放到脚边。她用手撩着被汗水粘住的头发，对着装卸工喊着，她的脸上布满了灰尘。

“知道了。”抽烟的男人开心地回着。

“呜——”又一辆小火车轰隆隆地从工厂驶出，车厢里装满了废铁渣，火车携着热浪，缓缓地驶来。

欢呼雀跃的拾荒人一拥而上，全然不顾发烫的矿渣，他们迎着火车扑了上去。

庄维根的心猛地震了一下。夕阳下的铁山已经伸向沼泽地数百米远，更远处，一条大河在夕阳下蜿蜒地流向远方。沼泽地四周的芦苇和杂草茂密地生长着，不知名的各种水草花，静悄悄地开放。阳光照在沼泽的水面上，看上去像一面面金色的镜子。

“生活，多么不容易啊！”庄维根想着依冰应该在这几天就要临产了，他的心沉甸甸的。

火车起动了，庄维根的身体摇晃了几下。

“师傅，包涵些，看到的别在外面说啊。”装卸工笑容满面地对庄维根说，掏出香烟，抽出一支欲扔给庄维根。

“不抽烟。”庄维根明白装卸工的意思，冲他摆手笑了笑。

“还是你好啊，端的铁饭碗。”装卸工不无羡慕地对庄维根说。

是啊，能进铁路工厂当一名正式的工人，拿着固定的工资，在外人眼里是多么的荣耀。尽管工作苦累脏，为了依冰和未来的孩子，庄维根觉得，一定要小心翼翼地捧好这个铁饭碗。庄维根的脸上露出了坚毅的神态。

第五章

1

甘肃，武威。

九里沟的清晨雾气茫茫，远山近屋被浓浓的晨雾笼罩着。金富贵从床上爬起，揉了揉眼睛，没精打采地望了眼躺在身边呼呼大睡的婆娘巧凤，蹑手蹑脚地打开房门，转身轻轻地将门合上，走向堂屋。窗外的世界朦朦胧胧，他走向案台，习惯地拿起旱烟枪，往烟锅里塞了些烟草，点燃后，嗞嗞地抽了起来。

一斗烟抽完，金富贵抬脚敲了几下烟锅，往腰带后一插，搓了搓双手，又打了个哈欠，似乎回了些精神。他推开另一扇房门，两个娃娃睡在床上正香。他轻手轻脚地上前，细细地看了看两张熟睡中的小脸，稚嫩的脸上皮肤皱巴巴的。他忍不住伸手摸了下大娃的脸蛋，将薄被子往上提了提，又反身回到了堂屋。他忍不住从腰后又拔出烟枪，往长凳上一坐，右腿架在左腿上，嗞溜溜地吸了起来。

大娃是他亲生的儿子，比二娃大两岁。二娃是亲弟弟富友生的，才三岁大。兄弟俩心里有个秘密，两人的婆娘都不知道。富友带着婆娘去外地两年了，没给家里来过一封信。昨天自己的婆娘还朝着他数落，一分钱不贴，把二娃往他们家一甩，夫妻俩外出挣钱去了。富贵不回巧凤的唠叨，自己心里有数，多养个孩子也花不了多少钱。富友说过，待挣了钱，有了消息，自会补偿自己。

金富贵狠狠地抽了口烟，将旱烟枪在脚底轻轻地磕了磕，站起来往灶台边走去。他打开灶台边上的藤箩盖，从里面拿出一个馒头，咬了一大口。藤箩是用芨芨草编的，馒头放在里面十几天都不会变味。每年这个季节，他都要花上许多时间去九里沟深处收割芨芨草。那儿的芨芨草长得茂盛，一大片一大团的，蓬蓬勃勃地生长着。他要用砍刀和快镰收割，捆扎结实后用扁担挑回家中。芨芨草堆放晾干后，将表皮撸下，留下外皮白而光滑且挺直的茎秆，作为编织篮、筐、门帘的材料。在整个冬季，大雪封山的季节，他帮着巧凤一起忙活。到了春季，巧凤会和张大山的婆娘许三妹一起，蹬着三轮车或推着板车，将芨芨草制品推到县城去卖。

吃完了馒头，金富贵倒了一大碗水，咕噜咕噜地喝了下去，摸摸肚子，觉得来了精神。墙角那儿放了五六条大麻袋，他拎起一条麻袋掂了掂，心里盘算着麻袋的重量。麻袋内装着挖来的黄姜，他估算着月底将这些干货拿到县城可以卖多少钱。

山里人家通常在山坡地种些玉米、南瓜、地瓜之类的农作物，那是一家人糊口的粮食。山村里的干货，如竹笋、地黄姜、柴胡、大黄、当归、党参这些野货，挖来都是卖钱的。而挖这些野生山货，一般都是由家里的婆娘和儿女们去干的，男人们一般是种些庄稼，养些牲口。

金富贵走出屋子，打开院门，雾显然退去了许多。东边山上已经隐约见到红红的云彩，近山变得清晰可见。只是九里沟深处人家的屋宇还被山雾笼罩着。远远望去，九里沟蜿蜒地伸展着，上面浮动着一条云河。

九里沟有百来户人家，三五家群居一处。房屋依山势而筑，但所有的房子都择水而居。九里沟很深，曲曲弯弯，沟两侧地势各有不同。有的就像江南丘陵地区的山坡，平缓又适合耕作，有的净是大块的巨石，树木森森，悬崖绝壁。但奇怪的是，在九里沟的两侧山坡脚边的小道，均能供行人行走，宽处可以通车。下到九里沟的深处，山谷幽静，绿草如茵，藤蔓遍地，奇花异草，溪水长流。冬季时溪水没膝，雨季时溪水汹涌。

金富贵望了望右边山坡上自家的玉米地，一大片的玉米地里发出玉米叶晃动的响声，估计是野猴子偷掰玉米。他弯腰捡起块石头，朝声响处奋力砸去。上午要进深山割芨芨草，傍晚还得去地里收摘玉米棒儿。到了十月底，山里起霜后，地里的玉米会长霉。

婆娘巧凤今天也要进山去挖地黄姜。今年的地黄姜长得又多又大。入得九里沟二三里深，两侧的山上随处可见地黄姜的藤蔓，粗细不一样的藤蔓缠绕着周边的树木。深秋季节，正是挖地黄姜的时候。

金富贵觉得该进屋叫醒婆娘了。他转身看了眼玉米地东边坡地上的两座坟茔，上面长满了蒿草和野花。只有两个尖尖的坟顶矗立在杂草丛中，那里面躺着他的爹娘。

“唉。”金富贵长叹了口气。鬼节前不久刚清除了坟茔周边的杂草，没多久，野草又长得半人高了。他转身步入院内，发现婆娘已经起床，正蹲在土灶前烧火哩。

“巧凤，我已经吃过早饭了。”金富贵朗朗地说。

“熬些玉米糊，两个娃娃起床后要喝哩。”巧凤头也不抬地回着，柴火发出的光亮，映在她那张年轻的脸上。

巧凤往灶膛内又塞了把草，起身后双手拍了拍衣服，拿起长柄铜铲往锅底搅动了几下，玉米糊在锅里冒起了大大小小的泡泡。

“你去叫醒两个娃，睡得跟死猪一样。”巧凤有些不耐烦地对金富贵说。

“把两个娃先放到张大山家搁着？”金富贵问巧凤。

“不放他家放谁家？三妹刚生娃两个月，正好帮着咱照看一下。”巧凤噘着嘴说。

张大山和巧凤沾亲，张大山的妹妹嫁给了巧凤的堂哥。张大山和巧凤都是九里沟土生土长的人。张大山家和金富贵家走动密切，在九里沟，相互攀亲的人家不少。东边的女儿嫁给西边的儿子，这种事情在九里沟很普遍。日子一长，沾亲带故的人家就多起来了。因此在九里沟，民风虽说彪悍，但争长斗短、拔拳相向的事情却是鲜见。

张大山家的婆娘三妹，两个月前刚生了个女娃。张大山人长得高大威猛，嗓门洪亮，他猛地扯开嗓子吼一声，半个九里沟都激荡。张大山女儿办满月酒，金富贵少不了要去。喝酒正酣，经旁人一逗，两家攀下了娃娃亲，日后两家走动更加密切。巧凤和三妹经常结伴去山里挖野货，野货挖多了，麻袋不够用，两人索性合一起装，野山货卖了钱两人均分。

金富贵去山里割茇茇草，张大山少不了相伴。一来大家做个伴，二来遇到野兽也好壮个胆。金富贵身强力壮，挑百把斤的重担不觉累。张大山背部有力量，背上背负着重物，两手还能各拎一大捆茇茇草，两人爬山走路大气不喘。金富贵是个闷罐子，问一答一。张大山生性开朗，老话荤话滔滔不绝。

金富贵不是九里沟的原住民。他原先住在武威县城内，少年时，随爹爹金不换搬到九里沟居住。和巧凤认识后，他对自家以往的事守口如瓶。巧凤进门前，娘在去世时，一再叮嘱他要把弟弟富友照顾好，娘咽气前，手指着东边玉米地，说不出话来。金富贵和富友知道娘的心事，这也是促使他让富友外出打工的原因所在。

太阳爬上了山坡，金富贵腰带上插了把割刀，左手拿一根扁担，扁担一头缠绕了一大圈棕绳。金富贵右手抱起大娃，巧凤左手抱着二娃，她的腰上系了个布袋，右手将短柄铁锄扛在肩上，两人来到了三妹家。

三妹满脸笑容，接过两个娃往炕上一放。她也乐意照看两个娃娃。她心想，大山和富贵去割芨芨草，巧凤去挖地黄姜和山货，卖了钱两家分哩。

“哇——”二娃不乐意躺在炕上，伸开两手哭着要抱。三妹转身抱起二娃，顺口问巧凤：“富友和金凤外出两年多了，也没个音信回来？”

巧凤一脸不耐烦，见金富贵和张大山走远，朝三妹埋汰：“富友走的那晚上，兄弟俩睡一个屋子，捣鼓了大半夜。也不知他们葫芦里装的什么药，神神秘秘的。唉，只当我多生了个娃。”

三妹凑近巧凤耳旁，悄悄地说了几句话。巧凤的脸色突然一沉，半晌，嘴里冒出一句话：“这个闷葫芦，对老娘都不说实话，今晚回去套他的话，要是敢对老娘隐瞒实情，我一脚把他踢下床。”

巧凤说完，扛着锄头转身向对面山沟走去。正是挖地黄姜的好天气，若是赶上运气好的话，一天能挖百把斤哩。

三妹抱着二娃追出门，见巧凤气恼恼地往山坡上爬。她大声喊：“巧凤，别寻远了。中午到我家吃饭，我做面皮子给你吃。”

2

庄慕兰居住的房子是一座老宅。老宅呈丁字形，原来是丹阳一个大财主的宅子。庄慕兰的房子位于丁字形的交会点，后面是老红军曾家，两家仅一墙之隔。房子原先有道木门与曾家院子相通。曾家院子不宽，四米左右，石板铺地。院子的另一侧有八九间房子。房子的后面还有一个院落，里面是厨房和一排鸡舍。曾家大门左侧有一块空地，半亩左右，用竹篱笆三面圈着。牵牛花等绿色的藤蔓紧紧地缠绕在竹篱笆上。那蓝色的、绯红的、桃红的花朵，好像为秋天唱着赞歌。

丁字形最长的另一端，住着老红军范家。范家屋子是这座老宅装修最好的。据说，在分房子给范家时，范家的婆娘一眼看中。房子虽好，院落却不大，只有两三分地留着给老范种些蔬菜。蔬菜地在院落围墙外面，种下的蔬菜常常遭路人的殃。

庄慕兰搬进来几年了，与这两家女主人见面也只是点个头，三家人家互不来往。三个老革命中，两个深居简出，黄德胜工作回家后也遇不到老曾和老范。

太阳暖洋洋地照着，阳光透过窗棂洒进屋子，把屋子照得透亮。

“咚咚咚”，庄慕兰听到敲木门的声音，声音从老曾家传来。

“来啦。”庄慕兰好奇地腆着肚子缓缓地从里屋出来，她与隔壁老曾家互不串门，两家偶见，也只是隔着室内的玻璃窗，互相招个手。

庄慕兰把自家木门的铁闩拉开，木门两面都装着铁闩，老曾的婆娘李娟已经把他家一侧的铁闩拉开了。

“慕兰妹妹，我家养的鸡，我家老头听说你又要临产了，让我送只母鸡给妹妹补补身子哩。这只母鸡呀，刚生完一茬蛋。”李娟操着一口江西话，笑着对庄慕兰说。

庄慕兰一听，知道对门的来还人情了。那天，黄德胜打了几只野鸭，正巧被从街上回来的李娟看到，直夸老黄的枪法好。黄德胜回家一高兴，让庄慕兰给老曾、老范家各送了一只野鸭子。

“谢谢姐姐和你家老曾。”庄慕兰笑着接过母鸡，递给身边的汤正益。

“慕兰妹妹，看这肚子腆着，再有十天八天的该生产了吧？”李娟一脸关心地问。

“下周吧。不出意外，就这几天。老黄昨天还说，让我早些住到县医院去哩。”庄慕兰甜甜地回。

“慕兰妹妹呀，我跟你说啊，这回生了个儿子，下次就别生了。你看呀，你马上生第三个，我已经生了三个。前三个生了儿子，我家老头经常缠着我还要我生。害得我与他分床睡了大半年了。当初，老曾住院时认识我，要不是组织上干预，我才不嫁他哩。”李娟煞有介事地说着，两只眼睛都放亮了。

庄慕兰听说过，李娟比老曾小二十多岁。李娟是军队的一名护士，是老曾看中非娶不可的女人。李娟虽不情愿，但迫于各方压力和老曾的纠缠才嫁给了他。

“慕兰妹妹，黄德胜比你大这么多岁数，你是不是也和姐姐一样？老范家的翠萍，湖北佬，和姐姐一样的遭遇。你看哩，咱们这些老革命的女人活得多累呀。”李娟故意说着，脸上露出无奈的表情。她的眼珠子转动了几圈，眼光落在庄慕兰的脸上。其实，李娟的心里压不住的得意哩。

庄慕兰笑了，内心掩饰不住幸福的快乐。那年在木果河畔，她双手钩着黄德胜脖子的那一幕，被眼前的李娟给翻了出来。她只是故意嘟着嘴，点着头应和着李娟。

“慕兰妹妹，我跟你说啊，前面那家湖北佬，心眼儿比针尖还小。那年我家老头向县上打了报告，要块地种些庄稼。谁知道湖北佬也要那块地，幸亏我家的报告比他家的报告早，县领导又签了字了。你说说，都是红军干部的家属，湖北佬的思想觉悟，怎么那么低？干吗要针尖对麦芒，斤斤计较呢？”李娟显得很大度，她拍了下掌，摊开双手望着庄慕兰。

庄慕兰心里觉得好笑，你拿到了土地当然大度，要不分一半给湖北佬，两家不都摆平了？庄慕兰笑而不语。

“哎哟，姐姐，别光站着说话，进屋坐会儿吧。”庄慕兰对李娟说。

“不了，慕兰妹妹。我还得给老曾备饭哩。哎，往后妹妹有什么事跟姐姐讲。大不了姐姐陪着你去县上，看他们能不待见咱。”李娟像是心里揣着什么事情，她莫名其妙地对庄慕兰说。

送走了李娟，庄慕兰关上木门。她觉得两腿酸胀，便让汤正益搬了张椅子放在前院，她去晒会儿太阳。没坐多久，前院门又被敲响了。

“庄慕兰啊，坐着别起身。我们家老范种的萝卜和青菜，我送些给你尝尝。”翠萍一脸堆笑，拎着竹篮入得院子。

“谢谢翠萍姐姐，太客气了。”庄慕兰笑着欲起身。汤正益搬来张竹椅，翠萍一屁股坐下，笑眯眯地望了望庄慕兰的肚子，捏着吉祥话讲：

“慕兰妹妹呐，看你这肚子，这回一定替你家黄德胜生个儿子。”

“借姐姐吉言了。翠萍姐，老范身体好吗？”庄慕兰感激地问。

“刚刚还在生闷气哩。种在地里的萝卜，被人拔去了不少。这些个穷光蛋，人穷也得要有些志气哩？饿死也不能偷东西呀。”翠萍气呼呼地说，脸上的肉抖动着。

“也是。再穷也不能偷啊。”庄慕兰顺应着翠萍的话。

“前几年，老范也曾大气过一场，差点气出毛病。就后面那家，那么大块地独占了。老范也跟县上讲过，曾老头家那个江西佬，背着我们给县上打了报告。县上的领导也是吃干饭的，忘了老范跟他们说过也要这块地，竟稀里糊涂地给批了。你说气人不气人？”翠萍说得来气了，起身在院子里走动了几步，侧脸观察庄慕兰的反应。

“哎，翠萍姐，别生气了，都说吃亏是福嘛。宰相肚里能撑船。忍一忍，不也过去了？”庄慕兰笑着宽慰翠萍。

“更多更气人的事还在后面哩。去年春上，我遇到那个江西佬，脸皮真厚，居然跟我说，老曾事先不知道老范也要那块地。江西佬说，早知道打报告给县上时，有半块地也够了。庄慕兰，你说这话气不气人？要真有那心，我和她手拉手去县上，她会去吗？”翠萍越说越生气，那神情，像是被人挖了祖坟，气愤得胸口两团肉都在抖动。

“你说论革命贡献，我家老头哪点都不输给她家老头。都是二万五千里，老曾是个伙夫，整日做饭给那些兵吃，老范说他连枪都没有放过。我家老头虽说是个马夫，可他养的马，多少中央大领导都骑过，这贡献天大了去了。”翠萍越说越生气，双手叉在腰上了。

庄慕兰看翠萍生气的样子，突然想起，“天上九头鸟，地上湖北佬”的俗语。眼前的翠萍，眼睛瞪得铜铃大，透着狡猾奸诈的眼神。庄慕兰忍俊不禁，哈哈地笑了起来。

“翠萍姐，你真是个直肠子人，快人快语。”庄慕兰见翠萍疑惑的双眼注视着自己，故意奉承起翠萍。

翠萍听庄慕兰一夸，精神头更足了：“慕兰妹妹，不有一句话吗，九个湖北佬，不如一个江西佬。和她做邻居，得小心提防着些。别看她一口一个姐姐妹妹地喊着，真的是蜜糖嘴臭豆腐心。”

庄慕兰见翠萍掏心掏肺地在自己面前数落着李娟，不得不应承地边笑边点头。

翠萍见庄慕兰被自己拉拢过来了，喜笑颜开地说：“妹妹呀，你们家院子太小，这不，旁边正好有块空地，你让老黄给县上打个报告，随便找个理由，砌个墙圈进来，这样院子就大了，多好啊。”

“翠萍姐，我家黄德胜资格比不上你家老范哩，县上会答应吗？”庄慕兰听翠萍一鼓动，也来了精神。

“哟，慕兰妹妹，我听老范说，你家黄德胜是留在白区的红军干部哩，资格在全县排到老三。而且呀，黄德胜是枪林弹雨里出来的革命军人，又是现职干部。你呀，别不把黄德胜当个神。要不这样吧，我们两家合一起，给县上打个报告，你把围墙打起来，我把围墙放出去，你看呢？”翠萍见庄慕兰心动了，乘势而上。

“好啊！”庄慕兰兴奋了。

那块空地上有两株桃树，春天桃花开得人心里痒痒的。六月树上挂满了桃子。附近的孩童们，未等桃子成熟，满树的果子就被摘光了，也说不清桃树的主人是哪家。

“万一县上不同意咋办哩？”庄慕兰忽然有些担心，拿捏不定地问。

“他们敢！老范和你家德胜的党组织关系都在县机关，开党小组会议时，随便提个意见，这壶酒都够他们喝几年。”翠萍来了虎威，双手紧紧地叉在腰上，眼珠子鼓得更大。

3

庄慕兰兴奋之余，忽然感觉累了，便回房间休息一会儿。袁依冰腆着肚子竖着耳朵，在屋里听得清楚。想到庄慕兰嫁了个好老公，不由得心生些许妒忌。她趁着庄慕兰回房间休息，悄悄地走出屋外，去老西门大街上转转。

出了胡同口一拐，便上了老街。正仪坊的两侧商铺门口围着许多人，从那儿飘过来各种各样的诱人的食材香味。她在众多的香味里，嗅到了面皮子那特有的酸辣味。那天黄德胜买了一大盒面皮子给庄慕兰吃，她就在隔壁房间。她见庄慕兰把吃不了的小半碗面皮子，居然往垃圾桶里给倒掉了，也没招呼婆婆汤正益和自己吃些。

袁依冰也馋，她也想尝尝面皮子那酸辣的味道。她咽了下口水，不由自主地走向面皮子店。她见不大的店堂里坐着六七个食客，正津津有味地吃着面皮子和酿皮子。袁依冰在溧水从小到大没吃过这种食物，她抵挡不住美食的诱惑，站在店门口看了起来。

“嘿，面皮子和酿皮子，要不要来一碗？”店家三十多岁，衣着干净，只是胡子没刮。他右手拿着锅铲子指着袁依冰问。在店家的身边，一个年轻的女人正埋头给面皮子配料。

“哪个是面皮子？”袁依冰轻声地问店家。

“这个！”店家大咧咧地用锅铲子敲了敲桌上的瓷盘。

袁依冰一看，面皮子有些像老家的擀面条，宽宽厚厚的，上面浇着一层红汤。

“多少钱一碗啊？”袁依冰吞吞吐吐地问。

“三毛钱一碗。面皮子和酿皮子一样的价。”店家笑了，两眼望着略显羞涩的袁依冰。

袁依冰稍许犹豫了下，伸出左手指着酿皮子：“来一碗酿皮子吧。”

“带走还是在这儿吃？”店家随口问了句。忽然店家的眼睛发亮了，怔怔地盯着袁依冰手上戴着的玉镯。

“在这儿吃吧，我没带碗。”袁依冰声音大了些。

“哦，哦，我这儿有碗，你尽管带回去，下次记得来还吧。”店家似乎反应了过来，一脸兴奋，拿铲子的手微微抖动着。

“这镯子真漂亮！敢问你家住老西门？”店家见袁依冰挺着大肚子，料定她住的地方离店不远。

“就住在前面胡同口里，那是我姐姐家。”袁依冰眼睛不离酿皮子，心里在盘估桌上哪个盘子里的酿皮子多一些。

食客中有人抬头看了看袁依冰。“你是老红军黄德胜的什么人？”食客问袁依冰。

“他是我姐夫。”袁依冰怯怯地回。

店家已经探听到这个女人的住址了。这对他来说是个重大发现。他起身走近袁依冰，又看了一眼袁依冰戴在左手腕上的玉镯，大声称赞：“这个玉镯好光亮呵，我头次见到这么好看的镯子。”

店家的话引起店堂内食客的注意。一食客起身走近袁依冰，只瞟了一眼，便夸了起来："绝品的和田玉。只有大户人家的人才戴得起。"

袁依冰有些尴尬，她将手镯往袖口里塞了塞，不理会食客的称赞。店家却殷勤地拿出一个大碗，把一盘酿皮子倒入大碗内，又从另一个装着酿皮子的瓷盘里，用筷子夹起一大筷酿皮子，装入碗内。

"拿去吧，什么时候都可以来还碗。"店家大气的举动，让身边的女人感到十分不满。她似乎有些气愤，嘴皮子抖动了两下，杏眼怒瞪着店家。

店家毫不理会身边女人的举动，一脸笑容地将碗端给了袁依冰。袁依冰将钱搁在桌上，小心翼翼地捧着碗，似乎有些感激地看了眼店家，转身慢慢地往家中走去。

夜渐深了，老西门大街上的行人稀少了起来。街道两侧，几盏路灯闪着昏暗的灯光，照着巷道里沉睡了几百年的条石路面。街道两侧的小商铺陆续熄灯，店家们搬着竖靠在角落里的一堆木门板，塞进门槛封门。面皮子店堂的桌上，还有些面皮子没有卖出。

店家走出店门，左右望了望，脸上显然有些失望。长长的老街上，行人寥寥无几。倒是老城门通往宝成桥的方向，还有喧闹的声音隐约传来。

店家知道，宝城桥是丹阳西门外乡民进出县城的唯一通道。宝城桥建于明代，过了宝城桥，还有许多街道。街道纵横交错，晚上的街市比老西门大街热闹。那儿是乡民们喜欢的地方，鸡鸭牛羊禽类的交易，集中在那里，大运河给物流提供了方便。外地生意人开着船直接停靠在运河两侧，拖家带口一待就是十天半月。

"金富友，上门板。狐狸都走了大半天了，咋还不死心哩？"店内的女人拎着扫把气呼呼地吼着。

"金凤，再等等吧。说不定宝城桥那边还会有食客来哩。"金富友依恋地望着宝城桥方向，期盼着那边夜市散了，会有三五成群的船上人过来，他可以把剩下的面皮子卖了。

金凤已经憋了半天。金富友平白无故多给那个大肚子女人那么多面皮子，凭什么要讨好那个女人？还不是那个女人长得好看？她嫁给金富友好几年了，自家男人肚子里的花花肠子还不知道？她将手中的扫把往地上一摔，双手搬起一块门板，咔嚓一声，塞进了嵌槽，双手使劲往里呼地一推。

"关就关吧！"店家见婆娘怒发冲冠，知道她发怒的原因。平常和好看的女食客多说几句话，或多看了几眼，晚上睡觉时，金凤就会后翻炮，而且炮炮往扯不到边的地方打。

说实话，金凤长得耐看。不满三十的年龄，身段匀称，尤其是眼睛长得好看。双眼皮，睫毛长长的。金富友从小就喜欢金凤。金凤和许三妹是表亲，金凤家住在九里沟对面的小林子里，她小时候常到许三妹家串门，要不是这个关系，金富友也搭不上金凤。

关好店门，金凤不依不饶地缠着金富友。她伸手扯着金富友的耳朵，低声而愤怒地说："你咋这么不要脸哩？那么多食客看着你呢。那个女人比我好看，皮肤比我细嫩，嫌弃我了？"

"没有啦。"金富友挣扎着，想摆脱耳朵的疼痛。他越是挣扎，金凤的手越是用力。突然，金凤使劲地拧了一把金富友的耳朵，痛得金富友哇哇地大叫。

金凤一屁股坐在板凳上，头埋在双膝处，手掩着脸，嘤嘤地啜泣了起来。

"我知道，城里的女人好看。我想二娃了，想九里沟了。"金凤哭泣的声音大了起来。

"金凤，别哭了，你想歪了。其实，我这心里搁着事哩。天大的事哩！"金富友不忍心见金凤哭得伤心，万般无奈地说。他边说边用手揉着又痛又热的右耳。

"啥心事哩？想二娃了？"金凤抬起泪脸，眼神明显柔和了许多。

金富友望着金凤一脸泪水，内疚地用手替她擦抹着。此时的金凤，在他的眼里格外楚楚可怜。他挨着金凤坐下，嘴巴贴在金凤的耳朵上，低声细语着，听得金凤一脸的惊悚……

天空布满了星星，街道上静寂无声。不远处的屋顶，传来猫的叫声。随着金富友缓缓的讲述，时间悄悄地流逝。

"富友，求求你了，别执拗了，咱不贪，好吗？"金凤抓着富友的手摇晃着，苦苦地求着他。金富友一声不吭，掏出卷烟抽了起来。烟雾在屋内弥漫，呛人的烟味充斥在不大的店堂内。

"金凤，咱出来也快两年了。我心里知道你念着二娃，我也一样。但俺娘的嘱托，不能不办啊。这样，过几天，我借口送些面皮子给黄德胜家尝尝，拉拉关系，探些口风。若实在打听不到什么下落，待租期一满，咱们回九里沟去，好歹也攒了些钱。"半晌，金富友终于开口了。

“嗯。”金凤望着富友，应了声。

“过些日子去邮政所，给富贵邮些钱去，巧凤可不是省油的灯哩。”金富友对金凤慢吞吞地说。

“他爹，咱家二娃该会走路了吧？”金凤突然问金富友。她把头埋在富友的胸前，显得温柔了许多。

4

几天过去了，金富友心里惦念着那桩事，见店堂里食客寥寥无几，便拿了个竹篮，装上一大碗面皮子，朝闲得无聊正坐在板凳上嗑瓜子的金凤吱了声：“金凤，我去那个老红军家把碗讨回来。”

金凤已经知道富友带着她外出讨生活的缘由，吐着瓜子皮嚷了句：“早去早回啊。”

金富友拎着竹篮，大步向黄德胜家走去。沿路有的人家敞开着院门，院内丝瓜架子上挂着一条条丝瓜，丝瓜叶绿中泛黄，丝瓜已经变老。他猜想，院子的主人一定盼着丝瓜完全干枯了，取丝瓜筋用来洗碗或者洗澡时用来擦背。

拐个弯，金富友见巷口和巷内两拨泥水匠正在拆砌围墙。巷口老范家的残墙上爬着扁豆，扁豆藤蔓缠着砖缝，藤蔓的枝尖还挂着许多紫红色的扁豆。

汤正益正坐在院内，笑呵呵地看着泥水匠打墙基。在她的身旁放着热水瓶和几只碗。

“婶婶，这是黄德胜家吗？”金富友直接入院，明知故问。

“是啊。”汤正益起身迎向金富友，见他竹篮里放着一大碗面皮子，心里明白了七八分。

“这是你家的碗，这几天家里事情多，没及时给送过去。”汤正益弯腰拿起搁在石板地上的一只大碗，起身歉意地笑着递给金富友。

“没关系，我来取碗，顺带着再送一碗面皮子给你家女儿吃。”金富友一脸灿烂，轻松而客气地对汤正益说。

“你来得不巧了，昨天我女儿和儿媳都去了县医院待产。两个人的肚子昨天都痛了起来。等我女婿回来，我还要去送饭哩。”汤正益边欣喜地说，边将手伸到衣袋处摸索了一番。她掏出一块蓝布手帕，左一层右一层地将手帕打开，里面叠着一些零碎的钱。

“不用给钱了，都是街坊邻居，一碗面皮子也不值啥钱。”金富友显得大方，伸手按住汤正益翻钱的手。

“婶婶，你怎么没戴玉镯子啊？”金富友趁机套话。

“我儿媳有，我没有那个东西。我儿媳的那个镯子也不值钱，自家石头割的。”汤正益不懂玉镯的珍贵，不经意地回。

“我告诉你啊，以前有人要送一块小冬瓜大的石头给我婆婆，我婆婆有钱哩，哪看得上一块石头？愣是没要哩。”汤正益回想起昔日庄家的辉煌，脸上泛起了红晕，眼睛也亮了。

“听婶婶口音，是南京人？”金富友激动了，开始投石问路。

“哪里呀，我是溧水人，溧水离南京还远着哩。”汤正益喜滋滋地回着金富友。在汤正益的记忆里，她当年送维根和慕兰去南京读书，一路上马车换汽车，汽车换火车，火车换汽车，汽车换黄包车，倒来倒去，倒得她分不清东南西北了。

“呵呵，你们那儿是山区，交通不便，运点东西都要靠马帮？”金富友直截了当地问。

“也不。早年我女婿的爷爷黄秋生专做跑马帮的事，也发了些财。”汤正益开心地说。

“黄秋生？”金富友激动了，他追着汤正益问，“黄秋生是哪儿人啊？”

“呵呵呵——”汤正益发出一连串笑声，“你真傻，当然是溧水人哩，离我老家汤家村有些路。”

“婶婶是汤家村人？”金富友追问。

“是啊，去那儿一打听汤正益，大人们都晓得汤家。”汤正益呵呵地又笑了起来。自从庄坤林死后，汤正益没这样欢笑过。

屋内传来抗英的哭声，汤正益慌了，朝着金富友歉意地笑了笑，迈开小脚往里屋跑去。

第六章

1

庄维根醒得早，他衣着整齐地在宿舍里走动着。天幕刚露出鱼肚白，窗外隐约可见晨曦中有了些许胭脂红。

新的铁路装发下来了，庄维根今天第一次穿。全套深蓝色的铁路装，配上新买的黑色皮鞋，感觉整个人精神一振。尤其是铁路装衣服上和袖口处黄澄澄的铜纽扣，金光闪闪，带着徽章。照着镜子，庄维根忍不住笑了起来。

人逢喜事精神爽。这一周对庄维根来说是双喜临门。姐姐慕兰和依冰先后生了个女儿，慕兰来信说，等着他回去给取名哩。前两个外甥女分别出生在抗美援朝时，因此，他给两个外甥女取名为抗美、抗英。这第三个外甥女，维根刚刚想好了名字叫康健，现在正是新中国建设的大好时机，但愿孩子们平安健康。至于自己女儿的名字，维根琢磨了一阵，按照庄氏家族的排辈，取英字是少不了的，维根给女儿取名叫庄英群。他希望女儿未来性格开朗活泼，与周边的人能融合一起。

另一件喜事，庄维根想起来就想笑。老顾班长近来突然尿血，别说干不了重活脏活，连一般的活都干不了，顾班长寝食不安，想尽快退休，让上海的大儿子顶替。工段长欣赏自己，加上老班长旁敲侧击，庄维根当了班长，老顾管考勤和报表，等于免了顾班长的“兵权”。谁都知道，铸工段活累，也有点技术含量，工作时班长通常都是冲在最前面的。庄维根心里乐，天上的馅饼终于砸在了自己的头上。全班三十多个工友，论人数，简直可以和当年父亲的韩湖游击队有一比。最重要的是他当了班长，未来在分房上多少可以加些分。

庄维根在等待最早一班去常州的公共汽车。今天他计划坐公交车去终点站小营前，然后直接去后驳岸看望一下两个舅老爷。自从去南京读书后，他与娘舅家便失去了联系。看望舅老爷后，直接从后驳岸去常州火车站很近，坐一个小时火车便可到丹阳。

庄维根看了一眼桌上的闹钟，还有一刻钟，早班公交车就将到工农桥站。从宿舍步行到工农桥站，慢走只需五分钟。庄维根提前出了宿舍门，兴冲冲地往公交站走去。

后驳岸离小营前不远，庄维根依稀记得，舅太公家房子好像坐落在后河拐弯处。房子依河而筑，后门有一条长长的石阶伸向河边，河边有个石码头，可以洗衣淘米。好在河流拐弯处不多，庄维根没费太多劲便看到了。

走过一座带着宝元瓶栏杆的小石桥，绕个弯，一座似曾熟悉的住宅映入眼帘。住宅院墙的门洞开着，沿院墙处，金黄色的菊花透出浓浓的香味。

庄维根拿捏不准，他犹豫着在门口徘徊，不时侧眼偷偷地观察院子里的动静。毕竟，庄家与刘家十几年不来往了，物是人非，庄维根连自己的两个舅外公的容貌都模糊了。

院子里，一个中年男子正悠闲地打着太极拳。庄维根见他眯着眼睛，一招一式刚柔相济。只见他轻盈地转身，双手缓慢下垂，嘴里缓缓地吐出了一口长气。他突然发现门外探头探脑的庄维根，眼睛一瞪，声音不高却带着严厉。

“你看什么？”中年男子甩了下胳膊，用手捋了下三七开的头发，喝问。

“请问这是刘银家吗？”庄维根微笑着轻声问。

“隔壁。”中年男人短促有力地说。

“您是刘地舅舅吗？”庄维根欣喜地问。

中年男人一怔，眼睛瞪得老大，两道浓眉往上翘，盯着庄维根问道：“我是你舅舅？”

“我是溧水庄家的庄维根啊。”庄维根激动地回。

“啊——你是维根啊。”刘地欣喜地上前，上下打量着庄维根，见庄维根身穿崭新的铁路装，气宇轩昂。他亲热地拍着维根的肩膀，“哎呀呀，快二十年了，一晃这么久了。在哪儿工作？”

“在火车厂工作，已经好几年了。”庄维根欢快地回。

“当干部了？”

“在车间当工人。”庄维根脸稍许红了。

“住在哪儿？”

“住集体宿舍。呵，我在工厂附近的村庄还租了间屋子。”

刘地脸上的笑容刹那间凝固了。这时，屋内一个年轻漂亮的女人笑嘻嘻地迎了出来。

“这是你舅妈。”刘地尴尬地笑着对庄维根说。

“舅妈。”庄维根甜甜地叫了声。

舅妈同样一怔，她从来没有听说过庄维根，漂亮的脸上立刻泛起了红晕。

“进屋坐会儿吧？”舅妈似乎热情地招呼着庄维根，扭头朝刘地使了个眼色。庄维根捕捉到了这个眼色，这眼色让他有些局促不安。

“二舅，我大舅呢？”庄维根问刘地。

“你来得不巧，前天你大舅一家子带着你两个舅外公去溧水了。你舅老爷他们年纪大了，说是要用余生给你爹的外公外婆守孝去哩。”

“什么？”庄维根一惊，刘生和陶玉如死了？霎时，庄维根的眼泪出来了。

进了屋子，刘地给庄维根倒了杯水，见庄维根仍在淌泪，他叹了口气。

“唉，死了两年了，就葬在刘家村。”

庄维根擦了下眼泪，端起茶杯，小喝了一口，屁股还没坐热，舅妈干咳了声，一声不响地进入了房间。

刘地故意看了下手表，脸露难色地对庄维根说：“维根啊，今天虽说是周六，可舅舅马上要去单位开干部会议哩。”

“舅舅，舅妈，我走了，我还要赶火车去丹阳姐姐那里。你们多保重身体。”庄维根听得出刘地的逐客令，尴尬而慌张地起身。

“走好啊，有时间过来啊。”舅妈在里屋大声地说。

刘地略显尴尬地起身，送庄维根出院门。院门关上的那一刻，庄维根隐约听到舅妈的责怪：“什么外甥，空着手来看舅舅。”

2

常州火车站离后驳岸不远，步行只需二十多分钟。庄维根出了后驳岸，没走多远便到了迎春大街，他伴随着熙熙攘攘的人流来到了火车站。

在火车哼哧哼哧的车轮声中，庄维根找了张靠窗的座位坐了下来。车窗外，金黄色的稻田缓缓地向后闪退，绿油油的蔬菜地里可见弯腰劳作的人们。车厢里，乘客毫无顾忌的说话声，搬动行李的碰撞声和烟雾糅加在一起飘出车窗外。

庄维根的思绪也跟着飞扬。自从爹爹死后，庄家就像遭遇了雪崩。太公太婆的死讯让他心里隐隐作痛。当年，刘生骗自己去常州的情景忽地闪现在眼前，他的眼睛里闪动着泪花，他扭过头偷偷地眨了几下眼，让眼泪顺着脸庞往下流，一直流到嘴边。咸咸的眼泪让他想起了庄家村，想起庄家村那些他所熟悉的，留在他记忆里的至亲老表。

庄家村人真正和庄家一脉相承的就是春夏秋冬四个本家。在这几个本家中，他们的儿女辈庄维根还是比较熟悉的。其他庄家村人，大都属于沾亲带故的关系。从庄大奶奶那一辈的老人数起，巧儿娘家，大娟兰儿家，大嘴婆家，邱巴家的情况，庄维根还是印象深刻的。那些老人们是否还都安在？庄维根想起来刘生家的宅子，就在自家粮库边上。庄维根心里奇怪，土改时杨伢子和民兵们居然没给分。庄维根心里盘算起刘铜刘银两个舅外公的年龄，他们都过了七十五岁了，心里面唏嘘不已。

今天刘地舅舅给他留下了深刻的印象，白白胖胖，一看就是养尊处优惯了的人。他觉得，刘地舅舅人很虚伪。尤其是那个年轻的舅妈，人虽然长得好看，却势利得很。从她和刘地的年龄上推断，他觉得他们不是原配。都说外甥和舅舅，打断骨头还连着筋。庄维根心想，真是人饿吃葱烧心，人穷走亲寒心。

姐姐慕兰和依冰各生了个女儿，慕兰在信中对他大倒苦水，说黄德胜的脸拉得好长，几天不见笑容。慕兰还说娘一面倒，只晓得照顾袁依冰，对自己照顾不周。敲锣听声，说话听音，庄维根觉得慕兰嫌弃依冰在她家生产。庄维根心想，姐姐也不容易，黄德胜的脾气捉摸不定，慕兰又连生了三个女儿，黄家没条根，黄德胜怎不发愁。好在慕兰年轻，后面还能接着生。

依冰生了女儿，庄维根既高兴又发愁。在常州居无定所，后面的日子怎么办？庄维根心里沉甸甸的，他把半个脑袋探出车窗外，任凭呼呼作响的风吹在脸上。

“哎，同志，这样危险。查票了。”女列车员在走道上喊着。她见庄维根穿着一身新的铁路制服，微笑着朝他点了点头，转身往旁边座位查票去了。

庄维根还了女列车员一个微笑，他继续想着最近家里发生的事。前些日子，婷婷写信让依冰去苏州家中待产，依冰执拗不去。苏州的老房子被政府收了，里面住了七八户人家。婷婷一家人都挤在凤凰街那个石库门房子里。袁唐平和庄雪花带着儿子，加上小桃红和婷婷五个人住着，确实拥挤。庄维根心里最清楚，依冰不愿意去苏州，主要原因是和庄雪花合不来。袁依冰和庄雪花打小就拧不到一起，庄雪花又寻到了亲爹李邱巴，她现在傲得很呐。

火车不知不觉地到了丹阳站。庄维根下了火车，太阳已经爬到了当空，他跺了两下脚，大步走出了火车站。

3

今天的阳光格外灿烂，太阳照在桂花树上，给桂花树和小院落披上了一层金色的外衣。残存的桂花依恋地留在枝头，馨香扑鼻，沁人心脾。

庄雪花一大早便去了菜场，买了三斤肉，两斤鸡蛋，五斤西红柿，四斤土豆，十个鸡蛋糕，还买了条草鱼。回来时，又在巷口的小店买了两瓶常州白酒。回来后，她高高兴兴地把东西交给婷婷和小桃红收拾，自个儿往桂花树下一站，吸吮着桂花的香味，盘算着买菜的花费。

肉花了约两块钱，二十个鸡蛋花了一块钱，土豆花了八分钱，两瓶酒花了一块钱……总的大约花了八块钱。虽然她觉得有些铺张，但想想袁唐平最近的变化，心里觉得这钱花得值。

袁唐平自从出监后来到苏州，心情忧郁，常常沉默不语。苏州最大的医院就在附近，医院招烧锅炉的壮工，在她的动员和陪同下，袁唐平报了名。医院录取袁唐平，看中的是袁唐平年轻，有文化，而且有自住房。按理说，庄雪花替袁家生了个儿子，又在街道工作，也有了一份工资收入，但这一切似乎都无法消除袁唐平心里的伤痛。

庄雪花知道这需要时间，更需要她的温柔体贴。她和袁唐平在一起时，庄雪花总是故意回忆她和袁唐平上小学时的事情，回忆在庄家村后山坡上手拉着手唱歌、看烂漫的山花、嬉笑追逐打闹的场景。唯有此时，袁唐平的嘴角才会挂着些许微笑。

今年，袁唐平发生了变化，下班后脸上常挂着笑，两人依偎在一起的时间明显多了。昨天，袁唐平主动说，要在家中请胸外科齐大伟医生吃饭。庄雪花虽然感到意外，但见袁唐平一脸的高兴，心想，离儿子两周岁的生日还有半个月，不如将儿子袁顺悟的生日提前过了，一家人也图个开心。袁唐平今天值夜班，见庄雪花买菜回来，赶忙从屋里出来。他看到庄雪花买了许多菜，还买了鸡蛋糕，顺口问："雪花，买鸡蛋糕干吗？"

雪花转身笑着，指了指里屋说："顺悟马上两周岁生日了，咱们提前给儿子过生日吧。"

"中午齐医生来吃饭时，千万别提儿子过生日。人家还以为我们要他的红包哩。"袁唐平提醒庄雪花。

"家里都听你的。"庄雪花见袁唐平提醒着她，她心领神会，"就请齐医生一个人吗？"

袁唐平眉开眼笑地贴近庄雪花的耳边，神秘兮兮地说了几句，听得庄雪花一脸笑容。

"我看这事儿有戏。说不准真有这个意思哩。"庄雪花自信满满地说。

袁唐平干着烧锅炉的活儿，工作说累不累，说技术含量却也简单。每隔一段时间，只要打开炉门，用铁铲往炉内添撒一些碎煤，然后把炉门一关，便可坐到休息室里小憩一会儿。待炉渣满了，只需用钢钎捅出些炉渣，然后用翻斗车将炉渣运到锅炉房不远的炉渣堆放处倒掉。这其中最不可忽视的就是要常常观察锅炉的水位计，那是一根弯曲的玻璃管子，当管子内的液体下降到管壁的红线时，就要打开水阀往锅炉内加水，否则锅炉继续燃烧，将引起爆炸。

去年的冬天，雪纷纷扬扬地下着。齐医生却跑到了锅炉房，主动在休息室里待着。齐医生和袁唐平不熟悉，但袁唐平知道齐医生。在整个医院里，齐医生绝对是首屈一指的一把刀。一来二去，齐医生和袁唐平成了朋友，平时话语不多的齐医生在袁唐平这个锅炉工面前显得开朗热情，他和袁唐平聊得来。一般来说，齐医生是在做完一台手术后过来。他喜欢喝袁唐平给他泡的茶，那茶是李邱巴从溧水邮寄过来的翠眉茶。冲泡后的茶叶上下翻飞，清香四溢，汤色黄绿明亮。

时间一长，袁唐平发现齐医生的内心很苦闷，在医院里也显得孤立，他不愿与同行们多说什么。他是从苏北大丰县的医院调过来的。据说，市里的领导去大丰县开会，突发心脏病，眼看着瞳孔在放大，硬是被齐医生救活了。领导康复了，非要见见救命恩人，当了解到齐医生是从美国自愿回来的心脏博士，领导二话不说，直接嘱咐秘书将齐医生调到苏州医院，还破例给了套房子居住，工资按照规定的标准快到两百元了。医院里一众开刀的医生们看得妒忌，台前台后说了不少闲话。台面上说领导爱护归国人才，背后说领导是怕死，才把齐医生调到身边多个活命的保障。医生们见了齐医生也不多话，其实各怀鬼胎。

齐医生三十多岁的人了，一直单身，和母亲住在一起。医院里未婚的女医生和漂亮的女护士，不排斥齐医生。她们常常迈着轻盈的脚步，面带微笑地去请教齐医生各种问题。齐医生总是耐心回答，心里却不起波澜。这也成了同行男医生的笑谈，说齐医生医术高明，只可惜治不了自己的病。

上周医院搞庆典，各部门具有文艺才能的人们纷纷各显神通。拉小提琴的、敲扬琴的、吹萨克斯的、拉二胡的、男女声合唱的、诗歌朗诵的，他们下班后纷纷去医院会场的舞台上排练着，等待着正式表演的那天。

那天，齐医生做完了一台手术后，照例溜进锅炉房。他正舒心地喝着袁唐平泡的茶，听袁唐平吹说着溧水的往事。他听得饶有兴趣时，同科室的几个男医生追到锅炉房，不由分说地拉着齐医生上台去表演个节目，实际上想让齐医生出些丑。

袁唐平不明就里，听着耳边隐约传来的歌声和乐器声，也动了心思。见众医生哄着齐医生去了会场，他赶紧和同班的汤师傅交代了几句，追着齐医生一起去了会场。

会场里热闹非凡，灯光把舞台照得雪亮，绛红色的帷幕徐徐拉开，引来一阵阵喝彩声和掌声。前排的院领导们突然兴奋了，纷纷起身猛烈地鼓掌，台上站着院长的女儿苏扬。在灯光的照耀下，她更加温柔可爱，一身粉红色的裙子衬托着妙曼的身材，她挎着一百二十贝斯的手风琴，一看就是专业水准的架子。她微笑着向台下鞠了一躬，优雅地往椅子上一坐，整个会场鸦雀无声。《莫斯科郊外的晚上》那抒情的乐曲随着苏扬的手指在琴键上划过，美妙的音符缓缓流淌着，像小桥流水般舒畅，像月光洒在心田般令人陶醉。

一曲完毕，在猛烈的掌声和喝彩声中，齐医生被几个男医生簇拥着搡到了前台。一个医生故意大喊着："齐医生，唱一个！"另外几名医生也跟着起哄，台下的观众们更是哄堂大笑，一时间会场里气氛热烈，情绪高涨。

只见齐医生一改往日的神态，迎着灯光走上了舞台。他轻声地对姑娘说了几句，姑娘笑着点点头。姑娘一个示意后，印度尼西亚民歌《哎哟，妈妈》的曲子欢快地从手风琴的键盘里响了起来。齐医生手持话筒，脸上绽放着从未露过的笑容。

From where have come the frogs in the river？

（河里青蛙从哪里来？）

They came swimming along the paddy water.

（是从那水田向河里游来。）

From where has come the love sweet and smart？

（甜蜜爱情从哪里来？）

It has directly come from the eyes into the heart.

（是从那眼睛里到胸怀。）

Oh, mom, please don't be angry with me！

（哎哟，妈妈，你可不要对我生气！）

Young people fall in love like this as you see！

（年轻人就是这样相爱！）

齐大伟的歌声如同夏日的阳光，把会场的温度提高到了沸点。优美、俏皮、跳动的欢快旋律，充满了青春的跃动，流利纯正的英文让台下的观众大吃一惊。苏扬兴奋地站起来拉动着手风琴，她的手指在琴键上快乐地跳动滑跃着，肩膀抖动，脸儿兴奋得通红。琴声伴着歌声穿过会场，穿过天顶，飘进每个人的心灵。曲终歌尽，似乎仍悠悠荡荡地在每个人的耳畔响着。

灯光照在手风琴漆黑的琴面上，乳白的琴键在灯光下泛着柔和耀眼的光波。苏扬的脸兴奋得通红，眼睛亮亮地望着齐大伟。她根本没有料到，拿手术刀的能唱出这么流利的英文歌曲。他的歌声拥有让人无法抗拒的磁性和洞穿力。在风暴般的掌声和欢呼声中，慌张的她竟忘了向台下鞠躬。她忙乱地收拾起手风琴，装入琴盒，心跳得怦怦作响。

她见齐大伟下台后，随着袁唐平出了会场。她故意问旁人，和齐大伟一起离开的人干什么工作后，第二天便找到了锅炉房，递给袁唐平一张纸条，托袁唐平转给齐大伟。说是要请齐大伟将英文歌词写下来，她要教给她的学生们唱，纸条上留下了电话号码和姓名。

袁唐平不傻，明白姑娘的心思。这也是他今天要请齐医生吃饭的目的，袁唐平明白，这可能是改变自己命运的一个大好机遇。

4

临近十一点，小桃红正在院子里削土豆皮，传来了敲门声，她匆匆地起身把门打开。

“婆婆好。”齐医生站在门外，礼貌地向小桃红问候。他的右手挽着一位优雅的妇女——穿着一袭鸡心领红色毛线衫，头发盘在脑后，白净的脸上戴着粉色边框的眼镜。他们微笑地望着门内的小桃红。不用介绍，小桃红就知道，这是一对母子。

小桃红略显慌张，赶忙闪身请两人入院。袁唐平和庄雪花闻声，赶忙从客厅出来迎接。齐医生见袁唐平出来，他似乎心领神会地朝袁唐平笑着。

庄雪花颇有些意外，她原以为齐医生在医院是有名的一把刀，可能是个老气横秋的人，见他穿着半新的黑西服和黑皮鞋，显得朝气勃勃，身上充满了活力，庄雪花的心怦地跳动了一下，她的脸红了。

“齐医生，屋里坐，翠眉茶刚刚泡好。”袁唐平乐呵呵地招呼着。

齐医生的母亲一脸笑容，她大大方方地跟小桃红和婷婷打着招呼。她被院内的桂花树吸引了，她走向桂花树，贪婪地嗅着花香。

趁着齐医生的母亲注意力在桂花树上，袁唐平将苏扬的纸条递给了齐医生。

“那个拉手风琴的要你的英文歌词，让我转给你的。”袁唐平眨动着眼睛，嘴角挂着神秘的微笑，冲着齐大伟说。

齐大伟的脸红了。他将纸条打开只扫了一眼，迅速放入衣袋。

“袁唐平，这是今年的翠眉茶吗？”齐大伟装着若无其事地问袁唐平，心却怦然跳动，眼睛里流露出些许慌张。

庄雪花显得高兴，她颇有些骄傲地对齐大伟说：“这是溧水的秋茶，我爹爹刚寄来的。”庄雪花说完，将茶杯端放在齐大伟的面前，转身去了院子。

齐大伟的母亲倒是落落大方。她弯腰捡了几朵落地的桂花，放在掌心里闻了几下，一脸笑意地对小桃红说：“姐姐呀，我叫齐鲁红，是大伟的母亲。我年轻时在美国生活的啦，那时候想桂花的香味，寻了好多地方都不见桂花树。实在没办法时，就跑到中国城去买糖蜜的桂花解解馋啦。”

“哎哟，这苏州的桂花树就是多。前些日子没落花时，满大街都能闻到桂花香哩。哎，姐姐，在我们家乡溧水，桂花树可多了。”小桃红回过神来，见齐鲁红的年纪还没自己大，陌生感冰消，像老熟人一样眉开眼笑地说了起来。

闻听溧水二字，齐鲁红突然一愣，脸上闪过一丝惊讶，她脱口问：“姐姐，你是溧水人？”

“是啊，我家大院子里就有桂花树啊。除了有桂花树，有竹子、茶花、蔷薇花，围墙上爬满了青藤，还有夹竹桃……”小桃红正眉飞色舞地说着，心突然猛地抽搐了一下，脸色苍白，口喘粗气，手捂着胸口。

“怎么了，姐姐？”齐鲁红惊叫着。婷婷和庄雪花赶忙过来，扶着小桃红，让她坐在椅子上。

齐大伟听到母亲的叫声，赶忙过来，他翻了下小桃红的眼皮，又搭了下小桃红的脉搏：“没事，激动的原因，喘喘气就好了。”齐大伟对惊慌失措的婷婷说。

“婆婆，过去的都过去了，别老责怪自己了。”婷婷知道小桃红的心事，宽慰起小桃红。

“妹妹呀，姐姐突然想起自己犯下的错，我不该撇下他们到这儿来呀。”小桃红缓了口气，脸色红润了些，她两眼湿湿地对齐鲁红说。

“唉，”齐鲁红叹了口气，转而释然地对小桃红说，“姐姐呀，心里不要自责。一个人不管以前做错了什么，只要皈依基督，只要虔诚地向基督忏悔，所犯错误一笔勾销，心灵就会像新生儿一样纯洁。”

小桃红听不懂齐鲁红的话，她茫然地望着齐鲁红，抹了下眼泪。

“就这么短短的几年，天翻地覆的变化，我这心里难以接受啊。”小桃红内疚地对齐鲁红说。

齐鲁红却笑了，她开始向小桃红传播福音。

“姐姐，救赎永生的应许，每个人都将接受上帝的裁决。妹妹以前也犯过错，恨不得一死了之。后来，妹妹信了基督，心里充满了快乐。妹妹每个礼拜都去‘使徒堂’，就在养育巷里，姐姐闲着时间多，不如跟妹妹去礼拜，唱唱赞美诗。”

“赞美诗是什么呀？”庄雪花在一边，忍不住好奇地问。

“哎哟，那是崇拜颂赞上帝的歌啊。赞美诗多得比长江里的鱼还要多。不过，我们通常都是唱其中的几首，好学得很哩。像‘三一颂’啦，圣父圣子圣灵啦。”齐鲁红的脸上绽放着笑容，眼神清澈得像一汪碧水，她兴奋地边说边笑着。

小桃红注意到齐鲁红的脖子上挂着个饰件，那是个金黄色的小十字架，上面还钉着一个裸体的男人。

“妹妹，那个十字架上的男人是谁啊？”小桃红知道在溧水教堂的尖顶上有十字架，但没想过十字架上的男人是干什么的。

齐鲁红一脸虔诚地将胸口的十字架用嘴唇吻了下，对小桃红说：“十字架彰显上帝的大爱和救恩。上面的人就是耶稣，他是上帝的儿子。”

“那上帝又是谁？”婷婷忍不住问了起来。

“上帝就是耶和华。”齐鲁红自豪地说。

小桃红显然听得入迷了。齐鲁红意犹未尽，正想继续传播福音，齐大伟在屋内听得不耐烦，喊了起来：“妈妈，进屋喝口茶吧，在院内大声说这些不好。”

5

从丹阳火车站到老西门大街，步行约需一个小时。丹阳火车站在沪宁线的规模还算可以。出了火车站，马路两侧云集着各种小贩，卖什么东西的都有。没有公交车，庄维根只能步行。从火车站往县城的道路上，行人冷冷清清，路的两旁是一片荒凉之地。

庄维根的衣兜里揣着刚发的工资。他心里盘算着要交给慕兰三十块钱，作为依冰和女儿一个月的生活费。另外还要给娘三块零花钱，剩下的勉强够自己一个月的开销。

依冰生了女儿，庄维根的喜悦刚过，心不由得揪了起来。女儿需要报户口，而他在常州无房，不具备报户口的条件。除非将女儿的户口落到溧水庄家村，这是他无论如何都不愿做的事情。他边走心里边盘算着，如何说服姐姐，让姐姐利用姐夫的人脉，在丹阳给女儿报上户口。如果女儿在丹阳能落上户，意味着依冰将要在丹阳待上很长一段时间。庄维根觉得还是要姐姐想想办法，日后给依冰找个事做做。

庄维根的到来让依冰欣喜不已。汤正益正在院子里晒着枕头，见儿子来了，脸上立刻出现久违的笑容。她亲热地拉着维根的手，上下打量着维根。

“维根，怎么晒成黑人了？这手上怎么有这么多疤呀？”汤正益心疼地问维根。

“娘，脸黑是车间里高温烤的，疤是让铸件烫的，没关系。”庄维根拥抱了一下汤正益，轻描淡写地回。汤正益却像孩子般哭了。

“娘，你的手怎么这么粗糙啊？”庄维根用手替娘抹着眼泪，见院子里的大木盆里堆满了要洗的衣物，心里明白了。

“这枕头是娘睡的吗？真软。”庄维根伸手捏了下太阳底下晒着的枕头，故意引开了话题。

“那是慕兰的枕头，娘的枕头没那么考究。”汤正益拉着维根的手不放。

庄维根伸出手摸了另外一个枕头，枕头用黑布缝制，里面塞满了谷壳。

“维根，”依冰抱着女儿甜甜地走出了房门，“看，你的女儿。”

庄维根激动地抱着女儿，襁褓中的女儿睁大着眼睛望着自己笑呢。

“姐姐呢？”庄维根问依冰。依冰朝房间努了下嘴，低声地说：“在给她女儿喂奶呢。”

庄维根把女儿递给依冰，进屋后敲了下房门：“姐姐，我来了。”

“维根啊，姐姐马上出来啊。”慕兰在房内回着。过了会儿，慕兰一脸懊恼地从房内出来，冲着维根便嚷了起来：“维根，你跟娘在院子里说的话，姐姐刚才都听到了。娘在姐姐这里可没有遭罪啊，我跟你姐夫吃什么，娘也吃什么。”

“哎，姐姐多心了。只怪弟弟没本事，到现在连个住的地方都没有。”庄维根责怪着自己。

“姐姐的肚子不争气，你姐夫前阵子，那脸拉得跟个驴脸一样长。”慕兰开始向维根倒起了苦水，眼圈红了。

“维根，你过来，姐姐有话跟你单独讲。”庄慕兰低声对庄维根说了句，领着维根进了房，顺手把房门关上。

“老西门街上浴室里，有个搓背的叫丁双喜，他跟你姐夫熟。他的老婆前几天拎了十个鸡蛋来看我。说本来我要生儿子的，就是一个屋里不能有两个孕妇，所以姐姐才生了个女儿。姐姐也知道这是迷信话，可备不住丁双喜在你姐夫面前嚼舌头。你又不是不知道，你姐夫是个闷罐子，什么事都烂在肚子里，不跟你姐讲，你说要不要命？”庄慕兰手背拍着手心，无奈地朝维根摊开双手，眼睛注视着庄维根的表情。

敲锣听音，庄慕兰话讲得直白。庄维根的心里翻江倒海，一阵酸楚涌上心头。都说嫁出去的女儿泼出去的水。慕兰能这样做，也确实不容易了。庄维根尽量压抑着心情，满脸内疚地对庄慕兰说：“姐，你再咬咬牙，帮我一把，再挺个几年。等弟弟一有了房，哪怕只有鸡窝大，我立马把她们都接过去住。”庄维根说完叹了口气，从衣兜里掏出三十块钱递给庄慕兰。

“这是一个月的生活费，姐姐放心，我十五日发工资，除了邮局不上班，弟弟不会耽搁一时半晌的。”

庄慕兰伸手接过钱，她犹豫了一下，又将钱递给了庄维根，脸上愁云一扫而光：“等你姐夫洗浴回来，吃晚饭时，当你姐夫面给我吧。”

袁依冰见庄维根和庄慕兰在房间里叽叽咕咕老半天，心里怨怨的。她在客厅里故意喊：“维根，你领我去老西门大街逛逛吧。正仪坊边上开了家面皮子店，好吃得很哩。”袁依冰说完，抱着女儿就往院外走。

庄维根从窗户看到袁依冰外出，赶忙追了出去。慕兰喊着：“维根，顺便带一碗回来给你姐夫吃。”

庄维根追出院外，依冰站在不远处等着他，两人并肩边走边说。

“维根，下次再生孩子，绝不待在这儿了。你知道你姐姐有多自私？炖了一锅鸡，娘给我盛了一碗汤，就吃了一个鸡腿，我听见慕兰数落娘好几次了。”

庄维根不语，寄人篱下有什么办法？俗话说，“三天一来狗上灶”，再是亲姐姐，也不会天天亲哩。

忽然，袁依冰惊讶地喊了起来：“怪了，这儿开得好好的面皮子店，怎么歇业了呢？”

庄维根抬眼望去，一个不大的小店铺木门紧闭，上面贴了张歇业的启事。

“维根，回去你跟慕兰说，面皮子店歇业了。如果不信，让她自己过来看。”袁依冰怨怨地说。

第七章

1

巧凤和富贵打了两个礼拜的冷战。三妹那天悄悄地告诉巧凤，她曾听张大山说起金富友外出的原因。那是金富贵和张大山在她家喝酒，金富贵喝高了，漏了风，说金富友去外面找钱去了。

山里人对外出打工的一般多说去闯世界或者去找钱。三妹起初听张大山说也没在意。她后来细细琢磨，觉得这事蹊跷。金凤咋这么狠心，二娃刚断奶，把二娃扔给金富贵和巧凤，头也不回地随着富友出了九里沟。山里的男人外出干手艺活的也不少，也有夫妻两人结伴外出找钱的，要么拖家带口一起出去，要么女人留在家里操持家务带娃儿。三妹从这一点上细细琢磨，觉得富友和金凤同时外出事情不简单。金富贵比张大山的城府要深得多，即使喝高了也只吐了半句话。巧凤当时看着三妹神秘兮兮地说话的脸色，气得脸都扭曲了。

金富贵和往常一样，晚上上了床便要搂抱巧凤。巧凤背转身，把屁股朝着他。金富贵有些气恼，用力把巧凤扳过身，将巧凤压在身下。巧凤正在气头上，蹬腿将被子踢开，一把推开金富贵，一骨碌下了床，眼睛瞪得铜铃大，光脚板斥问:“富贵，你和富友葫芦里卖的什么药？究竟有什么事瞒着老娘？”

金富贵乍听一愣，旋即满脸堆笑，胡扯起来:“富友和金凤外出找钱，当哥的咋能不支持，长兄为父嘛。待他两口子找了钱回来，少不了你我的。”

“你编，山里的蛤蟆都不信你。你喝高时对张大山说的话，三妹听得细，全告诉我了。”巧凤气呼呼地说，心里却打鼓，怕金富贵不信。

金富贵心里一颤，上次是和张大山喝高了，自己说了许多话，现在哪儿记得。他眼睛盯着巧凤的脸，见巧凤有板有眼地嚷着，觉得可能自己落下了把柄，被巧凤攥在手上。金富贵从床上爬起来，刚才的欲火被扑灭，下面也没那么鼓胀。他眨动着眼睛看着巧凤涨红的脸庞，极力掩饰内心的慌张。

“二娃丢在这两年多了，富友和金凤不闻不问，好像二娃是我生的崽。两年多，连个钢镚子都没见汇来。你呢，只当没这桩事，你咋变得大气了？前年大山的妹妹来看我，临走时我塞了两块钱给她，你埋汰了半个月。”巧凤双手叉腰，越说越来气。她匆匆地套上鞋，转身把金富贵往卧室门外推。

“告诉你，金富贵，往后要想和老娘同睡这张床，除非你在我面前竹筒倒豆子。哪天豆子倒完了，哪天上这张床。”巧凤火冒冒地哐的一声关上了门。

金富贵无奈地来到堂屋，吧嗒吧嗒地抽起烟来，思绪像烟雾般摇曳。他和金富友是有个秘密，兄弟二人赌誓，没到水落石出前，绝不告诉各自的婆娘，否则不得好死。这个秘密太重要了，捅出来会要人命的。

金富贵继续抽着烟。少时，他无奈地收了烟枪，望了望关闭的房门，悻悻地往娃儿房里走去。

2

第二天，太阳已升得老高，大娃和二娃早醒了，吵闹着要吃东西。巧凤躺在床上，睁眼只当没听见。金富贵无奈，只能去厨房生火熬些玉米糊。

炉火熊熊，两个娃儿围着灶台嬉闹着。金富贵听到院子外有敲门声，没好气地从炉灶前起身。他打开屋门，太阳的光芒照着四周的群山，白茫茫一片，炫得眼睛都睁不开。

昨晚悄无声息地下了雪，原先翠绿金黄的群山，变得银装素裹。阳光照在皑皑白雪上，发出刺眼的光亮。

“金富贵，快开门，有你家的汇款单。”镇上的老邮差在院门外激动地大叫。

金富贵一怔，以为幻听，待确定声音从院门外传来时，疾步上前打开院门。

“金富贵，发大财了！是你弟富友汇的钱。”老邮差满脸堆笑，恭维着金富贵。

金富贵一把接过汇票，单子上清楚地写着“贰佰圆”，汇票的附言栏还写着几个字，“有消息了”。

金富贵揉了揉眼睛，似乎不敢相信这是真的。他千恩万谢地送着老邮差，直到老邮差走出很远。他刚转身，巧凤已经光脚穿着拖鞋站在院子里。

“我说哩，咋没个音信。这不，来钱了，来大钱了。”金富贵激动得语无伦次，他朝着巧凤晃动着汇款单。

巧凤一把夺过汇款单，眼睛发亮，嘴巴张得老大。她几乎不相信自己的眼睛：“他爹，咋，咋这么多钱？有消息了，什么消息啊？”

金富贵激动得语塞，他猜想富友一定将秘密告诉了金凤，这样就怪不了他了。他神秘地东张西望了一会儿，确定院门已经关闭。他一招手，巧凤顺从地跟着他进了里屋。

巧凤赶紧给富贵沏了壶茶，又拿出食物给两个娃儿，然后往富贵对面一坐，眼巴巴地看着金富贵。

“我娘结了两次婚，你知道不？”金富贵开口了。

巧凤摇摇头，一脸懵懂。

“我娘结婚那天骑了驴子，又骑了骡子，你知道不？”

巧凤听得稀里糊涂，分不清南北了。

“你嫁给我前，我娘是个瞎子。你知道咋瞎的吗？”金富贵开始点烟，烟雾从两个鼻孔里喷出，扑向巧凤迷茫的脸。

金富贵吧嗒吧嗒猛抽了几口烟，用力将铜袋锅在木凳上磕了磕，举着铜烟枪朝着东面，不紧不慢地说：“巧凤，半山坡上葬着我娘，旁边埋着我爹，你知道我爹没埋在里面吗？”

巧凤听得目瞪口呆，一连串的问话让她更不辨南北了。她认真盯着金富贵的脸看了会儿，确定富贵的脑瓜子没坏。她嗫嚅地问：“富贵，这是哪门子事啊？”

“唉，这话说起来长了。”金富贵长叹了口气，慢慢地说开了。

3

月光透过密密匝匝的树叶洒在乱草丛上。金不换仰面朝天躺在草丛里，如死人一般。他的腰硌在一根几乎腐朽透了的粗树干上，后脑勺痛得厉害。他努力地睁开眼睛，天空闪着火光，闪动的火光几乎照亮了半个天空，耳边隐约传来一阵阵惨叫声和枪炮声。

“屠山寨了！”他的心里忽然闪过这一意识。他发现，他没死，他居然还活着。他的嘴角掠过一丝笑容。他想起来了，是黄秋生挥刀砍断了绳索，让他摔下了山崖。

“枪，枪去哪了？”金不换想去腰间摸枪，手不听使唤。他索性躺着不动，静静地望着天空。山寨的火光渐渐地暗了，森林里变得黑黝黝一片。耳边传来窸窸窣窣的声响，他闭上眼睛，昏昏沉沉地睡了。

金不换突然感到脸上热乎乎的，两股热气扑在他的脸上，好像有个巨大的脑袋在亲近自己的脸。他睁开眼睛，原来是大白马。大白马的马嚼子上挂着一截扯断的缰绳。金不换喜出望外，忽觉得身体气血顺畅了，他挣扎着从地上缓缓爬起，腰部立刻一阵电击般的麻木。他不由得伸手摸了摸护腰，护腰还在。

金不换的护腰是特制的。前后两块，铜镜般护着肚脐和后背。护腰是用优质牛皮制作，用铜扣相连。在护腰的前后两片护垫内，各塞了三根金条。护腰可防刀刺，在落难时也能派上用场，正是护腰护住了金不换的腰椎骨。

金不换扶着身边的一棵杂树，他抬头望了望山崖，隐约看见两根长长的棕绳正垂挂在山崖上。他眯起眼睛细细地观察着山崖，根据绳子垂挂的位置来判断手枪落点的大致地方。他摸索着向前，果然，在他跌落前方三五米的草丛中，金不换看见了自己的驳壳枪。

金不换吹了声口哨，大白马踱步来到身边。他费力地扶着马背，左脚踏住马镫，翻身上马，一抖缰绳，大白马撒腿跑了起来。

4

山寨被官军剿了，财宝被黄秋生劫了。山上的兄弟们死的死，活着的也不知去向。金不换决定先沉寂一段时间，躲避官军的追杀，将身子调理好，顺便找个娘儿们播个种，把诸事安定了，再联络弟兄们找黄秋生报仇。

金不换没费多大工夫，散了些小钱扔给了媒婆，将武威县城门口一个卖菜老汉的女儿说上了门，连买房子带聘礼花了两根金条。娶亲的那天，新娘子披红挂绿，骑着头高大的驴子，在送亲的娘家人簇拥下，一路吹吹打打向新房进发。眼看着太阳渐渐下山，正是媳妇进门的时候。此地的风俗叫娶“黑媳妇”。

金不换一身新郎打扮，站在门口等了片刻。他已听见吹吹打打的唢呐声，心情舒畅痛快。突然，远处卷起了一阵尘土，伴随着乱纷纷的马蹄声，十几匹快马疾奔而来。

金不换大惊失色，下意识地去腰间摸枪，枪被他放在新房的绣花枕头下。待马队驰近，金不换发现打头的正是山下看马的“小三子”。

“金老大，弟兄们给你贺喜来了。”小三子骑在马背上狞笑着，平端马枪，对着金不换。

“老大，山寨的弟兄们活着的不多了，把财宝分了，各奔东西，咋样？”另一彪形大汉高声嚷着，右手搭在腰间枪把上。

金不换抱拳朗声道：“谢弟兄们捧场，下马来家中喝汤吧，喝了汤一起坐席。”

小三子见金不换未带枪，便将马枪单手下垂，大声说：“老大，你那饸饹面和坐席吃了一次没下次。弟兄们只愿老大将山上的财宝一起散了，众弟兄也好寻个出路。”小三子话音刚落，众土匪纷纷发声应和。

金不换上前几步，一一抱拳后大声说：“山上的财宝，被黄秋生所劫。我当众弟兄面发誓，此生一定将财宝寻回来，散给大家。”

正当此时，送亲的队伍临近，众土匪见新娘子花枝招展地骑在驴子上，竟哈哈呵呵地淫笑了起来。

金不换又上前几步，冲着领头的小三子说：“小三子，你跟着我有些年头了，今儿是我大喜之日，俗话说，得饶人处且饶人。我告诉你，财宝真的被黄秋生劫了！”

“那三块玉石呢？”小三子不信，横横地问。

“都被他劫了。”

“你敢对天发毒誓？”小三子仍然不信。

金不换手指天空，发出了一串毒誓。小三子见金不换赌咒发誓的样子，心里也泛起了嘀咕。

“金老大，你敢不敢让你媳妇骑骡子进门？”马背上另一孔武的男人吼着。

“咋不敢。”金不换立刻让迎亲的人去牵了匹骡子，不由分说，上前一把将新娘子从驴子上抱下来，放到了骡子背上，引得众土匪哈哈大笑。

金不换走到小三子跟前，低声说了几句，只见小三子一脸惊讶，慌乱地朝着金不换抱拳，随后一抖马缰，领着一众土匪往山寨方向绝尘而去。

5

金不换娶了新媳妇，暂时收回了心，一生中从来没有这样清闲过。毕竟过了五十岁的年龄，他要上对得起祖宗，下对得起自己。围着新媳妇转悠，成了他生活中的轴心。新媳妇年轻漂亮，十五岁的芳龄，水灵灵一朵出水芙蓉。三年一晃而去，任凭自己怎样折腾，媳妇就是不怀崽。金不换十分纳闷，自己英雄半世，咋治不了眼前的女人？他要找媒婆问问，怎么给自己找了个不下蛋的母鸡。

媒婆常来串门，金不换少不了给些茶水钱，因而，媒婆跑金家跑得勤。正当金不换郁闷时，媒婆上门来了。

“哎哟，姐姐又来了。”金不换的老婆款款迎上前去。

“来得正好，我有事整不明白，想问你哩。”金不换阴沉着脸对媒婆说。

媒婆也是厉害，八哥的嘴，猴子的脑。见金不换阴沉着脸，脸上立马堆笑。

“金大哥，新娘子不怀孕，惹你不开心了吧？”

“正是。”金不换扭着头一脸的不爽快。

“金大哥，你莫气恼，我这不急着上门来找你嘛。”媒婆拍着大腿一屁股坐在金不换的对面，一脸的神秘。新娘子赶紧给媒婆上茶，乖乖地闪在一旁，不敢正眼看金不换。

“我问你啊，都说新娘子黄昏时眼看要进你家，来了一些你山上昔日的弟兄，有这回事吗？”媒婆似乎不急不躁地问金不换。

“是啊，怎么啦？”

“你把新娘子从驴背上抱到骡背上了？”

“对呀！山上的弟兄们问我敢不敢，这有啥不敢的？”金不换不解地回。

媒婆唰地站起，脸色紧张，使劲地一跺脚，手啪的一声拍在腿上：“坏了！这事让你山上的弟兄们整坏了！”

金不换如陷云里雾里，媒婆的话让他更是不解。媒婆数落金不换：“亏你还是本地人哩，风俗你忘了？新媳妇骑驴，那是驴下面的东西厉害，能传宗接代。你让新娘子骑骡子，这骡子能生育吗？那是马和驴生的杂种啊！”媒婆说完，特意看了眼新娘子，还朝新娘子眨了个眼。新娘子长舒了一口气，心里对媒婆一阵感激。

啪的一声，金不换一巴掌拍在桌上，把媒婆和新娘子吓了一跳。

“这些兔崽子，净出损招，这是要断了老子的根脉！”金不换怒发冲冠，脸色铁青。他从小跟着杜立三闯世界，离开家乡几十年，早就把家乡结婚的风俗和忌讳淡忘了。

“你个婆娘，老子把你抱在骡背上时，你咋不吱一声？”金不换把气出在了媳妇身上。

新娘子瑟瑟发抖，委屈地争辩：“我头上披着大红布，眼睛又看不到那是头骡子还是驴！”

金不换眼神凶凶地盯着媳妇的脸，那是一张苍白又略显稚气的脸。在他的眼里，不能生娃的女人就是身上的脏衣服，留着何用？但三年来女人对自己百依百顺，又是自己把她抱上了骡背，金不换心里飘过一丝怜悯。

“还有法子吗？”金不换的眼神柔和了些，问媒婆。

“有啊。不过，这法子只能试试了，灵不灵看自己的造化了。”媒婆故弄玄虚地说。

新娘子大气不敢喘，竖着耳朵紧张地听着。

“你呀，把媳妇送回娘家住上些日子，择个好日，重新弄头大叫驴，披红挂彩地到她娘家把媳妇接回来。趁着这一段日子，你弄些个参汤滋补下元气。记住，新娘子上了驴背后，别让她脚着地，直接背去洞房扔床上。”媒婆说完，哈哈大笑。

金不换大喜，掏出一个光洋塞给媒婆。媒婆疯癫癫地乐着，与金不换告辞，走出老远还听到她的笑声……

巧凤听呆了，她简直不相信自己的耳朵，她望着金富贵凝重的神情，殷勤地将茶杯递给金富贵。

“后来呢？”巧凤迫不及待地追问。

金富贵拿起烟枪，撮了些烟丝按在烟锅内，随着火柴的刺啦声，火光照亮了他那古铜色的脸庞。他低头不语，吧嗒吧嗒地抽着旱烟，辛辣的烟味笼罩在室内，思绪又回到了那个金色的树林里。

6

家门口的一片林子，生长着各色各样的树木。云杉树枝上栖息着各种鸟儿，叽叽喳喳的鸟鸣声响亮悦耳。高大的丁香树密布在林子里争春，茂密的树枝上开满了蓬蓬簇簇的花朵，紫色的白色的花朵上，蜂儿在贪婪地吸吮，蝶儿在花间欢快地穿梭，鸟儿不停地飞来跳去骚扰着蜂蝶。榆叶梅、百里香、野生枸杞等灌木，封堵了上林子的小路。山荞麦、啤酒花、野葡萄、绣球藤等绿意盎然地守卫着树林子。

太阳亮晃晃地照在屋顶上。院子里高大的臭椿树上，几只彩色的鸟儿鸣叫着，相互追逐着。山蚂蚁一长溜地顺着平滑的树干极力地向上攀爬着。

富友在院子里蹦蹦跳跳，他拍着小手唬着树上的鸟儿。十几米高的臭椿树生长着茂密的枝干，枝干两侧又生长着几十片圆锥形的树叶，鸟儿在浓荫中时而跳跃，时而隐现。

我悄悄地走到了富友身边，对着树尖猛地吼了声，又抬脚踹了下臭椿树。彩色的鸟儿受了惊吓，慌乱地扑腾着翅膀向树林子飞去。富友急得一屁股坐在院子的泥地上，哇地哭了起来。

"富贵，你都十六岁的人了，咋不让着些富友？"娘从里屋闪了出来，双手拍了拍蓝底白花的褂子，把大哭的富友从地上搀起。

"多害臊啊，都十几岁的大男人了，动不动就哭鼻子。"娘爱怜地训斥着富友。

"娘，富贵哥成心不让鸟儿待在咱家。我要哥哥赔。"富友哭着闹着，就差急得跳起来。

娘哈哈地笑着："鸟儿都飞林子里了，让富贵咋个赔你？"

"我要哥哥带我去林子里找。"富友不依不饶地缠着娘，眼泪鼻涕一大把。

娘掏出手帕替富友擦干净脸，对我使了个眼色："富贵，你领着富友去林子边转转，说不定还能碰上鸟儿哩。幸亏你们爹爹外出，否则准饶不了你们。"

我没有办法，只能领着破涕为笑的富友去了前面的林子。林子里热闹非凡，蛙鸣声、鸟叫声、山涧的流水声此起彼落。

"富友，不许出声，跟着哥走，闹出声响，鸟儿飞了别怪哥。"我板着脸对富友说，富友兴奋地不住点头。

我领着富友像狐狸一样猫着腰在树丛里钻行。忽然，一群男人的声音把我们吓了一跳。我和富友凝神屏息，猫在密密的灌木丛里侧耳听着。

"小三子，难得你和兄弟们这么忠心。既然你们信得过大哥，大哥绝不会让弟兄们失望。"

我和富友吓坏了，说话的人正是爹爹。一群粗壮的男人背着枪簇拥着爹爹，富友平时就怕爹爹瞪眼睛，吓得坐在地上不敢动弹。

"老大，弟兄们就是信得过你。你大喜那天说，在山上聚义厅正中的地下还埋着大洋，果然如此。你没独吞那些财宝，弟兄们信服了。"小三子弯腰对爹爹抱拳。他一挥手，从后面上来了一个高大的汉子拎着个布袋放在爹爹跟前。

"老大，靠你留给弟兄们的安家钱，一众弟兄都有了根脉。一晃那么些年过去了，弟兄们重情义，这两百块大洋，本应是大哥的份儿。"小三子下跪给爹爹磕了个头，哗啦啦一片响声，十几个汉子全都朝爹爹下跪。

"大哥，老四在邻县犯事被抓了，官府早晚会来抓你。弟兄们在九里沟已为大哥弄了房子，事不宜迟，尽早离开武威县城吧。"小三子急促地恳求着爹爹。

“金大哥，这些年弟兄们都有了根脉，有了传承，没牵挂了。咱们都是马背上的命，如今兵荒马乱，日本人也来了。咱们一路向南，寻黄秋生报了仇，了了心愿，顺带着投靠军队，日后也能赚个好名声。”

爹爹来回走动着，把小三子搀起，又招呼众人起身，手猛地一挥，双眼怒睁说：“猫在家里的日子过腻了！现如今，日本人到了北平，在上海又登了滩。当年，杜大哥领着咱杀洋人，如今我金不换秉承杜大哥的遗愿，咱们兄弟出甘肃，穿陕西，经湖北，一路奔江南，找到黄秋生，夺得三块玉石回来。一路上见日本鬼子就一个字，杀！”

“对！”十几个大汉忽地吼了起来，把我和富友吓得魂飞魄散。

“明天晚上安排好大车，待月亮正中去九里沟。十五的晚上众兄弟们安排好家事，月亮升起时，九里沟见。”爹爹说完，将钱袋子提在手上，一转身头也不回地猫着腰消失在树林中。十几个大汉随即反身，我和富友吓得蹲在地上屁都不敢放半个。直到纷乱的马蹄声消失后，我才敢领着瑟瑟发抖的富友钻出林子。

7

巧凤听得瞠目结舌，她简直不敢相信，富贵的肚子里装着这么多秘密，她哆嗦着问富贵：“后来呢？”

金富贵望着惊慌失措的巧凤，不由得长叹了口气：“一晃快二十年了，爹爹一走杳无音信，娘日日想，夜夜盼，日长夜久把眼睛哭瞎了。你进门前两年得了痨病，吐血不止。临死前抓着我和富友的手，要我照顾好富友，成家立业后给金家开枝散叶。娘万般叮咛我，日后要设法探得爹爹的消息。”

巧凤一把抓住富贵的手，急切地问：“富友和金凤外出和这事有关？”

“嗯，”金富贵点点头，“我和富友商定不告诉你和金凤，免得你们担惊受怕。”

巧凤急忙把汇款单又细细看了遍：“富贵，这上面写着‘有消息了’，莫不是富友已经找到你爹爹了？”

金富贵想了想对金凤说：“估计我爹爹不在世了，可能富友已经探听到那个黄秋生家族的下落了。”

“那山坡上埋的是你爹爹的衣冠冢？”

金富贵朝山坡方向点了点头。突然问：“巧凤，那上面有地址吗？”

巧凤赶忙细细地又看了一遍：“是从溧水汇的钱。”

“溧水？”金富贵没听说过，但他知道，溧水一定在江南，离找到黄秋生和那三块玉石不远了。

此时，二娃和大娃打了起来。五岁的大娃常常被三岁的二娃打哭，巧凤赶忙出去把两人拉开。

“巧凤，外面下雪冷啊，快回屋里，把鞋穿上。”金富贵喊道。

巧凤冲着富贵呵呵地笑道：“晚上给我焐脚。”

第八章

1

一九五七年，丹阳下了一场大雪。漫天纷纷扬扬的雪花，在风中飞舞。老西门大街两侧的房顶上罕见地积了厚厚的雪，屋檐挂起了冰凌。太阳放晴了两天，许多屋顶上还残留着积雪。

老西门大街的石板路，依然被雪覆盖着。雪后的空气特别清冽，丹阳老浴室河滩边的柳树枝条长长地垂荡在河面。柳枝在微风中透着青青的春色，麻雀在柳树上跳跃。

黄德胜心情大好，县委组织部找他谈话，不日去丝绸厂当党支部书记。丝绸厂就在黄德胜住宅边上，仅一箭之遥。丝绸厂一个角落的围墙，和黄德胜住宅相连，破了墙可一步入得厂内，但从家里出门绕行需要十分钟。

黄德胜将自行车停在浴室门口。黄德胜的自行车长年累月跑乡村，车锁生了锈。锁自行车时，钥匙一时半会儿拔不出来。他索性不锁了，撩开浴室厚厚的棉门帘子，闪身进了热气腾腾的浴室大堂，脱下山羊皮大衣，眼睛四下寻找着丁双喜。

浴堂里客满，黄德胜只看到一堆堆肉体在眼前晃动。大堂内两个铁炉子烧得通红。炉面上的大铜壶烧得吱吱响，壶嘴向外喷着蒸汽。

“双喜！”黄德胜找不到丁双喜，开口喊了一声。

“哪个叫我？”声音从角落里传来。

“是我啊。”黄德胜朝角落里回了一声。

丁双喜循声过来，他脚穿一双木屐，上身脱得精光，下身穿着条半湿的短裤头，肩膀上搭着条湿毛巾。

“哦，老黄啊，这两天澡堂子天天客满，没得办法啊。”丁双喜用丹阳话对黄德胜歉意地说，脸上却喜气洋洋。他抬头寻找着天顶上挂的满满的篮子，无奈地对黄德胜耸了耸肩膀。

“这里有张空位子，是我自己休息的用，你先用起来。”丁双喜将员工休息的躺椅让给黄德胜，又去外面拿了只装衣服的竹篮给他。待黄德胜脱光后，他用竹叉将竹篮挂在天顶上。

“老黄，先到池子里洗浴，身子泡烫后，我帮你擦个背。”丁双喜殷勤地说。

2

黄德胜泡完澡后，丁双喜已经给他找了个空位子。他舒服地躺在椅子上，肚子上盖了条印有“丹阳老浴室”的大毛巾，闭上眼睛想眯一会儿。大堂里乱哄哄一片。说话声，打呼噜声交融在发热的空气中。

“瞎子，格几天老西门有点糕新闻？”一个浴客大声问着。听得出来这个瞎子跟浴客们好像都熟。

“老红军黄德胜要到丝绸厂当书记了。”瞎子高声地说。

“你哪里听来的消息啊？”黄德胜闭着眼睛翻转身问了句。

“不是吹牛皮，我刘瞎子老西门一带的事情都晓得，他家婆子连着生了四个丫头家，一个佬小都没得。晓得点糕原因吗？”瞎子来劲了，心里觉得有许多人围着他，便得意扬扬地从躺椅上爬起来，盘着腿，转动着脑袋，四处望了望，边用手抠脚丫子边说。

丁双喜听瞎子在吹，黄德胜就躺在离瞎子不远的地方，便善意地大声对瞎子说：“刘瞎子，不要神志鸦乌，胡说八道。”

瞎子拎不清，也看不见，听丁双喜一说更加来劲：“黄德胜是老红军，老曾、老范都是老红军。老曾、老范他家都养的佬小家，黄德胜连养了四个丫头家。庄慕兰年轻又体面，按道理一二不过三，现在都过四了。为点糕？”瞎子摇头晃脑卖起关子来了。

黄德胜来了兴趣，他索性坐起来，朝丁双喜努了努嘴，开口追问："什么原因？"

"听你口音不是丹阳人，我告诉你，老曾跟老范，一个烧饭的，一个喂马的，两个人都没有放过枪，身上没有血债。黄德胜杀的人不要太多呵。他身上阴气特别重，面孔一放，跟驴脸一样长，黑包公一个。就是观音菩萨想送个佬小给他，这种黑面孔也不敢送到他家里头啊。"瞎子改用普通话大声地说，嘴里白沫直喷。他伸出左手，往旁边桌面上摸索着，摸到茶杯，端起来一口大半杯。

黄德胜听瞎子乱吹，心头反而不恼。他笑嘻嘻地问瞎子："你眼睛看不到，怎么知道黄德胜长个驴脸呢？"

瞎子更来劲了，他感觉到身边一阵热乎乎的气息声，应该有不少人围着自己，便扯开了嗓门："我眼睛虽瞎，但心如明镜。凡是瞎子，都有些本事。如果你们不信，不是咒你们啊，等眼睛瞎了就信了。"瞎子说完哈哈大笑着。四周的浴客忍不住也哈哈地笑着。

"日！"黄德胜心里不痛不痒地骂了句，也附和着众人呵呵地笑了起来。

"这条老西门大街，我不要太熟。从我家门口出来，到老城门洞口，三百一十八步。从老城门洞口往前走四百步，就是棺材铺，路边常摆着五口棺材。走到那地方要小心，摔倒了就睡进棺材了。从棺材铺经正仪坊到福音堂共六百步，从福音堂到澡堂五百零八步。"瞎子如数家珍般地说着，澡堂内一阵爆笑声，黄德胜也是笑得开怀。

"那么黄德胜想要儿子该怎么办哩？"黄德胜禁不住试探着逗瞎子。

"好办。黄德胜只要肯上我刘瞎子的门，花上五块钱算命费，生儿子那不是件容易的事嘛。"瞎子自负地说。

"我正巧认识黄德胜，他不信咋个办哩？"黄德胜继续寻着瞎子开心。

"他只要把那些打仗时候的东西都扔了，让他婆娘经常在家拜拜观音菩萨，很快就会有儿子。"刘瞎子兴奋地下了躺椅，循着声音摸到了黄德胜的腿，顺手拍了两下，"哎，这事要成了，你上我家来，我给你这么多。"瞎子伸出一个巴掌在空中晃了晃。

"五块钱？"黄德胜大笑。

"五毛钱。"瞎子噘着嘴讨价还价。他心想，总共才五块钱，这人也太贪心了。瞎子心里喜滋滋的，他努力地睁大眼睛，似乎要感谢说话的人。

3

黄德胜一到家，庄慕兰笑脸相迎。汤正益赶快将饭菜上桌，屋内生起了煤炉子取暖，长长的白铁皮管子从屋内伸向屋外。

刚洗完了澡，黄德胜的脸庞红红的，显得格外精神。他招呼着庄慕兰一起进了卧室，脱掉山羊皮大衣，笑嘻嘻地对庄慕兰说："这件山羊皮大衣你明天拿去送人吧。"

庄慕兰接过山羊皮大衣，抚摸着皮大衣内蜷缩的山羊毛，惊讶地问："这么好的皮大衣，怎么舍得送人啊？有钱也买不到这样好的山羊皮大衣啊？"

"那是从死人堆里扒下来的，是一个日军少尉的，被我一枪爆了头。"

"你是嫌晦气？穿了这么些年了，一直好好的嘛。"庄慕兰听懂了黄德胜话里的意思，心里舍不得。

"你知道我们为什么连生了四个女儿，没有生个儿子？"黄德胜问庄慕兰。

"我的肚子不争气嘛。"庄慕兰底气不足地回。

"原因找到了。"黄德胜开心地说，"刚刚洗澡时，城门外有个刘瞎子跟我吹，他讲我以前杀人太多，身上的阴气太重，让我把战争时的一些东西给扔了，保管立马生儿子。这刘瞎子以前是个算命的，还想诓我五块钱呢。"

"你给钱了吗？"庄慕兰焦急地问。

"我不害他啰，都说瞎子见钱眼开。"黄德胜想着刘瞎子瞪着两个凹眼球望自己的样子，不由得笑起来。

"德胜，我先把大衣放到外面去，待下周维根来，送给他穿吧？"庄慕兰轻声地征求黄德胜的意见。

黄德胜点点头，对庄慕兰说："慕兰，你学学你家大奶奶，去请个观音菩萨到家里来，悄悄地烧烧香，隔三岔五地拜拜。"

庄慕兰一听，连声应诺："德胜，现在都在讲光荣妈妈，我在木果河边跟你许过愿，我要给黄家生一堆孩子呢。"庄慕兰的脸上红晕一片，眼神里流露出万般柔情。

黄德胜心里一阵荡漾，他高兴地对庄慕兰说：“组织部找我谈话了，要我下个礼拜到隔壁厂子去当书记。”

“丝绸厂？”庄慕兰兴奋得眼睛发亮，“丝绸厂有两百多工人，在县里可是个不小的工厂呢。”

“嗯。”黄德胜笑着，自言自语道，“也是怪了，我今天得到的消息，那个刘瞎子是怎么知道的？”

“德胜，那是个好位置，全丹阳多少人的眼睛盯着一把手的位子呢。刘瞎子看来也是个神通广大的人。”庄慕兰有些激动了。

“德胜，袁依冰又怀上了。你还记得丁双喜的老婆来看我时说的话吗？依冰是我的弟妇，也是你的表妹。不是我不留她，你的意思呢？”庄慕兰小声地对黄德胜说。

黄德胜不语，瞪着眼睛望庄慕兰。

“要么让她去苏州，要么让维根送她去溧水你娘那儿待一段时间，你看呢？”庄慕兰紧张又低声地说着，盼着黄德胜给拿个主意。

“我娘年纪那么大了，又要照顾躺在床上的奶奶，这怎么行啊。不如这样，等你弟礼拜天来了，你这样跟维根讲……”黄德胜贴着慕兰的耳朵，轻轻地细语着。

“这样好。我嫁给黄家，也顾不了庄家了。”庄慕兰斩钉截铁地对黄德胜说。

“慕兰，德胜，赶快吃晚饭吧，菜都凉了。”汤正益在客厅喊着。

黄德胜和庄慕兰笑嘻嘻地从里屋出来。“依冰，一起坐下来吧。”庄慕兰热情地招呼着袁依冰。

袁依冰顺从地坐下，庄慕兰的热情多少让她有些意外。

4

庄维根今天心情痛快，和乙班的颜元元干了一架。两人虽没有动手，可都黑了脸。庄维根和颜元元都有文化，君子动口不动手。但是庄维根说的话，把颜元元气得脸上的肉挤成了团。好在工段长水平高，是个和事佬，把两人召集一起，也就两开茶的工夫，两人握手言和。

虽说两人握了手，但颜元元觉得丢尽了面子。他没想到，庄维根这么阴，浑身长着刺。昨天，颜元元上的白班，他在工厂的角落发现了几摊大便，这让他欣喜不已。他心中料定，是夜班的庄维根班组留下的大便。颜元元简直把那几摊大便当作了黄金。

他拉来工段长看现场，他见工段长皱着眉头，脸上明显不快，便乘机告起了庄维根的状。说庄维根自从当了班长，对手下的工友太客气。班里有些工友经常请假两三个小时，庄维根照样给工友考满勤。而且交接班也不检查场地，这几摊大粪是最好的见证。

今天庄维根班组上白班，颜元元班组上夜班。颜元元特地晚走，待庄维根班组开班会时，他一步闯入室内，火冒冒地冲庄维根嚷了起来。

“庄维根，你们班组简直不像话，像狗一样随地拉屎。班组交接场地的建议是你提出来的，你是顾兵的师爷，不要以为大家不知道。这个事情怎么办？”颜元元出口伤人，得理不饶人。

庄维根不慌不忙地换好工装，将帽子往桌上一摔，手指着兴师问罪的颜元元，说：“工段长刚刚打电话过来，问了这事。你没弄清楚情况，怎么就肯定是甲班拉的屎？”

“秃子头上的虱，明摆着。那几摊大粪还在，要不你去看看，顺带着闻闻是人屎还是狗屎？”颜元元见庄维根摔帽子，更加来气，他火冒三丈地将衣袖往上一拉，露出了粗壮的手臂，一副要开打的样子。

“颜元元，不要影响我派工。你也不看看甲班的师傅们，你打得过哪一个？”庄维根说完，拿起考勤表给班组人员考起勤来。

“赵春源？赵春源还没回来？”庄维根大声喊着，不再理睬颜元元。

颜元元气呼呼地上前，推了一把庄维根，高声叫着：“庄维根，你亲自去把那几摊狗屎铲了。”

庄维根火了，自己从小没想过要欺负人。大奶奶从小教育他，要他安稳地做一棵歪脖子树。枣树是歪脖子树，满枝头还长着自卫的刺呢。他上前一步，把颜元元推出两三米远。颜元元更不好惹，有着一身蛮力。他将上衣一脱，摆出了打架的架势。

“干什么？”工段长赶来了。早有人跑步去了车间，报告了工段长。

“庄维根，当班长没几天，屁股翘到天上去啦？那几坨屎谁拉的？”工段长显然生气了，吼了起来。

颜元元一看工段长帮着自己，赶紧收回架势，摆出一副认真严肃的表情，配合着工段长，并用眼睛偷偷观察所有人员的反应。

甲班的工人，无人应声，谁都不敢冒犯工段长的权威。工段长目光紧盯着庄维根，又将在场的工人们，一个个扫视了一番。

颜元元得意透了，他大度地说：“吸取个教训吧，大家要遵守规章制度。工段长，刚才庄维根考勤，他们班的赵春源没来上班，他也给考了勤。”

工段长一听，真的火了。他一步上前，拿起考勤单一看，果然在半个斜格子里，庄维根把赵春源给画上了。工段长的脸一下子铁青，刚想严厉批评庄维根，休息室的门被推开，进来的正是赵春源。

“赵春源，大老李怎么样了？”庄维根开口便问赵春源。

“腹泻得要命，半路上又拉了两次，正在医院挂水呢。”赵春源头上冒汗，脱口而出。

颜元元大吃一惊，大老李是自己班组的浇铸工。活儿干完时，自己先去浴室洗了个头汤，没想到那几坨大便是大老李拉的。他似乎有些不信，张口便问赵春源，“你怎么知道赵春源拉肚子了？”

“我和庄维根来得早，顺带着先去工场转一圈，结果发现大老李蹲在地上，脸色发白，庄维根让我赶紧扶他去医院。”赵春源坦然地冲颜元元说。

庄维根冲着颜元元冷笑了一声，工友们也开始数落起颜元元来。

工段长的脸上恢复了平静，笑着对庄维根说：“庄维根，颜元元也是出于责任心，你也别怪他。你们都是班组骨干，为这点小事，不值得伤和气。”

工段长说完，冲颜元元使了个眼色：“两人握个手吧，低头不见抬头见的。这件事情说明庄维根和你都有责任心，这个事情谁都没错。”

颜元元站着不动，庄维根主动上前，握住颜元元的手，笑着说：“颜班长，别见怪。大家一起把工作做好。那几摊屎，我马上去铲了。”

颜元元丢不起这个人，转身回到自己班组，抄了把铁铲气呼呼去了场地。就在颜元元出门之际，身后传来一阵嘲笑声。

5

晚饭后，黄德胜去了卧室，庄慕兰和袁依冰帮着汤正益收拾桌子。

庄慕兰对汤正益说：“娘，我恐怕又怀上了。”

汤正益听女儿一说，眉开眼笑起来：“这次一定是个儿子了。”汤正益说完，特意望了望袁依冰。袁依冰已经怀孕两个月了，这几天老是反胃，恶心得厉害。

“娘，你太劳累了。家里已经四个孩子，加上英群，全靠娘一个人料理，女儿过意不去啊。”庄慕兰一脸内疚地对汤正益说。

“娘是老了，看看娘的这双手就知道了。娘牵挂着你和依冰，只要你们都生个儿子，娘累点苦点都能忍啊。”汤正益伤感地对慕兰说。

“依冰啊，不是姐姐不关心你，姐姐想等维根这几天来，与维根商量一下，你是不是去苏州你娘那儿待产，也好减轻些我娘的负担。你放心，英群放在丹阳，有娘和我照看着。”庄慕兰直接把话给依冰挑明了，心里怦怦地直跳，脸都红了。

袁依冰一直担心，慕兰会借故将自己从黄家支开。维根为了省钱，将租的房子退了，一个人搬到工厂的单身宿舍去住。苏州娘那里，房子也不大，那么些人挤在一起，尽管袁唐平不会吱声，可庄雪花的强势，她从小就知道。

当初，娘让自己去苏州，为了和维根在一起，她执意不去。现在她和维根在一起，日子过得这么艰难。头上没有一片瓦，地上没有一寸土。庄慕兰说的这些话刺激着她。如果离开丹阳，她又能去哪儿呢？去苏州，天天听娘唠叨责怪，还要看庄雪花的脸色。袁依冰低着头，两行眼泪默默地流下来。

庄慕兰装着没看见，一转身往卧室走去。汤正益见庄慕兰进了里屋，悄悄地推了下啜泣中的袁依冰：“依冰啊，维根命苦，但你也不要怕，等维根过来，我们再想想办法，天无绝人之路。”

袁依冰感激地望着婆婆，婆婆已经一头白发，脸上挂着两行泪水。她掏出手帕，替婆婆擦干了眼泪，端着一大摞碗，和她一起去了厨房。

6

转眼春天过去，夏日的阳光一天比一天炽热。太阳把溧水丘陵地区的泥土晒得硬邦邦的，庄家村村口池塘的水位开始下降。

李邱巴刚刚看完县上转过来的档案，刘生的孙子刘地被定为右派分子，下放到庄家村。不日，将从常州被遣送到东芦乡。最近一段时间，陆续有不少溧水籍的右派分子被遣送回老家。最远的是从广东、北京等地被遣返的，他们不是领导就是知识分子。

关于整风运动的指示，李邱巴早已学得深入骨髓。这是一次以反对官僚主义、宗派主义和主观主义为内容的整风运动，发动群众向党提出批评意见。一时间，全国各地大鸣大放，大字报铺天盖地。县上也曾组织和发动广大党员干部、人民群众向县委提意见。在乡镇领导干部座谈会上，县委一班领导多次鼓动各乡镇领导向县委开炮，县委书记更是高风亮节地做了自我批评。在这种气氛的影响和感召下，一些沉不住气的同志发言激动而又尖锐，剖心剖腹地向县委、地委提了不少意见。这些意见有的确实尖锐，让李邱巴听得手心里都捏了把汗。

整风会议上人人都有发言，有些同志口才好，一开口就是二三十分钟。李邱巴心想，爹爹李半仙从小就对自己说过，历朝历代当官的都喜欢溜须拍马的人。哪个当官的也不会真心喜欢与自己对着干、有事无事找碴儿的人。李邱巴心想，如果他是县委书记，也是这种心态。

李邱巴心里盘算好了意见稿，轮到他发言时，李邱巴显得庄重而激动，慷慨激昂地批评起县委领导。

“书记，我对你的工作作风很有意见。”李邱巴大声说。李邱巴的话让与会人员大吃一惊。县委书记先是一愣，转而脸涨得通红，十分尴尬地对李邱巴说：“李乡长，欢迎批评，我认真记着。”

李邱巴见县委一批领导都在认真做着笔记，地委下来的领导还向李邱巴投以赞许的微笑。

“在镇反运动中，我记得就那一年内，你和相关领导到东芦乡检查工作多达十八次。在这十八次下乡中，有五次都是在星期天。你自己不要休息，你也不替其他同志想想。都是拖家带口的人，哪家没些事情要处理呢？所以，我请书记同志在今后的工作中，要体贴下属，要劳逸结合嘛。”李邱巴气场大、口气硬，连珠炮般地将火力集中发射。他见书记不停地在笔记本上记着，还不时地抬头望着他，眼睛里闪动着感激之光。

之后的事情，既在李邱巴意料之中，又出乎李邱巴意料之外。一些提尖锐批评意见的同志，有的被贬职了，有的被定为右派分子，遣送回他们的祖籍地了。李邱巴当然被县委书记找去谈了话，言下之意想让他去县委弄个委员或者局长干干，这些都被李邱巴婉拒了。书记大为感动，在好多会议上表扬了东芦乡的工作成绩。

李邱巴对刘地很陌生，他的父亲刘铜，李邱巴知道。前不久，爹爹李半仙生病，刘铜还去他家看望过爹爹。一批右派分子返乡，增加了东芦乡各村口粮的压力。国家公粮上交指标又比去年调高，青壮年上城务工的越来越多，种地的人渐渐减少，有一些土地抛荒了，李邱巴心情压抑，隐隐觉得这样下去会出大事。

李邱巴将刘地的档案交还给乡办公室，见桌子上有一封信，拆开后一看，是庄家维根写给他的。维根在信中托他去大嘴家捎个信，袁依冰十月份要生孩子了，想在大嘴家暂时住上一阵子。

李邱巴皱起了眉头，心里思量，刘铜和刘银已经回庄家村养老，不几日，刘地也要遣返回庄家村。兰儿又是袁依冰的姑妈，庄维根为什么要选择将袁依冰放在大嘴家住上一阵子呢？

李邱巴想了会儿，没想出门道，便打开抽屉，将信锁了进去。时间一长，工作又忙，他竟把这事儿给忘了。

7

兰儿忙坏了，婆婆大娟今年的病情加剧，人瘦得皮包骨头。在县医院住了一个阶段，刚送回家。大娟能不能挺过今年，医生也说不清。大娟脑子里长了个瘤子，人也痴呆了，几乎天天都要花钱。县医院的医生都是二百五，没本事开刀。有村民建议兰儿把大娟送省城医院，也有村民劝兰儿宽心些，人到了这把年龄，不值得折腾。

兰儿没有经济收入。黄德胜自从去了丹阳，一直都没有回过溧水，也没有寄钱回来给她。多亏了黄秋生留下的三根金条和几百块大洋，让兰儿的经济维持到现在。

上个月，兰儿出了大事。她被关在县银行不远的一个派出所内，被公安审讯了大半天。起因是兰儿将金条拿到县银行换钱，谁知银行保卫科把她扣住，紧接着派出所来人把她带走了。人家以为兰儿的金条是偷的，待银行化验出来金条的含金量只有90%时，一看就知道是民间流传下来的。待调查到兰儿的家境后，才将兰儿放出，金条也被银行强制兑换。三根金条，总共换了不到两千块钱。就这两千块钱，银行的同志劝说了她近一个小时，只让兰儿取走了五百块，其余的换成了存款单。

银行关注兰儿其实有一段时间了。先前兰儿是将银圆拿到县银行换钱，每次她拿一二十个银圆去银行换钱。一个银圆换一块钱，兰儿一个月换一次，当生活费。她月月去换，银行保卫科盯上了她。大娟将死不死的状态，逼得兰儿只能一狠心，将金条全部换钱，这才招来了麻烦。

兰儿的院子里菊花杂乱地生长着，无空打理的菊花枝叶上依旧花开正艳。八月的太阳能晒死牛，院子里原先的花草，死的死，残的残，老院墙根部杂草一溜儿生长着。

兰儿今天刚收到慕兰给她的信，三张纸写得密密麻麻。两张半纸都是倒苦水，告诉她，自己连生了四个女儿，德胜心里不痛快。最近她天天拜观音菩萨，不久又要生孩子了。德胜工作忙，回不了家乡看望她。后半张纸上告诉她，依冰没几天要到溧水大嘴家生孩子，让她装着不知道。兰儿看完信，长长地叹着气，生活怎么变得如此艰难了。

依冰上一次来她这儿时，大树还在。孩子们趴在门板上看猫抓老鼠的情景忽然在眼前闪现。作为姑妈，让她不理不睬依冰的到来，等于是往她心窝里扎刀子。可要自己出面，把依冰照顾下来，家里现在的光景也不现实。口粮显然就是个问题，一个人每年才两百多斤粮食，买什么东西都要票。大娟又痴痴呆呆，光给大娟洗个身子，她都被累得大气直喘。

兰儿被太阳晒出了些汗，她反身回到屋子，又闻到了一股恶臭味，她疾步奔出大娟的房间。在院子水井边的架子上，大娟换洗的衣裤正被炽热的阳光照晒着。

“金凤妹妹，来帮我搭把手吧。”兰儿朝后院大喊了声。

“哎！”金凤穿着双拖鞋，吧嗒吧嗒地赶了过来。她的双手沾着绿色的树汁，红扑扑的脸上汗漉漉的，长长的眼睫毛上有些许汗珠闪耀。她撩起身前蓝色围裙擦了擦手。

金凤随着富友循着踪迹来到了溧水，到了溧水才知道，要找到黄秋生的居住地有多么难。他们先在溧水县租了间小屋闲居，富友每天走街串巷，与一些上了年纪的老人闲聊。几周下来，被访者都没有听说过黄秋生这个人。

溧水是个多山地区，山虽不高，但山山相连。在山与山的空隙处，村庄星星点点地分布着。如果一个村庄挨着一个村庄地转悠打听，也不知猴年马月才能打探到消息。金富友的心里干着急，火气也渐渐大了起来，时不时莫名其妙地对金凤发火。

金凤很委屈，她并不贪恋不义之财。她一路随富友到了丹阳，安身后生意做得也旺，有钱赚在哪儿不可以安身？金凤不断地劝富友放弃那份固执，富友却不依不饶，金凤也只能由着富友的念想去做。有天，富友去县邮局往老家汇款，汇款后，他刚想去县上的老茶馆探访些消息，见来了几个公安，拉扯着一个老太婆去了派出所。老太婆左手腕上戴着个亮光光的玉手镯，居然跟他在丹阳见到的玉手镯一模一样。他激动地尾随着警察，站在派出所马路对面，往地上一蹲，死死盯着派出所的大门。这一盯就是几个小时，直到警察又将老太婆送回银行，金富友继续在银行门外守候。太阳快落山时，老太婆一脸不愉快地从银行出来。

老太婆找了辆马车，嗒嗒地走了。金富友也赶紧找了辆马车远远地跟随着。回县城后没几天，金富友便带着金凤来到了庄家村，租了兰儿的屋子住了下来。

兰儿经济上开始拮据起来，她见金富友敦厚老实，金凤又长得秀气乖巧，家中也正好需帮手和人气，爽快地把房子租给了他们。

金凤帮着兰儿一起，给大娟擦洗好身子，又帮着兰儿给大娟换上干净衣服。

此时，太阳渐渐偏西。金富友挑着两大捆刚割的藤条进了门，他将藤条径直挑向后面的小院子。在两间不大的屋子里，堆放了一些夫妻俩编织的柳条筐、簸箕、箩筐和形状各异的菜篮子。

8

大嘴和泥鳅一家见袁依冰挺着个大肚子，突然出现在院门口，备感吃惊，急忙迎出屋门，一脸的激动和高兴。儿媳妇苗苗三步并作两步地上前，她亲热地挽着袁依冰的手臂，小心翼翼地将她搀到屋里坐下。大嘴一转身去了厨房，打了盆水给袁依冰擦着脸上的汗和尘土。

苗苗和袁依冰不认识，见袁依冰长得白嫩，一双纤手，一看就知道，是有钱人家的闺女。她殷勤地将洗脸巾拧干，递给袁依冰。

“依冰，你跑这么远来看我们啊？”大嘴显然兴奋，又有些激动，泥鳅站在一旁，望着袁依冰，憨厚地笑着。

“苗苗啊，这可是庄家大奶奶的孙媳妇，县城袁家的宝贝孙女袁依冰。”大嘴兴奋地说。

苗苗开心地望着大嘴，回：“婆婆，你不说我也看出来了。长得这么干净白嫩的媳妇儿，准是大户人家出来的。”苗苗说完，冲着袁依冰笑着。

“奶奶，爷爷，依冰这次到你家来，要住上一阵子。这可要给你们家添麻烦了。”袁依冰被大嘴一家的热情好客感动了。

“巴都巴不来呢，住上十天半个月都没事。”苗苗一脸喜气，清脆脆地对袁依冰说。

袁依冰从包里取出三十块钱，略显难为情地塞给大嘴：“奶奶，依冰想在这儿把孩子生下来，日后麻烦你们的事情多着哩。”

苗苗听袁依冰这么一说，脸上立刻起了阴云。刚刚的笑容凝固在脸上，像雷雨前天空的乌云。大嘴蛮开心，接过袁依冰的钱说：“依冰，你不嫌我家寒碜，爱住多久就住多久。”大嘴说完，看了看泥鳅，泥鳅依然憨厚地笑着。

大嘴回房间，将钱压在枕头下。她又去了以前的蚕房，给袁依冰准备睡觉的地方。

“依冰啊，你兰儿姑姑晓不晓得你到庄家村来？”泥鳅关心地问了句。

袁依冰注意到了苗苗脸色的变化，心扑扑地跳着，局促地回：“维根说，他给邱巴写了封信，让邱巴预先告诉一下你们的。”

“怪了，邱巴上个礼拜来庄家村看他爹爹，遇到我打招呼时，怎么没讲呢？”泥鳅念叨着。

苗苗此时已经明白了袁依冰到来的原因。她担心家里的口粮不够吃，毕竟两个孩子饭量大，粮缸里的粮食已经陷到缸底了。

“妹妹啊，维根没让你带些粮票过来？”苗苗忍不住问依冰。

袁依冰摇了摇头，显得局促不安起来。

苗苗转身，冲泥鳅使了个眼色，扭头走出了屋子。泥鳅知道儿媳心里不快，当着袁依冰的面又不能说苗苗，只能尴尬地笑了笑。过了一会儿，大嘴姗姗地来到袁依冰身边，一脸快乐地笑着说：“依冰，奶奶替你把床铺弄好了。你先歇歇，我去灶房给你烧些洗澡水去。”

袁依冰看得出，大嘴笑得开心快乐，那是从心里发出的笑容，依冰心里一阵感动。袁依冰此时不知道，由于她的到来，这个家庭将陷入无限的哀痛之中。

9

袁依冰在大嘴一家人的照料下，顺利地为庄家生了个男丁。听着儿子的啼哭声，袁依冰对大嘴一家人的热情招待，充满了感激之情。

庄家村本来就不大，袁依冰在大嘴家住下，兰儿不可能不知道。在这期间，兰儿来看望过袁依冰多次。她时常送些粮食、鸡蛋、瓜果给袁依冰。儿子生下来满月了，袁依冰依旧住在大嘴家。她时常抱着儿子眼泪汪汪，愁云满面。维根在常州居无定所，未来的家在哪里？她觉得自己和儿子，犹如暴风雨里的浮萍。

大嘴整日依旧笑呵呵，她悉心照料着袁依冰母子。苗苗虽说心里不痛快，但也没放在脸上。泥鳅细心，知道今天是维根儿子满月的日子，他跑到鸡窝里左挑右选，捉了只刚下了一茬蛋的芦花鸡。泥鳅弄了些土豆片，炖了一大锅。晚饭时全家人围坐一桌，权当给袁依冰的儿子办了满月酒。

大嘴夹起一只鸡腿，放到袁依冰的碗里。坐在苗苗身边的两个孩子一见，快如闪电般按住了另一只鸡腿，两个小孙子相互争扯了起来。大嘴见状，照两个小孙子的手上各抽了一筷子。两个孩子嘴巴一撇，委屈地哇哇大哭了起来。

“测的嫩，小银噶，一点都不懂清头。”大嘴板着脸，用溧水话训斥着。

苗苗一下子火了，将手中的筷子啪地往桌上一敲，瞪着眼睛冲大嘴吼，“婆婆吔，小银噶阿作孽，恁哪么这么心狠，这是恁的亲孙子，恁哪么打得下去？”

袁依冰心跳得慌，赶紧将碗中的鸡腿夹到小孩子的碗里，边赔笑边圆场。

“恁这个小妹头，也不自觉。待格么久了，自家姆妈家不去，姑威家也不待，恁最好马上家去吧。”苗苗憋了长久的话，一吐为快，她顾不得脸面了。

袁依冰听着苗苗一口乡语责怪自己，脸上红一阵，白一阵。她心里清楚得很，怪不得苗苗半句。要怪只能怪她和维根不争气，连个落脚的地方都找不到。袁依冰的眼泪唰地流下，她紧紧地抱着儿子，往蚕房走去。

袁依冰默默地流着泪，在蚕房收拾着行李。

泥鳅看不下去了，大声帮着大嘴训斥苗苗：“恁个儿媳妇，格么不顾礼数。天黑咕隆咚，恁让她哪么家去？”

大嘴急乎乎地起身，指着苗苗大声说：“恁不要瞎蛆。庄家村几百年来，就是叫花子上门，都好吃好喝地招待。恁就是个舌哒婆。庄家以前对偶噶有恩，不好不讲些良心呐。”

“婆婆，恁不要一口一个庄家。庄家大奶奶对偶噶有恩，偶噶眼不见为净。不是偶不待见，是现在的世道变了。恁不要噶膀拐子往外面，家里的米缸都见底了，恁晓不晓得？”苗苗涨红着脸，冲大嘴怨怨地吼着。

大嘴气得脸变成绛紫色，她不信粮食会吃得这么快。她抖动着嘴，憋了半晌，嘴里冒出了一句话：“恁瞎蛆，秋粮马上要上来了，真是没话找话。”

大嘴记得前不久，两个米缸里还有许多粮食，她转身去了储粮间，揭开木缸盖，愣住了。

“依冰啊，来吃蛮蛮呵。”泥鳅冲蚕房喊着。

“家公吔，偶不饿嘞。”依冰在蚕房用家乡话回。

苗苗见袁依冰生气了，不肯出来吃晚饭，便火冒冒地将两个孩子拉一起，冲着储粮间发呆的大嘴吼了声：“一升米养恩人，一斗米养仇人。恁晓得了吧？

一口一个庄家恩情，大奶奶死了这么些年，恁哪么没跟她一起走？”苗苗吼完，铁青着脸，一手抓着一个娃娃，往自己房里去了。

大嘴听着苗苗的吼，心里刀割般疼。想想也不能怪儿媳，她也是为这个家着想。现在的世道她也弄不懂，有钱也买不到粮食。她长长地叹了口气，懊丧地走出储粮间，一手端着一只碗，往儿媳的房里送去。

夜很深了，外面的世界一片寂静。大嘴迷迷糊糊地睡着，她突然看到庄家大奶奶和黄大树顶着烈日，在蚕房的窗户边向里观望着。她急忙从床上爬起来，冲着大奶奶奔去，喜笑颜开地说：“姐姐，你放心。蚕宝宝都上山了，桑叶干干的，门窗关得紧紧的。”

“山里的老鼠猫一样大，一晚上要吃一大片蚕呢。姐姐不放心，拉着大树一起来看看。”

大嘴笑得灿烂，忽然心里一沉，开口问：“姐姐，你不是走了吗？怎么又回来啦？”大奶奶笑得甜，指了指外面，对大嘴说：“你看太阳火辣辣的，姐姐能走到哪里去啊？姐姐在东庐山上，天天看着庄家村。”

嗵的一声，泥鳅的腿一下子压在了大嘴的腿上，大嘴猛地睁开眼，窗外一轮金黄色的月亮，正缓缓地在云层里穿行。院子里静悄悄，身边传来泥鳅的打鼾声。

大嘴慢慢地爬起，坐在床沿，轻轻地叹了口气。她缓缓地下床，来到厨房，她想起了大奶奶睡的那口柏木棺材。心想与其日后死了火葬，不如趁早追着大奶奶一起走吧。她这一生最快乐的时光，就是姐妹们在一起养蚕的日子。大嘴搬了张板凳，她解下裤带，往梁上一抛，顺手打了个活结，将裤带套上了脖子。

10

袁依冰悲伤地抱着刚满月几天的儿子，行走在蜿蜒的山路上。任凭泥鳅、兰儿等一众乡亲的挽留，决然地告别了庄家村。

她边走边哭，金黄色的山坡上，花儿依旧开放。蜂在鸣，蝶在飞，树叶在风中缓缓地飘落，山坡金黄一片。

远处的木果河，像彩带般美丽。她恨不得把木果河拉到自己身边，扑通一下跳进那潾潾的河水中，随波而去。儿子在怀里安详地睡着，他似乎知道此刻母亲的心情。他突然睁开眼睛，给了袁依冰一个甜甜的微笑。

“儿子，妈妈命苦，不能给你一个安稳的家啊。”袁依冰突然放声哭了起来，怀中的儿子此刻也哇哇地跟着袁依冰一起哭。袁依冰解开衣服纽扣，将奶头塞进儿子的嘴里。儿子一双可爱的眼睛，专注地盯着自己的奶子。袁依冰找了块石头，一屁股坐下，抽泣了起来。

“依冰，依冰啊。”远远的身后，传来一声声呼喊。袁依冰泪眼蒙眬地起身，只见苗苗边跑边喊着追了过来。她赶紧将泪水擦了擦，对着苗苗挥了挥手。“妹妹啊，是苗苗姐不好啊。你别恨姐姐啊。”苗苗的头发被风吹散，她满脸泪水，边哭边向袁依冰跑来。她跑到依冰身边，从衣袋中掏出两只发烫的鸡蛋，硬往依冰的背包里塞。

“苗苗姐，妹妹哪能恨你，是妹妹害了大嘴婆婆……”依冰话未说完，号啕大哭了起来。苗苗转身紧紧地抱着袁依冰，哭成了泪人。

“姐姐送你去县城。”苗苗哽咽着，要从依冰的怀里抱孩子。袁依冰紧紧地抱着儿子，突然转身对苗苗鞠了一躬，毅然踏上去县城的山路。她走上前面一个山坡，回头远望，苗苗还站在远处，不断地朝自己挥手。

第九章

1

庄家村大嘴自缢身亡的消息，李邱巴一周以后才获知。县里组织乡镇一级领导集中学习了一个礼拜，学习一结束，杨伢子就赶到乡政府，把这一消息告诉了他。

杨伢子一脸愁容。大嘴家的条件在庄家村还算富裕的，一种令人担忧的粮荒的恐惧，像瘟疫般悄无声息地弥漫开来。以往长在土路边山坡上的野荠菜、野马兰头，基本无人问津。现在已经很难找到那一片片、一蓬蓬旺旺生长着的野菜了。

李邱巴打小就听爹爹和庄家村的老人们说过，人类一日不食，比岁歉；三日不食，比岁饥；五日不食，比岁荒；七日不食，无国土；十日不食，无畴类，尽死矣。他心揪着，按上周县上的会议精神，明年还要提高公粮的征收额度。举国上下，正酝酿着一种史无前例的大跃进精神。邻县有个地方，率先建起了一些炼钢炉。听说炼出了不少优质钢，喜报一直送到了省里。整个溧水县情绪高涨，准备过完年，去参观学习，回来要奋起直追。

“乡长，好多人家粮食短缺。有些人家的烟囱一天难得冒一次烟了，娃娃们饿得皮包骨头。”杨伢子低声对李邱巴嘀咕着，虽说乡变成了公社，但杨伢子仍习惯称呼李邱巴为乡长。

李邱巴不语，往办公椅上一坐。他看了一眼杨伢子，心里翻腾开来。整个东芦公社的情况，他清楚。庄家村并不是最困难的村子。许多村庄里，都开始流行起一种怪病，脸上一按一个坑，好一会儿才会恢复。县上会议指出，从现在开始，要控制所在地的人员外出务工，减轻对城市的供应压力。

“乡长，那些右派分子的口粮，怎么分配？”杨伢子又低声地问了句，他从李邱巴的脸上，看到了乡长心情的糟糕。

李邱巴慢吞吞地问了句杨伢子：“秋粮都收割完了吗？”

杨伢子点点头：“都收割完了。人手不够，男女老少齐下地，白天黑夜轮着干，总算完成了。”

“按人均口粮标准供应吧，总不能在咱们公社饿死人啊。”李邱巴一字一句地说。

“乡长，大嘴和她媳妇为了粮食的事，吵了架，大嘴寻了短见。维根的老婆在那儿吃了几个月，也没给大嘴家粮票。”杨伢子对李邱巴反映着。

“啊呀！”李邱巴一拍大腿，庄维根因为不知道大嘴的姓名和地址，才给自己写了封信，让他去给大嘴家打个招呼。他赶忙拉开抽屉，找出了庄维根的信，抽出信扫了两眼，递给杨伢子看。李邱巴发现，信封内还有几张纸条，便抖动信封，里面滑出数张粮票。李邱巴一看，三十五斤江苏省粮票。

“哎呀，是我把大嘴害死了。”李邱巴长叹了一声，沉默了好一阵子。他将粮票递给杨伢子让他把那些粮票交给泥鳅。

2

一九五八年，对溧水地区来说，注定是个不平凡的一年。这个小小的山城，逃脱不了大跃进浪潮的席卷。

县上组织了大批干部，前往镇江象山炼铁厂和江阴县马镇人民公社参观学习大炼钢铁。作为东芦公社书记的李邱巴，带着杨伢子等人随队一起参观学习。象山炼铁厂是镇江地区大炼钢铁的重要基地，现场上的高炉群蔚为壮观。人们热情高涨，信心百倍，夜以继日地赶砌着一座座炼铁炉。一群群男男女女，他们戴着草帽，挥舞着铲子锄头，在庄稼地里垒着各种各样的炉子。几百个大大小小的炉子，相互间隔一二十米。相比之下，江阴马镇公社的炼铁厂更为壮观，每个炉子都有两三人高。几百个炉子垒聚在一起，一到夜晚，田野里灯火通明，歌声嘹亮。人们用大红纸预先写好了喜报，一旦炉子化出了铁水，在一阵激奋人心的欢呼雀跃声中，把日期一填，敲锣打鼓地去县上报喜。通常是，前面锣鼓队还没走远，后面的锣鼓又被擂得震天响。凡是在现场参观学习的同志，个个看得热血沸腾，恨不得一步回到溧水，马上就干。

在回程的汽车上，车厢内群情激奋。有大着嗓门的，有拍着胸脯的，更有人挽起了袖子。

李邱巴和杨伢子当然激动。他们开始扳着手指头，数着熟悉的泥瓦匠和打铁匠。数着数着，李邱巴忽然想到了庄维根，庄维根在干着铸钢的活儿。对东芦公社来讲，庄维根就是人才。李邱巴激动了，他冲着杨伢子说："杨伢子，要是能把庄维根弄回来，当个头儿，不愁咱们东芦公社大炼钢铁搞不上。"

"是啊！"杨伢子也激动了，他眼睛亮亮地说，"乡长，呃，书记，我们开个介绍信，去火车头厂把庄维根弄回来。"

杨伢子恨庄维根，庄维根在外，他拿庄维根没法儿。如果把庄维根弄回庄家村，既能看管着庄维根，找机会治一治他，又能让庄维根帮着自己去炼钢铁。杨伢子的心快乐着，真是一箭双雕。

"杨伢子，你回去准备一下。去两个人，明天到公社开个介绍信。"李邱巴大声地对杨伢子说。

"嗯。"杨伢子兴奋地应了声。他转而一想，听说庄维根所在的那个火车头厂，有上万人。自己一个村支书出面，恐怕人家会不理睬他。他转动着眼珠子，低声地对李邱巴说："李书记，你出面去火车头厂，人家领导会出面。我去火车头厂，只怕见不到他们厂长书记。"

李邱巴望望杨伢子，杨伢子说的话也对。那个工厂不会理睬一个村支书的，这事儿，恐怕得他这个公社书记出面才行。

3

长途汽车一路颠簸，李邱巴和杨伢子风尘仆仆地来到了常州。火车头厂在常州市名气大，顺着路人的指点，没走多少路，便坐上了开往火车头厂的公交车。

工农桥是戚机厂横跨古运河的人行便桥。钢筋混凝土桥墩，桥面不宽，可供五六人并肩行走。桥畔一侧，通往运河对面的乡村。另一侧，在戚机厂南大门附近。戚机厂的工人有很多是运河对岸的乡民，土地被戚机厂征用后，他们由当地政府协调，被安排进工厂工作。公交站就在桥畔。

李邱巴和杨伢子下了车，一眼看到了戚机厂伟岸的工厂大门。两人兴奋地迈开腿，朝大门走去。临近大门，李邱巴和杨伢子便被工厂门卫拦下。李邱巴赶紧掏出介绍信，几步上前，说明来意。

门卫师傅接过介绍信扫了一眼，操着浓浓的东北话，对李邱巴说："同志，你找错地方了。这是南厂，铸钢车间往那边走，穿过铁路线，出去便是。"

李邱巴和杨伢子往南厂内一看，不得了，那个工厂一眼望不到头。这才是火车头厂的南厂啊。李邱巴赶紧收起介绍信，顺着门卫的指引，走了约莫半小时，终于看到了北厂大门。李邱巴推了推杨伢子，将介绍信塞给他后，尾随着杨伢子，向门卫室走去。

"呜——"突然而来的火车汽笛声响起，李邱巴和杨伢子吓了一跳。工厂内一辆火车拉着一长串车厢，巨龙般缓缓向前方驰去。火车头喷出一长串白色的气体，火车就像在云雾中行驶。

"哪儿的？"没等杨伢子挨近大门，门卫室走出来三个人，伸手将两人拦住。

杨伢子慌不迭地扬了扬手上的介绍信，满脸堆笑地说："同志，我们是溧水东芦公社过来的，这是我们东芦公社的李书记。"

门卫只是冷冷地扫了眼李邱巴，问："有什么事？"

杨伢子赶紧点头哈腰地说："工作上的事，想见一下工厂的领导。"

一个门卫忍不住笑了："厂领导是你们想见就见的吗？找厂领导有什么事？"

李邱巴赶紧上前，赔着笑对门卫说："这不大跃进了嘛，我们代表溧水东芦公社几万人民，想到工厂学习参观一下。回去啊，大干快上炼钢铁。"

三个门卫都笑了。一人开口问："要学习参观，必须得到工厂办公室同意。你们联系哪个部门的？"

杨伢子一听，觉得有希望，赶忙亮出了底牌："同志，我们东芦公社庄家村有个同志在铸钢车间，叫庄维根。麻烦你打个电话，联系一下他吧。"

三个门卫互相看了看，都没听说过庄维根这个人。杨伢子赶紧将介绍信塞给工厂门卫。三个门卫传来传去地看，其中一个门卫开口说：“乡下人，来一趟也不容易。你去打个电话给铸钢车间，让他们来个人领进去吧。”

李邱巴和杨伢子一听，千恩万谢地赔着笑。过了一会儿，打电话的门卫对他们说：“同志，车间领导同意放你们进去。不过，先在大门口等等，过会儿会有人来领你们进工厂。”

李邱巴和杨伢子连声道谢。杨伢子更是一脸激动，望着厂内偌大的厂房，听着一阵阵机器轰鸣声，期待着早些迈入工厂大门内，一探究竟。

4

等了半个多小时后，终于有个年轻人骑着自行车来到工厂大门口。他先与工厂门卫打了招呼，然后认真地看着介绍信。他上下打量着李邱巴和杨伢子。少顷，他微笑着朝李邱巴和杨伢子点了点头。他伏在门卫室桌上填了张会客单，便招呼着李邱巴和杨伢子进入工厂内。

厂区太大了。李邱巴和杨伢子看得目不暇接，甚至有些心惊肉跳。只见工厂内部火车的铁轨纵横交错，各种指示标牌让人看得眼花缭乱。一座座青灰色的厂房内，机器声隆隆。各种铁管像龙蛇般，或在地上蜿蜒，或伸入地下，或被钢柱托举在高空伸向远方。一些空旷的地方，杂草丛生，时不时可见野鸡扑棱棱地飞起，野兔忽地穿过马路，消失在钢铁堆里。

“哎哟哟，这个工厂真大啊。”杨伢子讨好地对年轻人说。

年轻人笑了，扭头冲着杨伢子说：“这才是我们工厂的一个边边角。”他停住脚步，用手指了指四面八方，骄傲地对李邱巴说，“李书记，沪宁铁路把工厂一分为二，沿沪宁铁路两侧，一直到常州市边缘，都是工厂的范围。”

李邱巴惊呆了，他想到过火车头厂一定很大，但没想到过火车头厂这么大。他笑着点着头，不由得加快了脚步。

“先去工段吧，庄维根在班上，工段长会接待你们的。”年轻人客气地领着李邱巴和杨伢子，来到了浇铸工段办公室。

工段长是上海人，五十多岁，一看就是个知识分子。他温和地请李邱巴和杨伢子坐下，又让人倒了两杯白开水。他认真地看着介绍信，一会儿，他笑着听杨伢子说明了来意。

“李书记啊，大炼钢铁是社会主义生产力的体现，全国一盘棋啊。不过，炼钢炼铁也不是轻而易举的事啊。”工段长笑着对李邱巴说。

“同志，庄维根是从我们东芦公社出来的，正因为我们没有炼钢铁的经验，所以才……才想把庄维根请回家乡，指导我们东芦公社大炼钢铁。”杨伢子见工段长客气，直截了当地提出了要求。

工段长哈哈笑起来，心想庄维根懂什么炼钢，不就是一个开箱班的小班长嘛。现在全民大炼钢铁，不过是瞎折腾。最近，不少地方的领导派人来联系，指名道姓地要张三李四回去，到最后去车间转了个圈，一个个连屁都没放半个，灰头土脸地回去了。

杨伢子见工段长哈哈大笑，以为工段长心里松动了，开始得寸进尺地给工段长讲起道理来了。

“领导啊，我们都是一个阶级。贫下中农们炼钢铁不容易，压力山一样大。在我们溧水，有的公社已经干起来了，一些有本事的人也被请了回去。领导支持一下吧。”杨伢子近乎哀求地苦笑着说。

工段长继续微笑着不语。他心里知道，庄维根的情况和车间里许多人的情况有相似之处。面前这位村支书讲的话，他耳熟能详。他只是淡淡地笑了笑，用手指着墙壁上一条标语，对杨伢子示意了一下。

杨伢子小学文化，识文断字还是可以的。他抬眼一望，脸红到了脖子根。墙上用红漆赫然写着“工人阶级领导一切”，他的心怦怦地跳着，显得十分尴尬。

“你领着两位同志去铸钢车间转转吧。呃，远一点儿看啊。”工段长对年轻人大声说着，显然下了逐客令。

5

李邱巴和杨伢子尾随着小年轻，跨入了铸钢车间大门，忽地觉得来到了另一个世界。高大宽敞的厂房内，传来各种金属的碰撞声。高空天车车轮碾轧钢轨的咔咔声，像蘑菇般形状的巨大的圆铁盘，随着天车的移动，停在一大堆废钢铁上。随着哨子的声响，圆铁盘缓缓上升，圆盘下居然沾了许多的钢铁，直把李邱巴和杨伢子看得目瞪口呆。砰砰砰的风枪声和急促的铃声交融在一起，简直让他们迈不动腿，也不知该往哪个方向走。

“跟紧些。”年轻人大声招呼着。李邱巴和杨伢子畏畏缩缩地紧跟着年轻人往前。到处是纵横交错的管子，有的向外喷着炽热的蒸汽，吓得他俩停下脚步，不敢向前。

“你们看，那个就是炼钢炉。”年轻人指着前方，大声地说。

李邱巴和杨伢子定睛一看，高大的炼钢炉像山包一样庞大，四周布满了各种管子。远远地感到一阵阵热浪袭来。在炼钢炉前，有着一些像古代武士打扮的人，头戴安全帽，眼戴护目镜，双手戴着厚厚的帆布手套，手持长长的钢钎，正往一个小孔内伸入。一会儿，钢钎的一端沾着暗红色的钢汁从小孔内出来，有人手持仪器测量着。巨大的高空钢架操作平台上，同样有许多人在忙碌着。

“同志，他们在干什么啊？”李邱巴忍不住高声地问。

“在取样，要去实验室做金相分析。”小年轻大声回。

“庄维根正在前面干活呢，去看看吧。”小年轻客气地对李邱巴说。

李邱巴和杨伢子孩子般听话地尾随着小年轻，他们往前走了两百多米。只见天车带着巨大的轰鸣声伴着急促的哨子声，正缓缓地移动过来。吊车巨大的弯钩下，挂着一个盛满炽热钢水的大钢包。随着大吊车渐渐地移动，李邱巴和杨伢子的脸上，感到了前所未有的炙烤感，衣服霎时烫了起来，吓得两人连连后退。

几十个工人穿着防烫服，像穿了铠甲的古代武士，威风凛凛地分布在工作场所内。哨声急促响起，钢包缓缓放下，天车继续平移，一个铁塔般的工人全神贯注，手持工具，将钢包的出水口小心地对着场地下的铸件。突然，钢水喷出，一股炽热的钢流注入模具内。钢花飞溅，热浪扑面而来，李邱巴和杨伢子看得瞠目结舌。

小年轻走近李邱巴，拉了一下他的衣袖，指着那人大声说：“他就是庄维根。”

车间内的喧嚣声太大了，虽离着几步远，也只能隐约听清小年轻说的什么。只见小年轻挥挥手，示意李邱巴和杨伢子尾随着他。大约又前行了一段路，喧闹声减弱。小年轻指着前面又一个巨大的厂房，对他俩说：“那是炼钢车间，还看吗？”

李邱巴和杨伢子连忙摆手：“不看了，不看了。原来炼钢铁是这么回事啊。”

“这样吧，我先领你们去庄维根的班组坐坐。这炉钢浇完，庄维根就下班了。”

6

庄维根一踏入班组休息室，见李邱巴和杨伢子，他大吃一惊，心里突然飘过一丝惊悸，他的心跳到嗓子眼里，他张大着嘴巴愣愣地望着李邱巴。

“邱巴叔，杨支书，你……你们怎么来了？”庄维根结巴着问。

“维根啊，这趟来得突然，到这儿也算开了眼界了。”李邱巴笑嘻嘻地起身，和庄维根热情地握手。

“哎，身上脏兮兮的，我先换衣服，你们先坐会儿。”庄维根脱下湿漉漉的帆布工装，露出结实的身板。他的脸被炙烤得通红，头发上、脸上都沾着石英砂子。他趁换衣服的工夫，琢磨着他们的出现对自己意味着什么。

杨伢子看着庄维根邋遢的样子，望着他满身的汗水，故作心疼地说：“维根啊，我和邱巴书记，心里常挂念着你呢。刚刚看到你浇钢水的样子，手心里都替你捏着把汗呐。”

庄维根心里清楚，杨伢子记恨着自己。他永远都忘不了土改中杨伢子嚣张跋扈的样子。眼前这个长不像瓠瓜、短不像葫芦的男人，让他十分厌恶和反感。但正是杨伢子这种人和李邱巴的突然出现，引起庄维根的警惕。他的心里惶惶不安，他迅速地换好衣服，故意看了看窗外。

“邱巴叔，一路坐车颠簸得很呢，看这天，日短夜长，先抓紧时间去吃个饭吧。”庄维根故作热情地招呼着两人，他不想让工段里的那个年轻人，听到他们之间的谈话。

“也好。从大清早到现在，路上只吃了个馒头。”李邱巴笑着，招呼着杨伢子起身，随着庄维根出了车间。

“维根，这个工厂的规矩大着哩。我和邱巴书记，被工厂大门口几个门卫拦在外面，一晾就是好长时间呢。”杨伢子对门卫耿耿于怀，颇有不满地对庄维根说。李邱巴是公社的一把手，又开了介绍信，怎么这么不受待见。

工厂通往大门口的路上行人渐多。三五成群的工人们衣着干净，脚步匆匆地从他们身边走过。

“杨支书，你们来的时间点不对。要是早上七点多进工厂，没人拦你。现在我们出工厂，也没人问你。”庄维根轻松地对杨伢子说。

“怎么讲？”杨伢子疑惑地问。

“工厂上班高峰时，几千个工人挤一个时间，下班时，几千个工人蜂拥而出。一个工厂上万人呢，门卫认不得。”庄维根有些得意了。

“维根，现在全国都在大炼钢铁，我们东芦不能掉队啊。我跟邱巴书记想让你辞了这份又苦又累的工作，跟我们回庄家村去，指导我们炼钢铁。口粮你不要操心，村里给你双份的。好不好？呃，我已经帮你找了几个帮手。村东头原来铁匠铺的怀忠，村西头补锅的驼子，还有几个，都是你小时候的玩伴。”杨伢子挑明了来意，脸上充满了期待和真诚。

“杨支书，前面就是北厂的食堂，吃饭时慢慢讲。”庄维根不接杨伢子的话，指了指前方说。

一踏进北食堂，李邱巴和杨伢子看呆了。上百张四方桌旁几乎坐满了人。偌大的食堂空间里，人声鼎沸，充溢着饭菜的香味。几十个窗口排着长长的人龙。说笑声，酒瓶敲桌声，骂人声和一股股烟雾交融在一起，扑面而来。

“乖乖隆地咚，一个吃饭的地方都这么大。”杨伢子头一次见到这样的地方，令他咋舌。

庄维根领着李邱巴和杨伢子，在人堆里寻觅。见最偏远的角落里，有几张桌子未坐满人，便带着他们先去占了个座位，他自己去窗口排队。

7

晚饭吃完，天已经全黑了。繁星闪烁，顺着一排路灯走去，庄维根把李邱巴和杨伢子带往家属区的浴室去洗个澡。

北区家属区的浴室，由五个巨大的圆拱形建筑组成，远看像一朵盛开的梅花。浴室和食堂同属一个建筑群，中间空地上有座锅炉房，专门为食堂和浴室提供蒸汽。浴室内，一长排一长排的更衣柜被分成几百个小格，每个小格子的门上都挂着把带钥匙的小锁。三人脱光衣服，在弥漫的热气中，跳入水池泡了起来。那种被热水浸泡云里雾里的感觉，让李邱巴和杨伢子兴奋不已。

“乡长，这次出来见了大世面了。”杨伢子头上冒着汗，激动又兴奋地说。李邱巴满脸通红，他把整个身子浸泡在水里，只冒出个头。

“维根，我问你哪，在炼钢车间我怎么没见到柴火和煤炭哩？”池子里人声鼎沸，杨伢子大声地问。

“炼钢不用柴火和煤炭，是烧的气呢，那气一喷烧到两三千度。”庄维根大声地回。

“那炉子怎么都是钢铁的？怎么不用砖砌？”杨伢子满头大汗地追问。

“哎，里面有砖，那是从外国进口的耐火砖，一般的砖一烧就化了。”

“哎，乡长啊，我们参观的那些炉子，不都是用土砖砌的吗？”杨伢子迷惑不解地问李邱巴。

李邱巴其实心中已经有数了。他们看到的炼钢炉和今天看到的炼钢炉，那是天壤之别。一个是农民家中的鸡窝，连日本人的炮楼都不及。那些炉子里炼出来的铁水，不就是小炉匠化出来的水嘛。这儿的炼钢炉又高又大，炼出来的钢水还要化验。就是把整个镇江专区的人财物集中一起，也弄不出半个这样的炉子哩。李邱巴像水牛趴在水塘里一样，痛快地搓擦着身子。

“洗完了到上面来冲一下吧。”庄维根率先爬上池子，在旁边冲洗了起来。

李邱巴和杨伢子也从池子里爬上来。刚走了没几步，两股热水从天而降，把两人吓了一大跳，赶紧闪在一旁。

“维根，我没碰什么东西，上面怎么突然喷水呢？”李邱巴惊奇地问。

庄维根笑了，他拉着李邱巴的手，指着上面的喷头，骄傲地说：“邱巴叔，这里面学问大了。工厂有个大学生，没来多久，捣鼓了个把月，弄出了这么个东西。你一进入水就出来，你一出去，水就停了，水温都是调好的，不冷不热哎。”

李邱巴小心地探过身去，果然一股热水浇了下来。他一缩身，水果然停了。杨伢子见状，也将身子一探，一股热水从头顶浇了下来。

李邱巴和杨伢子哈哈笑着，眉开眼笑地钻进了水流中，兴奋地冲洗了起来。

第二天，李邱巴和杨伢子坐在回溧水的长途车上，两人一路交谈着。李邱巴将庄维根送的两盒常州大麻糕，推给了杨伢子。

“乡长，回去弄不弄那个？”杨伢子看了看满员的长途车，问了半句的话。

李邱巴不睬他，眼睛看着窗外移动的群山，回想着那许多像鸡窝般的土炉子，心里觉得好笑。他想，东芦公社如果一点儿行动都没有，那就做了龟尾巴，对县上也不好交代。他只是不咸不淡地回了句：“咱们公社恐怕弄不起来。不过，支援些柴火和劳力给需要的地方，还是可以的。”

杨伢子听懂了李邱巴的话，信服地笑了。

8

刘地怎么也想不明白，在会上就提了些鸡毛蒜皮的意见，稀里糊涂被定了个右派分子，给下放了。他觉得太冤了。

座谈会是由市里专门负责商业的顾副市长负责的。起因原是关于计划经济下，如何保证全市居民们吃豆腐的问题。刚解放时，刘银和刘铜分别将自己手中的公司交给了政府，政府对民族资产阶级采取了“赎买”政策。刘银的公司归属了市物资公司，刘铜的公司归属了市商业公司。刘银老实，顺从政府的安排，每个月领取百把元工资，也用不着去上班。刘铜虽然也领取一份工资，和刘银一起顺从地退位，但提出让儿子刘地顶替自己，刘地被安排当了副经理。

刘地的工作很烦琐，专门管理分发给市民购买副食品的票据。那些五花八门的票据，红红绿绿的，简直要把他弄出神经病。刘地在会议上说了一些自己的观点，他认为粮油肉蛋之类的主要生活保障品除外，像豆腐豆芽蔬菜类的供应，应该放开。一旦凭票供应，反而会造成物资供应的紧张。老百姓不会浪费手中的任何购买票据。放开后，老百姓可能不想吃豆腐了，改为购买豆芽等，这样在物资供应上就有了松弛度。他列举了在国民党统治时期，尽管供应紧张，也没有像现在这样弄得神经兮兮的。就是这句话，给刘地带来了灾祸。

但刘地又是幸运的。他被定为右派分子，他的家人却没有受到株连。老婆明君比自己小很多，人如其名，长得小家碧玉。虽说在公司下面的一个菜场当主任，但明君和顾副市长的老婆徐大姐走得近。徐大姐家里需要什么菜，都是明君给送过去的。在顾副市长的照应下，他的家属明君得以幸免。

刘地以前并没有来过溧水。在他的想象中，溧水应该是穷山恶水，鸟不拉屎的地方。如今他身在庄家村，见自家的房屋，窗明几净，宽大的院落里，竟然还有着几棵茶花树。爹爹悠闲地和刘银下着象棋。庄家村四周的群山层林尽染，山坡上金黄色的树叶和茂密草丛里探头探脑的野花，让他欣喜不已。

“别懊恼，庄家村这个地方挺好。你爷爷奶奶虽说葬在刘家村，刘家村现在也归庄家村管。喏，顺着这后山绕过去，连过四座山，就是刘家村了。”刘银把“兵”往前拱了步，将吃掉的棋子，捏在手掌里，盘转得咔咔作响。

刘铜跷着二郎腿安慰着刘地：“儿子，到哪个山上，砍哪个柴。庄家村山清水秀，人也不坏。你把心沉下来，这里的房子比城里住得安稳。”

刘地长得白白胖胖，养尊处优惯了，他有些担心地对爹爹说：“常州家里有明君撑着，刘军今后的读书，也不用到这儿念。只是乡下的事情，我一点儿也做不来，也不会做啊。”

刘银见刘铜举棋不定，略显兴奋。他望了一眼刘地，悠悠地说了句：“在庄家村，你只要摆平了杨伢子，哦，他是村支书，今后的事情就好办了。全国右派多着呢，宽心些。杨伢子与庄家不和，你千万不要在他面前说庄家的好，记住了！”

刘地连连应诺。他把“杨伢子”这三个字刻在了心头。他计划，今晚就去杨伢子家拜访一下。

9

杨伢子和李邱巴回到东芦后，只字不提去常州的所见所闻。一些公社轰轰烈烈地建起了土高炉，收集了大量的废铜烂铁。洪兰镇把一个庙里的大铁钟，砸碎后化成了铁水，敲锣打鼓去了县政府。县政府还专门给他们发了奖状。

洪兰镇的小高炉，是各个公社产量最高的。洪兰镇基础好，位于交通要道口，镇上的存货多。光是废品回收站就有三家。短时间内，将废品站存放的废品集中熔炼，成绩斐然，深得县上和地区领导的赞赏，专门开了庆功表彰大会。一个奖状，有半个门板大，镇长和书记笑哈哈地抬着奖状合影。奖状上写着“男女老幼总动员，钢铁产量翻一番”。

李邱巴和杨伢子坐在台下，洪兰镇大炼钢铁，东芦公社积极支援。他们要人给人，要物给物。光是杨伢子发动民兵们砍的各种歪脖子树，就有千把株。捆捆扎扎，大车小车地运到洪兰镇。因此，李邱巴所在的东芦公社，也弄到了一个巴掌大小的奖状。

李邱巴其实对杨伢子还是比较喜欢的。杨伢子文化水平虽然不高，但能识文断字，头脑比较简单，唯上不唯下。只要给他权力，他会玩命干。刘家村成立村民小组，那个地方山高路远，与安徽接壤。庄家村正好处在刘家村往公社所在地的中间。因此，李邱巴经县上同意后，刘家村划归庄家村村委会管理。杨伢子激动万分，他认为这是李邱巴对自己的厚爱。因此，凡是李邱巴的意见，他执行起来再苦再累，屁都不放一个。

杨伢子此刻坐在自家院子里，看着满天的星星发愁。他知道刘家村，那里几十户人家，心都比较齐。当年是刘生创建了这个村落，而且大多是安徽保界一带的人。杨伢子从小就知道，保界人既刁又蛮。你去，话说重了，他们会拿着扁担钉耙追得你满山跑。话说轻了，他们只当你在放屁，睬都不睬你。杨伢子手托着腮帮子，苦思冥想怎样才能治理好刘家村。

白天，他和村治保主任去了趟兰儿家，摸清了租房客的大致情况。那对夫妻看上去敦厚老实，特别是他们编的藤制品，又好看又实用。这两人居住在庄家村，他也放心了，只要看看他们的一双手，就知道是贫下中农，阶级兄弟。临走时，夫妻两人还给他们各送了一只盛米用的藤箩。藤箩精致漂亮，拿回家时，婆娘不住地赞叹，直夸自己能干。婆娘的夸奖，让杨伢子听着舒服。

月亮悠悠地移动着，银色的月光洒在院落，像铺上了一层霜。风轻轻地吹动着院子里的柿子树，树叶簌簌地响着，青里透黄的柿子，挂满了枝头。杨伢子觉得有些夜凉，正欲起身回房，院门敲响了。

“哪个？”杨伢子喊了声。

“杨书记，我是刘生的孙子。我来看您来啦。”门外传来温柔且富有磁性的男人的声音，引得杨伢子的婆娘也从屋里来到了院中。

门开了，刘地两只手上拎满了礼物，大包小包，红红绿绿的盒子，在月光下特别吸引眼球。未待杨伢子开口，他的婆娘喜笑颜开地上前招呼起来。

“贵客啊，快来这边坐坐吧。今天柿子树上喜鹊叫了半晌，原来是刘生的孙子来啦。”杨伢子的婆娘忙不迭地取来水瓶和茶缸，替刘地泡了茶，放在院中的四方桌上。

刘地顺势将礼品往桌上一放，笑着对杨伢子说：“杨书记，我叫刘地，是刘家庄刘生的孙子，刘铜的儿子。”

杨伢子笑了。他扫了一眼桌上堆得像小山一般高的礼品，热情地招呼刘地坐下后，开口说：“公社已经跟我说过你的事儿了。你放心，庄家村这个地方，人好，环境也好，比你们常州好。”杨伢子说完，又扫了眼桌子，然后用手抹了把嘴巴。

“我犯了错误，现在是右派分子。日后要杨书记多督促，也好让我好好改造思想。”刘地卑微地弯了下腰，白净的脸上带着微笑，骨子里还有些许经理的架势。

杨伢子心里大喜。眼前这个刘地，虽说是个右派分子，最起码要比庄维根这个地主分子好。庄维根敢顶撞自己，眼前这个刘地这么恭维着自己。他觉得脸上有光彩了，也感觉到“村书记”这三个字的分量了。他尽量不露喜色，严肃地对刘地说：“刘地啊，好好改造思想，庄家村的世面也不小。你从城里到乡下，又不会农活，村里还要供着口粮。这样吧，你明天就来村委，跟着我跑跑腿吧。”

刘地一听，内心大喜。这跑跑腿，写写弄弄的事情，对他来讲不是小菜一碟？他抬眼望了望天空，对杨伢子说：“杨书记，那我明天到村委来吧。”刘地说完，冲杨伢子笑了笑，反身退出院子。杨伢子送出门外，对刘地摆动着手，随即关上院门。

杨伢子的婆娘一脸欢喜，拿着金富友送的藤箩，将礼品往里装着。

“杨伢子，你当了这么些年支书，现在总算当出头了。”

杨伢子不语，心里思忖着。正好，让刘地跑跑刘家村，那是个麻烦的地方。刘地是刘生的孙子，压得住刘家村村民。他是个右派分子，干出了成绩，是自己的。犯了错误，又随时可以治他。杨伢子不由得嘿嘿笑了起来。

第十章

1

又是一个春天来临了。柔和的阳光斜照在凤凰街两侧的梧桐树上，梧桐树伸展的枝条上冒出了许多像茶树尖尖的小嫩叶，一丛丛嫩叶在阳光下可见毛茸茸的绒花。

庄雪花开心地哼起了小曲，她待会要早些去幼儿园接儿子袁顺悟。顺悟去幼儿园已经一周多了，想着第一天送他去幼儿园，还没到幼儿园门口，小顺悟竟然从自行车后座上滑了下来，拼命地迈开小腿向自家方向跑，她赶忙扔下自行车追上儿子。儿子无奈地撇着嘴带着哭腔："妈妈，你早点儿来接我，好吗？"

见儿子的可怜相，庄雪花一把抱着儿子又亲又哄："妈妈下午第一个来接你。"谁知下午接小顺悟回家，他眉飞色舞地对她讲，谁谁谁被老师打屁股了，谁谁谁被老师罚，坐在痰盂上拉屎了，顺悟笑得开心极了。现在要一早送他去幼儿园，如果迟到一点儿，小顺悟回来会怪她。

庄雪花开心当然有她开心的事——自从袁唐平给齐医生递了纸条儿，第二年齐医生便和苏扬结了婚。苏扬现在怀孕了，把医院的苏大院长高兴得不行。苏院长一高兴，把袁唐平调到了医院后勤处。现在袁唐平上下班着装有模有样，工资也涨了，身边围着的人也多了，脸上的笑容也恢复了。当然，在整个医院里，袁唐平和齐医生关系最近，俩人几乎无话不谈，遇到节假日，两家人常互有来往。

小桃红和齐医生的母亲关系似乎走得更近，每个周五小桃红穿戴一新，和齐鲁红相约在养育巷基督教司徒堂内，参加教堂的宗教活动。小桃红每次参加完教堂活动后，信徒们唱的那些颂赞上帝的歌曲，真的余音在耳边不绝，让她心里充满了欢快。她的内心深处仿佛钻入了许多活泼的精灵，在为心灵进行洗礼，这让她暂时忘却了失夫的痛楚，囚子的悲伤。渐而渐之，小桃红也会唱一些颂歌，尽管她并不完全理解这些颂歌的内涵。

齐鲁红当然最开心，通过参加教会活动，小桃红和她的关系日渐亲密。小桃红不仅向齐鲁红诉说自己的不幸遭遇，还将自己平时的所见所闻说给齐鲁红听。齐鲁红比小桃红深沉，富有内涵。她总是微笑地倾听，安慰小桃红，对自己的往事和遭遇只字不提。

小桃红现在每天高高兴兴，只要小顺悟在家，总是抢着带孩子。婷婷却有些不乐意，小顺悟已经到了受教育的年纪，婆婆的那些知识，已经旧得拿不上桌面了，况且一开口就是湖南腔，婷婷简直受不了。

庄雪花见两位老人抢着带小顺悟，心里当然高兴。每当二人相持不下时，雪花总是站在婷婷一边。其他不说，婷婷那一口标准的吴侬软语，小桃红就不会说。

袁顺悟长得聪明可爱，白白净净的皮肤，清澈无邪的大眼睛，双眼皮，长着漆黑的头发。在袁唐平和自己的早期教育中，顺悟已经学到了不少知识，会背几十首唐诗，在幼儿园老师的眼中，是个讨人欢喜的小男孩。

庄雪花愉快地出门，婷婷跟着也要去接顺悟。雪花摆摆手，示意婷婷留在家中，她轻轻地合上门，走了一段路回头望了望，婷婷站在门口，一副犹疑不定的样子。

2

黄德胜家前不久宾客盈门，整个黄家洋溢着春天的气息。庄慕兰的脸庞笑得就像院子里那两株桃树枝头的花朵，花朵团团簇簇地开满了枝头，庄慕兰的脸上乐开了花。

前年岁末，庄慕兰生了个儿子。今年庄慕兰刚刚又生了个儿子，黄德胜兴奋得像个孩子一般。他坐在床上双脚并拢，将大儿子放在脚背上，双腿抬上抬下。小儿子放在摇篮内，庄慕兰轻轻地哼着摇篮曲，悠悠地摇晃着。黄德胜内心骄傲无比，嘴边呵呵声不断。

“这些年，我给黄家一连生了六个。这肚子里就像被掏空了一样，今后再也不生了。”庄慕兰一本正经地对黄德胜说。

“嗯，嗯！”黄德胜就像变了个人，那张长脸似乎圆了些。

“维根今天休息，正好给老六起个名字。”庄慕兰开心地说。

黄德胜前五个孩子，都是庄维根给起的名。老五生下来时，维根给起了跃进，抗美、抗英、康健、康铃这些时髦的名字都给起了。小六子起什么名字，庄慕兰虽然有些文化，但一时也想不出好名字来。

太阳亮亮地闪耀着，给室内投下一片温暖。院子里突然传来抗美、抗英的欢呼声：“舅舅，舅舅。”

“维根来了。”庄慕兰开心地起身，见袁依冰抱着儿子已经走入院子，庄维根一脸笑容，抱过儿子又亲又吻。

听到爸爸的声音，英群兴奋地从里屋出来，挥舞着小手，要爸爸抱。庄维根把儿子递给依冰，刚想蹲下抱女儿，抗美、抗英一把推开英群，大声喊着：“他是我舅舅，不准抱你。”

英群小脸涨得通红，大声争辩：“他是我爸爸。”英群机灵，从抗美和抗英组成的人墙中间闪身钻了进去，扑在了维根的怀抱里，呵呵地笑着。

“哇——”抗美往地上一坐，号啕大哭起来。抗英见状，拔腿就往屋里跑，跑到庄慕兰面前，告起了状，抗英边告状边伤心地大哭。

庄慕兰立即打开窗户，冲着坐在地上的抗美喊：“抗美，拿点志气出来，到这儿来吃橘子糖。”抗美一听，从地上爬起，跑进庄慕兰房间。庄慕兰从糖缸里抓出一把糖，往桌子上一放，又喊来康健、康铃两个女儿。她把四个女儿往黄德胜屋里一关，自己走出来，瞪了庄英群一眼，对庄维根诉起苦来。

“维根，姐姐命苦，跟了你姐夫，一口气生了六个。大的不听话，小的晚上哭闹，中间还要替你安顿好一双儿女。老娘和依冰又都住在一起，日久夜长，总不是个办法啊。”

庄维根尴尬不已，袁依冰和汤正益听慕兰埋汰，两人转身去了厨房。袁依冰一声不吭，默默地帮汤正益洗菜刷碗。

“姐姐，弟弟知道姐姐不容易……”庄维根脸上堆着笑，从上衣口袋里掏出一沓钱，递给庄慕兰。

“这是下个月的生活费。”庄维根大声地对庄慕兰说。

庄慕兰接过庄维根递过来的钱，边点边对庄维根说：“姐姐不是在乎钱，实在是小把戏太多太烦了。你别看你那个宝贝女儿，抗美、抗英加一起，都没她一个人吃得多。”

庄慕兰说完，脸上恢复了笑容，她将钱装入衣袋，领着庄维根进了黄德胜房间。黄德胜竖着耳朵，听着姐弟两人的对话，见庄维根进屋，开心地笑着对庄维根说：“你来啦，刚刚你姐还念叨着你，小六子还要你取名呢。”

“姐夫，我在火车上就想好了名字，小六子就叫钢成。这个名字有两层含义，一是保佑小六子身体壮实如钢，二是全国还在大炼钢铁，有政治意义。”庄维根讨好地对黄德胜说。

庄慕兰大喜，连忙对黄德胜说：“还是我弟弟有文化，就这样定了吧？”黄德胜开心地点着头。突然，他笑着问庄慕兰：“慕兰，那件山羊皮大衣你放哪儿了？给维根穿正好。”

“我才舍不得扔呢，我这就去拿。”庄慕兰几乎小跑着到了外间。她搬起木梯子，往阁楼上一摆，噌噌噌地几步爬上阁楼。一会儿，抱着皮大衣，来到庄维根面前。

“维根，你姐夫也信迷信了。听了西门大街刘瞎子的瞎话，想把那些战争年代的东西都丢了。姐不信，把那些照片啊军装啊都藏在阁楼上。你说这么好的山羊皮大衣，怎么舍得丢了？快，穿起来让你姐夫看看。”庄慕兰笑着对庄维根说。

庄维根心里涌过一股热流，把山羊皮大衣穿了起来，走到落地镜前欣赏着。

“正好合身。”庄慕兰笑着，对坐在床上的黄德胜说。

“谢谢姐夫。”庄维根穿着山羊皮大衣，感激地对黄德胜说。

庄慕兰在房间里踱起了步，她像想起什么事一样，突然说：“维根，你还是脱下来吧。姐姐把这件山羊皮大衣弄到东门大街的当铺里去当了，还能当二十块钱呢。”庄慕兰说完，竟走到维根身边，帮着庄维根脱皮大衣。

庄维根的心被插上了刀子，脸上保持着微笑，从容地将大衣脱下递给庄慕兰，又偷偷看了眼黄德胜。黄德胜若无其事地将跃进放在双脚背上，乐呵呵地逗儿子玩呢。

3

入夜，黄德胜满脸通红地去房内睡觉，汤正益哄着庄慕兰的四朵金花去另一个房间。庄慕兰与庄维根、袁依冰在最外面的房间里，三个人在交谈着。袁依冰的怀里抱着儿子庄英生，英生正躺在母亲的怀里，闻着乳香甜甜地睡着。

庄英群坐在庄维根的腿上，两只小手紧紧地搂抱着父亲。一会儿伸出小手，摸着维根脸上的胡子，一会儿小手拉扯着维根的耳朵，一脸的兴奋，丝毫没有睡意。

“爸爸，我们什么时候回家啊？我不要待在这里。”英群嗲声嗲气地问着庄维根。

“这死丫头没良心。姑妈对你们这么好，真是隔个肚皮隔重山，怎么养都不亲。”庄慕兰见庄英群说话的样子，忍不住说了一句。

袁依冰在一旁听了，嘴巴咂了几下，冲着慕兰回了句：“姐姐，英群见了爹爹撒下娇，你也别放心上啊。”

庄慕兰一听，半认真地冲维根数落着：“维根，你这女儿人小鬼大，姐姐对她这么好，见到你还要告状。姐姐问你，你那边情况怎么样了？”

庄慕兰言下之意，就是希望庄维根赶快把孩子们接回去，别放在丹阳。庄维根当然听得懂庄慕兰话里的意思，他叹了口气，眼圈红了。

“姐姐，弟弟知道，为难姐姐了。爹爹死得早，老娘又没文化和本事。你也知道，依冰从小就和雪花作对，偏偏雪花又跟了唐平，投个亲也没地方去。为了不跟你生孩子犯冲，依冰厚着脸皮去了大嘴家，把儿子生了下来。没想到大嘴……”维根哽咽着，忍不住眼泪流了下来。

屋内瞬时寂静无声。英群见爸爸眼泪哗哗，心里慌张，爬起来，用小手替维根擦着眼泪。“爸爸，不要哭。”英群边喊边哭。

庄慕兰和袁依冰眼圈红了起来，庄慕兰掏出手帕，替庄维根擦着眼泪。

“维根，别怪姐姐。这种事放在任何一个当姐姐的身上，这么多年能够这样，也说得过去了。姐姐咬咬牙，再帮你撑几年。好在你姐夫什么事情都听你姐姐的。”庄慕兰说着，自个儿眼泪也淌了下来。

“姐姐，邱巴和杨伢子不久前到我这儿来了，来之前也没预先来封信。”庄维根引开了话题。

“噢，那个憨种跑来干什么？又想搞什么事了？”庄慕兰不安地问。

“邱巴也犯糊涂了，想要在东芦建炼钢炉，要把我弄回庄家村。这不正合了杨伢子的意？好在车间领导不理睬，他们也看了车间的炼钢炉，两个人灰头土脸地走了。”庄维根说着，望了眼袁依冰，袁依冰一脸惊恐不安。

“那个庄家村，我八辈子都不想回去。杨伢子从小就是歹种，看姐姐的眼神都不正常。”庄慕兰心里对杨伢子充满了恶心。庄维根从衣袋里，又掏出二十斤粮票，递给庄慕兰。

“姐姐，这是我省下的粮票。我那个工种，一个月吃四十八斤定额粮啊。”

“正好添添，给兰儿寄去。维根啊，在丹阳有不少人饿出了浮肿病，之前可没听说过。”庄慕兰接过粮票，悄悄地对庄维根说。

“姐姐，从报纸上看，全国到处都在大炼钢铁。砍了那么多树，烧了那么多煤。青壮年都懒得种地，全跑去炼什么钢铁，那里管吃管住。粮食这么紧张，看来不久要大饥荒了。”庄维根不无担心地对庄慕兰说。

庄慕兰似乎有些不相信，见庄维根说得认真，她想了一会儿，安慰起庄维根：

“你一双儿女放在姐姐这里，即使真有大饥荒那一天，只要你姐夫平平安安，一大家子人饿不死。”庄慕兰心里有底，信誓旦旦地对庄维根说。

4

金富友带着婆娘金凤，居住在兰儿家。一段时间下来，觉得倒也舒心。庄家村四周的山上，遍长着各种藤状植物。木果河两侧茂密的芦苇，在金富友的眼里，都是挣钱的宝贝东西。他和金凤两人手艺巧，金凤又肯吃苦。用藤和芦苇编织的东西，运到洪兰镇叫卖，销路出奇地好。这里的山民平时不会编这些东西，他们有时拉着装满货的车子去县城，途中就卖了一半。回庄家村时，大车里装着各种粮食，苞谷、芝麻、黄豆、大米等，很多乡民都是以物换物。金富友越发相信，荒年饿不死手艺人。在兰儿家居住的这些日子，金富友心里确信，庄家村的人，心里基本认可了他们。他觉得应该找个机会，与兰儿接触一下，试探一下那几块玉石的下落了。

金富友已经知道，黄秋生死了多年，就葬在对面的山岗上。大娟只剩下一口气，脑子也没用了，就等着哪天阎王派小鬼来收她了。兰儿现在居住的房子，他基本上每个房间都去探寻过。只要兰儿出门，他便抓住机会，溜进兰儿的屋子，仔细寻找。

上个礼拜，兰儿去庄大冬家找英娣，她们要去裁缝铺做衣服。金富友见兰儿外出，急忙关上院门，喊金凤把风，快步进了兰儿的房间。

推开房门，金富友四下观察，见兰儿床尾的棉花被凸起，赶忙上前，撩起一看，里面塞了一包旧衣服。他用手捏了下，包袱里软软的，根本没有什么东西藏着。他将棉被复原后，又围着床铺，边转边看。

床铺下放着一只老旧的木箱，他兴奋地蹲下身子，一使力，将木箱拉到身边。他掀开木箱盖，里面放着几双兰儿平时不穿的皮鞋。金富友非常失望，他合上木箱，重新将木箱推进床下。他起身摸了摸头上出的汗，心虚地四下张望了会儿，便退出兰儿的房间。

金富友下到楼下，失望地朝院子看了看。见金凤紧张万分地趴在院门上，透过院门的缝隙朝外窥探着。

大娟在屋内呻吟起来，跟着一股恶臭传了出来。金富友紧张地对金凤喊着："金凤，老太婆又拉床了。"

金凤反身直奔大娟的屋子，金富友也随金凤进屋。金凤熟练地搬来盆，又端上热水，给大娟擦洗身子。

金富友捂着鼻子，刚想退出，忽见屋子的角落，放着几只旧木盆。木盆的边上有一只旧马桶，马桶的铁箍已经锈迹斑斑，鼓形的桶身裂开了好多口子，褚红色的漆皮也斑驳陆离。他掀开马桶盖扫了一眼，一股干臭的霉味呛得他难受，他迅速合上马桶盖。就在一刹那间，他见马桶里有一团破布，心中顿生疑惑，伸手一捏，硬邦邦的，心里不由得大喜。他赶紧一把抓起破布团，打开后，一块拳头大的石头出现在眼前。石头一个斜面被刀割得平平展展，闪着幽幽的白光。

"找到了！"他兴奋地大叫了一声，把金凤吓了一跳。

"看，金凤，这就是玉石。"金富友捧着石头兴奋地喊着。

金凤赶忙过来，伸手摸着光滑如镜的截面，不相信地问金富友："真是宝贝石头？怎么这么小啊？"

此时的金富友，内心狂跳。他语无伦次地回着金凤："这就是玉石……石头被割了玉镯了。"金富友摊开左手掌，将石头拿起来，盖住掌心，一股凉凉的感觉让他舒服。

"找到了，终于找到了。"金富友几乎哽咽着说。

"砰砰砰"，院子大门被敲响了，慌得金富友赶紧用布将石头包好，塞入马桶内，又匆匆地将马桶盖合上。

"开门啊，金凤，大白日关着门干啥？"门外兰儿大声地喝问。金富友迅速向金凤递了个眼色，快步奔出屋，跑着将院门打开。

5

院门刚开，兰儿急不可耐地闯入院内。

"大白天的，为什么关门啊？"兰儿心里觉得奇怪，恼怒地问金富友。兰儿的身边，站着英娣。

金富友略显慌张地回道："老太婆又拉屎了，我和金凤正帮着弄呢。怕有人闯进来偷东西，才把院门关了。"

英娣一听，笑起来："庄家村百把年来，没听说过哪家被偷被抢。大白天家里有人还要关门，不是神经病，就是糊涂鬼。"

英娣说完，大大咧咧地随着兰儿去了大娟的屋里。金凤正在给大娟换内衣裤，木盆里放着刚换下的脏衣服。

"金凤，难为你了。"兰儿感激地对金凤说。金凤脸儿通红，心跳如鼓，幸好她正俯身给大娟换着衣裤。

"没事，住久了不就跟一家人一样。"金凤回着兰儿的问话。

兰儿端起木盆转身出了屋子，她来到院子井边，吊起井水，搓洗刚换下的衣裤。她要趁太阳正亮时，将大娟的衣裤晒干。兰儿边搓洗边偷眼看了下院子里的金富友，他的脸红红的，脸上局促不安的神情，让她心里咯噔了一下。

"金富友，你过来。"兰儿喊了声，见金富友走近，冷不丁地问，"你有心事？”

金富友更是心头一慌，毕竟从小到大，他和金凤没有做过偷鸡摸狗的事。经兰儿一问，他结结巴巴地说：“姐姐哎，在我们老家九里沟，出个门，闪个身，都要关院门。鸡鸣狗盗的事情倒不多，主要是野兽多。到现在还有土匪，所以习惯了。”

兰儿一听，哈哈大笑起来。原来金富友在老家养成了这习惯。她拧着湿衣裤，抖动着往竹竿上一搭，对金富友说：“这庄家村一带，从来就没有土匪，也没有鸡鸣狗盗，找个小偷都难啊。”

金富友想到这儿，总觉得有个疑问没有解开。爹爹金不换有没有到过溧水，有没有与黄秋生照过面？如果真如兰儿和英娣所说，庄家村百把年来都没有出现过盗匪，那么爹爹一定是从甘肃出来后遭遇了不测，而不是在与黄秋生遭遇后决斗中丧生，金富友的心情轻松了些。

玉石就藏在马桶内，可这只是一小块玉石，其他的玉石一定就藏在附近。他的注意力被兰儿屋子边上的老宅所吸引。老宅既然是黄秋生的，说不定黄秋生死得突然，也可能连兰儿的婆婆，都不清楚玉石的下落。

金富友踮着脚往边上看，只看到老宅对面围墙上长满了草，青藤爬得到处都是。他默默地思索了许久，觉得有个办法可以试一下。只要找到玉石，他立刻带着金凤回九里沟去。

金富友抬眼望了望天空，天空格外湛蓝。太阳正在上升，阳光刺得眼睛都睁不开。洪兰镇今明两天正是庙会，他推出板车，将备好的藤制品装上车子，用绳索绑牢。

“金凤，去洪兰庙会。”金富友大声地喊着金凤。

“唉！”金凤开心地从后院出来，手上还提着藤匾。她将藤匾往车上一放，金富友拉车，金凤推车，两人沿着阳光铺洒的山路，往洪兰镇去。他们知道这一车物件，要不了多久就会卖空。

“富友，待到夏天，我们回九里沟吧。这两天，我想二娃，想得厉害。”金凤说。

“快了，金凤。我爹爹的下落恐怕打听不到了。可那几块玉石，我猜应该藏在那边上的老屋里。”富友喜滋滋地说。

“老房那么大，又是前院，又是后院。兰儿姐姐又天天待在屋子里，怎么寻？”金凤笑着问富友。

“那半截石头不能拿，拿了就变成偷盗了。只要找到剩下的石头，神不知鬼不觉地往外一搬，嘿嘿嘿……”金富友话没说完，自个儿乐得合不拢嘴。突然，金凤急速地闪过身，蹲在地上呕吐了起来：“富友，停一下，我有了。”金凤喘着气喊着。

金富友一听，急忙停下车，跑到金凤身边，爱怜地搀起金凤。

“金凤，苦了你了。跟着我在外面乱闯，连个安稳日子都没有。”

“没事了。”金凤用手抹了抹嘴，长长地吐了口气，轻声说，“走吧，走吧。”

金富友高兴地拉着车，金凤笑嘻嘻地推着车，两人有说有笑地前行着。

6

刘地自从拜了杨伢子的码头，深得杨伢子的好感。他手不能提篮，肩不能挑担，农村的活计一窍不通。可刘地经商的头脑，是经过新旧两个社会历练的。他有着敏锐的商业嗅觉，下放没多久，便把庄家村的情况及村委一班人的情况摸了个一清二楚。村委穷得叮当响，就剩下庄家粮库角落里的一些杂粮。村委几个人都记着工分，丰收时粮食多给一些，歉收时粮食少给一些。生产队平时都是记工分，到年底按收成决定工分的价值。

杨伢子理论上不懂右派左派，他只知道地富反坏。上面叫弄谁，他就去弄谁。刘地一脸卑谦地上他的门，这让他觉得很有面子。

他知道刘地一家与庄家有着密切的关系，本来他心里对庄家以前也没有什么太大的意见。只不过庄慕兰与黄德胜相好，刺痛着他的心。

黄德胜当年是区长，还绑了自己。庄大奶奶又睡了自家爹爹的寿材，这让他觉得怨恨。当年斗庄家，是上面要斗的，而且还是在黄德胜的安排下斗的庄家。他想，他也没有像其他地方斗地主那样，把人绑着吊着打着。因此，对刘地的殷勤奉承，他觉得心里特别的舒畅。

刘地也确实会揣摩杨伢子的心思。杨伢子把刘家村交给他管理，他立马就领会了其中的奥妙。刘家村是爷爷刘生创建的村落，那儿的原住民，都是安徽保界一带的。安徽人刁蛮，但也讲义气。刘家村的人与庄家村的人又不熟悉，且山路漫漫，天高皇帝远。要是让杨伢子出面去管理，天天弄一鼻子灰还是小事，惹恼这些刘家村人，不把他打得满地找牙才怪呢。

刘地聪明，他将爹爹刘铜和大伯刘银送回刘家村养老，两个老人都欣然同意。爷爷和奶奶的坟就埋在刘家村，那里有现成的房子，一打扫干干净净的。再加上那么多熟悉的人和事，浓浓的保界乡音，有着比庄家村更新鲜的空气。很快，刘家老宅子便成了刘家村村民活动聚集中心。刘地自然而然地成为那里的生产队长。

按照杨伢子的意见，刘地将刘家村的土地资源摸了上来。根据刘地的判断，国家的形势集中好在工业上。工业上的主要标志，就是全民大炼钢铁。

劳动力都去炼钢铁了，有些土地抛荒了。安徽老家听说已经出现粮荒，刘家村人说，老家的许多亲戚都揭不开锅了。近些日子，刘家村人陆续收留了一些从老家来投奔的亲友。

在刘地的建议下，杨伢子欣然接受了将原先庄家的桑树田，让庄家村人自由地耕种南瓜。南瓜归村民所有，但南瓜子必须全部上交村委。由刘地将所有的南瓜子卖到常州去，这样庄家村村委会便有了经济收入。

土地无偿使用，收获的南瓜全部归种植人，村民当然愿意。那百来亩的桑林地，没两天便被分得精光。庄家原先的桑树林，又变成一块一块的田地，绿油油的南瓜苗已经出土，棵棵南瓜苗伸开着四五张绿叶。最中心的南瓜藤上，包紧了的南瓜叶正蓄势伸展。

刘地人在庄家村，心却在常州。儿子刘军已经五岁了，该上幼儿园了。老婆明君仍然在菜市场当主任。想到明君，刘地的心忽然抽了一下。

明君是他第二个老婆，当时在自己公司下面一个菜场工作，她在菜摊上卖大白菜。刘军三岁时，他娘得了肝病走了。明君当年正是一个黄花大闺女，常来帮他照料打点家务事。时间一长，刘地喜欢上了明君。这结婚刚两年，他成了右派分子，家里的担子都压在明君的身上，刘地的心里沉甸甸的。

明君长得好看，当营业员时，她的菜摊位总是最早卖完。她的眼睛长得好看，瓜子脸，皮肤也白，坚挺的胸部配上柳条腰。当初自己决定要娶她时，爹爹听了倒蛮喜欢。可大伯刘银却极力反对，说明君出身寒门，人虽长得好看，但嘴巴太玲珑，娶回家早晚是个祸害。刘地哪听得进大伯的意见，再说，他都已经跟明君上过床了。

刘地心里有疑惑：常州一个系统有许多右派分子，人家都拖家带口地下放了，为什么明君没有跟自己一起下放？难不成真是明君跟顾副市长家走得近，顾副市长格外开恩地留下了明君？也许明君是菜场的主任，才没有被一起下放？这一团团的迷雾，近段时间常常笼罩在他的心里。

刘地有时还想，是不是夫妻两地分居，时间一长，心里想念愈重；想念愈重，心里就会产生疑团？他想，待过段日子，自己脚跟站稳了，回常州一趟，看看明君对自己的思念和热情，到时再做判断。

刘地越是不想，心里却怪怪地越不舒服。他稍许理了下头绪，突然心里掠过一丝惊恐。他的心怦怦地跳得厉害。如果真是那样，他不敢再往下想，只觉得心里冰凉。

7

兰儿见金富友和金凤拉着板车走远，回想着金富友前些日子，在院子里神色慌张的举动，心里忽然起了些疑心。她反身回到大娟的房间，先是站在门口扫视整个房间，一切如故。便回头往院子里又看了一眼，快步走到破旧的马桶前，揭开马桶盖子，伸手入内，捏了下被布包裹着的石头，略略安心了一些。然后上楼回到自己房间，细细查看起来。

她见床边地板上有被硬物擦过的痕迹，便俯身探望了一下床底，那只装着她年轻时穿过的几双皮鞋的旧木箱仍在。她觉得有些好奇，这只木箱自己久未翻动，床边怎么会有些许硬物移动留下的擦痕呢？

兰儿走到窗前，凝视着被春色染绿的南山。南山郁郁葱葱，那儿有着黄家的祖坟。她想起金富友常去南山砍绿藤，有一次曾无意间问过她，黄秋生的坟墓，三面是不是都砌了石墙？一个外来的手艺人，怎么会关心起黄秋生墓地的情况？

兰儿走下楼，回到院子里，伸手摸了摸晾晒的衣服，太阳光照射在衣服上，隐约可以看到丝丝的热气缭绕。

“唉——”兰儿心里叹了口气，也许金富友砍绿藤时看到了黄秋生的墓碑，回来随口问了句。公公坟地四周，也确实长着许多绿藤。

她走到围墙边，见老宅子院内已经杂草遍地，院子一角的梨树枝条长得杂乱无章。由于久未修枝，树的最高处已经超过了屋顶。院子的地上，还留着成熟后掉落枯萎的梨子残骸。

让金富友和金凤住到隔壁老宅去？一个念头在兰儿心里产生。如果把老宅给他们租住，老宅就有了人气，也有人打理院子了。老宅除了一些三文不值两文的破旧家具，也没有什么东西了。老宅又在隔壁，她需要人手帮忙时，只要喊一声。尚且还能继续收些房租，真是一举两得的事，更用不着疑神疑鬼地提防他们。

兰儿的心忽然明朗，就像正中午的太阳。

太阳落山了，兰儿收下了大娟的衣裤。见金富友拉着车，金凤尾随着，正向自家走来。板车上的物件显然卖了些，但不如平时卖得多。

“富友啊，今天怎么还剩下这么多货没卖掉啊？”兰儿问。

金富友和金凤一脸沮丧，待车子入得院内，金凤没精打采地对兰儿说：“姐姐，洪兰庙会上人不多，买东西的人也不多。这生意恐怕难做了。”

金凤说完，从板车上提下几个竹篮，里面装了些蚕豆、板栗之类的东西。

“这都是集市上换来的吗？”兰儿知道，以前金富友去洪兰卖货，乡民们也常有人用粮食换货品。

“哪里呀，都是用钱议价买的，高出粮店好多钱哩。”金富友垂头丧气，说话软绵绵的。

兰儿见状，心里明白了。农村现在正是青黄不接的时候，拿庄家村来说，好一点儿的人家，烟囱一天只冒两次烟了。她上前安慰着金凤：“妹妹呀，过一阵也许就好。待秋粮下来，日子就好过了。”

金富友见兰儿这么说，似乎有了些底气。他本来就认为，荒年饿不死手艺人，凭他和金凤的手工技能，养家糊口应该不是难事。

“富友啊，我有个事，想与你和金凤商量。你看啊，隔壁我婆婆的房子，空了长久了。我寻思你们租在我的后院，地太小。这筐啊，箩啊，山上砍来的藤条啊一大堆，挤得满满的。我把隔壁的空房租给你们，我这儿缺个人手什么的，只要喊一声就行了。你们看呢？”兰儿真诚地对金富友和金凤说。

金富友一听，喜形于色，立马来了精神。他只要找到剩下来的玉石，马上带着金凤回九里沟去，他甚至反应过来，兰儿肯定不知道黄秋生有几块玉石，否则绝不会提出将老房子让给他们住。

金富友眼睛发亮地回着兰儿："这样好啊，正好金凤怀上了孩子，也可以让金凤安静一段日子了。"

兰儿一听金凤有了，欣喜地走到金凤身边，悄悄地问："妹妹，多久啦？"

金凤红着脸，羞涩地回："姐姐，估计也就十天半个月。"

"好啊，生个儿子你们金家就有传承啦。"兰儿兴奋地对金富友说。金凤忍不住对兰儿说："姐姐，这个是老二，老大是个仔子，叫二娃，由我妯娌给带着呢。"

金凤说完，将车上的粮食往箩里放，将藤箩搬起，招呼着富友往后院走去。

8

黄秋生的老宅子虽然只有三间居舍，但屋顶的瓦不错。虽历经几十年风雨，竟然一点儿都不漏。屋子的门窗尚能关合，上面沾满了灰尘和蛛网。院子里杂草丛生，院子正中的大树，有半人抱。枝头的叶子长得密密麻麻。靠近墙角处的两棵梨树，个儿蹿得比屋顶都高，杂乱的枝干毫无节制地四下伸展着。

金富友干着打扫屋子的体力活，金凤帮着拧毛巾擦窗户、抹桌子凳子，夫妇俩齐心合力，不到半天时间，屋子里干净了许多。

厨房的灶台上，煤油灯还在，瓶中的煤油早就挥发，里面的灯芯已经变成了暗黄色。灶台里的灰烬像结了一层冰。金凤拿起一根棍子，轻轻搅动了一下，灰烬变成了块状物。

金富友望着被炉灶烟火熏黑的屋梁，黑黝黝的，那是几十年人间烟火留下的生活痕迹，如梦般展现在眼前。在这黑烟油腻的厨房里，该糅合了多少人生苦短，来日无多的喟叹。

这个屋子曾经的主人黄秋生已经作古。如今，身处在他爹爹金不换眼中仇人的屋子里，金富友内心百感交集。可以肯定地说，爹爹当年领着众兄弟出甘肃后，肯定没有到达庄家村。如果爹爹当年到过庄家村，必定与黄秋生有一场厮杀。庄家村的后人们也一定会知道一些以前发生的事情。如果是这样，那么黄秋生与爹爹也只是一些财物上的恩仇，而没有演变为杀父之仇。

想到这儿，金富友心里稍稍轻松了些。他转身从板车上取下了煤油桶，往煤油灯内注入了些煤油。干涸枯黄的灯芯贪婪地吸吮着注入的煤油。没多久，煤油顺着灯芯爬上了油灯顶端微微张合着的嘴巴。他掏出火柴，吱的一声，点亮了油灯。昏暗的灯光闪烁在微黑的厨房内。

“富友，你肯定那宝石会藏在这屋子里？”金凤忐忑不安地问。

金富友点点头，又摇摇头，似乎有些拿捏不定。他突然问金凤：“金凤，要是换了你，你会把宝石藏在哪里？”

金凤一愣，笑着指了指屋子四周的石墙：“我呀，就把宝石垒在院墙上。那么多石块，谁知道呀。”

金富友一听，顿觉醍醐灌顶，如茅塞顿开，只觉得周身轻松。他冲着金凤竖着大拇指：“金凤，我琢磨，爹爹的玉石被黄秋生劫了的事，只有那个老太婆知道。我敢料定，老太婆不到死的那天，也不会告诉她媳妇的。只是老太婆已经糊涂了，套不出她的话了。”

“只能瞎子摸大象，一步步来了。待肚子里娃娃生下来，还需一段日子，不急，咱们住在这屋子里，可以天天细细地观察了。”金凤红着脸，含情脉脉地对金富友说。

“嗯。”金富友见金凤一往情深地望着自己，不由得心里一阵感动。在九里沟，他与金凤青梅竹马，金凤时时处处顺着自己。他不由得伸出手，摸了摸金凤的脸。

“富友，咱家二娃或许比这灶台都高了。”金凤说着，眼角湿润了。

“你肚子里的是二娃，九里沟的应该管他叫大娃了。”金富友疼爱地对金凤说。

“你咋知道肚子里的一定是个仔呀。说不准，替你生个女娃哩。”金凤娇声地说。

“哎哟，只要是咱金家的根脉，管他男娃女娃呢。”金富友呵呵笑着，手中的油灯在晃。

“金凤，你说是咱九里沟好，还是这儿的庄家村好？”金富友突然问金凤。

金凤沉默了一会儿，似乎带着哭腔对金富友说：“九里沟好，那儿有咱的二娃。乡亲们也都熟悉。虽说九里沟穷了些，但待着心里舒坦。这儿上无片瓦，下无寸地，待着心里不踏实。”

金富友将油灯放在灶台的高处，厨房里一下子亮堂了许多。他在厨房里不断地走动着。他停下脚步，认真注视着金凤的脸。

“是啊，这儿虽然山好水好人也不坏，但毕竟不接地气。待二娃生下来，甭管找得到找不到那玉石，咱们一起回家去。”

金凤忍不住，扑在富友的怀里，轻轻地啜泣着。金富友鼻子一酸，两颗泪珠顺着脸颊滚落下来。

“该生火做饭了。”金凤擦了下眼睛，见金富友正淌着泪，便伸手替富友抹了抹脸说，“富友，我知道你疼我，反正你去哪儿，我跟着去哪儿。”

金凤打了些水，洗刷铁锅。金富友顺手找了把镰刀。镰刀已经锈迹斑斑，他拎着镰刀来到院子里，先从大树周围开始割草。

“富友啊，下次去赶集，多带些钱去，家里得备些粮食啊。”金凤在厨房里喊着。

“唉。”金富友应了声。他站起来，往庄家村四周看了看，一些人家的烟囱，也在冒着炊烟。

9

这段日子，刘地一直在刘家村住着，与刘家村的村民关系熟悉了起来。这儿的村民，其实和庄家村的村民相比较，更显得豪爽大方。

刘地有笼络人心的本事，那张胖胖的脸，见人都堆着笑。说话有礼貌，脑子本来就聪明，加上又是从常州大城市下放的干部，又是刘生的孙子，再加上刘家村不少后生的长辈，都认得刘银和刘铜。因此，自然而然地刘地受到刘家村人的礼遇与尊重。

春天的刘家村美丽至极，刘家村四周的杏树长得比水桶还粗。旺旺的杏花似乎给刘家村四周裹上了彩带，浓浓的花香让刘地陶醉。

昨晚，刘地被刘银、刘铜骂了个狗血喷头，两位老人一会儿站着骂他，一会儿坐着数落他，中心骂题只有一个，不该怠慢庄家的后代庄维根。

在刘地的印象中，庄维根那时候由锡儿姑妈带着，住在他家几天。庄维根和庄慕兰并没有给他留下多少深刻的印象。他隐约知道，姑妈家遭了难，日本人要抓他们，只不过那时候大人们也没对自己讲得太多。毕竟常州城里到处可见日本兵，尚且自己还是个孩子。时间一晃那么多年过去了，庄维根突然上门认舅舅，他也感到意外。姑妈一死，两家人毕竟不走动了。

刘银骂得最凶，完全不顾自己爹爹在身边，丝毫都不给他脸面。骂得激动时，刘银拽着他走到大石磨旁，指着盛开的杏花和远处隐约可见的山道说："人要讲良心。当初，庄家大奶奶就是被这杏花吸引到这儿来的，途中遇到狼，多亏了你姑妈开枪救了她。从那以后，我们一家才有了出头的日子。要不，我们怎么会到常州的？有没有你都不晓得呢。"

爹爹刘铜也气呼呼地走到院子里，戳着他的头愤愤地说："那个晚上，爹爹和你大伯骑着马，沿着那山道，去庄家报信的。你呀，自从娶了那个卖大白菜的女人就变得六亲不认了。"

刘地昨晚懊悔死了，不该在晚饭后提到庄维根到家来的事情。这不是自讨没趣又挨骂吗？他只能顺从地垂着头，听着。

其实，以前他对姑妈给庄家当小老婆一事颇有想法。明君知道这个事儿，就像干了见不得人的丑事般慌张。千叮咛万嘱咐他，不得对外声张。说让外人知道自家有这样的亲戚，出门不被人家戳脊梁骨才怪呢。

刘地现在想想，觉得亏欠了庄维根的亲情。庄家的根脉上门看舅舅，连饭都没叫他吃一顿。在下放到庄家村的年把中，刘地已经知道了庄家的过去，尤其是自己的表兄庄坤林，在中华民族遭受灾难时挺身抗日的英雄事迹，这让他深受感动，也让他愧疚不已。他突然顿悟，他当经理时，身居要职，从来没有过这样的体会，落难以后，才会有这种感受。

今天，他约了刘家村的刘二保等几个村民，要去山坡上看地块。把刘家村划到庄家村管辖，意味着刘家村的村民每年必须向庄家村村委交一定的公粮。基本上每人留下约三百斤的口粮，剩余的都必须缴纳。刘家村的村民虽然身处深山，但他们也知道，天下都是共产党的，刘家村不是世外桃源。

刘二保兴冲冲地领着几个村民正等着他，他们手中拿着镐耙锄头，积极性就像正在升起的太阳一样。杨伢子代表村委表态，只要新开辟的山地种上庄稼，公私各半。

山坡上开满了野花，青青的草和灌木丛在春天充满了生气。刘二保来到山坡，一锄头下去挖出一团青草。他伸手抓了把湿润的土放在鼻子底下嗅了嗅，大声说：“刘地，这儿的土壤长庄稼，你看，这土多肥沃。”刘二保憨厚地笑着。

刘地上前一看，刘二保手中的土已经被握成松松的泥团。刘二保快意地将土往空中一抛，泥土散开，窸窸窣窣地落在青草地上。

“这坡地可以种稻子。”刘地哈哈地笑着，引得身边的村民也都哈哈大笑了起来。

“刘地，这山坡地可以种蚕豆、玉米、南瓜、红薯，种稻子蓄不了水。”刘二保开心地说着，刘地脸通红，他对种庄稼知之甚少。

“种南瓜吧，南瓜产量高，你们把瓜子留着，交村上就可以了。”刘地想到了庄家村桑树林刚种了南瓜，大声地对刘二保说。

“嗯，现在种还来得及。”刘二保和村民们商议着。

刘地在常州时负责过采购农副产品。他心中粗略地盘算了一下，一亩地南瓜按三千斤产量计算，平均一个南瓜按十斤左右，一个南瓜大约产六两南瓜子，一亩地南瓜可以生产出约一百八十斤南瓜子。庄家村那百来亩地的南瓜，再加上刘家村的南瓜，来年最少可以收获二十吨南瓜子。他心里暗暗欢喜，这么多南瓜子如果运到常州，可是稀缺的抢手货啊。

“就这样吧，大家放开手脚干。杨支书已经讲得很明白了，公社李邱巴书记也支持。”刘地的脸兴奋得通红。

第十一章

1

三月的九里沟一派春光。一群群鸟儿掠过村庄，飞往九里沟的深处。鸟群从城市、乡镇往深山中飞来，在大山的森林里，有它们赖以生存的食物。

九里沟的谷底已然春光灿烂，青青的草在阳光下生长，数不尽的野花和藤萝朝气蓬勃地铺满蜿蜒深邃的谷底，清澈的山水在谷底石缝间涓涓地流淌着。

柳絮在微风中飘舞，榆钱挂上了树梢。往年九里沟沟头的榆钱长得满枝，细长的枝条上团团簇簇的，今年沟头的榆树枝被人为地折断了，撸去了榆钱，剥去了树皮。

饥荒让身在九里沟的人变得惊恐不安。那些尚存体力，能够从几十里路外的城镇走到九里沟一带采摘榆钱的饥民，像饥不择食的饿狼一般，背着五颜六色的袋子，采摘、挖掘一切可以食用的植物。

金富贵弯腰收拾着麻袋，他将几个麻袋往扁担上一捆，竖在土垒的墙壁上。巧凤已经将玉米糊煮好，她特地从锅底捞了两铜勺，递给金富贵。金富贵端过碗，习惯地往靠门口的地上一蹲，感激地看了一眼巧凤，沿着碗边吱溜溜地喝了起来。

大娃和二娃缠着巧凤喊饿。巧凤将铜勺往锅里转了几下，一人盛了一碗，往桌上一摆，两个娃儿饿鬼般扑上去，喉咙里发出的灌汤声咕嘟咕嘟直响。

大娃喝完，用食指刮着碗壁，又仰起脖子将碗盖住了脸，接着缓缓滴下的汤汁。二娃学着大娃的样子，将碗几乎扣在了脸上，汤汁黏滑，二娃手没抓稳，碗滑到了地下，二娃的脸上沾了一些玉米糊。巧凤赶忙走过来，用食指替二娃刮着脸上和鼻子上的玉米糊，将玉米糊送进二娃的口里。

金富贵看着，忍不住叹了口气。他起身将碗里的玉米糊倒入铁锅，用铜勺搅了几下，往碗里又舀了半勺，几乎喝得精光。

“富贵，我跟你一起去深山吧？”巧凤说。

“不了，我和张大山讲好了，你尽管放心。”金富贵抹了抹嘴巴说。

“富贵，我那月事好几个月没来了，前些日子三妹跟我讲，她那个也几个月没来了……”巧凤一脸愁容地对金富贵说。

金富贵扭头望着巧凤，心里思忖，昨晚上和巧凤睡觉时他的手就搭在巧凤的肚子上，肚子平坦得很，也没见隆起。

“恶不恶心？”金富贵仍然不放心地问巧凤。巧凤摇着头：“就是觉着头晕，这身子跟柳树枝条似的，直不了多久。”巧凤有气无力地说。

“饿的。”金富贵心里暗暗地说。他一把抓起扁担往肩上一扛，冲巧凤说，“巧凤，我去张大山家，你要憋得心慌，待会儿多喝些米汤后带着两个娃子一起去，记得把门锁好。日，那几十斤玉米种子差点儿让镇上搜粮队收去。”

金富贵脸露怒气，一甩手，出了院门，奔张大山家。

巧凤见金富贵出了门，便转身去了灶台，她拿起铜勺刮着锅里的玉米糊，直接拎着铜勺往嘴巴里送。刮完了锅底，她拿起水壶往锅里倒了些水，用铜勺晃了几晃，给大娃、二娃盛了碗清汤：“喝吧，总比山沟水要有营养。以往开春林子里有鸟儿有乌鸦，今年只见鸟儿不见乌鸦。”巧凤对着两个娃娃唠叨着。

大娃不懂事，喝着清汤问：“娘，乌鸦呱呱飞去哪儿啦？”巧凤阴沉着脸，将铜勺往锅盖上一搁：“那城里有人肉吃，乌鸦都飞城里去了。”

大娃听不懂巧凤的话，茫然地瞪着眼望着巧凤。

2

张大山和金富贵一样，已经将麻袋绑在了扁担上。他比金富贵多了一样工具，一根两米长的竹竿，上面绑了把镰刀。他用粗麻绳束着腰，将破黑棉袄束成了一团，他站在门口等着金富贵的出现。

屋子里黑黑的，显得略微潮湿，大院里杂乱地生长着野草。山石垒的院墙缝隙处，迎春花伸展着细长的枝条儿，上面开着淡淡的小花朵，几只山蜂嗡嗡地吮吸着花蜜。张大山悄悄地走近，猛地伸手挥了过去，一只山蜂被张大山捕获。张大山快速地将山蜂掐头去尾一口吞了下去。

屋子里传来女儿哇哇的哭声。张大山知道老婆三妹奶子瘪瘪的，女儿吃不饱，当然要哭了。

昨天张大山家差点儿出人命。镇上来了一伙干部和民兵，背着枪，提着马刀，拎着铁棍，沿着九里沟挨家挨户地搜查粮食。说是哪家藏粮，哪家就是藏反革命。对待反革命，决心要大，刀子要快。自家藏在桶里的二十多斤玉米种子，被他们搜了出来，要全部交公。

张大山着急了，一把抢过马刀，往空中挥舞了几下，边挥舞边嚷："这是家里的玉米种子，谁舍得吃？也不敢吃！你们不让人活，干脆把我杀了算了！"

干部们在张大山家摆开了阵势，枪口对着张大山胸膛，几个人手握马刀和铁棍，将张大山三面围住。

张大山往空中又挥舞了几下马刀，哭着嚷："五亩山坡地，亩亩要四五斤玉米种子，哪来多余的粮食？再过一个月就播种，不播种明年拿什么交公粮？"

一个干部模样的负责人扳着手指头算着账，一会儿这人手一挥，阵势解除，张大山将马刀往地上一扔，坐在木桶上仰面痛哭起来。

金富贵这时候走来了，张大山见金富贵来了，便走入屋内，对三妹说："三妹，富贵来了，你带着娃儿看好家门，那些救命的种子，别让他们抢了。"

三妹点着头，她将另一个奶头塞进了娃娃的嘴里。娃娃摸了个奶头啧啧地吸着，停住了哭闹。

"别走得太深，留点力气回家！"三妹叮嘱张大山，她知道张大山的肚子瘪瘪的。

"走啦，三妹！"张大山又对三妹说了声。

三妹似乎想到了什么，她抱着娃娃走到了灶台前，从锅里抓了把煮熟的地黄姜干，塞到张大山的破棉袄口袋里。

"大山，饿得慌时，找个背人处把它吃了。"三妹追着大山说。

3

金富贵和张大山翻过一座山头，前方的山头林子更深。这儿的山上常见的树种有油松、紫果云杉、西安松、祁连圆柏等，在这些大树林里，生长着许多落叶乔木和常绿灌木及落叶灌木，山荞麦、藤山柳、野葡萄、猕猴梨是最常见的。藤本植物随处可见，密密匝匝地四散生长着，开不败的野花形形色色沐浴着春日的阳光，它们年复一年地生长着，以旺盛的生命力开花、结果，繁育着自己的后代。

金富贵和张大山体力不胜，感觉两腿发软了。以往两人可以一口气翻两座山，最多在路上小坐一会儿，一袋烟的工夫体力便可以恢复。他们知道，这一年多饥饿困苦的日子，消耗光了他们身体内的元气。

金富贵掏出烟丝塞进烟斗里，点燃后吸了两口，又递给张大山。张大山接过烟枪大口地吸了几下，将烟枪递还给金富贵，四股鼻烟弥漫在四周。

金富贵吸了口烟，将烟枪往前方指了指，对张大山说："大山，我记得前面那山沟边，朝阳处有许多榆钱儿。"

张大山和金富贵都是九里沟的原住民。打小对九里沟沿线熟悉，九里沟曲折蜿蜒，中途又有几条山沟和九里沟横向交错。他站起身咂巴了几下嘴巴，冲着金富贵点了点头。

金富贵打头开着道，张大山尾随金富贵前行。这一路翻山行走，连条蛇和山蛙都没遇到。以往在深山里穿行，那蛙鸣声不断，偶有花蛇出没在草丛中。

"他奶奶的，这些个东西也有灵性，知道这个世界人都吃人，见了人都不敢喘气吱声了。"金富贵走在前头，心里暗暗地咒着，此刻他多么希望有条大蛇拦道，或在哪块石头缝里听到蛙鸣声。

两人费力地在山道上行走着，终于看到一片阳光洒满的山坡下，七八棵榆树四散生长着，浓浓的榆树叶儿长满了一丛丛枝头。溪流水声传入耳畔，榆树下长着茂密的杂草和灌木丛。

金富贵和张大山兴奋地快步向前。突然张大山惊叫了起来，手哆嗦着指着一棵大榆树。这是一棵高大的榆树，密密的榆树叶儿在枝头长得密密匝匝。

金富贵定睛一看，一个中年男子仰面朝天倒在草丛里，在他的身旁放着两个大麻袋，麻袋内鼓鼓的。金富贵急忙手持扁担招呼张大山上前，中年男人嘴巴张着，口里塞满了榆钱，眼睛紧闭，嘴巴里的榆钱已经被咀嚼得发黑发暗了，嘴巴边沿被榆钱的汁液染得青青的。

“唉，死在天地之间了！”金富贵悲怜地对张大山说。

“快，快去报告公安。”张大山面如土色，结结巴巴地对金富贵说。

金富贵摆了摆手，一言不发地走到张大山面前，拿过绑着镰刀的竹竿，走到榆树跟前，狠狠地挥舞着竹竿。随着咔咔咔的声响，榆树枝条纷纷落地。“撸啊！”金富贵大声地对着惊恐中的张大山吼着。

金富贵狠狠地挥舞着手中的镰刀，张大山奋力地撸着榆钱往麻袋内装。待到太阳渐渐偏西，四个大麻袋装了个结结实实。

金富贵满头大汗，衣服上也被榆钱汁染得一块一块，张大山厚实的手掌上全是汁液。

“抽袋烟吧，趁着日头没下山，平安地回去。”金富贵的脸在微微颤抖，他掏出火柴刺啦一声没划着，又抖开火柴盒重新划了根火柴，火终于点着了。他吱溜溜地抽着旱烟。吸完一袋烟后，他掏出烟丝把烟锅装满，将烟枪和火柴递给张大山，重新挥舞起竹竿，镰刀贴着地面横向挥割着。

张大山吸完烟，将烟枪塞入金富贵的后腰绑带内，和金富贵一起捧了些草，盖在死者脸上。

“走稳了！”金富贵一弯腰，又使劲一直腰，挑着两大袋榆钱叶儿晃晃悠悠地前行。张大山赶忙挑起扁担，深吸一口气，回头又望了眼死者，尾随着金富贵，边走边从棉衣袋内掏出地黄姜，往嘴里塞着，三口两口咀嚼后匆匆地往肚子里咽下去。

4

巧凤张罗完大娃、二娃的早饭后，刷洗好锅碗，心里放不下富贵。九里沟又长又深，虽然整条山沟内住着百来户人家，但平时也难得碰上几回头。富贵有多少体力，自个儿能掂得出来。

巧凤领着大娃、拖着二娃，将屋门锁上，往张大山家走去。此时的太阳正暖，金灿灿的阳光把九里沟照得透亮，沟边边的榆树，像刚遭受狂风袭击，树上光秃秃的，残存的树枝被折断后，挂在树干上。临近张大山家，就见三妹抱着娃娃站在门口，眼睛盯着远远的深山，绿色的大山重峦叠嶂，绿意盎然，生机勃勃。巧凤心里明白三妹此刻的心情。

大娃此刻忽地蹿下土路，直奔路上一簇杂草而去。巧凤不知道大娃为何奔向杂草，以为大娃要出恭。她担心草丛中藏着青蛇，扯开嗓子喝道："大娃，路上可以出恭。"

大娃听不进娘的喊声，径直跑到草丛边。他拍着小手呵呵地笑着，待巧凤走近，大娃指着草丛开心地笑着，就像在草丛中发现了野兔子般高兴。草丛里长着七八株鱼腥草，紫青色的茎秆与杂草的颜色混淆在一起，只是那绿色的巴掌形叶片，白色的花朵与黄色的花蕾暴露了它们的隐身处。巧凤上前迅速将鱼腥草拔起，扯了根草茎将其捆在了一起，左手拎着鱼腥草，右手就势拉着大娃。

"三妹，日头还没正午，不到太阳西下，他们回不来的。"巧凤朝三妹叫着。

"巧凤姐姐，心里搁不下，干急着哩！"三妹见巧凤，脸上稍露喜色。

巧凤领着大娃、二娃进了院门，锅里飘来地黄姜的味儿，两个娃娃撒腿便往厨房跑去。院子里有石礅子，巧凤一屁股坐下，捶着两腿对三妹说："就这两三里地，腿没劲，跟踩在棉花上似的。哎，昨天搜粮队跟大山干架了？"

三妹点点头："就剩下那些玉米种子了，哪来多余的粮？"

"待这几日赶紧把坡地翻了，赶早把玉米播下去，那些鬼弄急眼了，不定这几日杀回马枪。"巧凤忽然担心起自家留存的玉米种子。

三妹赶忙点点头。她听说，前几日县上在许多公社召开万人催粮搜粮动员会，会场上民兵架着机关枪，许多民兵手提亮晃晃的大马刀穿梭在会场里，一个个凶神恶煞，像阎王派来的索命鬼。

"巧凤姐姐，现在还没到四月上旬哩，早播二十多天，种子出不齐芽，多可惜呀。"三妹突然担心起来，玉米播种一般在四月上旬，提前二十天播种，会影响玉米的发芽率，有些种子可能会烂掉。

"甭管这些了，烂一些，出一些，总比来年绝收好。"巧凤咬牙切齿地说。

“还是富友和金凤好，离开这穷山恶水，在外面讨生活。听说苏南是鱼米之乡，大米吃不完哩？”三妹天真地问巧凤，一脸羡慕的神色。

“他们在外面日子好过，把二娃朝我这儿一扔，多省心呐。”巧凤脸上露出厌烦，心里倒是释然。前不久富友寄了二百元钱，她小心翼翼地藏着，还没舍得花一毛哩。三妹狡猾地观察着巧凤的神色，见她脸上一副厌倦的模样，又回头望了望正捧着黄姜津津有味地吃着的二娃，小心地试探着巧凤。

“富友和金凤没给家里寄些钱？”

巧凤摇了摇头，心里却是慌张。她脸上有些发烫，故意引开话儿：“三妹，幸亏我们这些日子挖的地黄姜没卖，现在就是有钱，集镇上也买不到丁点儿的粮啊。”

三妹略微欣喜地点着头。也许是老天爷有眼，这两年的地黄姜收购价大跌，她们没舍得卖，在这饥荒年倒成了救命的东西。要是大山和富贵找到隐藏在深山老林里的榆钱，再凑上些玉米粉，吃到秋收还是能对付的。她转过头又盯着对面的群山不安地观望起来。

太阳渐渐地偏西，落日的余晖抹红了西边的天空。巧凤眼尖，见对面树林里钻出两个挑担的男人，正摇摇摆摆地往这边来。

“他们回来了，收获满满的。”巧凤兴奋地在院子里喊着，引得大娃、二娃从屋里奔向院外。

远远的山路上，金富贵和张大山两人一前一后，迈着哆嗦的步子，颤颤巍巍地往这边移动。

三妹悬着的心放了下来，她像孩子般蹿出院门，抱着怀中的女娃大声喊道：“她爹，慢慢走！”

“三妹，生火煮些糊，我把这鱼腥草洗了放在铁锅里。”巧凤欣喜地对三妹说。她一转身舀了盆水，伸开双手将鱼腥草搓揉了几把，捞起来甩了两下，往地黄姜锅里一扔。

三妹撩了下头发，朝巧凤甩了句话：“你点炉火，我去把匾和苇席拿出来铺到院子里，今晚上咱们两家乐一乐吧。”

巧凤呵呵地笑着。她知道在大山深处不为人知的山坡，富贵一定发现了榆树林，这意味着未来的日子还会有许多的榆钱可采摘。错过了这个采摘季，可是要出人命的。

炉膛内柴火燃烧着，火光扑闪闪地照耀着巧凤兴奋的脸。

5

三妹将苇席和匾拿到院中，又悄悄地转身去了睡房。她轻手轻脚地入了房间，转身将房门闩好，又走到床对面的角落，把便桶拎到边上，揭开了垫在便桶底部的木板，用手快速地扒拉几下浮土，露出一个水桶般大小的瓦罐。她打开瓦罐的盖子，用碗挖了满满一碗金黄色的玉米粉。她犹豫了一会儿，又伸出左手将碗里的玉米粉往缸里拨回了一些，然后微笑着将一切复原后，打开房门，将瓷碗递给巧凤。

巧凤心领神会，冲着三妹笑了笑："那些搜粮队的鬼以为只有他们行。"巧凤说完和三妹对着眼，两人哈哈大笑。三妹藏粮的办法就是巧凤教的，只是怕大娃、二娃看到，两孩子嘴上没毛，一不留神说了出去，把搜粮队的鬼招上门。

不多会儿，满屋子飘着诱人的食物香味。大娃和二娃兴奋得像两只兔子，不停地围着灶台蹦蹦跳跳。

金富贵和张大山一前一后进了院子。张大山刚放下扁担，便匆匆地把院门关上，那长着众多榆树的山坡，恐怕只有富贵和自己知道。若是传开，闻讯赶来的人们，把榆树砍了剥皮抽筋都是可能的事。

金富贵喘着粗气，额头冒着冷汗，两腿不听话地哆嗦着。张大山半道悄悄吃了些地黄姜，但比金富贵好不了多少。张大山的头上冒着些许虚汗，脸色惨白。他一路都想着那躺在山坡上的中年汉子，那一幕看得他心惊肉跳。回来的路上他反复问金富贵要不要去报告政府，金富贵不是一声不吭，便是长吁短叹。张大山问急了，金富贵甩下的话，更是让他惊得魂飞魄散。

"上个月我去镇上，见有人饿死在路边，没人管。"金富贵将担子换了一下肩膀，冷冷地说。

金富贵和张大山有气无力地坐在院子里。巧凤和三妹兴奋地来到他们身边，三妹围着大山转了一圈，打开麻袋抓出一把榆钱，奔厨房就去。她一把拎起大铁锅上的木锅盖，将榆钱扔进铁锅内，用大铁铲哗啦啦地搅动着，一股清香弥漫开来。

巧凤赶忙给两个男人一人盛了一大碗。望着他们贪婪的吃相，巧凤感到心里针刺般的疼痛。自从嫁给金富贵，日子从来没有像现在这么艰难。

三妹麻利，已经将苇席和匾摊在院里，两个娃娃喜滋滋地喝着玉米糊。大铁锅里重新放满了水，接下来要做的事情，就是把麻袋内的榆钱放在开水里焯一下，捞起晾干后保存起来，免得烂掉。

“富贵，赶明儿太阳出来，把山坡地里的玉米种下去，谁知道搜粮队哪天又过来。”巧凤往灶膛里续了把柴，冲着院子喊着。

金富贵不理不睬，抽起了旱烟。家中藏着的玉米种子要比眼前的榆钱重要得多，巧凤的话敲醒了他，只是离播种早了些日子。

星星出来了，山里略微起了些雾，明天一定是个艳阳天。金富贵将旱烟袋习惯性地往脚底板敲了敲，起身对巧凤说：“巧凤，我先领两个娃回家，明天赶早得刨地，你留在这里，帮三妹搭把手。”

金富贵说完，跺了几下脚，招呼着两个娃娃往家里走去。二娃兴冲冲地走在最前面，金富贵望着二娃的身影，不由得惦念起金富友，他们在江南溧水已经有一段日子了，不知道那里的情况怎么样。

6

江南的三月正是春意盎然的季节，无论世道怎么变化，这儿的山依然郁郁葱葱。山花在阳光下绽放，河畔的柳树在春风里摇晃。在群山环绕的各个村落，炊烟依旧袅袅，桃花杏花灿烂地开放在屋前屋后。山坡上的茶树地里，赶早采摘春茶的农妇，衣着干净，埋头掐着嫩芽。

李邱巴在公社大院的办公室里，惬意地喝着春茶。在他管辖的东芦乡，几十个村庄到目前为止还没有听说饿死了人。他知道每个人都处在吃不饱肚子的状态中，甚至许多人都得了浮肿病，额头上、小腿上，用拇指一按会出现一个坑。江南鱼米之乡都普遍出现了这样的症状，可想而知，在一些地方出现的粮荒，应该到了饿死人的程度。因此，他觉得对东芦乡，甚至对溧水县而言，自己已经尽力了。

去年七月，烈日当空，骄阳似火。李邱巴刚从外面回到办公室，抓起大蒲扇正使劲地扇着。院子里传来咯吱一声，来了辆吉普车。县长急匆匆地闯进他的办公室，一句话不说，抓起他的手臂便往院子里拉。到了吉普车旁，双手把他就往吉普车里推。李邱巴屁股刚挨到坐垫，见县委书记一声不吭地坐在后排。县长上车后冲司机一喊：“去庄家村！”

李邱巴大惊失色。他从来没见县上领导这副模样，心里揣摩着这么热的天，庄家村发生什么紧急事情了？

吉普车在颠簸的山路上行驶。快到庄家村时，书记突然冲着李邱巴开口：“李邱巴，那个南瓜地在哪儿？”

李邱巴心里又是一惊。南瓜地是瞒着县上藏下来的土地，也是自己暗示杨伢子办的。种南瓜这事，更是自己事先就知道也是自己默许的。就这么芝麻大的事儿，县上领导难道都知道了？李邱巴脑子飞快地转动着，他眨巴着眼睛，脸上尽量装着轻松的表情：“往前开，到了庄家大院门口，拐个弯儿，十分钟便到。”

县上的领导不语。李邱巴扭头一看，县粮食局的头儿也在。李邱巴顿时意识到，土地隐瞒这事不小。县上如果较真儿起来，这壶热开水够自己喝到大冬天了。李邱巴心里盘算开来，一会儿心里便有了主意。他暗暗思忖着，这百来亩地的南瓜，好几十万斤，在当今严重缺粮的时候，这可是天大的事。他偷偷地望了下后视镜，观察着县委书记的表情。他从县委书记焦急不安的眼神中，一瞬间便读懂了。只是如何解释这块土地为什么没有上报县上这个问题，他觉得县领导必定会问。

汽车颠簸着，眼看到了庄家村，李邱巴脑子灵光一闪，心情顿时轻松。他故意直了直腰，干咳了两声，一脸的满不在乎。

一到南瓜地旁，领导们便迫不及待地跳下车，围着南瓜地喝起了彩。县长更是激动地搓着手，不停地左右观望。

“好！好！”县委书记不停地嚷着。

“好！”县长围着南瓜地叫着。他和粮食局的头儿干脆走进南瓜地，像挑西瓜那样，用手指弹着南瓜。百亩南瓜地，一个个青中泛黄的南瓜，静悄悄地在阳光下晒着，棱槽分明的南瓜被粗壮的瓜梗结结实实地连着。

“这块地县上怎么不知道呢？”粮食局的头开口了。汗水正顺着他那黝黑的脸往下淌。真是哪壶不开提哪壶，李邱巴不接他的问话。他伸出手指着杂乱无章的桑树对县委书记说：“书记啊，这儿以前是块杂树林，旱地缺水，你看那些桑树除不尽。去年这个村的支书杨伢子建议，把这块荒地改造了。光挖出的杂树根就成千上万，堆了几个小山。杨支书行！他发动村民们，谁开垦给谁种南瓜。瓜子归集体，南瓜归个人，我觉得行便同意了。”

闻讯赶来的杨伢子见李邱巴夸他，兴奋得脸通红。他张嘴想说几句拍李邱巴马屁的话，李邱巴又干咳了两声，还朝杨伢子瞪了下眼。杨伢子话到嘴边又咽了下去。

“没几天南瓜就好摘了。”粮食局头儿望着偌大的瓜地，心里盘算着对县长说，“按照县城居民的户数，每家可以分到两个南瓜。”

“好！”县长高兴地笑了。他望了望县委书记，书记的脸笑得比他还乐。

“从现在开始，让民兵们背上枪，日夜看护好这些救命瓜。邱巴，你呀！”县委书记边对李邱巴乐呵呵地说，边朝李邱巴的肩上砸了一拳头。

“不行啊！”李邱巴笑着卖起了关子，“当初杨支书承诺那些庄稼人，谁种了归谁，瓜子除外，上交村里运到常州换钱呢。”

“换个屁钱！”县委书记军人出身，说话像井里拔木头，直直的。县长知道李邱巴话里的意思，大度地对杨伢子说：“你个村支书当得好。这样吧，秋收后那些种南瓜的人家，每亩补贴两百斤粮吧。”

李邱巴想到此，自己不由得咧开嘴嘿嘿笑了起来。他端起茶杯喝了一大口，忽然想起了庄家大奶奶，自己孩提时代的庄家村，记忆中是那么的美好，无忧无虑，家家户户几乎吃穿不愁。怎么这日子会越过越艰难了？问题究竟出在哪里？李邱巴心里一沉。他索性把门关上，往椅子上一坐，将两腿往桌子上一跷，摇着大蒲扇，细细地想着。想来想去理不出头绪来，便将大蒲扇啪地往桌子上一拍，两腿从办公桌上缩了下来，将双手往身后一背，在房间里不停地走动着。

李邱巴走来走去硬是没想明白。他一扭头望见墙上挂着那张巴掌大小的奖状，似乎正冲着他笑呢。

“日，想个屌！”李邱巴心里骂了句，不在其位，不谋其政。他自己做事心里有谱，上面怎么说，下面就怎么干。

7

转眼到了四月，庄家村的一切都随着季节的变化而悄悄地变化着。四周群山由青翠变成了绿色，黄鹂鸟在柳梢上叫，忘忧草一丛丛生长在小溪路边、山坡下，原先随处可见的一大摊一大摊的野荠菜、野马兰头，被人为地贴地皮铲掉，百来亩地的桑树田又重新种上了南瓜。站在高处眺望庄家村，那蔚为壮观的南瓜地就像巨大的绿色地毯，无数金黄色的花蕾正在灿烂地开放。

去年这块南瓜地获得了大丰收，庄家村每个村民都按人头分到了一个大南瓜。金富友和金凤虽然是外地人，庄家村人宽宏大量，也给了他们南瓜，这让金富友和金凤内心十分感激。

金富友时常去县城赶集。夫妇俩编制的各种藤制品，这段日子在集市上很受欢迎。淳朴的溧水人或拿钱购买，或以物易物。因此夫妇俩在庄家村的日子过得舒坦。金凤常对金富友说，这里的土地富得出油，水又清澈又软，田地里什么样的庄稼瓜果都有。不像九里沟，土壤贫瘠，穷乡僻壤，水虽清却硬。

金凤嘴上对金富友这样讲，但心里毕竟牵挂儿子二娃。二娃五岁了，也不知现在长得什么模样，因此她一直埋汰金富友，她想回家乡带二娃。直到去年十月，金凤又生了个儿子，金凤的思念才略微减少。在金凤的坚持和要求下，金富友给这个儿子还是取名为金二娃。对金富友来说，九里沟的二娃是自己的大娃。金凤高兴起来时，亲着怀中的婴儿“二娃二娃”地叫个不停。

今天，金富友在县城集市上有些坚持不下去了，他的心情处于最低谷。庙会上人声鼎沸，人们摩肩接踵穿行在各个摊位的缝隙中。买卖声、交谈声、讨价还价声不绝于耳。

紧挨着金富友摊位的是一位老汉，地道的本地人却在卖着甘肃当地的药材党参。几个男女围着摊位大声讨价还价。

“这党参是假的吧？”一男子大声问。

“瞎话，这是我儿媳妇从生产地甘肃背过来的野党参。”

“儿媳妇本地人怎么跑甘肃？”另一男子大声追问道。

“前年那边就遭难了，不遭难也捡不到这个儿媳妇。”老汉呵呵笑着。

“听说那边饿死不少人？”一妇女四下张望后低声地问。

“不能比！我们这儿虽说是丘陵，但土地肥，庄稼产量高。”卖参老汉低声地说。

金富友听得心慌，担心大哥一家及二娃的死活。自己在江南这些年也确实觉得，任凭再大的荒年，想要在这儿饿死一个人还真不容易。他见板车上的物品卖得差不多了，便急急地离开集市，拉着板车往回走，走到半道他索性大声吆喝，半价将剩下不多的东西卖掉了。

金富友急匆匆往回赶，田野里泉水流淌，山坡繁花似锦。偏西的阳光，暖暖地照着。金富友想起了庄家村与自己混得熟识的庄维田，他要找庄维田，尽快换些东西。

8

金富友心里越急，事情偏偏就越不顺利。他拉着板车走在山路上，先是轮胎被尖锐的山石剐破，泄了气的瘪轮胎消耗了他很多体力。板车没拉多远，另一边车轮的轴承钢珠又散了架，钢珠子七零八落地掉在山道上，有的滚落到了石缝里。他只能咬着牙硬是拖着车，艰难地在崎岖的山路上走着，汗水不多会儿便湿了里面的背心。

金富友累了，他不得不停下来休息片刻。眼前的山岭和山路仿佛是九里沟通往县城的那条山路。他不由得头皮发麻四下张望，那尸横遍野的场景浮现在他的脑海，不由得毛骨悚然。

夜幕沉了，山野茫茫，群山洒满了星光，四周一片空旷。金富友四下张望，前方庄家村的灯火隐约闪亮。金富友咬着牙，一步一移，实在移不动了，他愤愤地将板车往地上一甩，拔腿往庄家村而去。

自从搬到了黄秋生的老宅，金富友一直都在细细地查看着老宅任何可疑的地方。那三间老屋从房顶查到地面，把每个角角落落排除后，他将注意力转到了黄秋生家的马厩。他和金凤见马厩的屋顶已经破损不堪，站在屋内不用点灯，可以看清一切。一大堆马料堆积在角落，散发出恶心的臭腐味儿。大青石凿出的马槽下空空落落，在马槽内，居然有着一条扁担长的白色飘带。金凤一看，吓得大叫，扭头便往外跑。那是一条刚脱下不久的蛇蜕。在屋顶的大梁上，还挂着一条白色的飘带。金富友顿时觉得冷风四起，吓得连连后退。此后，他和金凤就没敢进入马厩一次。

金富友认为，宝石必定藏在旧宅院子的石墙内，石墙是用乱石干垒的，石墙的沟缝中长着杂草和一些迎春花。

空闲时，金富友弄来山泥，用水搅和后将墙上的杂草弄下，用山泥去填补沟缝。这让隔壁的兰儿看到后非常感动。在这种困难时期，兰儿还将村上分配的大南瓜送给了金凤一个。

庄维田不种田，他的脑子似乎比一般人活络。他对邻近山沟的许多村庄熟悉，他将山民们的红薯、玉米用低价收购后，背到县上去和市民换粮票，五斤红薯换一斤粮票，然后将粮票拿到县上的汽车客运站，偷偷地将粮票卖给急需的人，小日子居然比一般人过得舒坦。

庄维田和金富友差不多大，他俩的认识纯属偶然。庄维田蹬着三轮车去各个村落收杂粮，他去赊金富友编的筐，用来装杂粮。到了各个村落后，也有人要买藤制品。见有钱可挣，庄维田自然亲近金富友。再加上金凤活泼又性感，庄维田见到金凤，总觉得心里欢愉。因此只要空闲，常上门聊个话，喝杯茶水。

金富友加快了脚步，庄家村的灯火越来越亮，他决定晚上与金凤商量一下，咬咬牙花钱买些全国粮票，让金凤带着二娃回家看看。九里沟及县城倘若真的饿死不少人，就直接将富贵全家接到庄家村来，在这里随便做些什么事都能养活人。

9

金富友心急如焚，尽拣细碎的近路走。沿南瓜地最南边的土路绕到黄秋生的宅子路最近。他穿行在土路上，突然脚底踩到了软软糯糯的东西，身子一滑，险些摔倒。他以为踩到了蛇，吓得跳了起来。借着淡淡的月光，他扭头一看，原来是南瓜地里生长的南瓜藤。

南瓜藤爬上了土路，被金富友一脚踩瘪了藤茎。金富友转身刚刚想走，忽见踩断了的一丛南瓜藤的顶尖开着几朵黄色的花朵，花朵有的开得正旺，有的已近凋谢。在凋谢的花朵根部，长着核桃大小的南瓜。“唉，真是造孽啊。”金富友叹了口气，弯腰将南瓜摘下。翠嫩的小南瓜正好带回家，捣碎成糊喂给二娃吃。

“抓贼啊！抓贼啊！”从南瓜地的另一头传来了守田者的喊声，紧接着“咣咣咣”，大铜锣声从喊声处响起。锣声一阵紧似一阵，尖锐刺耳的声音划破静谧的山林，飘进庄家村各家各户。

庄家村沸腾了，庄家村人被激怒了，庄家村人对大铜锣的声响已经久违了。他们纷纷从自家寻找家伙，冲出屋门，往南瓜地方向奔来。有人提着马灯，有人手持扁担和鱼叉，更有人肩扛锄头和钉耙，边奔边抡着。怒气冲冲的人们迅速地把南瓜地合围了。他们瞪大着眼睛，努力地在一片片茂密的绿色海洋里寻找着偷瓜贼。惊人的铜锣声和从四面八方会聚而来的人吓坏了金富友，他的脸吓得煞白，他甚至来不及反应发生了什么事，本能地借着星光往前面山坡一蹿，吓得蹲在洼地里瑟瑟发抖。四月的山草和灌木长得正茂盛，他极力将自己与山泥与杂草和灌木丛融为一体。他的心怦怦地剧烈跳动，只觉得一口气憋在胸膛出不来，眼珠子一瞪，一头栽在了洼地里。

愤怒的庄家村人在南瓜地四周搜寻着，有人小心翼翼提着马灯走入瓜地。众人寻觅着任何可疑的地方，搜寻了一阵子一无所获，有的村民耐不住开口骂着：

“狗日的，吃饱了撑的瞎敲锣呀！”

“神经病，害得老子肚子又瘪了一半。”

众人的骂声和埋汰声，让守田者显得被动和尴尬，他不断地向众人抱着拳，赔着笑，打着圆场。

“估计是山上的野猪蹿下来偷南瓜吃，跑了。”守田者不停地重复着这句话。

庄家村人陆续地散开了，他们扫兴地拖着锄头、钉耙、鱼叉，懒洋洋地边走边骂骂咧咧地朝自家而去。

金凤在家带着二娃等富友回家，她也听到了大铜锣尖锐的声响。她抱着二娃走出院门，见淡淡的星光下有许多愤怒的人操着家伙往南瓜地方向跑。金凤不管这些事，她心里惦念着富友，只是望着愤怒的人潮笑了笑，反身将院门合上，回到屋里，将房门虚掩着，自己带着二娃先上床睡觉。她心里估摸着富友的板车或许出了故障，或许富友此刻正在板车前修着车子。以往有好几次，她随富友赶县城的集市，在去的路上或回来的山道上都曾发生这种事情。

“该让富友的板车换个车轱辘了。”金凤躺在床上迷迷糊糊地想着。

天渐渐地亮了，金凤隐约地听到鼎沸的人声。她揉揉眼睛，见床边没有富友，惊得从床上蹦起，光着脚穿上鞋跑到院外，见人们纷纷往南瓜地跑，她想都没想，也顾不得床上熟睡的二娃，撒开脚丫子往南瓜地跑去。

南瓜地头围满了庄家村人。人们见金凤披头散发地跑来，纷纷闪开道。金凤的心立马紧紧地揪了起来，这是个不好的兆头。

金凤看见了富友。富友佝偻着身子，蜷缩着侧卧在洼地里。他的双手握成了拳头，一脸惊悚地倒在地上，两个眼睛睁得怪大。

“富友啊！”金凤霎时感到天昏地暗，四周的群山在摇晃，周围的人们在摇晃，她一头扑在富友的身上，死命地拉扯着富友的身子，泣不成声地号叫着。

围观的人越来越多。兰儿赶来了，英娣赶来了，庄维田也闻讯从床上爬起，打着赤脚赶来了。

消息很快传到了公社。李邱巴一听庄家村饿死了人，惊得从办公椅上蹦了起来，立马召集了相关人员风风火火地赶来。

杨伢子带着手下也赶来了。杨伢子见李邱巴到来，脸色凝重地迎上前。

“怎么回事？”李邱巴急问。

“外来的人，饿死在那儿了。”杨伢子指着趴在洼地里痛哭号叫的金凤说。

“快把人抬过来。”李邱巴着急地叫着。

杨伢子和几个民兵七手八脚下到洼地，兰儿和英娣等几个妇女劝扶着金凤，金富友被抬放在了土路上。

“昨晚是他偷的南瓜。”围观的人群中有妇女尖叫了起来，众人发现在金富友攥紧的右拳里有南瓜。

杨伢子上前费力地掰开金富友的右拳，一个山核桃大小的南瓜滚到地上。金凤被兰儿和英娣几个妇女搀架着，她见富友的右拳里真的攥着一个南瓜，伤心地大哭大叫着：“家里还有些吃的呀，我家富友不会偷东西的呀。”

事实面前还要抵赖，人群里有人开口了。

“偷瓜贼，死了活该！”

“作孽啊，南瓜这么小不是饿极了，谁会这样啊。”

庄维田挤开人群，站在金凤身边大声地说：“都不要胡说八道，事情没弄清楚就乱放狗屁。”

庄维田骂完，赤着脚走到南瓜地的旁边来回巡查着。他发现被踩断的几根南瓜藤，几朵南瓜花掉在地上，立马恍然大悟。

“大家看看这脚印，还有被踩断的南瓜藤，这儿，你们看，一定是金富友昨晚从这儿走过，踩断了伸在土路上的南瓜藤，想着这小南瓜长不大了，顺手捡起来了，对不对呀？”庄维田激动地大声喊着。

土路上略显潮湿，沿瓜地边缘有一行脚印，断了瓜秧的南瓜花上还有一个被踩扁的小南瓜。

众人沉默了。空旷的田野上只有金凤的号哭声。李邱巴皱着眉，来回走动着。他走到杨伢子身边，用手指了指大哭中的金凤说：“孤儿寡母，怪可怜的，找个棺材把人葬了吧。要是她回去，派人送上车，不回去的话，庄家村要给他们安排好口粮。”

杨伢子点着头，心想上哪儿去找棺材呢。见庄维田打着赤脚帮着金凤讲话，忽然想起庄维田的家里有口棺材，而且庄维田至今都是光棍，他看看哭泣着的金凤，年龄和庄维田般配，又见庄维田卖力地帮金富友洗刷着偷瓜的嫌疑，心里明白了几分。

“庄维田，庄家村人都知道你们庄家有善心，回去跟你爹爹商量下，把你家的棺材捐出来给金富友睡吧。”杨伢子大声地说。

英娣见杨伢子这么说，气不打一处来，怒瞪双眼正想破口大骂，却不料儿子庄维田笑吟吟地接着杨伢子的话开了腔：“杨支书话讲得不假，庄家人历来善良，我不敢打包票，但有六成把握让我爹爹把棺材让出来。”

英娣惊讶地望着儿子，又看看哭泣着的金凤，心里顿时明白了五六分。她把话咽回了肚子里。

李邱巴回头又看了眼死去的金富友，他的双眼依然瞪得老大。他跨上自行车和随员离去。“不是饿死的，是吓死的。”李邱巴边骑车心里边想着。

金富友的棺材被葬在一个山岗上，在那儿正好可以遥望他的家乡。金凤在兰儿和英娣等妇女们的安排下，住进了英娣家。英娣家房子大，房间也多，英娣也好帮着开导安抚金凤，这让金凤孤单而又破碎的心，有了些许温暖。

第十二章

1

秋天的练湖农场美得醉人，笔直的大道似乎看不到尽头，大道两边高高的白杨树直上云霄。微风把树叶吹得哗啦啦响，偶尔有几片树叶被风儿吹得在天空盘旋，缓缓地轻轻地飘落在远处。道路一侧，一方方鱼塘如镜子般折射金色的阳光，鱼儿时不时跃出水面哗啦地直响，更远处一望无际的金色的稻田，与地平线相连。

浓浓的白雾轻轻地飘浮在黄德胜的脸上，他兴冲冲地骑着自行车往场部而去。钱场长昨天打电话告诉他，农场扩大了红薯的种植，围绕练湖四周的滩地试种的红薯，获得了大丰收，他特意安排了一只水泥船，今天要给黄德胜送一船红薯去。

黄德胜当然高兴，家中四个女儿两个儿子，外加维根的两个孩子，个个都是长身体的时候，粮票不够用是不争的事实。而粮店品种单调，有了钱场长送的一船红薯，够全家吃上年把了。

练湖农场归省农业厅直管。钱场长是老革命，又是知识分子，行政十三级，正好纳入高干的级别。在练湖农场，钱场长是绝对的一支笔，谁要想拉些牲口棚里的肥料，没有钱场长点头是不可能办成的。

黄德胜兴奋地踩着自行车，他的口袋里装着庄慕兰给他付红薯的钱，参加革命到新中国成立以来，黄德胜可从来没白吃、白拿老百姓和国家的一针一线。

上周，老西门粮店听说来了一批红薯，尽管一斤粮票才换五斤红薯，但得到了消息的老西门居民们，有的四五点钟便在粮店门口排队，更有聪明而又不愿吃苦排队的人，从外面随便弄块砖或石头往店门口一放，点着前面排队的人数，在砖块或石块上写着自己排在第几位的阿拉伯数字，然后从容地回家，待到粮店快开门时才来。

一路上，黄德胜看到的都是丰收的景象。一大块紧挨着一大块的果园里，早起的农场人已经在果林里忙碌。在果林的入口处，几十个大箩筐内已经堆满了金黄色的梨子。黄德胜停下自行车，简单地询问起价格，梨子不卖，那是要运到省城去的。

黄德胜想起来家乡的果园，那时候家乡果园里挂满了各种水果。人们对水果压根儿都不稀罕，特别是柿子、杏子这样的果子，常常烂在树上都没人采。

钱场长在办公室内，他那张老式的办公桌前，围坐着八九个人，操着各种口音。办公楼的空地上，停着一溜的机动车，有吉普、有轿车、有长车，也有带挂斗的拖拉机。

黄德胜刚进门，钱场长就发现了。他起身冲黄德胜笑着，热情地从一大摞发货单中翻找着。他抽出了一张单子让黄德胜签了字，随即带着歉意笑着说：“老黄啊，麻烦你到那边财务室交下钱，你只管回家等着，天黑前准到。”

黄德胜见屋子里坐着许多人，又都不熟悉，笑着接过单子转身去财务室交钱。人未出门，钱场长对坐在屋里的人说开了：“粮食的确紧张啊，只能忙时吃干，闲时喝稀，不闲不忙半干半稀啊。”

2

庄慕兰得知钱场长批了三吨红薯，黄昏时用船给装过来，心里兴奋极了，她内心盘算着三吨红薯如果用粮票购买，就要一千二百斤粮票，在这饥荒年代简直是不可思议的事情。她兴奋地搓着手，满院子转悠着，寻找红薯的堆放地。

汤正益说：“红薯无论堆在院子哪个地方，都放不长的，不如多弄些竹竿搭些架子，明天找些人手，把红薯洗洗弄弄，切成块，晒红薯干保险。”

庄慕兰听娘一说，喜笑颜开。她出门直接去老西门卖竹竿的商店，弄了几十根晾衣竿，让竹店直接送到家里。又颠颠地跑到五角场，穿过桑树林，找到了双喜家。推门进去，见丁双喜正坐在椅子上喝茶。他的婆娘左手拎个大竹篮，右手执把菜刀，正准备出门。夫妻俩见庄慕兰来了，连忙殷勤地起身招呼。

“双喜，今天怎么没去浴室？”庄慕兰笑吟吟地问。

“现在不擦背了，擦不动了。”丁双喜没精打采地回。

“巧娣，你拎个竹篮去哪儿？”庄慕兰接着问。

巧娣放下竹篮，把手中的菜刀扬了扬，有些尴尬地笑着说：“桑林旁有块包菜地刚收完包菜，地里还有许多包菜梗，砍了回来剥皮，中间的芯子用盐水泡起来，太阳一晒，好吃得很呐。”

“哎，你怎么今天到这儿来啦？”巧娣问。

庄慕兰有些得意地对丁双喜说：“双喜，我家老黄买了些山芋，太阳落山时要送来。我想把这些山芋削皮切片，晒些山芋干，人手不够，请你去帮个忙哩。”

丁双喜一听，眼睛发亮了。他忽地站起来，问庄慕兰：“山芋皮要吗？”

庄慕兰笑着摇头。丁双喜高兴地一把夺过巧娣手中的菜刀，又将大竹篮拎在手上，开口便说：“巧娣，再去拿那把刨刀，现在就去。”

庄慕兰连连摆着手，对丁双喜笑着说：“不急，船要擦黑才到，到下午五点后你们一起过来吧。”

出了丁双喜家大门，庄慕兰往家中而去。她路过一小巷子，看到修皮鞋的张老汉，二话不说，上前便拍着张老汉的肩膀：“老张，借一个钻鞋底的锥子给我。”

张老汉抬头，见是庄慕兰，也不多语，从身边木头箱子找出一个钻鞋锥子递给她。庄慕兰笑嘻嘻地接过锥子，谢字没说半个，晃悠着回了家。

后面接连十几天，庄慕兰几乎把所有的红薯做成了精致的山芋干，用大竹匾盛着，用鞋底线穿成一串串挂满了几十根竹竿，她心里觉得踏实了许多。有粮票购买细粮，配上这些山芋干，另外那些五花八门的券，再加上德胜隔三岔五地从丝绸厂买回来的蚕蛹，她觉得即便是饥荒年，也能够吃饱肚子了。

3

人们熬过了难耐的播种季和生长季，终于等到了丰收季，秋天的庄家村五彩斑斓。庄户们几乎倾家出动，大人们快乐地挥舞着镰刀收割着庄稼，小孩子们嬉笑着拎着淘米箩、拎着布袋，在已经收割完毕的农田里捡拾着谷穗。一群群麻雀叽叽喳喳地时而飞跃在孩子们前头，啄食着掉落地下的谷粒，时而被调皮捣蛋的村童追逐得四下飞散。

刘地在刘家村请了几个刘姓人家的后生帮着他挑担子。村人送了些珍藏的板栗，他又从刘家村弄了些大米和南瓜，喜笑颜开地行走在山路上。从刘家村到庄家村，山路蜿蜒，需绕行四个山头。再从庄家村到县城长途汽车站，又需行走十几里山路。他虽然已经下放到山沟沟里四五年光景，山里的太阳和风已经把他晒吹得形同山人，可毕竟在杨伢子手下听差，也没干过太多的体力活。

刘地脚下的解放鞋与山泥摩擦，发出有节奏的沙沙声。他头戴一顶蓝色布帽，帽子的鸭舌头很长，在山里人眼里并不多见。上身穿着一件蓝色的中山装，中山装的口袋上别着一支英雄牌钢笔。左手腕上戴着一块让人眼馋的中山牌手表。刘地在刘家村和庄家村村民的眼里，绝对是见过世面的城里人，风头不是杨伢子所能相比的。

四五年没回常州了，刘地的心里无时不惦念妻子明君和儿子刘军。刘军已经七岁了，今年该读小学了吧？明君没有受自己“右派”分子的牵累，仍在光明菜市场当主任。四五年来俩人虽有书信来往，但刘地隐约感到，明君的回信次数减少了，信中对自己的温度也愈来愈低了。

坦率地说，刘地人虽在溧水，但也时不时往家里寄钱寄物。从明君的回信里可以看得出，母子俩的生活还是过得下去的。今天，他趁着空闲，和杨伢子请了个假，回常州家中与明君和儿子团聚。

一路上的风景刘地无心欣赏，他边走边兴高采烈地给刘家村的几个伢子讲述着常州城古老的历史，把几个挑担的伢子听得入迷，十几里的山路不知肩上担子的沉重。

到了庄家村，交通明显方便了些。庄家村有专门跑县城的马车。几个伢子满头大汗地帮着刘地将东西装上马车。刘地挥挥手，马车夫一声吆喝，马儿拉着马车，踏着碎步奔溧水汽车站而去。

从溧水到常州，一路上山路颠簸得厉害，公路破旧不堪，汽车在尘土中穿行。到常州已是日薄西山，天边的一抹晚霞，让刘地备感亲切。他雇了两个挑夫，兴冲冲地往后驳岸去，心里想象着明君看到自己突然出现时，那张漂亮脸蛋上泛起的红霞。

刘地入得家门，天街上已经闪烁了些天灯，儿子刘军正一个人在院子里玩耍，冷不丁出现了三个陌生人，他好奇地迎了上来。刘地掏出钱打发了两个挑夫，乐呵呵地想抱抱儿子。但在刘军的印象中，爸爸白白胖胖，胡子刮得干干净净，所以他站着傻笑，犹豫着往后退。

“儿子，叫爹爹！”刘地笑着对刘军说。

“爸爸！”刘军涩涩地叫了声，扑向刘地。刘地乐得一把抱起儿子，亲他的脸蛋。

“你娘呢？”刘地问。

“她要到很晚才回家哩。”刘军回答。

刘地弯下腰，将儿子放下，把带来的东西往家里搬。他打开电灯，灯光照耀着屋内的一切。这些常常出现在自己记忆里的东西霎时出现在眼前，刘地不免百感交集。他走向厨房，暖壶里空空的。他打开炉子，待炉火上来后，换了个蜂窝煤，将水壶打满水，放到火炉上。

刘地打开后门，石条铺就的码头通向河边。沿后门一条一米多宽的土路上，铺着些凌乱的石板，星星点点地伸向前方。

“爸爸，水开了。”儿子刘军欢快地喊着，父子相见不过一瞬，就自然亲热起来了。

“爹爹先烧晚饭，待你娘回来一起吃。”刘地笑着摸了摸儿子的脸说。

“她不是我娘。”刘军淘气地嘟囔了句，两个眼睛闪着些许委屈。

刘地蹲下身，怜爱地望着儿子，叮嘱道：“你娘回来不许这么说啊。”刘军忽地跑开，边闪身边说：“我才没那么傻呢。”

刘地笑着起身去了厨房，他脱下中山装，摘下手表，在厨房里忙碌开来。

4

明君到家天已经黑了，菜场主任下班通常走得最晚。她要亲自监督各个菜摊收上来的票据，待市里专人下来再集中销毁。市民们买菜大都有规律可循，大清早或黄昏时分是菜市场最繁忙、最纷乱的时刻。斤斤计较的人们常常会为缺斤少两的事情闹到她这儿来。她步入院子的一刹那，一股久违的饭菜香味飘来。

她十分好奇地停下脚步，见刘地回来喜出望外，三步并作两步地进了屋子。热腾腾的炒青菜、蒸南瓜和白花花的大米饭已经摆上了桌子，刘地还把悬挂在屋檐下的咸肉割了些，香喷喷的蒸咸肉引诱得刘军不住地咂舌。

“什么时候回来的？”明君欣喜地问，她的眼睛闪烁着惊喜。

“傍晚到的，先吃饭，饿了吧？”

一家人围坐桌子，喜气洋洋地吃开了。明君像招待客人般，不住地往刘地碗中夹着菜。刘军自顾自地夹着咸肉津津有味地咀嚼着。

“下个学期儿子就上小学了，已经跟学校教务处打过招呼了。”明君对刘地说。

“工作忙不忙？”刘地关心地询问。

“一天忙到晚，光那几十种票据就把人都弄出神经病来。天天变，东西一会儿有，一会儿没有。那些买到的人欢天喜地地回去，买不到的人指着鼻子骂人，还得去给人赔笑脸，去解释。”明君开始喋喋不休起来，话语中尽是埋怨。

“你一去四五年，我带着你儿子容易吗？家里没个男人，进出门都看人家的白眼。哎，刘地，我问你，这几年你哪儿来的钱往家里寄？”明君从埋怨到诉苦，把刘地听得心酸，她突然话锋一变，问了起来。

刘地似乎早有准备，他淡淡地笑了笑，指了指刘军，对明君说：“儿子在，别让他知道。”刘地边说，边往儿子的碗里夹了块南瓜。看着儿子狼吞虎咽的样子，忍不住问明君：“这些年家里的粮够不够吃？”

明君颇有些得意，指着刘军说：“问问你儿子，哪顿饿了他？菜市场关门后随便扫扫角落，大家也能分一点啊。”

明君说完，起身打开手提包，从里面取出个手袋。“这是今天大家分的，大白菜、豆芽、油豆腐，这类东西总会有些损耗，这也是菜场的权利啊。”明君颇有些得意地对刘地说。

晚饭后，明君整理着厨房，她冲着刘地说：“刘地，你让刘军先睡，五斗橱上有茶叶，你喜欢的绿茶。”

刘地心里一阵感激，这几年家里虽然遭了风雨袭击，好在家还在，家里的一切都没变。他冲着明君说：“明君，几年不在常州了，我想去外面走走，正好，晚上也不会遇到熟人。”

刘地说完，冲儿子招招手，示意儿子与自己一起出去。刘军欢快地拉着刘地的手，俩人从后门出去，沿着星星点点的碎石路，往市中心逛去。

此时的街道上路灯闪烁着，自行车和汽车在同一条马路上行驶，一些建筑物的窗口亮着灯光，红太阳商店门口居然点着门灯，炽热的灯光照亮了大门前的行道树，门口行人出入如织，店内一长排的柜台前，几乎围满了顾客。

刘军欢快地蹿入商店，刘地赶紧追随着儿子，在柜台前端详。

“爸爸，快来！”刘军站在烟酒柜台前兴奋地喊着。他用手指着一包香烟对刘地说：“爸爸，这马儿会飞，我有一张烟壳哩！”

“哦，这是飞马牌香烟。哎，儿子，你哪儿来的香烟壳？”刘地随口问了句。

“去年下雪天，我早上醒来时妈妈不在家，我在椅子上看到的，里面还有五根烟哩。”刘军开心地说着。

刘地心里一愣，大清早儿子在自家椅子上发现飞马牌香烟，说明家里有男人来过，或许这男人在自己家里过了夜？刘地展开了他的想象力，一个男人坐在椅子上，香烟从裤袋里滑了出来，起立时急匆匆的，没注意到香烟掉出。那么，如果往好里想，大清早一个男人来到了自家，他来干什么？而且抽得起飞马牌香烟的男人，一般来说是有一定地位的男人，飞马牌香烟每条十五元哩。

5

刘地拉着刘军踩着星光回了家，明君已经洗漱干净。浴后的明君在灯光下楚楚动人，她的身材依然保持得很好。胸脯高耸，皮肤白而细腻，身上散发出玫瑰香皂的气味和特有的女人体香。

刘军回到自己的房间，他惦记着压在枕头底下的香烟壳。烟壳上面的马伸展着翅膀在天空飞奔，长长的棕毛尾巴在风中飘动，马的前蹄蜷缩，一只后腿往后伸展，宽阔的河流和原野被马儿一跃而过。他曾不止一次地幻想过，要是他能骑在马背上在空中奔跑该多好啊。

烟壳还在，刘军安心了，他脱去衣裤，钻进被窝，不多会儿甜甜地做起了骑马的梦。

刘地去了隔壁，洗澡盆湿漉漉地放在地上，明君刚刚洗完澡。他将水倒入盆内，匆匆地洗完身子，换上干净的内裤，光着膀子就往卧室去。

明君已经躺在床上，她用被子盖住肚子，露出上身和双腿。她的脸明显泛红，眼睛明亮地望着自己，胸脯微微起伏着。

刘地兴奋了，他的身子里涌着一股热流，只觉得下体鼓胀了起来。他转身关上房门，几乎迫不及待地上了床。他伸出左手，把明君拉进怀里。他的双唇刚想压在明君的双唇上，明君却笑着伸出手将刘地推开。

“刘地，你还没回我的话呢？”明君的眼里透着媚意。

“什么话呀？”刘地漫不经心地回。他的手忍不住伸进了被窝，在明君的肚子上抚摸着。

明君欢快地笑着，她凑近刘地的耳朵甜甜地问：“这几年你又没工资，哪来的钱寄家里啊？”

明君柔柔地问着，她开始亲吻刘地的脸，热乎乎而又香香的嘴唇，让刘地的热血燃烧了起来。刘地的脸涨得通红，他伸出粗壮的胳膊，把明君拥入怀里，他的双唇快速地贴上了明君的双唇。明君摇晃着头，摆脱了刘地的纠缠。她的脸红扑扑的，在灯光下更娇媚。她伸出手堵住刘地凑近的脸，依旧甜甜地问着：“说呀，你哪儿来的钱啊？”

刘地见心急吃不了热豆腐，转过身子，把被子拉过来盖住自己鼓起的下体，喘着粗气说：“反正，反正以前存了些钱，另外爹爹又给了些。”

刘地其实存有私房钱。在工商合营之前，他和爹爹早就将家里的一些黄金和大洋转换成了人民币，明君进门没几年，这样的事情必须瞒着她。

“有多少钱？”明君兴奋了。她把刘地的左手拉了过来，放在自己的胸前。

“也就一两千块钱吧。”刘地随口瞎说。

“这么多钱啊？”明君兴奋地叫了起来，她伸出双臂主动把刘地拥入怀里。

“让我保管。”明君语气轻微，却带着坚定。她睁大着一双美丽的眼睛注视着刘地的反应。

“嗯。”刘地笑着，不断地点头。他有些等不及了，体内那股冲动似乎没有先前强烈了。

明君突然起身，光着脚走到五斗橱边上，拉开抽屉，从里面摸出一盒没拆封的避孕套，熟练地撕开盒子，取出了一个放到枕边。

“给你准备的，买了都快半年了。”明君笑呵呵地对刘地说。

刘地忽地心里一凉，自从和明君结婚，几年来，自己从不用那玩意儿，他迅速地想到儿子的话，脸上泛起了疑云。

“你怎么啦？”明君疑惑地问刘地，“不喜欢也得喜欢呀，现在的日子这么难过，再添了人口，要雪上加霜了。”

刘地把疑问忍在心里，没有任何证据可以用来指责明君，尚且现在的他，头上正戴着右派分子的帽子哩。

刘地一下子把灯拉了，屋子内黑了下来，他翻身把明君压在身下。

6

今年的桂花树比往年开得稍晚些，石库门的小院里充溢着沁人肺腑的桂花香味。庄雪花在桂花树的底下铺了两张旧床单，她把随风飘落的桂花收集起来，用一个大玻璃瓶子装上。没多少天，桂花竟装满了两个玻璃瓶，在物质缺乏的年代，这些桂花是非常好的调味品。

庄雪花每天很忙，街道的工作几乎年复一年地重复着同一个模式，配合政府进行一些宣传，调整和摸底工作，代替粮食部门发放一些五花八门的购物票据，对街道管辖范围内的一些孤寡老人、残疾人逐月挨家挨户地送票上门。短短几年时间，庄雪花对街道的工作得心应手，对街道管辖范围内的居民状况已经了如指掌，因此深受街道办事处领导和同事们的赞赏。

庄雪花来自小县城，年轻又有文化，关键是庄雪花腿勤、嘴勤、手勤，这与苏州人相比，显得踏实、诚恳和低调。城里人自小体内就有的优越感，与庄雪花身上的粗犷和淳朴相比，无形中让人对庄雪花产生亲近感。

小桃红自从和齐医生的母亲齐鲁红成了闺蜜，对去教堂产生了兴趣，俩人从无话可说变得无话不说。人也比以往开朗了许多，在小桃红的身上，仿佛又能见到当初那个小桃红的影子了。

婷婷无事可做，每天带着袁顺悟。袁顺悟去学校的接送都是婷婷揽着。婷婷对苏州城熟悉，见过世面，她懂得如何与人为善。齐医生和苏扬的女儿齐青去幼稚园，也是婷婷接送。通常幼稚园开门晚，下班早，齐医生和苏扬起早将女儿先放在婷婷家，由婷婷送去幼稚园，待幼稚园将放学时，婷婷去接齐青回来。这样时间一长，婷婷一家和齐医生家关系如同亲戚一般。齐医生夫妇也常在婷婷处蹭饭。这个不大的院子里，天天充满了生机。

袁唐平自从调到医院总务处，工作也变得忙碌起来。医院上千人，吃喝拉撒，各种福利的发放，易损、易碎、易耗品的采购等工作几乎都压在袁唐平身上。这些工作都要与人打交道，袁唐平的性格在同事们看来，沉稳、可靠，再加上文化水平高，能写会画，威望在医院渐渐立起来。各个科室的名医生袁唐平都熟悉，他的名字不仅在医院上下为人熟知，也传到了苏州城的市面上，找袁唐平办事的人越来越多。

目睹着家中发生的变化，最开心的当属庄雪花。在这个家里她是掌门人，全家的粮票由她保管，袁唐平的工资也上交她这儿。她从小时跟庄家大奶奶一起生活，潜移默化中学到了庄家大奶奶勤俭持家的作风，家里每笔花销都在她的计划中。她把这个家操持得井井有条，让婆婆婷婷也不得不认可。

明天就是周日，庄雪花一家和苏扬一家相约，去虎丘秋游。她必须把手上的事情赶着今天做完。在古儿胡同和胡尔胡同交叉处有两户残疾人，一户是行动不便中风的老头，另一户是个哑巴。她要将这个月发放的每人半斤黄豆票送过去。

袁顺悟见庄雪花要出门，赶紧从屋里走出来，他要跟着庄雪花去外面转转。雪花当然高兴，一把搀着儿子便出门了。

袁顺悟已经长到庄雪花的胸部高了。二年级的袁顺悟在学校最受语文老师和美术老师的喜欢，袁顺悟从小在袁唐平和庄雪花的辅导下，不仅会背《三字经》《千字文》，而且能熟读许多唐诗宋词。袁唐平有些绘画、书法的功底，从小就尽量教他，再加上袁顺悟长得活泼、斯文，每个学期都被评为三好学生。这让庄雪花特别骄傲，对儿子也是百依百顺。

袁顺悟不要庄雪花搀，他对这一带十分熟悉。他知道往前面走一段路，穿过古儿胡同，在拐弯的地方，有个卖棉花糖的小摊，那蓬蓬勃勃毛茸茸一团的棉花糖，他已经馋了好久了。

马路上行人如织，自行车来来往往，一路洒下一串串清脆的铃声。小摊和小商铺沿街都是，庄雪花加快了脚步，不离顺悟咫尺。

“停一下，顺悟。妈妈要去那一家办点事。”庄雪花见顺悟连蹦带跳地只管往胡同里钻，大声喊着。顺悟停下脚步，他手扶着胡同的墙壁，往前张望着，他担心卖棉花糖的老头今儿不在。

庄雪花见顺悟听话，便进了一家屋内，不多会儿，庄雪花大声地说着话，和相送出门的一个老太婆笑着说着客气话。顺悟见庄雪花出来，急忙往胡同深处奔去，急得庄雪花直追。

顺悟出了胡同口往右一拐，离开了庄雪花的视线，庄雪花急步出了胡同，往右边一看，有个卖棉花糖的老头，他的周边围着几个儿童。他们手上拿着零钱，迫切地递给卖糖老头。

庄雪花见儿子贪婪而又好奇地看着飞转的皮带，眼睛盯着像变魔术般出来的棉花糖，一会儿看着卖糖老头用一根棍子在盘子内划划弄弄，棍子上就像被蚕宝宝吐满了白花花的蚕丝，看得顺悟目瞪口呆。

庄雪花见袁顺悟的手不由自主地在摸着口袋。一会儿，顺悟抬眼可怜巴巴地望着庄雪花，也是巧了，庄雪花匆匆出门，忘了带钱。

顺悟见庄雪花没有反应，嘴巴一噘，一副受尽委屈的样子，看得庄雪花心里一阵心疼。

“儿子，前面十几步远，有个杂货铺，妈妈正好要去给那个婆婆送票，妈妈去问婆婆借些钱吧。”庄雪花笑着哄儿子。

杂货铺的婆婆正在门口做着生意，庄雪花的话传到她的耳朵里。几年了，庄雪花是街道的干部，胡同里谁都知道。她做完生意，站在门口叽里呱啦地冲着庄雪花嚷着，引得顺悟停住了脚步，迟疑地望着她。

“婆婆，街道上给你送黄豆票啦。”庄雪花笑着，边说边从口袋里掏出票，递给婆婆。

婆婆嘴里叽叽哇哇地说着袁顺悟听不懂的话，她的脸上挂着笑容，双手比画着，身体侧移。庄雪花知道，婆婆是要让她进屋坐会儿。

顺悟的心思在棉花糖那儿，见庄雪花没开口，心里一百个不乐意，他上前拽着庄雪花的衣袖，缠着庄雪花去买棉花糖。

婆婆见状，笑着跑到棉花糖摊位上，顺手拿起一根棉花糖，连招呼都没和卖糖老头打一声便递给了袁顺悟。

庄雪花看得出来，卖糖老头和杂货店婆婆熟识。她望了一眼只有门板大小的杂货店，店门口摆着些扫帚、簸箕、拖把，屋内一排架子上放着六七床棉花被。婆婆笑着拉庄雪花入店小坐。

袁顺悟拿着棉花糖舍不得张嘴，他把棉花糖当玩具，一会儿竖着，一会儿当大锤挥舞着，忍不住时用舌头舔舔。

“改日路过时，我来还钱。”庄雪花哈哈地笑着。她拉着顺悟的手，继续往前逛着。只要走过这条不宽的路，往右过一座小石桥，再走不多远就到自家门口，这一趟正好绕了个圈。

7

第二天，袁唐平一家人起了个早，兴高采烈地吃完早饭，趁着太阳正缓缓升起，一起去公交车站。虽说庄雪花一家人在苏州待了快十年了，除了婷婷外，谁都没去过虎丘。

虎丘山风景名胜区位于苏州古城西北角的虎丘山，有两千五百年的悠久历史。虎丘山上有云岩寺塔、剑池、千人石、真娘墓、断梁殿、憨憨泉、试剑石、二仙亭等众多古迹。平时婷婷讲到苏州城，讲得最多的就是虎丘山风景区的人和事，庄雪花等人听得耳朵都长茧了。但不管怎样，百闻不如一见。

虎丘山风景区的大门还没开，庄雪花与苏扬约好，早晨在公园大门口会面。公园大门口已经聚集了一些外地人，公园两侧的商店已经开门，一些做生意的小商贩早已将铺位摆好，嘴里不停地吆喝叫卖着。

虎丘山风景区的大门内关着浓浓的秋意，山上的树林郁郁葱葱，晨风不断地把桂花和一些不知名的花香送出门外。庄雪花透过大门远眺，虎丘山远处山色迷人，依稀可见柳色映照。虎丘山高处云烟缭绕，台榭高筑，山色秀美，与家乡溧水的山色之美，迥然不同。

大门外面游人开始聚集，喧闹声，嬉笑声不绝于耳。马路边的商贩们，卖书画、匾额、文房四宝的，卖虎丘白云茶的，卖苏州虎须席、蒲席、篾席的，更有卖苏州泥塑的。每个摊位前都围着些人，询价的、看热闹的大有人在。

袁顺悟站在卖泥娃娃的摊位前，眼睛好奇地望着一个个五颜六色的泥娃娃，他不时伸出小手抚摸着泥娃娃黑黑的头发。他看上了一个撑着花伞的胖娃娃，支支吾吾地哼着，身体撒娇般扭动着，硬要庄雪花买。

庄雪花不想买，哄着袁顺悟，硬说撑伞的泥娃娃是个老太婆，骗袁顺悟，公园内有专门卖小女孩泥娃娃的店。袁顺悟聪明，知道庄雪花骗他，噘着嘴巴就要买，弄得庄雪花左右为难。

婷婷见袁顺悟要买，似乎猜透了袁顺悟的心，冲着庄雪花说："雪花，你儿子要买这个泥娃娃，他的心思呀，你当妈妈的都不知道。"庄雪花觉得婷婷的话有些莫名其妙，问："婆婆，顺悟这么小，会有什么心思呀？"

"待会儿齐医生、苏扬一家都来，青青也要来的呀。"

"哎哟，这么小的娃子，哪会有这样的心思？"庄雪花嘴上这么说，眼睛却盯着袁顺悟的脸看，袁顺悟的脸在晨光里显得红红的。

"来了。"袁唐平指着公交车站对大家说。众人顺着袁唐平的指向，见齐医生正扶着齐鲁红，苏扬抱着青青往大门口走来。

"青青妹妹。"袁顺悟开心地喊着，冲齐青奔了过去。小桃红、婷婷等都喜笑颜开地迎了上去。

青青见袁顺悟的手上捧着个泥人儿，高兴地挣扎着下地，奔袁顺悟而来，俩人开心地手牵着手，走在大马路上。

这时，一阵浓郁的清香传来，一老太太左胳膊上挎个竹篮，篮子里放了小半篮的白兰花，洁白的白兰花上盖了块蓝底花布，右手提着一大堆用麦秆编成的"花茧"，花茧内装着白兰花。小巧玲珑的花茧，引得青青驻足不前。苏扬见女儿喜欢，乐呵呵地买了一个。

青青接过花茧放鼻子上嗅了嗅，随手便将花茧送给了袁顺悟，袁顺悟开心不已，将手中的泥娃娃塞给了青青。青青抱着泥娃娃，顺悟拎着花茧，俩人欢快地跑在大人们前面。

小桃花伴着齐鲁红，慢悠悠地进入了虎丘山风景区。婷婷、庄雪花和苏扬紧紧跟着四处乱跑乱窜的两个小孩子，一路嘻嘻哈哈说个不停。虎丘山的风景清丽可人，千古名山到处生机盎然。偶见高大的石幢矗立于荒烟蔓草中，眺望山上，危塔斜立，山下溪流映带，碧波潺湲，游人络绎不绝。"现在肚皮也吃得饱了。"齐鲁红笑着对小桃红说。

"不像前两年了，后面该越来越好了。"小桃红笑着回。

"要是粮票不够，我家尚有些积余。你只管开口就是了。"齐鲁红略显兴奋地说。她作为外来落户的苏州市民，今天也是第一次游虎丘，因此看上去兴致盎然。

"不要啦！雪花的爹爹当公社书记，常有东西寄来，这几年都亏了雪花的爹爹。”小桃红笑着对齐鲁红说。

“雪花长得好看，做事又麻利。哎，雪花的爹爹在哪儿当公社书记啊？”齐鲁红问。

“她的爹爹是个老革命啦，在溧水东芦当书记。要是论资排辈，她爹爹在溧水绝对是前五名。”小桃红见齐鲁红夸赞庄雪花，心中颇为得意。

“溧水？”齐鲁红一愣，脱口追问，“妹子呀，你不是湖南人吗？”

小桃红说话带有湖南口音，让齐鲁红误以为她是湖南人。

“一言难尽啦，姐姐。我们袁家算起来在溧水也是屈指可数的大户人家，世代书香门第。喏，到顺悟这一代，已经三代独根了，一家人都把小顺悟当命宝呢。”小桃红叹着气，脸色微微沉重，指着正和齐青手拉手玩着的袁顺悟对齐鲁红说。

“袁家？是清末时期袁枚的家族吗？”齐鲁红脸色突变，惊讶地问着。

“是呀。”小桃红抬头望了望齐鲁红，齐鲁红原本就白皙的脸变得有些惨白。

齐鲁红的身子哆嗦着，她就近往长凳上一坐，一副魂不守舍的样子。

“妹妹，你怎么啦？”小桃红不知道齐鲁红为什么突然这副样子。

过了些许时间，齐鲁红的双眼似乎有些湿润，她嚅动着嘴唇慢慢地对小桃红说：“按理推算，往后我不该叫你姐姐了。”

小桃红觉得云里雾里的，爽直地说：“妹子呀，别胡思乱想的。姐姐的年龄比妹妹大不了多少，有什么不可以姐妹相称的！”

婷婷一行人已经走出好远，见小桃红和齐鲁红还没跟上来，婷婷大声喊：“婆婆，走快些呀，顺悟已经爬山了。”

小桃红和齐鲁红这才起身，齐鲁红对小桃红说：“前面着急了，姐姐。我们边走边聊吧。”

8

婷婷和苏扬停下脚步，在花丛旁等待小桃红和齐鲁红走近。袁顺悟和齐青在柳树下，俩人指着河里游着的鱼蹦蹦跳跳。袁顺悟调皮地捡起块小石子往鱼儿扔去，鱼儿尾巴一甩，在水面搅起一个大水花，不见了影儿。齐青在河畔跑来跑去，寻找着潜入水下的鱼儿。

庄雪花见袁顺悟和齐青在河坡土路上，连忙笑盈盈地走过去，拉着齐青的手，指着缓缓走近的齐鲁红，对齐青说："你奶奶好像走不动路了，快去搀她呀。"

青青见奶奶真的走路缓缓的，赶紧朝着袁顺悟嚷："顺悟哥哥，你家太奶奶走不动路啦，我们去搀她们吧。"青青嚷完迎着齐鲁红奔去。袁顺悟一见，也笑着追着青青的脚步前去。

一行人转到虎丘东麓，这儿山光塔影，恬美如画，山上植被茂密，林相丰富。太阳照耀下的虎丘斜塔，群鸟绕塔盘旋，蔚为壮观。

"爬山喽！"袁顺悟兴奋地跺着脚，沿着蜿蜒曲折的山道往上奔，一会儿奔出去十几步远，急得青青撒开小腿急追。山路上铺着石头台阶，青青一时半会儿爬不上，袁顺悟停下脚步，转身看着青青着急的样子，开怀大笑。

山顶上，众人围着虎丘斜塔，嘴里发出啧啧的赞叹声。眼前的虎丘斜塔历经沧桑，塔身的青砖斑驳陆离，宝塔七级八面，内外两层枋柱半拱，砖身木檐，顶部的飞檐起翘。

齐医生陪着母亲齐鲁红，看着有关虎丘斜塔的介绍。齐鲁红惊讶地对齐医生说："儿子，这座塔居然比意大利的比萨斜塔还要早二百多年哩。"

小桃红却对齐鲁红说："妹子，这座宝塔都快倒了，这砖蚀的蚀，锈的锈。我们又不能登塔，八个塔门都关着哩。我们还是远一点观塔吧，说不准什么时候就倒了。"

婷婷在不远处听到小桃红这么议论虎丘塔，觉得丢了苏州人的面子，便几步走到小桃红身边，埋汰道："婆婆，你不知道就别瞎说啦！这塔建于后周显德六年，一千多年都没倒，别看宝塔斜斜的，再过一千年恐怕也不会倒的。你知道吗，春秋时，吴王夫差的父亲阖闾就葬在这下面哩。"

小桃红见婷婷埋汰自己，脸红了，掩饰着对婷婷的不满，为自己争辩着："这宝塔斜斜的你说怕人不怕人哩？我又没说这塔马上就倒，不就提心着嘛。我们溧水有个永寿寺塔，虽然年数没婷婷说得那么远，可比这个塔好看。东南西北有四个门，塔砖上还雕着八个武将，个个威风凛凛，那个塔呀，也是八角形，差不多也这么高，风一吹，每层檐头挂着的风铃，叮当响。"小桃红对齐鲁红他们兴奋地介绍着，她的脸在阳光下越发通红，一双眼睛扑闪着，仿佛又回到初见永寿寺塔时的情景。

婷婷笑着对齐鲁红说："听说要看虎丘斜塔，我婆婆呀，已经几次给我们唠叨溧水那个宝塔了。您别听我婆婆乱说，那个塔怎么能同这个斜塔相提并论哩，简直不值得一提。"

"婆婆，你少说几句好吗？"婷婷对小桃红说，"溧水的那个塔怎么能同虎丘塔相比，这个斜塔全世界都知道的。"

齐鲁红对小桃红的话却很感兴趣，问小桃红："姐姐，溧水的那个宝塔现在还在吗？"

"在，现在还在哩。那年县上的赵县长带着人祭祀宝塔，我家袁老爷子给写的祭文，还给宝塔题写了金匾哩。"小桃红哽咽了起来，掏出手帕，拭了下双眼。

齐鲁红身子一颤，哆嗦着问小桃红："那个赵县长现在还在吗？"

小桃红略为伤感地摇摇头。她望了望婷婷，见没有责怪自己的意思，稍稍安心了些。

"好人无长寿啊！赵县长两口子都葬在东芦山哩。"小桃红悲戚戚地说。

齐鲁红身子晃了下，齐医生赶紧扶住母亲。齐医生知道自己的身世，自己从小在国外和母亲相依为命，生父赵林去美国后，也曾来见他们，可母亲见赵林仍旧在梅儿身边，发誓这辈子都不想再见到赵林，才执意带着自己回国的。

苏扬在一旁不明就里，见太阳正正地到了塔顶上方，就说："时间一晃到了吃中饭的时候了。雪花姐，我们去那边喝白云茶，再弄些小吃尝尝吧。"

庄雪花和苏扬欣然领着一行人往茶室走去。进入茶室，桌椅摆放有序。茶室的外围茶花旺旺地开着，茶室内略显冷清。服务员见一行人入门，脸上笑开了花，热情地上前招呼，众人围聚而坐。

不多会儿，女服务员笑靥如花，左手托着茶盘，把杯中的"白云茶"一一放置在桌上。杯中沉浮的茶叶散发着兰花的香味，色白如玉。

袁顺悟和青青弄了袋瓜子，二人围在大人身旁嗑了起来。只见齐鲁红端起茶杯，招呼着小桃红去了个临窗的地方，在这儿可以看到虎丘宝塔耸立山巅，远处岗林起伏，连天的大树郁郁葱葱，山的北边一泓碧水，波光粼粼。敞开的窗外，几大盆盛开的茶花，隐隐约约地透着花香。

小桃红连忙端起茶杯，随着齐鲁红来到窗边。两人面对面坐着，窃窃私语。齐医生担忧地望了眼母亲的背影。

苏扬和庄雪花等人品味着香茶，苏扬无意中瞥了眼前面，见齐鲁红正接过小桃红递过来的花手帕，轻轻地擦着双眼。

“齐伟，你妈今天怎么啦？”苏扬不解地问。

“没什么，可能窗口有风，她那沙眼禁不住风吹哩。”齐伟轻描淡写地掩饰了一句。

“这茶虽香，但不耐久。”袁唐平已经在喝二开茶了。齐伟赶紧端起茶杯，喝了口茶，在嘴里细细品味。

“香是香，但比不上你们老家的翠眉茶。”齐伟皱着眉回了一句。

第十三章

1

这几天，春雨一直淅淅沥沥地下着，庄慕兰几天没出门了，她手上的牛奶票，已经盖满了红戳，再不去更换要造成牛奶票浪费了。

今年开始，县上为照顾老干部，规定每天可以供应给老干部一瓶牛奶。庄慕兰春节又给黄德胜生了个儿子，黄德胜乐得屁颠屁颠地围着儿子转，把牛奶省给庄慕兰喝。庄慕兰更是像个功臣一样，听着黄德胜话喝奶补奶，走在大街上的神情都与往日不同。不光老西门大街的人，连东门大街一带的人都知道，老曾、老范和黄德胜都曾是老红军，能得到县上的特供奶喝。

这几天是汤正益替女儿跑腿去东门牛奶站取牛奶。每取一瓶牛奶，店主会在牛奶领取卡上用比火柴头稍大些的木章往上戳一格。牛奶卡今天到期，需要庄慕兰亲自去换卡交钱。

庄慕兰好不容易盼到天转晴。太阳出来得早，一早就把老西门大街的石板路晒干了。她取了钱连同牛奶卡一同装入衣袋，俯身亲了口熟睡中的小儿子，兴冲冲地出门去东门大街的牛奶站。

从西门大街到东大街有四五里地。西门大街的东头与东门大街相连，西门大街全部是历朝历代的石板铺就，街道两旁是民居和小商铺。东门大街路面宽阔，是丹阳唯一具有现代气息的城市主干道。

庄慕兰提着空牛奶瓶，沿西门大街往东门大街逛去。刚到西门小学门口，门卫瘦老头笑眯眯地站在石狮旁捧着肚皮晒太阳，见庄慕兰过来，大声招呼："庄慕兰，去拿牛奶呀？早饭吃了吗？"

“还没呢，你吃了？”庄慕兰笑着回。

“到现在还不吃，太阳快到头顶了，马上又要吃中饭了。”瘦老头哈哈笑着，怕庄慕兰不相信，又大声地补充道，“早饭吃了一个烧饼，一根油条，还吃了碗泡饭。”

庄慕兰笑着朝瘦老头点了几下头，继续沿着石板路往前走，临近古石桥，见老浴室门口摆小摊卖香烟的徐老头，正站在河边挥手踢脚地扭动着身体晨练。徐老头扭身之际见庄慕兰走近，赶忙招呼：“你吃了吗？”

“没有哩，也没觉肚子饿。”庄慕兰说完，指着香烟摊边的小板凳，“老徐啊，坐下来歇歇，最近腿还酸痛吗？”

“好多了。今天吃太饱了，坐在小板凳上难受。”徐老头说完居然在河岸上蹦跳开来。庄慕兰一路走心里一路琢磨，怎么街坊们擦肩而过打招呼时，开口都问：“你吃了吗？”

办好换奶的月卡，庄慕兰取了瓶牛奶，左手将牛奶瓶颈卡紧，晃晃悠悠地从东门大街往西门大街回走。她得意地走在石板路上，情不自禁地笑了起来，这几年黄家人没饿着肚皮，老西门大街的人都知道。

“啪！啪！”从老西门浴室门口传来浴巾抖动的声响。庄慕兰扭头一望，丁双喜正将洗好的浴巾往铁丝上挂。她故意干咳了一声，丁双喜闻声扭头见庄慕兰走来，刚想开口打招呼，庄慕兰抢先打起了招呼：“双喜，吃了吗？”

“老早，等到现在哩！”丁双喜的脸上泛着红光，或许是刚从热气腾腾的浴室出来，或许是阳光晒在脸上，或许最近一段日子肚皮真的填饱了。脸色看上去精神了许多，说话的嗓门也回到了从前。

“老黄的牛奶呀？”丁双喜的眼睛盯着庄慕兰手中的牛奶瓶，眼神里透着羡慕。

“老黄不喜欢吃牛奶，天天逼着我吃，说吃奶补奶。”庄慕兰边说边故意挺了挺胸。她那被衣裳包裹着的胸部，两个奶子鼓鼓胀胀的。庄慕兰扭头得意地往回走，暖暖的阳光照得她心里暖洋洋的。

“庄慕兰，慢些走。”丁双喜突然大喊了一声，神神秘秘地向她小跑而来，木屐声吧嗒吧嗒直响。

“有件事情不好意思说，巧娣肚皮又大了，营养不够。你帮我对老黄讲一声，批几斤蚕蛹给我家巧娣补补身子。”丁双喜压低嗓门对庄慕兰说。

“不保证一定行。我回去问问老黄，一天就那么点东西，应付不过来。”庄慕兰瞬间收回了笑容，一本正经地对丁双喜说。

“想想办法，拜托了。”丁双喜厚着脸皮赔笑，双手抱拳朝庄慕兰拱了拱。

“尽量吧。”

2

庄慕兰开心地拐进自家胡同口，见从老范家围墙内爬上来的扁豆正趴在墙头探头探脑，长长的藤蔓在微风里优雅地颤动，芃芃的藤蔓上开着许多白花和深红色的花，几只蝴蝶在花枝中飞来飞去。

“庄慕兰，信刚刚给你家送去。”邮递员踩着自行车丁零零地按着铃，对庄慕兰说。

“谢谢了。”庄慕兰侧过身，自行车噌地蹿出胡同口，后座绿色的邮包几乎擦着她的身体而过。她快步往家里走，见汤正益站在院门口，拿着信封看。

“娘，是维根来的吧？”

“除了维根，哪个会给你写信啊。”维根每次来信，汤正益都无比欣喜。

庄慕兰将牛奶交给娘，一把将信封撕开，边往屋里走边看维根的来信，脸上笑容灿烂。

“维根怎么讲？”汤正益迫切想知道儿子来信的内容。

“维根说这次火车厂又要分房子了。他对照分房的条件，能分到的可能性很大。只要房子分到手，户口也可以落下了。”庄慕兰很激动——英群和福生放在她这儿这么多年了，这下可以解脱了，“维根还说，到八月中旬分到房立刻将福生和英群接到常州去！”

汤正益那骨节突出的左手，握着牛奶瓶明显颤抖着。她走向厨房，将热水瓶里的热水倒入小铁锅，把牛奶瓶放进去，热水上扬的水汽轻轻地抚摸着她的脸，湿润润热乎乎的，她的鼻子有点泛酸。过了会儿，她默默地将牛奶瓶取出递给庄慕兰，转身走到院子里，往竹椅上一坐，闭上眼假装晒太阳，眼泪悄无声息地顺着眼角的皱纹淌了下来。她从衣襟内掏出手帕，轻轻地拭着眼角的泪，心里百感交集。

“奶奶，你怎么哭了？”福生放学早，一蹦一跳回来吃中饭，见汤正益正擦着眼泪，焦急地问。

福生从小到大由奶奶带在身边，每晚和奶奶睡在一张小床铺上。汤正益伸出因做家务而骨节突出的手，将福生拉到身前，细细地盯着福生的脸看。

“姑妈，我姐还没回来啊？”福生取下书包交给奶奶，问正在里屋喝牛奶的庄慕兰。

庄慕兰一仰头喝完了牛奶，将奶瓶往桌上一放，说：“你姐在学校排节目，放暑假前县里要会演哩。”庄慕兰懒懒地回了一句，走出里屋，冲着汤正益嚷：“娘，等维根来时，关照维根上街替英群买件白衬衣和蓝裙子，学校规定的演出服装，记住啦。”

汤正益只是点了点头，将手帕悄悄塞回衣襟，对福生说：“肚子饿了吧？奶奶先给你弄些吃的吧。”她起身走向厨房，端出碗筷，准备给福生盛些饭。

“老娘，抗美、抗英、康健、康铃她们几个都还没回来哩，不差这几分钟的时间，饿不死福生的。”庄慕兰没好气地说。

汤正益端碗的手愣在空中，她叹了口气，哄福生：“乖乖，她们马上都回来了啊。”

福生顺从地走向里间。庄慕兰见福生的书包放在院子的竹椅上，皱着眉头，将破了一个洞的书包捡起，拎到屋内往地板上一扔。黄跃进刚睡醒，听到福生放学了，一骨碌从床上爬起，冲福生奔去，他和福生玩得最好。

庄慕兰见宝贝儿子出来，脸上立马笑开了花，伸手拦住奔向福生的儿子。她顺手拉过一张四方板凳，将板凳移到高大的储物柜旁，麻利地站了上去，从橱顶摸出一把长长的铜钥匙，捅开橱门上挂着的老式铜锁，打开柜门后，从里面搬出一个浅绿色的瓷罐子，小心地放到了八仙桌上。

“跃进，先吃两勺白糖，保肝。”庄慕兰笑吟吟地说。跃进拿着汤勺挖了一大勺，匆忙地塞进嘴里，将勺子一丢，拉着福生要去院子里玩。

“再吃一口。”庄慕兰用勺子急忙挖了一勺白糖追去。

“不吃了，吃不进了！”跃进涨红了脸、鼓着嘴对庄慕兰吼。庄慕兰嘟囔了一句：“哎，好话坏话都听不进。”边说边将白糖重新倒入瓷罐内，桌子上撒了些许糖珠子。庄慕兰含着勺子爬上四方凳，将瓷罐往柜子里一放，咔嚓一声将铜锁锁上。

“老娘，弄些水给福生洗下手，别把细菌带给跃进。”庄慕兰看了眼正在院子里和福生戏耍的跃进，不无担心地说。

汤正益弯腰取出脸盆，拿起葫芦瓢从缸里舀水。福生眼瞅着庄慕兰往院子里走来，快速地跑向屋内，食指蘸了唾液按着八仙桌上的糖珠，急切地送入嘴中。

院外传来了表姐们的嬉笑声，接着就是庄慕兰的喊声：“老娘，快些盛饭盛菜，心肝们都回来啦。”

汤正益苦笑着，放下水瓢开始张罗饭菜。福生见英群还没回来，急得在里屋大喊：“奶奶，我姐还没回来哩！”

庄慕兰闻听，在院子里回了声：“你姐回来还早哩，这么多人等你姐一个人啊？”

饭菜上了桌，几个孩子一拥而上抢着夹起了菜。一时筷子如雨点，碗里的菜很快露出了碗底。福生着急了，伸手端起菜碗，用筷子往自己碗里扒拉起来。

“老娘，看看你那个没出息的孙子，吃起来跟饿狼一样，好像刚从牢里放出来。”庄慕兰气呼呼地埋汰着，又白了福生一眼。

福生不管，他大口地往嘴里扒拉着饭菜。刚才白砂糖的味道真甜，长这么大还从来没有吃过这么好吃的东西呢。他突然想起了什么事儿，竟兀自笑起来。

3

从庄慕兰家出了门，过了窄窄的胡同口左转，有着一条近乎笔直的小路。小路左侧是范家朱红的大门，再往前是曾家的自留地。自留地用藤状植物三面密密麻麻地围着，连只猫都很难钻进去，植物枝条上开满了紫红色的花朵。再往前走，左侧有一个偌大的院子，里面居住着十几户人家。院子的门却很小，勉强可供两人出入。小路由碎青砖和不规则的乱石铺就。再往前走，鲜见人迹，丁双喜的家就在小路尽头几百步开外。

福生上个礼拜去过这儿。他和几个小伙伴结伴去的。钱场长的小儿子钱三是他同学，钱三说，他爸爸常带着民兵到那儿打靶，他随爸爸过来看过打枪的。

小伙伴们听说那儿有个打靶场后，个个兴奋不已，都想去看看打靶场长什么样。福生是小伙伴们的头儿，也是最淘气和最有胆量的一个。福生说去，小伙伴们当然乐得手舞足蹈。

福生率领着几个小伙伴，摸到那地方才知道，四野一片荒凉。杂草遍野，灌木丛生。除了丁双喜家附近有大片大片的菜地外，只有一条弯弯曲曲高低不平的土路，蜿蜒伸向前方。福生是头儿，当然硬着头皮走在最前面。土路旁的杂草东倒西歪，显然是被人踩倒后又生长起来的。再往前走，坑坑洼洼的路面高低起伏，一些野桑树凌乱地生长着，有的桑树长得比房屋都高，上面挂满了微红的桑葚。再往前走，一座巨大的土墙，像老西门入口处的城墙般矗立在眼前。土墙呈斜坡状，在土墙后面生长着密密麻麻的野树，高耸的树梢在风中杂乱地摆动，发出哗啦啦的树叶声响。在离土墙不远处有一条又长又深的土沟，黄鼠狼和老鼠时而出现，发出吱吱的声响。

福生有些心虚，觉得头皮发麻。

“上不上？”钱三哆嗦着问福生。

福生是头儿，虽说心里害怕，但嘴巴挺硬。他转身面对小伙伴们一挥手，一声“冲啊！”便率先往土墙上爬。土墙坡面大，福生又灵活，咬牙只管往上攀，待爬到土墙顶，透过杂乱的树木和灌木丛一看，前方是一条宽阔的大河。河滩边的杂树林里遍布着坟墓，吓得福生面如土色，急忙回头招呼小伙伴们，可小伙伴们早跑远了，急得福生顺着土坡往下溜，拼命地追赶钱三。

福生心里惦记着那些无人管理的野桑树，更惦记着枝条上的桑葚成熟了没有。去年夏天，他看到学校门口有人提着篮子卖桑葚，紫紫的桑葚让他垂涎三尺，刚才吃饭时他就想起了这事。

福生想，一个人去那儿有点瘆人，拉上钱三去吧，那是个叛徒。福生思来想去，决定拉着表弟跃进一起去，给自己壮个胆。跃进不是钱三，应该不会当叛徒。

好不容易熬到了六月，天热难耐，福生惦记着桑葚，嘴里不由得生出了口水。庄慕兰正在午睡，跃进在房间地板的席条上玩扑克牌，福生探头探脑地悄悄招呼他。黄跃进见福生神神秘秘的样子，手脚并用像猫儿一样爬出了房间。

福生贴近跃进的耳朵，讲述着自己的发现和计划。黄跃进兴奋地点点头。两人悄悄从厨房里提了个小竹篮，蹑手蹑脚地溜出院子，跑跑蹦蹦地出了胡同口。

两人来到野桑树前，灼热的阳光把桑树叶烤得卷起了边。福生指着枝条上紫红的桑葚，得意地对跃进说："我没有骗你吧？"

福生说完，围着几棵桑树观察起来，他要选一棵容易爬上去、桑葚长得又多的桑树。跃进提着小竹篮，寸步不离地跟着福生。

福生像猴子般灵活，抓住弯曲的树干，左腿往上一跨，骑在了树干上，一会儿便爬到了桑树的分杈处。福生边摘边吃，边往小竹篮里扔桑葚。树下的跃进乐呵呵地边吃边捡桑葚。两个人忙得满头大汗，小竹篮里的桑葚眼看就要满了。跃进从地上猛地站起，拎起小竹篮拼命往回跑。

"跃进！跃进！"福生在树上大喊，他不明白跃进为什么突然往家的方向跑。跃进头也不回地边跑边喊："蛇！蛇！"

"蛇？"福生惊出了一身汗，骑在树干上的两腿直打战。他赶忙四处查看，果然，不远处的草丛里真的有一条大蛇。大蛇正在蜕皮，尾巴在草丛里磨蹭着。

大蛇吐着黑黑的芯子，冷冷地注视着树上的福生。福生的脸吓得惨白，豆大的汗珠从脸上滚落下来。他绝望地冲着跃进跑走的方向大叫："叛徒，长大了一定是个叛徒！"

骂归骂，福生还得设法从桑树上爬下来。大蛇似乎不依不饶，蛇头昂着，嘴巴里吐着长长的芯子，发出咻咻的声响。大蛇的身上五颜六色，在烈日的照耀下闪着骇人的光。

福生从衣袋里掏出一把桑葚朝大蛇抛去，紧接着从树上跳下。跳猛了，福生的屁股结结实实地摔在草地上，又酸又痛，右手掌心也被杂草磨破了皮，火辣辣地疼。他刚想起身逃，大蛇却忽地掉头往草丛深处溜去，草丛上还挂着长长的蛇蜕。

他也不敢逗留了，兔子般跑走。他刚跑到巷子中间，迎上汤正益在跃进的带领下，手拿长火钳，火急火燎地迈着小脚，跌跌撞撞跑来。见满头大汗的福生，汤正益松了口气。

"乖乖，没伤着吧？"汤正益急切地问。

福生这时神气了，朝着汤正益和跃进吹嘘着自己大战大蛇的英雄事迹，福生吹完还忍不住冲跃进骂了句“叛徒”。

黄跃进呵呵地笑着：“你是傻瓜蛋，我跑回来叫外婆打蛇来了。”

汤正益赶紧掏出手帕，替福生擦脸上的汗，又回头嘱咐跃进说：“跃进，采桑葚和打蛇的事别告诉你妈啊，让你妈知道会打你的。”

黄跃进得意地指着福生说：“福生哥，你要再骂我叛徒，我就告诉我妈。”他边说边看着福生，生怕福生不买账。他知道，这事让妈妈知道两个人都逃不了。

福生赔着笑，他知道黄跃进憨，赶紧从衣袋里掏出剩下的桑葚子塞到跃进的手里。

4

暑假前的最后一天，西门小学突然寂静了好多。福生放学比以往早了些，兴冲冲地出了教室门。下午，县里各个学校在县政府礼堂举行会演，几个表姐陪着姐姐去了县政府大礼堂，福生不知道县政府礼堂在哪里，心里顿感失落，他很想去看姐姐跳舞。

福生背着书包回到家里，见跃进也不在家，问过奶奶才知道大表姐抗美带着跃进去县政府大礼堂了。福生心里怅然若失，总得找点事做，他又想吃桑葚了，一晃好久没尝到酸酸甜甜的桑葚了。他看见厨房角落里长长的火钳，一阵欣喜，将火钳抓在手上，当作大刀在空中挥舞了几下，心中升起一股豪气。他想，再遇到那条大蛇，非要把大蛇的脑袋打烂不可。

福生看过武松打虎的连环画，他想象着自己就是打虎的武松。他觉得一把铁火钳在手浑身都是胆。他挥舞着火钳，斗志满满地往打靶场方向跑去。

福生刚出了巷子口，见许多大人和孩子往菜地方向跑。他不由得随着人群来到了菜地里。

这是一片很大的包菜地。包菜地的一角簇拥着密密匝匝的人群。福生听到叽叽喳喳的说话声，有慷慨激昂的骂人声，有唉声叹气的惋惜声。现场嘈杂一片，附近的包菜被密集的人群踩得稀巴烂。福生挤不进去，只能猫着腰从围观人群的缝隙里、大人们的腋窝下钻进去。包菜地里躺着一个白白胖胖的男婴，几只苍蝇在男婴的脸上爬动着。

福生吓得将火钳一扔，死命从大人们的缝隙中钻出来，一路往家里疾奔。他径直冲进姑妈的卧室，结结巴巴地向庄慕兰报告着这一惊人的消息。

“姑妈，不得了了！在那边包菜地里有个死人，像弟弟那样大……”

“啪！”福生的脸被猛烈地扇了一巴掌，福生像陀螺般转了一圈，脑袋在转圈时又撞到了墙上，他眼前金星飞舞。

“你个乌鸦嘴！又要嚼舌头，还不赶紧滚！”庄慕兰黑着脸，扯着嗓子，眼睛瞪得像母夜叉。

福生吓呆了，眼前的小星星慢慢飞走了。他看到黄德胜正坐在床上抱着小弟弟，板着大长脸，目光凶狠地瞪着他。

福生撒腿就跑。他连着冲出几个房间，看都没看正在阴凉处搓洗衣服的奶奶，茫然地奔出了院外。他沿着老西门大街走着，右脸火辣辣地疼痛。他想起了远在常州的爸爸妈妈，边走边无声地哭泣着。

路人来来往往，福生怕有人看到难为情，便躲进一个黑暗悠长的胡同里，双手撑着墙壁放声哭了起来。也不知哭了多久，福生的肚子饿了，他撩起衣服擦干眼泪，跑向黑胡同对面的小河，河畔有着弯弯曲曲的石码头。福生蹲下身，双手捧着河水往脸上泼。待风儿吹干了他的脸，他迟疑不决地往家中挪去。他真的饿了。

福生推开院门，听见奶奶正和庄慕兰论着理。姑妈没好气地对奶奶说：“福生是庄家的根，可钢成是黄家的根！嫁出去的女儿泼出去的水，我嫁入黄家就是黄家的人。我供维根一双儿女吃住了十几年，天底下找得到这么好的姐姐吗？”

福生迟迟疑疑地在院门外站着，肚子咕咕地叫。他心一横，开口叫了声：“姑妈，我肚子饿了。”

庄慕兰看了福生一眼，抬起左手看了下表：“刚刚一点多，再等会儿。你姐她们就要回来了。再说，菜还没炒哩。”

福生走入厨房，地上的铁锅内透出诱人的肉味。他揭开锅盖一看，半锅大蒜炒肉丝正在诱惑着他哩。

“已经炒好了，给我盛一点，好吗？”福生几乎哀求着说。

“不行！”庄慕兰夺过锅盖，往铁锅上一盖。

福生突然一脚，将铁锅踢翻，猛地撒开腿往大街跑。身后传来姑妈带着哭腔的怨声：“明天写信给维根，让他马上把他们接回常州去。我一天都受不了了！”

5

福生知道闯了大祸。他毫无目的地在大街上游荡，沿着马路右侧的民居，贴着墙根往东大街走去。他知道姐姐演出回来，必定会走这条大马路。

福生感觉天塌了，他没有能力应对眼前发生的一切。这一切发生得太突然，超出了他的掌控，他迫切地想要找到姐姐，看看有什么好办法。福生肚子饿得厉害，见前面人家墙壁外有块凸出的石头，便索性往石头上一坐，手撑着下巴静静地等待着姐姐的出现。

“福生，你怎么坐在这儿？”抗美几个表姐有说有笑地走来，康铃表姐比福生大一岁，两人同班，康铃停下来问福生。

“我等我姐。”福生低垂着头，不敢抬脸。

“英群演出完和几个同学一起去了另外一个同学家，马上也要过来了。”康铃笑着对福生说，见抗美她们走远，赶快追了过去。

阳光晒得石板发烫，福生整个人暴露在烈日的炙烤下。他站起来望着远去的表姐们的背影，想象着她们马上就要吃到香喷喷的饭菜，不由得咽了下口水。他孤单地沿着西门大街继续往前走，走过老浴室门前的石拱桥，找了个阴凉处继续等着。

姐姐终于出现在前面石板路的尽头。姐姐脸上抹着红妆，穿着白衬衣、蓝裙子，脚上穿着白袜子和黑色的搭袢皮鞋飘飘而来。未等福生开口，姐姐发现了他，欣喜地迎上前：“弟弟，你一直在等姐姐吗？”

姐姐笑着，脸上露出两个浅浅的酒窝，太阳斜斜地照着她。阳光里的姐姐是那样的漂亮轻盈。她双手握着，神秘地对福生说：“猜猜看，姐姐手里藏着什么？”

福生笑着朝姐姐摇着头。姐姐凑近福生的耳朵说：“杨贵妃吃的，荔枝。”她松开紧握的小手，左右手里各有一颗红红的荔枝。

“给你吃一颗。”姐姐剥开荔枝塞进福生的嘴里。福生从来没有吃过荔枝，他觉得这是世界上最好吃的东西了。他轻轻地用牙齿一点一点地咬着荔枝白色的肉，“真甜。”福生快乐地对姐姐说。

“还要吗？”姐姐将另一颗荔枝剥开，问福生。福生摇摇头，姐姐才把荔枝送进嘴里。她叮嘱福生：“那个核不能吃啊。”

福生吐出核，嘴里的荔枝被咽下了肚。

“你被谁打脸啦？”姐姐惊讶地发现福生的右脸微微肿胀，依稀能看到巴掌印。

“姐姐，我回不去了，闯大祸了。”福生突然眼泪哗哗，哽咽着对姐姐说了起来。姐姐一声不吭，不断地替福生擦着眼泪。

“姐，我们去火车站，扒火车去常州找爸爸妈妈吧？”福生突然对庄英群说。

庄英群十二岁了，明显比福生懂事得多。“跟姐姐回去，跟姑父、姑妈认个错，谅他们也不敢把你打死。”姐姐安慰着福生。她心里想，假如姑妈气未消再打弟弟，她会向姑妈求饶的。再说，奶奶在哩。

福生战战兢兢地尾随着姐姐回到了家中。汤正益正在洗刷碗筷，见孙儿孙女回家，赶紧将米饭和一盘大蒜炒肉丝端上了桌，大蒜炒肉丝是被福生一脚踢翻铁锅撒出来，汤正益洗干净后重新炒的。福生不管这些，先填饱肚子再说。他风卷残云般扫光了碗里的米饭，抹了抹嘴巴，就像等待上刑场的囚犯，迎接着即将到来的刀起头落的那一刻。

庄慕兰从房里出来了，福生的心一下子悬得老高。庄慕兰只是看了一眼福生，温柔地对庄英群说：“把衣服换了，趁着太阳在，让你奶奶洗了，小铃她们等着穿哩。”

太阳终于落山了，夜幕降了下来，深远的空中繁星闪烁。洗完澡的孩子们开始坐在院子的竹椅板凳上纳起了凉。

黄德胜迎着福生走了过来，边走边对福生说：“你个小兔崽子，个子长高了，要造反了？今天不治治你，明天你就会上房揭瓦了。”

黄德胜手上拿着一根吊水的绳索，像老鹰抓小鸡仔似的把福生拦腰一挟，径直走到桃树前，只三两下就把福生绑在了桃树上，然后像欣赏作品似的看着福生。一会儿，他拍了拍手，回卧室休息去了，他的卧室里有一台电风扇。

英群目睹姑父捆绑弟弟，吓得脸色惨白不敢吱声。表姐弟们也不知道福生犯了什么大罪，吓得都不敢议论。汤正益面无表情地摇着扇子。

庄慕兰透过卧室敞开的窗户，望了眼被绑在桃树上的福生，嘴角流露出一丝满意的微笑。

夜，很深了。蝉儿、虫儿都停止了鸣叫。汤正益和庄英群轻轻地走出屋外，悄悄地给福生松了绑，卧室里正传来黄德胜的打鼾声。

那晚，福生紧紧地挨着汤正益睡着了。他在睡梦中梦见了爸爸，他躺在爸爸温暖的怀抱中哭着，两行眼泪汩汩地流淌下来。

6

庄维根已经两个月没有去丹阳看母亲和一双儿女了。这两个月来，车间里一些青年民兵被统一抽调武装部集训。八一建军节，他们要参加民兵比武和军事训练的表演。

正是八月，太阳炙热地烘烤着大地。阳光滚动在运河两岸的田野里、民居上。工房区的居民房屋像一栋栋兵营，每个小区的建筑几乎一样，排列得整整齐齐。行人在马路上，从一户人家的门窗看进去，可以看到好几户人家的样子。

庄维根无数次幻想，哪天自己能透过这些敞开的门窗，见到自己的孩子在家中读书玩耍。虽然分房条件严苛，但庄维根已经工作了十二年，已经够分房的条件了。

然而，在这个万人工厂里，够分房条件的人太多了。工厂里上海人特别多，他们中的大部分都有了住房，但随着子女的增加，他们也纷纷进入到分房、调房的行列中。庄维根这两个月竖着耳朵打探着一切有关分房的信息，担心就在去丹阳看孩子的两天里，工厂突然张榜。

上个月，工段搞了分房的民意测验，庄维根没想到几乎所有的上海人都赞成给自己分房。这是一个好兆头，因为，工段长和车间主任就是上海人。

颜元元反对给庄维根分房。他的理由很简单，庄维根是地主分子，虽然不戴帽，当人民内部矛盾处理，但应先让贫下中农出身的工人分房。颜元元振振有词地说，比庄维根年纪大的人多了去了。

颜元元有三个孩子，他也要房。尽管他在运河南岸上陈村有三间大瓦房。他本人对能分到房子信心满满，他不甘心庄维根分到房子，鼓动庄维根班组的另外两名与他同村的工人跟庄维根较劲。因此，那两名同乡越是在车间活忙的时候，越是隔三岔五地请病假。

庄维根心中有数，嘴上没有怨言。同班的工人病假时间一长，他还会自掏腰包买些礼品上门探望。正所谓：拳头不打笑脸人。这个月，这两个工人就没有请过病假。

几天后，工厂贴出了张榜公告。庄维根按捺不住激动的心情，挤在人头攒动的分房公告前寻找自己的名字。他跑遍了张榜的地点，始终没有见到自己的名字，却发现，颜元元居然分到了房子。他曾无数次幻想，自己分到房子后把一双儿女接来过个暑假，还能带孩子去观看民兵们的水雷表演呢。

庄维根昏昏沉沉去了宿舍，打开吊扇，无力地躺在床上，迷迷糊糊中竟睡着了。他梦见了大奶奶，大奶奶恍恍惚惚地出现在身边，抚摸着他的头，轻轻地说："维根啊，庄家老祖宗早就说过，人啊，只需尽人事听天命，不跟人比，做自己，对待未来也不要担忧。"

庄维根猛地睁开眼，吊扇吭哧吭哧地在转动着。他倚床坐着，细细地想着，从儿时的庄家村到走出庄家村，这一路，风雨苦难都经历了。他不由得长叹了一声，心想，到哪个山上砍哪个柴，毕竟，全家人都活着。

7

八月十五的黄昏，天边一幕晚霞给大运河系上了彩带。刚刚还船来船往的运河上，片刻变得空空荡荡。以工农桥为中心，古运河前后三公里实施了临时断航。百米长的桥面上已经站满了人。兴奋的人们拖家带口抢着占领最佳观望处。从四面八方赶来观看水雷表演的人们抑制不住兴奋激动的心情，成群结队地向工农桥拥来。

火车厂工房区万人空巷。与运河南岸的乡民们形成两股人流，浩浩荡荡拥向工农桥。天渐渐地暗了，探照灯巨大的光束亮了，把大运河照耀得如同白昼。

远远的河滩边，情绪高涨的民兵们正做着下水的准备。水雷还没有运到河边，桥上的人和河两岸的人们已经迫不及待地伸长着脖子、踮着脚跟，孩童们骑坐在大人的肩上，情绪高涨地等待着水雷的出现。桥上的人被两岸不断拥入的人群挤扁了，人们开始骂骂咧咧、推推搡搡，孩子们开始哭闹。

“砰！”水面涌起一个巨大的浪花，一个坐在桥栏杆上的青年人被挤下了河，他从几十米高处落入了水中。紧接着，不断有落水声响起，桥两岸发出一片尖叫声，桥面传来一片惊慌的哭声。钢铁大桥在惊恐声中开始摇晃，桥身剧烈地颤抖，发出吱吱呀呀的变形声。

“倒了！”

“垮了！”随着两岸人流惊叫声的响起，工农大桥从高空砸向了大运河。

杂乱的尖叫声盖住了钢铁大桥与运河水面的撞击声，随着巨大的水花腾起，大运河上布满了漂浮的尸体和沉浮的人头……

庄维根正在车间高温下工作，他手持风镐凿打着巨大铸件上的石英砂。滚滚热浪裹袭着他的全身。风镐发出的嗒嗒声震耳欲聋，厚厚的帆布工作服上沾满了星星点点的石英砂粉末，满脸汗水直淌。他停下风机，摘下手套抹了把脸上的汗水。瞬间，他惊讶地发现车间里原本轰鸣的机械声、钢铁的撞击声、头顶上来来往往的天车行驶声都消失了。人们从各个岗位惊恐地往车间外奔跑，急叫声、哭喊声嘈杂四起。

“工农桥塌了！”有人边跑边大声呼叫着。庄维根惊得脸色惨白，手中的风镐掉到地上，正好砸在大头皮鞋上，把右脚砸得生痛。他一屁股坐在石英砂堆上，半天没缓过神来。

肃杀的气氛笼罩在这一地区的角角落落，工房区随处可闻撕心裂肺的哀哭声。工厂许多生产岗位停顿了，唯有木工车间三班倒，他们正在加班加点赶制大大小小的棺材。从各地调运来的棺材和木工车间加班赶制的棺材排满了偌大的空地，人们沉浸在无限的悲伤之中。

颜元元半个月没来上班了。他的家人在这场灾难中全部丧生。颜元元无法原谅自己，妻儿们本来只想站在运河南岸的河堤上观看表演的。正是他的怂恿，让他们到桥上去看，才导致家人的遇难。他变得沉默寡言，答非所问。头发也渐渐地白了起来。工厂关心他，将他安排到工人疗养院康复一段时间。

两个月后，庄维根突然接到车间的通知，让他去工厂房管科领钥匙。庄维根呆了，他愣愣地站在车间分房小组的办公室里，脑子一片空白。突如其来的喜讯让他等得太久了。他穿着工装径直往工厂房管科而去，他明白一定是死了那么多人，才让房子有了富余。他心里沉甸甸的，怎么也快乐不起来。

房子不大，只有十五平方米。庄维根小心翼翼地把钥匙握在掌心，他迫不及待地在车间里给慕兰写了封信，让慕兰把一双儿女的转学手续办了，让福生和英群速速来常州。

8

金秋十月，秋风送爽。不知谁家院子里的桂花树散发出浓浓的香味，飘逸在西门大街的胡同里。街上行人的脸上洋溢着灿烂的笑容，金色的乡村田野上农民们挥镰收割着金黄，收获着翠绿，收获着一年辛勤换来的希望。

庄慕兰收到维根的信，片刻不耽搁，立即去西门小学找了校长，又去县教育局办好了转学手续。她回来的路上，特地买了个翠皮大西瓜。

说实话，此刻庄慕兰的内心突然涌现出难舍难分的情绪，她觉得鼻子酸酸的。庄家儿女本身不多，侄儿侄女在自家一待就是十多年。他们真的要走，她的心里五味杂陈。弟弟总算熬出头了，眼看着侄儿侄女像风吹般长大，英群和福生都到了记事和懂事的时候了。两个月前，自己打向福生的那记耳光让她自责万分。都说隔个肚皮隔重山，她不清楚福生长大后会不会记恨她这个姑妈。

都说一碗水难端平。自家的六个孩子已经让她操碎了心，维根一双儿女在自家一待就是那么多年，偏心和磕碰放谁身上也避免不了。

庄慕兰思前想后，她抄起切菜刀把西瓜切成块放在盆里。待会儿孩子们放学回来，她要优先让英群和福生吃，让福生吃个饱。

汤正益舍不得孙儿孙女离开，不停地啜泣着，用手帕擦着眼睛。庄慕兰知道娘疼爱孙儿孙女，但维根又没办法把娘接到常州。她望着老泪纵横的娘，想宽慰几句，一时又说不出来，屋子里的空气凝重。

许久，汤正益抬头望着庄慕兰缓缓地说："慕兰，娘憋在心里的话趁德胜不在，和你唠叨唠叨。庄家就福生这条根，你爹爹又不争气，死得早，指望着你和德胜拉庄家一把。你倒好，一巴掌甩过去，把福生吓得在梦里都哭。德胜把福生绑在桃树上，那么丁点儿的孩子，懂个什么事理？你也不劝劝。”

庄慕兰无语，默默地叹着气。平时她不注意，今天突然发现娘的头发白透了。记忆中娘的手娇白细嫩，现在十个指节突出，自家的洗衣板都搓秃了好几块。

“娘，”庄慕兰哽咽着喊了声，不由自主地抱着娘的脖子哭了起来，“我也不知道哪来的火气。”

“慕兰，娘说句实话，对黄家来讲，你是一个好妻子、好母亲。对庄家来讲，你不是一个好姐姐、好姑妈。”汤正益怨怨地说。

“娘，你替他们收拾东西吧。”庄慕兰红着眼对汤正益说。

“有什么东西？有个包就全放下了。”汤正益淡淡地说。

院门外传来孩子们嘻嘻哈哈的笑声，福生调皮地奔在前头，跃进笑呵呵紧追着福生，英群和抗美等人姗姗地进了院子。

庄慕兰冲着福生眉开眼笑，拉过福生拧了毛巾给他擦了把脸。

“福生，你先去挑块西瓜吃吧。”庄慕兰呵呵笑着对福生说。

福生抓起块最大的西瓜，一口一个月牙儿。他吃西瓜不吐瓜子，瞬间啃完了一块西瓜。他望了姑妈一眼，姑妈依然呵呵地朝着他笑。福生和表姐弟们你一块我一块，一会儿工夫脸盆空了。

第二天，汤正益特地穿上了干净的蓝布衼，着黑色长裤，脚上换了双新的小脚绣花鞋，庄英群提着旅行袋，和福生一起兴冲冲地离开了黄家。

庄慕兰倚靠在门框边，不断地和英群、福生挥着手，泪水模糊了她的眼睛。她想亲自送他们到火车站去，但又害怕火车开动的那一刻。她塞了些钱给汤正益，嘱咐娘给福生买些吃的东西。

福生昨晚听到要去常州，激动地和奶奶说了半夜的话。他反复追问奶奶是否也去常州，直到奶奶明确说她也去常州后，他才放心地搂着奶奶的手甜甜地睡着。

从丹阳老西门大街到火车站，约十里路光景。一路上奶奶千叮咛万嘱咐英群，要把福生看护好，英群兴奋得脸通红，两眼满是激动。

福生和奶奶拉着手，十里路光景留下了十里路的欢笑。奶奶时不时停下喘会儿气，抚摸福生一头的黑发。

火车来了。福生第一次见到火车。庞大的火车轰隆隆地驶来，喘着震天撼地的粗气。福生吓得躲在奶奶的身后，紧紧地抱着奶奶的腰。车门打开，姐姐拎着包抢先上了车，她激动地探身车窗外，急切地招呼着福生。

福生松开手一下子蹿进了车厢，刚在姐姐身边坐下，见奶奶没有上车，急得把头探出窗外，带着哭腔喊叫："奶奶，快上火车，火车马上开了！"

奶奶木然地站立着，她那孱弱的身体僵立着，风吹乱了奶奶的白发。她只是扬着右手上的手帕，不断地挥舞着。

"呜——"一声长长的汽笛声后，火车缓缓地开了。

"奶奶——"福生声嘶力竭地大哭，拼命把身体探出窗外，他这才知道昨晚上奶奶是骗自己的。

火车越开越快，奶奶的身影变得越来越小。福生在车厢里跳着，哭着，闹着。哭闹声引来了女列车员，福生一把拉着女列车员的手，哭着说："阿姨，求求您，让火车停下来，我要去找奶奶。"

第十四章

1

常州后驳岸的河堤上长着许多柳树。正是秋意浓浓的时候，半人抱的柳树垂着长长的柳枝在秋风中挑逗着后河的水，时不时拨动出一些细碎的涟漪。后河与大运河相连，相连处修有一座水闸，当后河的水位低时，开闸放水，当水位涨时，关闸排水。清澈的后河不通航，河面少有船只。浓浓的金桂香飘逸在后河两岸。妇女们在河边码头浣衣洗菜，一些老人或在河边垂钓，或三五成群围拢一起唠家常，一副太平娴静的生活景象。

明君这一段日子略微空闲，菜场的物资供应逐渐地丰富，青菜、萝卜、小黄鱼等家常菜绰绰有余。当然像豆腐、猪油等物品的供应必须凭票购买。明君的脸色一直很好，即使在前三年困难时期，一些紧缺的生活品，只要她开个口，常会有人给她送来。在她家的厨房里，还有两大桶豆油和一大罐白糖，这些都是顾副市长悄悄送给她的。顾副市长掌管全市各类紧张物资的审批工作。

今天上午顾副市长带着人到大光明菜市场检查工作，菜场老裴书记和明君陪着检查组逐个摊位查看。裴书记不离顾副市长左右，他那张胖脸堆满了笑。

明君心里明白，顾副市长只要来菜场巡查，晚上家里就要给他留着后门，这是她和他之间的秘密。说实话，顾副市长一段时间不来，她的心里会有一种怅然若失的感觉。

刘地下放到溧水山区七年了，极少回家。虽然自己是菜场的主任，但裴书记在工作上时不时会给自己挑点刺。裴书记本是卖菜的出身，人长得矮胖，黑皮肤，嗓门大，不修边幅。裴书记是菜场的创办人，几乎所有的营业员都是经他点头进来的。明君刚进菜场时，裴书记对她关怀有加，只是和她说话时，眼神常常飘忽不定，无人时也常对她说一些挑逗的玩笑话。她嫁给刘地后，裴书记的举止明显正经了许多。也就是从那时候开始，裴书记对她的工作要求变严苛了。

晚上顾副市长要上门，明君找了个借口与裴书记说了声，她想早些回去做些准备，裴书记头是点了，可那脸拉得变成了冬瓜。明君心想，还不是顾副市长开会时表扬过她几次，裴书记才变得有所顾忌。

明君抬头望了望天空，太阳已经偏西。她抬手看了下腕表，还有一个小时，从溧水开往常州的最后一班长途班车应该到了。她骑上自行车直奔长途汽车站。

长途汽车站里人不多，明君在出站口选了个不易察觉的地方躲着。不多会儿，溧水的班车到了，她眼睛盯着出站口验票处，车上下来的人走光了，没有出现刘地的身影。她舒了口气。她用手撩了下散在眼眉的头发，转身出了汽车站。只要顾副市长来她家，她便会到长途汽车站来，回家后，她还要用粉笔在码头的石阶上悄悄画个圈，顾副市长看到了才会放心地推门而入。

天色微暗，明君回家匆匆烧了晚饭，和刘军一起吃了起来。刘军十二岁了，长得白净，个头快赶上她了。虽说不是她生的，但明君自从做了后妈，对刘军也确实视如已出。

她夹了一块蒸咸肉放在刘军的碗里，叮嘱刘军多吃点。她知道刘军从小对她心里有排斥，她并不介意。她明显感到随着刘军渐渐长大，刘军对她的排斥似乎日渐淡薄了。

刘军吃完晚饭，回房去做功课，明君打开一瓶橘子水，又悄悄从包里取出一粒安定，她用牙齿将安定咬成两半，犹豫了会儿，将半片安定放入瓶中，待刘军做完功课后，上床时给他喝。只要顾副市长来，她经常这样做。

2

秋天的夜晚，天上像被刚刚洗刷过一样，没有一朵浮云。深蓝色的天幕上满缀着钻石般的繁星，后河变得影影绰绰。斜斜的河滩草地里，不时传来蛙的鸣叫声。

明君脸儿通红，心怦怦地跳。她踮踵翘首地紧贴着后门，眼睛睁大着望着后河岸边那条小路，通常他都是从那个方向过来，她期待着他的到来。

她和他有这种关系好几年了。没嫁给刘地时，她常去给徐大姐送菜，有时徐大姐会打电话到菜场让她送些需要的菜，她每次去徐大姐家送菜时，顾副市长对自己一点儿都不热情，只是徐大姐转身的时候，他才会用余光偷偷扫一眼自己。那时候明君在顾副市长面前显得拘谨而又木讷，时间长了，顾副市长偶尔也会和她打个招呼，递上个微笑。

她那时只是个柜长，压根儿没想到能当上大光明菜场的主任。起初，分管副食品公司的局长来菜场时，见她对顾客热情大方，便当着副食品公司总经理的面夸奖了她几句，后来，总经理当着裴书记的面又表扬了她几次。直到嫁给了刘地，明君竟当上了菜场的主任。刘地告诉她，是顾副市长在局长面前多次表扬，引起了方方面面的重视。

顾副市长日理万机，心里还关心着她这个普通的营业员，明君从那一天起，对顾副市长的好感悄悄地涌上了心头。顾副市长风度翩翩，说话语速缓慢，一字一句仿佛都经过深思熟虑。人长得高大，见谁都是笑容满面。时间久了，明君在他面前，心里总有一丝说不清道不明的情愫。

刘地被打成“右派”后，按理全家都要下放，自己得跟着刘地去溧水那个穷乡僻壤。听说是顾副市长替她说了句话，一人做事一人当，共产党不能干株连九族的事。这话传到她耳朵里，让她对顾副市长的好感与日俱增。据说，裴书记听说了此事，脸涨成了猪肝色。

刘地下放半年多后的一天，她在大街上偶遇顾副市长和徐大姐，她和徐大姐寒暄之后，徐大姐先进了商店。顾副市长弯腰系鞋带时，悄悄地对她说了声：“明天周日，中午我来你家喝茶。”顾副市长说完后，若无其事地进入了商场，她顿时觉得脸儿发烫，心烦意乱，她甚至怀疑自己的耳朵听错了。从那以后她和顾副市长走到了一起。

她有时感觉到对不起刘地，心里又割舍不了顾副市长对她的柔情。她无数次把刘地和他做比较，形象和地位顾副市长占先，即使是那事，刘地完事后不是倒头便睡，就是系好裤子去干别的。顾副市长却会将她拥在怀里，用手替她撩盖住眼眉的散发，月光般柔和的眼睛会注视她。

她焦急地倚靠着门框，从虚掩的门缝里向外窥视，紧张又期待，此刻激动的等待，刺激又快乐。

小路的那一头，出现了她熟悉的身影。她紧张地侧耳倾听着一切响声，当轻微的沙沙声越来越近时，她把后门打开，将脑袋探出门外。他的身影越来越近，她甚至可以听到他走路的喘息声。她微笑着将后门开得更大，身影带着喘息声飘进了屋内。

3

东方渐渐地出现了曙光，后河边柳树绿荫丛中，鸟儿开始苏醒，叽叽喳喳地欢叫着，梳理着身上的羽毛，晨光里，后河两岸渐渐出现晨跑的人影。明君醒来，悄悄地下床，轻轻撩起窗帘一角，一线光亮透了进来。她心里一惊，猛地转身，推醒了熟睡中的顾副市长。街道上传来汽车行驶声，顾副市长见天色已亮，匆忙地下床，穿好衣服，他搂了搂尚未洗漱的明君，轻轻地吻了一下她的额头，转身坐在床沿上，抬脚将松散的鞋带系好。

明君胃里突然涌上来酸水，她赶紧用手捂住了嘴巴弯下了腰。

“怎么啦？”他轻轻地询问了一声。

“恐怕有了，昨天就有这种感觉，作呕。”明君娇羞地说。

“谁的？”顾副市长又惊又喜。

“还会谁的？肯定是你的。”明君嗔怪地说。

“这么肯定？”顾副市长微笑着反问。

“刘地是上个月中旬回来的。他回来前两天你来过，你忘了？”明君柔声地对顾副市长说，她的眼里飘过一丝不安。

“不管是谁的，你总会把他生下来的。”顾副市长显得满不在乎，似乎在掩饰着内心的不安。他起身欲走，明君急忙朝他摆了摆手。她轻手轻脚地打开房门，突然从刘军的房内传来响声，好像是什么东西掉落地上，明君吓得急忙将门关上，略微紧张地看着顾副市长，她的胸脯急剧地起伏着。她凝神屏息地竖着耳朵，响声过后，一切依然安静。

“没给他吃药？”顾副市长轻声地问。

“只要你来，我每次都给他吃半粒安定。”明君回。

顾副市长略微思索了一会儿，他凑近明君的耳朵悄悄地说：“孩子大了，半粒安定药效恐怕不够，往后给他吃一粒吧。”

明君轻轻地将门打开，猫行般走到后门，她将耳朵几乎贴在门板上听了会儿，然后慢慢地将门打开，顾副市长侧身出门，头也不回地加快步伐往僻静处走去。

明君将门合上，迈开腿来回走了几趟，故意弄出些声响后，朝刘军的屋子轻轻地喊：“刘军，该醒醒了，一会儿出太阳了。”

刘军正躺在床上，他的衣服早就穿好。昨晚他迷迷糊糊中似乎听到从后门传来脚步声。他睁开眼睛，好奇地光着脚悄悄地下床，将卧室的窗帘掀起一角，见外面黑黑的。他生气地将窗帘松开，正想顺便去撒个尿，又听到细微的脚步声在屋内响起。他警惕地轻声走到房门口，蹲下身子，透过门缝往客厅里看，有两个人进了后妈的房间，他的心一下子悬了起来。

难道爸爸深夜回来了？但走在前面的人修长，明显不像爸爸。他只觉得一股热血涌上脸庞。他刚看完《水浒传》，想到一定是“西门庆”。刘军攥紧拳头，恨恨地盯着堂屋看。右眼酸了便用左眼，不断交替着两眼观看，蹲的时间长了，他觉得腿发麻，外面依然死一般寂静。

刘军手扶着墙壁，麻木的双腿在缓缓地恢复知觉。他蹑手蹑脚地回到了床上，竖起耳朵倾听着一切响声，除了窗外河滩上青蛙发出的咕咕声外，再无任何声响。

刘军心想，或许是自己眼花看迷糊了。一阵睡意袭来，他将《水浒传》往脚边一扔，倒头睡了起来。

明君见刘军屋内无动静，长长地舒了口气。洗漱完后，她打开火炉子，特地给刘军煮了个鸡蛋，又烧了些水准备给刘军下面条。

“刘军，太阳出来了，该起床吃早饭上学去了。”明君在厨房如往常般地喊着。

东方的天边出现了金色的太阳，被阳光染成七彩的云朵缓缓地飘移着。吱呀一声，刘军睡眼惺忪地从房里走了出来。

明君见刘军这副模样，舒心地笑了起来。

4

富友走后，金凤带着金二娃住进了英娣家，庄大冬和英娣对金凤安抚有加，兰儿也隔三岔五地来看金凤，这让金凤感觉到心里温暖。在缺衣少食的艰难日子里，庄大冬时常背着渔网去野河塘里抓鱼。捕来的鱼虾被英娣拿来煲汤给金凤补奶水。最让金凤感动的，是庄大冬将自己的寿材让给了富友。

金富友就葬在后山的山坡上，离庄大冬家不远。眼看着清明节就要到来，金凤心里一阵阵痛楚。英娣在阳光下坐着，正在用金银箔折叠着元宝。在她身旁的大竹篮里，折叠好的金元宝已经快装满了。庄家村人祭祖一般都赶在清明前夕，金凤抱着二娃，走出房间，见英娣正忙碌着，便搬了张竹椅往英娣身边一坐，也折起了金元宝。英娣冲金凤笑了笑，指了指身旁的竹篮对金凤说，竹篮里的金元宝是给富友的，金凤听了眼睛霎时红了。过了会儿，金凤问："庄维田去县城了？"英娣抬手指了指后山的山坡说："维田一早就去了那儿，给富友修坟去了。"

一个外乡人丧夫后，在缺衣少食的现在，能有个温暖的遮风避雨的地方待着，对她来讲是莫大的幸运。富友走了快一年了，金凤也慢慢适应了在英娣家的日子。她一个寡妇，又带着个孩子，也干不了什么活，九里沟离庄家村那么远，她要带着娃儿回家几乎是不现实的。英娣和庄大冬从不对她指手画脚，特别是庄维田，二娃拉屎拉尿换下的脏衣服，自己一个不留意就被庄维田和英娣拿去洗了。尤其是庄维田，去县城时总给她带些好吃的东西。金凤心里明白，这家人对自己的关爱是有目的的。

金凤默默起身，抱着二娃进了屋里，她透过挂在墙上的小圆镜子看了看自己的脸。她的脸略微胖了，白了，眼角出现了浅浅的鱼尾纹。她盯着镜子里的自己沉默了会儿，心想，为了让怀中的二娃能平安地成长，不如过些日子和庄维田合床睡吧。

几天前，庄维田趁英娣和庄大冬外出，涨红着脸冷不丁地对她说，他喜欢她。他说自从第一次见到她时就有这种感觉。

对庄维田的表白，金凤并不惊讶。世界上没有无缘无故的爱。她是过来人，庄维田一家帮着埋葬了富友后，一直到现在，庄维田一家人对自己这么好，她也觉察到里面的意思。按照老家的风俗，若是自己改嫁给庄维田做老婆，还要再等上个一年半载，这样才对得起死去的富友。

二娃突然哭了，该喂奶了。金凤熟练地解开上衣纽扣，掏出奶头塞进二娃的嘴里。

庄维田进院了，他肩上扛着把铲子，手上都是泥巴。两条裤腿卷起，湿漉漉的裤腿上和鞋面上沾了许多的草屑和山泥。庄维田放下铲子，他径直进屋，见金凤正在喂奶，便弯腰端起脸盆出了院子。

金凤的奶子庄维田已经看得太熟了。金凤喂奶也不避庄维田。她记得，庄维田第一次见她给二娃喂奶时，眼睛睁得很大，脸都红了。

“维田，大清早去哪儿干活了？”英娣明知故问。

“去后山了。把富友的坟修了一下。”庄维田回着娘。

金凤在屋里听得仔细。女人该认命的时候也必须认命了。她觉得，找庄维田给二娃当爹，应该还是靠谱的。她的心里微微激荡起来，脸也觉得发烧。她又回到镜子前，仔细地端详起自己的脸，镜子里的她脸儿通红。

“金凤，照镜子哩，你呀，照不照镜子都好看。”英娣呵呵笑着进屋，见金凤正专注地照着镜子，心里有了些明白。

金凤脸更红了，她转过身，有些害羞地扯了下衣服，稍稍盖住些隆起的奶子。

“金凤啊，维田一大早露水未消，便去了后山给富友修坟。哎，维田对你和孩子，对富友，是上了心的。”英娣心里透亮，她笑着故意诱导着金凤。

金凤脸涨得通红。她明白英娣话中的意思，她不安地撩了下遮在眼眉间的头发，局促地望着英娣。

“哎哟，这满头的黑发里竟然藏着根白发了？”英娣笑着上前，替金凤撩拨着头发。她眯着眼睛，伸出两根指头，小心翼翼地将白发扯下。“金凤，这根头发已经半白半黑了。你呀，在慢慢地变老了。”英娣故意贴近金凤的耳边，轻轻地说。

“过段日子，把自己给嫁了吧。”英娣细声细语地劝着金凤，她对正在院子里洗手的庄维田努了努嘴。

好久，金凤涨红着脸，羞涩地说：“等待些日子，金凤依着你便是了。”

5

一道道闪电划破夜空。少时，轰隆隆的雷鸣声震撼着大地。不断划过长空的闪电将漆黑的屋子照亮，电闪雷鸣声中，雨像瀑布般向大地倾泻着。

李邱巴从睡梦中惊醒，他努力地睁开眼睛，摸索着点燃了油灯，走近窗户边，看到水花将窗玻璃抹成了水帘。他转身望了眼床上凌乱的被子，几张报纸和学习文件散落在地上。

李邱巴弯腰将报纸和文件一一捡起，轻手轻脚地来到楼下。半仙和邱萍睡得正香，他怕自己发出响声惊醒熟睡中的爹爹和娘。

昨夜，爹爹和娘一直埋汰自己，李邱巴心里觉得烦，尤其是娘，只要一埋汰便没完没了。爹爹唠叨起来他还能接受，娘一唠叨一埋汰，那是眼泪鼻涕一起下来，让他招架不得。

从外地来庄家村的金富友，因为偷了个南瓜蒂，被闻讯赶来的庄家村人吓破了胆，一命呜呼。他那个年轻的婆娘金凤，被兰儿和英娣哄到英娣家居住。从那天开始，只要李邱巴一回家，秋萍便数落着兰儿和英娣，说她们是别有用心。秋萍对李邱巴愤愤地说，金凤只要住在那儿，早晚是英娣的儿媳妇。娘和爹爹的意思，是让李邱巴抓住这个机会，赶早托个媒人，把金凤尽早弄到自家做儿媳妇。

秋萍埋汰激动时，老泪纵横。从哑巴女说起，说到汤正益的妹妹，又说到现在的金凤。秋萍说金凤怀里抱着个男丁，只要看看金凤的肉屁股和一对大奶子，就知道谁家娶了金凤，不愁人丁不旺。秋萍甚至说，只要邱巴点头，她撕下老脸亲自当媒人，她不怕得罪兰儿和英娣。娘的话说得李邱巴哑口无言。他爹李半仙又是点头，又是晃头，又是叹气，时不时还要帮着秋萍数落几句。

说实话，爹爹和娘的话也有点儿打动李邱巴。那个女人他见过，即使在她丧夫痛哭的时候，邱巴都觉得那女人身上透出成熟和诱惑。自己也快五十岁了，如果真能把那个女人揽进家门，夜夜春宵，自然痛快。邱巴暗自思忖，只要自己打定主意，把她娶进门来，小事一桩。

晚上，李邱巴也动了心思。他思考了大半夜，觉得似乎不妥。他都当了外公，雪花的亲娘又无音信，他想，待自己过些年退休后，去外地打探一下，说不准还有破镜重圆的一天哩。再说了，自己昨晚上想到的事情中，有比这更让他揪心的。

这些日子，李邱巴时常感觉困惑。他反复揣摩着上级发下来的文件，越琢磨越觉得心里迷茫。在文件中，居然明确指出，“这次运动的重点，是整党内走资本主义的当权派。那些走资本主义道路的当权派，有的在幕前，有的在幕后”。而且文件明确指出，从中央到地方，层层都有。

李邱巴觉得，在东芦乡他是一把手。他苦思冥想了好一阵，在东芦乡如果存在走资本主义道路的当权派，那会是谁？他把东芦乡每一个乡干部、村干部，内心细细地筛了几遍，走资本主义道路的当权派还真是锁定不了谁。窗外依旧风雨声大作。李邱巴泡了杯茶，借着油灯的光亮，又细细地读起了文件。文件强调不许以任何借口去反对社员群众，严禁打人，防止逼供。李邱巴看到这儿，心里一怔，突然想到了杨伢子。杨伢子好冲动，自从斗地主分田地以来，从镇压反革命到反右斗争，从大炼钢铁到自然灾害这些年，没少打人，没少骂人，没少绑人。看来，他又该给杨伢子提个醒，念念经了。

李邱巴喝了口茶，清香的茶水，似乎让头脑清醒了许多。他猛地站起，内心大惊，这么多天来，他细细筛着谁可能是党内走资本主义道路的当权派，怎么忘了把自己也筛上一遍呢？他焦虑不安地在厅堂里来回走动，脑海里回忆着当初跟着庄坤林打日本鬼子，到困难时期的百来亩南瓜地，这一路过来，也没有走什么资本主义道路啊。

“轰隆隆——”窗外又响起了一串滚雷。李邱巴恨恨地望着窗外，他想起了木果河，此刻木果河的水一定汹涌高涨着。他甚至想现在的木果河里还会不会有百来斤的大鱼？李邱巴想，那时候生活在无约束而又自由的乡村里，怎么现在反倒没了那么多无拘无束的快乐了？李邱巴此刻格外想念那时候的生活了。

“哗啦啦——”又是一阵倾盆大雨从天而降。李邱巴嘴里冒出一句骂人的话：“娘的，真是山雨欲来风满楼。”

“邱巴，怎么起这么早啊？”楼上传来秋萍的问话声。

李邱巴又望了望窗外的世界，天色在漫天的雨帘里明亮了不少。楼梯传来秋萍的脚步声。

“儿子，什么事闹得你不困觉啊？”秋萍问。

“爹爹马上就要过八十大寿了，儿子想让杨伢子的婆娘和兰儿帮着整两桌菜。”李邱巴笑着回。

“一眨眼的工夫，大娟也走了，庄家村这几年走了不少的老面孔啦。”秋萍黯然神伤地说。

“娘，庄家的神仙酒，埋在院子里哪个地方啊？”

“就在院子那棵梨树身下。你呀，甭动那个念头。你爹爹说，留着让你哪天大喜时喝呐。这酒啊，喝了，世上再没有喽。”

6

刘地的心里十分苦闷，杨伢子昨天把他从村委赶到庄家牛棚去喂牛了。这突如其来的变故，让他措手不及。刘地本以为沾着庄家村的地利和人缘，有李邱巴看在爹爹和爷爷的面子上，看在自己与杨伢子攀上关系的情分上，他在庄家村也不用干吃苦受累的活儿。不料，杨伢子说翻脸就翻脸，直接把自己撸进了牲口棚。

刘地不怪杨伢子，自从他在报纸上看到一些信息，凭借自己的思考，刘地预感到一场更大的风暴即将席卷全国。他猜想，杨伢子一定为了自保，在政治上尽量撇清与他这个右派分子的瓜葛。他觉得，就凭杨伢子那个脑子，应该是没有这种觉醒，说不定是李邱巴给杨伢子的暗示。

昨天，刘地先后收到家中的两封来信。明君来信告诉他自己怀孕了，这让他很惊喜。他细细回顾了与明君最后一次同房，事后他发现那个安全套是漏气的，这在明君受孕的时间点上还是吻合的。刘地心里很快乐。

另一封来信是儿子刘军写的。信虽不长，但儿子肯定地告诉他，家里可能来了个“西门庆”。他在信中说这是他亲眼看见的。刘地心里的醋瓶子被打翻了，他想起来那个“飞马”牌香烟壳，恨不得马上赶回常州，对明君细细盘问一番。

刘军十二岁了，应该不会说谎。刘地把“飞马”牌香烟壳和刘军的信连贯起来分析，不排除明君可能背叛了自己。假如明君真的背叛了自己，那么，她是从什么时候开始背叛自己的？

在他没打成右派前，他和明君的感情还是融洽的。他也没听说过明君在婚前生活作风上的不检点，问题应该出现在他下放到溧水这几年。那么，谁会是那个“西门庆”呢？

菜场的裴书记？刘地自己都觉得好笑，就他那个五短的身材，酱色皮肤和南瓜般的脸，明君再贱也不会睬他。会不会是住在隔壁的亲哥哥刘天？刘地思来想去觉得这种想法太无厘头了。当初要娶明君时，刘天曾反对过。他和明君婚后，刘天为此事都不来串门了。

刘地把思绪定格在顾副市长身上，顾副市长谈吐儒雅，举手投足之间都带着一种成熟感，他和明君没结婚前，明君常给徐大姐家送菜，她和顾副市长熟悉，而且，菜场主任的位子就是在顾副市长的暗示下得到的。如果他就是儿子信中所说的“西门庆”……刘地突然打了个寒战。

刘地想起来了，在那次研究各类票据发放的会议上，他正是在顾副市长的鼓动下，才说了那么多激进的话，以至于被秋后算账打成了右派分子。本来明君和儿子是要跟自己一起下放到溧水的，正是顾副市长的关照，他们才没有随自己一起下放。难道这一切都是顾副市长的精心谋划？刘地心中似乎豁然开朗，他愤怒了，顷刻间整个人像被打足了气，像个硬邦邦的皮球。

刘地恨不得马上赶到常州，恨不得立刻朝顾副市长那张虚伪的脸上砸上一拳。一阵愤怒过后，刘地渐渐恢复了冷静，毕竟这一切都是建立在如果上。“捉贼拿赃，捉奸拿双”，这句话连小孩子都知道。刘地想，只要得空，常回常州走走，搞些突然袭击，真相随着时间总会慢慢浮出水面的。

刘地望着屋外下个不停的秋雨，心烦意乱，他想如果哪天真拿到了铁证，该如何解决此事？现在，明君毕竟照料着自己的儿子刘军，顾副市长高高在上，大权在握。而他又是右派分子，闹腾起来不仅财产房屋要受损失，掀不垮顾副市长的话，他极有可能面临牢狱之灾。瞬间，刘地像被针戳破皮球般，满腔的气愤泄了个精光。

“忍吧。忍字心头有把刀哩。”刘地暗暗地说了句。

刘地捧了些草料放在牛槽里，他想起了庄家。以前他对庄家的了解知之甚少，下放到庄家村后，被尘封湮灭的庄家的往事他才渐渐知道。刘地想到了庄维根，那次对庄维根的虚伪和怠慢，让他内心充满着内疚和不安。

刘地此刻越发挂念起庄维根。

7

火车厂工房区的马路上天天人流如织。菜市场永远是最热闹的地方。谁家割了肉，谁家买了猪油，左邻右舍都知道，买肉和买猪油的人家，主妇们一定是挎着菜篮子逛遍菜场的角角落落，然后沿着马路慢悠悠地回家。菜篮子里的肉和猪油放在显眼处，不长的一段路，常常要停下来七八次，故意和熟悉的人说上些话。

庄维根和袁依冰与这些居民不熟悉。袁依冰今天喜气洋洋地买了半篮红薯，维根说要亲自动手给一双儿女做红薯饼。维根的家很小，小到只能放下两张床。维根分到房后，亲自动手弄了些石灰水把墙刷白，又去工厂总务科买了两张床铺板，添置了一张旧圆桌和几张方凳子。总务科没有床架子，维根去外面捡了许多红砖，洗净后，垒成了床架。煮红薯的香味和孩子们的欢笑声弥漫在不大的空间内，显得温馨而又幸福。一双儿女不怕生，没两天时间就和左邻右舍的孩子们玩到了一起。

孩子们都转学进了工厂的子弟小学，英群念五年级，转学还算顺利，她应校长的要求跳了个舞。福生办转学手续时，校长非要让福生留一级，生怕丹阳小学的教学水平跟不上这儿。

庄维根赔着笑，缠着校长。校长经不住庄维根的纠缠，听到钢琴声响起，二年级的学生们正在唱歌，校长的脸上起了笑容。

“这样吧，二年级的学生正在上音乐课。让你的儿子去唱一下正在教的这首歌，跟得上就不留级，怎么样？”校长望了一眼穿着破旧衣服的福生，有意将了庄维根一军。

庄维根无奈，硬着头皮拉着福生随校长去了音乐教室。漂亮的女教师和学生们见校长进来，停止了歌唱。

“今天教什么歌？”校长微笑着问女教师。

“《踏着烈士的脚印前进》。”女教师恭敬地回。

校长摆摆手，示意学生们坐下，众人的目光齐聚福生的身上。老师和学生们似乎知道，这是个新来的同学。有的学生望着福生穿着的破衣服窃窃地笑着。

“我弹一段，你唱一段，跟着我的琴声，行吗？”女教师严肃地对福生说。

福生丝毫都不胆怯，兴奋地点点头。这首歌在老西门小学一年级的时候就教过了，而且自己还上台独唱过。只不过眼前的教室洋气，风琴是黑色锃亮的，老西门小学的风琴又破又旧，老师用脚踩时，风琴吱吱地响，像是要散架。

老师对福生点了个头，熟悉的旋律响起，教室突然安静了。福生赶紧站好身体，伴随着琴声大声地唱了起来。

翻过小山岗，走过青草坪，
烈士墓前来了红领巾，举手行队礼，
献上花圈表表心……

福生声情并茂，音准正确，清脆嘹亮的歌声引得老师边弹琴边朝他微笑。歌声刚停，学生们齐刷刷地鼓起了掌。庄维根乐得直抿嘴。

校长很惊讶，福生的歌声打动了他。他愉快地把福生交给了老师，笑着和庄维根一起出了教室。

此刻，庄维根和袁依冰一起动手，将煮熟的红薯去皮。福生迫不及待地伸手抓了个小红薯，烫得他把红薯从左手抛到右手，逗得全家哈哈大笑。

袁依冰赶紧拿来碗，将红薯放进碗中，笑吟吟地递给福生。她望了眼英群，英群笑着摆手，她想吃爸爸做的红薯饼。

庄维根将红薯去皮，放入铁锅，又放了些水和白面，使劲地揉着。他将红薯揉烂后搓成团，用双手一压，成扁状，他在铁锅壁擦了些猪油，将红薯饼贴在铁锅上。不多久，香喷喷、甜津津的红薯饼端上了桌。一家人喜气洋洋地围坐在一起，喝着稀粥，品尝着红薯饼。

袁依冰心满意足地边吃边笑，苦熬了那么多年，全家人终于在一起了。

“依冰啊，总算有个家了。”庄维根不无感叹地说。

8

九里沟，舒缓起伏的山坡上，密密麻麻的绿黄色的秸秆和宽大的叶片，被风吹得呼啦啦地直响。秸秆上一个个饱满粗壮的玉米吐着枯萎的红缨迫不及待地想脱去身上松散的外衣。金富贵喜气洋洋地挑着两个大箩筐往玉米地走去。巧凤喜气洋洋地率领着大娃和二娃尾随金富贵。浓密的玉米地掩藏着喜悦的身影，啧啧的称道声和欢笑声加入了呼啦啦的声响中。

玉米丰收了，大娃和二娃兴奋得直欢呼。大娃十岁了，比二娃长得稍高些；二娃八岁，比大娃长得壮实些。两个孩子像猴子般在玉米地里专挑又大又鼓的玉米掰。他们两手抓住几个玉米，一会儿蹿出玉米地，将玉米扔入箩筐，转身又蹿入玉米地深处，寻找更大的玉米棒。

"大娃，二娃，从地边挨着掰，别糟蹋了粮食。"巧凤嗔怪道。

金富贵一声不吭地掰着玉米棒。他的背上背着个背篓，他挨棵逐行地将秸秆上的玉米棒悉数掰下，然后走到地头边，将玉米棒倒入箩筐，不多会儿，箩筐里的玉米棒冒了尖。

金富贵弯腰霍地起身，稳稳地迈开步子向家中挑去。大娃和二娃见状，乐呵呵地跟在金富贵身后。

"去，帮你娘掰，把掰下的玉米棒堆在那儿。"金富贵扭头虎着脸，嘴巴朝玉米地旁的一块平坦地努了一下嘴。

巧凤脸上沾了些碎玉米叶和玉米缨络，她兴奋地将篮中的玉米倒在空地上，望着金富贵挑担的背影，朝着大娃说："大娃，这几天不要去张大山家找红梅玩耍，多帮你爹爹干些活，那边地里的红薯和大豆赶这几天收哩。"

"嗯，娘，为啥要赶这几天收哩？红薯在地里不长着哩？"大娃口头上应着，心里不快。他答应了红梅，明天带她到山里去抓山螃蟹。

二娃看着巧凤乐得呵呵笑，前几天大娃和他都在红梅家玩耍，他听到大娃说要带她去水沟边抓山螃蟹。他趁着大娃去水沟边撒尿时，笑着对红梅说，前方的树林子里有刺泡，酸酸甜甜好吃得很，说过两天带红梅去采。现在他巴不得大娃脱不了身，他可以带红梅去摘野果子。

"娘，我可以去找红梅玩吗？"见大娃正朝自己瞪眼，二娃幸灾乐祸地问。

"随你，看你在玉米地里像猴子一样乱窜，把玉米棒都糟蹋了。"巧凤没好气地嘀咕着。

"不许你叫娘！她是我娘。"大娃知道二娃要带着红梅钻林子去摘野果子。

二娃人小脾气火暴，见大娃不许他叫巧凤娘，生气地弯腰捡了个玉米棒朝大娃摔去。玉米棒在空中翻着筋斗，砸中了大娃的肚子。大娃虽说个子高，但人斯文，从小就受二娃欺负。他立马转过身拔了根玉米秸秆，挥舞着冲二娃奔来。

二娃不甘示弱，抄手抓起两个玉米棒，嗖嗖地朝大娃砸去。一个玉米棒砸中了冲过来的大娃，大娃捂着脸坐在地上号哭起来。

巧凤急忙钻出玉米地，查看大娃的脸，见大娃脸上有一条红痕，生气地冲着二娃就吼："二娃，肚子吃撑了吧，把粮食当土疙瘩抛？再有饿肚子的那天，娘让你去吃屎。"大娃听娘帮自己，爬起来用手揉了揉被砸中的脸，做着鬼脸冲二娃吼："娘让你去吃屎喽！娘让你去吃屎喽！"

二娃见巧凤帮着大娃，委屈地鼓起腮，两个拳头攥得铁紧。他见大娃羞辱他，眼珠子一转，急切地大吼："你喜欢红梅，害臊了，刮脸喽。"二娃边吼边学着大娃的样子，用手指刮自己的脸。

大娃见二娃挖苦自己，仗着巧凤在身边，挥舞着秸秆向二娃冲来，二娃扭转身逃得飞快。

巧凤追上去拽住大娃："二娃是你弟弟，你咋当真了？"又大声提醒跑得飞快的二娃，"二娃，当心摔了，记得回来吃午饭啊。"

二娃撒开双腿，往张大山家跑。气呼呼的二娃知道巧凤是大娃的亲娘，他穿的衣服和鞋都是大娃穿过的。他记不清爹爹和娘的模样了。此刻二娃的心里格外想念自己的娘，他知道爹爹带着娘去外面赚大钱去了。

二娃边跑边想，等爹爹和娘在外面赚了大钱回来，一定会给他买许多新衣服。他要穿着新衣服在红梅面前嘚瑟。红梅喜欢和大娃一起玩，不就是因为大娃身上的衣服比自己的衣服好看嘛。

二娃跑得气喘，往草丛旁一屁股坐下，他望着天空飘着的云朵，盼着娘突然从云朵里下来，亲昵地拥着自己。二娃鼻子一酸，哇哇地哭了起来。

前方的草丛里传来窸窸窣窣的声响，二娃一骨碌爬起，好奇地观察着草丛，一只灰色的兔子正瞪着大眼睛、竖着耳朵偷窥着他哩。

二娃捡起块小石子砸向兔子，他不想让兔子看他哭的样子。兔子蹦蹦跳跳，蹿入草丛。二娃开心了，攥着石头追兔子。兔子一跃，跳入了九里沟茂密的树丛。

二娃在树丛边来回寻找着兔子，见树丛内无动静，使劲把手上的石块砸向树丛。

“二娃哥，你在撵啥哩？”红梅在屋前见二娃用石块砸树丛，好奇地问。

“嘘——”二娃故作神秘，他将食指竖对着嘴，引得红梅小跑着过来。

“二娃哥，是不是大野猪？”红梅喘着气，小脸在阳光下显得红通通。

“嗯，嗯。”二娃故弄玄虚。

红梅撒腿就往家里跑：“我去叫爹爹，拿矛来刺野猪。”二娃急了，唰地从地上捡起块石头砸向沟内，树丛里哗啦啦一通声响：“快看，猪猡猡跑了。”

红梅反身急忙跑到二娃身边，盯着响声处看，半晌都没看到大野猪。

“唬人。”红梅喊了声。

“唬你就是小狗。”二娃发誓说。

“你说那边林子里有刺泡，亏我没信你。”红梅噘着小嘴生气地说。

“真的有刺泡，还有山顶红和野葡萄呢。”二娃信誓旦旦地说。红梅听得眼睛发亮，立马让二娃带她去看。两人兴高采烈地拍着手，直奔林子而去。

二娃像兔子般蹦蹦跳跳来到林子边，让红梅在林子边等着，他便一头钻进灌木丛中，过了好久，蓬头垢面地钻了出来。二娃手上捧满了红红的刺泡，喜得红梅急不可待地抓起几粒刺泡就往嘴里塞。

“红梅妹妹，你说是大娃哥好还是我好？”二娃将手中的果子分了一些给红梅，天真地问。

红梅嘻嘻笑着将一粒粒刺泡往嘴里塞，又故意转过脸用鼻子闻了闻二娃的衣袖，“大娃的衣服比你的香。”红梅天真地笑着说。

“等我娘回来，给我买这么多新衣服。”二娃乐呵呵地张开双臂。

“给我买吗？二娃哥。”红梅涨红着脸问。

“嗯。”二娃使劲地点着头。

“那你比大娃哥好。”红梅拍着二娃的马屁，咯咯地笑着。

第十五章

1

学校的操场上人声鼎沸，参加足球赛的孩子们，在绿草如茵的球场上奔跑着。孩子们时而争抢着，时而大声呼喊，时而带球射门，烈日下，汗水湿透了他们的球衣。

秋日的阳光依然炽热，袁顺悟脱下外衣罩着自己的脑袋，遮挡着烈日的暴晒，银色的护身符垂在胸前，闪着银光。他兴奋地蹦跳着，为球赛喝彩，心里却焦急地期待着球赛结束，自己也到球场上去玩耍一把。

终场的哨声响了。赛场边围观的孩子迫不及待地从装球的箩筐里抢出足球，在球场上玩耍开来。

袁顺悟将书包和衣服往球场边一扔，快步冲进了球场。足球被几个孩子争抢着，在纷乱的争抢和吆喝声中，足球滴溜溜地从腿丛中溜了出来。袁顺悟眼尖，伸出右脚一钩，足球便到了他的左侧，他用右脚和左脚交替着盘着足球，往球门跑。孩子们立刻从四面八方将他围住，一个个虎视眈眈地盯着袁顺悟脚边的足球。袁顺悟眼见突围无望，突然起脚，足球贴着地皮，像老鼠贴着墙根逃跑一样，钻出了包围圈。孩子们蜂拥地追逐着足球，一个孩子转身抢球之际，挥动的手刺啦一声，将袁顺悟胸口的护身符项链扯下。

袁顺悟慌忙蹲下身，将扯断的项链捡起，跑向操场边，将项链匆匆地装进衣服的口袋内，急匆匆地转身返回了球场内。

太阳渐渐地西移。体育老师急速地吹响了哨子，督促孩子们结束踢球活动。在哨声的催促下，玩耍的孩子们悻悻地将球踢向箩筐的方向，吵吵闹闹、推推搡搡地离开球场。

袁顺悟的脸被太阳晒得通红，满头大汗。他意犹未尽地背起书包，右手提着衣服，兴冲冲地追赶着离开球场的同学们。他用衣服擦了擦满头的大汗，将衣服往肩膀上一搭，往古儿胡同走去。上午妈妈给了他五分钱，让他放学后顺路把钱还给卖棉花糖的老头。

然而，今天古儿胡同内并未像往日放学时一样，有卖棉花糖老头摆弄机器。袁顺悟踮起脚，往胡同的深处寻找着。他失望地咂了咂嘴巴，嗓子眼里干渴难耐。他想，那个哑巴婆婆的店门肯定开着，不如把钱交给哑巴婆婆，顺便向她讨些水喝。顺悟急速地往前走着，果然，杂货店的门开着。

“婆婆，婆婆——”袁顺悟站在店门口，怯怯地喊了两声。店内无人，不太明亮的屋子里堆满了各种货物，他在门口等了会儿，又大声叫唤了几声，见无人应答，便走入店内。

柜台一侧的地上，堆了几十把扫帚，扫帚堆散发出高粱秸秆的清香。顺悟觉得腿酸，他将衣服和书包取下，放在扫帚堆上，索性往扫帚堆上一坐，等着哑巴婆婆。顺悟觉得贴身的衣服湿湿的，身上凉。他起身将外衣提起，顺手抖动了几下衣服，将上衣穿上。

门口出现了哑巴婆婆，她拎着一只菜篮子，里面装了大半篮子菜，见袁顺悟站在店内，有些惊讶，嘴里叽里呱啦地嚷着。袁顺悟赶紧从衣服的口袋里掏出钱，递给哑巴婆婆。

“婆婆，我妈妈让我来还上次欠下的棉花糖钱。”袁顺悟涨红着脸，结巴地说着。

哑巴婆婆脸上堆满了笑容。她将菜篮子放在地上，连连摆着手，执意不肯要袁顺悟递过来的钱。袁顺悟有些不喜欢哑巴婆婆，他更听不懂哑巴婆婆嘴里发出的叽里呱啦声，面对热情的婆婆，他心里特别别扭和紧张，慌忙将五分钱往柜台上一放，转身跑出了店外，忘了讨口水喝。

2

庄雪花见儿子回家，脸上笑开了花。看着袁顺悟满脸的汗痕和身上皱巴巴的衣服，她知道儿子一定又踢足球了。

“快，把衣服脱下，妈妈去给你打洗澡水。”庄雪花转身去了厨房。袁顺悟脱下外衣，对庄雪花说：“妈妈，踢球时我的项链被同学扯断了，就装在上衣口袋内。”

“怎么这么不当心呢？妈妈明天拿到银匠铺去接一下。”庄雪花从厨房打完洗澡水出来，摸了下儿子上衣的口袋，没有项链。

“顺悟，项链不在衣服口袋内啊？”

“可能放在书包里了。”袁顺悟顺口回了声。

庄雪花拿过袁顺悟的书包，一层一层地用手摸了个遍。她的心里突然一沉，她急忙把书包内的书一本一本地取出抖动着，她把书包翻了个底朝天，还是没有项链。

庄雪花急了，又将顺悟的长裤拿起来，从裤袋一直摸到裤腿，还是没有项链的踪影。

“顺悟，项链丢了！”庄雪花的脸绷紧了。她冲着卫生间大叫了一声，把卫生间内洗澡的袁顺悟吓了一跳。

袁顺悟匆忙擦了擦身子，穿上衣服，紧张地走出卫生间，两眼瞪得老大，似乎不相信庄雪花的话。

“我就放在口袋里的，不会丢掉的。”袁顺悟没底气地嘟囔着。

“你自己翻吧！”庄雪花真急了，她将衣服摔在了椅子上。

婷婷和小桃红闻声赶来，见庄雪花正唬着宝贝心肝，连忙帮袁顺悟找。

“雪花，别着急，再细细地找一下，说不准夹在哪个角落里呢。”婷婷安慰着庄雪花。小桃红一把拉过袁顺悟，将袁顺悟拥在怀里。

婷婷和庄雪花又一一地将书包和衣服细查了一遍，还是不见项链。

“说，项链哪儿去啦？”庄雪花大声喝问，眼珠子瞪得老大。袁顺悟畏缩在小桃红怀里，吓得不敢吱声。他从来没有见过妈妈冲着他发这么大的火。

“雪花，趁着天还没黑，我们带着顺悟沿路找找，说不准还能寻到哩。”小桃红心疼袁顺悟，给庄雪花出主意。

庄雪花一听，赶紧回房间拿出手电筒，一家子人奔学校而去。

天黑透了，庄雪花、小桃红、婷婷沮丧地领着袁顺悟往回寻，庄雪花边走边责怪袁顺悟。

“妈妈，会不会掉在哑巴婆婆的店里了？”袁顺悟突然冲着庄雪花说了句。

“是啊！”庄雪花心里一个激灵。她们寻遍了学校的球场，寻遍了袁顺悟回家的路，庄雪花把最后寻回项链的希望，寄托在哑巴女的身上了。

哑巴女的杂货店还没关门，屋里的电灯把室内照得通亮。庄雪花人未进店，便扯开嗓门喊了起来：“婆婆，有没有看到我儿子的项链啊？”

“哪里有什么项链啊？”卖棉花糖老头干着嗓子在店内回。

哑巴女从里屋出来，见街道庄雪花领着几人进店，叽里呱啦热情地嚷着。

“大兄弟，我家重孙子把项链丢在你家店里了。”小桃红尖着嗓子说。

哑巴女闻听，叽里呱啦地摆着手，一脸焦急。

“没见什么项链啊？是金的还是银的啊？”卖棉花糖的老头一脸不屑地问。

“银的项链，很贵重的啊。”婷婷焦急地回。

“没看见。”老头摇着头，一本正经地说。

“婆婆，这项链对我们家来说很重要的，捡到了还给我，我会谢您的。”庄雪花不相信老头的话，语气急促地对哑巴女说。哑巴女涨红了脸，眼睛盯着卖棉花糖老头，见老头神情严肃，赶忙冲着庄雪花摆手。

“真没看见，你要是不相信，赶明天，我去银匠铺买一条送给你儿子。”卖棉花糖老头见庄雪花几人焦急的样子，大度地安慰起庄雪花来。

庄雪花见卖棉花糖老头诚实的表情，又听到这么大方诚恳的话语，想着哑巴女平时待人接物的真诚，觉得好像自己栽赃给他们了，心中忽觉得不安了起来：“我也没说一定丢失在店里。假如……可能……万一丢在店里被你们寻到，记得还给我啊。”

夜很深了，那渐渐被云彩遮住的月亮，忽明忽暗地在云彩里沉浮，庄雪花沮丧地坐在椅子上，呆呆地望着窗外，耳边传来院子瓦砾堆里秋虫的低鸣声。她眼里含着泪水，想着从未谋面的娘，想着爹爹把项链递给自己的场景，心里空落落的。她弄不明白，爹爹和娘之间究竟发生了什么事情，导致自己被送到庄家。她觉得应该鼓起勇气问一问爹爹了。

庄雪花拉开桌子抽屉，取出信笺和笔，埋头给爹爹写起了信。

“雪花，赶紧睡吧。”袁唐平从卧室轻轻地走出来，低声对她说。

“唐平，我真的命苦。儿子把我对娘最后的思念弄丢了。”庄雪花哽咽着，脑袋埋在袁唐平的怀里，低声抽泣了起来。

3

转眼到了月底，哑巴女照例要盘点一下店里的库存。她拿着进货清单和爹爹一起在店内清点着货物。近段时期，各类物资供应紧张，尤其买不到白砂糖，爹爹已经个把月没有出摊卖棉花糖了。

杂货铺的生意还算兴隆，日用品卖得很好。前些日子，进货几十把扫帚和拖把，已卖得所剩无几。原先堆放在屋内犄角旮旯的扫把、拖把、木桶所剩不多了，堆货的房间显得空旷了许多。

卖棉花糖的老头原来是弹棉郎，年龄大了，干不动了，就跟哑巴女儿干了个杂货店维持生计。弹棉郎埋头清理着物品，用扫把清扫着屋内的地面，忽然惊叫了一声，一条银色的项链正静静地挂在扫把枝条上。他伸手捡起项链，眼睛怔怔地盯望着项链，手颤抖了起来。

“老天爷啊，怎么会是它？丫头，快，快来看。”弹棉郎激动地对哑巴女喊着。哑巴女抬头，见爹爹双手捧着一条银色的项链，双手颤抖着。她紧走几步，上前一看，只觉得脑袋一阵昏眩。

她一把夺过项链，冲出店门，在阳光下，“邱儿安康”四个字出现在她的眼前。她扭头激动地对着爹爹大喊大叫，快步冲向爹爹，疯了般推搡着爹爹，嘴里叽里呱啦地大嚷着，眼泪扑簌簌地往下流。

“莫哭，莫哭，莫着急，爹爹慢慢地全告诉你。”

哑巴女泣不成声，扑在爹爹的怀里，不断地挥手拍打着年迈的爹爹的肩膀。

望着岁月沧桑的女儿的脸，弹棉郎的心再一次被锥子扎了一下，他哽咽着用手怜爱地抚摸着女儿的头发，往事一幕幕浮现在眼前。

大篷车在崎岖的山路上吱吱呀呀地行走着。车厢内，哑巴女的哭声刺痛着弹棉郎的心。弹棉郎绷着脸，挥舞着马鞭，驱赶着马车。他只想早早地离开这个鬼地方，他痛恨自己没能看护住女儿，让李邱巴这个小混混欺负了自己的爱女。

抽李邱巴的那一鞭，解了他心里的气。一鞭下去，他看着李邱巴飘舞的头发和狼狈逃窜的熊样，真想跳下车抽出砍刀，发泄自己心头的怒火。

“丫头，你还记得王三娘吗？就是那个给你接生的女人。”弹棉郎问哑巴女。哑巴女瞪大眼睛望着爹爹，她使劲地点了下头，嘴里发出了嗯的一声。

“那王三娘第一次来弹棉被，就看出你怀孕了，为了堵住王三娘的嘴，爹爹没收她的弹棉费。一来二去，王三娘跟爹爹说，你还年轻，拖着个孩子，不仅会坏了你的名声，今后恐怕难以嫁人。在王三娘的怂恿下，爹爹也是为了你好，才把孩子送了人家。为了不让王三娘去外面嚼舌头，爹爹还给了她三个大洋哩。”

哑巴女突然全身颤抖，弹棉郎赶紧上前将女儿搀扶着坐在长凳上。过了会儿，哑巴女渐渐地平静下来。她双手捧着护身符项链，亲吻起来。她猛地站起，将护身符按在爹爹的手掌心里，叽里呱啦地嚷着。

弹棉郎说：“知道了，爹爹明天就去银匠铺把这断了的项链接上。”

哑巴女不依不饶地一把拉着爹爹，往店门口走，另一只手急速地打着手势。

弹棉郎拽住激动的女儿，把她扯回屋内，按在长凳上：“丫头，爹爹明白你的意思，现在不能去那家人家啊，像这样的护身符，外面多着呢，现在还不能肯定这个护身符就是那个混蛋给你的那条。这事，不能着急，只能暗中慢慢地探访，闹出笑话来会成为街坊邻居的笑柄啊。”

哑巴女挣脱爹爹按住她肩膀的手，眼睛里闪出亮亮的神色，胸脯急速地起伏着，叽里呱啦地打着手势。

“爹爹全告诉你，你生孩子的那天，孩子就被王三娘抱去，在王三娘家养了个把月，爹爹不能将孩子留在你的身边，更不能将李家的血脉归还给李家。爹爹把孩子送给了李家村不远的庄家村，收养孩子的那一家是个大户人家，想来放在那样的大户人家寄养，那是你女儿的福分，孩子也不会受苦遭罪的。”弹棉郎安慰着女儿。

……

夜晚，哑巴女躺在床上，辗转反侧，窗外那轮金黄色的月亮显得丰盈饱满。哑巴女觉得那轮圆润的月亮一定暗示着什么。她把电灯打开，把项链捧在掌心，轻轻地吻着“邱儿安康”四个字。

李邱巴现在怎么样了？关于他的孽债，一晃几十年过去了，她的心里产生了一种莫名的念想。

“唉，不是冤家不见面啊。”哑巴女发出了一声叹息。

哑巴女重新躺在了床上，睁大着眼睛望着窗外。她觉得她这一生过得凄凉，爹爹穷尽一生寻找自己的妻子无果，她则穷尽一生期盼自己的女儿能再次相见。人来到了这个世界上，就是来受苦遭罪挨折磨的。那年，日本飞机轰炸县城，正巧她和爹爹去乡下收棉被，侥幸躲过一劫。当爹爹打听到有人在苏州见到娘时，爹爹倔强地强行带着她来到了苏州。而如今，一条失而复得的项链，将把自己引向何方？

哑巴女开始担心起来，如果那个街道干部是自己的女儿，庄干部会认她吗？她怎么开口告诉她自己的身份？李邱巴还活着吗？他是否和自己一样独身一人？

哑巴女越想越觉得心塞，从床上爬起，在屋内走来走去。她推开房门，走入客厅，她的腿无意中触碰到墙角的弹棉弓，紧绷着的牛筋发出砰的声响，扬起一线灰尘。

4

“挽弓当挽强，用箭当用长。射人先射马，擒贼先擒王。”李邱巴嘴里喃喃地念着唐代杜甫所写的诗。这首诗他在上私塾时就耳熟能详了。可是，最近这段时期，这首诗从北京流传开来，在溧水官场上被广泛传诵，其中的深意不言而喻，引起了李邱巴内心的不安。

东芦公社不大，甚至在地图上都难找到，把东芦公社放大了看，也就几十个自然村，自然村隐藏在山旮旯里。李邱巴想，要说东芦这片土地上的大王，自然非他莫属。李邱巴隐隐地感觉到，“山雨欲来风满楼”。面对即将来临的风暴，李邱巴心里已经有了应对的盘算。

上个星期，他专门召开了各个村的党支书会议，强调要紧跟形势，团结广大贫下中农，放下架子，虚心接受群众的批评。在看管好地富反坏右分子的基础上，特别要注意了解和团结各个自然村村民中的“刺头”，千万别去招惹他们。这句话，李邱巴特别叮嘱了杨伢子，李邱巴对杨伢子讲，东芦人世代淳朴，只要那些刺头们不挑事闹事，这火是烧不到他和杨伢子头上的。山里交通不便，土路弯弯曲曲，信息又闭塞，山民们庄稼地里的活都干不完，谁会放下生计饿着肚子找事。

偏偏杨伢子嘴上拎得清，脑子里灌了糨糊，昨天把庄维田得罪了。杨伢子的儿子杨山，个子不高，今年刚满十八岁。杨伢子托李邱巴去县武装部说情，把杨山弄去当了兵，听说还是个坦克兵。这事对庄家村来说，是桩大喜事。杨伢子兴奋地在家中摆了几桌酒，邀请了一众乡亲。

庄维田是庄家村人公认的活络人，他爹庄大冬又是庄家村公认的种田能人，自然在杨伢子的邀请之列。面对杨伢子的盛情邀请，庄维田觉得杨伢子给了他和爹爹面子。庄维田一高兴，喊上金凤，金凤左手抱着刚满周岁的儿子，这是金凤改嫁后与庄维田生的儿子，右手拉着金二娃，兴冲冲地上了酒桌。杨伢子见状，心里不快，那庄家只请了庄大冬和庄维田两人，怎么庄维田拖家带口全来蹭吃蹭喝了？尤其他见庄维田一家占着几个座位，庄维田明明看见了他，都没打声招呼，杨伢子心里不受用。

酒过三巡，庄维田端着酒碗，冲杨伢子走来，杨伢子的儿子穿着宽大的新军装，挨着杨伢子。

“杨支书，你那儿子长得矮矬，去部队能当什么兵啊？”庄维田嚷嚷着，引得几桌人哄堂大笑。

“坦克兵。”杨伢子喝得脸通红，喜气洋溢在脸上。见众人哄堂大笑，他稍一愣怔，觉得庄维田的话酸不拉唧，话中有话。

“庄维田，你那儿子怎么长得黑不溜秋，没取名吧？我看就叫庄黑皮吧。”杨伢子脱口嚷道，又引得众人一番嬉笑。

庄维田的脸挂不住了。他扭头望了一下金凤，金凤的脸上红一阵白一阵。

有人喊：“杨支书，你这名字取得好，往后，这娃娃我们就叫他庄黑皮吧。”众人又是哄堂大笑。庄维田猛地将盛酒的瓷碗往桌子上一摔，金凤起身，劝着庄维田。

庄维田一把拉着金凤，愤愤地冲着杨伢子吼道：“杨伢子，别以为我们庄家到你这里来蹭吃蹭喝，那是庄家给足了你面子，你别吹胡子瞪眼，自以为大，往后你求我庄维田的事还多着呢！”庄维田说完，拉着金二娃，怒气冲冲地夺门而出。

这事传到了李邱巴耳里，李邱巴暗暗思忖，杨伢子真是没事捉个虱子往自个儿身上咬。庄维田在庄家村有号召力，常常翻山越岭，走村串户，搞投机倒把活动，在东芦这块土地上有些名头。如果杨伢子安抚不了庄维田，日后庄维田绝对是个刺头。李邱巴心想，待过几天，由他出面，请庄维田和杨伢子喝上几盅，这种刀切豆腐两面光的事，他也乐得去做。

李邱巴推开窗户，见漫山遍野的树林披上了银装，一股冷湿的空气飘进屋内。李邱巴赶紧关上窗户，走到办公桌前，取出庄雪花的来信，细细地琢磨开来。

5

杨伢子大摆宴席，庆贺儿子当兵。刘地待在庄家的牛棚内，默不作声地往石槽内添草料，牛儿咀嚼草料的吧嗒声，让他心烦。短短几年内，他从天上掉到了地上，而且还陷入了土坑内。从领导到“右派”，从受到杨伢子的器重到冷落，从被村民们尊重到现在被村民们歧视，他的内心难以平衡。尽管见人他总是装出一副谦卑的样子，点头哈腰，脸上堆着笑，与人说话打招呼尽量低三下四，可骨子里却深藏着一种傲慢。

他头发蓬乱，穿着一件半新的棉袄，脚上蹬着双洗得发白的解放鞋。他尽可能让自己在形象上融入这些村民，让他们忽略自己的存在。他每天兢兢业业地放牛，他从怕牛到熟悉牛，从不懂养牛到懂得养牛，俨然像一个真正的牛倌了。他每天把十二头牛轮流赶到山坡，让牛儿吃青草，他把干草料调好，用铡刀将草料切割细碎，让牛容易消化，把牛养得膘肥体壮。他一系列脱胎换骨的改造，让杨伢子似乎很满意。时间一长，村民们似乎忘掉了他是一个右派分子，和他打招呼的人又多了起来。

刘地知道，这里的村民们对他并无多少恶意，此刻，刘地的心情一落千丈，他仿佛看到杨伢子家里热闹的景象，那些熟悉和不熟悉的庄家村有头有脸的人，正兴高采烈地大碗喝酒、大块吃肉。此时的他，却被排除在热闹之外，似乎没有了存在感，刘地的心忽然抽搐了一下。

明君前不久来信，说女儿出生了，很可爱，双眼皮，丹凤眼。明君想让他给女儿起个名字。外面的风声一阵紧似一阵，刘地的心里七上八下。他寻思了几天，干脆给女儿起名刘波，谁让女儿出生在这样一个充满未知风波的年代哩。

刘地迫不及待地想去常州，看一眼自己的女儿。明君信中说，她的头发最近掉得厉害。他从刘家村族人处讨寻到几斤黑芝麻，准备带给明君。刘地前些日子在村委门口徘徊了好几次，他犹豫着要不要向杨伢子请假去常州。

刘地其实又害怕去常州。单凭自己现在的邋遢形象，明君看了会怎么想？他已经不再是以前的刘地——走在马路上挺胸昂头，逢人打招呼点头微笑。现在的他，身上有青草的气味，有干草料的霉味，有牛粪的气息。这种气息，让他的皮肤变得黝黑，眼睛变得混浊，白胖的手变得龟裂。

刘地想到了顾副市长——高大的个子，温良恭俭让。他觉得自己无论从哪方面都无法与顾副市长相比。刘波的降生给他带来无尽的快乐和憧憬，也让他内心充满疑惑。他隐隐觉得顾副市长可能是他的情敌，但他又无法证明顾副市长一定是他的情敌，更无法启口从明君嘴里问出一切。况且，他知道一旦捅破了这层窗户纸，会让这个家雪上加霜。

儿子刘军还未成年，这些年多亏了明君的照顾。他的心里还保留着上次回常州明君留给他的温柔。他想到自己目前的处境，明君能这样维持好这个家，他心里已经感动万分了。

“哞——”大公牛叫了声，把刘地从沉思中唤醒，石槽里的草料已经见底，牛们似乎未吃饱肚子，一头头睁大了眼睛瞪着自己。

刘地赶紧转身端来草料，把牛槽填满。几头牛垂着脑袋，贪婪地咀嚼着草料。一些牛边吃边快乐地甩着牛尾，它们对一切都不感兴趣，只在乎吃。

刘地忽然明白，人若失去了自由和思想，就和眼前的牛儿一样，都是畜牲。几双弯弯尖尖的牛角在刘地眼前晃动着，大公牛吃得惬意，抬起头温柔地看着刘地。刘地的心里一酸，竟抱着大公牛的脑袋呜呜呜地哭了起来。

6

月光如水，万籁俱寂。窗外一钩弯弯的月牙儿，在若隐若现的繁星中显得特别光亮。

明君躺在床上，两个奶子鼓得胀。她悄悄地下床，轻轻地打开房门来到厨房。她解开衬衣，掏出雪白的奶子挤压着，一股白而细的乳汁从暗红的乳头射向水池。随着明君的双手挤压，乳汁像银线般飞射出来。随着乳汁的喷射，她感觉到周身的轻松和快意。

女儿刘波今天满月，她特地在文化宫对面的常州饭店定了几桌满月酒。除了娘家来了一帮子人外，菜场的一些姐妹们也应邀前来祝贺。

酒宴上嚷得最欢的是菜场猪肉柜的头儿周二妹，绰号“一刀准”。“一刀准”四十多岁，是菜场的元老之一，她和菜场郝书记的资格相当。新中国成立前，她的爹爹就是杀猪卖肉的。周二妹从小帮着爹爹卖肉割肉，对猪身上的各个部位了如指掌。那十几斤重的板斧一斧下去，几斤几两差不了丁点。在她的肉铺上挂着把“公平秤”，有怀疑斤两的顾客尽管上秤复验。通常顾客都是上秤前满脸疑惑，上秤后都满脸笑容。许多顾客与她熟悉后，来她的肉铺割肉一般都不再复称。周二妹凭着这个绝技，在菜场上的地位和权威可想而知。周二妹性格大大咧咧，粗嗓门，或许是肉吃多的原因，她脸上气势如虹。右手臂常年抡板斧，明显比左手臂粗上半圈。

明君初中毕业刚分配到菜场工作时，周二妹对她还算客气，两人免不了会说上些笑话。周二妹会趁她不注意，用油腻的手故意摸一下她的脸，或者突然用手指刮一下她的鼻子，弄得她脸上沾满了猪油。周二妹此时会哈哈大笑，那笑声发自她的五脏六腑。明君越尴尬，周二妹的笑声越爽朗。

周二妹对明君横挑鼻子竖挑眼，甚至怀有敌意，是从郝书记开始关心明君开始的。郝书记只要在明君的摊位和她多说几句话，周二妹就显得心神不定，眼睛总会往明君摊位瞟，抡在手中的板斧也不听话了，卖给顾客的肉不是剁多了就是砍少了。

肉铺上只要传来吵闹声，郝书记就会心神不宁地匆匆离开菜摊，满脸堆笑地跑向肉铺充当和事佬。时间一长，次数一多，明君似乎也明白了其中的奥妙，因此，只要郝书记往菜摊这儿走来，她会借故去其他摊位找零钱，故意躲开。

“哎哟，看这孩子，长得多可爱啊！大眼睛，高鼻梁，白皮肤，水水嫩嫩的，太像他爸爸刘地了。”周二妹借着酒劲，凑近明君身边，大笑着对周围的人嚷着。她边嚷边朝郝书记瞪着眼，郝书记的眼睛正盯着明君鼓胀的胸部，贪婪地望着。周二妹的嚷嚷声，引来了哄堂大笑。

这笑声，现在还刺激着明君的耳膜。她回到房间，转身把房门合上，女儿正甜甜地睡着，她俯下身，目不转睛地盯着女儿看了好久。她仔细研究着女儿的五官，眼睛像他，嘴唇像他，额头像他……她开始慌张起来。

女儿的满月酒刘地没来。刘地只是给她寄了些钱，她和刘地的夫妻关系还在。她与刘地之间还有着丝丝的情感。都说无怨不成夫妻，她从小就一直听娘说，两个人若结为夫妻，不但是今生的缘分，也是生生世世所累积下来的。无论是善缘或恶缘，或是被人笑为欢喜冤家，既然结为夫妻，那就得用一生去守护。

明君的脸上越发地发烫，她觉得自己对不住刘地。刘地虽然长得不英俊高大，但婚后对她是百依百顺。尽管刘地落难回了山区，但她知道，刘地心里始终牵挂着她和这个家。每当庄稼丰收季，刘地都会给她捎来许多山区的土特产。此刻，她开始思念起刘地。

明君轻轻地躺回到床上，紧紧地贴着熟睡中的女儿。女儿的小手微微地握着，白嫩的胳膊露在被子外面。她深情地闻了闻女儿的小手，将被子往上提了提。

“不想那么多了，女儿是她生的，父亲究竟是刘地还是他，恐怕要等女儿长大了才会看出来。”

明君轻轻地叹了口气，拉灭了电灯。

第十六章

1

火车厂工房区的白天永远嘈杂而又喧哗，一排排房屋排列得整整齐齐，敞开的门窗里，女人和孩子们的说话声能洞穿几排房子。围绕小花园的河水绿莹莹的，五月的柳树在风中摇曳着枝条。

依冰盛了两碗稀粥放在桌子上，微笑着走出家门。家门口不远处一排梧桐树上绑着铁丝，铁丝上吊着一串串包菜梗，包菜梗被太阳晒出白花花的盐渍。依冰扯下几片包菜梗——包菜是英群和福生去农田里砍回来的。她用刀削去包菜梗的外皮，用水煮熟后加盐浸泡晒干后当咸萝卜干吃，依冰咬了一口包菜梗，边咀嚼边朝英群说:“还蛮上口的，能给家里省不少钱哩。”

庄英群接过包菜梗咬了口，眉头紧皱，一声不吭地喝了口粥。

“怎么？吃不进去？”依冰明知故问。

“妈妈，蚕豆已经上市了，巧玲家已经吃过好几次了。”庄英群埋怨地对依冰嘀咕。

“我们家比不上巧玲家，他们家是双职工，挣两份工资。再过一个月，蚕豆就大量上市了，那时候妈妈多买些给你们吃。”依冰自责地说着。

“姐，生蚕豆比熟蚕豆好吃。”福生边喝着稀粥边得意地和英群说。

“熟的比生的好吃，谁舍得吃生蚕豆。”英群瞪了福生一眼。

福生得意了，脸上露出狡猾的笑容。他转头望了眼妈妈，见妈妈没觉察到他话里的意思，他心虚地端起了碗，咕噜咕噜地一口气把粥喝完，喝得急，打了个嗝。

福生将碗一扔，蹦蹦跳跳地蹿出了门。依冰追出门喊：“福生，你又要去哪儿玩？”

福生一脸开心地往河滩方向跑，他没搭理妈妈的问话。他要去找马健，马健是他同班同学，俩人常在一块儿玩耍。

“怎么不回答啊？”依冰不放心地大声喊。

“我去找马健玩呗！”福生跑出老远扭头冲依冰回话。

福生往马健家方向跑，他跑出了依冰的视野，反身穿过一条马路，又绕过家门口的小桥，跑向铁路中学的方向。

前不久，福生和马健相约去抓蜜蜂。铁路中学周围三面被村庄环抱，有着许多油菜花地。高年级的同学在下课后聚拢一起，他们手上拿着小玻璃瓶子，里面居然有了大半瓶的蜜蜂。他们热热闹闹地将蜜蜂掐头去尾，用舌头舔着蜂蜜吃。福生和马健尾随着高年级同学，饶有兴趣地望着这一切。福生脸上装出一副恶心样，心里却羡慕不已。他不知道蜜蜂肚子里挤出来的恶心东西是不是蜂蜜。放学后在马健的怂恿下，福生和马健来到油菜花地边，金黄的油菜花散发出浓浓的香味。夕阳下，蜜蜂还在花丛中嗡嗡地哼着小曲，福生瞅准时机，猛地一挥手，一只蜜蜂被抓住了，在微合的掌心中痒痒地爬着。福生小心翼翼地合拢双掌，将蜜蜂挤压在手掌中。福生将蜜蜂一扯两节，将脑袋的一半递给马健，福生伸出舌头舔了下蜜蜂躯体流淌出来的黄色液体，一股腥味令人恶心。

福生望着犹豫不决的马健，装作愉悦的神情，咂巴着嘴边些许液体诱惑着马健。马健见福生快乐的表情，心一横，将半截蜜蜂扔入嘴里，牙齿刚一咀嚼，便喷了出来，弯腰做呕吐状，惹得福生捧腹大笑。

上当的马健要打福生，追着福生跑。福生跑得快，他沿着学校西侧的围墙撒腿蹿出老远，眼看着马健追不上了，福生突然转身，看见残旧的围墙竟然开着一个孔洞。透过孔洞看去，他被眼前的景象惊住了。

嫩绿的叶子汇成一大片绿色的海洋，在夕阳的余晖里微微地波动着。无数盛开的蚕豆花，穿着黑白相间的外衣，像纷飞的蝴蝶，扑闪着翅膀。

福生将脑袋探入孔内，左右观察着动静，见长着黑眼睛的蚕豆花正怒放着，茎秆上已经挂着一串串绿油油的蚕豆。

福生钻入洞内，顺手撸了挂青蚕豆，又迅速对迎面追来的马健摆着手，示意马健别出声。

马健不解，见福生将蚕豆荚递给自己，便顺手接了过来。

“马健，这个蚕豆应该很好吃了。”

马健剥开豆荚，见里面有几粒蜜蜂脑袋大的青豆子，取出一粒放入嘴中。一股青涩的香气溢满了口腔。

“福生，你吃一粒，蛮香的。”马健不生气了。

福生将剩余的几粒蚕豆在嘴里咀嚼着，一股青涩的味道压住了口里残存的腥味。

“马健，过一个礼拜，我们一起来偷蚕豆吃？”福生诱惑马健。

马健直摇头：“我爸说贼都是从小偷小摸开始的。”

福生的脸燥热了。马健的爸爸是爸爸车间的主任，平时严肃得很。有一次爸爸带着他上街，遇到马健的爸爸，爸爸隔大老远地向他打招呼，一脸的毕恭毕敬。

福生这一次是冲着偷蚕豆去的，当然不会带上马健。福生心想，这一次自己先吃个痛快，再多摘些蚕豆装在口袋里，回去给姐姐吃。

2

福生快乐地哼着不久前从小伙伴们那里学来的童谣，沿着家对面弯弯绕绕的河边往铁路中学方向走去。他的脸上洋溢着兴奋而又激动的神色。河边稀疏的柳树在太阳的照耀下，将秀丽的身影映在静静的水面，两三个钓鱼的闲人，不时地从河里拉上几条小鱼。

过了桥，桥正对面就是铁路中学的大门。大门的右侧，有一条窄窄的水泥路，连接着火车厂工房区附近几个较大的村庄。左边只有一些自然形成的土路，路边的一些空地被人种上了星星点点的蔬菜。再往深处走，有着许多河塘，这里原来就是一大片的沼泽，铁山的身影在阳光的照耀下闪现出黑色的轮廓。宁静的旷野中传来青蛙呱呱的聒噪声，杂草和野花快乐地生长着。

福生停住了脚步，突然忘记了嘴里哼着的童谣的下一句歌词，他想了一想，索性从头大声地唱起来：“太阳出来红彤彤，嗯娘河边倒马桶，马桶漏勒河当中，赤则脚去撩马桶。”

福生沿围墙走了一段路，围墙的洞还在，只是比上一次又大了些。他只要弯腰便可以钻进去，用不着贴着地面爬进去了。

福生忐忑不安地将头伸入洞内，四周观察了一会儿，他竖起了耳朵听，学校静悄悄的。大片的蚕豆正茁壮生长着，蚕豆花零零星星地开放着。身前的蚕豆手指粗的茎托起一片片绿叶。福生又侧耳听了听动静，四周仍然一片宁静，甚至，还能听到蜜蜂在不远处的嗡嗡声。

福生忽地蹿入蚕豆地，尽量蹲下身体。生长着的蚕豆仍然掩盖不住他的脑袋，他索性仰身躺在地上，阳光透过密密匝匝的蚕豆花叶洒在身上，他伸手采摘蚕豆，那绿嫩的豆荚长在秆上，福生撸了一串，一摸豆荚是空的，原来豆荚早就被人开膛破肚了。福生恍然大悟，有人捷足先登了，而且，吃蚕豆的方法比他要聪明得多。

福生学着解放军在地上爬的姿势，侧身一点一点往蚕豆地中央爬行。终于，眼前出现了一串串长势喜人的豆荚，豆荚正骄傲地挺着肚子，享受着即将分娩的快乐。

福生伸出双手，剥开豆荚青绿色的外壳，将一粒粒指甲盖大小的蚕豆送入口中。他不断地剥开长在蚕豆秆上的豆荚，将成熟的豆子装入衣袋内，福生痛快地咀嚼着那些嫩嫩的蚕豆。周边的蚕豆剥完了，福生又侧身重复着前进的动作。

福生的肚子开始胀了，衣服的两个口袋也鼓鼓囊囊了。他觉得肩膀和手臂甚至连腰都酸痛着，他满足地仰面朝天躺下，透过密密匝匝的蚕豆茎叶向天空望去。突然，他吓了一大跳！

两条粗壮的短腿上长满了毛，一只脚正黑压压地向他的脸踹来。福生一个激灵，从地上弹跳起来，撒腿便往洞口处逃。他的心猛烈地撞击着胸腔，怦怦的心跳声震撼着他的躯体。

“站住！”吼声低沉而有力，福生的双脚像被胶水粘住了一般挪动不得，他吓得浑身哆嗦。

“转过身来！”吼声继续传来。福生听到了一串金属的碰撞声。福生猛地转过身，定睛一看，一个秃顶的男人，手上提了两根木棍，木棍上面吊着一大串金属钥匙，一根木棍被右手扬在空中，一串串钥匙叮叮当当地碰撞着。

“小赤佬，吓我一大跳！原来不是野狗。”秃顶男人脱口而出。

“是个小偷，偷什么了？”秃顶男人明知故问地吼着。

福生心神略定，他看清楚了几步之遥的这个男人——他的鼻梁上挂着一副下垂的眼镜，凶神恶煞的眼神正从厚厚的眼镜片上方盯着他，活脱脱一个四眼狼。此时的福生害怕男人扬在空中的狼牙棒，那么多的铜钥匙打在头上肯定会让他满脸开花的。他怯怯地望着眼前的男人不敢吱声。

男人似乎也回过了神，他弯下腰撸了串蚕豆荚，见一颗颗豆荚可怜巴巴地被开膛破肚，他凶了起来。

“小赤佬，不好好读书，干起小偷来了？多可惜啊，这豆子还没熟透，就被你开了膛破了肚。”秃顶男人边骂边逼近福生，福生不由自主地往后退缩着。

“老师，那不是我偷的，你看，豆荚都开始发黑了。”福生低声狡辩了起来。

秃顶男人垂下扬在空中的右手，空气中又响起一阵叮叮当当的金属碰撞声。随着秃顶男人右手的下落，福生心里长长地舒了口气。福生开始不安分了，试图转身从洞口突然逃跑。

秃顶男人望了眼手中的豆荚，明显不是新鲜的伤痕，便顺手将豆荚丢在草丛里。

“口袋里装的什么？”四眼狼发问，目光像探照灯般射向福生。

福生心虚地用手捂住口袋，可怜地哀求着：“老师，我错了，我把蚕豆都还给你吧。”福生开始从口袋往外掏蚕豆。

“嘴馋了？想吃蚕豆，回家让你父母去菜场买，现在的蚕豆又不贵了。”四眼狼见福生讨饶，语气松缓了一些。

“妈妈说现在吃不起，姐姐又想吃，我就过来摘一些。我第一次偷东西，老师，求求你，别把我送到派出所去。”福生哽咽着对四眼狼求道。

四眼狼叹了口气，将两根挂满了钥匙的木棍合并到左手握着，冲着福生扬起了右手。

“转身！”四眼狼命令他。福生怯怯地转身，咬着牙，微闭双眼，双手撑在围墙上，准备挨打。

四眼狼的右手在福生的衣服上拍打着，尘土扬了起来：“回去吧，真是顾嘴不顾身了，下次别来了！”四眼狼的口气温柔了许多。福生闻听此话，瞅准机会，猛地从洞中蹿出，死命地跑开了。

3

铸钢车间内机器轰鸣，热浪滚滚。天车在头顶穿梭，巨大的炼钢炉内沸腾着暗红的钢液，一些管道时不时喷出蒸汽。

庄维根和工友们大汗淋漓，他们刚刚干完了一批活，震动平台停止了喧嚣，巨大的噪声冲击着他的耳膜。

一些工友随便找个角落坐下，大口地喘着粗气。废砂扬起的尘埃让空气变了颜色。一些人脱下沉重的帆布工作服，使劲地抖动着砂尘。他们发达的肌肉裸露着，像抹了一层油，在灯光和阳光的辉映下，闪动着光泽。

庄维根拖着疲惫的双腿，径直走向鼓风机。他背对着鼓风机，帆布工装里立马灌满了气体，巨大的风让他感受到了一种快感。

“庄维根，庄维根！”庄维根循着声源望去，见颜元元站在班组休息室门口朝他招手。

庄维根感到意外，离交接班的时间尚早，颜元元怎么这么早就来了呢？庄维根小心地跨越地面上的搁置物，向颜元元走去。

“老庄，到我的班组来坐坐。交接班还早，我想和你唠唠。”颜元元满脸热情地对庄维根说。

庄维根更是感到意外。他和颜元元的矛盾在车间里尽人皆知。他对颜元元一直保持戒备心态，他警惕地落座，微笑着对颜元元点了点头。

庄维根发现颜元元今天穿着干净，脚上一双黑色的皮鞋，能闻到皮鞋油的刺鼻味。颜元元的眼睛闪动着欣喜，左眼皮似乎比平常向上吊高了些。

颜元元脸上笑着，他好久没这样笑了。自从大桥坍塌事故发生以来，他沉浸在难以自拔的悲伤中。工厂关怀他，让他去工厂疗养院疗养了一段时间，又给他发放了一大笔抚恤金，还破天荒地给他分配了一套三十七平方米的住房，比车间主任马季成的住房还大了半平方米。

颜元元轻声地对庄维根说：“老庄啊，我刚刚去找了车间马主任，你不知道啊，只要我一干活，我就静不下心来，满脑子都是妻儿的身影。咱们干的活，思想稍不集中，出了事故对谁都不好啊。可是，马主任就是不同意我调到车间当个统计员，我总不能拿着国家工资不干活吧？”

庄维根问颜元元：“你找我就是说这件事？我又帮不上你的忙。”

颜元元的眼里闪过一丝狡黠：“老庄，马主任说，这段时间把我借调到工厂文工团去，让我帮着做些跑龙套的事，让我先宽宽心。我想，每天和搞文艺的人处在一起，听他们吹拉弹唱，确实对我目前状态的恢复有好处。只是……”颜元元吞吞吐吐，欲言又止地望着庄维根。

庄维根清楚颜元元的品行，只要自己说话稍有不慎，就会被颜元元抓住把柄，故而他只是微笑不语。

颜元元故作神秘地开口了：“老庄，你是高中生，又熟悉工段的生产工艺，从工段长到马主任对你的印象比对我的好。我想让你代管我的班组，只要你答应，领导肯定会同意的。”

庄维根明白了，颜元元要抓住这个脱产的机会，甩脱他的班组，然后利用在文工团跑龙套的机会，巴结工厂的领导，顺便接近漂亮的女文工队员，依颜元元现在的条件，找个对象，那是手到擒来的事情，而且，一旦颜元元回车间，真能安排坐办公室。庄维根心里有谱了。

“颜班长，这个忙我帮不了。我没同时管两个班组的本事，你还是另外物色一个人。再说，我成分不好，虽然当人民内部矛盾处理，但我有自知之明。”庄维根一口回绝。

颜元元的笑容凝固了，他转移了话题：“老庄，我心里最佩服两个人，马主任和你。你就不说了，单说马主任，东北汉子，人长得帅，又是铸造权威。文艺上的本事特别了得，长号短号吹得呱呱叫。那些乐谱爬满了小蝌蚪，我是一个不认得，可马主任在台上指挥乐队，一瞄到底。”

庄维根清楚，颜元元对马主任内心十分不满。工段长都同意他坐办公室了，一纸报告偏偏卡在马主任那儿，颜元元满肚子的美好梦想不能实现。自从颜元元妻儿遇难后，那悲伤也确实如影伴随着他。庄维根不由内心叹了口气，望着颜元元，心想，如果颜元元能当上干部，坐办公室，加上刚分配到的住房和手头上的抚恤金，找个大姑娘当老婆那是小菜一碟的事情。只不过，马主任将颜元元借调去工厂文工团，这样的差事，是他没想到的。

车间内传来刺耳的警铃声。庄维根站起身对颜元元说：“老颜，天车过来了，我不陪你了。”

颜元元望着大步流星走开的庄维根，心里恨恨地骂着。他想，总有那么一天，要将庄维根踩在脚下。

4

清明前夕，庄家村周围的山地及一些人家的祖坟地陆续燃起了青烟。木果河畔的柳树枝儿在春风里摇曳。

金凤抱着黑皮，身后跟随着金二娃，往山上走去。她的脸在阳光的照耀下显得更加红润。令人焦虑的饥饿感正在远去，平时被焦虑灌满的露底的粮缸，已经被白花花的大米盖满了。杨伢子家的玩笑开过后，庄维田的儿子真的就被“黑皮黑皮”地叫开了。

庄维田和婆婆英娣先上了山，他们带着工具和祭品，去富友的坟地等着金凤。年年清明，庄家人始终把死去的富友当作他们家族成员的一分子。在金凤再婚后的生活中，庄家人对金凤无微不至地关怀和照顾，即使是在饿肚子最困难的日子里，只要公公庄大冬吃什么，金凤也吃什么，体力活基本上不要金凤干。有时金凤过意不去，主动凑合着给家里干些农活，这时婆婆英娣总会夸她几句，让金凤心里始终充满感激，甚至有些内疚。直到金凤生下与庄维田的儿子，金凤的心里才觉得稍许踏实一些。

今年开春，金凤让庄维田去捉了十几只小鸡仔，她在地里围了个栏杆，开始养鸡。英娣担心村上的干部上门找碴儿，只让金凤养两三只。金凤不解，与婆婆争执不下，把庄维田夹在其中，左右不是。

庄维田暗自思忖，自己与杨伢子有些结怨，稍后杨伢子与自家较起真儿来，跑到乡政府一汇报，自己还真是理亏。庄维田忍不住站在了娘的一边。他大着胆，捉了七八只小鸡仔回家，把金凤气得憋红了脸。第二天，正巧有卖小鸡仔的挑着担在庄家村吆喝，金凤闻声而出，硬是又买回来了一些。婆婆英娣见状，着急得团团转，指责金凤不明事理。

金凤只当婆婆的指责是耳边风，认为自己是庄家的媳妇，应该替这个家想想了。况且，二娃喜欢吃鸡蛋，黑皮吃鸡蛋掉下的碎渣子，二娃馋得伸手去接，金凤看得心里一阵阵疼。

小鸡仔长到巴掌大了，在鸡栏里满地啄粮。栅栏里刚刚露头的嫩草芽，被它们啄得光溜溜的。村上的干部捧着个小本本，来清点小鸡仔数量，见到小鸡仔抢啄着小草的快乐场景时，边登记边嘴角露出笑容，这让英娣长长地舒了口气。

从那以后，许多村民大胆地养起了鸡鸭羊猪，有一户人家甚至养了三头猪，和村干部争执了一番后，最终不了了之。

金凤边走边想着这些事，看着金二娃一路上蹦蹦跳跳，不时淘气地弯下身体，寻找着草丛里鸣叫的山蛙，或者采摘着路边的野花，放到鼻子底下嗅着，然后又将花儿抛向空中，呵呵地傻笑着。

金凤担心二娃将花朵上的小虫吸入鼻子，冲着二娃喊道："二娃，花上有小虫子，虫子吸入鼻子出不来的。"她加快脚步，追赶着二娃。山上传来婆婆的喊声："当心脚底下的草丛，山上的蛇毒着呢。"

富友坟头上的草被清理干净，四周散发着草的青涩气息。庄维田在富友的坟前辟开了一小块干净的地面，祭祀用的元宝和纸钱已经堆在上面。

英娣从金凤手中接过黑皮，抱在怀里左亲右吻，逗得黑皮哈哈大笑，闹着要下地。

"金凤，你划火柴吧。"庄维田将手中的割刀扔在地上，从衣袋中掏出火柴，递给了金凤。金凤点燃了纸钱，火焰升腾起来。金二娃跑到火堆边，嬉笑着用木棍拨弄着未燃烧的元宝。

"跪下，给你爹磕头。"金凤将金二娃按住，让金二娃磕头。金二娃顺从地跪下，朝着坟堆连磕了几个头。

"婆婆，把黑皮放下吧，让他也磕几个头。"金凤对英娣说。

英娣闻听脸色一变，双手紧紧抱着孙儿，背转身，只当没听见金凤说话。英娣心里十分不痛快，自己的宝贝孙儿，凭什么要给金凤死去的前夫磕头？她不理睬金凤。

"婆婆，你没听见我的话吗？"金凤不悦，嗓门老高。

英娣转过身瞪了金凤一眼，自顾自抱着孙儿便往山下走。气得金凤起身要追婆婆回来，却被庄维田一把拉住。

"金凤，过头了，别惹我娘。黑皮是你和我生的，与富友没半毛钱关系。"庄维田不咸不淡地说了句。金凤愣住了，大颗大颗的眼泪顺势流下。她身体颤抖着，蹲下身子，掩面大哭起来。

“娘——”金二娃见娘大哭，慌张地抱住金凤，也跟着大哭起来。

“富友啊，我命苦啊！”金凤突然哭喊一声，死命地朝着富友的坟磕头，慌得庄维田急忙上前，一把搂住死命磕头的金凤：“金凤，我不是嫌弃你。我娘也没有坏心，她就是个直肠子的人，何必计较这些鸡毛蒜皮的事情啊。”

金凤忽地起身，双手抹了抹满脸的泪水，瞪大眼睛盯着庄维田，好像站在自己眼前的庄维田是个素不相识的陌生人。

一群乌鸦呱呱地叫着从头顶掠过，飞向对面的山坳，忽然又转折过来，迎着金凤的面扑来。

金二娃害怕地一把抱住金凤，庄维田愤怒地瞪着盘旋在金富友坟头上的黑压压的乌鸦群，大吼一声，惊得乌鸦扑棱着翅膀往山对面飞去。

金凤被庄维田的吼声镇住了，她止住了哭泣，望着远飞的乌鸦群，落到了对面山上，她看到了一座高大的坟墓，突然，一个念头闪现。

“庄维田，你看对面山上的那座坟，又高又大，还是用石头垒的。你要是真心对我好，明年，你把富友的坟重新砌一下，垒得跟对面的坟头一样考究。”

“咱家没他家那个底子，你知道那是谁家的坟吗？”庄维田有些丧气地说。

金凤又望了一眼对面的坟包，带着羡慕的口吻问：“谁家的？”

“那是兰儿的公公，黄秋生的坟。黄秋生有底子，以前是跑马帮当土匪的。”

“那是黄秋生的坟？怪不得，坟都起得这么气派。”金凤内心一阵激动，富友活着的时候曾经告诉过她，黄秋生的坟是用大石块垒筑的。还告诉过她，黄秋生垒坟的石块堆里，很可能藏着玉石。

金凤激动并不是贪恋玉石，她觉得弄清楚玉石的下落和前公公金不换的下落，以此来告慰富友的在天之灵，是对富友最大的回报。

金凤一把抓住庄维田的胳膊：“你带我去看看黄秋生的墓地吧。”

庄维田糊涂了。刚刚还号啕大哭的金凤，怎么一下子对黄秋生的坟地感起了兴趣？他快速地转动脑子，恍然大悟地说：“金凤，我知道你对富友情深义重。都说半路夫妻不同心，只是凑合着过日子。可你不知道自从你来我家，我们全家人都把你当自家人看待，从没有拿你当过外人。你放心，只要哪天我庄维田搞到钱，我一定替你把富友的坟修得又高又大又气派。”

庄维田的话让金凤很感动，她扯着庄维田说："你就带我去看一趟吧。"

庄维田指着前方的山坳，吓唬金凤："前面的山坳里经常有鬼叫，还有蛇虫出没。听我爹爹和村上的老人们说，日本人来庄家村抓庄维根爹爹时，日本人的马队在山坳里和一群土匪遭遇，死了不少人哩。横七竖八的死尸也没人埋，大白天都闹鬼，去了晦气哩。"

"什么？"金凤更是吃惊，脱口问，"那些死人怎么不给埋了？"

庄维田不屑一顾地回："死的都是不认识的外人，那年头兵荒马乱，自家性命都顾不了，哪顾得上这事。再说了，那是个洼地，野兽出没，下场雨能带下来大片的泥沙，那些尸骨早就被泥沙埋了，上面又长满了野草，去哪儿寻那些尸骨？"

庄维田把金凤拉到身边，指着山下的庄家村、李家村对金凤说："金凤，你看看咱这庄家村、李家村，土地绿绿的，山林密密的，那庄家的大宅人去楼空。还有以前庄家的宗庙多气派，三棵高大的银杏树结的果子掉在地上都捡不完，让他狗日的杨伢子砍了。"庄维田见金凤平静了许多，故意岔开了话题。

金凤远眺着山下，风景如画的庄家村桃红梨白，让她想起了九里沟，想起了遗留在九里沟的金二娃，这是她心里的秘密，她不会告诉庄维田。

"回去吧。"庄维田对金凤说。他抡起锄头，扒拉些碎土盖住仍在丝丝冒烟的灰烬。

金凤望了眼富友的坟，拉着金二娃的手，随着庄维田往山下走去。

第十七章

1

终于收工了。袁旺松满身大汗，他一把脱下写有一百一十二号的囚衣，扬在空中，使劲地抖动着，许多人和他一样，拍打抖动着囚衣，在啪啪啪的声响中，草屑、南瓜叶碎片、尘土在四周扬起。

一辆辆装满南瓜的大卡车，带着轰鸣声驶出了监狱大门。搬运南瓜的这群囚犯带着复杂的心情，用羡慕的眼光目送车队的驶离。

他们散开了，各自走向自己的牢房。自由活动的哨子声还没有响起，只有那盼望中的哨子声刺破太阳落山前的天空，他们才被允许自由活动。

袁旺松光着上身，用外衣擦拭着大汗淋漓的身体，边擦边走向自己的监号。监号是几排兵营式建筑，简陋破败的房屋，里面通透。三角形木结构屋架，暗红色机制瓦屋顶，四周砖墙围护，不多的窗户洞开着。屋子空间贯通，放着三十多张简易的木板床。在监号的中间留有一块空地，用木板钉了一张简陋的桌子，上面吊了一个一百瓦的大灯泡。大灯泡是他们作息的指南，灯泡亮着，可以在监号内自由活动。灯泡熄灭，所有人不得自由活动，更不得从一个床位窜到另一个床位边窃窃私语，更别说迈出监号去放风。

但是从年初开始，这一切似乎变了。从监狱里陆陆续续用卡车拉出去了许多人，这些人去了哪里，袁旺松不得而知。袁旺松心细，他留了个心眼，他发现出去的都是一些刑期较长的犯人。昨晚上袁旺松对这个疑问想了好久，他觉得这座监狱很可能要腾笼换鸟，另派用途。

袁旺松大步走入监号，灯泡亮着，除了正中央明亮一片，稍远处四周仍然昏暗，只是监号的犯人少了许多，从窗户穿过的风也带走了许多难闻的气息。

袁旺松走向中央，一屁股坐在长板凳上。他盯着灯泡看了几秒，灯光刺得双眼流泪。这儿的风大，十几年来的寒风酷热和那一大片一大片白茫茫的盐碱地，让他落下了眼疾。

袁旺松走向窗户，窗户外是一洼洼的芦苇荡，密密的芦苇疯长着，青黄色的苇叶在落日的余晖下，颇有几分诗情画意。

袁旺松已经养成了习惯，每当想家的时候，他总是伫立在窗边，看着蓝天白云及远方自由飞翔的鸟儿，尤其在冬季看枯黄萧条的芦苇荡，是一种享受。那粼粼的水面，即使是最严寒的季节，水面中央也有栖息的水鸟在戏水。此刻袁旺松思亲的情绪最为浓烈。

这儿连写信都是一种奢望。若是收到亲人的信，无论信中的内容是悲是喜，拆信封时，手必定会颤抖。这种体会，早就烙刻在袁旺松的心里。

遗憾的是这种颤抖袁旺松十几年来体会不多，家里有许多消息都是兰儿姐姐告诉他的。兰儿信中的内容他早熟记在心，兰儿说爹爹和娘是寿终正寝，也算是高寿了。唯一遗憾的是自己没有亲手扶灵送爹爹和娘最后一程。生母小桃红随着婷婷去了苏州，万幸的是儿子袁唐平免去了牢狱之灾，还和庄家的雪花成了亲，并且给袁家生了个孙子。袁旺松想到袁家有根脉，总会情不自禁地偷笑。

袁旺松常常把自己的命运和庄坤林的命运比较。庄坤林死了，他至少还活着。庄坤林死得那么悲惨，脑袋挂在县城城隍庙的旗杆上，风吹着他的头颅，血块凝聚在他的脸上。悬颅示众几天下来，庄坤林的头颅像腊肉一样，只有那双瞪大的眼睛昭告着不屈的精神。那一幕，袁旺松只要想起心里就像刀割一样。

他不止一次地想起与坤林的最后一次见面。当他寻求坤林帮助时，坤林孤身一骑冒雨来到荒凉的天生桥与他相见，可见坤林对自己的信任和感情。自己骑马驶离天生桥时回头一瞥，坤林还在杏林边挥手，想到这儿，袁旺松的眼睛又湿润了。

袁旺松擦了把眼泪，心里一阵难受。坤林火烧了粮库，让他几乎倾家荡产。当时要说不埋怨坤林吧，那是假话。他内心对坤林的埋怨直到他目睹坤林的头颅被日军悬挂在旗杆上的那一刻，全释然了。那一刻，他为自己的好兄弟火烧了他的粮库而自豪。同时，悔恨像无数把刀子戳着心，回家后，他哭得昏天黑地。

被抓后，他曾无数次地想到，假如坤林活着，一定会替他做证，他是绝对能逃过牢狱之灾的。庄小春是公安局局长，抓他是庄小春下的命令，庄小春是坤林的手下，只是他不认识庄小春，进监后又见不到庄小春。假如当时能够见到庄小春，向他坦白一切，或许，庄小春念在坤林的面子上，会信了自己的招供。袁旺松想到这儿，长长地叹了口气。他也不怨庄小春，至少他比坤林多活了二十六年。

“袁旺松，你在干吗？”一声熟悉的喊声惊醒了袁旺松的沉思。他回头望去，见“独眼龙”小三子兴高采烈地站在监号门口冲他嚷。

2

“袁旺松，别站在窗口发呆了，走走走，跟我走，我有个特大的好事告诉你。”小三子兴奋得手舞足蹈，进屋一把拽住袁旺松的胳膊就往门外走。

袁旺松被小三子拽着，走向铁丝网圈着的一个角落。这里的芦苇比窗口的芦苇更多更密，粗壮的苇秆比大拇指还粗，只是铁丝网锈迹斑斑，还留下许多残缺的破洞。

小三子眉飞色舞，激动的心情汇聚成光亮闪烁在睁着的右眼，似乎左眼凹陷处也微微凸了些。

“老子日头过昏了，昨天老子就刑满了！”小三子飞溅的唾沫喷在了袁旺松的脸上。

“怎么了？”袁旺松抹了下沾在脸上的唾沫问。

“下午干部找我了，向我道歉，说我昨天就该释放了，他们忘记了。”小三子兴奋地说。

“恭喜啊！”袁旺松抓住小三子的手，使劲晃着。他的心里突然翻江倒海，不舍的情绪涌上心头。他们是被同时送进这所监狱，又都住在一个监舍。小三子大方豪气，性格率真，常骂骂咧咧。他独特的生存方式也是同监舍的人做不到的。在大田里干活时，他常常像狼一样，冷不丁地号叫几声家乡的民谣。别人干活脸上苦兮兮的，他像是没心没肝的人，一脸快乐。

袁旺松起初对小三子存有戒心，他知道小三子是因为土匪恶霸的事情进来的。袁旺松瞧不起这种人，直到五年前的一天，袁旺松和狱友们在大田喷洒农药，袁旺松一不小心，将喷雾杆挥向身边的一个狱友，呛得这个狱友咳嗽连天。袁旺松惹祸了，这个狱友是全监区所有犯人都不敢惹的刺头。他趁咳嗽稍有喘息的机会，冲上去挥拳猛击袁旺松，把袁旺松打得倒在大田里，满脸是血。刺头仍不解恨，抬脚冲着袁旺松的脑袋便踹，众人汇拢过来不敢阻拦。小三子一个箭步上前，抄起铁铲挥向刺头的大腿，在一声惨叫声中，刺头的大腿断了。在刺头的求饶声中，小三子挥起铁铲打刺头的屁股，下手之狠，让人心惊胆战，直到远处放哨的卫兵赶到，小三子才罢手。为此小三子被加了三年刑期。

“恭喜你，终于自由了。”袁旺松哽咽着祝贺小三子。

小三子一脸兴奋，对袁旺松招招手，示意袁旺松过去。袁旺松随他来到更偏僻处，小三子压低声音，贴近袁旺松的耳朵说：“老子告诉你啊，干部给了我两条路，一条回甘肃，一条就地安排工作。老子不回去，家里没人无牵无挂。老子就留在这里，还好多陪着你一些日子。”

袁旺松似乎不敢相信小三子的话，小三子的话让他泛起一阵感动，随后又涌上一阵不安。他嚅动着嘴问小三子：“你为何啊？放着自由不要，留在这个鬼地方干吗？明年我也要出去了，你何必留在这里陪我？我刑满释放后回老家，我不要你陪。你走，你明天就回去，若是有缘的话，我们还会再见的。”

小三子哈哈大笑，兴奋地围着袁旺松晃动了半圈，突然问：“袁旺松，你想不想和我一起走？”

袁旺松闻听，心里一惊，急忙上前用手堵住小三子的嘴，又紧张地望了眼监区的岗哨——那是用四根粗壮的水杉搭成的，上面顶了个小帽子，哨兵正背着枪，斜倚着栏杆看夕阳。

小三子提高了嗓门：“干部让老子去看海堤，看海堤的几个当地的鬼，受不了那个苦，一个个全跑了。干部说，这里就要全部留给当地政府了。老子答应干部了，但提出让你陪我一起去守海堤，干部也答应了。你这不提前自由了吗？看把你吓得像过大街的耗子一样。”

袁旺松闻听长舒了一口气。自从进监，他从来没有丁点儿越狱的意思。刚进来时他就听说一个犯人趁干活的机会逃窜，被一枪打死在大田里。怪不得监狱这两年对他们越来越宽松，原因只有一个，他们今后刑满释放，很可能要留置在当地。劳改农场地处最荒凉最偏僻的海边，百里范围鲜见村庄。到处是盐碱地、芦苇荡，河塘湖泊星罗棋布，连河水都带着咸味，袁旺松的心沉重了起来。

“怎么了？高兴不起来？”小三子语气急促地问。

袁旺松不语，沉思片刻，缓缓地对小三子说：“我当然高兴。只不过，我比兄弟想得远一些。”

小三子第一次听到袁旺松开口称呼他为“兄弟”，望着袁旺松，猜不透袁旺松话里的意思。

“我告诉你，兄弟，这个监狱就要解散，我们这些人的后半生很可能会在这里过。外面正在闹革命，政府还是对我们这些人不放心啊。”袁旺松心情沉重地对小三子说。

谁知小三子闻听此话乐了：“袁旺松，你开口称我‘兄弟’，我很开心。文化人称我为兄弟，你是第一个，这是瞧得起我。我跟你说，等到你自由那天，你屁股一拍，不要他那份口粮和俸禄，直接走人，干部拿你怎么办？只不过，你去哪里，带上兄弟，兄弟我好手好脚，不会拖累你，如何？”

袁旺松被小三子的这份情谊感动了，他点着头，紧张地望着瞭望塔，看守仍然背着枪，换了个角度看夕阳。

哨子声响了，到开饭点了。袁旺松和小三子沐着夕阳的余晖向大食堂疾步走去。

3

秋天来了。这里的大海没有诗情画意。初来乍到，袁旺松不由倒吸了一口凉气，海堤内到处是一团团、一洼洼的水面，茂密的芦苇铺天盖地，荒草疯长，空旷处白花花的盐碱地在阳光下格外刺眼，芨芨草团团簇簇生长在盐碱地的边角，裸露的海滩肮脏不堪，一望七八里远，哪来什么蔚蓝色的海水。

从监狱到海堤有十几公里路程，一路荒凉无比，如同进入了戈壁滩。在海堤的一侧，有几间废弃的窝棚，窝棚的门洞开着，一股霉味扑面而来，几只老鼠瞪着惊奇的眼睛望着他们。在窝棚的一角，放着两张破竹床，上面一片狼藉，散落着许多老鼠屎，窝棚的另一角堆放着一些生锈的锯子、铁铲、斧头等劳动工具。袁旺松皱紧了眉头。

小三子有着荒野生存的本领，短短半天时间便将混乱不堪的窝棚打扫干净，望着他忙碌的身影，袁旺松很后悔，不该随着独眼龙来守海堤。

两个月来，在独眼龙的打理下，窝棚里有了生气。这里干活自由，也没有指标。虽然荒凉、孤独、寂寞无所不在，袁旺松也渐渐地适应了这里的环境。他和独眼龙的主要工作是巡堤，十几公里长的海堤，每天都要巡查一次。

海堤约有九丈宽，六丈高，呈梯形，堤上长满了茂密的植被和高大的白杨树，这里是苏北大丰县临海的豁口，茂密的白杨树遮挡住了肆虐的海风。据说这条海堤始于北宋，在堤岸的两侧分布着很多废弃的盐池。新中国成立后，最初关押在这里的囚犯们，被要求来到这里加固海堤，并在海堤的两侧种上了防风林。强劲的海风穿过防风林后，风力减弱，确保了风口下游几十平方公里的土地，得以开垦成为良田。

这里的寂寞不亚于身处沙漠，蛇吐着芯子出没在草丛里，野鸡、野兔、野鸭随处可见。

今天，小三子和袁旺松穿着雨鞋站在海堤上，为了缩短巡视的路程，他要求与袁旺松分开巡视。两人一南一北，以缩短路程。

袁旺松两腿发抖，他望着大海的外侧，干涸的海滩和黑森森的海堤，迈不动腿。他背转身不理会独眼龙。

“怕什么？在这地方，连个鬼都遇不到。”小三子嘲笑袁旺松。

袁旺松忍不住冲着独眼龙吼了一声，把独眼龙吓了一跳。

“小三子，你一个人守海堤吧，我回监狱去了。这个鬼地方，我实在待不下去了。”袁旺松绝望地大嚷。

小三子从来没见袁旺松如此崩溃过，在十几年同监的相处中，袁旺松历来都是唯唯诺诺，从不顶撞任何人的。

小三子讪笑着转身，走到袁旺松跟前嬉皮笑脸地开口：“袁旺松，你不想自由了？在这儿多快活，没人看着咱们啊。”

袁旺松将肩上的铁铲拿下，两眼盯着小三子：“你饶了我吧，我回监狱去，那里住得比这儿好，干活累些也习惯了。晚上有电灯，有人说话，熬过了今年，我就可以回溧水了，我走了！”

袁旺松说完，独自离开大堤，速速往窝棚走去。

小三子赶紧追着袁旺松来到窝棚。他的脸上露出诡异的笑容："袁旺松，别意气用事。我问你，在这儿吃得好不好？"

袁旺松愣住了。在监狱清汤寡水，常常饥肠辘辘。在这里，小三子的本事让他开了眼界——小三子用铁丝、草绳等最简陋的工具设套，常常逮到野鸡、野兔。想吃鱼了，小三子往水里一跳，用不了多久便能摸到鱼。来这里两个多月，荤食确实吃了不少。

袁旺松呆呆地望着窝棚外，灰白色的盐碱地，裸露在外的褐色泥土，随处可见的锈迹斑斑的灌木，天际融化成一片灰紫色。袁旺松的心也是一片灰紫色。他也担心擅自离开海堤回到监狱，干部们一怒，给他随便扣个罪名，延长他的刑期。

"小三子，我现在真有些讨厌你了。你干吗非得让我一起陪你守海堤？"袁旺松忍不住责问道。

小三子哈哈大笑，用手拍得胸脯咚咚直响。

"你说啊！不说我真回监狱去了。"袁旺松做出收拾行李的动作，眼睛却观察着小三子。

"你不敢回去，回去了，关黑屋是小事，干部们一拍脑袋，说你违反监规，给你加刑。"独眼龙知道袁旺松是兔子胆，开始吓唬他。

袁旺松将铁铲哐啷一声扔向墙角，一屁股往竹床上一坐，绝望地捂着脸。

小三子得意地笑着。突然，他冲着袁旺松喊："起云了，变天了，袁旺松，今天索性休息一天吧。"

袁旺松闻听冲出门外，原来阳光明媚的天空瞬间暗了下来。天空被一团团乌云笼罩着，远处，隐约传来闷雷的滚动声。

小三子拉来凳子将袁旺松按着坐下。他往竹床上一坐，说："袁旺松，我观察了你许多年，你和其他人不同，你有文化，知书达理，胆子小，在监号里从不惹事。最重要的是你是溧水人。"小三子的右眼里闪动着狡黠的光。

袁旺松不解，疑惑地问："我是溧水人，有什么关系？"

"你跟老子发誓，别把老子跟你讲的话透出去，老子就讲给你听。"小三子卖起了关子。

袁旺松点点头，学着小三子拍胸脯的样子，也连拍了几下胸脯。

小三子长叹了口气，说：“老子自从出了娘胎，大家就叫我小三子，老子是吃百家饭长大的。从小就是土匪。你是汉奸，老子和你不是一路人哩。”

袁旺松的脸上顿时火辣辣的。他恨恨地瞪了一眼小三子，他的心里从来没有认可自己是汉奸，但也不想面对任何人解释自己的过去。

“这辈子，老子跟溧水有缘。你去烧水，老子有些渴了。”小三子声音不大却很果断。袁旺松顺从地搬来些干树枝，往锅里倒了些水，点燃了炉膛。

“老子的眼睛就是在溧水瞎掉的。”小三子一字一句恨恨地说着。

“啊？”袁旺松惊讶地问。

“我的好大哥叫金不换，是山寨的头，他和一众兄弟都死在了溧水。”小三子语气悲怆，右眼里闪动着泪花。

袁旺松惊讶地起身，不安地搓着手。他走向小三子，轻轻地拍着小三子的肩膀。

“老子都讲给你听，你要够兄弟，今后这事可能还要你帮个手哩。”小三子有些哽咽。

袁旺松连连点头：“兄弟，你放心，出去后有用我帮忙的地方，只要不犯罪，我一定帮你。”

小三子感激地望着袁旺松，一颗清泪滚了下来：“那一次，老子错怪了金大哥，还差点儿搅黄了金大哥的婚事。金大哥对我说，山上还埋藏着钱财，金大哥没有骗我们啊……”

4

小三子骑马奔在前头，领着众兄弟往山寨奔去。此时夜黑了，去山寨的路凹凸不平。小三子来到山寨。到处是被官军烧毁的废墟。兄弟们个个伤感。小三子让兄弟们寻来铁铲、铁镐，在废墟堆里挖了起来。金大哥告诉小三子，在山寨大厅的正中，地下埋着一大箱钱。果然，没多久便挖出了一个大铁柜。兄弟们打开后，满满的一大箱钱，在火把的照耀下，散发着光泽。

小三子激动地上前抓起两块银洋，敲了一下，一串清脆的银铃声传开。他手一挥：“弟兄们，咱们错怪了金老大。大哥并没有私吞山上的财宝，那几块玉石和黄金确实是被那个马夫抢走了。”

一人大喊：“头儿，咱们这就去江南，寻了那马车夫，夺回财宝，灭了他全家。”众土匪纷纷应和，群情激奋。

小三子大声说：“弟兄们，这仇一定要报。金大哥关照我，将这些钱财分给众兄弟。还说，眼下风声紧，官军势力强，咱弄不赢官军。金大哥让弟兄们拿了钱回去，消停一段时间，趁着这空当，没婆娘的找个婆娘把根扎下去。这样行不行？”

“行！”众土匪个个喜笑颜开，欢呼着，纷纷取出钱袋。小三子弯腰一捧一捧地将银圆分发给众土匪。

“砰！”突然一声枪响传来，接着传了一声，“都别动，谁动打死谁！”

黑暗中闪出十几个身影，端着枪，将小三子一伙团团围住。众土匪大惊失色，纷纷举枪，互相对峙着。

小三子起身，快速掏枪。而对方领头的土匪伸出长枪，直抵小三子胸膛。

“小三子别动，否则，我真开枪。”

借着火把的亮光，小三子笑了：“彪子，原来是你，怎么？金老大不在，翅膀毛硬了，想另立山头？”

彪子哈哈大笑：“小三子，我知道你是金老大的心腹。山上的财宝我这些弟兄就没份儿了？”

小三子爽朗大笑：“咋没份儿，这些钱都属于山上的弟兄们，别说你在山上跌打滚爬了这么多年，就是咱打夜财，见者也分一份哩。”

彪子闻听笑得痛快，将枪扔给身后的兄弟：“痛快！我就知道山寨埋着钱财，我和弟兄们在这儿守了好几日了。”

“你咋知道山寨埋着钱财？”小三子问。

彪子得意地回头望了望身后的弟兄们，他们正一个个喜形于色。

“咱山寨那么些年，打了那么多浮财，也没见给弟兄们分过，那天官军来得突然，我料定钱财就在山上。这些钱怎么分？”

“所有的弟兄均分如何？”小三子痛快地说。

“好！”彪子爽快地应了声，“小三子，咱俩也是十多年的兄弟，你给我说句实话，山上的其他财宝去了哪里？”

“山上的规矩你懂，不该问的别问。”小三子板起了脸。

彪子一脸不在乎："规矩我懂，可是他娘的，老子和弟兄们不想干这行当了，山上的规矩对我们没用了。"彪子话音刚落，许多人大声应和着。

小三子走近彪子："老子和你一样，原以为金老大独吞了那些钱财。老子刚刚领着弟兄们寻到了金老大，老大亲口说，其他财宝被那个马夫打劫了。"

"金大哥现在在哪里？"彪子追问。

"彪子，你都想要金盆洗手，穿鞋上路了，金大哥在哪里与你何干？"小三子一脸不屑地回。

"那个马夫，鬼得很。十几年来，山上的弟兄们还真把他当成跑马帮的人了，谁料他居然是个老江湖。"彪子懊恼地说。

"彪子，那晚官军攻打山寨，我去瞭望，一会儿工夫咋不见你的踪影？"

"我还想问你哩，一个转身不见了你，我以为你开溜了。我也不傻，骑上马还不忘把金大哥的坐骑给带走。"彪子颇为得意地说。

"那大白马呢？"小三子追问彪子。

"我在林子里出恭，大白马挣断了马橛子，跑了。"彪子叹了口气。

"咱俩一起来给各自的弟兄们分钱。"小三子双手抄起一大捧银圆，往自己弟兄的钱袋子里装。彪子见状，赶忙双手抄起一大捧银圆，也招呼着自己的弟兄。

不多会儿，分钱完毕。众土匪个个心花怒放，两股土匪亲亲热热，称兄道弟，嘻嘻哈哈的笑声划破了山寨宁静的夜空。

"小三子，铁柜里还剩了些钱，我俩一人一半？"彪子贪婪地问道。

"我俩一人一大捧，余下的留给金老大。"小三子和彪子一人抄了一大捧往钱袋里装。

"谁还有空钱袋吗？"小三子环顾四周，大声问。

有土匪取下空钱袋扔给小三子，小三子打开钱袋："彪子，往里灌。"

彪子将铁柜里的钱一捧一捧地灌入袋中，小三子将钱袋扎紧，双手捧着掂了掂。"谁给金老大送？"彪子问小三子。

"先搁我这儿，待安定下来，我给金老大送去。"小三子干脆利落地回。

彪子快步走向马匹，一跃而上，在马背上朝小三子和一众土匪抱拳："各位弟兄珍重，我们就此告辞了。"

小三子见状大喊："彪子，等一下。"小三子往前紧走几步，"弟兄们，有谁去江南谋生吗？"

马背上一土匪回：“我去江南谋生，投靠我大姐。”

小三子激动地上前拍了下对方的大腿：“兄弟，记住，金老大最大的心愿，就是要打听到马夫黄秋生的下落。你若是打听到他的下落，金老大和我少不了重赏你。”

哐当一声，袁旺松将身边的碗打落在地，猛地起身，急促地问：“你说什么？黄秋生？黄秋生是那个马夫？”

小三子忽地从竹床上站起，一把抓住袁旺松的胳膊问：“你知道黄秋生？”

“嗯，嗯。”袁旺松脱口而出，“不过，也许，我知道的黄秋生不是你要找的黄秋生。”

“轰隆隆——”一个炸雷响起，紧接着又是一串闷雷声传来，狂风中倾盆大雨从天而降。屋外一片漆黑，风带着雨气从窝棚的门窗里涌了进来。雷雨风声中，隐隐约约传来了哗啦啦的海潮的声响。

小三子兴奋地跳了起来，转身取下挂在墙上的雨披，扔了一件给袁旺松。他像小孩子般快乐地把雨衣穿上，兴奋地大嚷：“快去看大海！老子长这么大还没看过风雨中的大海哩！”

小三子冲出屋门，钻入雨林中，跌跌撞撞地迎风往大堤上爬。

袁旺松犹豫地站在窝棚内，愣愣地望着风雨中往堤岸爬行的小三子，耳畔传来他兴奋而又悲怆的歌声：

早上吃饭晌午端，
中午吃饭日压山。
晚上喝汤鸡叫唤，
你看可怜不可怜？

5

夜晚，雨哗哗地倾泻着，海浪一阵阵地拍打着海堤。世界一片黑暗，窝棚在海风的吹动下颤抖着，黑暗的世界挤压着窝棚里闪亮的马灯。

小三子斜卧在破竹床上，辗转反侧，他不时地爬起来又躺下，瞪着右眼，望着呆若木鸡的袁旺松。袁旺松的失态引起了他的怀疑，他断定袁旺松一定知道黄秋生，否则不会听到“黄秋生”三个字大惊失色。

袁旺松心里十分纠结。他暗自思忖独眼龙纠缠自己的目的，一个土匪出身的人，满口胡言是常事。小三子的追问，让他害怕。他能肯定小三子口中的“黄秋生”，就是兰儿姐姐的公公，黄大树的爹爹。尽管黄秋生已经死于解放前，万一小三子复仇心切，随自己去了溧水，会不会惹出天大的事？甚至如果小三子知道两家的关系，会不会对自己动手？一种本能的反应，让他充满了警惕，他觉得这一切既荒唐又可怕。

袁旺松坐在竹床边，他的床铺离小三子的床铺只有两米远。他们各自想着心事，各念各的经，互不搭理。袁旺松盼着天亮，盼着雨住。他的行李已经收拾妥当，只要日头一放晴，他就要赶紧回监狱，离开这个鬼地方，离开这个让他不安的小三子。

“袁旺松，你认老子这个朋友吗？”小三子终于憋不住沉默开口了。

袁旺松瞥了一眼小三子，违心地点点头。

“你究竟认不认得黄秋生？”小三子又追问。

袁旺松起身，与小三子保持着距离，说：“我认识的黄秋生，不见得就是你要复仇的那个黄秋生。”

袁旺松不能告诉独眼龙真实的情况。他很清楚，黄秋生是往甘肃方向跑的马帮，而且兰儿当年回门时，带回来一块玉石……他不愿意相信世上的事情会如此之巧。

“说话呀！就当老子求你了。”小三子粗糙的嗓音哽咽了。

袁旺松目不转睛地望着他，心里突然产生一种怜悯，又突然产生一种敬佩，眼前这个已过古稀之年的人，在马背上混了大半生，为了江湖义气，信守诺言，执着地追寻着黄秋生的蛛丝马迹……

“他死了，解放前就死了，在山上骑马摔死的。”袁旺松淡淡地说了一句。

小三子从床上爬起来，愣住了，半晌没有说话。过了会儿，他嘴里喃喃地嘀咕着：“死了，是该死了，和老子想的一样。”

“也算高寿了。”袁旺松补了一句。

“摔死的，报应，报应啊！”小三子突然站起，冲着袁旺松大喊着，把袁旺松吓了一大跳。他又坐下，双手捧着脸，埋头啜泣。

许久，小三子抬起头，他的脸在一瞬间显得更加苍老。“袁旺松，你在老子面前说了实话，我信你，老子的遭遇也全跟你讲，憋在我心里难受啊。”

好奇让袁旺松大胆地向前挪了挪，挨近了小三子。

“老子从十五岁那年跟着金不换，跟随金大哥鞍前马后，一直到一九四三年，整整二十五年哩。”

6

一九四三年那个冬天，寒冷的山风吹在身上，让人不由得打寒战，江南丘陵的路崎岖不堪，马队发出的践踏声像闷雷般滚动在溧水山区。金不换领着十几个土匪策马在山路上。

从得到黄秋生的具体下落后，马队从甘肃一路奔江南，跋山涉水，风餐露宿。临近江南，他们白天不敢暴露行踪，尽挑黑夜上路，一路奔波，终于踏上了溧水的土地。金不换在马上精神亢奋，时不时回头望一望落单的弟兄。

“小三子，庄家村还有多远？”金不换大声问。

“金大哥，翻过两个山头就到庄家村了。”小六子抢先回答。自从小六子离开山寨投奔在江南的大姐后，对山寨的嘱托一直挂在心上。

“没跑偏吗？”金不换不放心，这一路过来跑了太多的冤枉路了。

小六子朗声回：“老大，放心吧，我访得真切，跑不偏。”

金不换说：“弟兄们，听好了，那个黄秋生，手上有两把大镜面，他的枪法了得，咱们要打他个措手不及。记住，千万别把他打死，那三块宝贝石头和金条还要从他嘴里给撬出来哩。”众土匪纷纷应和。

金不换一抖马缰，马队冲庄家村扑去。

突然，庄家村方向传来一阵密集的枪声，马队猛地停下，众人面面相觑，簇拥在金不换周围。众人竖起耳朵，这时，又传来两声清脆的枪声，而后前方一片死寂。

金不换大喊：“是三八大盖的枪声，前面有日本鬼子，走，去凑个热闹。”

金不换快马加鞭，众土匪一路追随，急速的马蹄声惊醒了树窝里的鸟儿。

前方就是庄家村，庄家村的轮廓隐隐约约闪现。夜幕中，突然响起了阵阵马蹄声，又听得几声零星的枪声，马蹄声弱了下来，前方出现了一股马队。

金不换朝身边弟兄们大喊："弟兄们，这是大镜面的枪声，一定是黄秋生。"

"是日本鬼子！"有人眼尖，高喊了一声。

金不换拔出双枪大吼："回避不了了！打小鬼子！兄弟们给我上。"

金不换一马当先，众土匪身后压上，两股马队迎面相撞。

"砰！砰！"金不换枪响了，众土匪四下散开，纷纷开起了枪。

"我端起马枪冲着鬼子砰的一枪，鬼子落马的同时，我也被打下马，顿时不省人事。"

小三子说到这里，用手摸了摸右肩膀说："老子这里挨了一枪。"

袁旺松目瞪口呆，他伸出左手将小三子的圆领衫往下扯了扯，果然，在他的右肩有个凹坑。

"你……你们真的和日本骑兵打过？"袁旺松不敢相信眼前貌不惊人，甚至长相有些猥琐的小三子，在庄坤林和大树遇难的那个晚上与高桥的日本骑兵战斗过。此刻，袁旺松似乎有些明白独眼龙缠着自己的真实意图了。

"等老子醒来，四周寂静无声。老子满身都是血，左眼痛得钻心，老子挣扎着爬起来，看见金大哥就躺在离我不远的一个洼地，四周七零八落地躺着一干兄弟，老子爬到金大哥身边一看，他死了……"

小三子右眼泪汪汪，沉浸在痛苦的回忆中……

7

小三子挣扎着爬起身，他伸手摸到金不换的钱袋子，又从金不换的护腰里抽出两根金条。他发现不远处的马枪，便踉踉跄跄地朝马枪走去。他将马枪捡起当了拐杖，环顾四周，黑漆漆一片。湿漉漉的山地上，连一匹马儿都寻不见，他绝望了，没有马儿，今晚注定离不开这片山洼地。

他绝望地吹起了口哨。他的坐骑是一匹黑马，跟了他十年多了。只要大黑马没跑远，听到他熟悉的召唤声，一定会来寻他的。他断断续续的口哨声，在山里悲凉地回响。

忽然，一串微弱的马蹄声传来。小三子喜出望外地侧耳倾听，渐渐地，马蹄声清晰了起来，一个黑影从右侧的山坡跑来，正是大黑马。

他挣扎着爬上马背，趴在马背上，任由马儿往山外跑，也不知马儿跑了多少路，天际出现了曙光，前方山坳里出现了一个村庄。

他努力地直起腰，睁大右眼观察，村庄不大，十几户人家，有几家的烟囱已经冒起了炊烟。塞在小三子皮带上的两根金条，顶着他的腰，硬邦邦的。他突然意识到前方一定会遇到人，他也急需寻一户人家，借住下来养伤。若是自己这副装束，身上藏着金条，还提着马枪，一定会遭到不测。

他艰难地下马，环顾四周，见不远处一块巨大的石头边长着一株高大的槐树，便摇晃着提着马枪来到树下，胡乱地掘了个坑，将金条埋入地下，又顺手拾起路边的一块石头，压在坑上。他将马枪扔入草丛，走向大黑马，翻身上马后，催促着马儿往村庄跑去……

“你怎么了？”袁旺松推了推正在发呆的小三子，关切地问。

小三子抬头，望了望外面，走到窝棚的窗口，掀起了遮雨帘，耳边传来大雨哗啦哗啦的响声。

“老子命大，那次就只有老子活了。老子误打误撞来到茅山脚下的一个村庄。有户人家收留了老子，条件是让老子把大黑马送给他家。后来，老子才知道，那个村庄叫史家村，伤养好后，老子又没个去处，便在史家村租了个房子，打些零工，隐藏起来。一直到镇压反革命开始，老子不清楚被哪个乌龟王八蛋举报了，被政府抓了，送到了这里劳改。”

至此，袁旺松对小三子的了解又深了一大步，他被小三子的传奇经历所震撼，又被他敢于同日本骑兵决一死战的英雄气概所感染。

“袁旺松，你别走，老子和你命中有缘。老子和你同在一个大牢里改造，自从老子知道你是溧水人后，老子就一直想和你交朋友。老子是一个孤独的人，不在乎在什么地方安身。老子和金大哥一众弟兄生在一起，今后，老子死了，也只想着和他们埋在一起。你马上就要刑满了，老子与你一起回溧水。你不要担心，老子不会赖上你。老子有手艺，会编各种箩箩筐筐，老子唯一的念头就是给金大哥和一众弟兄收个尸，建一个高高大大的坟墓。”小三子对袁旺松敞开了心胸，他哀求着袁旺松。

袁旺松看着眼前这个重情重义的小三子，对自己还有救命之恩，便说：“你去溧水，会不会寻黄秋生的后人报仇？”

“人死为大，什么债都一笔勾销。被黄秋生劫去的那些财宝，也不可能寻回了。老子就想着趁现在还干得动，挣点钱，留着今后给金大哥和兄弟们竖个碑。”

袁旺松放下心来，将放在地上的包裹重新放到架子上。

“你不走了？真的不走了？”小三子高兴起来。

“不走了，我留下来陪着你。我答应你，等我刑满释放，带着你一起去溧水。不过，往后你别一口一个老子，江南人文化高，他们会讨厌你的。”袁旺松真诚地对小三子说。

小三子兴奋地点着头，眼泪从右眼窝顺着脸上的皱纹往下淌。

第十八章

1

盛夏的庄家村酷热无比，今年的蝉特别多，随处可见知了振动着蝉翼，鸟鸣声和蝉鸣声此起彼落。木果河和池塘里的水明显下降，河堤四周留下一尺多新鲜的水痕，家家户户门窗洞开，许多人搬上桌椅板凳躲在树荫下纳凉。

刘地光着膀子，腋下夹着把锤子，他抱着一团塑料布，悄悄地来到自己院子的外墙边。他将塑料布扔在地上，用右手将搭在左肩的一条破毛巾取下，大把地抹着脸上的汗。自开春以来，庄家村一直背运，许多老人像约好了似的相继离世。先是自家的爹爹和邱巴的爹爹李半仙仙逝，没多久，大伯和邱巴的娘邱萍也走了，临近庄家村也有几位老人去世了。外面人都传说，庄家村今年攀上了厄运，尤其是庄家宗祠，逃不过这一劫了。

外面的传言和判断也不是凭空而来，刘地深感不安。外面的世界已经乱成一团，到处都在“破四旧，立四新”。就拿县城来说，在大街小巷见到左胳膊戴红袖章的小鬼，那是不足为奇的事情。许多人家被抄家，一些旧社会遗留保存下来的建筑被砸得面目全非，挂牌子游街的事情司空见惯。

爹爹和大伯的辞世，丧事简办，爹爹和大伯活着时的愿望就是百老归山后埋在刘家村。在村支书杨伢子的帮助下，刘地将他们的棺材埋在了刘家村的山坡上。刘地对杨伢子有好感，杨伢子对他也算上心。杨伢子对刘地说：“刘铜和刘银讲起来也算大半个庄家村人了。”相比爹爹告诉他的当年庄家大奶奶下葬时，杨伢子暗中阻挠之事，在与杨伢子相处的这段日子里，他感觉杨伢子的内心还是有着善良的一面的。

李半仙和秋萍也去世了，丧事办得隆重。尽管李邱巴不出面操持葬礼，可公社干部与杨伢子、庄维田等一众人跑前忙后，雇了吹鼓手，吹吹打打，家家户户都有人给李半仙和秋萍送行。

这几天，刘地发现庄家村时有穿着军装、胳膊缠着红布的人，三五成群来转悠。他们围着庄家宗祠和庄家大院指指点点，似乎在谋划什么。刘地觉得自己家的四合院门窗古色古香，门窗上的雕花和人物，完全符合破四旧打击的标准，不由得担心自家房屋的安危。他觉得用塑料布把门窗罩住，尽量不让外来人看到这些东西，说不定能逃避四合院被打砸的风险。

刘地开始捣鼓起来，先将塑料布按住，用小木条压住后，从嘴里掏出芝麻钉，砰砰砰地挥起了铁锤。干完了一切，他满意地看了下窗户，又凑近塑料布往四合院内窥视，眼前迷迷糊糊，什么都看不清。

刘地回到屋内，屋子暗黑，又闷又热。他将一桶事先备好的湿黄土，对着自己大门一阵涂抹，把大门弄得肮脏不堪。

干完了这一切，刘地洗净手，持一把芭蕉扇，往板凳上一坐，扇了起来。他不由得惦念起常州的那套四合院，明君和孩子们都好吗？

2

李邱巴起身推开窗户，遥看远处的东庐山。郁郁葱葱的山林像是一张白纸上泼了浓墨。四周鸟叫声不停，在那浓墨里埋着爹爹和娘。李邱巴心烦意乱，只觉得心躁。李邱巴不抽烟，此刻，他转身走向办公桌，拿出招待领导的“飞马”牌香烟，点燃后猛抽了一口。浓辣的烟草味呛得他直咳。他将香烟扔在地上，用脚狠狠地踝灭了香烟，他端起桌上的茶缸，猛喝了一口茶。

就这几年，庄家村走了许多人。大嘴自缢，刘银、刘铜先后离世，爹爹和娘也说走就走了。这些让他心里备觉难受。刘银、刘铜的丧事自己没有出面，只是暗中嘱咐杨伢子给刘地关怀，以此表达心意。李邱巴最遗憾的是在爹爹和娘在世时，没有找到哑巴女，这是他和爹娘心中的一个结。平常他好不容易回趟家，爹爹和娘哪次都要唠叨这事，说多了这事，李邱巴还嫌爹爹和娘太烦。现在，李邱巴理解了，觉得亏欠了爹爹和娘。

哑巴女在哪里呢？她竟然一点儿消息都没有，她是否还活着？李邱巴忽然忧心起来。他和哑巴女父女俩最后一次偶遇的场景，此刻正汹涌地撞击着他的思绪……

那是梅子被日军枪杀后的第五天。在刘家村的刘生老宅，煤油灯闪亮着，庄坤林满腔悲愤地将警告信递给庄小春。

“小春，你和小夏傍晚摸到县城去，把这封警告信塞到汤全家门缝里。”庄坤林对庄小春说。

李邱巴一把从庄小春手中夺过信，往衣袋里一揣：“坤林哥，我熟悉县城，我去把警告信塞到汤全家门缝里去，人去多了不好。”

贾亮望了望庄坤林，冲李邱巴说：“你不行。你用枪比不过小春和小夏。哎，你莫不是还在惦记那个弹棉花的姑娘？”

李邱巴涨红着脸，把头一昂：“贾亮，你才惦记那个弹棉花的丫头哩。汤全家就住在木果河西岸，那地方路死，遇到危险只能跳河。”

庄坤林觉得李邱巴的话在理：“贾亮，邱巴的话有些道理。邱巴水性好，遇到危险跑不赢时往河里一跳，或许还能捡回来一条命哩。”

贾亮收敛起笑容：“小夏，把那日本人的手枪给我。”

庄小夏从怀里掏出勃朗宁手枪，递给贾亮。贾亮熟练地取出子弹，又将子弹推入枪膛，将手枪递给李邱巴。

“邱巴，枪里还剩两发子弹，遇到紧急情况你可以用一发子弹，还有一发子弹在万不得已的情况下才能用，你自己看着办吧。”贾亮淡淡地对李邱巴说，两眼却盯着李邱巴慌张的眼睛。

李邱巴硬着头皮接过手枪，手颤抖着。他将手枪插入腰间，一声不吭地向门外走去。

李邱巴溜进县城，天已渐黑，街上行人稀少。李邱巴躲躲闪闪地来到汤全住宅附近的一条小巷子。李邱巴贴着巷子的墙壁往外探头探脑，见远处有日军的巡逻队，他急忙缩身于巷子内。稍后，又鬼鬼祟祟地探出脑袋，见日军巡逻队向远方走去，他便迈着猫步，向汤全住宅溜去。李邱巴快速地从衣袋里掏出警告信，手哆嗦着将信往大门的底缝内塞进去。门缝太小，李邱巴单腿下跪，双手一点一点地把信封朝门缝内挤进去。

李邱巴心跳如雷，他屏住呼吸起身，正想离去，门内突然传来脚步声。李邱巴慌乱地掏出手枪，大门闪开一条缝，汤全正欲探头，李邱巴急不可耐地冲汤全砰地开了一枪。汤全一个激灵，速速合上大门，随着枪响，木门被子弹打穿。

李邱巴撒腿往木果河西岸逃窜。他沿着通往弹棉工坊的石板路死命地奔跑。稍后，身后传来两声枪响，汤全粗急的喊叫声划破夜空："快追，抓刺客！"

此时，县城响起了急促的哨子声和喊叫声。李邱巴喘着粗气，回头一瞥，汤全等一众人正紧追着他。

李邱巴七拐八拐，急速地穿过一栋栋民宅，拼命逃窜。他知道，路的尽头就是山林。弹棉工坊从他身边一闪而过，他猛地止步，转身钻入弹棉工坊内。

弹棉郎正抿着小酒，屋内猛地蹿入一人，把他吓了一跳，弹棉郎稍一愣神，看清来人后，抄起身后的一根扁担，照着李邱巴下身猛地砍去。

"是你这个冤家！"弹棉郎怒不可遏地挥舞着扁担。

李邱巴左躲右闪，挥舞着手枪说："你们没死？日本兵在追我。"

哑巴女快速地将李邱巴一把拽住，不由分说地把他往里屋拉。弹棉郎又是一怔，似乎明白了怎么回事，疾步跑出家门，见远处一群黑影往这个方向跑来。弹棉郎大声吼叫，挥舞着扁担，跑向河滩，挥舞着扁担对茂密的芦苇左劈右砍，嘴里大声吼着："抓强盗！抓强盗！"

远处，汤全听到喊叫声，猛地往空中开了一枪："快追，在河滩。"弹棉郎见追兵临近，弯腰搬起身边的一块石头，使劲抛向木果河，扑通一声水花溅起。

汤全和日本兵正好赶到，弹棉郎在芦苇丛中大叫："跳河了！强盗跳河了！"汤全和日军纷纷蹿下河堤，冲着河面开起了枪。

汤全突然大喊："快，去河对岸堵住他。"众兵丁乱纷纷地跑上河岸，向河对岸包抄过去。

李邱巴躲在里屋的棉花堆里，他听到了外面的吼声和枪声，又听到了急促的脚步声入屋。

"那个混蛋呢？"

哑巴女嘴里叽囔着，用手指了指里屋抖动的棉花堆。

"滚出来！"弹棉郎低吼着，李邱巴瑟瑟发抖地推开身上的破棉被，从棉堆里钻了出来。

“快滚，日本兵刚走。”弹棉郎将扁担奋力地摔在地上，压低声音吼着李邱巴。

李邱巴看到哑巴女正涨红着脸，眼睛亮亮地望着他。他朝哑巴女扑通跪下：“哑巴，记住我的话，等打败了日本人，我一定用大红花轿把你抬进李家。”

李邱巴说完，猛地起身，弹棉郎一把揪住李邱巴的衣领，抬手一个耳光：“记住你今天说的话！还不快跑！”

弹棉郎猛推了一把李邱巴，李邱巴蹿出门外，拼命地往山里跑去。身后隐约传来哑巴女的哭声。

“李主任，革委会的人到齐了。”

门外传来办公室人员的催促声。李邱巴一愣，回过神来，他朝门外回话：“知道了，我马上过来。”李邱巴走向办公桌，转身出门。

东芦乡换了招牌，他被“三结合”当选为公社革委会主任，刚刚那声“李主任”的称呼，他还不大适应。今天是第二次公社革委会会议，要研究的东西还不少。李邱巴心想，现在世道纷繁，要想抽出时间寻找哑巴女，还真不是时候。

3

黄德胜百无赖地在院子里摘着扁豆，围墙上爬满了藤蔓，一串串青生生的扁豆，让庄慕兰喜不自禁。

原来墙边零零星星地种些花草。去年，隔壁老曾家的花坛开满了鸡冠花和凤仙花，她见江西佬拿着锄头把花都锄了，改种起蔬菜。庄慕兰敏锐地觉察到，在当下的形势下，这些花花草草显然与大好形势格格不入。今年一开春，庄慕兰便锄去花草，种了些扁豆。她也没料到，随便挖个坑丢下的扁豆籽长势竟然出奇地好。

“老黄，想开些，这个书记不当就不当，工资不少就行。”庄慕兰轻声地对黄德胜说。

黄德胜不语，他摘了小半篮扁豆，朝庄慕兰努了努嘴，示意她将院门关上，随后便往厨房走去。

庄慕兰紧随黄德胜来到厨房："老黄，这一次'三结合'没轮到你，这个革委会的主任当了也不稀奇。等个几年，你也可以离休了。"

黄德胜本来就少言寡语，他对庄慕兰的安慰话已经习以为常。运动开始初期，纺织厂成立了造反组织，后来又成立了革委会，凭良心讲造反派对他还是非常尊重的。他平时话不多，字也认不得半箩筐，长期当工厂党委书记，既不压人、训人，也不管闲琐杂事，大家对他都有好感。许多人提出，让他当革委会主任，可县里革委会头头们认为，他有个关键问题说不清道不明，那就是自己当年遭遇皖南事变突围出来的这段历史。因为这个原因，他被弃而不用，靠边站了，据说，县革委会的头头有话放出来，他们要成立一个调查小组，对他这段历史进行调查。他们认为，这么多新四军战死或者被俘，他如果没有叛变革命，怎么可能毫发无损地突出国民党铁桶般的重围。

"日，这帮狗东西，现在都狂得很。"黄德胜低声骂了句，吓得庄慕兰赶紧上前堵他的嘴。

黄德胜瞪了庄慕兰一眼，掏出烟盒一抖，探出半支烟来，庄慕兰赶忙划亮火柴，给黄德胜点烟。

"老黄，你究竟是怎么逃出来的？造反派的嫌疑没办法消除，又找不到证明人。你看，真是急死我了。"庄慕兰焦急地嘀咕着。

黄德胜猛吸了一口烟，将烟吞下肚子，然后徐徐地从嘴里吐了出来。他的脸上露出得意的笑容。

"要换了这些家伙，非得当俘虏。别看他们现在革命的决心大，口号喊得震天响，真到了战场上，不逃跑就算硬汉子了。"黄德胜说完，露出一脸的嘲笑。

庄慕兰担心地望着黄德胜，如果黄德胜那段突围的历史捋不清楚，未来一定会影响孩子们的前途。

"要不，德胜，你抽个空，去县革委会找一下那个什么主任，这又不是丢人的事？你也要学乖巧些，放下老革命的架子，主动上上这些人的门。你看老曾和老范这两个老红军，新中国成立后一直在家赋闲，日子不也过得好好的。"庄慕兰生怕黄德胜想不开，劝慰着。

黄德胜一脸不屑："让我去上他们那个庙烧香拜佛？下辈子也不可能。哦，听说那个狗东西有可能要当中央候补委员哩。乱了，乱套了。"

"小声点！"庄慕兰见黄德胜火气上来了，怕他那个牛脾气发作，赶忙转移话题。

“德胜，跃进一早出门，怎么到现在不回来呢？”

4

庄慕兰话没落地，传来一阵咚咚咚的敲门声。庄慕兰走向院子把门打开，跃进像风一样闪身而入。

跃进直奔客厅，见黄德胜正悠闲地抽着烟，桌子上一杯热茶冒着缕缕热气，茶叶沉淀在杯底。他迫不及待地端起茶杯，咕咚咕咚喝了个精光。

“慢慢喝，留些茶汁，你把它喝完了再续水，哪还有什么味？”黄德胜教导儿子。

“爸爸，钱三家出事了。我去找钱三玩，他妈妈在家里哭哩。钱三的爸爸被批斗了，关在排水站里呢。钱三的妈妈把我拉到身边，让我告诉你一下，明天，渔业大队要把钱叔叔拉去批斗，问你有没有办法救钱叔叔。钱阿姨还说，省里有几个领导关在梨园，饿得皮包骨头，正接受审查哩。”黄跃进紧张地对黄德胜说。

庄慕兰在一旁听得目瞪口呆，她紧张地望着黄德胜。黄德胜收敛起笑容，只是淡淡地对黄跃进说：“爹爹知道了。现在外面乱，别到处乱跑。”

庄慕兰连忙对儿子眨眼，示意儿子离开。黄跃进见妈妈眨眼，知趣地往房间跑去。

“老黄，你别冒险啊，我们现在是烂泥菩萨，自身难保，有这个心也没这个力啊。”庄慕兰生怕黄德胜意气用事，着急地提醒着黄德胜。

黄德胜瞪了庄慕兰一眼，练湖农场的事情他略知一二，农场地方偏僻，人员复杂，尤其是渔业大队，渔民来自四面八方，许多人都是讨生活来到那里的。这些人既刁蛮又粗野，钱场长落到那些人手里，不死也得脱层皮。那个水利科的王科长，长期被钱场长压着，一直得不到提拔。现在的王科长摇身一变成了练湖农场的革委会主任，他不报复钱场长才怪哩，黄德胜的心不由得悬了起来。

庄慕兰见黄德胜一声不吭地抽着烟，她不敢惊扰他。她知道黄德胜的脾气，她心里担心透了，生怕黄德胜一冲动，做出连累家庭的事情。

“老钱那个身体，能扛得住批斗已经不容易了，要是真被拉到渔业大队去，那些渔民还不把他一脚踹到练湖里去喂王八。”黄德胜说。

“德胜，你千万别冲动，你又没那个本事和权力把老钱弄出来，要三思而后行啊。”庄慕兰哀求黄德胜，生怕他轻举妄动。

黄德胜清楚庄慕兰胆小怕事，但为了这个家，庄慕兰付出得太多了。他突然感到有些亏欠庄慕兰，心里涌上一股酸楚。他习惯地端起茶杯喝了口茶。

“日，那个小子，不懂喝茶，这茶还有什么喝头。”黄德胜嘀咕着。庄慕兰赶忙接过茶杯，重新泡了杯茶。

“不能见死不救啊，都是战争年代过来的人。”黄德胜自言自语地说着。

“你有那个本事？老黄，听我一句劝，千万别去冒险。”庄慕兰急得六神无主，脸色发白。

“滴水之恩当涌泉相报。困难时期，要不是老钱弄来那么些粮食，一大帮孩子能活得下去？”黄德胜反问道。

庄慕兰惊慌失措，结结巴巴地问：“老黄，你……你有办法了？”

黄德胜笑了。他一脸得意地起身，在屋子里走来走去。黄德胜走到东，庄慕兰跟到东；黄德胜走到西，庄慕兰跟到西。

“你呀，下午带个米箩，去运河大桥边的地摊上买一篮子鸡蛋，买了直接去练湖农场的梨园，那儿只有一排房子，给那几个省里的干部送去。要是看守问你，你就直接讲，我和他们以前是老战友，那些看守也不会吃了你。”黄德胜给庄慕兰鼓劲。

“我认识那个地方。”庄慕兰点着头，她的心里扑通个不停，她不清楚黄德胜后面要走什么棋。

“其他的事情你不要多问了。哦，你把屋顶最里面的阁楼腾个角落出来，放条席子和枕头，弄个尿桶备着。”黄德胜压低声音对庄慕兰讲。

庄慕兰瞬间明白了，他要把钱场长弄出来，藏在自家阁楼上。

5

黄德胜目送庄慕兰出门，转身把院门合上，找出打气筒，给自行车两个车胎打足了气。他在食指上吐了口唾液，往自行车的气门嘴上抹去，见气门嘴没有冒泡，就起身往客厅走去。

黄德胜往椅子上一坐，含了口茶水，在口腔里鼓动着，然后惬意地咽下。他的眼睛里闪动着激动的光芒，这种感觉已经阔别许久了。

如何营救钱场长，他的内心只有一个模糊的设想——他用锤子将排灌站大门上的锁砸开，再用自行车驮着老钱，一路往自家奔。黄德胜心想，既然老钱被关押，看守肯定少不了。按照黄德胜的预判，在那个偏僻荒凉的地方，晚上起码安排两名以上的看守，这样互相可以壮个胆。他又不能硬来，他一个人也干不过两个看守，黄德胜的心揪了起来。

黄德胜想到原来县上的那些领导，找他们设法营救老钱是根本行不通的。那些人目前的处境和老钱差不多。练湖农场的王科长现在掌管着整个农场的生杀大权，去找王科长商量肯定也行不通，说不定揪斗老钱的主意就来自他。

黄德胜焦躁不安起来。他像狼一样，走来转去，从客厅走到厨房，从厨房走到院子，又从院子走回客厅，他的目光落在桌子上摆放着的一本厚厚的小说上，那是大女儿纠缠着他要钱买的《欧阳海之歌》。

黄德胜从不看书，大字不识半箩，但他知道现在的年轻人疯抢着这部小说。大女儿带着羡慕的口吻冲着他说，她要能遇到大石头掉落在铁轨中这样的机会，一定会像欧阳海一样，迎着火车冲上去。

黄德胜拿起《欧阳海之歌》，放在手上掂了掂，突然笑了。他将书轻轻地放回原处——老汉拉着重车爬坡，常会有路人帮着推车；孤寡老人的家中常会有陌生的年轻人，学着雷锋帮着打扫卫生……社会上崇尚英雄的风气，正热气腾腾，瞬间，黄德胜心里闪现了亮光。

黄德胜又点了烟，他在心里开始追踪着这缕亮光。他细细地谋划起营救老钱的方案。他在心里计算着，从家中骑车到练湖农场的大门需要十五分钟，沿笔直的练湖大道骑车到排灌站需四十分钟，途中要经过左侧的农场场部，那儿有办公场所、养猪场和家属区，广播站就在场部办公楼。而从农场场部骑车到排灌站大约需十五分钟，整个单程一个小时左右。这中间最关键的路段是救出老钱后，从排灌站穿过农场场部的那十五分钟路程，如果看守发现老钱"越狱"了，从排灌站跑到广播站必须耗时十五分钟，只要在这个时间段穿过这个路段，基本上就安全了。

黄德胜笑了，一个清晰的救人方案完美呈现。他要抓住年轻人都想当英雄人物的狂想，来个调虎离山之计，把钱场长救出来。

6

夜幕降临，星星满天。

黄德胜蹑手蹑脚地走向厨房，他将皮鞋脱下，换上解放牌胶鞋，他将一把短柄羊角锤放入黑色人造革皮包。他轻轻地推出了自行车，溜出院门。一出巷口，他蹬上自行车，往练湖农场而去。

黑夜中的练湖农场显得阴森冷清。道路两侧的白杨树上，知了鸣叫着，两侧的鱼塘一方方映照着星空。自行车的轮胎声在土路上沙沙作响，果园在前方隐现。

黄德胜在路边支好车，稍许喘口气，扬起草帽扇动起来，他的体力大不如从前了。他四处观望，黑黝黝的旷野不见人影；抬头望望星空，满天的星斗若隐若现。他掏出烟点燃了深吸一口，让心情平静一下，边抽烟边复盘自己的计划，觉得计划稳妥可靠后，他将烟头弹出，骑上车继续向前。

排灌站就在前面，左侧的农场场部灯光闪亮。高音喇叭正放着《大海航行靠舵手》的革命歌曲。黄德胜抬腕看了下表，心里嘀咕着："都八点半了，还不让人睡觉。"

黄德胜的自行车从农场场部外围闪过，迅速接近了排灌站。他将自行车卧倒在离排灌站不远的一道田埂边，他蹲下身观察着排灌站的动静。果然如他所料，两个持着红缨枪的人影在排灌站门外晃动。

黄德胜缓缓地起身，猫着腰往排灌站右侧移动。他来到练湖的湖堤边，四处观望了一会儿。浩瀚的练湖在月色下朦朦胧胧泛着波光。湖边的芦苇生长茂盛，在夜风下沙沙作响，蛙声和虫儿的鸣叫声此起彼落。

湖滩边，冬季割下的芦苇被夏日的阳光晒得枯黄，大堆的芦苇已经被运走，长长的湖滩到处散落着横七竖八的苇秆。

黄德胜将散落着的芦苇拢起，堆成两个坟山大小的苇堆，两个苇堆之间相隔二十多米的距离，在两堆芦苇之间，他用一把把芦苇相连。一切完成后，黄德胜腰酸背痛，大汗淋漓。他一屁股坐在湖滩上，开始抽起了烟。大半截香烟抽完，黄德胜将烟头扔入芦苇堆中，同时又扯了些芦苇叶盖在上面。他见芦苇叶开始燃烧，迅速地沿着湖滩溜到排灌站下面的河堤处，静静地等待着大火燃起的瞬间。

湖畔的风里开始有了烟味，突然，大火熊熊蹿起，黄德胜发现两个看守冲着大火燃烧的湖滩跑去。

黄德胜一跃而起，从湖滩蹿到排灌站大门处，猛地挥起羊角锤，砸开了小挂锁，推门而入。

昏暗的灯光下，蜷缩在墙角的钱场长惊恐地站起，面对闯入的黄德胜，惊讶得说不出话。

黄德胜抓着莫名其妙的钱场长，跑向自行车方向。他拎起自行车冲上马路，低喝了声："老钱，快上车！"

愣然中的钱场长往自行车上一坐，黄德胜拼命地踩着自行车往前奔去。当自行车穿过农场场部时，高音喇叭传来了急促的喊叫声……

7

第二天中午，太阳正热辣，小巷口传来汽车的刹车声。一辆吉普车上下来几人，径直奔黄德胜家而来。

院门开着，几人匆匆闯入院内，只见王科长冲着黄德胜热情地扬着手。他的双眼布满了血丝，眼睛冷峻地注视着黄德胜，脸上却堆着笑。

"黄书记，老钱有没有到你这儿来过？"王科长开门见山地问。

黄德胜不慌不忙地起身，脸上笑容灿烂。他掏出香烟挨个儿发了一圈："老钱？自从我到纺织厂当书记，一年见不到几次面。他怎么了？"

"一言难尽，我们找了他一天了，连个鬼影子都看不见。他昨天晚上越狱逃跑了。"王科长急促地说。

"啊？"黄德胜一脸惊讶，"老钱犯什么错误了？怎还越狱？"

"不是错误，是犯罪。他的罪行严重着哩。"王科长绷紧了脸。

"哦？什么罪？"黄德胜故意问。

"黄书记，他生活腐败，光丫头家就被他搞了好几个，这个不说了，最主要的问题是他贪污犯罪，另外还有许多问题，正在审问中，谁料昨晚被他的同伙给劫走了。”王科长严肃地说着，他的脸因气愤和焦虑涨得通红。

“那几个女人刚被我们弄进去时嘴巴硬着哩，气得我们几个嘴巴扇过去，弄个牌子往脖子上一挂，要押着去游街，结果一个个都招了，痛哭流涕的。”王科长身边一个大汉插嘴，招来王科长的白眼。

“黄书记，我知道你和老钱关系不错，现在是大是大非的政治立场问题。姓钱的一贯独断专行，是一个活脱脱的走资本主义道路的走资派，整个练湖农场没有一个人不痛恨他。”王科长抽着烟从鼻孔里喷出两股烟雾，义正词严地说。

“老黄书记啊，你是老红军，文化不高，但是大家都晓得，你是个革命意志坚定的人。告诉你有关老钱的罪行也没有关系。在困难时期，全农场上万人，吃不饱肚子，一个个勒紧裤腰带过日子，他大笔一挥，光山芋就送出去二十多万斤。苹果、梨子、橘子只顾拍马屁朝上头送。渔业大队的人风里来雨里去，饿得皮包骨头还要打鱼，那边要斗他，我们这边不肯放人，把他控制在我们手里，迫不得已才把他关起来，这也是保护他嘛。”大汉说话没轻没重，或许他没有发现王科长瞟过来的白眼，仍然兴致勃勃地说着。

王科长将烟头掐灭，直接冲着大汉说：“就听你说些不咸不淡的东西，捡主要的东西跟老黄书记说。”

“哦，哦。”大汉应着，“黄书记，二十多万斤山芋要几万斤粮票，你说姓钱的会一点儿都不捞？他一家人在困难时期，比平常还过得惬意，一家人养得又白又胖。”

王科长虎起了脸，斥责大汉：“啰里啰唆，老太婆的臭嘴。”

黄德胜笑了，上前轻轻拍了拍王科长的肩膀：“王科长啊，老实讲，老钱也给我弄了些山芋，我确实没有给粮票，但是按国家定价付钱给农场财务了呀。”

“不不不，老黄书记，你别多心，不是说你。你是全丹阳有名的老红军，困难时期照顾点儿也无可指责。”

王科长对黄德胜打着招呼。此时，王科长朝大汉挤了挤眼，对黄德胜说：“老黄书记，你家儿女多，怎么住这么点地方？里面还有地方吗？”

大汉此时心领神会，东张西望地往里面房间走，王科长紧随着大汉。庄慕兰见状，满脸笑容，领着他们一连几个房间看了看。

王科长的眼光注意到了阁楼。他停下脚步，眼睛注视着庄慕兰的表情。

庄慕兰不慌不忙地弯下腰，将卧在墙根处的木梯子扶起，支在阁楼洞口："上面不好住人，黑咕隆咚，老鼠、蛇经常探头探脑，小孩子们怕得很。"

王科长几步登上木梯，半个身子探进阁楼，里面漆黑一团，堆着乱七八糟的陈年老货，一股霉味呛入嗓子。他眯起眼睛，竖起耳朵，细听了一会儿。一只老鼠贴着阁楼的墙根唰地跃上了屋顶，把他吓了一跳。

庄慕兰的心悬到了嗓子眼里，她回头寻看黄德胜，见黄德胜已回到客厅，正悠闲地喝着茶。

王科长缓缓地下了梯子，对身边神情紧张的大汉低语了一声："老鼠刚刚受到惊吓，说明上面没有人。"

王科长略显尴尬地对庄慕兰开口了："不瞒你，农场昨天一夜在找姓钱的，凡是平常跟老钱关系近一点的，今天都落实人去盯一盯，这是立场问题，不要见怪啊。"

庄慕兰将梯子侧放在墙根处，轻轻地拍了拍手，冲着王科长笑了笑："王科长，老钱这个人是有点可气。要说，你跟着他这么些年，他一直没有提拔你。老黄都在我面前夸赞过你，说你工作上有一套，又肯干，要是在他手下工作，他早就提拔你当副手了。"

庄慕兰的话让王科长眉开眼笑，几人乐呵呵地重新回到客厅，黄德胜起身热情招呼他们用茶。

王科长有些受宠若惊地对黄德胜表达着歉意："黄书记，给您添麻烦了，如果您听到有关老钱的下落，打个电话告诉我们一声。"

黄德胜笑着连连点头，尾随着王科长几人往院子里走。

忽然王科长讨好地将黄德胜拉到一边低声说："老黄，有个事情我跟你说一声，我听到县里的头头议论过你，说起你在皖南事变突围出来的问题，不少人都认为你有嫌疑。要是你自己能讲清楚，马上就会'三结合'，恢复工作。"

王科长刚对黄德胜说完，发现院子里停放着自行车。他弯下腰用手按了按轮胎，在自行车的轮胎花纹里，嵌着泥土和草屑。他仔细地看着，觉得排灌站附近的土壤和轮胎上的土壤相同。职业的敏感让他疑从心生。他刚想问黄德胜，庄慕兰开口了："王科长，我这几天在学脚踏车，你看我这双鞋子弄得泥乎乎的，还没洗。"

庄慕兰笑着走向房屋屋檐，将屋檐底下的鞋子拎着递给王科长看，她的鞋底沾着练湖农场果园里的泥巴。

王科长只瞄了一眼，自己不好意思起来，鞋底的泥土和自行车胎上的泥土确实一样。在尴尬的笑声中，黄德胜和庄慕兰将王科长几人送上了吉普车。

回到家里，庄慕兰将院门关上，轻声问黄德胜："接下来怎么办哩？"

黄德胜抿嘴笑着，贴着庄慕兰的耳朵轻语："明天，你写封信给邱巴，过几天让老钱带个条子去溧水，让他在邱巴那里先避下风头。我就不相信，中央会由着这些人胡闹。"

第十九章

1

天刚透亮，福生悄悄地起床。爸爸上夜班还没有回家，妈妈和姐姐睡得正香，他轻手轻脚地溜出了家门，径直朝北走去。工房区静悄悄的，一些卖菜的农民或挑着担子，或推着负重的自行车，喜滋滋地往马路菜场而去。

昨天，福生无意间发现一个让他无比兴奋的事——工房区北边污水入河口处，茂密的杂草丛中，竟然生长着许多野金瓜、野西瓜。这些野瓜生长在河堤斜坡上，被密密麻麻的杂草掩盖着。起初，福生见排水沟里漂浮着一个乒乓球，正顺着排水沟的流水往前淌。福生大喜，追着乒乓球来到了出水口的河边。乒乓球被水冲下了河滩，消失在杂草丛中。福生便跳下河滩，猫腰在乱草丛中寻找。突然，他眼睛一亮，在他身旁绿色的藤蔓上，一个拳头大小的黄金瓜躲藏在草丛中。福生拨开草丛，四周居然还有许多乒乓球大小的瓜生长着。他欣喜地摘下那个拳头大小的瓜，放到鼻子底下嗅了嗅，香喷喷。福生爬上堤岸，直接跑到路边公用水龙头下冲洗了一下。他迫不及待地用拳头把瓜砸开了几条裂缝，掰开后直接送入口中。福生站在水龙头边吃了个香喷喷甜津津。吃完后，他双手捧起自来水冲洗了一下脸，不由得左右环顾，生怕被别人知道。他快乐地将这个秘密藏在心里，昨晚上激动得睡不着觉。

福生蹦蹦跳跳地来到了河滩，沿着河滩慢慢地走着，眼睛巡视着河滩边长着的一蓬蓬草丛。福生愣住了，他简直不敢相信，就在河坡下的草丛边，居然有一个大鸭蛋！他心里一阵狂喜，唰地蹿下河堤，将鸭蛋抓在手上，他觉得鸭蛋似乎还热乎乎的。

“这是我家的鸭蛋！”喊声传来，福生抬头看，原来是马健。马健脸涨得通红，大声喊着，“福生，那是我家的鸭子生的，把鸭蛋还给我。”

福生怎么舍得把刚捡的鸭蛋给马健？他将鸭蛋攥在手上，箭步冲上河岸，正欲离开，马健冲上来，抓住福生的衣服不放。

“这是我捡的野鸭蛋，凭什么说是你家的？”福生理直气壮地问，他可不会把鸭蛋还给马健。

马健着急了，指着河中央七八只鸭子说：“河里有我家的鸭子。”

福生往河中央望去，果然有几只麻鸭聚拢在一起戏水。福生眨巴着眼睛，突然有了主意。

“马健，你怎么证明这个鸭蛋是你家鸭子生的？说不定这个鸭蛋是天上飞来飞去的野鸭生的呢？这样吧，你大声喊你家的鸭子，如果你家的鸭子往这儿游，我就把鸭蛋还给你。”

福生心想，鸭子在河中戏水，正玩得开心，就算河中央有马健家的鸭子，马健大喊大叫，鸭子肯定害怕。

马健急得脸红脖子粗。他冲着鸭子大喊着：“鸭，鸭，回来。”

果然，马健的急叫声惊扰了水中的鸭子，它们扭过脖子朝马健瞪了几眼，不理不睬地往河对岸游去。

福生喜出望外，他甩开马健的手，扭头就走。马健不依不饶，黏着福生不放。福生无法甩开马健，心里又舍不得将鸭蛋送给马健，但也不想为了一个鸭蛋与马健翻脸，毕竟马健的爸爸管着自己的爸爸。

马健似乎看出了福生的心思，开始了攻心战：“福生，我俩是同班同学，这样吧，你去我家，我让我妈把鸭蛋煎了，我俩一人一半。”

马健的话正中福生的下怀。福生心想，如果把鸭蛋拿回家，免不了妈妈要问长问短。福生笑了，连忙点头表示同意。马健也笑了，两人和好如初，勾肩搭背，开心地往马健家走去。

2

福生的早餐是在马健家吃的，他赚大了。马健的妈妈很客气，把鸭蛋煎了让他和马健一人一半，还给他俩下了一碗面条。不过，马健的妈妈洗碗时，萎靡不振，长吁短叹。

福生感觉到了马健家气氛沉重，他有些尴尬不安，偷眼观察了一下马健的家，房子宽敞，家里收拾得干干净净，一张写字桌上整齐地排列着一行书，一盏绿色玻璃灯罩的台灯特别好看。

“马健，你们出去玩会儿吧，妈妈要安静一下。”马健的妈妈对马健说。

马健应了声，和福生离开家。他们漫无目的地在偌大的工房区游荡着。太阳斜斜地上升，阳光开始热辣起来，马路两侧的高大的法国梧桐树，给马路留下了许多绿荫。绿荫下坐了一些正嘻嘻哈哈说着闲话的人，见马健和福生过来，有人拿着大蒲扇朝马健指指点点。

“马健，一大早怎么没见你爸爸？”福生小心翼翼地问马健。

马健不语，一脸苦相，嘴巴吞吞吐吐，似乎有苦说不出。

这时，工厂广播站的高音喇叭响了起来，一首《革命不是请客吃饭》的歌雄厚而激荡，福生抬头寻找着高音喇叭，一群麻雀被突如其来的高音喇叭声惊得无处落脚，在天空中乱飞。

“马健，想不想打麻雀？”福生见麻雀乱飞，突然来了兴致。在工房区，常有人提着篮子或者布袋，用气枪打麻雀。福生和妈妈去过菜场，菜场里有麻雀卖。

“怎么打？麻雀停在树上，我们又没有气枪和弹弓。”马健弱弱地说。

“铁路中学大门西侧的梧桐树上，麻雀最多，白天都有不少麻雀，树底下的马路铺满了麻雀屎，一到太阳下山，树顶的天空盘旋着黑压压的麻雀，常有人拿枪打哩。”福生绘声绘色地描述着。人家打麻雀，他只有在一旁看的份儿，他的心里早就痒痒的。

“真的？我不信，你吹牛，麻雀屎能铺满马路？”马健的眼睛亮了。

“走，你要是不相信，我带你去看看，反正又不上课了。”福生兴高采烈地提议着，他不由分说地催促着马健往铁路中学走去。

福生和马健刚走近铁路中学大门口，就看到天空中纷飞的麻雀，麻雀的叽叽喳喳声不断。进入学校，树底下果然都是灰蒙蒙的麻雀屎，原来关着的学校大门敞开着，门卫也不知去了哪里。福生和马健来劲了，他俩大摇大摆地晃荡着进入学校，马路两边高大的梧桐树遮天蔽日，树叶丛中到处都是鸟鸣声。

突然，从学校主楼传来一阵口号声，把福生和马健吓得心惊肉跳。

“打倒反革命分子翁光辉！”

激昂的口号声惊天动地，吓得马健转身欲跑。福生好奇，他一把拽住马健：“走，去看看。”

福生和马健循着口号声溜进大楼偷看，大教室里一个秃顶的老头正站在一张课桌上，他的脖子上悬着个大牌子，教室里挤满了人。福生不由得缩回了身子，好奇促使福生和马健溜出走廊，躲到窗户边偷看。有个女孩子，扎着两条小辫子，头上戴着军帽，手上拿着稿子，正面对着老头，慷慨激昂地呵斥着。教室里黑压压的人群，一个个义愤填膺，随着扎短辫女孩扬在空中的拳头，爆发出一阵阵雷鸣般的口号声。

福生认出来了，那个女孩子跟姐姐同班，叫唐丽丽，她爸爸也在铸钢车间当工人，平时跟姐姐相处得还可以。唐丽丽正恶狠狠地盯着低头弯腰的老头。

一个高大的年轻人突然抡起一根浇水的皮管，狠狠地往老头身上抽去。伴着一声惨叫，老头一头扎在地上，身体扭曲着，嘴里发出痛苦的叫声。福生惊得扭头便往楼外跑，马健紧紧地追赶着福生。福生认出来被打的老头，正是抓住自己偷蚕豆的那个老头。福生有些惊慌失措，见教室里的人蜂拥而出，他们有说有笑，推推搡搡地离开教室。

“福生，我们快逃吧，被他们发现要挨打的！”马健吓坏了。

福生拉着马健一起往校门口跑去，突然，福生停住了脚，他不知道那个老头是死是活，心里不由得担心起来。

“马健，他会死吗？”福生扭头问马健，马健已不见了踪影。唐丽丽和几个与她同样装束的女孩子嘻嘻哈哈地走出了教学楼，嘴里哼着《我们共产党人好比种子》的歌，往他这儿走来。福生急忙躲到树后，等着她们走出学校。福生放心不下摔倒在地上的老头，就壮着胆一路小跑进了教室。老头趴在地上一动不动，他的左脸贴着水泥地面，眼睛望着门外。他的脸上正流着血，一副眼镜摔碎在地上不远处。那根黑色的皮管被扔在老头的脚边，像蛇一样注视着老头。

“老师，我搀你起来。”福生蹲下身子怯怯地对老头说。

“嗯，嗯。”老头哼着。他的手在地面上找支撑点，软绵绵的手无力撑起他的身体，却引来一阵痛苦的呻吟。

福生鼓足力气，屈膝使劲地将老头扶起。老头一屁股坐在地上，他的眼睛被额头流下的血遮蔽着。

“你是谁啊？”老头弱弱地问。

福生嚅动着嘴，结结巴巴地回：“我……我是被你抓到偷蚕豆的那个人。”

老头想起来了，苦笑了一下。福生赶紧从旁边拖过一张凳子，将老头拉起，让他坐在凳子上。

“谢谢你了，孩子。”老头喘着粗气感谢福生，血正顺着眼睛往下流。

“我的眼睛看不清东西了，麻烦你找张纸，让我擦擦脸上的血。”老头对福生说。

福生见教室的地上有个掉落的红袖章，便跑过去捡起来递给老头。老头不管不顾地擦起了血。过了会儿，他将布条凑近到眼前，眯着眼细细地瞧了瞧，突然，身体抽搐了一下，触电似的将布条扔到一边。

“血染的红袖章。”老头苦笑着自言自语。

“老师，我扶你回家吧？”福生轻轻地问。

老头叹了口气摇摇头：“你扶我去趟厕所，我洗个脸再回去，不能让孩子们看到我这个样子。”

福生小心翼翼地扶着老头，帮他打开水龙头。老头捧着水轻轻地往脸上泼，水池里漾起一片殷红，血水汩汩地流向管道。

“孩子，你叫什么名字？”老头脸上干净了，他用手捂住额头的伤口询问道。

“我叫福生。”

“你爸爸叫什么名字？”

“庄维根。”

“庄维根？”老头想了会儿问，“是铸钢车间的庄维根？”

福生疑惑地点了点头，他想老头一定认识爸爸。万一老头把他偷蚕豆的事告诉爸爸怎么办，他又担忧了起来。

“孩子，你先回去吧，我一个人能走回家。”老头对福生说。

福生此时巴不得赶紧离开。他转身对老头说了声“老师，再见”，就急匆匆地跑出大楼。

老头看着福生的背影，喃喃自语：“龙生龙，凤生凤，老鼠的儿子会打洞。”

3

铁路中学与福生家不过一箭之遥。福生一路小跑闯入家门，他的脸上流露着惊恐的神色。福生刚想开口，依冰赶忙示意福生不要讲话，用手指了指正在里间酣睡的庄维根，里间正传来打雷般的鼾声。

“哎呀，你在哪儿弄伤了手啊？”依冰惊呼了起来，她一把抓起福生的右手，看到他的手上和胳膊上都沾着血。

依冰的惊呼声吵醒了熟睡中的庄维根，他刚上完夜班，睡下没多久。庄维根翻过身体，睁开眼，疑惑地看着福生。

“刚刚铁中有个老头被一群高年级学生给打了。我见他可怜，等那些人走了，我去搀他起来的。”福生急不可待地说。

庄维根从床上爬起来，走到福生跟前，抓起福生的手看了看，对依冰说：“那个老头是翁校长，原来是研究所的所长。”

“别到处乱跑，外面正在武斗，砖头枪子不长眼啊。”依冰焦虑不安地叮嘱福生。

“爸爸，我和马健一起去铁中的，他是个胆小鬼，逃得跟狗一样快。”福生见爸爸没有责怪他，有些得意地说。

“以后少跟马健在一起玩。”依冰板着脸关照福生。

“孩子嘛，爱怎么玩就怎么玩。现在又不上课了，与其坐在课堂上听那些人讲大好形势，还不如让孩子们在外面玩耍。”庄维根笑了。

庄维根坐下端起大瓷缸，咕咚咕咚喝了几大口水，转过脸示意依冰近前。“马健的爹爹出事了，正关在地下防空洞里呢。”他轻声地告诉袁依冰。

袁依冰惊讶地张大嘴，福生也赶紧上前几步，对庄维根说：“爸爸，我早饭在马健家吃的，马健的妈妈在家唉声叹气。”

庄维根望了眼福生，对袁依冰说：“可惜了，马主任没有把握住自己……”庄维根话没说完，袁依冰推了一把福生：“你去外面玩一会儿，大人说事，小孩子别听。”

袁依冰边说边将福生推出门，福生也乐得出去，反正肚子也不饿。他一颠一颠地朝马健家走去，他要找马健商量打麻雀的事情哩。

见福生走远，依冰小声问："马主任怎么回事啊？"

庄维根叹了口气："他和跳喜儿的女孩子好上了，还把人家肚子搞大了。宣传队要去铁道部参加会演，喜儿腆着个大肚子，怎么跳？这个事情蛮大的，已经上升到政治高度了。"

"会不会吃官司啊？"袁依冰忧心起马主任的安危。她知道，马主任对庄维根一直另眼看待的。

"还真难说。"庄维根忧心地说，"那个颜元元，现在混得好，在造反派里八面玲珑，吃香得很。听说上面提拔他了，让他去当分管学校的工宣队队长，这个权力大得很啊。"

听到颜元元要分管学校，袁依冰担心地问："他会不会报复英群啊？"

庄维根沉思了起来。女儿就要初中毕业了，按照现在的政策，她是老大，国家不会分配工作。在女儿面前摆着三条路，一条是去外地插队落户，一条是回老家溧水，一条是去生产建设兵团。去外地插队落户，他不放心女儿独自在外地农村，毕竟，他也听到了不少小道消息，有许多女知青被当地的坏人糟蹋了。去溧水吧，那是个伤心之地，家里只有两间破房，都快要垮塌了。去生产建设兵团，那里有解放军管着，而且拿工资，相比之下，去生产建设兵团是条金光大道。在这当口，偏偏颜元元调去当工宣队队长，万一他从中作梗，事情还真办不了。

"有这个可能。你知不知道，颜元元为什么高兴去当那个工宣队队长？"庄维根见袁依冰一脸揪心的样子，转移了话题，"颜元元在工人文工团认识了铁路中学的黄月英老师。有人在工厂大会堂看见他缠着黄月英，黄月英骂他不要脸，这事传得很远哩。"

"黄老师？怎么会发生这样的事情啊？"袁依冰没有料到她的好朋友会被颜元元盯上。她和黄月英相识在乡村小学代课的那段时间。乡下的学校本来就没几个正规的老师，更没有音乐老师，因此，学校设法请了黄老师来兼课，袁依冰负责与黄老师协调上课时间安排。碰巧，黄老师也是溧水人，她们常用家乡话聊天，很快便成了无话不说的闺蜜。由此，袁依冰也知道了一些黄老师心里的秘密。黄老师在南艺读书时，与一位学长偷吃了禁果，结果学长被学校开除，她也受到了处分。

“维根，黄老师的事情我倒知道些。”袁依冰低声对庄维根说。

“我也知道些。在火车厂，谁放个响屁，天不擦黑就会传开。”庄维根说。他困了，明天要上白班。

“黄老师喜欢上了地方中学的董老师，那小伙子你也见过，经常领着一群小年轻打篮球，人长得精神，手风琴拉得特别好。”袁依冰提高了嗓音，兴奋地对庄维根说。

“你这么一说，全对上了，怪不得晚上对面一拉手风琴，铁中的音乐室里就响起钢琴声。”庄维根恍然大悟。

地方中学和铁路中学一墙之隔，两所学校都在庄维根住房对面，学校与住房中间只隔着三丈宽的一条河。以前黄昏时分就能听到手风琴和钢琴的合奏声，只是有段时间，琴声断了。

“那个小伙子，我知道这个人，很有才华，上海人，是篮球队的教练。在地方中学当代课体育老师，一直单身，听说他的父亲镇反时被杀掉了。”庄维根低声地告诉袁依冰。

话刚说完，他打起了哈欠，往床上一躺，背对着袁依冰说：“我再睡会儿，明天车间里的活多，上班的工人越来越少了，都去闹革命了。”

不多会儿，庄维根的呼噜声排山倒海地响了起来。

4

八月的太阳脾气越来越火暴了，河滩边的野草被烤得垂头丧气，河边杂乱的柳树被太阳晒得没精打采，原本青绿的叶子卷起了边。

太阳越热，福生越开心。他和马健上午挖了许多黄泥巴，两人像搓小汤圆一样搓了一大堆泥丸子。中午的太阳一会儿工夫将小泥丸晒得硬邦邦的，把福生和马健乐得喜滋滋的，这是他们为晚上打麻雀准备的子弹。

子弹有了，弹弓的架子马健有，但是没有弹筋，福生和马健又没钱去商店里购买皮筋，两人将泥丸子收集在一个布袋子里，他们愁眉苦脸地坐在柳树下犯起了愁。

水面若隐若现地出现一群参条鱼，马健捡起块泥巴扔进水里，开口了：“福生，你跟你妈妈去要两块钱，你妈妈会不会给你？”

福生直摇头，对马健说：“我家穷，我妈妈拿不出钱给我。再说了，拿钱去买弹筋，我妈妈要是有钱也不会给我，怕我闯祸。”

福生知道家里穷，妈妈对他管得紧，要是妈妈知道他今天晚上要去打麻雀，说不定连家门都不让他出。

马健叹了口气，绝望地问福生：“弄不到弹筋，晚上的事泡汤了。”

阳光透过树叶洒在两人身上，空气像被火烤着，阳光波动在河面，发出炫目的金色。

福生和马健离开河边，两人沿着工房区的马路闲逛，一路上梧桐树巨大的树冠和茂密的枝叶，为马路撑起一片阴凉。一阵鸟鸣声叽叽喳喳地从工人医院茂密的树丛中传来，福生的眼睛亮了。

“马健，我有办法弄到弹筋了，你有没有胆量跟我一起去？”福生有了主意，他注视着马健。成败的关键在马健身上，万一马健不可靠，倒霉的就是自己了。

“去医院偷！”马健惊呼。

“敢不敢？”福生追问马健。

“怎么偷？”马健问福生。

福生得意地贴近马健的耳朵，低声教唆起来。马健听完，不由得朝着福生竖起了大拇指。

两人兴冲冲地晃入医院的大门，装着若无其事地闲逛，眼睛却瞄着一扇扇洞开的窗户。突然，福生拉扯了一下马健，从一扇洞开的窗户望去，办公桌上放着两副听诊器，一个穿白衣服的中年男人正趴在办公桌上午睡。

福生和马健开始往窗口移动，福生装着看树上的鸟，不时用手挥动着赶鸟，嘴里还发出驱鸟声。随着福生的叫喊声一声一声地响起，树上的鸟儿并不惊慌，它们只是叽喳得更响，跳到更高的树枝上。

马健猫着腰，悄悄地贴近窗口，像猫一样蹲在两扇窗户之间的墙处，望着福生。

“小赤佬，大热天乱叫什么？快滚！”男人的骂声从窗口传来。

“关你什么事啊？我在除四害，赶麻雀。”福生大声回着。

“哎哟，小赤佬，还蛮有理嘛。”

男人站起身，疾步走出房间，出门去抓福生。福生大喜，朝马健一挥手，随即迎着医生要经过的大楼出口处，故意啊啊乱叫。

福生停在大楼出口处不远的地方，见男人小跑着过来，猛地疾跑，沿着医院七拐八弯的道路，从医院后门蹿了出去。福生跑得大汗淋漓，喘着粗气，心慌得直跳，总觉得追他的男人就在身后。福生跑了好久，回头一看，马路上空无一人。

福生的心终于安定了许多，他不清楚马健有没有得手。福生忐忑不安地沿着马路往回走，马健正得意扬扬地站在前方路口的树荫下，东张西望呢。

太阳终于落山了。一群群黑压压的麻雀在天空盘旋，它们正在寻找栖息的地方。福生看到一群群的麻雀，有的飞往沼泽地方向，有的飞往铁山方向，有几群麻雀像乌云般压向了铁路中学的梧桐树丛。

福生和马健兴奋地往铁路中学跑去，他们绕过河堤上了桥，惊讶地发现，学校的大门只是合在一起，竟然没有上锁。他们激动地闪身而入，校门口传达室的门锁着，看门的人竟然不在。

十几株几十年的梧桐树上一片喧嚣声，不时有鸟屎从天而降，梧桐树下的马路被灰褐色的鸟屎铺满，几乎没有落脚的地方。树枝上到处是乱跳的麻雀，有的麻雀梳理着羽毛，有的亲昵地挨在一起。福生和马健抬头望去，满眼是白蓬蓬的鸟腹。

猎鸟开始了。福生拉开弹弓，稍作瞄准，猛地松开左手，泥丸嗖地射向鸟儿，只听噗的一声闷响，麻雀落地了。马健见状，开心地捡拾着麻雀。他将麻雀抓住放入布袋，随着福生不断拉弓射鸟，布袋渐渐地鼓了起来。

不知不觉中天黑了，借着昏暗的路灯，只能隐隐约约地看到树丛里一些小白点，瞄准射鸟已经不行了。福生长时间拉弓，左手已经酸痛。他将弹弓递给马健，又接过马健手中沉甸甸的布袋，布袋上血迹斑斑，一些没断气的麻雀还在布袋内颤动，布袋四周是难闻的、热乎乎的鸟的气息。

马健看不清树丛里的麻雀，他盲目地朝梧桐树冠中开弓。他兴奋地拉动着弹弓，一次又一次地往空中射击，一个鸟儿都没打下来。

“福生，我怎么打不到麻雀呢？”马健有些沮丧，“会不会麻雀都飞走了？”

“不会，只是看不见了。晚上麻雀一旦睡觉，赶都赶不走它。”福生安慰着马健。

“我再打最后一弹弓吧，福生，麻雀你要分一半给我。”马健担心福生打下的麻雀不分给他。他铆足了劲将弹弓拉到了极致，手一松，泥丸嗖地飞出，射空了。

“唉，运气不好。”马健懊恼地将弹弓收起，朝福生走来。

忽然，树上传来一阵窸窸窣窣的响声，一只麻雀跌跌撞撞地由高处往下坠。眼看着麻雀要落地了，马健兴奋地奔向前，却见麻雀歪歪扭扭地飞往教学楼，噗的一声摔落在窗户边的草丛里。

好不容易打下来的麻雀，马健当然不会放弃。他急忙追向麻雀落地的地方，他看见了麻雀瑟瑟发抖地躺在地上，一巴掌将麻雀按住，猛地起身，像猫一样蹿到福生面前。

“福生，我听见窗户里有女人在哭哩。”马健急促地对福生说。

福生与马健轻手轻脚来到窗户边，蹲下身子，竖起耳朵，听了起来。

“不要哭，我有权，保证董老师不被辞退。你说，他经常拉一些外国的靡靡之音毒害学生，这是阶级斗争长期存在的事实啊。”一个男人的声音传来，“我和你已经交谈了这么久，只要你与姓董的断绝关系，和我结婚，我肯定给你这个面子。我的条件那么好，运河对岸有三间楼房，工厂又给了我三十七平方米的住房，你选择死心塌地跟我还是跟姓董的？”男人继续说着。

“你让我考虑几个月好不好？”女人说着。

“现在就干，时间一长，风头就过去了。”男人不依不饶地说着。

“不，不，不要……”女人的哀求声隐隐传来，窗内传来扭动声。

福生和马健面面相觑，他们似乎明白了里面是怎么一回事。福生悄悄地起身往窗内看，窗玻璃被报纸糊得密不透风。福生不断地换着角度，终于从窗户报纸卷起的一丝缝隙里，看到一个粗壮的男人，光着膀子，把一个女人顶在墙上。

“不要啊！”室内的女人突然提高了嗓门，紧接着传来一阵竹床吱吱呀呀的响声。福生和马健惊得赶快逃离了窗户，奔到梧桐树下，躲在树干身后。

“耍流氓了。”马健紧张地对福生说。

“嗯嗯！”福生心惊胆战地应着。

“我们快逃吧，被发现了，没有好果子吃。”马健急呼呼地说。

福生的心像擂鼓般响着，他哆嗦着对马健说：“把弹弓给我。”

马健顺从地把弹弓递给福生。福生环顾四周，拉着马健躲到一堆砖垛旁，他从衣袋里掏出泥丸，把装满麻雀的布袋递给了马健，照着窗户嗖的一弹弓，泥丸砰的一声打在了砖墙上。福生迅速又装上泥丸，站起身，照着窗玻璃一弹弓，砰的一声脆响，玻璃被打碎了。

“哪个？”一声愤怒而明显哆嗦的吼声传来。

福生和马健吓得蹲下身体，躲藏在砖垛后面不敢发声。

一会儿，只见一个女人披头散发地从大楼内跑出，她径直往大门口奔去。福生看得一清二楚，是他入小学时弹琴的女老师。她穿着一条黑短裙，边跑边整理着乱发，惊恐地从他们身边跑过。她刚刚跑到校门口，一阵手风琴的声音从地方中学方向传来，一个男人悲壮的歌声划破了夜空。

“茫茫大草原，路途多遥远，有个马车夫，将死在草原……”

只见女人浑身一颤，她猛地转身，停住了脚步，她望着歌声传来的方向，哇地大哭了起来，疯了一般转身，冲出了大门。

紧接着，一个脚上穿着拖鞋的粗壮的男人追了出来，他的手上提着一只女人的胸罩。他追到离梧桐树不远处，见女人已经消失不见，从地方中学传来的手风琴声似乎令他不安。他愤怒地一扬手，将胸罩扔向了乱草堆里，反身骂骂咧咧地朝大楼内走去。

福生好奇地猫向草丛，想看一看扔出去的是什么东西。他的手刚触到软绵绵的胸罩，就像触电般缩了回来。福生一咬牙，用手钩起胸罩，迅速地向砖垛移去。他想招呼马健离开，却见马健已经蹿出校门。福生迈开腿追赶马健，装麻雀的布袋还在马健手里呢。

福生逃出校门，越过小桥，马健拎着满满一大袋麻雀跑得无影无踪。福生气得跺脚，恨恨地往家里走去。他看见妈妈正在家门口左顾右盼。

“福生，天这么黑了，你去哪儿了？”依冰明显火了，冲着福生嚷了起来。

福生一头跑入屋子，见爸爸正生气地虎着脸，对他怒目而视。福生的屁股被依冰踢了一脚：“你去哪儿了？手上还提了个女人的胸罩，晦气死了。”

袁依冰怒不可遏，扬手要打福生。庄维根见福生手上提了个女人的胸罩，担心儿子学坏，他猛地起身，扬手就要给福生一个耳光。

“爸爸，别打我，你们都听我说。”福生急了，说话带着哭腔。

第二十章

1

九里沟的清晨飘着一层薄雾，沟里溪水淙淙的流淌声隐约传来。太阳还没升起，翠绿的群山郁郁葱葱，杂乱的鸟儿的鸣声，一阵阵响起。

金二娃被鸟叫声吵醒。他从床上爬起，打着哈欠走向窗户。见天刚刚透亮，反身欲躺到床上再睡会儿，他听到了堂屋传来巧凤的声音。

“把这钱装好了，到了集镇上，给红梅买件衣服，该花的钱还是要花的。”

二娃好奇，悄悄地走向房门，透过门缝见大娃穿戴一新，正大口吃着面条。在桌子上，放着几张钞票。二娃不明白大娃今天为什么起得这么早，而且还穿着一新。

“娘，给红梅买什么衣服呢？”大娃嘴里咀嚼着面条问巧凤。

“她喜欢什么颜色的衣服，只要钱够，你就依着红梅买嘛。”巧凤嘱咐大娃。

二娃见大娃夹起一个荷包蛋，一口塞进嘴里，迫不及待地要出门。

“这么急干吗？太阳还没上山哩，再去洗把脸，干干净净地出去，别让镇子上的人笑话，让红梅见人尴尬。”巧凤笑着，转身拧了把毛巾塞给大娃。

大娃胡乱地抹了几把脸，将洗脸巾递给巧凤。巧凤拿着洗脸巾，喜滋滋地看着大娃转身出门。

二娃的心里一沉，大娃起这么早，原来是要带着红梅去镇上赶集。镇子离九里沟少说也有十五六里地，以前他去过，那里花花绿绿的，大马路两侧商店里什么东西都有的卖。二娃打开房门，进入了堂屋。

巧凤正站在门口望着出门的大娃，听到开门声，扭头瞧了一眼二娃，冲着二娃说：“二娃，咋不多睡会儿？平时你总睡到太阳上山都不醒，今儿起这么早干吗？”

巧凤说完将手中的洗脸巾扔给二娃：“脸盆里的水还是干净的，赶紧抹把脸去，倒了多可惜。”

二娃接过巧凤抛过来的洗脸巾，胡乱地洗了把脸，又探头偷偷看了一眼大娃，大娃正兴高采烈地往红梅家走去。

“别探头探脑，那是你哥。”巧凤心里清楚，大娃和二娃从小和红梅玩耍到大，两个娃娃的心思，瞒不住她。

“锅里还有些面条，赶快捞起来吃了，放久了要糊。”巧凤关照着二娃。

见金富贵提着烟枪站在院子大门边的山坡上，喜滋滋地望着下山的大娃，把烟冲着天上喷，巧凤朝金富贵走去。

二娃胡乱地几大口将面条吃完，又滋溜地吸干碗里的汤。他抹了抹嘴巴，见大娃常穿的那双胶鞋正东一只西一只地放着。二娃的鞋底磨出了一个洞，穿着硌脚。二娃穿上了大娃的胶鞋，一溜烟地蹿出了屋门。

“二娃，你刚撑饱了，又要去哪儿？待会儿帮你爹爹干些活。”巧凤见二娃已经蹿出了院门，急急地吼着。

二娃从小到大由金富贵两口子抚养着，打小就学着大娃喊金富贵和巧凤爹爹和娘。二娃冲着巧凤回：“娘，昨天我就与沟里的朋友说好，上午一起去抓野兔子。”

金富贵边抽烟边望了一眼二娃，他也知道二娃的心思，平时也可怜这个侄儿。富友和金凤一走那么些年，杳无音信。富贵吸了口烟，朝二娃挥了挥手。二娃甩开步子，沿着另一条下九里沟的小路走去。二娃对这一带的小路太熟悉了，他知道从这里下去，翻过两个坎，再绕过一个土冈，就有条去集镇的岔路。他要抢先赶到那里，看大娃和红梅一路上是否亲热。

巧凤见二娃往山下跑，对着金富贵埋怨：“富贵，你没发现啊，两个娃娃都喜欢着红梅哩。你看，二娃下山的那个劲，他是心里有气没地方撒啊。”

“一根藤上的两个瓜，只是有先有后，有亲有近。”金富贵暗暗地叹着气。许久，他突然问：“富友和金凤会不会出啥事了？”

“人家都说江南是个好地方，富友和金凤总不会两个人都饿死了吧？”

富贵闻听，瞪了巧凤一眼，将旱烟杆朝腰间一插，径直去了屋子。他拿了把钉耙，往肩上一扛，往庄稼地走去。

2

二娃来到小山岗，从这里可以清楚地看到去集镇的必经之路。土冈四周杂草丛生，山蛙声声鼓噪着，许多鸣虫躲藏在草丛里低鸣。太阳已经上山，亮晃晃地照耀着空旷的山野。二娃走得急，衬衫后面被汗水粘贴着。他索性将衬衫脱下，挂在树枝上，他身上的肌肉鼓鼓的，汗珠子正顺着脖子往胸口淌。

草丛里一蓬蓬狗尾巴草正在风中晃悠，看惯了的各种野山花，花瓣上滚动着亮晶晶的露珠。二娃眼睛望着大路，远远的，大娃和红梅的身影出现了，他们保持着距离，并排行走着，看不出有亲密的举动。

二娃笑了。他快乐地拔下一棵狗尾巴草，将草一圈圈缠绕在左手的中指。他向天空伸出左手，让阳光照耀着狗尾巴草。狗尾巴草上些许的毛须让他想起了红梅细细的眼睫毛。

二娃快乐地回忆着小时候和红梅玩耍的场景。他记得特别清楚，那年九里沟的水刚到脚踝，大娃带着红梅在沟里戏水，抓山螃蟹。他手指上套着用狗尾巴草做的圈圈，从山坡奔向溪流，迎着红梅跑去。那毛茸茸的狗尾巴草，套在手上特别显眼。红梅撒着娇，讨好地要用罐子里的几只山螃蟹跟他换狗尾巴草做的圈圈。当他将圈圈取下，套在红梅的中指时，红梅竟然兴奋地咯咯咯地踩着溪水，把水花溅在了他的身上。

二娃不由得笑出了声。他摘下狗尾巴草圈圈，冲着红梅走来的方向使劲扔去。狗尾巴草圈圈在空中散开，斜斜地落在他身前不远的地方。

二娃又踮起脚尖，伸长着脖子，注视着向他走近的大娃和红梅。他看见此时，他俩手拉着手，在阳光下快乐地有说有笑。

二娃的心像断了绳的木桶掉落在水里，他担心的事情还是发生了。大娃牵着红梅的手，俩人有说有笑地从他藏身的土冈前走过。二娃眼睛不眨地盯着他们，直到俩人的身影消失在他的视野里。

二娃鼻子一酸，眼睛里流出了泪水。心灰意懒和孤独的感觉如山风般扑面袭来。二娃一屁股坐在石头上，边哭边抹着眼泪。眼泪滴到脚上穿的大娃的鞋面上，二娃胡思乱想起来。

二娃已经不记得自己爹爹和娘的长相了。他也知道他和大娃隔个肚皮隔重山。红梅为什么会跟大娃好，还不就是大娃比他长得白，衣服穿得比他好。尽管他也听到金富贵念叨，大娃和他是一根藤上的两个瓜。二娃此刻心想，一粒瓜子能长出好多藤结好多瓜。此刻，二娃格外地想念自己的亲爹娘，他们难道不要他了？想到这儿，二娃心里更委屈了。

二娃哭累了，抬眼望了望天空，太阳像一团火球，阳光刺眼。他背转身，揉了揉哭红的眼睛。他想，亲爹娘去了一个叫溧水的地方，他只知道溧水在江苏，离这儿远着呢。究竟有多远，他也不知道。二娃突然萌生一个念头，他想去溧水，他想找到自己的亲爹娘。

二娃从树枝上取下衬衫往肩上一搭，疾步蹿出土冈。他来到土冈前面的岔路口，左边的岔路通往集镇，右边的岔路通往县城，二娃想了片刻，便决定去县城，去新华书店，那里有地图，他要看一看溧水离这儿究竟有多远，看一看那个地方有什么迷人的，让亲爹和亲娘抛下自己至今不回来。

二娃走得急，当他走入新华书店时，大汗淋漓。书店里人虽然多，二娃还是一眼就发现了书店的墙上贴着的地图。

他站在地图前，抄起衬衫往脸上狠擦了几圈，瞪大眼睛在地图上寻找到了江苏，他凭着小学学到的知识，又找到了常州，看到了溧水。溧水像一粒细碎的黑芝麻，蜷缩在一堆黑豆子里。

二娃伸出右手张大虎口丈量着溧水到甘肃之间的距离。二娃欣喜地发现，不过一拃远。二娃的眼睛里闪现出激动的神色，咧着嘴巴，笑出了声。

“小伙子，你这样丈量可不对。”身边一个鼻梁上架着副眼镜的老头，善意地说了一句。

“就这么远，只有这么远，怎么会，只有这么远？”二娃见有人对他说话，就张开手掌疑惑不解地问。

“这是地图，十万分之一的地图。”老头看二娃一脸懵懂的样子，就知道他不懂比例尺的概念，便不再继续解释了。

二娃知道这是地图，但是他不知道十万分之一是什么意思。但二娃暗暗理解为自己手掌丈量的距离是真的距离的十万分之一，实际的距离到底是多少呢？二娃想不出来，他怏怏不乐地离开书店，带着无尽的失落往回走去。

3

酷热把后河两岸的柳树烤得垂头丧气，地面的青石板晒得发烫，柳树上蝉儿的鼓噪声此起彼落。

刘波在院子里乱窜，她一会儿羡慕地望着河边爬上柳树粘知了的孩子们，一会儿跑到墙边的菊花丛中抓飞舞的蝴蝶，一会儿追逐着忙碌的蜜蜂，她那双透亮的眼睛，对一切都好奇。

明君在洗衣服，她的心情沮丧到了极点。因为昨天上面来人了，召开了菜场全体职工大会，免去了她菜场主任的职务。会议上，裴书记叼着烟，坐在桌子前，时不时用眼睛斜视着她。当免职文件宣读完后，会场起了好一阵骚动，周二妹用眼睛怒视着她，还不时地和周围的人交头接耳，明君听见周二妹出声，说了句“潘金莲”。

会议散场时，周二妹起身跺了跺脚，故意冲着众人说了声不高不低的话：“鞋子破了。”周二妹的话引来一群人的哄笑。周二妹一挥手，便有许多人尾随着周二妹，去了外面，她们叽叽喳喳地商量着什么事情。

裴书记倒是温和，示意明君跟随着他去了办公室。刚坐下，裴书记就和颜悦色地对明君说：“唉，顾副市长调外地去了，他在人家家里被堵了，把一切都向组织坦白了。”

明君如五雷轰顶，她的脑子一片空白，她的脸瞬间涨得通红。怪不得好久没有顾副市长的消息，原来他……可恶的是他竟然把自己给出卖了。明君一下子接受不了这个事实，她的嘴唇不停地抖动，手也抖动了起来。

裴书记显得特别宽容，他走到明君身旁，伸出那只厚厚的手掌，轻轻地拍了下明君的肩膀，一股热浪让明君不由得颤抖了一下。明君感觉到，裴书记的眼光正顺着她的脖子往下窥视。她赶紧起身，闪到一边，伸手将圆领衫衣领子往上提了提。

裴书记的脸上流露出一丝狞笑：“那事也怪不了你，顾副市长走了，还有我哩。我会跟顾副市长一样，关心你的前途，不要灰心丧气，光明就在前头。”

裴书记说完，移近明君身边，故意神秘地压低声音说：“周二妹她们那帮人早就对你看不惯，准备揪斗你哩。只要你跟我好，我能阻止她们胡闹。”

明君又羞又恼，她恨恨地瞪了裴书记一眼，扭头出了门。

“呸！”明君搓着衣服，仿佛裴书记那张好色的脸正在贴近自己的脸，她作呕，朝地上吐了口唾沫。她双手死命地搓着衣服，左手传来的疼痛让她回过神来。她赶忙起身，甩了甩手上的肥皂泡，左手指上的皮被搓衣板擦破了。

“哥哥，带我去抓知了好吗？”院子里传来波儿的喊声。

“哥不会做粘知了的面筋，抓不了知了。”刘军在院子里回。

明君走向院子，对刘军喊：“刘军，妈妈给你做面筋，做好了，带妹妹去抓知了。记住，别让妹妹滑到河里去啊。”

刘军和刘波一听，欢喜地进屋，等明君做面筋。明君取出盆，舀了半勺面粉，和上水，用右手不断地抓捏着混浊的面粉。不多会儿，她的手上沾满了丝丝缕缕的面筋，她用左手将沾在右手的面筋撸下，弄成团，递给了刘军。刘军高兴地跑到院里，从竹扫帚上抽出一根一米多长的竹竿，将面筋缠绕在竿头，领着一蹦一跳的刘波出了院门。

后河岸边的知了声叫得明君心烦。明君坐下，若有所思地用右手慢慢搓着衣服。马路上传来电喇叭的声音，明君打开后门见后河对岸的马路上，正缓缓地驶过两辆汽车。第一辆汽车上，站着一些戴着高帽子、挂着牌子、垂着脑袋的人。第二辆汽车站了一些戴着红袖章的人。这段日子，这种事经常发生，明君已经习以为常了。

此刻，裴书记的警告突然浮现在她脑海里。周二妹这些菜场上的同事，都是些泼辣率直的人，如真是像裴书记说的那样，明君觉得她难逃一劫。

她忽然害怕极了，胡乱地洗完衣服。她的左眼皮突然奇怪地跳了几下，她赶忙用手揉了揉眼皮，她的手刚放下，眼皮又跳了起来。她将洗好的衣服装在盆里，准备去后河的码头上漂洗。此时，她听到刘波快乐的笑声和知了挣扎的叫声。

明君的心揪了起来。刘波长得漂亮，和同龄孩子相比，个子明显略高些。一双大大的眼睛，像极了顾副市长那双充满魅力的眼睛。她现在多么希望刘波那双大眼睛变成刘地那样不大不小单眼皮的眼睛。

在她的心里，早就认定刘波是顾副市长的女儿。明君觉得自己深深地亏欠了刘地。其实，她隐隐感觉，刘地似乎明白这一切，只是为了这个家，刘地没有捅破这层窗户纸。她想待刘地下次回来，跪在他面前，向他坦白……

明君下定了决心，她的心便释然了。她端起洗衣盆往后门走去。

“妈妈，不好了，外面来了一大群人。”刘波惊恐地跑进院子。

明君放下洗衣盆，一把抱起刘波。大门外，几十米远的地方，周二妹正领着一群男男女女，脚步铿锵地往这里走来。周二妹的左手提了杆秤，铁钩上穿着一只破鞋，在她周围，有人胳膊上夹着纸糊的高帽子和牌子。周二妹发现了明君，兴奋地大喊：“破鞋在家！”

明君急忙抱着刘波往后门跑，周二妹也冲进院子，后面呼啦啦跟随着一群人，顿时，院子里人声鼎沸。

明君来不及思索，猛地亲了口刘波，将刘波往地上一放，不顾一切地从后门跑出去。她一回头，发现路口和院里同时有人追来。她拼命冲向码头，纵身跳入后河。

正是旱季，后河上游正在开闸放水，湍急的河水翻卷着浪花，明君跳入河中，瞬间没了踪影……

4

大批斗的浪潮正席卷而来。在火车制造厂的工房区里，许多人家的大门上被人写上了两行黑字，“只许规规矩矩，不许乱说乱动”。

这天，庄维根正好在家，见前排住宅有两人刚写完字。他们手上提着墨桶和毛笔，边走边东张西望。一会儿，这两人冲着自家走来。庄维根知道来者不善，在自己家门上题两行黑字，对他来讲无所谓，反正房子是公家的。但是，他担心孩子们和依冰，心理上无法承受。他们整日会生活在一种压抑和自卑中。庄维根赶紧拿出招待客人的半包香烟，满脸堆笑地迎着来人走去，他给来人每人发了一根烟，殷勤地划着火柴给他们点烟。

“大热天，你们真辛苦，先抽根烟吧。”庄维根拍着他们的马屁。

来者倒也客气，他们抽着烟，其中一人从裤袋里掏出来一张纸，纸上写着许多人的名单和住址。

“你叫庄维根？按照上面给的名单，你是地主分子，要在门上写两行警告语。”那人吐了个烟圈，轻描淡写地说。

“欢迎，欢迎。”庄维根显得十分配合，眨巴着眼睛悄悄对他们说，“我跟你们讲，我是地主分子不假，可我是当人民内部矛盾来对待的，属于可以教育改造好的那类人。”

来者稍感惊讶，又看了下名单。俩人走到一边，低声商量起来。提着毛笔的那位，年龄看起来比庄维根还大，走到庄维根跟前，探头朝屋子里望了望，见袁依冰惊恐不安地站在屋内，一副可怜巴巴的样子。

“这样吧，明天我们再问一下工厂保卫科，你说的话是不是属实。今天就暂时不给你家门上题字了。”这人说完还笑着与庄维根打了个招呼，继续寻找下一户人家。

庄维根如释重负，千恩万谢地将这两人送出十几步远，长长地舒了口气。他转身看着迈出家门的袁依冰，正不安地望着他。

“他们还会回来吗？”

庄维根不语，进入屋内坐下，将烟拿起，放到鼻子底下嗅了嗅，笑了。

“过年买的烟，现在派上用场了。”庄维根对袁依冰得意地说。

袁依冰伸手拿过香烟，转身将香烟又塞到柜子里。过年时，为了购买这包香烟，她还责怪了几句庄维根哩。

“你要有思想准备，遇到什么事都别害怕。现在搞运动，学校停课，工厂停工。据说，上面批评了工厂领导，说万人大厂搞运动速度缓慢，工厂领导们也有些着急了。厂里风声紧，说下个礼拜要把全工厂的地富反坏右和一些臭老九来个集体游街示众，把他们曝光在烈日下晒晒哩。”庄维根低声告诉袁依冰。

“你会不会挂牌子游街？”袁依冰吓坏了，面如土色，哆嗦着问。

庄维根点了点头，似乎还有些高兴。

“你怎么不愁啊？”依冰轻轻地推了把庄维根。

“愁什么愁啊？不就是脖子上挂个牌子，站在马路边晒太阳嘛。这要比在车间里干活轻松多了。挂完了牌子，他们让我上班，我就去上班，我才舍不得每天一张的营养菜票哩。”庄维根轻描淡写地说着。

“孩子们怎么办哩？别把英群和福生吓着。”袁依冰揪心地说。

庄维根在屋内走动了几步，压低了声音对袁依冰说：“斗地主、分田地、镇压反革命、大饥荒，这一连串的事情，我们不也过来了吗？到挂牌子游街示众那天，让孩子们到现场看看，也多些历练。不经历风雨，怎么知道后面有彩虹？”

袁依冰惊讶地盯着庄维根，她嚅动着嘴想说些什么，许久她朝庄维根点了点头。

“维根，我爹爹明年这个时候该刑满释放了吧？”袁依冰问庄维根。

庄维根莫名地皱起眉头，心里默默算了起来。

“不出意外，应该明年刑满到期了。不过，这个年头，计划没有变化快。”庄维根叹了口气。袁依冰不安地搓着手，心事重重地问：“我爹爹回来是去溧水呢还是去苏州呢？”

“先出来再说吧，反正不能到常州来。走一步看一步，去哪个山上砍哪个柴吧。”

5

一清早，高音喇叭放起了激昂的革命歌曲，歌声像一张无形的大网，笼罩着偌大的工房区。家门口的那条小河边，也看不到钓鱼和蹚螺蛳的人。河边纹丝不动的垂柳预示着又是一个火辣辣的天。

工房区沸腾了，一些男女老少像赶集般拥向工厂南区和北区两个大门处，也有许多人焦虑不安地待在家里，望着一拨又一拨拥向北边的人群。

袁依冰不安地看着两个孩子手牵手去看热闹。英群和福生都蒙在鼓里，不知道今天游街示众的人群中会有自己的父亲。袁依冰回到屋里，心烦意乱地望着窗外那轮正在爬升的太阳，不敢想象烈日炎炎下维根会受多少苦。

英群牵着福生的手，福生嫌姐姐走得慢，甩开姐姐的手往前跑，跑出一段路，又怕姐姐撵不上他，便在前面等着。火车厂北大门已经不远，混杂的电喇叭的声浪已经传来。激昂的呵斥声、毛主席语录诵读声和工厂高音喇叭声互相掐斗着，声浪滚滚，撕裂了蔚蓝色的天空。

福生从来没有见过这样的场景，马路边站满了人，有男有女，他们几乎是统一的装扮：头上戴着花花绿绿的高帽子，胸口挂着大大小小的各种材料制作的牌子。他们一个个站立在马路边像纸糊的行道树，从北大门浩浩荡荡地连接到南厂大门。他们弯着腰，低垂着头，看不清楚他们的脸。在他们身边，许多提着电喇叭、戴着红袖箍、握着铁棍和木棍的人，亢奋地来回走动着。

烈日暴晒着大地，示众的每个人的身体都颤抖着，个个都大汗淋漓。人们就像看动物园里的动物一样，发现了认识的动物后，激动地奔走相告。福生不敢近前观看，离开那些人几步远。他害怕那些亢奋的巡逻人员，他们手中的棍子不断地敲点着那些瑟瑟发抖的人，提醒他们保持低头弯腰的姿势。

英群的脸煞白，她不敢看这一惊心动魄的场面，生怕自己的爸爸也在示众的人群里，她惊慌地寻找着到处乱窜的福生。

“福生，福生，快到姐姐这儿来。”福生听到喊声，见姐姐正焦急地招呼自己，便迅速跑向了姐姐。

英群将福生拉到一边，悄悄地问福生：“你没看见爸爸吧？”

福生一惊，心里扑通扑通乱跳：“没看见爸爸。”

“我们挨个儿去看看，爸爸会不会也在里面。”英群对福生说。

英群和福生相挨着，窥着一个个低垂着脑袋的人。他们看到有的人胸口挂着纸牌，有的人挂着铁皮牌子，有的人挂着一块水泥板。英群和福生挨个儿从他们面前走过，从北大门找到南大门，直找得眼睛发酸，仍没有找到爸爸。

英群长出了口气，轻轻地用手拍打着胸口，快乐地拉着福生要往家里走。

“姐，我还想看一会儿热闹。”福生见爸爸不在挨斗的人群里，他的兴致和好奇又上来了。

“不行！我们赶快回家，妈妈一定在家担惊受怕哩。”英群一把拽住福生，不管不顾地往家里走去。

6

在长长的示众的人群里，庄维根老实地弯着腰。高帽子的孔径比他的脑袋大，几乎遮住了他的眼眉。这顶帽子，昨天上夜班时，颜元元就让手下给他准备好了，由庄维根自己带到示众现场去。这次浩大的集体示众活动，工厂革委会做了精心安排，严密组织，煞费苦心。近千个专政对象，需要准备近千顶高帽子和牌子，还要组织一大批看管人员。因此，革委会采取了分区划片的组织方法，颜元元是铸钢车间调到学校工宣队当头儿的，因此又把颜元元委任为铸钢车间片区的负责人，凡属于铸钢车间批斗对象的人，都归颜元元管。

颜元元今天格外兴奋，他穿着件白色短袖衬衫，也不知道他从哪里弄了条军裤，腰上束了一条军用皮带。他忙前忙后地巡视着他的管教对象们，盯着看管人员打起精神来。他的左手提着个电喇叭，时不时举拳呼几声口号。他特别享受这种感觉。只要他举拳空中喊口号，就会引来一阵排山倒海的口号声。不仅看管人员高声喊，连庄维根他们这些人也必须喊自己打倒自己的口号。

可能是喊累了，也可能是太阳暴晒，颜元元的衣服湿透了。他的嗓子沙哑了，但这丝毫没有影响他那旺盛的革命热情和革命斗志。

他发现革委会的许多领导正在巡视这次的革命活动。颜元元吊着右眼，看着革委会的一帮领导，精神饱满地往南厂大门方向走去，他赶快闪到路边的一棵大树下，一会儿看着庄维根的背影，一会儿盯着身体颤抖的马季成，心里有说不出的快意。

庄维根紧挨着马季成。马季成的牌子上用黑字写着“大流氓”三个字，马季成的高帽子上写着他的名字，名字上被打了个斜叉。两根手指粗的麻绳穿着块水泥板悬挂在马季成的脖子上。马季成的后脖子上已经渗出了血。庄维根偷眼望了一下马季成，他的双腿不停地颤抖，他不得不时时变换着步形。他的两手托着沉重的水泥板，全身湿漉漉的，裤子裆部，一片潮湿，那是尿留下的痕迹。

庄维根也快憋不住了，他的下腹鼓胀，急于解手。他原本以为挂牌示众也就个把小时。现在太阳已经到了头顶上空，还没听见解散的哨子声和喇叭声。他侧过身，扭头看见颜元元正站在一片树荫下，便冲着颜元元喊：“颜队长，我有急事要向你报告哩。”

颜元元一怔，心想庄维根会有什么事要向他报告？但“报告”这个词，让他瞬间有了些满足感。他也想弄个清楚，这个时候的庄维根，葫芦里还能卖什么药。

颜元元上前大声问：“庄维根，你有什么事情要向我报告？”

颜元元的嗓门引起了几个手持木棍的看管人员的注意，他们不约而同地注视着庄维根。

庄维根迎着颜元元上前，低声地说："颜队长，这事情牵涉到你。我们去那边说，好不好？"

"庄维根，我警告你，你别要滑头，在这种场合，你要是不老实，吃苦头的是你自己。"颜元元端着架子，警惕地警告着庄维根。

"真的，这事很急。我这几天一直在寻思要不要跟你讲。本来我也不想多讲，这样吧，你要是不想听我报告，那我还是过去站一会儿吧。"庄维根胸有成竹地边说边移动着脚步。

颜元元见庄维根神神秘秘的样子，心里犯起了嘀咕。他想，不妨听听庄维根讲什么事情，说不定，这又是阶级斗争的新变化哩。于是，颜元元拉着庄维根来到大树下。

庄维根一泡尿憋得难受，他必须先解决撒尿的压力，他感觉到已经有几滴尿淌了出来，就径直往工厂围墙拐角处走去，这里空旷，庄维根还示意颜元元跟上。

颜元元警惕地四周望了望，见几名看管靠拢过来，他挥挥手让他们走开，他担心庄维根肚子里藏着什么对他不利的事情。他随庄维根来到了墙角处。

"庄维根，现在可以对我报告了。"颜元元一本正经地喝令着。

庄维根迫不及待地掏出命根子，一股强劲的热流冲在围墙上，热流在围墙上溅起，强劲的尿流贴着围墙像一条活窜的山蚯蚓，往颜元元脚跟涌来。

"狗日的庄维根！"颜元元跳动着双脚，嘴里骂着。

庄维根尿完，舒服地取下高帽子夹在腋下，问颜元元："颜队长，黄月英老师在学校好不好啊？"

颜元元像被电击一般，压低声音喝问："庄维根，什么黄月英老师？我听不懂！"

庄维根内心得意了，他知道这句话让颜元元心虚了。颜元元的脸气得煞白，右眼皮吊得老高，他气急败坏地想甩庄维根一个大嘴巴子。

"老颜啊，我的儿子和马主任的儿子都看到了，我的儿子还把你扔掉的胸罩捡了回来，让我训斥了一顿。这样吧，明天挂牌子时，我把胸罩带来，你把胸罩还给黄月英老师吧。哦，我老婆把胸罩洗干净了。"庄维根调侃着颜元元。

颜元元紧张了，黄月英怀孕了，她已经向他妥协了，只要他不开除董老师，她愿意国庆节嫁给他。眼看着大喜之日就要来临，这事万一被庄维根一搅，那真是鸡飞蛋打了。

“庄维根，你想威胁我？”颜元元看了看挂在短袖上的红袖箍，故作傲慢地问。

“哪里啊，老颜，我是向你示好呢！你想啊，我是个做死鬼，最好天天挂牌子，比车间里干活还要舒服。你也是从车间里出去的，那个地方烟熏火燎，一般人谁受得了？现在又没有多少人干活，一个人要干几个人的活，你说对不对？”庄维根装出一副满不在乎的样子反问着颜元元。

颜元元冷笑了声：“庄维根，你向我示好？”

“老颜，你那个工宣队长是临时的，最终还要回到铸钢车间。你看啊，工宣队长和车间主任是平级的，马主任又犯了事，你今后回车间肯定要坐马主任的位置，可是，技术上离不开马主任。我建议，车间里干的都是重活，不如明天让马主任去车间跟着我一起劳动，既没有便宜马主任，又做了个顺水人情，马主任还感恩于你，多好。”

颜元元的手握成了拳头，脸绷得像鼓。他凶凶地盯着庄维根看，他的内心痛恨马季成，要不是马季成阻拦，他早就坐办公室了。不过，他觉得庄维根的话有道理，他脸上的肌肉松弛了起来。

“好吧，庄维根，明天你和马季成不要来站街了。”颜元元用亲切的口吻对庄维根说。

此时，电喇叭里传来了解散声，站街的队伍缓缓地散开，有人扑通一声，瘫坐在了地上。庄维根一看是马季成，赶紧上前把他扶起。马季成的脖子上一道深深的勒痕，正渗着血。庄维根取下马季成脖子上的水泥板，夹在腋下，马季成替庄维根拿着高帽子，两人结伴，缓缓地往工房区走去。

一路上，两人默默无语，他们来到工厂小花园河边，这里人烟稀少，烈日下连个钓鱼人的影子都不见。

庄维根大步走向河堤，他将水泥板使劲抛入河中。

“庄师傅，别，千万别扔。”马季成不明原因，惊喊着。

扑通，水面漾起一阵水花，一圈圈涟漪散开。庄维根将手中的纸牌又往河里一扔，纸牌在空中旋转着，缓缓地飘落在河面上。

“庄师傅，你惹祸了。”马季成着急了，他两手各提着一顶高帽子。

庄维根二话不说，夺过纸糊的高帽子，用脚踩瘪，他拉着马季成往前走。

“马主任，明天你到工段来，我们一起干活，颜元元答应了。”庄维根颇为得意地说。

“怎么可能？他恨我一个洞哩。”马季成心里清楚，他受到的特殊待遇，正是来自颜元元的主意。

对面，走来一些不明身份的人员。庄维根装作和马季成互不搭界的样子，快步走在马季成的前面。

庄维根想，依冰此刻正焦急地盼着他平安回家哩。

第二十一章

1

一群山雀在庄家宗祠屋顶叽叽喳喳地跳跃着，肃穆庄严的宗祠，在太阳的照耀下有了些生机。李邱巴和杨伢子被鸟鸣声吸引，两人几乎不约而同地停下脚步，近距离观摩着庄家宗祠。庄家宗祠屋顶被鸟屎涂抹得黑黑白白，斑驳陆离，在阳光下泛着灰褐色的白霜。几百年的风吹雨淋，从兵荒马乱的年代直到新中国成立后的运动不断，宗祠和活着的人们一样，默默地历尽了沧桑。虽有庄氏一代代人的维护，但那扇原本朱红色的大门，漆皮翻卷着口子，裸露出暗白的木质纹理。建筑的墙壁上泥灰剥落，隐约看到青砖墙面。

李邱巴和杨伢子沉默不语，杨伢子每当走到庄家宗祠边心里就发虚，总觉得有无数双眼睛瞪着他，在数落着他。见李邱巴正盯着大门上挂着的那把铜锈斑斑的大铜锁深思着，他不敢惊扰李邱巴，悄悄扭头看了一眼石牌坊前面的几棵银杏树，三个巨大的树根已经开始腐朽，但从根部矗立起来的银杏树干带着一蓬蓬旺盛的绿色，手臂粗的树干直插天空，超越了石牌坊的高度。杨伢子心虚地转过脸，目光与李邱巴对了个正着。

“杨伢子，我问你，这个宗祠算不算四旧？”李邱巴一本正经地问。

杨伢子脱口而出：“算啊，这么大的宗祠，肯定是四旧。”

李邱巴点了点头，又指着石牌坊对杨伢子说：“这个石牌坊也是四旧。估计在这里也站不了多久了。”

杨伢子闻听李邱巴的话，疑惑地看着他，心里暗暗揣测李邱巴的心思，是不是要让他带人把这些四旧砸了。

“邱巴主任，您的意思是……”杨伢子小心地试探着。

李邱巴踱步到银杏树前，许久地望着在风中轻轻吟唱的银杏树叶，看着受到惊扰展翅飞翔的鸟群，李邱巴转动着脖子，盯着鸟群，看着它们飞往深绿色的大山。

“大奶奶怎么死的？”李邱巴突然发问。

“病死的！”杨伢子脱口而出。少顷，他的脸在阳光下似乎红得出彩，他不敢看李邱巴，用脚磨蹭着地面。

“唉——”李邱巴长叹了一口气，“都过去那么久了，一切都好像是在昨天。杨伢子呀，我们都是东芦人，一晃，土都埋到脖子根儿了，早晚的事，你和我都要埋到东芦山上，和大奶奶做伴。”李邱巴的伤感让杨伢子感到意外。

杨伢子毕竟跟着李邱巴几十年了，望着一望无际的山野，树木郁郁葱葱地生长着。杨伢子恍然大悟了。

“邱巴主任，我明天安排庄家一众人，用泥灰把石牌坊上的那两行字给抹了。在石牌坊的两侧竖些毛竹，上面弄个毛竹屋顶，四周用竹子一圈，把队里的牛棚搬过来，你看怎么样？”杨伢子问李邱巴。

“两害相权取其轻。”李邱巴自言自语地边说边走。杨伢子尾随李邱巴，紧张地琢磨着李邱巴的意思。

“杨伢子，这么着，这些东西虽然都是四旧，可是，常州天宁禅寺，那么大的四旧，红卫兵都没去砸。庄家村就属眼前的这些建筑最为古老，这些东西，是祖祖辈辈生活的痕迹，是历史和文物，必须设法保护。当然，在台面上这话不占理，但是，咱们东芦绝不做毁坏文物的出头鸟。”李邱巴叮嘱着杨伢子，杨伢子边听边应诺。

“就像这三棵银杏树，你不知道天高地厚，砍了卖了。几十年过去了，这些枝枝干干才长这么粗，庄家村的好东西所剩无几了呀。”李邱巴长叹了一声。

杨伢子羞愧地耷拉着脑袋，暗暗发誓，眼前的这些东西，他会尽一切努力把它保存下来。真到了百老归山的那一天，见了大奶奶也有话可说。

“邱巴主任，刘地的老婆跳河死了，他这几天病倒了，养牛的我另换了人。”杨伢子养成了大事小事都向李邱巴汇报的习惯。

李邱巴沉默不语，良久，叹了口气，这样的消息他已经听得太多了。

“别让他养牛了，让他回刘家村，先安稳一阵子再说吧。”李邱巴关照杨伢子，杨伢子不住地点头嗯嗯着。

李邱巴欲骑上自行车，去看看钱场长，黄德胜第一次托自己办的事情，不能马虎。

“杨伢子，忘了告诉你，公社人武部的部长正缺着，我想跟县上推荐一下，让你去补这个缺。你牙根咬紧些，别与任何人说。”李邱巴推着自行车悄悄地对杨伢子说。

杨伢子大喜，当民兵队长和村支书那么多年了，跟着李邱巴赤胆忠心，鞍前马后的，总算熬出头了。

一些村民见李邱巴和杨伢子在庄家宗祠前，陆陆续续地赶了过来。李邱巴见村民们过来，无心思与他们唠叨，就装着没看见，跨上自行车，猛踩了几下脚踏板，往李家村而去，留下阳光下激动不已的杨伢子。

2

骄阳似火，天气出奇地晴朗。天空的云彩仿佛被烈日消融，一望无际的天空，只有那轮高悬的太阳亮晃晃地挂在天上，刺眼的光芒让人目眩。

从县城通往庄家村的山路热闹非凡。三五成群的红卫兵们，往庄家村拥来，他们或骑着自行车，自行车后座和车梁上带着人；或成群结队，兴高采烈地打着红旗，一路唱着革命歌曲。沿途遇到农舍村庄，还停下来振臂呼喊一串口号。这些人浩浩荡荡地往庄家村挺进，一路也吸引了不少看热闹的村民尾随，他们的脚步和车轮扬起了一阵尘土，惊得沿路的鸟儿飞起。浩浩荡荡的人群中，有着各色各样的人，他们有的肩扛着铁榔头，有的手上提着斧子，有的肩上搭着绳索，目标只有一个，砸了庄家村的宗祠。

早有村民报告了杨伢子，这事也惊动了李邱巴。李邱巴急忙派人通知杨伢子，要求杨伢子设法阻止革命小将们的行动。李邱巴焦急地坐在革委会办公室里，他让门卫准备了许多水壶。

杨伢子接报，火速通知了村上的民兵和庄家一些宗亲，在宗祠前支起大铁锅，备了几十个碗，烧起了开水。红卫兵们陆续赶到时，个个被太阳烤得够呛，这一路赶来，又是唱歌又是喊口号，嗓子眼里正冒着烟哩，许多人满心欢喜地上前讨水喝。

几个组织者见石牌坊只冒出了两个檐头，被改造成了牛棚，他们一脸的失望。此时，杨伢子站在巨大的老银杏树树桩上，右手撑着新的银杏树干，振臂高呼："热烈欢迎革命小将前来庄家村破四旧，立四新。"

杨伢子的口号声迎来一阵掌声和喝彩声，一些红卫兵显得迫不及待，径直往庄家宗祠走去，他们围着庄家宗祠左看右看，议论开来。

"你是东芦革委会的人吧？"有个红卫兵大声问。他那稚嫩的脸上大汗淋漓，戴在头上的军帽边沿已经被汗水浸湿。

"是的，我是东芦革委会的成员，三代贫农。"杨伢子满脸堆笑地迎了上去。

"这个宗祠，我们早就想来砸了，只是这一阶段忙着揪斗走资本主义道路的当权派们，你把大门的钥匙交给我们吧。"

杨伢子连连点头："好，我这就让人去取。"杨伢子说完，见庄维田等一批庄家的人正怒视着斗志高昂的红卫兵。

杨伢子朝庄维田使了个眼色："庄维田，你回家去问问你爹爹，钥匙放在哪家保管的。"

庄维田和庄家村赶来的人正心里憋着火，这些天不怕地不怕的革命小将，要来砸他们祖宗的牌坊，他们是不会答应的，大不了和他们干上一架。庄维田见杨伢子使着眼色，猜出了杨伢子几分意图，扭头气呼呼地便走。

杨伢子跳下树桩，跟他们聊天："我跟你们讲，斗地主那年，我和你们差不多大。在东芦这个地方，庄家是最大的地主。庄家的房子就是个四旧的东西。当年，我带着民兵抄地主家，光是金银财宝就装了满满一大箩哩。"

"哦？"几个红卫兵头头来兴趣了，他们围着杨伢子听故事。

"我告诉你们，当年那个地主婆跟我讲，她还有钱藏着哩，起初我以为那个地主婆是在骗我，今天我突然有一种感觉，那个地主婆没有说谎，那钱财很可能就藏在院子里的八角井里。"

"在哪儿？"一个女红卫兵头头兴奋地问。她的脸被太阳晒得通红，一双美丽的大眼睛闪着好奇。

杨伢子用手指着南山方向，一座气派的徽式大宅依山而立。

有人大声提议，与其在这儿等钥匙，不如先去砸了庄家大宅。声音还未落地，许多人纷纷向庄家大宅拥去。他们情绪高昂地直扑庄家大宅。

杨伢子心里暗自得意，迈开脚步，走在前面率领着他们。杨伢子刚刚站在银杏树桩上时，突然想起，当年他挨了大奶奶一竹竿，就是因为好奇。大奶奶诱惑他，说还有钱藏着哩，杨伢子此刻想到了那口八角井。

庄家大宅尘封了许多年，挂在大门上的铜锁被红卫兵一锤下去，便砸开了。推开大门，一阵寒气袭来。领头的几人稍一愣怔，不管不顾地闯入大门内。

庄家大宅热闹了。一阵玻璃的破碎声和花格窗木头的断裂声响起。屋子的门窗和木梁上积满了灰尘，一群老鼠被惊得四处乱窜。

“去，把水泵抬来，再弄根竹竿过来。”杨伢子内心的狂野似乎苏醒了，他也要弄清楚八角井底是否藏着财宝。

很快，抽水泵被放入了八角井里，长长的水管伸向大门外。红卫兵们见杨伢子的举动，个个都像打了鸡血般亢奋。

水哗哗地被抽出，井里的水位渐渐下降。此时，太阳高悬中天，满院子的人在烈日下炙烤着。院子里的敲打声弱了起来，八角井周围里三层外三层簇拥着好奇的人，乌泱泱的脑袋快要把井口遮住了。此时，早有后生迫不及待，他们将长竹竿插入井里，见井水已不深，有人腰上系上绳索，自告奋勇地下井探宝。他们顺着光滑的石井壁下到了井底，脚触碰到了井底光滑的石头。

“井底有机关，脚底是块大石板。”井下的后生激动地呼喊，井上的人们找来了钢钎，井底传来咚咚的钢钎凿地声。一个后生凿累了，又一个后生下了井，后生们一个一个地轮换着，他们锲而不舍地使出吃奶的力气，要把这石板凿开。

“砰”，井底传来一声刺耳的开裂声，抽不干的没膝盖的井水在崩裂声中，一泄而光，井底裸露出了坚硬的石块，一条斜斜的裂缝出现。

“快，快把我们吊上来！”井底的两个后生惊呼着，井上的人慌乱地将两人连拉带拽地提了上来。

“井里有蛇，我看到石头缝里有一条大蛇。”两个后生惊恐地喊着。有人赶忙往井底打起了手电筒，昏暗的灯光下什么也看不清。

“挖地！”红卫兵头头气恼地喊道，一时间，院子里的青石板被敲打得咚咚直响。此时，天空暗了下来，一团乌云平地而生，遮天蔽日，紧接着，天际传来一阵阵闷雷，风也从山中吹来，风中带着强烈的雨的气息。

“要下雷暴雨了，快回县城！”

杨伢子故意大喊了声，人群往大门外拥去。一阵阵惊慌失措的自行车铃声响起，铃声从庄家村飘向县城。

人走宅空，庄家大宅一片狼藉，死一般沉寂。忽地，云开日出，热辣辣的阳光又席卷而来。

3

秋天的苏州城里美不胜收，随处可见金灿灿的桂花。古尔胡同口传来脚踏板踩动的吱吱声，弹棉郎正在卖力地踩动着那架棉花糖机器。一大帮孩子手上攥着零钱，争先恐后地等待着棉花糖。

顺悟和青青约好了去拙政园玩耍，顺悟经过古尔胡同口，见到已经好久没有出现的棉花糖摊子，他捏了捏衣袋，里面装着庄雪花给他的五块钱，他的嗓子眼仿佛被入口即融的棉花糖粘住了。他咽了口口水，望了眼身边的青青，忍不住往买棉花糖的人堆里挤去。

哑巴女站在杂货铺门口，她无意间往爹爹的摊铺望去，心里突然咯噔了一下。她赶快朝爹爹处走去，她拿出竹签子，不管不顾地从出糖口卷了一大捧棉花糖塞给了袁顺悟。袁顺悟欲掏钱给哑巴女，哑巴女一脸堆笑，摆动着手，表示不要，她满意地转身而去。袁顺悟得意扬扬地将棉花糖递给了青青，他们压着马路往前走。

“她怎么不收你的钱？”青青奇怪地问。

“那个哑巴婆婆和我妈妈认识。”袁顺悟得意地在青青面前炫耀。

“顺悟，你明年初中毕业了，能留在城里继续读高中。按照苏州的政策，你是独生子女，不用上山下乡。”青青愉快地对顺悟说着。

顺悟笑了，停住脚步对青青说：“你也是独生子女，到时候我们俩高中也在同一所学校，今后高中毕业了，我们一起留在苏州，说不准，分配到同一个工厂哩。”

青青听顺悟讲的话，脸不知怎么烫了起来。她做了个深呼吸说：“苏州多好呀，满城桂花香。想想那些学长们，要跑到乡下去，接受贫下中农再教育，多可怜啊。我妈说，无论如何也不会让我去上山下乡。宁可待在苏州城讨饭，我也不去乡下。”

袁顺悟将青青递过来的棉花糖，几口吃掉，停下身，认真地对青青说：“其实乡下有的地方蛮好的，我外公在溧水当革委会主任，要是苏州的政策变了，我带着你去我们老家溧水，我们家房子大着哩，那儿比去其他地方插队落户要好得多呢。”

青青感激地望着袁顺悟，突然问：“《战争与和平》你看完了吗？人家跟我要了，我推托还没看完，过几天一定要还的。”

袁顺悟带着歉意对青青笑了笑：“早看完了还没来得及还你。整天窝在家里，不是练毛笔字，就是看小说。”

“我看不懂那本书，一会儿战争，一会儿生活，看了心烦。我妈妈只知道让我练琴，十个手指头和肩膀整天酸酸的。”青青轻声埋怨着。

“我也看不太明白，那本书写了四大贵族的经历。托尔斯泰以这些经历为主线，把众多的事件和人物串联起来。《战争与和平》有两种生活，两条线索交叉进行。这应该是一部波澜壮阔的史诗般的长篇小说。只不过，托尔斯泰写得再好，与我们目前的状况毫无关系。”顺悟边说边摇了摇头。

“看你，在我面前装谦虚，你都会文学评论了。”青青见顺悟说得头头是道，崇拜之情油然而生。

袁顺悟摆摆手：“真的，那本书太复杂了，发生的历史事件和描述的生活与我们相差太远。这么说吧，有时候我还真读不下去。只有耐心地坐下来，反复读这部小说，才能看到书中闪烁的金色光彩。”

“顺悟哥，你今后的志向是什么？”青青含情脉脉地问袁顺悟。

袁顺悟忽地觉得心里颤动了一下，树荫下的青青文静而秀气，一双明亮的眼睛里映出满城的秋色。

“当作家。我们家以前就是书香门第，我的太爷爷，太爷爷的爷爷的爷爷，在全中国有着鼎鼎大名哩。我就希望哪天也能写出像《战争与和平》这样的小说，成为流芳千古的大文人。”袁顺悟憧憬着未来。

青青笑了，说：“文学和音乐是相通的。今后你写文学作品疲惫时，我拉琴给你听？”

袁顺悟的脸唰地红了。身边的青青浑身透着少女的气息，就像他前不久读过的《钢铁是怎样炼成的》里的冬妮娅。他心烦意乱地点着头，将手伸向了青青。

青青咯咯地笑着，顺从地让顺悟握住她的手。她害羞地扭过头去，突然甩开袁顺悟的手，惊慌地对袁顺悟说："顺悟哥，那个哑巴婆婆怎么尾随着我们？"

袁顺悟心里一惊，觉得奇怪，猛地回头，见哑巴婆婆闪身在梧桐树后，急切地说："刚刚她肯定看见我牵着你的手了。"

青青大方地安慰顺悟："顺悟哥，看见就看见，反正她又不认识我。"袁顺悟紧张地回望了身后，果然哑巴婆婆躲躲闪闪，一路鬼鬼祟祟地尾随着他们。他不明白哑巴婆婆的举动，心里有些慌张了。

"青青，我们走快些。"

他们加快了脚步，快速通过一个路口，躲藏在熙熙攘攘的人群里，偷眼盯着哑巴婆婆。

果然，哑巴婆婆站在十字路口东张西望地寻找着他们。过了会儿，她失望地反身，快快地往回踱去。

4

院子里的桂花树开得正旺，空气中弥漫着桂花的浓香，石板地上飘落了些桂花。

小桃红兴致勃勃地在院子里徜徉着，她嘴里念念叨叨，儿子旺松一过春节就要刑满释放了。几乎每年桂花开放的季节，小桃红思儿归家的情绪都格外浓烈，她想着等旺松回来，她要和旺松一起回溧水生活，百老归山时，她要埋葬在袁通的身边。溧水这片让她欢喜又让她忧愁的土地上，承载了她多少难忘的思念和回忆。

下午她要去教堂做礼拜，这是她和齐鲁红约好的，只有和齐鲁红在一起面对十字架做祷告时，她的心好像来到了一片净土，人世间的一切烦恼才会被那份虔诚带走。

砰的一声，院门被推开，袁顺悟风风火火地闯入院子，甚至都没有叫一声太婆，就径直往庄雪花的房间奔去。

“顺悟，这么早就回来了？青青呢？你们没去拙政园玩？”庄雪花见儿子火急火燎地闯入房间，脱口问。

“妈妈，那个哑巴婆婆疯疯癫癫地跟踪我，太吓人了！”袁顺悟急切地说。

“坐下来慢慢讲。”袁唐平见儿子情绪激动，安慰着袁顺悟。

“我和青青去拙政园的路上，那个哑巴婆婆竟然一路盯梢，害得我和青青都没心思去玩了。”袁顺悟埋怨着，将发生的事情细细地在庄雪花面前说了起来。

许久，庄雪花沉默不语，她在快速回忆着她和哑巴女的交往过程。这么多年来，在她的印象中，并没有观察到哑巴女有异常举动，怎么她突然对顺悟感兴趣了？

“雪花，顺悟那条项链丢失时，你们不是领着顺悟去杂货铺问过吗？”袁唐平突然想起此事，他提醒着庄雪花。

“对呀，是不是那条项链真的丢失在杂货铺里了？说不定让她给找到了，想还给顺悟哩。”庄雪花恍然大悟，她认定哑巴女的人品还行，她的脸色泛起了笑容。

“凡事要从坏处考虑，往好处着想，也不排除哑巴女的怪异行为带着某种意图。”袁唐平深思熟虑地对着庄雪花说。

庄雪花听了不由得打了个激灵，打量着儿子。

“妈妈，我和青青经过古尔胡同时，她还送了一根棉花糖给我们。”袁顺悟见庄雪花瞪着大眼，打量自己，心里觉得怪怪的，连忙说着。

袁唐平也纳闷了，转身对庄雪花说：“你现在带着顺悟，去杂货店探探情况，莫不是哑巴女真捡到了顺悟的那条项链？”

庄雪花连连点头，她一把拉着顺悟，急欲出门。婷婷在里屋听见了，匆匆地出来，问：“顺悟，你没看花眼吧？雪花呀，你干吗这么鲁莽？要是闹出笑话来对谁都不好看。”

“奶奶，青青和我都看到了，哑巴婆婆一路跟踪，那鬼鬼祟祟的样子太吓人了。”袁顺悟低声嘟囔着。

“婆婆，你别管这件事，我领着顺悟过去，几句话便能把事情弄清楚。”庄雪花见婷婷出来阻拦，没好气地戗了婆婆一句。她火急火燎地拉着顺悟走出了院子。

小桃红见顺悟刚回家又要出去，又见庄雪花脸露愠色，便问婷婷，“婷婷，家里出什么事了？”

婷婷肚子里有气，不敢在庄雪花面前发作。见自己的婆婆多管闲事，便把气冲着小桃红发。

“婆婆，你也是多管闲事，告诉了你，你知道了心烦不烦？哦，婆婆，我跟你讲啊，这段日子千万别去教堂，外面乱得很，到处都是造反有理。你别撞到运动的枪口下，给家里带来麻烦。”婷婷连珠炮地数落小桃红。

“就你婆婆嘴，我去教堂做礼拜，又没碍着谁。一些老太婆、老头子聚在一起，关谁家的事了？旺松明年就回来了，我还是跟儿子回溧水去，到那时候想做礼拜也做不成了。这么些年来，听你们叽叽呱呱的埋汰话，我是一忍再忍，耳朵里都长满了茧。”小桃红不客气地与婷婷戗了起来。

袁唐平生怕娘和小桃红吵架，赶忙出来打圆场：“娘，我爹爹明年就回来了，到时候你陪着奶奶回溧水去，家里老房子大着哩。”

婷婷白了袁唐平一眼：“我就知道你要赶娘走，这地方虽小，娘和你奶奶一走，全留给你媳妇了。”

“娘，儿子不是这个意思。爹爹回来后，总得要有个住处，爹爹身边总得要有人陪伴吧。”袁唐平见婷婷生气，赶忙解释着。

“我才不回溧水那个鬼地方，想起来那些发生的事，晚上就要做噩梦。”婷婷连连摆手，冲着袁唐平怨怨地说。

小桃红在院子里看了眼婷婷，不管不顾地出了门，往教堂方向慢慢地走去。

婷婷见婆婆出门，扭头冲着袁唐平说：“唐平，娘这么多年来，受尽了委屈，真不知道怎么挺过来的。眼盼着你爹爹明年就要回来了，娘住哪儿，全听你爹爹的安排。嫁鸡随鸡，嫁狗随狗。娘嫁到袁家，一天安稳日子都没过过。”婷婷往椅子上一坐，暗自抹起了眼泪。

袁唐平赶忙搓了一把毛巾，温顺地递给了婷婷。婷婷抹了抹脸，瞪了唐平一眼，脸露微笑地说：“再想想，娘这一生也不亏，毕竟，生了你这个儿子。”

5

庄雪花领着袁顺悟往古尔胡同而去。她的心里充满疑问，哑巴女为什么要盯梢自己未成年的儿子？顺悟是袁家的根，是她的心肝宝贝，容不得半点闪失。若是顺悟的项链真丢在杂货铺，而被那对父女捡到，完全可以到街道来找她。这么多年下来，她作为街道干部，没少往杂货铺跑。古尔胡同里的那些人家，谁不知道她庄雪花。

一路上，庄雪花脚底生风，她恨不得一步跨入杂货铺。一会儿工夫，庄雪花穿过古尔胡同，看到哑巴女正在门口洗衣服，她们几乎同时发现了对方。哑巴女快速起身，边往屋内走边甩着手上的水珠。这时，袁顺悟迟疑地停住了脚步，有些犹豫地回头望了望庄雪花。

庄雪花一把拽住袁顺悟，火急火燎地跨入了杂货铺，与哑巴女父女迎面相撞。

哑巴女涨红着脸，口里激动地叽里呱啦嚷着，边嚷边回头招呼着弹棉郎。

“哎哟，是街道庄干部啊，我们正苦着寻找你哩。”弹棉郎又惊又喜地冲着庄雪花说着。

“大师傅哎，我上门是来问一问，哑巴婆婆今天为什么要尾随我家儿子。是不是你们找到我儿子丢失的项链了？”庄雪花尽量压抑着心中的火气。

“嗯嗯。”哑巴女嘴里发出赞同声，她的两眼闪动着让人不安的眼神，她死死地盯着庄雪花的脸看着，看得庄雪花心里发毛。

“是这条项链吗？”弹棉郎摊开手掌心，一条让庄雪花熟悉得不能再熟悉的项链出现在她的眼前。

“是的，就是这条项链。”庄雪花一边回答，一边急迫地伸手去拿。弹棉郎迅速合上掌心，将手放在身后。

哑巴女转身去柜台，拿出两瓶橘子汽水，塞给袁顺悟和庄雪花。顺悟接过汽水瓶，庄雪花却一挥手，将哑巴女递过来的汽水瓶打落在地。哑巴女一愣，转头望了望弹棉郎，屋内的气氛瞬间降到冰点。

“你说是你儿子的项链，有何记号？”弹棉郎压住心中的惊喜，问庄雪花。

庄雪花着急了，眼见项链要失而复得，弹棉郎却躲躲闪闪不愿交还。她对弹棉郎明知故问的态度非常反感，忍不住发火了。

“你们吃了王婆的迷魂汤了，怎么一点儿记性都没有？前段日子，为了找回这条丢失的项链，我们晚上还到你们这儿来问过。要感谢费，我可以给你们，这么刁难人算什么？”庄雪花性子急，连珠炮般地质问起来。

弹棉郎见庄雪花着急的样子，将项链握得紧紧的，看起来丝毫没有归还的意思。

“你不说清楚，我们不能稀里糊涂地还给你们。”弹棉郎似乎故意逗庄雪花。

庄雪花来火了，她伸出手指，用苏州话冲着弹棉郎说：“真是旧社会过来的人，解放这么多年了，怎么还是这种思想？现在连小学生捡到一分钱都要交给警察叔叔，我们认识也不是一天两天了，怎么一点儿信任都没有？”

弹棉郎不急不躁，他笑了起来，说了句让庄雪花摸不着头脑的话：“庄干部，你祖上是苏州人吗？”

弹棉郎的话让庄雪花以为弹棉郎是在故意笑话她的出身。庄雪花忍不住嚷了起来：“不是苏州人又怎样？我告诉你，我们庄家过去在溧水声名赫赫，我们袁家更是世代书香门第，我们庄家讲究的就是信誉。你去溧水打听打听，我爹爹李邱巴是老革命，在溧水赫赫有名。我们家是干部家庭，不会为了这条项链而败坏名声。”

哑巴女闻听，她的眼睛里闪动着泪花，盯着庄雪花上下打量着，忽然，她一把拉住庄雪花，用手抚摸起庄雪花的脸蛋。庄雪花一把推开了哑巴女。袁顺悟大吃一惊，急忙用身体挡在哑巴女和庄雪花之间。

哑巴女冲向弹棉郎，掰开弹棉郎的手，将项链捧在手中。她转身冲着庄雪花嚷着，将项链递给庄雪花。庄雪花不由得倒退着，不敢去接哑巴女手中的项链。

哑巴女的眼泪大颗大颗地滚落下来，她一把拉住袁顺悟，急匆匆地将项链挂在袁顺悟的脖子上。

庄雪花被哑巴女突如其来的表现惊了一下，她见项链已经失而复得，也不愿意在杂货铺多待一分钟，一把拽住袁顺悟，逃一般离开杂货铺。耳边传来哑巴女撕心裂肺的哭声。

袁顺悟也感觉到些许害怕，这项链分明是自己的，那个哑巴婆婆为什么要痛哭呢？那个卖棉花糖的老头又为何要刁难妈妈呢？一路上他紧随着庄雪花，很快就踏入了家门。

“不要脸！”庄雪花一进院子便骂了声，惊得袁唐平和婷婷急忙走出屋子一探究竟。

“雪花，吵架了？”袁唐平关切地询问。

“爸爸，项链真的丢在哑巴婆婆的店里了。”袁顺悟取下项链递给袁唐平。

“不要脸，知人知面不知心。我和她认识有些年头了，讨要丢失的项链，竟然花费了这么多的口舌。临走时，那个哑巴还心疼得直哭哩。”庄雪花愤愤地说着。

“雪花，肯定是你没有好好地跟哑巴说清楚，引起人家误会了吧？婆婆知道你的脾气，说话直来直去，容易得罪人。”婷婷把肚子里受的气，壮着胆子向庄雪花泄去。

奇怪的是，庄雪花没有回搡婷婷，而是往椅子上一坐，脸上露出后悔的表情。庄雪花路上就有些后悔，当哑巴女好心递上汽水时，自己性急，将汽水瓶打翻在地；当哑巴女要摸摸她时，自己生硬地推开了她。

袁唐平拿着项链仔细地观察着，断了的地方已经焊好，看来哑巴女专门拿到银匠铺去修的。袁唐平对这条项链的来龙去脉很清楚，他走到桂花树下，将项链挂在桂花枝条上，聚精会神地端视着项链。突然，袁唐平焦急地喊着：“雪花，你快出来。”

庄雪花起身，见袁唐平把项链挂在桂花枝条上，心里疑惑，婷婷和顺悟也尾随着庄雪花走向桂花树。

“毛主席教导我们，世界上没有无缘无故的爱，也没有无缘无故的恨。既然那对父女这么喜欢这条项链，而且，你们看断裂的地方都已经修好了。我寻思，这里面大有蹊跷。”袁唐平头头是道地分析着。

“贪财呗！”婷婷插嘴了，“这可是银子做的项链，抵得上几斤肉钱哩。”婷婷小声地嘀咕着。

“那哑巴婆婆蛮大气的。”袁顺悟吃过几次哑巴婆婆送的棉花糖，他并不认同奶奶的观点。

吱呀一声，院门开了。小桃红一脸欢愉，走入院内。她刚做完礼拜回来，见一家人都簇拥在桂花树四周，顺悟的项链在桂花枝条上晃动着。

“奶奶，这么快就回来了？”袁唐平笑着上前搀扶小桃红。

“还是我孙子孝顺。”小桃红心里高兴，刚刚她又学会了一首赞美上帝的歌。

“项链找回家了？怎么挂在桂花枝上？”她见庄雪花一脸沮丧，婷婷欲言又止，便问袁唐平。

袁顺悟将小桃红拉到桂花树下，将发生的事情简略地告诉了小桃红。

小桃红对着庄雪花说：“雪花，奶奶告诉你，这事恐怕还要问问你爹爹哩……”

小桃红快言快语，一语惊醒梦中人。

“婆婆，你是说，雪花她爹爹……”婷婷一脸惊讶。

6

九月的庄家村闷热难耐。金凤起得早，她将一勺玉米粒撒在鸡窝里，一群芦花鸡兴奋地啄着散落在地上的玉米粒，边啄边发出咕咕咕的鸡鸣声。

金凤喂完鸡，起身往自留地走去，英娣种了一些黄瓜，瓜架绿荫丛里挂满了一条条硕大的黄瓜，今天第一次采摘，金凤钻在瓜地里，不多会儿便采了满满一大篮。

金凤满头大汗地挎着竹篮往家里走，她抹了把汗，环顾四周，山坡上草儿茂密，漫山遍野盛开着山花。金凤笑了，她突然听见身边的草丛里发出声响，她定睛一看，是自家圈养的芦花鸡逃了出来。她急忙放下竹篮，悄悄地绕到草丛后面，她猛地一扑，一把按住惊魂未定的芦花鸡。此时，鸡窝里传来炸窝的鸡叫声，又传来儿子黑皮和刘波嘻嘻哈哈的笑声。自从庄维田在杨伢子家被开了玩笑，他儿子的名字就真的成了“黑皮”。

金凤一手提篮，一手提鸡，疾步走向鸡窝。她见儿子正在鸡围栏里追着一只公鸡，公鸡时而逃窜，时而伸长着脖子做出啄人的动作。刘波站在敞开的鸡窝栅栏门前，兴奋地呐喊呼叫着。

“黑皮，快把鸡窝门关上，芦花鸡都逃出来了。”金凤火急地赶快关上栅栏门，将手中的芦花鸡扔入鸡窝，一把将儿子黑皮拎出鸡窝。

黑皮脚一沾地，就嘟着小嘴，指着那只惊慌失措的大公鸡对金凤嚷：“娘，我要把那根好看的鸡毛拔下来！”

“拔什么拔，大公鸡又没招你惹你，把满窝的芦花鸡吓得四处逃窜，你还想不想吃鸡蛋了？”金凤骂着儿子。

英娣闻声从屋内出门，她心疼地走向黑皮：“小把戏喜欢，这也要责怪？拔根鸡毛，鸡又不会死。”

英娣白了金凤一眼。她疼爱自家的亲孙子，什么事都依着他。她走向鸡窝，鸡窝里又传出一阵炸窝声，英娣从公鸡翅膀上拔下来一根鸡毛，笑呵呵地递给黑皮。

黑皮呵呵笑，他讨好地将鸡毛递给刘波。刘波扬着鸡毛，乐呵呵地往山坡上跑。黑皮屁颠屁颠地追着她。

“二娃呢？”金凤不见二娃问英娣。

“你那个儿子多野，一转身的工夫就不见了人影。”英娣话中带刺地冲金凤说。

“二娃，二娃。”金凤大声嚷。

“别嚷了，你那儿子这么大的人了，丢不了。我见二娃往潘池子村去玩耍了。”英娣没好气地说。自从清明那天扫墓，金凤要黑皮给金富友的坟磕头，英娣肚子里的气就没泄过。

金凤不睬英娣，望着潘池子村方向。二娃去那么远的村子，她有些不放心。金凤见黑皮和刘波嬉闹着，往山脚边的小溪流奔去，埋怨着英娣：“婆婆，你不该贪那几块钱，将刘波照管。人家城里的小孩子，打小心眼儿就多。这娃娃才来没一个月，就把黑皮弄得疯疯癫癫的。”

英娣白了一眼金凤，她见宝贝孙子和波儿一起往溪水边去，生怕出事赶紧跟了过去。她也懒得跟金凤讲，庄家与刘家上辈人枝枝蔓蔓的故事。她才不是为了刘地给她那点钱，她不过是同情刘地的遭遇罢了。

上个月，杨伢子领着刘地来找庄维田，把刘地的困境说与庄维田听时，英娣就在边上。英娣与刘地也不熟悉，但她还是个小丫头时，就知道刘生与庄家的关系。英娣也知道儿子与杨伢子有些过节，这种顺水推舟的人情事何乐而不为呢。况且在这个家里，像这种芝麻绿豆的事情就是她做主。那些上辈人的故事讲给金凤听，金凤也整不明白。

英娣急匆匆追赶着在溪边玩耍的宝贝孙子，生怕他有个闪失。离开小溪一箭地，便听到娃娃们戏水的喧闹声。英娣往前走了几步，她见刘波在溪水的上游，娃娃们在溪水的下游。刘波将手中金黄色的羽毛抛入溪水，黑皮和另外一些娃娃争先恐后地捞着漂流的鸡毛，玩得不亦乐乎。黑皮将捞起的鸡毛乐呵呵地交给刘波，刘波又欢天喜地地将鸡毛抛入水中。娃娃们一窝蜂地顺着溪水争抢着，一串串笑声伴着水花溅起。

英娣像孩子般笑了，家门前的这条溪流，净是些地表水，溪底是一些五颜六色的小石头。刘波光脚下了水，弯腰捡着五彩的小石子。黑皮讨好地跟着刘波，卖力地捡着小石子，递给刘波。刘波雪白粉嫩的小腿和黑皮黑不溜秋的小腿在阳光下黑白分明。

太阳亮晃晃地照耀大地，英娣移步于一株野桑树下，喜滋滋地注视着正在玩耍的黑皮。她见黑皮递给刘波一颗五彩石，把刘波喜得欢呼雀跃。

"我对你好不好？"黑皮问刘波。

刘波手上拿着五彩石，对着太阳照着，兴奋地连声夸黑皮好。

"你长大了跟我好吗？"黑皮傻呵呵地问刘波。

"你的脸太黑了，没有二娃哥白。"刘波将五彩石握在手中，开心地对黑皮说。黑皮突然蹲下，捧起溪水往脸上泼，他用双手胡乱地擦着脸，傻乎乎地笑着问刘波："白了吗？"

刘波笑得开心，她的双脚快乐地踩着溪水："黑，跟煤球一样黑。"

黑皮又用双手捧着溪水继续洗脸。刘波快乐地踩着水，雪白的脚丫拍打着流动的溪水。

"黑皮哥，什么时候你的脸和我的脚一样白，我就跟你好。"

"不许骗人！"黑皮一蹦老高，双脚落地，溅起的水珠落在刘波脸上。

"真臭。"刘波一扬手将湿漉漉的公鸡毛扔向溪水。她穿上凉鞋，转身往大路上跑去。黑皮不明就里，顺着刘波跑的方向望去，前面出现了庄二娃。

庄二娃的头发上沾着绿叶碎屑，他双手抱着一捆绿色茎秆，正迎着雀跃着的刘波而来。

"是甜秆。"黑皮心里一阵高兴。二娃哥在春天时曾领着他去潘池子村找小伙伴玩耍，当时甜秆儿和玉米苗一样高。二娃哥跟他说，这东西跟甘蔗一样甜，好吃得很。黑皮像小黑狗般迎着二娃跑去。

英娣在桑树下躲避着阳光，只一会儿工夫，不见了黑皮。她站起来，见庄二娃手上抱了一捆甜秆，刘波和黑皮正围着二娃，啃着手中的甜秆。英娣感到纳闷，江南人一般不种这种玩意儿，庄家村周边人也不稀罕甜秆，二娃是从哪弄来的呢？

“二娃，一大早你去哪儿掰来这么多甜秆？你娘正在寻你哩。”英娣从二娃手中接过甜秆问。

“奶奶，潘池子村的河边，长着老多甜秆。”二娃满头大汗，快乐地回着英娣。

英娣领着三个娃娃回到家里，拿出几根甜秆，撕去甜秆上的绿叶，撅成几段，放水里晃动几下，递给三个娃娃。

“婆婆，从哪买的甘蔗？”金凤见二娃回家宽心了许多，问英娣。

“这东西不稀奇，以前我们这带人都懒得吃，也没人家种，种了占地。在我们江南这一带，穷苦人家用来轧糖和酿酒，甜秆的穗扎笤帚。”

金凤拿起一段甜秆，咬了一口，甜甜的汁液顺着嘴角流了下来。

“娘，我喜欢吃甜秆。”庄二娃大口咀嚼着甜秆对金凤说。

正当众人欢欢喜喜地咬着甜秆，院子里砰的一声闷响，一只被绑住双爪的芦花鸡在地上扑腾着。

庄维田怨气满天地跨入了屋子，他径直走到庄二娃身前，伸手拧着庄二娃的耳朵往外拽，痛得二娃哇哇大哭。

“你疯了？”金凤心疼地将手中的甜秆砸向庄维田，用身体挡住了气呼呼的庄维田。

“问你儿子吧，我去县城办事回来的路上，正巧碰到潘池子村有名的闹鬼，他领着他的儿子，要来咱家闹事。你儿子偷了他家的甜秆，还打了他家的儿子，甜秆地被弄得东倒西歪，让你儿子和我上门赔礼道歉哩。”庄维田气呼呼地冲金凤说。

“不去！”金凤护着庄二娃，“娃娃们打架怎么了？又没把人打坏。”金凤顶真了，寸步不让庄维田。

“金凤，人家当我面，骂得多难听，让我回家好好管管这个‘拖油瓶’哩。”庄维田心中有气，脱口而出。

金凤一听“拖油瓶”三个字，她的脸涨得通红，忽地转身，猛地给了二娃一巴掌，旋即愣住，委屈地一把抱住二娃，大哭了起来。

第二十二章

1

天黑了，归巢的麻雀在临近图书馆旁边的法国梧桐树上空盘旋，叽叽喳喳地飞来飞去。庄维根坐在图书馆的窗边，他已经看了半个多小时的报纸。在他的桌前，放着一大沓《人民日报》，他有看报纸的习惯，每周都要抽空到图书馆看报纸。他主要看《人民日报》《新华日报》《解放日报》，对于其他的报纸，庄维根无暇也不感兴趣。庄维根看报纸只是浏览报纸的标题，对自己感兴趣的内容才细细地看。他从报纸上可以了解到国家的政治动态和政策，谨言慎行的习惯自从到火车厂工作一直保持到现在。

庄维根有文化，他遵守规规矩矩做人，老老实实做事，但他不能让自己的思想被麻醉，变得像个僵尸一样。他内心很清楚，人活着必须有思想，有自己的判断力。尽管这种思想和判断力只能埋在心里，但拥有这种思想和判断力才是一个活着的人。他觉得有了思想和判断力，胸襟才能广阔，才能在内心做个自由人。

庄维根起身将报纸放到报架上，他拎起蛇皮袋，里面放着空饭盒和瓷缸，他沉思着走出图书馆，梧桐树下几个小年轻正提着气枪，射着树梢上跳跃的麻雀。庄维根饶有兴致地停下脚步，看了片刻，不由得心想，这些小年轻正是读大学或参加工作的时候，现在窝在家里，整天玩耍，这样长期下去，城市不得宁静，社会也不得安定。

庄维根看着他们想到自己的女儿英群，她已经初中毕业，他的心被压得透不过气来。他转身往家中走去。

上个月，李邱巴给他回信，欢迎女儿下放回原籍，并表示会尽力照顾好她。他心里挺感激李邱巴的，可一想到土改时斗庄家的场景，想到大奶奶在两间黑屋子去世的场景，他对老家的那份情愫就像树根一样缠绕着他的脖子，让他窒息。

庄维根心里对女儿的去向有了安排，他计划让女儿随大溜去生产建设兵团。毕竟那里有解放军的看管，他可安心些。而且在生产建设兵团有工资拿，个人生活不成问题。

不知不觉中，庄维根走到了家门口，那盏路灯投下昏暗的光。他看到依冰正站在路灯下，焦虑不安地望着。

“维根，怎么才回家？”袁依冰不安地问庄维根。

庄维根冲袁依冰笑了笑，快步走入家门，见儿子和女儿不在家，知道他们肯定在外面玩耍。庄维根将袁依冰拉到自己身边，又将屋门关上。

“天黑没黑透，门关了，屋子里更暗了。”袁依冰不解地责怪庄维根。

庄维根打开电灯，轻声地对袁依冰说：“英群还是得去生产建设兵团，老家不能回。”袁依冰点点头。

“你昨天问我的问题，我在图书馆想通了。这些娃娃前阵子造反，把城市搞乱了，把他们全部往乡下山上一送，让他们去接受贫下中农的再教育，这是让他们自食其力……”庄维根话没说完，袁依冰赶忙捂住庄维根的嘴巴，神情紧张地往窗外看。

“听不到。”庄维根压低着声音安慰袁依冰。

“不是说工人阶级领导一切吗，干吗不让他们去工厂劳动，去接受工人阶级再教育？”袁依冰压低声音问。

“工厂安置不了，大饥荒过去没几年，也没那么多商品粮供应，只能去农村，去更苦的地方。”庄维根用低低的声音回。

“英群去生产建设兵团，总得有个期限吧？三年还是五年？今后总得要回城吧？难不成一辈子在乡下了？”袁依冰着急地问。

庄维根不语，他很清楚，女儿一旦去了生产建设兵团，今后要想回城，希望渺茫。庄维根不愿将自己的判断说给袁依冰听，免得她担忧得夜不能寐。

“到哪个山上砍哪个柴吧。”庄维根像是安慰袁依冰，也像在安慰自己。

工厂的高音喇叭里传来激昂的歌声：“灿烂的阳光照耀在祖国大地上，禾苗沐浴着雨露茁壮成长，我们革命的知识青年，把一生献给伟大的党。”庄英群脚上像装了弹簧，一蹦一跳地哼着喇叭里的歌进了家门。

“爸爸，妈妈，我们班除一个女生去老家山东外，大家都去兵团。”庄英群的脸兴奋得通红，激动地向父母报告她刚刚获知的消息。

“妈妈，维红、巧玲、海琴、美丽都去，我们今天在一起开心地聊了大半天哩。”庄英群太兴奋了，“有这么多同学一起去江苏生产建设兵团，热热闹闹的，比孤苦伶仃回老家好太多了。”

“什么时候走呀？”袁依冰揪着心问。

“下周一，说是学校统一组织，到常州表场码头坐轮船，直接去苏北大丰。哦，爸爸，昨天工宣队颜队长，在大礼堂给我们作了动员报告，他说大丰方强是个好地方，那里绿草如茵，鲜花盛开，芦苇摇曳，河流密布，临近大海，可以看到清清的河水，蓝蓝的天空，一望无际的大海和展翅飞翔的海鸥。”庄英群沉浸在美好的想象中。

庄维根皱起了眉头，不忍心戳穿颜元元的谎言，也不想让处于兴奋和憧憬中的女儿受到打击，只是静静地听着女儿的描述。他知道，一旦女儿踏上那片土地，父女之间相处的时间就不多了。

“还有三天，妈得给你准备行李。”袁依冰边说边打开煤炉，准备起晚饭。

2

黎明，天边刚刚出现一抹曙光，火车厂工房区兵营式的一排排住房中，许多人家灯火闪亮，嘈杂的声音不断地传来。

庄维根一家忙忙碌碌的——英群今天要去农场，她兴奋中又藏着许多忧郁，不停地做着家务活，刚把碗洗净，又去扫地。福生精神十足，今天他要帮姐姐抬行李，正好去看看表场轮船码头长得什么样。他知道姐姐去的地方有解放军，所以昨天就央求姐姐，下次回家时给他带一顶解放军的军帽。他的同学中有人戴着军帽，他和他的小伙伴们羡慕不已。庄维根赶着去车间，不能送女儿，只能匆匆叮嘱女儿几句，就拎着饭盒去工厂了。袁依冰将炒米粉装入布袋，又将家中仅剩的半斤白糖，塞入旅行袋中，催促着女儿赶头班公交车。

“妈妈，说好的安排专车集中送我们去表场码头，一会儿又变了。”庄英群埋怨着，将扁担穿过旅行包和棉被包里，和福生一起扛着出了家门。袁依冰望着远去的女儿，抑制不住地悲伤起来，流着眼泪回屋，趴在桌子上抽泣了起来。

公交车上挤满了送行的人，大包小包塞满了车厢的角角落落，嘈杂的话语声盖住了汽车发动机的轰鸣声。车到常州文化宫小营前终点站，无须问路，英群和福生随着肩挑手提各种行李的喧闹的人群，穿过青果巷，不远便听到了沸腾的锣鼓声和激昂、熟悉的歌声。

福生一路好奇地东张西望，表场轮船码头出乎他的想象。古老残破的城墙只有一小段，穿过弧形拱门，一条青石板的台阶弯弯曲曲伸向大运河。从弧形拱门处，透过来一阵阴森气，这是个常年阴暗潮湿的地方。

沿着拱门边一条不宽的甬道往前走，一座古老的石桥横亘在运河上。桥上桥下及河岸边挤满了人，高音喇叭在播放着战天斗地的歌曲。送别的人们簇拥在一起，大人们拖家带口给孩子送行。

“英群，我们的船在那边。”维红发现了英群，大声招呼着。

英群和福生挤向维红处，维红的父母正站在维红身边，维红的妈妈拽着维红的手，红着眼睛和英群打着招呼。

“英群，你们在一起要互相帮衬些啊。”维红的母亲含泪叮嘱着。

“阿姨，放心吧。”英群爽快地应着。

人流突然骚动，船上的船夫架起了沉重的跳板，开始用电喇叭向岸上的人们喊话了：“注意啦，现在开始登船了，男的从第四条船开始往后，女的从第一条船到第三条船，上跳板时注意了，不要着急，这些船都是去方强农场的。”

岸上的人们分成了两拨，纷纷往指定的船上拥去，告别声、叮嘱声、敲锣打鼓声汇聚成一片。

“姐姐，快走。”福生催促着英群。他见小火轮正喘着粗气，在轮船的后面用钢丝绳连接着六七条高大的水泥船，水泥船的船舱被雨布覆盖着，许多人已经到了船上。

英群着急了，挑起担子，转身往轮船挤去。她忽然停下，从衣袋里掏出两角钱塞给福生：“弟弟，回去买公交车票。”

英群站在水泥船头，拄着扁担，寻找福生，岸上黑压压的人群掩盖了弟弟的身影，她只能不断地对着河岸的人群拼命挥动着胳膊。福生此时正往石桥上挤，他站在石桥上，对着姐姐挥手、呼喊，嘈杂的声浪掩盖了他的声音。

英群见寻不到福生，大哭起来，哭声迅速引来一片哭声。哭声从船舱里，从河岸边交汇在一起，撕心裂肺。此时欢送的乐队不再奏鸣，只有高音喇叭仍在唱着："我们年轻人，有颗火热的心，革命时代当尖兵，哪里有困难，哪里有我们，赤胆忠心为人民。"

轮船长鸣了一声，缓缓启动，将满船的哭声带向前方。庄英群哭累了，她拖着行李进入黑暗的船舱，在一片啜泣声中，找到了一个空地方。

福生被哭声感染，他眼泪汪汪地望着渐行渐远的拖轮，消失在运河的拐弯处。他突然发现心中空空荡荡的，忍不住眼泪哗哗地流下。

福生边抹眼泪边走，一阵炸油条的香味传来，他忍不住来到油条铺前，望着一堆金黄色的油炸饺子，犹豫不决。他一狠心，掏出钱买了两个油炸饺子，边吃边往汽车站走去。

3

小火轮拉着长长的驳船，驶离了古老的京杭大运河，从镇江驶入长江，长江的风卷走了满船的哭声。船儿颠荡着，长江如同母亲般用波涛摇晃着驳船，一些人在颠荡中纷纷沉睡起来。

一盏明亮的马灯将船舱里的黑暗赶走。庄英群和维红挨在一起，她们将旅行包当枕头，躺在稻草铺就的临时座位上，俩人默默无语。一些人焦躁不安地辗转反侧，有人站起来往船面上走去。

"不准上去，外面风浪正大，会掉入长江的。"一个身穿救生衣的男人守在出入口，他大声地喊着。

"我要上厕所，憋不住了。"姑娘大声回。

一时间，满舱的姑娘们苏醒了，她们叽叽喳喳地起身往出入口拥去。英群和维红也爬起来，她们相互看了一眼，也不约而同地往船舱口走去。

"一个一个去，挤在一起危险哩。"船员高声提醒着，他的脸上流露出紧张和不安。

姑娘们一个挨着一个轮流上厕所，上完厕所回到船舱的姑娘还大声议论着。

“不碍事，地方宽敞着哩。”

“风大，摇来晃去，尿不出来。”

“风吹得屁股有些冷。”

姑娘们的活力在江风的吹拂下仿佛又回来了，离别的忧愁似乎被江风吹得一干二净。船舱里有个姑娘拉起了手风琴，熟悉的旋律将姑娘们召唤在一起，她们摇摇晃晃地站立着，纷纷合着琴声唱了起来。

“敬爱的毛主席，敬爱的毛主席，您是我们心中的红太阳，您是我们心中的红太阳……”

拉琴的姑娘激情四射，满舱的姑娘放声高歌。歌声像跃动的火苗，从一条船烧到另一条船，在长江中汇成了一条歌的河流。

紧挨着的另一条船上，响起了悠扬的琴声，一个浑厚的男中音的歌声传到船舱，唱的是《三套车》。满舱的姑娘停止了歌唱，侧耳辨别着歌声传来的方向。

一个姑娘耐不住好奇，跑出船舱，大声喊叫，满舱的姑娘争先恐后往船舱出口处拥去。船面上站满了胆大的姑娘，她们中会唱《三套车》的忍不住合着琴声唱了起来。

“……有人唱着那忧郁的歌，唱歌的是那赶车的人。”

“是魏东升在拉琴，我认识他。”维红兴奋地对周围的姑娘低语着，有人推了推维红，示意她打招呼。

“嘿，魏东升，你也去方强农场呀？”维红大声喊着。

两条船紧挨着，维红的喊声引起了魏东升的注意，他微笑着边拉边唱，边朝喊声处点了点头。维红的脸红了，好在月色下谁都没注意到。浩瀚的长江波浪起伏，姑娘们这才发现，拖轮只是沿着江边缓缓行驶，她们离江中心还远得很。

《三套车》唱完，围聚在魏东升周围的小伙子们换了新的歌曲：“……流不尽的长江水，诉不完的辛酸泪。船儿船儿你慢慢地航，让我把亲人最后望一望……”

这歌声让姑娘们忍不住跟唱了起来，无一例外，她们的眼里都噙着泪水。

维红忍不住低声啜泣，转身往船舱里去。英群鼻子一酸，眼泪也流下来了，她尾随着维红，回到船舱。

在江水的哗哗声中，一切都归于寂静。船舱里姑娘们或躺或坐，或呆呆地发愣或若有所思。不多会儿，有人睡着了，船儿仍在晃悠着行驶。江水的哗哗声轻轻拍击着船帮，不多会儿，哄睡了一船的“婴儿”。

4

庄英群要去的地方是江苏生产建设兵团管辖的方强生产建设兵团，也叫方强农场，它位于江苏省东部地区的大丰县。这里土地荒芜，河汊遍布，人烟稀少，一片荒凉，到处生长着盐碱地特有的植物，茂密的芦苇、小松树苗般的碱蓬菜、一丛丛的柽柳……地上覆盖着白花花的盐碱，因为濒临黄海，风中常常带有大海的腥味，连饮用水都略带咸味，几十里地难觅村庄。

知青们陆续被场部派来的大货车拉到各个安置点，常州和苏州的知青们被集中送到了这里。他们被编成十五团十五连，几百人被分开，住进了不同的房子里。

说是房子，其实就是原来劳改农场的监舍，都是大通间，里面塞满了床。原先监舍的铁丝网还在，窗户的铁栅栏还在，透过窗，窗外是弯弯绕绕的河汊，密密的芦苇荡无时不在风中放歌。哨兵的瞭望塔还在，高音喇叭替代了原先荷枪的哨兵。颜元元在动员大会上描述的美好风景，除了水是蓝莹莹的，天上的白云是飘逸的，其他的都是鬼话。知青们私下议论着，把怨恨和不满归罪于颜元元的谎言。

好在连续两天来，这里的伙食让知青们兴奋不已。猪肉炖大白菜、大米饭、白面馒头管饱，伙食让他们的失落得到了些许安慰。

按照团部的工作安排，场部派来了政治教员和农技人员，组织大家进行思想教育和农业生产的基本知识的培训。知青们听得饶有兴致。相聚在一起不过两天，彼此熟悉了，相互之间的话也就多了。对他们而言，这里的一切都是新鲜的。

大多数知青听着政治教员和农技教员的讲课，不过就是听听而已。政治上的那一套，知青们都懂。他们甚至知道政治教员的什么讲话，源于毛选第几册，还会议论哪些话讲得缺乏深度，大部分人员都是只听不记。唯有苏州来的一位男知青，认真地记录着政治教员的授课内容，还时不时地点头。

农技方面的讲课，他们听得一知半解，也很少会记笔记。但庄英群的笔记本上记满了农业技术人员的话，她了解了棉花的种植期、收获期，棉花的品种、分类以及如何采摘，她能把一天学到的知识从头到尾讲给周围的知青们听，她的认真引起了知青们赞美，也包括那位苏州男知青。

两天的培训课程即将结束，在政治教员的指挥下，知青们快乐地唱起了革命歌曲。充满激情的歌声，澎湃着年轻人的活力，歌声透过敞开的门窗，穿越河流，穿越芦苇，在盐碱地的上空回响。

这时，从门外走进几个干部，事后知青们才知道，那是十五团的单团长和财会人员。他们提着一个大袋子，兴高采烈地宣告了一个激动人心的好消息，农场为了关心知识青年，预发一个月的工资，每人十五块钱。一时间，知青们亢奋了，他们欢呼起来，一个个激情难抑，摩拳擦掌，恨不得立刻投身于火热的劳动之中，在广阔天地锤炼出一颗红心。

庄英群庆幸选择到生产建设兵团。在这里，开会、学习、唱歌，有吃有喝还有钱发。她还想着，钱发下来，要给家里寄上十块钱。

第二天，天未亮透，起床的哨子声响了。知青们纷纷来到食堂门口，一个个傻了眼。昨天火热的心情突遭寒霜——食堂门口贴着一张通知，从即日起需自行购买饭菜票……

5

太阳还未出来，姑娘们每人发了两个大麻袋，在管理人员的催促下，她们系上了围兜，来到了棉花地边。这是她们来到农场的首次劳动，也是她们人生中从城市来到乡野艰苦劳动的开始。

一望无际的棉花地延伸到天边，像天上的白云汇集后落到了大地上。清晨的田野散发着浓浓的秋的味道，野草上的露珠还未抖落，管理员指挥着姑娘们一字排开，相互间隔几米，在哨子声中，一群如花般的姑娘欣喜地拥入这片花的海洋。

棉田里交叉虬结的棉枝上，盛开着一朵朵棉花，在一双双灵巧的手采摘下，留下空空的棉壳挂在枝头。晃动的枝条像波浪一样，阻碍着姑娘们前进的脚步。

棉枝不断地剐着英群的胳膊，挂在枝头的尖尖的棉壳，划破了英群的手。不知不觉中太阳一跃老高，向大地投射着热量，豆大的汗珠出现在英群的脸上。她回头望了望，似乎离开田埂几丈远了，她的围兜里已经塞满了棉花，便拨动着棉枝往回返，将满兜的棉花倒入麻袋里。

不远处，维红和唐丽丽正垂头丧气地坐在麻袋上发呆，系在腰间的围兜干瘪瘪的，维红在轻轻地哭泣，她的头发上沾满了棉叶屑。

“英群，我的脸划伤了。”维红对着英群哭。

庄英群走过去，见维红的脸上被棉枝划了一道红痕。唐丽丽穿着皮鞋，她的脚崴了，皮鞋跟松了，摇摇晃晃下不了地。

唐丽丽站起来，一瘸一拐地来到维红身边：“维红，我们换双鞋吧？”维红白了唐丽丽一眼，把头扭到一边不理睬她。

在学校时，唐丽丽特别高傲，她身材好，人长得漂亮，又喜欢打扮，特别喜欢穿皮鞋。她有好几双皮鞋，颜色不一。唐丽丽是男生们注目的女孩，她孤芳自赏，在女生群里不合群。

“丽丽，你没带球鞋？”庄英群抹了把汗问唐丽丽。

“我以为到了乡下可以买到鞋，谁知道街市离这里这么远呢。”唐丽丽不好意思地说。

“我带了三双球鞋，明天给你一双吧。”庄英群大方地对唐丽丽说。

“我现在怎么办呢？”唐丽丽委屈地说。

“你去我床底下拿一双先穿着吧。”英群笑着说。

“英群，你的脸也划伤了。”唐丽丽惊叫着。

庄英群的脸划出了好几道红痕，脸上火辣辣地疼，她自己知道的。

“维红，你别哭了，你的脸上只有一道痕，英群的脸上好几道哩。”唐丽丽不满维红的白眼，冲着维红喊。

维红起身，委屈地抹了抹眼泪，瞥了一眼唐丽丽，极不情愿地走向棉田。

庄英群将两只大麻袋拎在手上，投入茫茫棉海里。

傍晚，落日的余晖映红了半个天空，田野里四处响起了蛙的鼓噪声，大田的路边放着一长溜装着棉花的麻袋。有的麻袋鼓鼓囊囊，像哨兵般挺立，有的麻袋垂头丧气，瘫软在地上。大卡车旁，一台大秤号着每个麻袋里棉花的重量，团部派来的连长正拿着小本子记录每个人的采棉量。他的眉头紧锁，脸绷得像鼓面一样。

“晚饭后，全体在连部会场开‘斗私批修’大会。”连长愤怒地吼着。

知青们三五成群地从卡车边溜过去，一些胆大的姑娘还不忘扫视连长因愤怒而扭曲的脸庞。一路上她们好奇地交流着这个连长的信息，在你一言我一语的交流中，大致捋清了连长的面目。

郭大北，本地人，原先是劳改局看管犯人的小头目，劳改农场搬走后，郭大北留下，划归了兵团十五连，当了连长。

知青们一路嘻嘻哈哈，她们来自城市，见过风浪。什么批斗会，斗私批修会都见过。她们对晚上的斗私批修会满不在乎。尤其是唐丽丽，批斗会她参加得多了。她不在乎今天采了多少棉花，她的皮鞋跟坏了，总不能光着脚下棉花地吧。她在想，大不了把她退回城市，这于她正是求之不得的好事。她边走边哼起了小曲，“西边的太阳就要落山了，微山湖上静悄悄……”

维红紧随着庄英群，她的脸煞白。她今天只采了一兜棉花，拉小提琴的手指又酸又痛，似乎肿了起来，脸上挂着棉枝弹动时划出的伤痕。她知道，连长的愤怒里有对她的强烈不满。当她拎着空荡荡的棉袋去过秤时，郭大北气得一把夺过空麻袋，抛向卡车车斗，连秤都没给她号。

维红心知肚明，唐丽丽是工人家庭出身，自己则是教师家庭出身，父母属于臭老九。维红担心挨整，胆战心惊地紧随着庄英群。

“英群，晚上肯定要批斗我了，我出身不好。”维红的眼里噙着泪花，她弱弱地看着庄英群。在班级里，她和英群来往较多。

“维红，别怕，我还出身地主家庭呢，你的出身比我要好。”英群安慰着她。

“你摘的棉花最多了，我摘得最少。”维红忧心忡忡。

“你别怕，要是让你检讨，你就表态，上山下乡是一个艰苦而又漫长的过程，你说你保证采摘斤数会一天超过一天，千万别和郭连长顶嘴。”庄英群叮嘱维红。

“嗯！”维红乖巧地点着头，“英群，我采不过她们，也完不成指标，怎么办？”

庄英群安慰维红：“从明天开始，我俩的棉花装在一起过秤。”

维红听了庄英群的话就像落水人抓住了一根稻草：“英群，太感谢你了，从晚饭开始，我俩吃饭在一起。我带来好几瓶麦乳精，我俩一起喝。”

第二十三章

1

晚饭后，忐忑不安的知青们三三两两地聚在一起，窃窃议论着即将召开的斗私批修大会。他们展开了丰富的想象，把在城市里见到过或者亲自参加过的各种批斗会的场景，有声有色地说着。甚至，有的知青开始对号入座了起来。他们大胆地预测了一些可能挨批的对象。在这些预测需要检讨的人中，自然少不了唐丽丽和维红。

反常的情况是知青们相互沟通串联打听后，连部居然没有安排知青代表上台发言。按照斗私批修大会的惯例，会安排若干积极分子上台读批判文章。这一反常行为更加引起知青们的疑惑，有知青大胆推测，连部一定安排了其他连队的代表上台批判，这样能避免熟人之间撕不开脸面、下不了重棍的尴尬。

唐丽丽和维红也是这么想的。她们比谁都关心即将召开的斗私批修大会，出于对自身的担忧，她们比谁都更加关注有没有人被郭大北找去安排任务。一番打听后无果，两人的担忧更重了。

唐丽丽的脸上装作若无其事，在学校和城里时，她参加过的各类批斗大会不下七八次。她年纪不大，却可以称得上“老运动员”了。她爹爹在工厂就是个老运动员。她装作满不在乎，特意穿了条黑色裙子，换了双红色的皮鞋，把头发梳成两条麻花辫，精精神神的。相比之下，维红脸上有掩不住的惊恐，她不断地问庄英群怎么办，哀求着庄英群开会时坐在她的身边。

哨子声响了，知青们陆续拥向连部会场。先入会场的人赶着往后排坐，后入会场的人只能怏怏地往前排坐。最前一排，稀稀拉拉地坐着五六个陌生人。

郭大北穿着警服坐在桌前，在他的头顶上方，一盏大电灯泡灿灿地照耀着。郭大北望了望前排坐着的人，似乎捕捉到了些许暗示。他从容地站起，亮开了嗓门。

“同志们，你们是一代革命青年，怀抱着来广阔天地锤炼一颗革命的红心的志向来到这里的。今天是第三天，我们相聚在这里，召开斗私批修大会。斗什么呢？批什么呢？斗个人内心的私心杂念，斗厌恶劳动的享乐主义思想，批内心正在滋生的修正主义的苗子。修正主义思想是怎么产生的？源于个人内心滋生的私心杂念，源于个人内心放松自我批判的政治立场。在今天的劳动中，在你们中间，出现了左中右三种人。伟大领袖毛主席教导我们，凡有人群的地方，都有左中右。对待正在出现的左中右三种人，我们应该怎么办？我们应该用战无不胜的毛泽东思想，来领导我们的灵魂，来左右我们的灵魂，来一场灵魂深处闹革命。这个革命怎么闹？从斗私批修开始。”郭大北边说边望了望前排坐着的数人，见他们点着头，郭大北慷慨激昂了起来。

“今晚的斗私批修大会，要做检讨的人，你们说是谁呢？”郭大北扫视着会场。台下骚动了，人们纷纷左右环视。有人的目光停留在谁身上久了些，立刻会引来对方的白眼。

维红紧张不安，她低垂着头，紧紧地抓着庄英群的手，眼睛不敢看郭大北。唐丽丽装作若无其事地望着窗外，看远处风中的芦苇在晃荡。

“要检讨的人只有一个人——”郭大北故意拖长了语音，众人凝神屏息，目光聚焦在郭大北的脸上。

“那就是我——作为十五连的连长，我深入你们中间不够，工作中性子暴躁，这都怪我长期与劳改犯们在一起。你们是革命同志，我们是战友，我们将长期在一起，用我们劳动的双手，用我们的汗水，把这片荒漠的盐碱地，建设成我们未来美好的家园。”

郭大北话没讲完，台下爆发出热烈的掌声和喝彩声。一些胆大的知青更是站起来鼓掌，这样奇怪的斗私批修大会，让知青们沸腾了起来。维红松开紧紧抓住庄英群的手，长舒了一口气，她不由得也鼓起了掌。

“赵克礼、庄英群站起来。”郭大北高声喊着，众人不知原因，会场里立刻寂静无声。所有人的目光，注视着站立的赵克礼和庄英群。

赵克礼，就是那个认真记笔记的苏州知青——瘦高个儿，他一脸的懵懂，显然有些不知所措。庄英群的心怦怦乱跳，红着脸，不安地搓着摘棉花时划破的手。

“这是我们今天劳动中出现的代表。赵克礼今天摘运了三千多斤南瓜，在我的印象中，在劳改农场搬离前，犯人们中都没有这么高的产量，庄英群今天采的棉花净重超过了一百斤。同志们，我们大家要像他俩学习。”

郭大北的话引来会场一阵掌声，前排就座的几人也站起来，面朝赵克礼和庄英群鼓起了掌。庄英群偷偷地望了眼赵克礼，见他傻笑着望着自己。庄英群脸上一阵燥热，害羞地扭过脸。

“唐丽丽、维红站起来。”郭大北朝赵克礼和庄英群压了压手，示意他们坐下，他继续喊着。

唐丽丽和维红怏怏地站起，郭大北注视着满不在乎的唐丽丽，心里一阵躁动。他望望头顶那盏亮晃晃的大灯，将帽子摘下，用手抹了把额头上的汗，显得有些语塞。

唐丽丽高挑的身材，一双美丽的眼睛瞪着郭大北，一副镇定自若的神态，让郭大北感到惊讶。相比维红的不安，唐丽丽显得鹤立鸡群。

台下传来了哄笑声，郭大北假装咳嗽几声稳住了心神。他大声问道：“唐丽丽、维红，你们今天采棉量是倒数第一、第二，你们说一下是什么原因？”

台下的知青有的暗笑，有的交头接耳，连坐在前排年龄最大的那个老头，也脸露笑容，饶有兴趣地回头望着她们。

“报告郭连长，我原以为这里有商店，能买到球鞋，谁知道这里离集镇这么远，我穿着皮鞋下地崴了脚，所以……所以……”唐丽丽越说越不像开始那样理直气壮。

“维红呢？”郭大北似乎有些原谅了唐丽丽，又开始责问起维红。

“报告连长，伟大领袖毛主席教导我们，要‘斗私批修’。我刚从城里来到农村，资产阶级思想还没有消除。我一定虚心接受贫下中农的再教育，我保证每天的采棉量一天超过一天。”维红按照庄英群教她的话，逐字逐句地背诵着。她的眼睛里闪动着委屈的泪花，会场的气氛一下子凝固了。

郭大北满头大汗，他望着苦兮兮的维红，她像课堂上回答问题的怯怯的小女生那样，扭头不敢注视着郭大北。郭大北又望望站立的唐丽丽，唐丽丽正瞪着双眼，笑嘻嘻地注视着自己。郭大北忽然觉得不忍心再说些什么，会场出现了短暂的沉默。

前排坐着的那个老者起身了。他走向桌子，郭大北赶紧冲台下大喊："同志们，咱们十五团单团长给大家训话。单团长是老革命，枪林弹雨中过来的战斗英雄，大家热烈欢迎。"

郭大北话音刚落，会场上响起一片热烈的掌声。

"同志们，呃，也可以叫你们娃娃们，你们和我的孩子一般大，用不着跟你们讲大道理，既来之，则安之。我们十五团有十六个连队，好几千号人，用毛主席的话讲，我们都是来自五湖四海，为了一个共同的革命目标，建设方强新农村来了。这里环境是恶劣的，劳动是艰苦的，前途也是光明的！"单团长的话引来雷鸣般的掌声，单团长的笑容和蔼可亲，"初来乍到，不习惯是正常的，也是可以理解的嘛。劳动的过程是一个适应的过程，我这个人呐，不喜欢说大道理，要说大道理，我也说不过你们哩。"

听了单团长的话，知青们不再拘谨，他们的目光全都注视着他，竖着耳朵聆听着。

"未来我们这里每个连队，都要有各个不同的战斗分工。我们要扩大果园，要扩大种棉土地，要尝试在盐碱地里种水稻，要成立养猪场、副业排、蔬菜队，要开河修渠、修路，要干的事情多着哩。除了种地搞生产，还要进行一定的军事训练，做到一手锄把子，一手枪杆子。前方就是大海，我们这里是防特、防国民党反攻大陆的第一线。前面有长长的海堤，要防台风、防海啸。你们说，这里需要不需要你们？"

"需要。"知青们热血沸腾，异口同声地高喊着。

"我来这里时，接到原劳改监狱的电话，有两个犯人正在守着海堤。一个犯人已经刑满释放了，另一个犯人也要刑满释放了。这么重要的海堤，让这样的人去守，大家放心吗？"单团长高声问着。

"不放心！我去守海堤！"一个五大三粗的男知青慷慨激昂地吼着。

会场里人声鼎沸，热情高涨。

"在你们中间，未来会有共青团员、共产党员，会有领导干部、革命军人、劳动模范。正如伟大领袖毛主席所说的，希望在你们身上。"单团长说完，向会场敬了个军礼。所有的知青起立，他们用热烈的掌声，向单团长致敬。

"散会！"郭大北情绪高昂地大喊了一声。

处于亢奋中的知青们叽叽喳喳地出了会场，他们消沉的意志高涨起来了。唐丽丽走出会场前，回望了一眼台上的郭大北，郭大北正伸长着脖子看着她哩。她心满意足地追维红而去。

一轮金色的月亮挂在天空，给这块神秘的土地增添了几分诗意。

2

庄英群喜滋滋地步出会场，她见维红走在前面，刚想加快脚步追赶维红，见船上拉手风琴的魏东升朝维红招手，维红羞涩地迎向魏东升，他俩肩并肩往人少的地方移动。魏东升是其他学校的，庄英群不认识他，见此情景庄英群也不好意思去打扰他俩。她停下脚步想寻找唐丽丽，却发现赵克礼也停止了脚步，站在不远处的田野朝她微笑着。庄英群心里一动，她对赵克礼回了一笑，不由自主地朝他走去。

“庄英群，你好，看不出来你块头不大，采棉花第一呀。”赵克礼操着一口苏州话恭维着庄英群。

庄英群略显不好意思，她回夸了一句：“郭连长第一个表扬你，你长得不结实，怎么有这么大力气，一个人连摘带运了三千多斤南瓜哩。”

赵克礼长得还算精神，只是黑发里有了一些白发，正是这些白发让赵克礼显得比同龄人苍老些。他的脸较长，在庄英群的眼里，赵克礼的脸长得有些像驴脸。见庄英群打量着自己，或许是有些自知之明，赵克礼忽然觉得有些拘谨，只是傻傻地冲庄英群笑着。

“你是苏州人呀？”庄英群明知故问。她觉得那些正回宿舍的女知青中，有人偷望着自己，一种羞涩的感觉让她浑身不自在。她想，回宿舍后，她们肯定要叽叽喳喳地寻她开心了。一种莫名其妙的感觉，让庄英群有些左右为难。她想反身往宿舍而去，双腿却不听话。

“我比你高两届。”赵克礼显得有些难为情，“不过，比你们常州的知青也只早来了几天。”

“你们苏州知青来了多少人？”庄英群问。

“我也弄不清楚，反正一大帮子人。在我们十五连，大概有七八十个。”赵克礼此时显得自在了些，他迎着庄英群走近了几步。他用手指着不远处几排简陋的房子对庄英群说，“都是大通间，每个屋子里挤了十来号人。空气混浊得很，早进了宿舍也睡不了觉，打麻将的、打牌的、拉乐器的，不到深更半夜安静不了。”

“我们那里也是，挤了几十号人，每张床前用塑料纸或者床单一围，哭哭啼啼的人多得很，也是不到半夜三更不睡觉的。”庄英群和赵克礼似乎找到了共同的话题，话也多了起来。

“去走走？”赵克礼笑着邀请庄英群。庄英群笑而不语，环顾了一下，在夜幕下，许多地方都有晃动的一对对人影。她抬头望了望夜空，深邃的夜空，除了那轮金黄色的月亮在云中缓缓移动，稀疏的星星在天际隐现，四周一片寂静。晚风吹来，让她觉得心旷神怡。她点点头，随着赵克礼往河边走去。

河边长满了芦苇，河岸边一丛丛灌木里传来秋虫的低鸣。

“连个坐下来的地方都找不到。”赵克礼环顾四周，有些抱歉地对庄英群说。

“站着挺好。”庄英群远离着河边说。月光下，赵克礼的头发显得更白了些。庄英群又偷偷看了一眼赵克礼，觉得他的年龄一定很大了。

“哎，我问你，你是不是在学校里留过级的？”庄英群调皮地问。

赵克礼憨厚地摸着头笑着，他显得有些尴尬：“这是遗传，叫少白头。”

“你这不叫少白头，黑发要比白发多。不过，看上去像是历经沧桑的感觉。”庄英群哧哧地笑着，说完，又觉得自己话有不妥，心里暗暗责备自己。

赵克礼乐了：“我哥也是少白头，本来我前年就要上山下乡的，一直在苏州拖着，想看看形势。熬不过去了，今年也只能随大溜了。”

庄英群觉得奇怪，上山下乡竟然还能躲避？她忍不住问赵克礼，“上山下乡还能躲避？”

赵克礼似乎犹豫了一下，宁静的田野除了蛙的鼓噪和秋虫的鸣叫，偶尔能听见沙沙的风摇苇叶声。

“我爸是老干部，原以为审查会很快结束的，结果一直到现在也没有结论。再不上山下乡，错过这次来生产建设兵团的机会，后面只能回老家插队落户去了。”赵克礼如实地说。

庄英群一听赵克礼的爸爸是老干部，心里咯噔了一下。她有些慌张，眼前这个看起来不算英俊的小伙子，原来是红色家庭出身。庄英群本来心里就长期笼罩着家庭出身的阴影，顷刻之间，觉得自己比眼前的赵克礼要矮了许多。她低垂着头，晚风撩动着河岸边的垂柳，柳枝晃动着，她上前掐断一根柳枝，默默地撕扯着柳叶。

“怎么了，庄英群？我说错什么话了？”赵克礼见庄英群沉默不语，心事重重，他有些不安了。

“没什么。”庄英群抬脸朝赵克礼淡淡地说了句。她的眼里透出一丝忧伤，听得出她的话里藏着些许的忧郁。

“我哥安排了工作，在苏州一家大型国企当保卫科长。我姐回了老家插队落户。哦，我妈也是南下干部，以前是土改工作组长。”赵克礼并没有看出庄英群内心的不安，他在庄英群面前尽可能地展示着红色家庭的优越感，想引起庄英群对他的好感。

庄英群将柳枝上的树叶扯光了，又将柳枝一截一截地掐断。她的手里握满了一截截柳枝，空气中弥漫着柳枝青涩的气息。她狠狠地将手中的柳枝抛向河里，河面泛起了一圈圈涟漪，柳枝在月光下静静地浮在水面。

赵克礼望着月光下的庄英群，她那双清澈明亮的眼睛里闪着泪花，长长的眼睫毛上似乎也沾着些许泪花。

“庄英群，你怎么了？”赵克礼近前，他大胆地凑近庄英群的脸，想寻找出庄英群忧愁的原因。

“我出身不好，我爸是地主分子，当人民内部矛盾处理的。”庄英群喃喃地说。

赵克礼一愣，笑着安慰起庄英群：“出身不好的人多着哩，我们这批苏州知青中，十个里面就有五六个家庭有问题的。毛主席不是说嘛，重在政治表现。”

庄英群此时显得从容了些。“其实，我不羡慕像你这样的红色家庭。干部也好，领导也罢，那是过去的事，是历史。我只相信《国际歌》中的一段歌词，‘从来就没有什么救世主，要创造人类的幸福，全要靠我们自己’。”庄英群脱口而出，她也感到惊讶，自己怎么能说出这样的话。

赵克礼见庄英群坦坦荡荡，欣赏起眼前这个文静的女孩，她的内心如此刚强。宁静的夜晚，皎洁的月光，和煦的晚风和秋虫的鸣唱，都让身边的庄英群熠熠生辉。赵克礼觉得眼前的庄英群，可爱又可怜。

“走吧，夜深了。”庄英群转身招呼着赵克礼。

3

宿舍里那盏大灯泡亮晃晃地照耀着，中间的桌子旁坐着几个姑娘，有人在吃着点心，有人在看着小说。

庄英群坐在床沿边，心绪繁杂地望着屋外。她见维红还没有回来，心里有些疑惑，她以为自己回来得已经够晚了。庄英群起身抓了些炒面放在瓷缸里，她拿起半罐白糖，用勺子挖了些想放进瓷缸。她犹豫了一下，将勺子抖动了一下，把白糖罐重新放进旅行包里。她提起热水瓶倒入开水，用勺子搅拌起炒面吃了起来。

维红的床铺挨着她的床铺不远，床底下凌乱地堆放着杂物。泥土地面泛着丝丝白花花的盐碱，宿舍里充塞着一股泥土的土腥味。她皱了皱眉，起身将窗户推开，一股晚风从窗户涌入。在不远处，她看到魏东升和维红并肩向宿舍走来。

庄英群笑了笑，心里似乎明白了怎么回事。她刚刚和赵克礼在河滩边聊天时，在那轮皎洁的月光下芦苇摇曳，蛙儿鼓噪，垂柳依依的景色里，她的心里泛起了一片朦朦胧胧的情愫，这让她想起《钢铁是怎样炼成的》中主人公保尔·柯察金第一次见到冬妮娅的场景，庄英群的脸微微发烫。

他为什么要对自己炫耀他的家庭？难道他事先知道她的家庭出身吗？不过他明明是在向自己示好呀，他的话语里透露出对自己的好感。庄英群不敢多想，明白她就属于冬妮娅一类人，出身于剥削阶级家庭，最终不大可能会融入那些红色家庭。她心想，冬妮娅这个天使般纯洁的姑娘，最终也收获了她的爱情。这只能怪保尔·柯察金没有福气得到如此纯洁的天使般的冬妮娅。此刻，庄英群内心不免替保尔·柯察金惋惜了起来。

维红蹑手蹑脚地来到庄英群身边，她兴奋地轻轻拍了下庄英群。庄英群一转脸，见维红激动地说：“英群，魏东升这个傻瓜蛋今晚唱了好多歌给我听。”

“哦。”庄英群低声应了声，低声问，“他都唱了些什么歌？”

“好多首哩，哦，他唱了《在那银色的月光下》，他的嗓音太美了，极富磁性，正宗的美声。”维红拉着庄英群坐到床边，甜甜地贴着庄英群的耳朵说着。

“他爱上你了？”英群忍不住咯咯地笑着。

“别瞎说，他可没直接向我表白。”维红脸红了，她的心里泛起了波浪。

“维红，你真傻，他是借这首歌的歌词，向你传递着爱情哩。”庄英群逗着维红。维红轻轻地搡了下英群，紧张地用手指了指四周一个个孤岛，那是用塑料布或床单围起来的一张张床。

“哎，英群，赵克礼对你说了些什么？”维红看到庄英群和赵克礼站在一起讲话了。

“我们在河边站了一会儿，只是看了看风景。”庄英群笑着对维红说。

“从看风景开始，然后……”维红调皮地逗庄英群。

“维红，那你和魏东升一起没说些别的？”庄英群问。

“魏东升想去报名看守海堤。他说他喜欢寂静的地方，他不怕鬼。他说在那里可以拉琴唱歌，写一些自己喜欢的歌曲。他还建议我去副业排，学习各种编织手艺，用不着在野外劳动。”维红竹筒倒豆子般全说了。

“我留在大田排，我喜欢田野，在田野里自由、奔放、无拘无束，那些指标反正我能完成。”庄英群说。

“好香哦，英群，你拌炒面了？”维红嗅到了香味。

“你吃吧。”庄英群将瓷缸递给维红，维红舀起一勺送入嘴里。

“怎么没放糖？”维红皱起眉问英群。

“将就着吧。”庄英群含糊其词地回着。刚才她挖白糖时，想起了赵克礼在大田劳动，那是体力活儿。她想找个机会，将半罐白糖送给赵克礼。

唐丽丽穿着拖鞋，大大咧咧地从屋子正中的桌子边站起，她的手上捧着一本小说，刚刚看入了神。灯泡的光亮刺痛了她的眼睛，见维红正吃得香，主动凑了过来。

“哎，英群，维红，炒面好香哦。”唐丽丽大声说着。

维红将瓷缸递给唐丽丽，唐丽丽也不推辞，挖了一大勺，边吃边得意地说：“开会时你们有没有注意到，我站起来说话时，郭大北在台上就像个傻子，接不上我的话，真是土八路一个。”

“郭大北还是很有工作能力的，他没有批评你，这是疼爱你。”庄英群咯咯地笑着，她的笑声又引来海琴等姑娘们，大家饶有兴致地议论着。

"丽丽，你今天的穿着，又干净又得体。郭连长见过多少像你这样漂亮的姑娘。"海琴的话引得大家大笑。

"就是，连我都被你迷住了。"巧玲也逗起了唐丽丽。

唐丽丽满不在乎，仰起了头，学着孔雀走路："姑娘十八一朵花，不恋张郎不恋他。"姑娘们哄堂大笑。这时，从角落里传来冷冷的声音："都几点啦？还让不让人睡觉？"

一屋人瞬间鸦雀无声，一个个蹑手蹑脚地溜向各自的床铺。

屋子中央的大电灯泡被人熄灭，宿舍里瞬间暗了下来。窗外的月光显示出了它的妩媚，透过洞开的窗户，洒入一地的银色。

渐渐地，传来一阵窸窸窣窣的辗转反侧声，屋外的蛙鸣声和蝉虫的低吟声隐隐传来，一切归于静谧。

庄英群躺在床上，在迷迷糊糊中，似乎听到有人梦中在哭喊着"妈妈"。

4

十五团的团部位于一个集镇上，集镇规模不大，常住人口千余人。除了一条数百米的水泥马路和两侧的民居外，并没有规模稍大些的商店。团部的建筑也只是些平房，除大门口那块写有兵团名称的牌子显眼些外，并无多少办公单位在此。

天气格外闷热，团部简陋的会议室里坐满了人。单团长一身戎装，端坐在桌子前，军装的衣领周边已经湿了，但风纪扣却扣得端正。会场里大部分与会人员，或穿着军装，或穿着警服。少数穿便服的人员，大家都知道是省农垦局所属的干部。一些穿制服的人员衣领敞开着，一台老式吊扇在会场中央头顶上方吱吱呀呀地转动着。

郭大北满头大汗坐在台下，他见单团长正襟危坐，一脸严肃的样子，不由得将衣领的风纪扣扣上，许多人也不由自主地整理起了仪容仪表。

单团长端起大瓷缸喝了一口茶，他悠闲地点了根烟，连吸了几口，眼睛扫视着台下。

"同志们，兵团组建时间不长，台下的同志们有来自军队、公安的，也有来自省农垦系统和当地政府的。有些同志熟悉，有些同志尚不太熟悉。我们十五团辖属共有十六个连队，管着方圆百里范围。十六个连队就是十六个知青点，好几千人马，吃喝拉撒，要管思想，管劳动，管生产和发展，这对于我们长期在军队和公安部门工作的同志来说，是个艰巨和重大的挑战。有些同志对眼前的困难感到失望，嘴上不说，心里嘀咕，有这些情绪都是正常的嘛。说实话，从兵团、师部、团部，到你们，谁心里都不痛快。但是，我们是革命军人，服从命令是我们军人的天职。上山下乡是一场伟大的运动，犹如当年延安时期的南泥湾运动。使命在肩不容退缩，同志们，是不是啊？”

单团长大声问着，台下传来热烈的应答声。单团长笑了，抽了口烟，将烟蒂丢在地上，起身用脚重重地踩了一下。他一手叉腰，继续慷慨激昂地演讲。

“这段时间，我跑遍了这片土地。在所有的知青点中，条件最差的就是小郭的十五连。但给我留下印象最深的也是我们这块土地，百里范围，人烟稀少，河汊遍布，芦苇到处可见，天是蓝的，云是白的，地也是白花花的。台下省农垦的同志跟我说，这些既是困难，更是资源。我们要好好谋划，规划好方方面面。就像打仗一样，要了解这块土地，统领好这好几千人马，在这里再造一个南泥湾。”

单团长的话引起台下一阵掌声。

“我们团要充分利用各个连队之间的优势，办砖瓦厂，建自住房。要修路，要开河，把能连的河沟尽量相连。我们要把卯酉河引到这里，增加蓄水量。我们要发展农林牧副渔，尝试在盐碱地里种水稻。我们要开垦土地，增加果园种植面积，我们要引进优质棉种，提高产棉量。同志们要有信心，要有长期在这里工作的思想准备。我相信要不了多久，这里会变成我们引以为豪的鱼米之乡、棉花之乡、瓜果之乡。”

单团长鼓舞人心的讲话，让台下的干部们群情激奋。

“单团长，天又热又闷，我可不可以脱下军服啊？”有人闷热难受，趁着会场气氛轻松，大胆地喊了起来。

单团长一愣，旋即大笑：“可以，只要别扒光衣服就行。”众人纷纷解开衣领，有人索性脱下军服，穿着背心，把军帽摘下来当扇子。

“同志们，我认为，脱下这身军服是早晚的事。未来，我们可能都会转入地方工作，与这片土地共存共荣啊。”单团长说着也摘下军帽放在桌子上，解开军服扣子，将敞开的军服当扇子，快活地扇了起来。

“大家对未来工作上有什么设想，或者问题，提出来一起唠唠吧。”单团长往椅子上一坐，端起大茶缸，又喝了几口。

“团长，知青们没来几天，到处看见男女成双结对的。吃饭在一起，闲逛在一起，哪里荒凉往哪里钻。这样下去，怎么得了啊？”一位干部站起身大声报告着。他的话，引起了台下不少人的附和。

“我记不得是谁说过的话了，什么在劳动中产生爱情。男女成双结对，在这里，这种事今后不稀奇，用不着大惊小怪。我看这不是坏事，你要阻拦也阻拦不了啊。”单团长收回了笑容。

“团长，这个风气不好。这些城里来的娃娃，工作没干出成绩，到这里来是改造思想，劳动锻炼的，不是来谈情说爱的。团长，这股风必须刹住。一旦蔓延开来，后果严重啊。”一名干部起身面对着单团长，情绪激动地大声诉说着。台下许多人纷纷表达自己的意见，会场气氛瞬间严肃了起来。

“团长，这股风必须刹住！白天劳动，晚上又不好好学习，在野外闲逛到深更半夜回宿舍，第二天干活没精打采，让我们基层同志怎么管理啊？”又一干部站起来，环顾四周大声问着。

“是啊，这就是资产阶级罗曼蒂克的思想表现。”

“对啊，这种刚萌生的苗头，必须要下猛手，扼杀在摇篮里。”

一时间，许多人对知青中出现的谈恋爱的苗头，大胆地抒发着自己的看法。他们将目光注视着单团长，只要他表明态度，他们有足够多的手段去扼杀这种苗头。

单团长不语，又点了根烟，神情严肃地思考着。少时，他将烟掐灭，朝台下摆了摆手。

“同志们，你们看看窗外，这里是我们团最繁华的地方，一到晚上，漆黑一片。娃娃们都是从城市里来的，他们是年轻人，一个个青春活力十足，他们有他们的需求。爱情是美好的，不该扼杀。我看呐，只要不是耍流氓，只要不是欺男霸女，只要不是聚众斗殴，大可睁只眼，闭只眼，由着他们来。同志们呐，未来这里的人口繁衍，还需要他们做贡献哩。”单团长语重心长地对大家说，台下的干部们沉默了一会儿，似乎理解了团长话里的意思。

散会了，门外响起一阵汽车的轰鸣声。郭大北扣好衣服，转身出门。身后传来单团长的招呼声："小郭，你过来一下。"

郭大北转身见单团长笑着伸手招呼着自己，大步走向单团长，他随着单团长走到一旁，注视着团长严肃的脸。

"小郭，今年多大了？"单团长问。

"报告团长，今年三十八岁。"郭大北答。

"早该结婚了，有目标了吗？"单团长问。

"报告团长，相了几次亲，没成。"郭大北低声回。

"郭连长，要牢记身上穿着的这身服装，明白吗？"单团长板着脸说。

"明白。"郭大北爽气地回。

"明白什么？"单团长又盯着郭大北问。郭大北不敢看单团长灼灼有神的双眼，低头不语。

"郭连长，那个女娃娃长得好看。可她是你手下的兵，知道我话里的意思吗？"单团长的话像把刀直戳郭大北的心。

"团长，我……我不明白团长的意思。"郭大北低声嘀咕着，心慌乱了起来。

"有些地方出了大乱子，那些个军官，不配穿军装，玷污了人民解放军的光荣称号。"单团长愤愤地说。

"你虽然现在归地方公安管，可你现在是我手下的连长，别怪我没有提醒你啊。"单团长不容置疑地说，他刚正不阿的神情让郭大北肃然起敬。

"团长，我真没明白您的意思。"郭大北的脸涨红到了脖子根。

单团长见郭大北的窘迫相，笑了。他递了根烟给郭大北，郭大北赶紧掏出火柴，给单团长点烟，然后自己点上后，尴尬地吸了一口。

"报告团长，看海堤的两名劳改犯，有一名叫袁旺松的，快要刑满了。另一名已经释放，您看这事如何处置？"郭大北向团长报告着。

单团长缓缓地吸了口烟，沉思片刻，语重心长地说："看守海堤十分重要，当然了，守海堤孤寂又艰苦。哎，当初劳改监狱怎么会做出这样的安排？"

"团长，当初犯人们都转移，袁旺松表现一直不错，就要刑满了，另一个刑满的犯人，又没个地方安排，领导就打发他们去守海堤。等袁旺松刑期一满，明摆着把这包袱扔给地方上。团长，我准备物色两名思想进步的知青去接管他们。只是接管后那两个人如何安排？"郭大北请示着单团长。

“让他们回原籍，留下来也是个累赘。”单团长回答着郭大北。

“可是，可是根据公安部‘四留四不留’规定，他们必须尽可能原地安排劳动啊。”郭大北善意地向单团长提出了问题。

单团长不语，想了一会儿，对郭大北说：“他们俩应该都是往七十岁路上奔的人了，这里土地虽然多，我可舍不得给他们留棺材地哩。留着是负担，一旦袁旺松刑满，让他拿了释放证，爱去哪儿去哪儿吧。”

“是。”郭大北顺从地回着。

5

东方刚显曙色，一阵哨子声响彻天空。哨声透过敞开的窗户，在每一个熟睡的姑娘耳边萦绕。宿舍里传来一片吱吱呀呀的铺板声，略微潮湿的地面有了脚步的走动声。

庄英群被哨子声惊醒，她猛地起床，见窗外白雾茫茫。昏暗的宿舍里有人拉亮了灯泡，许多人已经端着脸盆进进出出地洗漱起来。她见维红翻了个身，嘴里哼哼啊啊地说了几句听不清楚的埋怨话，继续睡了起来。

庄英群赶忙穿好衣服，她将维红从床上拉起，维红睁开惺忪的眼睛，极不情愿地穿起了衣服。她穿上胶鞋，拿起牙刷和洗脸盆，尾随着庄英群往屋外走去。近两个月了，这里实行准军事化管理，对待知青们十分严格。六点吹起床哨，七点半排队出工。太阳到了头顶时，排队到大食堂吃饭。吃完饭又排队出工，夕阳西下时排队收工。十五块钱的工资，九块钱给了食堂，余下的六块钱用于个人购买日用品。在这里，美其名曰准军事化管理，实际上只比原来在这里服刑的劳改犯多了些自由的空间。

大田里，一望无际的棉秆在略微寒冷的西北风中战栗着。雾正渐渐散去，棉花地里原先如白云一般的棉花，被姑娘们采摘干净，只剩下零零星星的棉花可怜地躲在枝头。这些漏网的棉桃，大都是一些残棉。从今天开始，姑娘们要拔除棉秆，收拢捆绑后挑到连部，作为柴火使用。在拔除棉秆的同时，要将所有的残棉摘下，晾干后用手将残棉撕得松软，然后归仓，棉籽集中后榨油。

哨子声又响了，已经习惯的姑娘们，有说有笑地进入大田里，瞬间棉田里传来一阵哼哧哼哧的使劲声。

庄英群使劲地拔着棉柴，一株株棉秆被拔出了泥土。她抡着棉秆，敲打着根部的泥土。她将棉秆的枝丫掰断后堆放在地上。那些僵桃被她摘下，装入系在腰间的布兜内。没多久，她的手掌心被棉柴磨得通红，火辣辣的痛感让她不断地皱着眉头。她咬着牙，绷紧着脸，死命地拔着。随着棉秆的拔起，一块块白花花的土地被松散的泥土覆盖。她满头大汗，脸上、头发上沾着叶屑，她始终冲在所有姑娘的前头。昨天，她听说赵克礼早就打了入团报告，连队团支部已经批准赵克礼的入团申请，这让庄英群又羡慕又担忧。她也想打入团报告，但顾忌自己的家庭出身，想入团的冲动只能压抑在心中。她想，要想入团，只能拼命劳动，她唯一有可能获得大家认可的，就是劳动成果。

庄英群拔得头晕眼花，腰酸背疼。此时，她听到姑娘们的哄笑声，回头一看，维红一屁股坐到大田里，手上攥着一截断了的棉柴，她的脸痛苦地扭曲着，嘴里正哼哼呀呀地叫嚷着。

“维红，要挨近棉柴根部拔。”庄英群也笑了。她向维红传授着拔棉秆的技巧。

“拔不动。”维红也明白拔棉柴要用手抓住根部，无奈她手上无力。此时，正挨着棉花大田的花生地里，传来了哄笑声。赵克礼和十几名男知青正在挖花生，他们把钉耙抡在半空中，干劲十足。

庄英群不由得多望了花生地几眼，维红咧嘴笑了。“英群，你过来。”维红喊着。庄英群心里知道维红要调侃她了，她弯下腰只当没听见，继续拔起了棉秆。维红从地上爬起来，她边拍着屁股上沾的泥土，边走向庄英群。

“英群，魏东升建议我开年报编织组，他说，编篮子和苇席什么的，好歹也能学门手艺。你说呢？”维红笑着低声寻求庄英群的意见。

“那我们就不在一个排里了。”庄英群笑着回。

“你也报名去编织排，这样我们在一起编织东西，还可以说话聊天的。”维红猜不透庄英群的心思，她给了庄英群一个不错的建议。

庄英群心里明白，她去不了编织排。一个采棉季，她采的棉花最多，冲着这一点，郭大北是不会让她去编织排的。在大田里劳动也自由自在，反正累不死人。赵克礼在副业排，在大田里有时还能遇上说上几句话。庄英群忍不住地又望了望不远的花生地，见赵克礼和魏东升正撑着钉耙往棉花地里望着哩。

“英群，你怎么不说话呀？哦，唐丽丽跟我说，连队的猪舍快要盖好了，一过年就要养许多猪猡。丽丽说，她要找郭大北，她想去养猪。她说，看着小猪猡长成大肥猪，心里有成就感哩。真是的，猪猡臭烘烘的，谁愿意去呀？”维红一脸不屑地说着。

庄英群拔起一株棉秆，她麻利地将枝丫掰断。她忽然想起维红曾经对她说过，她带了三罐麦乳精，要和她一起分享。快两个月过去了，她早就把这事给忘了。现在突然想起来，她见魏东升和赵克礼还在望着这里，俩人似乎说笑着，相互指指点点，她忽然明白了。

“维红，你的麦乳精是不是送给魏东升了？”庄英群突然问维红。

“你怎么知道的？”维红脱口而出，一下子脸红了。

庄英群反倒愣住了。麦乳精包装精美，送得出手。她那旅行包里珍藏的大半罐子白糖比不上香甜可口的麦乳精。白糖，庄英群舍不得吃，她想留着送给赵克礼吃。而维红将麦乳精送给了魏东升，要让魏东升知道她将白糖送给赵克礼，她觉得会被魏东升嘲笑，也会让赵克礼觉得自己太寒酸。此时，庄英群有些庆幸，没有将白糖送给赵克礼。

“他在盯着你看哩。”庄英群调侃了维红，自己的脸突然莫名地烫了起来。她弯下腰，使劲地拔起了棉秆。

“蛇！”一声惊叫声响起，唐丽丽似乎脚上装了弹簧，一蹦老高，惊恐地喊叫着往这里跑来。庄英群从地上捡起扁担，迎着唐丽丽而去。急得维红大喊：“英群，我们都属蛇，属蛇的不能打蛇呀。”

第二十四章

1

袁旺松终于刑满释放了。他和小三子怀揣着一纸释放证，一人挑着一副行李，迎着漫天风雪，跌跌撞撞地坐上了去往溧水的长途汽车。他俩一路上没少受罪，离开社会太久，面对城市的喧哗，显得有些手足无措。小三子从未去过大城市，他可怜巴巴地紧随着袁旺松，寸步不离。

汽车一路颠簸到了溧水县城。县城变化不大，街还是那些街，新建的房屋寥寥无几。下了车，袁旺松领着小三子，不多久便来到自己那个熟悉又陌生的袁宅大门前。大门的油漆斑驳陆离，大门紧闭，夹竹桃的枯枝伸出了围墙，枝丫显得苍老而无生机，在风雪中瑟瑟发抖。袁旺松站在大门的石阶上，唏嘘不已。他的眼里噙着泪水，他悄悄地抹了把即将落下的眼泪。大门挂上了铜锁，袁旺松无法入内。

袁旺松和小三子将行李放在石阶上，雪花飘落在身上不久便变成了一块块湿湿的水痕。对面的庄宅，死一般沉寂，大门上同样挂了一把大铜锁。袁旺松心想，原来公安在这儿办公，怎么现在搬走了？袁旺松推了推自家的门，想通过门缝窥视一下大院内的情景。大门关闭得紧，厚厚的木质大门不留一丝缝隙。但他似乎听见以前院子里的欢声笑语，还听到了娘叫他的声音……

“今晚要露宿街头了。”小三子懊丧地对袁旺松说。

袁旺松转身又望了望庄宅，庄宅被日本飞机炸塌的建筑，已经修复。

“小三子，你还走得动吗？”袁旺松问小三子，从这儿到庄家村兰儿家，有十多里的山路。眼看着天暗了下来，大雪似乎没有停下的意思，在寒风中纷纷扬扬。

小三子点点头，看得出来他在强打着精神，他累了。

“到庄家村我姐姐那儿去，她不知道我回来，大门的钥匙应该在我姐姐那里。”袁旺松话中透着无奈。

“远不远哩？”小三子问。

“一二十里山路。”袁旺松苦笑着对小三子说。

“何必呢？不就一把铜锁吗？我来看看能不能打开。”小三子嘴上说着，心里暗暗得意，溜门撬锁这一套他会。见袁旺松没有阻拦，他便从行李架上掰断了一截铁丝，将铁丝捅进锁眼，手一动，咔的一声锁打开了。

袁旺松大喜过望，拎过行李，跨进院门。他怔怔地站在大门旁，扫视着自己的家——以前种的花草树木杂乱无章地在风雪中瑟瑟发抖。那丛竹子也在，就是一片衰败之象。

风中传来木窗吱呀吱呀的声响，袁旺松领着小三子进入堂屋，他们放下行李，一股霉味和说不出的泥土味充斥着鼻腔。桌子上有着厚厚的灰尘，黑暗的屋子毫无生气。屋里家具的摆设和以前一样，袁旺松凭着记忆找到了马灯，马灯里的灯芯变得又黑又硬。他拉开桌子的抽屉，蜡烛还在，小三子划亮火柴点燃了蜡烛。摇晃的火苗，映亮了屋子。

袁旺松举着火烛推开厨房半掩着的门，灶台上的一切还在。灰尘、老鼠屎、蛛网随处可见。袁旺松揭开锅盖，生锈泛黄的大铁锅内空无一物。吊水的木桶静静地待在厨房角落，袁旺松放下火烛，弯腰将水桶上系着的麻绳使劲地扯了下，麻绳没有腐朽。

“水井在哪里？”小三子见袁旺松扯动着吊桶的麻绳，讨好地问。

“在后院，我去提水，先把铁锅刷干净，烧些开水喝，喉咙里干得很。”袁旺松转身走出厨房，一会儿提了大半桶水进来。随着灶台炉膛内火光的闪耀，沉寂了多年的袁宅，顷刻间有了烟火味。

木柴在灶膛里爆燃着，袁旺松默默地蹲在灶膛口，火光映照着他的脸庞，小三子看见袁旺松的脸上挂着两行长泪。

“袁旺松，想开点，你就算是幸运的了，这么大的宅子，还是属于你的。”袁旺松伸手抹了下眼泪，点了点头。

水沸腾了。袁旺松和小三子取出碗，又从行李袋里掏出干硬的馒头，掰碎后放入碗中。

“小三子，明天我去公安那里报备一下，你也要去茅山公安那里报备一下，你的释放证上写着你被抓的地方。”袁旺松对小三子说。

“袁旺松，你不要我了？明天我跟着你一起去公安局，行不？”小三子急了，哀求着袁旺松。

“我盘算过，小三子，你的事情很麻烦，溧水肯定不会要你，我估计茅山那地方公安也不会给你报备。”袁旺松说道。

“为什么啊？我是个人，是个人，政府总得给我弄个安身之处吧？”小三子绝望了，他将手上的一块馒头按入碗中。

袁旺松此刻有些后悔，当初自己心软，被小三子的经历所感动。他丝毫没有想到他的处境比小三子好不了多少。回到溧水，没有工作，没有收入，自己除了写写画画，也干不动累活。写写画画又挣不来钱，往后的日子怎么过？小三子现在像膏药一般黏着自己，他的眉头紧蹙了起来。

“袁旺松，你得帮我。我知道，我就是水里的枯草，顺着水漂，直到沉入水底。我举目无亲，老家在甘肃什么地方，我也说不清。去茅山，也没有可以落脚的地方。”小三子可怜巴巴地再次求着袁旺松。

袁旺松长长地叹了口气，小三子可怜，他心里清楚。像小三子这样的情况，让他到茅山找当地公安报备，只会是空跑一趟山东路。袁旺松想到了李邱巴，李邱巴目前正当得势，在东芦是一言九鼎的人物。兰儿姐姐家房子多，可以给小三子一个暂时的落脚之处。只是他不知道，如果这事让黄德胜知道了是什么态度，也不知道黄德胜会不会认他这个刑满释放的亲舅舅。

“袁旺松，你开口啊。老子之前跟你说过，老子有手艺，老子孤身一人挣了钱，和你一起花。”小三子发急了，满口粗话。小三子在袁旺松面前赌咒发誓，他睁大着独眼，生怕袁旺松嫌弃他。

“这样吧，明天你去茅山找公安，我去趟庄家村跟我姐姐商量一下。她那里有些闲房，如果我姐姐愿意租给你，让她去找一下政府，看看怎么弄才好。”

小三子开心得像个孩子般，他见袁旺松碗里水泡的馒头已经吃了一多半，赶紧将自己碗里的泡馒头往袁旺松的碗里倒了些。

“袁旺松，老子……哦哦，我发誓，绝不让你破费钱。”小三子见袁旺松脸上有了笑容，呵呵地傻笑着。

2

兰儿见袁旺松出现在家门口，以为老眼昏花了。她揉着眼睛，直到确定那就是同父异母的袁旺松，她欣喜地迎出家门。

“旺松吗？”兰儿颤抖着问。

眼前的袁旺松一副邋遢相，头发蓬松而杂乱，一双破胶鞋，踩着泥水朝她走来。

“姐姐，我是旺松，我回来了。”袁旺松哽咽着，走近兰儿。兰儿急步上前，她一把拉着旺松的手哽咽着：“快进屋，看你冻得手都发紫了。”

屋子里暖和，兰儿急忙去了厨房，她煮了碗面条，端给旺松。她望着旺松吃面的贪婪样子，眼泪无声地流下。

“姐，爹爹和娘的坟在哪儿？”袁旺松边吃边问。

“爹爹和娘的坟都在东庐山上，离庄家大奶奶的坟不算远。年年清明，姐姐都去坟上打理。四娘自从跟唐平去了苏州，一直没有回过溧水。”兰儿告诉袁旺松，话里带着埋汰。

“姐，这么些年，你是怎么熬过来的？”袁旺松将面汤喝完，抹了下嘴巴问兰儿。

“哎，别用手抹嘴，粗鲁。”兰儿笑着责怪旺松。袁旺松忽然意识到这十几年的牢狱生活，让他养成了许多坏的习惯，他抱歉地冲兰儿笑着。

“德胜和慕兰婚后去了丹阳，也一直没有回过溧水。一年到头，慕兰也来不了几封信。这么说吧，凡是从庄家村出去的人，基本上没见回来过。这些年，许多老人走了，年轻的后生们，净想着外出。”兰儿打开了话匣子。

“旺松，这些年姐姐一直惦记着你。”兰儿说着哭了起来。袁旺松劝慰着兰儿：“姐姐，莫哭。过去的都过去了，好歹现在我回来了，没死在大牢中就是万幸了。”

兰儿掏出手帕，抹着眼泪，点了点头。她见袁旺松眼泪汪汪，去厨房搓了把毛巾递给他。

“姐姐，你那老房子还空着吗？”袁旺松问兰儿。

“空着哩，又没人住，闲在那里，想卖了也没人买。”兰儿回。

“姐姐，在狱中，有个人待我不错，他想过来借住一段时间。”袁旺松试探着兰儿，他担心兰儿不乐意将房屋让出来给小三子居住。

兰儿闻听不语，睁大着眼睛望着袁旺松，心里在想，一个外乡人，又是个劳改释放人员，对这个人也不知根知底，自己贸然答应了袁旺松，让德胜和慕兰知道了，责怪自己不说，让杨伢子这些人知道了，还不整日寻上门来？这是自找麻烦的事哩。

“要不，姐姐，我再想想办法吧。唉，我答应了他，答应了就得信守诺言啊。”袁旺松毕竟十几年不见兰儿了，他觉得他现在和姐姐之间似乎隔着一张门帘子，熟悉的姐姐变得有些陌生了。

“旺松，我担心外面的运动如火如荼，家中突然住进个劳改犯，外人和村里人怎么看？德胜的问题还没调查清楚，造反派拼命要把叛徒的帽子往德胜头上套……”兰儿忧心忡忡地说，看得出来兰儿也是左右为难。

袁旺松沉默不语，他也不能多说些什么。他想，小三子若是能在茅山落户，也就免去了这些烦心事。万一小三子无家可归，那就让小三子和他一起住在县城袁宅。命运就是这样捉弄人。小三子现在和他犹如一根藤上的两个苦瓜，他也不忍心弃小三子而不顾。

兰儿见袁旺松沉默不语，知道旺松心里不痛快。但血缘让她内心生出的责任感，让她觉得必须为弟弟做些什么。

“要不，先让他住下，实在不能住的话，再想其他办法。或者，你去找一下邱巴，让邱巴给村上打个招呼，邱巴在这块土地上说话没人不听哩。”兰儿给旺松出着主意。

袁旺松思索着，邱巴论理说和自己的关系还说得过去。不过十几年不见，邱巴身上的那种乡情和人情味随着岁月的流逝和地位的改变，还能剩下多少？

“姐姐。还是你去找下邱巴吧，你与邱巴更熟悉，他会给你这个面子。”袁旺松请求兰儿。

“旺松，你和邱巴是亲家，你若开口，邱巴能不答应？”

“邱巴怎么会和我是亲家？”袁旺松大吃一惊，从椅子上站了起来。儿子唐平明明讨了庄家的雪花为老婆。

兰儿这才想起来，旺松还不知道雪花和邱巴的父女关系。

“雪花是庄家大奶奶的干女儿，李邱巴是雪花的亲爹爹啊。这里面的恩恩怨怨，等空下了慢慢说与你听。”兰儿说。

“邱巴还在台上掌权？”袁旺松问兰儿。兰儿乐呵呵地走出家门，示意袁旺松跟着，边走边对袁旺松说这些年的情况。袁旺松边走边听，禁不住感慨这世上，人与人的关系，就像山上的树林，树木一棵棵相挨着，土里的根却相互缠绕。

兰儿打开门，老屋收拾得干干净净。墙角堆放着箩和筐，虽然积了灰尘，却能看出是没有使用过的，这引起了袁旺松的好奇。

兰儿给袁旺松解释：“以前，这屋子租给一对外乡夫妻居住，那对夫妻心灵手巧，会编这些东西。那时候，我婆婆瘫在床上，也需要个帮手。只是可惜，在大饥荒那几年，男的吓死了，女的改嫁，嫁给了庄家的维田。”

袁旺松又看到墙角有一大堆乱七八糟的工具，显然是那外乡人留下的。袁旺松一下子想到小三子会这门手艺。冥冥之中似乎命运对每个人都做出了安排。

“兰儿姐姐，这些东西在咱们这里好卖吗？”袁旺松欣喜地问。

“咋不好卖哩，当年，那个外乡人编织的箩啊、篮啊、筐啊，拿到集市上卖得可好哩，在大饥荒年代，也没饿死啊。”

袁旺松笑了，不用担心小三子拿不出钱付房租了。有了房租对兰儿来说，多少也能减轻些负担。

“姐姐，那个外乡人每个月付十块钱房租给你怎么样？”袁旺松笑着问兰儿。

兰儿一脸高兴，笑着连连点头。她心里想，德胜和慕兰知道有房租收入，也不会对她租房子说长道短。

“你什么时候去看四娘？”兰儿问袁旺松。

“过几日吧，唐平他们还不知道我回来哩。咱家老屋那么些年没人住，打扫干净也需几日时间哩。等把家里收拾妥了，再把婷婷和娘接回溧水来。也不知道她们愿不愿意回来……”袁旺松心里没底，他回来后没工作，拿什么维持日常吃喝开销？

“等天放晴，我喊上大嘴的媳妇苗苗一起过去帮你拾掇一下。”兰儿安慰着袁旺松。

“去苏州我也没有盘缠，姐姐能否借些钱给我……”袁旺松吞吞吐吐地对兰儿说。

兰儿点点头，忽然走向里屋，径直往废弃的红漆马桶走去。袁旺松随着兰儿进屋，见兰儿揭开蒙着灰尘的桶盖，从桶里掏出一个严严实实的包裹。她打开一层层的布，露出了一块石头。兰儿将石头递给袁旺松。

袁旺松接过石头一看，开了天窗的一截石头，泛着淡淡的白光。

“是玉石啊！”袁旺松兴奋地说。

“爹爹临走时给我的，说等你回来的时候，把这石头给你。爹爹说，这块石头未来能帮你一把哩。”兰儿眼里闪着泪花，心酸地对着袁旺松说。

袁旺松捧着石头，冰凉的石头在手中沉甸甸的。他又将石头递给兰儿。

兰儿没有去接，对袁旺松说：“姐姐这辈子对袁家也没啥贡献。爹爹的话，我一直记在心里。姐姐到了这把年纪，今天不知道明天了。你带着石头去苏州，找个玉器铺，能换不少钱，留着钱做个小买卖，还能把日子熬下去，姐姐也就放心了。”

袁旺松感激地看着兰儿，眼泪汪汪。

“家里人都瞒着你，你被抓后，县上要没收汉奸的房产，爹爹和娘以命相抗，又多亏了县上庄小春和邱巴帮忙，才保住了袁家的房产。”兰儿背转身大哭。

“什么？爹爹不是寿终正寝？爹爹和娘是怎么走的？”袁旺松大惊失色，大声地问兰儿。

许久，兰儿掏出手帕，反复擦拭着眼泪。她轻轻地叹了口气：“弟弟，去那边，姐姐慢慢地告诉你。”

3

雪纷纷扬扬地飘落着，桂花树深绿的叶子上挂着些许雪花，清冽的空气中透着早春的味道，院子地面湿漉漉的，雪花正在积聚。在靠大门的墙角，堆着铲雪后堆聚在那里的一堆残雪。

庄雪花坐在房间书桌前闷闷不乐，最近发生的事情困扰着她。她隐约感到哑巴女和爹爹之间可能有什么秘密。袁唐平劝她别胡思乱想，他说溧水和苏州八竿子打不着。庄家和李家都是大户人家，而且他们从小到大也没听说过李邱巴有什么风花雪月的传说。

庄雪花拿出项链仔细琢磨着，项链后面“邱儿平安”四个字，让她心里一跳，她的眼皮忽然跳了几下，一个闪念掠过心里，邱萍和邱巴俩人姓名里都带着“邱”字。世界上真有如此的巧合？庄雪花大胆地推测，这条项链一定是为“邱儿”打造的，这个邱儿一定是指爹爹李邱巴，哑巴女之前一定见过爹爹的这条项链。如此一来，只要把爹爹李邱巴放入其中，哑巴女的种种反常行为似乎有了合理的解释。

想到这里，庄雪花激动地起身，往小桃红的房间走去。突然，她迟疑地停下脚步，又反身走向窗户，借着光亮仔细地将项链反复看着。她想，只要让爹爹来一趟苏州，与哑巴女见上一面，一切秘密就会揭开。哑巴女若真是她的亲娘，她可真的难以接受。一旦事情水落石出，在这里的大街小巷传开，往后她怎么见人？她决然地走入小桃红的房间。

“奶奶。”庄雪花噘着嘴巴，撒娇一般地将项链递给小桃红，她的眼里闪着泪花。小桃红的心里一阵温暖，她用怜爱的眼神望着庄雪花。

小桃红叹了口气，将雪花揽入怀里，用手轻轻地抚摸雪花的头发。稍许，她将雪花拉到床边，挨着雪花坐下，掏出手帕替庄雪花轻轻地擦着眼泪。

“奶奶知道你要问什么。你公公当初要垄断溧水的粮食市场，有个倔老头，硬是不肯转让粮店与你公公。我曾听旺松讲过，当初在木果河东岸，那个倔老头开的粮店边上——你坤林哥也看到了——有一对弹棉花的父女，那个女娃，也是个哑巴……”庄雪花闻听，心里明白了大概。

“这个世界上什么巧事、稀罕事都有可能发生。奶奶十五岁进了袁家，一辈子担惊受怕，没过过什么好日子。好在自从与齐鲁红认识，跟着她信了基督，奶奶才心静如水，福音天天都在奶奶心里响着哩。”小桃红说完，在胸口画起了十字，她又轻轻地吻了下雪花的前额。

“奶奶，外面正下着雪，路面湿滑，你今天别去教堂做礼拜了。”庄雪花见小桃红打扮端庄，知道她又要去教堂了。

“哎，下雪不碍事，又不是下刀子。雪花啊，奶奶跨入教堂的门里，就属于上帝了。”小桃红脸上洋溢着莲花般的笑容，眼里闪烁着无比纯洁的光亮。

“今天是礼拜天，又下雪，奶奶，万一摔倒了怎么办？现在外面又不太平。奶奶，你就别去了，雪花陪你唠唠嗑……”庄雪花一改以往的呵斥，温柔地劝着小桃红。

小桃红起身面对教堂方向，又画了个十字。上个礼拜，齐鲁红骄傲地对她说，已经在上帝那里做满了一千次的忏悔。齐鲁红约了自己先去教堂做礼拜，中午去观前街品尝小笼包，还要将藏在心里的秘密告诉她呢。

“雪花，今天是主日敬拜，教会里兄弟姐妹聚在一起，读经祷告，与主亲近，省察自己，受主恩……”小桃红一说起这些事来就口若悬河。

庄雪花听小桃红所说的，如坠云里雾里。但她望着小桃红洋溢着无比快乐的脸，跟儿时记忆中的小桃红爽朗的笑声和大大方方的举止重合在一起。庄雪花不由得被小桃红的喜悦感染了。

“奶奶，我撑伞送你去吧。”庄雪花对小桃红说。

“不要了。路又不太远，奶奶撑着伞，慢慢地走，时间足够用的了。”小桃红说着。以往去教堂，庄雪花总会责怪她，今天，她感到有些惊喜和意外。

庄雪花突然伸手拥抱了小桃红，还在小桃红的前额重重地吻了一记。小桃红笑出了眼泪。她拿起花伞，小心翼翼地迈过门槛。撑开花伞之际，小桃红回头望了一眼，庄雪花正站在院子里目送着自己。

雪，纷纷扬扬地下着。小桃红一步一步地向教堂而去，她的周身洋溢着久违的轻松和温暖。

4

庄严静谧的教堂出现在小桃红的视野里。教堂不大，仿哥特式建筑。庄重气派的门廊，独特的尖拱，中间拱起的穹顶。高高竖立的十字架，在飞舞的雪花中，显得圣洁和庄严。小桃红深深地吸了口气，清凉的空气瞬间涌遍五脏六腑，她精神一振。

齐鲁红正站在积雪的台阶上，凝视着教堂建筑的雕饰，经历百年风雨沧桑的教堂，透着神秘的斑驳的光影。齐鲁红为在上帝面前忏悔满一千次而轻松不已。赵林当初带给她的伤害已经过去，要告诉小桃红自己的故事。此刻的她，更相信上帝和命运的安排，也已经甄清人生烟云的幻想。

“妹妹，你来得好早哦。”小桃红已经走到教堂的石阶下，见齐鲁红沉浸在遐想中而好奇，忍不住喊了一声。

齐鲁红回过神来，对着小桃红说：“阿姨，从今天起，你不该叫我妹妹了。”

“怎么了？我怎么一夜间成了你的阿姨了？”小桃红惊讶地问齐鲁红，以为齐鲁红和自己开玩笑。小桃红收拢雨伞，小心地踩着台阶，走到齐鲁红身边。

齐鲁红望着被蒙在鼓里的小桃红，缓缓地说：“你还记得赵林吗？”

“赵林？我的女婿啊。”小桃红愣了一下，“你……你是那个苏北女孩？”小桃红想起了那年游虎丘，齐鲁红就曾对她说过这样的话，“按理推测，往后我不该叫你姐姐。”当时，小桃红不明就里，也没往心里去。

齐鲁红忧心忡忡，她心里长期压着一块石头，那就是无法给儿子认祖归宗。赵家是溧水的官宦之家，和袁家又是亲家，说出去也不丢人。儿子齐伟知道赵林是自己的生父，但是不知道赵家和袁家的根结。

“赵家在溧水没人了，赵林回美国后和梅儿破镜重圆。那些过去的事情已经风吹云散，天堂离我不远了，我要清清白白地进天堂。我呀，算是什么都醒悟了。”齐鲁红伤感地对小桃红说着。

小桃红欢快地挨近齐鲁红，撸下手上戴着的玉镯，拉过齐鲁红的手，就要给齐鲁红戴上。“受不得，受不得。”齐鲁红知道这只手镯的稀有和珍贵，她快速地丢下雨伞，又将手镯硬戴回了小桃红的手腕。

就在这时，一阵打斗声传来。小桃红和齐鲁红往前望去，一众套着红袖箍的年轻人，有人奔跑，有人逃窜，有人大喊着追赶。两拨人时而抡着棍棒互相殴打，时而用石块和砖块对砸。眨眼之际，他们冲冲杀杀来到了教堂前。只听得乒乒乓乓砖块和石头的抛砸声，伴随着哐当哐当声，教堂几块彩色玻璃都被砸碎了。

教堂里一些早到的男女信徒惊慌失措地往大门外跑，一个个慌不择路，蜂拥地挤下台阶。

齐鲁红和小桃红被突如其来的状况吓傻了，反应过来后，俩人随着逃跑的人群下了台阶。

小桃红脚底一滑，摔了一跤，脑袋碰在石阶上。一块飞起的石头，砸中教堂柱子，又反弹过来，恰巧落在小桃红的脑袋上。小桃红昏迷过去，身边留下摔碎的几截玉镯。

“出人命了！”齐鲁红绝望地大叫，逃窜的人群中，有几人反身跑向小桃红。

小桃红被送进了医院。医院抢救室里，一群医生慌乱地围着小桃红。她脸色煞白，双眼紧闭，头部的伤口已经被医生们处理好，监护仪的显示屏上，曲线在缓缓地波动着。

“奇怪了，头部的伤不至于致命呀？这个病人怎么会出现这样的情况？”一个医生眉头紧皱，自言自语着。“这个病人年纪大了，恐怕撑不过去，开病危通知书吧。”另一个医生面无表情地说了声。

“不对，赶快找齐大夫，让他过来检查一下。”皱眉头的医生突然喊了一声。

医院里的广播急促地响了起来。齐伟正在医院厕所里打扫卫生。这两年来，他那科主任的位置，已经被替代。他作为留洋归国的反动学术权威，被分配到后勤科室，负责医院里五个公共厕所的保洁工作。

广播声在焦急地响着，齐伟以为耳朵听错了，等听明白后，他猛地扔下扫帚，往外科抢救室跑去。齐伟跑进抢救室，见是小桃红，大吃一惊。他赶紧翻了下小桃红的眼皮，看了一眼小桃红的瞳孔，瞳孔已经扩散。

“病人心肌梗死，赶快电除颤！”齐伟大喊了一声。

小桃红的前额和后脑勺受伤，让抢救室医生做出了错误的判断。齐伟又埋怨地扫了一眼抢救室主任。在齐伟的指挥下，众医生将小桃红平卧在床。电击无效，心电图变成了一条直线。

齐伟默默地转身，缓缓地走出抢救室。他知道如果抢救室的医生们仔细检查，小桃红不至于死。

“儿子，她怎么样了？”齐鲁红瑟瑟发抖地问。他默默上前，搂住掩面哭泣的齐鲁红，告诉她小桃红走了。

齐鲁红痛苦而绝望地被齐伟拥着走向医院大厅，她不断地在胸口画着十字。

5

面对小桃红和袁通的坟墓，袁旺松长跪不起，他的脸憔悴得像一张枯树皮，小桃红的离世让他锥心般疼。他悔恨自己当初没听庄大奶奶的劝告，自己把粮库关了，免了袁家的灾难……

小桃红被埋在袁通坟墓的右侧，左侧埋着袁大奶奶。坟墓四周的枯草被小三子锄得精光。小三子拄着锄头背转身，望着山下，庄家村、李家村等村落尽收眼底。山林依旧葱茏，一群乌鸦在枯萎的柳树上跳跃鸣叫着。小三子努力回忆着，那天晚上是从哪条山路下来，遇到日本骑兵的。他仔细地辨别着山下纵横交错的山路。

山脚下，一些执意不听家中后生们劝阻的老人，在家人的搀扶下，一直将小桃红的灵柩送到山脚下。英娣等一帮老妇人，随着小桃红的灵柩，抹着眼泪。泥鳅和庄大冬等一些老男人们围在一起，唏嘘不已。从袁家的兴衰一直唠叨到庄家的兴衰，挨家挨户地凑了些钱，委托英娣送给袁旺松，以表达他们的哀思。

年轻的后生们或站在家门口，或三五人围聚在一起，面无表情地看着这一切。有的甚至还埋怨自家的老人，明明跟袁家毫无瓜葛，生活这么困难，为什么还要花钱凑份子，一脸悲悲戚戚的。

苗苗就在这些后生堆里，自从婆婆悬梁自尽后，悔恨像石头压着她的胸口。这么些年来，她渐渐地明白了上辈人之间的瓜葛和感情。早晨，泥鳅蹒跚地出门时，一直念叨着以前曾经和小桃红的交情。

苗苗听着后生们的议论，忍不住说：“你们别嚷嚷了，这叫叶落归根。死去的和活着的人都是这块土地上的人，死了送他们一程，让他们走得别那么凄凉。等我们老了，哪天走了，我们的后代不也这样？”

苗苗的话一落地，后生们七嘴八舌议论开了。

后生们越说越来劲，慷慨激昂，甚至话里话外有些妒忌。他们现在知道了李邱巴和袁家的关系，心里有些愤愤不平，若是换成普通人家，要想葬在东庐山上，还真是难事一桩。

"他们下山了。"有个后生嚷了起来。山上一行人正歪歪扭扭地往山下走来。

"去不去吃硬饭？"有一个后生大声问众后生。

"去，不吃白不吃。"一人理直气壮地回着。

"走哦！"一后生带头嚷着，率先迈出了腿，后生们你推我搡，说说笑笑地一起往兰儿家拥去。

苗苗愣愣地站着没动，叹了口气。她现在完全理解了，大嘴婆婆在饿肚子的年代，对待袁依冰热情的原因。那是庄家村的长辈们，世世代代遗留下来的淳朴、善良使然。乡音乡风是要传承的。她见泥鳅摇摇晃晃地往回走，赶紧一溜小跑，迎向泥鳅。

"公公，我搀着你去兰儿家？"苗苗小心翼翼地搀扶着泥鳅问。泥鳅伸出枯树枝般的手，指着一窝蜂拥向兰儿家的后生们，摇了摇头。"那么多人去兰儿家蹭饭，哪能坐得下。苗苗，公公到了大限的那天，你可要替公公占个棺材地，死后我要陪着你婆婆哩。"泥鳅凄凉地关照着苗苗。

苗苗点点头，她知道，近来东庐山上对坟地的限制有些严格了，外地的、县城里的人严禁葬在东庐山。泥鳅是土生土长的本地人，苗苗不怎么担心。

"旺松回来了，袁家人都回来了，庄家的维根没回来。苗苗啊，袁家人丁兴旺，庄家也在外面闯世界，庄家和袁家未来还会有发达的那一天。"泥鳅边走边说。他从衣袋里掏出一个布包，递给苗苗："这是依冰塞给我的几十块钱，你收着吧。"

苗苗接过钱装进衣袋，袁依冰当年离开时和她抱头痛哭的一幕又浮现在了眼前，苗苗顿觉心里酸酸的。

"明天我去兰儿家看看依冰，家里还有些鸡蛋，送一些给她，让她带到常州给孩子们吃。"苗苗爽快地说着。

6

夜晚，庄家村寂静无声，兰儿家却热闹非凡。第一次来山村，袁顺悟感到一切都是新鲜的，在庄雪花不断的催促下，才恋恋不舍地上了床。客厅的电灯亮着，前不久庄家村刚刚通了电。

李邱巴和袁旺松面对面坐着，兰儿、雪花、袁唐平等围聚一起。桌子上的茶水，扬着缕缕热气。

“旺松啊，你是受了些苦，想开些，以前的事情都过去了。好在儿女们都大了。人生一世，草木一秋，你跟坤林、大树比比，你现在好手好脚地挺过来，也是命不该绝啊。”李邱巴一直听着袁旺松倒苦水，他心里有些不耐烦，脸面上只能安慰着袁旺松，望着眼前形如枯槁的袁旺松，内心生出些许同情。

“我冤啊，邱巴，就这点小事，判了我十五年啊！如果坤林还活着，他给我做证，我也不会判这么长的刑期啊。”袁旺松内心感到委屈，耿耿于怀地对李邱巴诉着苦。

李邱巴喝了口茶，望着眼前脑袋还是一根筋的袁旺松，心里暗自想着，即使坤林活着，在镇压反革命的高潮中，他也救不了你啊。要不是黄德胜和自己反复缠着庄小春，杀头是避免不了的。

“爹爹，别提以前的事了，咱家还算幸运，比咱家苦的人家多着哩。”袁唐平见爹爹缠着李邱巴诉苦，生怕引起李邱巴的反感。结婚到现在，袁唐平和自己丈人相见的次数也不多。在李邱巴面前，袁唐平一直都是唯唯诺诺的，连说话都显得拘谨。

“邱巴，有个事情你要想个办法，帮我个忙。在大牢中，有个人一直关照着我，要不是他，我也活不到出大牢的那一天，他就借住在隔壁。”袁旺松忐忑不安地望着李邱巴。

“什么事情？”李邱巴问袁旺松。

“那也是个苦命的人，从小吃百家饭长大的，老家在甘肃，具体在甘肃什么地方，他也不知道。他被抓前，在金坛茅山的一个小村庄落脚，现在走投无路，老家找不到地方，茅山不给他落户。你看，能不能想个办法让他落户在庄家村？”袁旺松担心地问。

“办不了！旺松啊，这个事情不是一般的事情，涉及户籍管理等一大摊的事，绝对办不了！”李邱巴连连摆手，他站起来，走到门口探头望了望，神色略微紧张地对袁旺松说，“你又犯糊涂了，运动正在轰轰烈烈，到处都是造反派。你让一个外地的刑满释放人员落户在庄家村，别说我办不到，就是能办到，也不可能给他办啊。丢乌纱帽事小，这是阶级立场问题，在政治上敏感着哩。”

袁旺松望着有些惊慌的李邱巴，只是默默地点了点头。

“那个人现在在哪？”李邱巴突然问。

“我把老屋租给他了，那人会手艺，日子也不愁过不下去。”兰儿见李邱巴一脸严肃，她走过来对李邱巴说。

“你们糊涂啊，这不是没事找事？租住在这儿也不行啊！外来人口必须登记备案，尤其是像刑满释放这一类人员，隔三岔五地还得去派出所和村委汇报思想哩。”李邱巴只管说，他没注意到袁旺松的脸越来越沮丧。

袁旺松内心翻江倒海，他觉得李邱巴的话是隔山打牛，李邱巴是在提醒他，自己都是专政对象，虽说他是这方土地上的人，但也属于泥菩萨过江。自身都难保，就不要去管其他的闲事了。

室内的空气有些沉闷。庄雪花见此情景，心想爹爹也真是的，说话也不会拐弯抹角，真是哪儿疼，话往哪儿说。

“爹爹，我公公的事一点儿法子都没有了？”庄雪花的话里明显带着失望和不满。李邱巴似乎听出了庄雪花话里的味道，他沉思了片刻，扭头对兰儿说：“兰儿，你这几天先去跟杨伢子打个招呼，他现在还管着这一带，让那个人去找杨伢子，先办个暂住证吧。”

庄雪花的脸上有了笑意，望了望袁旺松，见袁旺松端起茶杯喝了口茶，似乎对李邱巴出的主意很满意。庄雪花笑了，望了眼袁唐平。她朝袁唐平挤了个眼，袁唐平明白庄雪花的意思，朝庄雪花点点头。

“爹爹，我可能找到我娘了。”庄雪花突然开口。

“你真找到你娘了？”兰儿惊讶地张大嘴。

李邱巴大喜，急急地问庄雪花：“中等个子，双眼皮，眼睛大而清澈，鼻子小巧端庄，樱桃嘴，不讲话，是吗？”

庄雪花咯咯地笑：“爹爹，你说的是我娘年轻时的相貌吧？现在看来基本对得上。”

兰儿也激动万分，催促庄雪花仔细些讲。

庄雪花掏出银项链，在众人面前晃荡了几下：“太婆活着的时候，告诉了我一些。要不是她的那些话，谁都不敢往这方面想啊。”

窗外，月亮在云层里悬浮，寒星在天边若隐若现。晚风从窗户拂来，李邱巴不由得打了个寒战。他一声不吭地将窗户关上，两眼直勾勾地盯着庄雪花，心跳得厉害。

“爹爹，这事儿从头到尾都是怪怪的……”庄雪花将李邱巴按在座椅上，她又望了眼袁唐平，在袁唐平鼓励的目光下，娓娓地说了起来。

第二十五章

1

春天的庄家村风景如画，木果河畔的芦苇丛焕发了生机，翠绿色的茎秆上生长了许多新叶，翠鸟贴着水面掠过，麻雀一群群嬉闹在芦苇荡中。

金凤站在鸡窝门前，她刚喂了鸡食，一转眼的工夫，波儿和黑皮已蹿下了自留地。早晨的露水还未全部退去，金凤担心黑皮弄湿了鞋，便喊着黑皮让他回来。

黑皮听到娘叫唤，他迟疑地回头望了望金凤。不远处飞来几只翠鸟，在鸡窝四周的树林里叽叽喳喳叫唤着，翠鸟时而歪着脑袋，对着散落在鸡窝地面的谷子窥探着。

刘波双眼瞪得老大，她被翠鸟鲜艳的羽毛吸引着。小巧玲珑的翠鸟歪斜着脑袋，转动着透亮灵活的眼睛，朝着刘波鸣叫着。

“黑皮哥，那鸟真好看，你去抓一只给我，好吗？”刘波哀求着黑皮。黑皮一溜小跑地到金凤身边，他抱着金凤撒着娇，要金凤抓翠鸟。

翠鸟灵活又调皮，它们在树丛中跳来跳去，眼瞅着鸡窝里刚撒下的谷子和抢食的一团鸡仔，就是不敢飞下来与群鸡抢食。

金凤看了眼黑皮，又见刘波抿嘴笑着向他走来，金凤心想刘波这娃娃来的时间不长，把自家的儿子弄得像个跟屁虫似的。黑皮每天都吵着要金凤给他洗几次脸，就因为刘波嘲笑黑皮长得黑。

“是你喜欢翠鸟还是波儿喜欢翠鸟？跟娘说实话。”金凤没好气地问黑皮。黑皮边笑边得意地望着偷笑的刘波。

金凤的话或许惊了树上的翠鸟，几只翠鸟像火流星般划向天空，瞬间飞得无影无踪。

“哇——”黑皮张嘴大哭，急得双脚直跳。刘波一脸惋惜地望着刺向天空的翠鸟，嘴巴憋屈地噘着。黑皮的哭声引出了庄维田。

“爹爹，我要翠鸟。”黑皮见爹爹到来，哭嚷得更凶了。

“儿子，莫哭，爹爹帮你抓。”庄维田一把搂过黑皮哄了起来。

“鸟都飞了，你怎么抓？”金凤见庄维田朝她瞪眼，没好气地回了一句。

庄维田拉着黑皮，他扛了把铁铲来到地里，几大铲土翻起后，捡起来七八条大蚯蚓。他回到屋里搬了张养蚕的大匾放在鸡窝旁边，他用一根纳鞋底的麻绳扣在一节树枝上，用树枝支撑着半合着的竹匾。庄维田将挖来的蚯蚓扔进竹匾下，招呼着黑皮和刘波随他进了院子。庄维田聚精会神地注视着天空的动静，黑皮和刘波依偎在庄维田的身边，他们凝神屏息，等待翠鸟。

果然，没多久飞来了一群麻雀，它们肆无忌惮地飞入了鸡窝，与鸡窝里的小鸡仔抢啄着谷子。黑皮着急得要命，可怜巴巴地望着庄维田。

“莫急，儿子，麻雀下来了，麻雀爱啄谷子，一会儿翠鸟也该来了。”庄维田安慰着儿子。

果然，天空飞来几只翠鸟。它们见麻雀安然无恙地吃着谷子，翠鸟在枝头叽喳着，像是在讨论要不要落下。只见一只翠鸟忽地飞往蚯蚓处，伸出长长的尖嘴，啄起一条蚯蚓往外飞。庄维田猛地一扯绳子，大匾倒地，翠鸟被罩住。

庄维田一伸手就摸到正瑟瑟发抖的翠鸟。翠鸟张大着嘴巴，想啄庄维田的手，它的眼里闪烁着惊恐。金凤见状笑嘻嘻地拿出线打了个活结，扣住了翠鸟的一只脚，将线的另一头系在菜篮子的提梁上。翠鸟惊慌地在院内又飞又跳，眼里透出愤怒的神色，肚子上橘红的羽毛蓬松了起来。

“好好看的鸟儿。”刘波兴奋地拽着线，一点点地将翠鸟硬拉到身前。她伸出手去捉翠鸟，翠鸟突然转头啄了刘波一口，刘波惊得跳了起来。

“娘，翠鸟的腿流血了。”黑皮惊叫了一声。

“又没个装鸟的笼子，要不把翠鸟放了吧。”金凤对黑皮说。

“不能放，翠鸟是我的。黑皮哥，你说抓到鸟送给我。”刘波见金凤想放飞翠鸟，不依不饶地带着哭腔嚷了起来。

“维田，你看咱儿子多善良，心疼鸟儿流血。这女娃小小年纪，心咋这么硬哩？”金凤看不惯刘波，冲庄维田说。

庄维田看看金凤，又看看儿子，黑皮正心疼地望着可怜的翠鸟。

“放了翠鸟吧，波儿妹妹。”黑皮劝刘波。

“我不，我偏不。”刘波哭了，还扬手打了一下黑皮。黑皮不恼，竟冲着刘波傻笑。

“你咋打人哩？这娃娃真是倔脾气，这么小就会欺负人了。”金凤见刘波打了一下黑皮，不由得指了指刘波。

庄维田却笑了。刘地前几天跟他打了招呼，也就七八日时光，就要将刘波送到常州去读书了，再忍几天，图个大家在一起乐呵。

“金凤，兰儿家老屋最近新招了个租客，会手工活，你去找他，给编个鸟笼，让这娃娃带到城里去耍吧。”庄维田笑着安慰金凤。

“是以前我和富友租的屋子吗？”金凤明知故问，她的心里突然涌来一阵伤感。

“嗯，你去注意些。那人听说是个劳改释放犯，听说老家在甘肃，和你还是老乡哩。”庄维田告诉着金凤。

金凤心里一怔，眼里充满了惊喜，九里沟的一切仿佛就在眼前。她的心里瞬间充满了好奇和惊喜，他乡遇故知的感觉促使着金凤去一探究竟。金凤转身兴冲冲地欲出家门，她迫切地想去见见那个甘肃老乡，向他打听一下知不知道有个九里沟的地方。忽然想起与富友租住在那里的场景，她心里泛起一股悲伤，脚步迟疑了。

“金凤，还是我去吧。”庄维田觉察到了金凤的情绪波动。那个和袁旺松一起刑满释放的劳改犯，作为庄家村治保委员的他，自己还没有和他见过面，心里总得有些戒备。

金凤听闻止住了脚步，她疑惑地望着庄维田，揣测着庄维田的心思。

“那是个劳改犯，说不准是个杀人犯、强奸犯哩。这种人狗改不了吃屎。金凤，我先去探个底，摸一摸那个人究竟是什么品行。”庄维田见金凤皱起了眉头，对金凤解释。

金凤的眉头缓缓地舒展开来。她提起水桶往院子角落的水井走去：“也好，我去提些水，水缸见底了。”

庄维田点点头，他大步流星地往兰儿家走去。

2

黄秋生老宅院子里的落叶和枯草被小三子拾掇得干干净净。院子正中央的大树底下，放着一条长板凳，旁边堆了一些藤条。小三子坐在板凳上，两腿叉开着给藤条开皮，这些藤条在小三子的手里顺从地脱下外衣。小三子喜滋滋地干着活，想用这些藤条编一些橱柜和桌椅。

正在升起的太阳将整个世界照得金灿灿。终于有个安身之处了，小三子边干活边心满意足地想。那天，袁旺松和兰儿将他引到这三间屋舍时，他一入门便看见，编织藤制品的工具散落在屋子四处，角落里堆积的藤条，一大堆已经做好的藤制品上笼罩着灰尘和蛛网。这像是老天爷给他安排好的。他从一大堆藤条中随意抽出几根，弯了弯藤条，藤条仍具有弹性。

“老天爷开眼了，知道老子有这门手艺，一切都帮老子准备好了。”小三子眉飞色舞地说，边说边用藤条编了起来。不多会儿，一个简单的鸟笼编好了。他兴奋地提着鸟笼，给袁旺松和兰儿看。

兰儿听小三子粗俗的话，不由得皱起了眉头。袁旺松看在眼里，愁在心头。兰儿姐姐是读书人，对小三子的言行举止必然看不惯。小三子的粗野一时半会儿也改不了。

“咳咳咳！”袁旺松故意咳嗽了几下，伸手接过鸟笼的同时，朝小三子眨眼睛。小三子立刻明白了，讪笑着对兰儿点头哈腰：“大姐姐，小三子是个粗人，还盼着大姐姐别生我这个粗人的气。”

小三子主动赔不是，说明他不是不管不顾的人，这一点让兰儿有些释怀。

“大姐姐，这儿以前的房客会这门手艺？”小三子小心地问着。他转脸看了眼袁旺松，生怕自己说错了话。

“说来话长，这里以前住过两口子。男的叫金富友，女的叫金凤，夫妻俩不懒，是甘肃那地方的人。男的靠这门手艺，小日子过得滋润。只可惜了，在大饥荒时，男的路过前面的南瓜地时，摘了两个小南瓜，被庄家村震天响的铜锣声吓死了。女的改了嫁，跟了庄家的庄维田，这么些年头了，那女的再也没踏进过这门槛。”兰儿叹着气，她的耳边仿佛又响起金凤撕心裂肺的绝望的哭喊声。

“世上的苦命人太多了。”袁旺松望了望小三子。小三子也是个苦命人，拿着释放证，跑东跑西地转了几大圈，受尽了白眼和训斥，最终连个落脚的地方都没有。好在李邱巴睁一眼闭一眼，让他替小三子在兰儿姐姐这里找到了一个暂住地。

“小三子，你那满嘴的粗话，收敛些。庄家村人不将脏话挂在嘴上，惹毛了他们，我可帮不了你。”袁旺松轻声细语地对小三子说着，小三子感恩不尽地连连允诺。

此刻，院子大门被推开了，小三子一脸困惑地走向院门。他见庄维田一本正经地走入院子，怯怯地问：“你是谁呀？莫不是来找我的？”

庄维田大步走向大树底下，他捡起一根藤条，在空中呼呼地舞了几下，像是要抽人一样。

“我叫庄维田，在庄家村这一带兼管着治安哩。”庄维田气势十足地说着。杨伢子去乡上担任人武部部长时，为了主动与他修好，曾对庄维田说过，让庄维田多长个眼睛，照看些庄家村的治安。

小三子一脸恭维地面对着庄维田，他努力地挺直身子，双腿并拢，把庄维田当成了干部。

“报告庄干部，我叫小三子，和袁旺松是好朋友，现在暂时住在这里。”

庄维田见小三子毕恭毕敬地回话，心里暗暗吃惊，他连忙脸色和蔼地对小三子说：“坐下，坐下来嘛，我想和你聊聊。”

庄维田说完，往长板凳上一坐，习惯地跷起了二郎腿。小三子连忙坐在小板凳上，双腿并拢，两手摸住膝盖，端端正正地注视着庄维田。

“哎，看你这人，还挺老实，用不着拘谨。”庄维田没料到，小三子会对自己如此尊重。小三子的言行举止告诉他，眼前的这个小三子还说得过去。

“嘿嘿，习惯了。”小三子尴尬地松弛着身体。

“你怎么没个大名呢？”庄维田问小三子。

“庄干部，我是吃百家饭长大的，没人给起大名。人们都叫我小三子。”小三子苦笑着解释。

“那些箩箩筐筐都是你编的？”庄维田见屋内堆了些藤制品，欣喜地问。

“那一堆是以前的，那边的是我编的。”小三子见庄维田对藤制品感兴趣，心里略微轻松。他见庄维田起身进屋，便尾随着庄维田。

“这个橱是你编的？”庄维田见屋子里摆着几件藤制品，惊喜地问。小三子见庄维田对自己编制的橱柜感兴趣，他连连点头。

“这些应该是金凤前夫编的，这么些年了，怎么忘了把它搬回去哩？”庄维田转身指着堆放在屋子角落里的藤制品说，生怕小三子吞了这些，明白地宣示着物权。

“啥时候你把这些搬回去？我不贪这些东西。这些东西都是些实用品，现在的人家不稀罕这些。这些柜啊，鸟笼呀，还有这些盒子，要是拿到城里去卖，兴许能卖个好价钱。”小三子拿着鸟笼递给庄维田看。

庄维田见小三子会编这么多新鲜的玩意儿，脸上露出了笑容。他眨巴着眼睛跟小三子套起了近乎：“你是外地人，会这门手艺，生活不成问题。县城里这些东西不能随便买卖，现在到处都在打击投机倒把，庄家村人对你这些玩意儿兴趣也不会太大。这样吧，你大胆地弄，我外面有门道，我给你悄悄地卖，如何？”

庄维田笑呵呵地望着小三子，他的眼里仿佛看到这些藤制品变成了钞票，正源源不断地流入他的腰包。

“好呀，好呀。这正是求之不得的事。”小三子激动了，冲着庄维田抱起了拳。

庄维田提着鸟笼观看着：“小三子，家中娃娃捉了只翠鸟，正缺个笼子，你这笼子卖几分钱呢？”

小三子一愣，像这样的鸟笼子说什么也值个几角钱。他瞬间明白了庄维田话里的意思，心想着往后他编织的物件，必须预先盘个价，以免被庄维田独赚利润。

“要卖的话，连材料带工夫，少说也得一块钱一个。这个笼子送给你，也算是我给你的见面礼吧。”小三子大大咧咧地说着。

庄维田的脸上泛着笑容，他觉得小三子人虽长得猥琐，但也是个识理之人。他愉快地拍了拍小三子的肩膀：“今后别叫我庄干部，我听了心里别扭，就叫我庄维田吧。”

庄维田边说边走出屋子，来到院子槐树下。“小三子，犯什么事进去的？”庄维田突然开口问。

小三子似乎心里有底，轻描淡写地回：“闯江湖的，也没啥大事，就这么稀里糊涂地进去的。”

“听说你是甘肃那一带的人？”庄维田问。

“出生地不记得了，从小就在武威一带混日子。”小三子回道。

金凤的老家在武威，眼前的这个小三子竟然和金凤是一方水土的老乡，庄维田的兴趣上来了：“我老婆跟你是老乡。隔壁兰儿的公公黄秋生以前跑过武威一带的马帮，上过山，当过土匪，说不准你们还见过面哩。”

小三子内心翻江倒海，但他尽量不动声色。“武威可大着哩，山连山，我哪会认得什么黄秋生。哦，你老婆是武威哪里人？”小三子压抑着心中的激动问庄维田。

“哪里的人，我也不知道。不过，这些年我一直在想，当初他们为什么要来庄家村讨生活。”庄维田曾问过金凤多次，金凤直言，她只是嫁夫随夫。

庄维田大体盘清了小三子的底细，颇为得意地提着鸟笼往院门外走去：“小三子，多编些东西，过两天我去山外转转，看看能不能帮你卖掉。”

“唉！”小三子愉快地应着。他的内心无比激动，他颤抖着手将院门合上。金凤的前夫叫金富友，和大哥金不换同姓，金凤又是武威人，金富友带着金凤来到庄家村，一连串的巧合，难道不正和他内心的猜测相吻合？小三子的内心大胆地推测，金富友可能就是金不换的儿子。金富友一定是受了金家的委托，追寻着蛛丝马迹来到庄家村的。此时，追寻消失玉石下落的念头，在小三子心底死灰复燃了。只要找到玉石，加上他埋在茅山的金条，给金大哥和死去的一众兄弟们建个高大气派的坟墓，不愁了。

小三子快乐地想吼几声山歌，突然意识到，庄维田还没走远，只好把唱歌的欲望硬生生憋回去，手舞足蹈地走向大槐树。

3

金凤盼着天亮，昨晚上她内心的弦一直强烈地轰鸣着。尽管庄维田和她纠缠了好久，她一点儿睡意都没有。庄维田累得像头死猪，侧着身体打着鼾。

庄维田昨天一踏进家门，像发现了金矿一样兴奋，兴高采烈地告诉她关于小三子的情况。他兴奋不已地让金凤这几天就去兰儿家，跟着小三子一起编织藤制物品，给小三子打个下手，也可以挣几个活络钱。庄维田说到激动处还拍着胸脯对金凤打包票，说自从金富友走了以后，在全溧水县还没有专门售卖这类物品的手艺人。金凤听出了庄维田的兴奋，这是要她帮着家里挣几个油盐钱，补贴家用。

金凤对庄维田的冷淡已经有一段日子了，自从清明扫墓后，金凤就对婆婆英娣和庄维田有着怨气。怨气抑郁在心中，找不到宣泄的地方。任凭庄维田花言巧语地哄骗自己干那事，金凤总是不理不睬，不迎合。每次庄维田心花怒放时，金凤总有法子让庄维田花败叶落。庄维田那腾起的烈焰被金凤一蒲扇拍得烟雾缭绕。

昨晚不同，庄维田和她靠在床背上喋喋不休地说了好些话，庄维田信誓旦旦地告诉金凤，赚了钱谁都不许花，让她攒着给金富友垒个大大的坟，竖个高高的碑。庄维田的这番话就像阵风吹散了笼罩在金凤心头的愁云，让她心里一阵感动。

金凤望着窗外，天未透亮，山林里鸟儿已经苏醒。远远的山的轮廓已经闪现。在山的尽头，似乎有了太阳的光芒。

金凤悄悄地下床，轻轻地穿上衣服，缓缓地打开房门，屋外的天际闪耀着神秘的曙光。林子里的鸟鸣声更加清脆了些，金凤的脑海里浮现出九里沟的景象。金凤的内心百感交集，她想起了在九里沟的二娃，他现在应该长得比金富友高了吧？一别这么多年了，二娃一定会怨恨她。金凤的心痛苦地抽搐着，眼泪蒙蔽了她的双眼。她遥望着金富友安息的山头，朦朦胧胧的翠绿遮挡着她的视野。院子里的板凳上沾满湿湿的露水，金凤用手擦了擦，一屁股坐下。她双手捂着脸，默默地啜泣着。

如果她回到九里沟山里山外的乡亲们会怎么看待她呢？金凤的心猛地一沉，好好的金富友突然没了，葬在异乡，金富贵和巧凤肯定会盘根问底，她就是浑身是嘴也说不清怎么就成了溧水庄家的媳妇了。

金凤听到鸡窝里传来骚动声，公鸡开始鸣叫。她起身走出院子，窝里的鸡看到金凤的出现，兴奋地嚷着，有的抖动着翅膀，有的伸长着脖子，一窝蜂地迎着她而来。金凤回到院子舀了一大勺饲料抛向鸡窝。顿时鸡窝里炸飞了天，一阵啄食的欢快声荡漾着金凤的心。

按照老家武威的风俗，家里来了客人，无论多穷，都会热情款待，杀鸡、拉条子、土酒、山里茶齐上。男主人会邀请客人上炕，劝吃劝喝不醉不休。小三子既然是老乡，她理当要宴请小三子一回。这些家乡的礼数金富友懂，可在江南在庄家村又另当别论。金凤也不能要求庄维田出面，按照武威的礼数去招待小三子，她觉得心里有些亏待这个老乡。

金凤的眼神落在了时不时昂头啼叫的大公鸡身上，她有了主意——待太阳出来，把这只大公鸡捉了，送给小三子。

金凤快乐地笑了，遥望金富友安息的山峰，眼光所及之处，翠绿的森林在晨风中摇曳。从家门口延伸至山峰的小路边，盛开着各种山花。金凤忍不住冲金富友安息的山岗走了几步，扭头看见埋葬黄秋生的山岗，同样笼罩着一片翠绿。她想到黄秋生的坟墓是用石头堆砌而成的，高大气派，想到庄维田晚上对自己说的话，金凤宽慰地笑了。

太阳一跃上了山岗，阳光下一群群鸟儿快乐地在天空翱翔。山花夹杂在绿草丛中，斑斑点点地灿烂开放。金凤仿佛看到金富友的土坟变成了高高大大的石垒坟，超过了侧面山上黄秋生的坟，她不由得笑出了声。

石头？在金凤的脑海中突然跳出了一个清晰的信号。金富友为了打探爹爹和宝石的下落才来到了庄家村，而那个素未谋面的老乡为何也来到了庄家村？难道他也是一路追寻着什么消息来的？庄维田说，小三子看起来人不赖，从小闯荡江湖，富友的爹爹和黄秋生也是闯荡过江湖的人，小三子莫非和他们有瓜葛？金凤的心一下子悬了起来，女人的敏感提醒着她，这个小三子说不定和金富友一样，揣着同一个目的追寻到庄家村的。

刹那间，寻找玉石的念头也在金凤心里死灰复燃。金富友走之前告诉过她，已经快要打探出玉石的下落了。金凤想，完成金富友未完成的心愿，寻找金不换和玉石的下落，哪怕完成其一，也是对富友最好的告慰。金凤琢磨着，如何在给小三子打下手的过程当中，套出小三子深藏不露的心机。

“金凤，咋起这么早？”

金凤回头一看，婆婆英娣正站在院子里招呼着自己。金凤见婆婆的脸露出久违的笑容，心里纳闷，她挤出了些许微笑，冲英娣走去。

“金凤呀，两口子过日子就该这样。婆婆摸着心口跟你说，庄家从来不把你当外人看。”英娣笑容灿烂地对金凤说。

“婆婆，金凤心里知道。”金凤见英娣语气诚恳，甜甜地回了一句。

英娣快乐地盯着金凤的眼睛看着，她移步金凤身前，伸手帮金凤撩了下头发，“咋不多睡些呢？好好休息，趁着还能生，给庄家多生几个娃娃。”

金凤羞涩地扭过头，她不好意思看英娣。肯定昨晚庄维田精气神十足，闹出了声响，让婆婆听到了。

“婆婆，维田跟我说，让我今天去兰儿家看看那个租客。我寻思着，那租客好歹也是老乡，总不能空着手去吧？”金凤试探着问英娣。

“那个好办，捉只鸡带给他，别让那个租客小瞧了庄家。”英娣想都没想地说。

“嗯！”金凤感激地应了声。

屋内传来一阵窸窸窣窣的声音，英娣回头一望，黑皮正在客厅四处翻寻着东西。

“你在寻什么东西啊？把你爹爹要吵醒了。”英娣压低嗓门问黑皮。

“奶奶，鸟笼咋不见啦？”黑皮焦急地问。

英娣望着孙儿一脸着急的样子，忍俊不禁：“你昨晚睡得早，波儿她爹爹来接波儿时，鸟笼被她带回去了。”

黑皮憋屈地撇着嘴，泪水在眼眶里打着转。金凤走回屋内，她抓着黑皮的手，拉着黑皮来到院外，指着正在爬升的太阳安慰起儿子：“太阳公公已经上山了，说不准波儿正在来咱家的路上哩。”

黑皮仰头望着太阳，又眨巴着眼睛盯着村庄的小路，巴望着刘波的出现。

“娘，波儿妹妹来了！”黑皮兴奋地跳着喊着。他兴奋地拍着小手。

金凤顺着小路望去，刘地正缓缓地走来，波儿一蹦一跳地跑在前面。波儿的手上拎着鸟笼，时而停下与鸟儿说话，时而将鸟笼举过头顶戏耍着。

黑皮欢呼雀跃地迎着刘波奔去。

4

黄德胜一脸忧郁地在院子里徘徊，他不停地抽着烟，眼睛时而瞪着围墙上爬满的扁豆藤思索着，时而失望地望着天上游荡的白云摇晃着头，忍不住时，嘴里还骂出一两句脏话。

庄慕兰在屋内收拾着东西，她见黄德胜焦虑不安，她心里清楚，黄德胜是在为皖南事变中的经历苦于没有证明人揪心，庄慕兰心疼地叹了口气，隔窗冲黄德胜喊着："老黄，院子里太阳正热，回屋里喝茶，别再转悠了。"

黄德胜听庄慕兰喊话，一声不吭地回到客厅。他绷紧着脸，往椅子上一坐，气呼呼地对庄慕兰开口了。

"慕兰，新中国成立初期，那些战友都各奔东西了。谁料到新中国成立这么些年了，那些陈年旧事还要找证明人。当年的那些战友，死的死了，活着的人就像天上的云，谁知道飘到哪里去了？日！"黄德胜忍不住地又骂了一句。

庄慕兰轻声安慰着黄德胜："隔壁的老曾和老范，和你一样都是红军资格。他们一直赋闲在家，拿着死工资，你跟他们比比，肚子里的气也就消了。"

庄慕兰知道，练湖农场自从军宣队进驻后，造反派开始老实起来了。钱场长也被军宣队召回，"三结合"又当了练湖农场的头儿。黄德胜的经历比钱场长复杂，靠他那张笨嘴拙舌也说不清楚。眼见着越来越多的老干部的问题被解决，黄德胜的内心越发焦躁不安。

"突围出来的百来号人，有些人根本就不认得，哪有空闲问人家姓啥叫啥，更不知道他们都是哪里人。国民党军队撒了个天罗地网，能活着命逃出来就算命大了。"黄德胜吐了个烟圈。

庄慕兰见黄德胜的情绪有了些许变化，她忍不住说："德胜，这几天你不妨好好想想，想起来一个算一个。我写封信叫维根来丹阳一趟，让维根给你想想办法，出出主意，你看怎样？"

黄德胜此时心里非常后悔，当年为了求子，听了刘瞎子的鬼话，把战争年代的东西都扔了。他拼命回想着在皖南事变中突围出来的战友的名字。邱大奎、李德生、刘沸腾、大高个……他突然兴奋地站起来，问庄慕兰："我们结婚后，你有没有见过一张照片，三个人的合拍照？"

庄慕兰仔细地回想着，印象中没有见过这样的照片。

"你快想想，把家里以前的旧物品犄角旮旯翻翻找找，兴许还在。"黄德胜的眼里闪着光亮。

庄慕兰一愣，转身快步走入房间，将写字台的抽屉全部拉开摆在地上，寻针一样地翻找着每件东西。她起身失望地把大橱门打开，站在椅子上，从橱柜顶部的杂物里开始了翻找。她生气地从椅子上下来，仔细地翻找着橱柜里的东西，最后她失望地朝黄德胜摊开了双手。

“老东西都扔了，都怪那个算命的刘瞎子，满嘴胡说八道。德胜，那时连你裤子上那根牛皮带都抽下来扔了，你忘了？”

黄德胜叹了口气，其实他心里一点儿都不责怪刘瞎子。刘瞎子的话也是蛮灵光的，自从家中扔了那些战争年代的东西，慕兰又请了尊观音菩萨回家，当年就怀上跃进了。他望着眼前垂头丧气的庄慕兰，反倒安慰起她来。

“没有就算了。我也不后悔，那个算命瞎子的话蛮灵光的，把那些东西一扔掉，你不就怀上了儿子？”黄德胜说完竟呵呵地笑了。

只要黄德胜释怀，庄慕兰心里就轻松惬意。她将地上摆放的抽屉塞回到写字桌内，招呼着黄德胜一起回客厅。在经过堂屋时，她望了眼敞开着门洞的阁楼，心里咯噔了一下，迟疑地停住了脚步。

“怎么了？”黄德胜见庄慕兰满脸疑惑地盯着黑洞洞的阁楼，觉得好奇。

庄慕兰不回话，弯腰将倒放在墙根的木梯搬起，往阁楼上一放，踩着木梯探身朝阁楼里观望。

“德胜，我想起来了，你那件山羊皮大衣，当初没舍得卖，被我捆捆扎扎放在阁楼上了。”庄慕兰爬上了阁楼，借着微弱的光在黑暗处寻找着。一会儿，庄慕兰兴奋地倒退着爬下了楼梯，她的手上拎着一捆被塑料袋套着的东西，一扬手抛给了黄德胜。

黄德胜迫不及待地取出山羊皮大衣，双手将皮大衣展开，庄慕兰将手伸入山羊皮大衣的口袋，兴奋地喊出了声：“快看看，是不是这张照片呢？”庄慕兰只扫了一眼照片，便迅速地将照片递给了黄德胜。

已经泛黄的照片上，黄德胜背着枪，右手搭在中间坐在椅子上的一位高个儿军人的肩膀上。高个儿军人叉着腿，右手搭在腰间手枪的皮套上，在他的另一侧，一位略显年长的军人，将左手搭在中间军人的右胳膊上。三位军人威风凛凛，身着戎装，在他们瞪大着的眼睛里，有着不屈不挠的悲壮的眼神，他们的腿上缠着绑腿，穿着黑色的布鞋。

黄德胜激动地手都颤抖了，冲着庄慕兰嘿嘿地傻笑，眼睛里竟涌出了泪花。

庄慕兰拽过大衣，拉着黄德胜走向客厅。她将黄德胜按在座椅上说：“别激动，你先缓缓，我给你添点茶水。”

庄慕兰说完端起茶杯，被黄德胜一把拉住：“中间的是刘沸腾，左边的是李德生，我在右边。解放了，这下我要解放了。这照片管用，慕兰，你明天把这照片拿到县城照相馆多翻拍几张。”

庄慕兰不住地应着，她的脸上洋溢着快乐的笑容。突然，庄慕兰脸色惨白，指着照片问：“你们怎么穿着国民党军服？”

黄德胜接过照片，看了一会儿，沉默不语了起来。皖南事变突围出来后，许多战士义愤填膺地将帽徽摘下扔进了垃圾堆里，更有人索性将军帽扔了，坚决不肯戴军帽。

庄慕兰见黄德胜沉默不语，知道了这张照片的严重性。若是贸然将这张照片拿到照相馆去翻拍，指不定会捅出什么娄子来。“德胜，现在还不是拿出这张照片的时候，等下个礼拜把维根叫到丹阳来，再一起商量商量，小心无大错。”庄慕兰压低嗓子说着。

黄德胜点了点头，猛地抽了一口烟，迷茫地嘟囔：“弄不清楚，那会儿都决裂了，我们怎么还穿着这身军服。老子怎么可能是国民党的兵哩？”

“就是呀！像现在这样，一会儿一个风，把人吹得昏头昏脑，在外面说话都要咬紧舌头。”庄慕兰说完转身去了房间，她打开柜子，将照片塞进最底层，又咔嚓一声上了锁，然后噌噌噌地往客厅走去。

黄德胜拿着山羊皮大衣看，对庄慕兰说：“这大衣这么多年了，还是半新哩，连个虫洞都没有。现在也穿不着了，你不是说过送给维根吗？下个礼拜等维根来了，让他带回去吧。”

庄慕兰回来将皮大衣叠好，对黄德胜说：“趁现在还有太阳，我拿到院子里晒晒，晒好了，拿到东门当铺去问一问，说不定还能当几个钱哩。白送给维根，我还有些舍不得。”

庄慕兰捧着山羊皮大衣往院子里走去。

5

黑皮起得早，他惦记着翠鸟。鸟笼挂在院子里的矮树枝上已经一个晚上了，此刻，翠鸟正在院子里啼叫。

刘波今天要回常州，黑皮犹豫着是否将翠鸟送给她。刘波昨天缠了他好几次，想把翠鸟带到常州去，眼馋一下她的小伙伴们。

黑皮舍不得，他比刘波更喜欢笼子里的翠鸟。翠鸟漂亮的羽毛，尖尖的长嘴，在鸟笼里啾啾叫鸣的眼神，常让他笑得咬自己的食指。他听娘说，常州是个大城市，到处都是水泥马路，要想挖些蚯蚓，都要跑到乡下去，那里的人也不下河抓鱼。如果把翠鸟送给刘波，要不了几天，鸟就会死的。

黑皮心软，看着刘波挨近自己讨好的模样，不忍心拒绝她。他贴近刘波，低声地问："波儿妹妹，我还黑吗？"

"比以前白多了。"刘波骗黑皮。

黑皮笑了，笑得将食指含在了嘴里："你长大了还跟我好吗？"

刘波点着头，她的眼睛流露出一丝得意的眼神。

"好，我们拉钩，一百年不许变。"黑皮伸出右手，和刘波快乐地拉起了钩。

黑皮乐颠颠地跑入院子，将鸟笼取下，回到了屋里。装满水的脸盆里有许多小鱼儿正在游动，有几条小鱼儿翻着银白色的肚皮，斜斜地在水里挣扎。这些鱼是他哀求着二娃哥，拿了爷爷以前捉鱼的赶网，去溪流里抓的。溪流水浅，二娃守着网，黑皮光着脚，在溪流里踩着水，撵着小鱼往网里钻。溪流的小鱼很机灵，钻入石缝和孔洞里。黑皮捡来树枝，边踩水边捅着石头缝，好不容易才抓了这些小鱼。

黑皮将斜着肚皮游泳的小鱼捞起，将小鱼在翠鸟眼前晃动，诱惑着翠鸟。翠鸟斜着脑袋，眼光瞟着小鱼，突然一口便啄住了小鱼，嘴巴一张一合，将小鱼咽入肚子。黑皮将小鱼一条一条地抖动着，翠鸟一闪一闪地啄住小鱼，咽下去。

黑皮快乐地笑出了声。笑声引出了英娣和金凤。"咋这么开心呢？"英娣上前抚摸着黑皮的脑袋，忍不住笑问。

"婆婆，刘家的女儿今天要回常州了，在咱家也待了段日子，咱送些什么给刘家？"金凤问。

"绑个鸡，送些芝麻花生吧，也拿不出什么上手的东西。"英娣回。

金凤往鸡窝走去，推开鸡栅栏的门，猫着腰捉了只芦花鸡，麻利地从鸡窝顶上抽出一束稻草，几下将鸡爪捆了个结实。她拎着鸡回到院子，把鸡扔在了树下。

“维田，车来了！”一老头赶着马车，吆喝着往这里来。

“维田，还在挺尸哩，马车来了，也该出门招呼一声！”英娣扯开嗓子，冲屋里喊。

庄维田揉着惺忪的眼睛从屋里出来，昨天他跑山累了，拉着小三子编织的物品转村庄，一圈下来，虽然赚些钱但很辛苦。

这些年来，马车在庄家村已经绝迹。养马费事，也赚不了钱。庄家村人除了养牛和家禽，不再养马了，这马车还是庄维田转山时发现的。他用了两只藤箩，换赶马车的老头来庄家村送刘地父女俩去县城汽车站。赶马车的老头和庄维田熟悉，他乐呵呵地将马车停下。

太阳已经升得老高，一路转山而来，虽山风吹拂，但身上也出了汗，他脱下衣服，往马车上一挂，光着膀子向四周瞧着。

“庄维田，要送的人是他们吗？”顺着老头的指向，英娣、金凤、二娃、黑皮一窝蜂地出了院门。村道上，刘地拎着一只旅行袋，刘波蹦蹦跳跳地跑在前面，正往庄维田家走来。

黑皮转身跑向屋里，拎起鸟笼，迎向刘波。庄维田、英娣、金凤簇拥着刘地，赶马车的老头殷勤地接过刘地手中的旅行袋，往马车上放。

“哎哟，还蛮沉的，走着去县城，还真不是回事哩。”老头憨厚地冲刘地说。

“实在推却不了，东一家西一家客气得很，推都推不掉。”刘地回话。就在来的路上，兰儿和苗苗知道了，撵着他往旅行袋里塞东西。

金凤将芦花鸡往马车上一放，芦花鸡蹬着腿，屁股一撅，拉了一坨鸡粪。

“拎不动了。”刘地笑着冲金凤摆着手。

“刘地啊，恁不要跟庄家讲客气。偶还是个小妹头时，到大奶奶家戏，恁家爷爷多讲礼数。庄家村就格么个风俗，哪家都一样吔。(刘地啊，你不要跟庄家客气。我还是小姑娘时，到大奶奶家玩，你爷爷很讲礼数。庄家村就是这种风俗，哪家都一样。)”英娣见刘地客气，大大咧咧地用溧水话冲刘地回着。

刘地感激地笑。他每次从常州回庄家村，那些芝麻糖、大麻糕、常州萝卜干都会塞一大包，乡里乡亲的送一点，表个心意。

黑皮将鸟笼塞给刘波。刘波快乐地拎着鸟笼爬上了马车，冲着笼中翠鸟嬉笑着。

天空飞来一群翠鸟，它们吱吱呀呀地叫着，在空中扑腾着翅膀，一会儿在马车顶上盘旋，一会儿箭一般地掠过刘波的眼前。翠鸟啾啾地叫着，叫声凄厉。鸟群停在纷乱的树枝上，相互悲鸣着，似乎要给笼中翠鸟送行。

笼中翠鸟激动了，愤怒了。它在笼中乱窜乱跳，用翅膀重重地撞击着鸟笼。翠鸟在笼中疯狂地折腾着，时不时发出悲鸣，它伸出尖尖的嘴用力啄着鸟笼将鸟笼啄出一道道口子。

刘地和众人都感到惊奇，翠鸟今天怎么成群结伙地围着马车折腾。赶车的老头忍不住了，指着笼中鸟说："这鸟，说不准和那些鸟是一家子哩。"

刘地望着笼中躁动不安的翠鸟，动了恻隐之心："波儿，放了这只翠鸟吧，带到常州，又没鱼儿给鸟吃。"

刘波拎着鸟笼，显得不舍。笼中翠鸟瞪大着眼睛，似乎在哀求。它歪着头，又望着在树枝上呼号的群鸟，绝望地悲鸣着。

"鸟吃过鱼了。"黑皮怕翠鸟被放了，他冲着刘波大声说着。

"有鱼？"刘波兴奋地跳下马车，险些跌倒在地，拎着鸟笼对刘地说，"爹爹，我去喂鱼给鸟吃，我不把翠鸟带到常州去了。"

众人笑了，目送着刘波快乐地提着鸟笼跑向屋子。黑皮一个转身，紧随着刘波奔向屋子。

刘波将鸟笼放在桌上，翠鸟躁动不安地鸣叫着。黑皮讨好地从脸盆里抓起一条鱼递给刘波，刘波欣喜地从黑皮手中接过鱼，在翠鸟眼前晃动着。

翠鸟突然猛地一啄，这一啄快如闪电，尖尖的利嘴啄在了刘波的左手指上，痛得刘波哇哇大叫，小鱼掉落在地上。血，从刘波的手指缓缓地渗出来。刘波眼泪出来了，她紧紧地捂住流血的伤口，疼得在原地转圈。

黑皮慌了，他四下寻找着，见水缸盖斜斜地盖着，他急忙双手捧起水，往刘波受伤的手指上浇。

"鸟不跟我好，我也不喜欢你了。"刘波绝望地叫着，她捂着伤口往门外走，黑皮慌张地尾随着出门。

"黑皮哥，你先出去，不许偷听，我要问问翠鸟，它为什么要啄我。"刘波突然止步，催促着黑皮出院门。黑皮不敢吱声，不情愿地出了院门。

刘波疾步蹿到桌前，她冲着鸟笼中的翠鸟吼着："我这么喜欢你，你为什么要啄我？"刘波一把提起鸟笼，往水缸里一扔，她推动水缸盖合起，痛快地蹿出了屋子。

马车启动，一匹老马拉着马车，沐浴着阳光，在翠鸟的鸣叫声中，往县城驶去。

众人对着马车，依依不舍地挥手告别。黑皮突然心中一惊，他转身快速往屋里跑，桌上鸟笼不见了，他焦急地四处寻找，他听到水缸里传来响声，他赶紧揭开水缸盖，一把捞起渐渐沉入水缸底的鸟笼。翠鸟耷拉着脑袋，它的身体蜷缩着，眼睛瞪得老大。

“啊！”黑皮大叫一声，他一屁股坐在地上，两腿死命地蹬着地，号啕大哭起来。

第二十六章

1

庄维根起了个早，脚步匆匆地往火车站赶去，他要赶早晨七点的火车去丹阳。

两天前，他接到姐姐庄慕兰的信，慕兰在信中再三叮嘱他，务必抽空赶到丹阳。慕兰告诉他，平常姐夫黄德胜每天抽一包多烟，现在每天要抽两包烟以上。黄德胜看见练湖农场老钱和许多老干部都已复出工作，他忧心如焚。慕兰担心德胜这样下去，家里早晚要出大事。同时，慕兰重点提到了照片的事情。慕兰让他设法弄清楚这段历史，并关照他要想办法找到照片中的人，这样相互之间有个证明，黄德胜也能证明自己的清白，复出工作也指日可待。慕兰还特别叮嘱家中孩子们日渐长大，急需黄德胜复出工作，好让孩子们未来的工作有个荫庇。

庄慕兰的这封信袁依冰也看了，依冰心里有些不舒服。庄维根跟她商量，乘晚上的火车去丹阳，办完事后赶最后一班火车回常州，这样也不耽搁第二天上中班。袁依冰一听便怨气冲天，对着庄维根边哭边骂。说庄慕兰自私透顶，在她即将生孩子之际，找了借口把她赶出了门，害得她只能去溧水大嘴家生孩子，害得大嘴悬梁自尽。袁依冰边哭边骂庄维根，她将庄慕兰写给庄维根的信，撕了个粉碎。

庄维根只能好言好语地安慰袁依冰，姐姐虽说自私了些，但毕竟和他血脉相连。好歹一双儿女放在她那里生活了这么些年，作为姐姐，能做到这一点已经相当不容易了。他要利用这两天时间，找出照片中三个军人穿着国民党军服的来龙去脉。在这个事情没有弄清楚前，贸然给中央组织部写信，说不准会引火烧身。

庄维根反复思考后认为，姐夫是红军干部，吃了没文化的亏，建国后定了行政十六级。而刘沸腾和李德生两位红军干部，尤其是刘沸腾，一九四三年前就是正营了，如果刘沸腾参加了抗美援朝，回国后，再动一动，提一提，应该最少是个将军。而将军一级的管理应该归中央组织部。所以，他认为应该先写一封信给中组部，查一查有没有刘沸腾的具体情况。

几天过去了，在庄维根耐心的安慰和开导下，袁依冰的气似乎渐渐地消了，也同意他趁着今天周日去一趟丹阳。庄维根得寸进尺，他试探着告诉袁依冰，想买几盒常州大麻糕带给外甥外甥女吃。毕竟他是慕兰的娘家人，是黄家孩子们唯一的亲舅舅。谁料，袁依冰的脸色当场阴下来，吓得他赶紧赔笑。

戚墅堰火车站到了。小小的火车站离人口热闹处只有半里路远。候车室空空荡荡，候车室的大门关闭着，只有等火车进站前二十分钟，才会开门检票。

庄维根见时间尚早，便在空旷处徘徊起来。这里不同于火车厂工房区。在工房区，家属房一排又一排挨得密密麻麻。晨风从空旷处吹来，清凉舒适的风带着田野的气息，让庄维根感到心情舒畅。

“卖西瓜，卖西瓜了！最新的品种苏蜜瓜。”一阵声嘶力竭的吆喝声从不远处传来，疲惫的吆喝声中带着沧桑，还带着莫名的亲切感。庄维根听到了乡音，浑身一怔，他不由自主地朝喊声处走去。

房屋的拐角处有个空地，一辆农用卡车装满了深绿色的西瓜。在卡车边上，一张破旧的草席摊在地上。卖瓜的老头戴着顶破草帽，光着膀子打着赤脚，正盘腿坐在草席上。他的眼睛无助地望着天空，绝望地干吼着。在他的身边，几个破碎的西瓜上，爬着些绿头苍蝇，它们正张大嘴吸吮着瓜汁。卖瓜老头一手挥舞着一张破烂的蒲扇，驱赶着苍蝇，一边用丹田之气嚷嚷着卖西瓜。

庄维根内心一阵激动，卖瓜老头的吼声中是浓浓的溧水乡音。不是从小在溧水长大的人，绝对没有这么浓烈而又纯正的乡音。他加快脚步，径直走向卖瓜老头。

卖瓜老头见庄维根迎面疾步而来，激动地将扇子往自己的双腿上拍了几下，急切地迎向庄维根。

“买个西瓜尝尝吧。这个瓜是最新的品种，甜煞个人哩。”卖瓜人满脸堆笑，喜上眉梢，冲着庄维根嚷着。他边嚷边将蒲扇往地上一扔，迅速弯腰拿起地上裂开口子的西瓜，两手掰开，递给庄维根。

庄维根接过西瓜一口一大块，西瓜清甜爽口，他边咽边点头。卖瓜老头捧着剩余的西瓜，望着庄维根贪吃的样子，傻傻地笑着。

“好瓜，没吃过格么好的瓜。”庄维根脱口用溧水话说着。卖瓜老头一听，浑身一怔，冲着庄维根问，“嫩是溧水人？”

“是的，嫩啊是溧水人？”庄维根反问。

“哎呀呀，好不容易碰到了个溧水人。这个瓜送给嫩吃，不收钱。”卖瓜老头喜出望外，将手中的半个瓜硬塞给了庄维根。

“嫩是老乡哎，这个瓜钱要把嫩的。”庄维根边吃边掏出一块钱，硬往卖瓜老头手里塞去。

“嫩只管放开肚皮吃瓜，能吃多少是多少，不要钱。唉，来了两天了，只卖出去担把瓜。”卖瓜老头既爽气又懊丧地说。

“叫嫩一声老表，嫩的瓜放在这个地方要卖到哪一天呐？这个火车站小，要是没有火车头厂，这个火车站就不会有。一天到晚没几个人上下火车哩。”庄维根见卖瓜老头垂头丧气，善意地提醒着他。

“老表哎，我头一次来这里卖瓜，也是迫于无奈。原来，指望到这里打听个人，托他帮个忙，把西瓜卖掉。来之前以为不就是个工厂嘛，没想到火车厂的地方这么大，问了好多人都没有打听到他。这一车西瓜全家人都指盼着卖点钱。溧水苦啊，苦得没话讲。”卖瓜老头见庄维根是老乡，不由得倒起了苦水。

“嫩别慌，嫩要找哪个？我来帮嫩找。”庄维根安慰着卖瓜老头。

“他叫庄维根，嫩听说过这个人吗？”

庄维根听闻大惊，他瞪大着眼睛端详着眼前的卖瓜老头，想从那张饱经风霜而又疲惫不堪的脸上，寻找出一丝熟悉的感觉。

“我就是庄维根，嫩是哪个？”庄维根想不起眼前这个饱经风霜的卖瓜老头是谁，他满脸疑惑地问着。

“啊？嫩就是维根啊？”卖瓜人脸上出现了惊恐，这张惊恐不安而又充满渴望的脸，反而让庄维根心中不安起来。

卖瓜老头不由自主地后退了两步，不安地注视着庄维根，他忐忑地上下观察着庄维根的表情。他见庄维根脸上挂着笑，突然蹿前两步，一把抓住庄维根的手，眼泪汪汪地对庄维根鞠了个躬。

卖瓜老头的举动，着实吓了庄维根一跳，眼前这个淳朴的家乡人，他的举动让庄维根如坠云里雾中。他是谁？他与庄家有着什么瓜葛？庄维根感觉头皮发麻。他快速地回忆着往事，他的心里有些莫名的感觉，他不由得倒退了两步，重新审视着眼前这个老乡。

“维根吔，我们汤家对不起嫩庄家吔。这个事压在我们汤家那么些年了，总算当着嫩的面给嫩家赔罪来了。”

“嫩是汤家哪个？”庄维根警惕地问。

“羞愧了，我是汤全的儿子。维根啊，我晓得嫩在火车厂，只敢打听嫩，不敢来找嫩，怕嫩骂我打我哩。”

卖瓜老头的身体颤抖着，两行眼泪无声地淌下。他伸出布满青筋的右手，抹了把泪水，忐忑不安地望着庄维根。

庄维根大惊失色，眼前这个邋里邋遢的老头，竟然是杀害自己父亲的仇人的儿子。庄维根脸上的肌肉不由得抖动着。

“我问嫩，我好像没听说过汤全有儿子？”庄维根后退两步小心地问，他注意到在西瓜摊边上，放着一把明晃晃的砍刀。

“维根啊，汤家苦啊。‘镇反’那年我爹爹被政府杀了，罪名就是杀害了嫩家爹爹。我是小妈生的，大妈生了个姐姐，嫩不晓得，在大饥荒那年，又饿又病……死了。”卖瓜老头哽咽着边说边眼泪汪汪地望着庄维根。

“嫩今年多大了？”庄维根心里戒备着，问卖瓜老头。

“我长得格么苍老，是生活压迫着透不过气。今年我刚到四十，家里四个娃娃，汤家指盼着有个根。直到第四个娃娃，终于如愿了。”卖瓜老头一把扯下草帽，半头的白发像一堆杂乱的枯草。

庄维根端详着汤全的儿子，想象着自己从小失去父亲的痛苦，细细品味着眼前仇人的儿子说的这番话。庄维根想起“镇反”时狂风暴雨般的严酷斗争，想起分田地斗庄家时的场景。汤全的儿子这些年来，肯定经历了比自己更多的风雨，心中不免产生了丝丝悲悯。

庄维根长叹了口气，他的心里百感交集。他上前几步，拍着汤全儿子的肩膀，既无奈又诚恳地说：“老表，嫩格么说，我也不介意了。上代人的仇恨，也不该留给我们这代人。嫩放心，我来帮嫩卖瓜。嫩收拾一下，现在就跟我走，格么个地方，西瓜难卖。”

卖瓜人抹干眼泪，他一把抓住庄维根的手，紧紧地握着。

2

在庄维根的带领下，装满西瓜的车颤颤颠颠地缓慢行驶着，卡车一会儿左拐，一会儿右拐，一会儿直行，七拐八拐地驶入火车厂工房区。工房区的南区是火车厂的富人区，一排排连体的三层小楼，透着欧派建筑的影子，被茂盛的法国梧桐树巨大的树冠遮掩着。这里的温度明显要比火车站一带显得清凉。

“维根，住在这里的人，都是富贵人吧？”卖瓜人边小心翼翼地驾驶车辆，边抑不住羡慕的心情轻声地问。庄维根只是微笑着点点头。

南区的建筑有些历史比较久远，大多数是一些解放前工厂的技术权威和解放后工厂的中层领导居住此地。这些人有权有技术有地位，构成了工厂的骨干框架，住宿条件自然比工人的家属区好多了。

一群群孩童在马路上嬉戏，有的刮着洋片片，有的用粉笔在马路上画个圈，里面堆放着铁件。这些铁件大多是捡来的，也有许多是大人们从工厂偷偷带回来给孩子们玩耍的。在工厂家属区，孩子们管这叫“钉铁”。他们每人轮流着将自己带来的铁件高高举起，瞄准心中希望取得的其他孩子的铁件，找好最佳角度，重重地落下。谁的铁件被撞出圈外，撞出圈外的铁件就归钉铁的孩子所有。

卡车鸣着喇叭缓缓地停下。兴致浓厚的孩子们不理会卡车停下，他们专心致志地玩着钉铁的游戏。庄维根下了车，嚷嚷着把孩子们轰出马路中间，指挥着卡车驶过后，又重新上车。

“现在的娃娃们不安心念书，也没有什么地方玩耍，大人们又怕娃娃们学坏，就从工厂带些娃娃们喜欢的铁件回来，由着娃娃们玩耍，赢了还能卖几个钱。”庄维根边说边无奈地摇了摇头。

突然，庄维根心里一惊，他想到了儿子福生。开车的卖瓜人是仇人汤全的儿子，也是汤家的根，现如今卖瓜人又生了儿子，万一他心生歹念，他要为死去的汤全报仇……庄维根惊出了一身冷汗。

“维根，嫩怎么出那么些汗哩？前面有个拐弯处，先找个地方歇个凉，驾驶室里闷热的。顺便我下车摆个摊，嚷几声卖瓜，嫩看好不？”汤全的儿子问庄维根。

庄维根惊醒过来，刚才他的注意力集中在如何防范不测上，没有听清楚汤全的儿子说了什么。

“维根哎，我看住在这里的人都是富贵之人，家里有钱，舍得买瓜吃，马路上人也闹忙，我把车子开到马路口，我来摆摊嚷卖瓜，嫩正好歇个凉。”

“这个不好。嫩车子刚歇下不要多久，就会有人来抓嫩，到时候老表拿那些人一点办法都没有。嫩听我的话，往前开。”

庄维根指挥着汤全的儿子，卡车缓缓地在工房区行驶。庄维根眨巴着眼睛，心里在快速地盘算着，眼前这个陌生的家乡人，他并不知根知底。若是毫不相干的溧水老乡，要省事省心得多。偏偏眼前的这个老乡，他的父亲与自己有着杀父之仇。庄维根偷偷地瞥了一眼汤全的儿子，他的脸上正泛着笑容，一双粗糙的手盘着方向盘，全神贯注地开着车。在他的身边，亮晃晃的西瓜刀正透着寒光。

庄维根原先是想让卡车开到自己家门口，家门对面就是河，河滩边有空地，也有许多柳树。把卡车上的西瓜卸下来，摆个摊，让袁依冰帮着一起卖瓜。早一点儿把瓜卖完，也好让他早一点儿回去。工房北区住的都是穷人，哪家都是一窝的孩子。穷人比富人爽气，只要有哪家买动了头，后面传开来，一卡车西瓜保管天不擦黑就会卖光。但是，现在庄维根改变了主意，他担忧福生疯癫地围着西瓜摊转，万一……庄维根改变了主意。

“往前开，那儿地方大。”庄维根指挥着汤全的儿子，语气果断地对他说着。

这儿地方不大，但临近马路，四周也没人家。十几排三层青灰色的房子，依次排开。一道镂空的栅栏将十几排房屋围住。透过栅栏的空隙，可以看见里面有七八桌人坐在树荫下，他们或是聊天，或玩着纸牌。

庄维根和汤全的儿子刚下车，传达室里走出两个管理者，他们边走边嚷着，边做着撵他们的手势。庄维根以前住过工厂的集体宿舍，与每个门卫都熟悉，关系也不错。门卫一看是庄维根，感觉奇怪，其中一人开口便问：“庄师傅，日子过不下去了？贩西瓜了？”

“哪里，老家的老表，日子过得苦，就盼着卖掉这车瓜哩。”庄维根边笑着说边走向卡车，他顺手抄起两个西瓜往他们手里一人塞了一个。

两个门卫的脸上露出了笑容。他们接过西瓜后，东张西望了片刻，一人凑近庄维根的耳边悄悄地说，“庄师傅，不能待得太长，让工厂保卫科知道了怪罪下来，我们吃不消。”

庄维根哈哈笑，他把胸脯一拍，安慰着宿舍区门卫：“放心，有事你们往我身上推，大不了进去关两天写检讨。”

这时，打牌的人中有人认出了庄维根，好久不见，起身与庄维根打起了招呼。他看到一卡车西瓜停在宿舍区大门外，把牌一扔，往卡车处疾步过来。

天气正热，树上知了闹得慌。此起彼落的叫唤声，平添了几分燥热的感觉。那些聊天的，打牌的，纷纷起身，他们围着卡车，买起了瓜。买了西瓜的人，兴高采烈地抱着西瓜往宿舍里去，宿舍里正在热的不可开交的人们，见有人抱着西瓜而来，而且听说卖西瓜的车子就在楼底下，纷纷下楼买瓜。一时间人来人往，大卡车边围满了人。嘈杂声，讨价还价声盖住了知了声。

庄维根满头大汗地帮着汤全的儿子卖瓜。也就过了晌午，一大卡车西瓜露了底，一只黑色的人造革包里鼓鼓囊囊装满了钱。烈日下，汤全的儿子光着膀子，阳光晒着他那油光发黑的背，背上布满了汗水，他笑得咧开了嘴巴，露出了黑黄的牙齿。

渐渐地，大卡车周边冷清了下来。火辣辣的太阳下，马路上少有行人。汤全的儿子笑歪了嘴，他一手紧紧攥着黑色人造革包，另一手挥舞着破草帽，他招呼着庄维根。

“维根，上车。这点瓜不卖了，开到嫩家去，不能空着手来见嫩。”

“不要，不要嘞。嫩苦些瓜钱不容易。再等等，把这些瓜都卖了，嫩就踏踏实实地回家去吧。”庄维根连连摆手。

“哪能不要哩，带些瓜给我侄儿吃吃，表表心意呐。”

“不要！不要！”庄维根果断地摆着手。其实，庄维根也想要带些瓜回家，依冰和儿子福生，今年还没有吃过西瓜哩。

一阵嘻嘻哈哈声传来，这是家属连的一帮妇女们下班了。她们见到西瓜车纷纷拥了上来，一见露了底的卡车里还剩了些瓜，有人泼辣地爬上车，挨个儿敲起了瓜。也就是一会儿的工夫，一车的西瓜卖了个精光，只剩两个裂开口子的西瓜。

汤全的儿子笑得合不拢嘴，他感激而又愧疚地冲着庄维根傻笑。

“老表哎，瓜卖光了。趁着日头还在，嫩慢慢地开回去。我也不留嫩过夜了，家里世界小。嫩一路小心些，看牢了钱包。”庄维根仔细叮嘱着汤全的儿子，他说完后，顿觉心里一阵轻松。

“维根，上车。我送嫩到家门口，顺便认认门。下次来常州，我给嫩捉个鸡，嫩千万不要再客气。”汤全的儿子显得激动，连珠炮般对庄维根说。他将那件破衬衫揉成一团，使劲地擦着从头流到胸口的汗。

“不要，不要。一点点路，我那个地方窄，车子掉不了头，嫩走吧。”庄维根坚决地摆动着手。

“唉！”汤全的儿子长叹了一口气，似乎明白了庄维根的担忧。

“维根哎，嫩有些话不讲，我心里清楚。我家爹爹跟嫩家爹爹，一命还一命，也算是抹平了。嫩讲得好，上代人的仇恨不能带到我们这一代人格里，嫩放心吧！”说完，他抹了把汗水，又擦了擦泪花闪闪的双眼，上了驾驶室。

“等等。”庄维根连忙喊了声，他走到卡车边，将两个裂口的西瓜捧在手上，然后笑着朝驾驶室挥着手，催促着卡车离开。

卡车发动机轰鸣着，缓缓地向前驶去。车尾喷出的黑烟，弥漫着难闻的气味。空荡荡的马路上，卡车的喇叭突然呜咽了一声，似乎向庄维根传递着不为人知的讯息。汽车消失在庄维根的视野里，庄维根缓缓地转身，神情凝重地往家中走去。

临近家门，庄维根停住脚步，他不知道自己这么做，在天之灵的父亲是不是会理解。想到父亲被日军悬颅在县城城隍庙的旗杆上，那一幕悲惨而又悲壮的画面，他的眼里滚出了泪珠，他抽搐着鼻子，走到家门口。

家门开着，袁依冰正在洗着大白菜，见庄维根回来，问：“去丹阳怎么这么快就回来了？”

袁依冰见庄维根捧着两个西瓜，她赶紧伸手接过来：“西瓜怎么摔坏了？”袁依冰有些不悦地问庄维根。又见庄维根两眼闪着泪花，惊讶地急问：“发生什么事了？你怎么哭了？”

庄维根摆了摆手，示意袁依冰进屋。

“丹阳没去成，遇到一个人，猜是哪个？”

“哪个？”

“汤全的儿子，我和他在一起的。”

“啊？”袁依冰大惊失色，西瓜掉落在桌上，摔成了几瓣，西瓜汁溅了一桌。

3

庄慕兰兴致勃勃地从东门当铺出来，两手空空，衣袋里多了十块钱，当铺老板满脸堆笑地将庄慕兰一直送出门。丹阳城区不大，在老西门大街和东门大街住久的居民，相互之间基本上都认识。一些住在较偏僻地方的人，庄慕兰虽说不熟悉，但看上去也眼熟。

庄慕兰原以为黄德胜的那件日本军用山羊皮大衣，送到当铺最多也就值个六七块钱。她与当铺老板一见面，便将山羊皮大衣拎在手上抖动着，从山羊皮大衣的里子到外皮到衣领夸了个遍，开口价便是二十块钱。当铺老板久经世面，只是哈哈地笑了笑，头摇得像拨浪鼓。他拦腰一刀，砍在了庄慕兰预期的心理价位上。没十分钟，双方成交，皆大欢喜。

她一路走一路沾沾自喜，多亏判断正确，要是稀里糊涂马大哈一个，今天最少损失三四块钱。

“庄慕兰，几天看不见你了嘛，最近老黄身体好不好？”

一个经常卖菜的妇女大声地问庄慕兰。这是个寡妇，听说最近跟丹阳老浴室对面马路上摆摊卖香烟的老光棍好上了。这要换以前黄德胜在位时，庄慕兰正眼都不会瞧她一眼。现在，黄德胜得不到“三结合”的事情和原因，半个丹阳城的人几乎都知道了。庄慕兰只是冲她点点头，脸上挤出一丝尴尬的笑容，算是对她问话的回答。这些日子以来，见到庄慕兰便问黄德胜身体好不好的人也多了起来，这话庄慕兰总觉得听起来有些味道在里面。但话面上人家问问也没错，问的人越多，庄慕兰心烦，她索性采取你若问我，我不吭声的态度，她只冲问话的人笑笑。庄慕兰心知肚明，有些人话中有话，甚至不怀好意。若是庄慕兰停下脚步与他们一一解释的话，只会越描越黑。而且，说话一不注意，说漏了嘴，小辫子抓在那些人手里，后果不堪设想。

庄慕兰强装笑容，扭头假装看风景。她边走边看，为了装得像，有时还故意停住脚步，看上几分钟。

已是秋天，丹阳内城河边的垂柳一排排延伸在内河两侧的堤岸上，像绿色的长龙蜿蜒着。浓密的柳树枝，在风的吹拂下摇曳。有些长长的柳枝带着略微枯萎的柳叶点在水面上，引得鱼儿时不时从水中探出头，在水面留下一些细碎的涟漪。

河坡上杂草和藤蔓丛生，野花夹杂在齐腰高的野草丛中，在秋风的吹动下，露出红黄蓝白的色彩。顽童们有的在河坡上扔石块戏要，有的俯身在草丛里寻找野果子。一个顽童发现了野金瓜，高兴地摘了，一声不吭地拔腿往河岸上跑。其他顽童发现了，纷纷追着捧着野金瓜的顽童，嚷着见者有份。

"一群野孩子。"庄慕兰心里嘀咕了声。她想起了福生，福生在丹阳时，调皮捣蛋的事情没少做，弄得她经常去老街坊家赔笑脸。

庄慕兰走过丹阳老浴室，沿着青石板路往救火会走去。她由福生想到了袁依冰，庄慕兰的心打了个咯噔。庄慕兰清楚，袁依冰对她一肚子怨气。袁依冰怀着福生那年，是她摆了个局，把袁依冰从她这赶走的。当时，她也没办法，算命的话不能不听，也不能不信，要不这样做，黄家到现在有没有根儿还难说。嫁出去的女儿泼出去的水，庄家充其量对她而言只是娘家，而她是黄家的人，她不能不维护黄家的利益。

庄慕兰边想边走，脚步加快了。她想到给维根写了两封信了，维根居然一封信都不回。眼见着抗美、抗英出落成大姑娘了，即将面临分配工作、找婆家的问题。黄德胜的事情一天得不到解决，对子女的影响也会越来越严重。庄慕兰心想，一定是袁依冰从中作梗，故意不让维根到丹阳来，明摆着是给自己脸色嘛。

"庄慕兰，买几个西瓜回家吧？你家子女多，一人吃几瓣西瓜，就要一大堆西瓜哩。"

说话声是从拐角传来的。庄慕兰一抬头，见不知不觉中走到了救火会门口。在救火会对面，一个小土坡的坡脚上，堆着小山般高的西瓜。西瓜一个个胖墩墩的，少说一个都要十来斤重。

"哦，是你呀。哎，你怎么卖起西瓜来了？"庄慕兰见救火会的徐老头坐在西瓜堆旁边一条长板凳上，在他的面前摆着一台磅秤，磅秤上放着一个大竹箩。

“我老家的亲戚，用大卡车拉来的，这是今年最后一茬西瓜了。庄慕兰，这个西瓜好吃得不得了，瓜皮厚，可以炒着吃，放几个青椒不要太好吃哦。西瓜子漆黑，瓜肉厚，瓜汁又多，甜得黏嘴。我帮你挑几个大点的？”徐老头见庄慕兰来了些兴趣，起身笑着问庄慕兰。

“多少铜钿一斤？”庄慕兰确实对西瓜来了兴趣，周末儿女们都在家，买点西瓜回家图个热闹。

“给你嘛，就便宜一分洋钿，价格写在纸牌牌上的，老少无欺。”徐老头指着纸牌上写的价格，十分大气地对庄慕兰说。

庄慕兰扫了一眼价格，感觉说得过去。徐老头又爽气，还要便宜她一分钱，加上卖山羊皮大衣又多赚了三四块钱，她觉得不买也说不过去。

“你帮我挑个百十斤，看来这是今年最后的西瓜了。你挑，我来号秤，你叫人帮我送到家。”

徐老头满脸堆笑，他躬身将一个个大西瓜往箩筐里装，一会儿堆满了箩筐，他仍旧弯腰捧着西瓜，往尖尖的箩筐上放。

“好嘞，吃不光要烂的。”庄慕兰赶紧伸手阻止徐老头。徐老头干笑了几声，心有不甘地将手中的西瓜摆在地上。

“一百一十斤。”庄慕兰将秤砣在黄铜刻尺上往右移动，黄铜刻尺的右端高高地翘着。

徐老头只看了一眼，苦笑着点了点头。庄慕兰冲徐老头说了句话，“老徐，送到家里后我把铜钿给你，我脑筋算不过来这笔账。”庄慕兰说完开心地往家中走去。

徐老头边应边费劲地将箩筐搬下磅秤。他见庄慕兰走远，将箩筐里的一个大西瓜搬下，从瓜堆里选了个小西瓜放入箩筐。

庄慕兰喜滋滋地回到家，见儿女们都在，便笑着将当皮大衣的事说给黄德胜听。“抗美，帮老娘算算，一百一十斤西瓜，七分铜钿一斤，一共是不是七块七角铜钿？”庄慕兰得意地问。

“老娘，你算得准，一点儿不错。”抗美笑嘻嘻地恭维着庄慕兰。庄慕兰突然一本正经地虎起了脸，她冲着儿女们神情严肃地开了口：“我关照你们，嘴巴子紧点。要是舅舅来了，谁都不准提皮大衣的事。谁要是给老娘说漏了嘴，老娘肯定要抽谁的嘴巴子。”

“晓得了。”几个儿女纷纷嚷着。

“西瓜来了！”徐老头拉了个小板车，将西瓜拉进院子里。庄慕兰赶紧将钱塞给徐老头，她欢欢喜喜地将徐老头送出门。几个儿女一窝蜂地上前，也就是庄慕兰反身之际，西瓜已全部捧回屋内。

“抗美，开西瓜吃，挑最大的瓜开。”庄慕兰兴奋地说。

西瓜被切成了小块，全家人围着脸盆吃起了西瓜。西瓜子落在脸盆里的声音，像暴雨打在青石板上。

“哎呀，小毛，快点去关院门。隔壁几个小毛孩看见了跑过来就讨厌了。”庄慕兰见院门洞开，她担心地说。小毛一溜小跑，嘭地将院门关上。

黄德胜笑嘻嘻地起身，庄慕兰赶紧挑了块肉厚的西瓜递给黄德胜，黄家充满了欢快和愉悦的气氛。

院外传来敲门声，跃进将西瓜皮往桌子上一扔，转身要跑去开门，被庄慕兰一把拉住。

“不要开，等会儿再开门。”跃进一听便明白娘的意思，他轻手轻脚地回到屋内，帮着几个姐姐一起收拾。

又一阵敲门声传来，院外传来喊声：“姐姐，开门啊，我是维根。”庄慕兰一听见是维根来了，喜出望外，三步并作两步地来到院子，一把将院门打开。

庄维根满头大汗，双手小心地捧着一个西瓜。庄慕兰一看，就知道这瓜是徐老头瓜摊上的。她将庄维根迎进屋，儿女们一见舅舅来了，亲热地围了上来，舅舅声喊个不停。

抗美见舅舅一头大汗，赶紧拧了把毛巾给舅舅擦汗。抗英赶忙去厨房拿了茶杯，给舅舅泡了杯茶。康健、康铃已经将桌子清理干净。庄慕兰赶紧递了块西瓜，塞给庄维根。

“维根，先吃块瓜，我跟你姐夫盼星星盼月亮一样盼你来哩。”庄慕兰望着维根吃西瓜的样子，眼睛里流露出疼爱的目光，“维根，你怎么接到信不回呢？姐姐跟你姐夫，天天像热锅上的蚂蚁，盼着你过来哩。”

“姐姐，姐夫，本来我接到第一封信的那天，我就要来。只是遇到了汤全的儿子，没来成。”庄维根将帮汤全儿子卖瓜的事，当着一屋子人的面讲了起来。

“你糊涂了，维根啊，你怎么会帮仇人的儿子卖西瓜？你忘了爹爹是怎么死的，姐姐当年带着你在南京是怎么告状的？”庄慕兰数落着庄维根。

“姐姐，姐夫，汤全的儿子日子过得比我们不知道要苦多少倍。他们汤家付出了应有的代价……唉，不讲了，当着这么些外甥外甥女的面，不讲了。总之，姐姐，上代人的仇恨已经过去了，上代人的仇恨也不该带给下一代人。”庄维根说。

庄慕兰叹了口气，她望着黄德胜，黄德胜抽着烟，默默地思考着，又吐了口烟对庄维根点了点头。

“你们都回房间去。”黄德胜对儿女们说了声。孩子们一听，一个个悄悄地溜回了房间，他们对父亲的话从来不敢拗半句。

“姐夫的事情，我琢磨了好久了。应该给中央组织部写信，查询一下刘沸腾和李德生的下落。只要找到一个人，姐夫的问题马上可以得到解决。”

庄维根在火车上已经打好了写给中央组织部信件的腹稿。至于照片中穿着国民党军服一事，庄维根更是花费了心思进行了查询。当时，正处于抗战，虽然发生了皖南事变，但抗日统一战线还在。国民政府虽然单方面取消了新四军番号，但共产党不接受，后面新四军重组也说明了共产党的立场。至于为什么没有及时更换新的军服，这涉及当时共产党经济困难，后勤补给跟不上的问题。这些情况，中央组织部应该知道。

“姐姐，你把纸和笔拿来，我这就写信。你在信里提到的那件事，我也弄清楚了。我一边写信，一边跟你和姐夫讲个清楚。”

庄慕兰喜出望外，赶紧去房间拿出早就准备好的信封和信纸，她将钢笔递给庄维根，大气不敢吭一下地盯着庄维根写信。

一会儿工夫，一封信写完了，庄维根将信的内容念了一遍。“德胜，我弟弟的一支笔不输给任何人。”庄慕兰对庄维根的信满意极了。她，忍不住在黄德胜面前夸庄维根。黄德胜少言寡语，冲着庄慕兰满意地边笑边点头。

“姐姐，姐夫，我事也办好了，我明天要上早班，马上要去火车站。”庄维根起身说完后，转身欲走。

在房间偷听的孩子们一听舅舅马上要回常州，一个个走出房间，依依不舍地簇拥着庄维根。

“维根，姐姐知道你苦，要赶回去上班。这个西瓜你带回去给福生吃，家里刚买了一堆瓜哩。”

“姐姐，火车站离这儿七八里路，算不来。”庄维根一听这话连连拒绝。七八里路捧个沉甸甸的西瓜，还不把人累趴下。

“哎，维根，不要推辞。我跟你几个外甥、外甥女一起送你，大家轮着提瓜，一点儿都不累。”庄慕兰话刚说完，抗美已经找来了蛇皮袋，抗英捧着西瓜塞入袋内。抗美将瓜提在手上，一众人簇拥着庄维根欢欢喜喜地出了院子。

黄德胜起身一脸笑容，站在院门口，不断地朝庄维根挥手。

4

刘波坐着马车走了，庄家一众人望着远去的马车，长长地舒了一口气。大家反身回院子时，听到黑皮撕心裂肺的哭声，庄维田大吃一惊，以为宝贝儿子出了什么意外。他火急地跑入屋内，金凤和英娣也火急火燎地跑入屋子。他们见黑皮躺在地上打着滚，还用脚不断地蹭着地面，哭得伤心。在他的身边，湿淋淋的鸟笼倒在地上。

“怎么了？”英娣和金凤几乎同时喊出了声。庄维田一把将黑皮抱起，往凳子上一放，瞪大两眼，寻找着儿子身上的伤痕。

“鸟……鸟被波儿妹妹淹……淹死了。”黑皮抽泣着说。

英娣从地上捡起鸟笼放在桌上，长叹了一口气：“这么小的人，心咋这么狠哩？”

桌上汪了一摊水，翠鸟的身子缩成了一团，它耷拉着脑袋朝众人翻着白眼。

原来儿子是为翠鸟的死亡耍脾气，庄维田轻轻地摸了摸黑皮的脸，安慰了起来：“不就是一只鸟嘛，爹爹明天去芦苇荡下一网，多给你抓几只回来。这么大的人还哭鼻子，害不害臊啊？”

金凤心疼地给黑皮拍打着衣服上的尘土，好不容易盼到刘地带着刘波去了常州。自从刘波放在自家托管照看，刘波把黑皮搞得像丢了魂一般。儿子整天围着刘波转，事事讨好她。金凤边拍打着黑皮的衣服，边伸手抹着黑皮脸上的泪水，冲着英娣嘀咕了起来：“婆婆，你本不应该答应杨支书，人家爹爹又没有亲自过来求你，你就满口应诺照看那个娃娃。这段日子，看把黑皮整得神魂颠倒的。三岁看到大，那娃娃长大了，保管是个狐狸精哩。”

英娣一听，脸色变了。她望一眼桌子上的鸟笼，可怜的翠鸟浑身湿淋淋的，脑袋耷拉着，身子蜷缩一团，话到嘴边又咽了下去。黑皮听娘数落刘波，又哭起来。

庄维田突然看到翠鸟的脚微微动弹了一下，他欣喜地叫了声：“快看，翠鸟还活着。”

黑皮噌地滑下板凳，手扶着桌子，看着笼中的翠鸟。果然，在众人凝神屏息的焦虑中，翠鸟连着蹬了几下腿，耷拉的脑袋慢慢地抬起，它睁开眼睛，疑惑地望着黑皮。

“活了，鸟没死！”黑皮哈哈大笑，使劲地鼓着小手掌。

翠鸟两只脚交叉蹬着，它的脖子开始扭动，它的眼睛又眨巴了几下，紧接着翅膀又稍许振了几下。它一骨碌爬起，歪歪扭扭的身子，靠在鸟笼边上喘息着。

“这鸟命大。”金凤见鸟儿活过来了，又见黑皮眼里闪动着光亮，她开心地嚷了起来。

黑皮伸出手指，他将手指伸向翠鸟长长的尖嘴边，试探着翠鸟会不会记仇。

翠鸟身子端正了，它微微地抖动着羽毛，水珠洒在了黑皮的手指上。

“好了，都别看了，这鸟死不了。金凤，我得去邻村一趟，上个月卖的货，有几家还没付钱。你下午去兰儿家看看，这些天小三子又编了不少东西。够数的话，明天洪蓝集市，我骑个三轮车拉到集市去卖了。”庄维田说完，也没和娘打声招呼，拔腿出了家门。

二娃满头大汗地背了一大箩筐猪草回院子，他和庄维田迎面相遇。二娃只是冲着庄维田笑了笑，他侧身给庄维田让道。

“二娃，咋就割了这点猪草？见了爹爹也不叫人，怎么总是教不会你哩？”庄维田见二娃没开口叫他爹爹，心里隐隐不快。他找了个碴儿，训二娃。

“爹爹。”二娃张口喊了声。二娃渐渐长大了，他以前总是动不动围着庄维田撒娇。后来，村人许多流言听多了，才知道他不是庄维田生的，他的亲爹爹金富友就埋在离家不远处的山坡上。

金凤听到庄维田又在责骂二娃，急切地跑出家门，见庄维田嘴里骂骂咧咧地往村道上走，赶紧帮着二娃取下背篓。

“你爹爹又骂你了？”金凤轻轻地问。

“嗯。”二娃抹着汗，显得委屈。

“你就乖点，喊声爹爹又不少块肉。”金凤边说边推了下二娃。

“娘，听人说现在当兵吃香得很。儿子过几年长大了，也要去当解放军。今后出息了，把娘接走，把我爹爹的坟也迁走，我们别再待在庄家村了。”二娃见娘满脸怜爱地看着自己，二娃眼里闪着泪光。

“不许瞎说！娘不让你去当兵。枪子不长眼，娘舍不得。”金凤的眼湿润了。

黑皮见二娃回来了，欢呼雀跃地跑到院子里，拽着二娃的手，将二娃拉到屋子里。黑皮一脸开心地指着鸟笼里的翠鸟，大声地说：“哥，翠鸟活过来了。你快看啊。”

金凤与二娃在院子里的对话，英娣听得清清楚楚。她见金凤母子俩窃窃私语地数落着庄维田，有些不乐意了，扭过身子不搭理金凤。

“娘，狐狸精是什么东西呀？”黑皮问金凤。

“狐狸精就是山上的狐狸，活了几百年后，死了投胎变了人，专门勾引男人的。”金凤注意到英娣的举动，话里话外带着气。金凤就是要说给英娣听，婆婆到现在都不后悔，将刘波弄到庄家来照看。

英娣忍耐不住了，想戗金凤几句。又见黑皮紧挨着金凤，一脸亲昵，英娣将火气往肚子里压了压，轻轻地说：“金凤呀，杨伢子是这一带最有权势的人了。你跟二娃在院中说的话，婆婆全听见了。今后二娃去参加解放军，杨伢子不点头，二娃当不了兵的呀。”

二娃帮着英娣对金凤说：“娘，奶奶说得中听，我那几个小伙伴们说过这些话。”

金凤见二娃帮着婆婆说话，又见英娣和颜悦色，也高兴起来。金凤指着鸟笼劝慰着黑皮：“儿子，娘看这鸟儿怪可怜的，还是放了它吧。”

黑皮望着金凤，又望了望二娃，他有些舍不得。

“弟弟，听娘的话，把鸟儿放了吧。”二娃看了眼金凤，提起鸟笼走向院子，黑皮快快地尾随着二娃。二娃将鸟笼往树枝上一挂，伸手欲打开鸟笼时，犹豫了一下，他转眼看了看噘着嘴巴的黑皮。

金凤指着翠鸟，温柔地对黑皮说：“儿子，娘看着那只翠鸟，心里就不好受。你看，鸟儿左顾右盼着，它在想它的娘了。”

黑皮看金凤眼里饱含着泪水，知道娘要哭了。他走向鸟笼，踮起脚尖打开笼门，鸟儿猛地蹿出，箭一般飞到院子外的柳树尖上，鸣叫着，眼睛四处张望。

翠鸟啾啾地叫着，鸟声在天空回荡。它不停地从一根树枝上跳到另一根树枝上，它边叫边飞，盘旋在柳树顶上。柳枝晃动着，它的爪子紧紧地抓住荡悠的柳枝，随着柳枝的晃动，调整着身体的平衡。

翠鸟在阳光下显得特别好看。一阵风吹来，翠鸟顺着风势，朝黑皮等人站立的方向摆动了起来。

“娘，翠鸟在感谢我们哩。”黑皮开心地嚷着。黑皮的话逗得金凤和英娣喜笑颜开。

太阳灿烂地照耀着庄家村的山水。蔚蓝色的天空下，几朵白云丝丝缠缠地缓缓飘来。几只鸟儿振翅飞来，在它们的身后，还有十几只鸟儿，箭一般的尾随着。

“是翠鸟！”二娃兴奋地指着鸟群欢呼着。

刹那间，柳树上鸟鸣声四起。一只鸟儿率先在柳树上腾飞，随着一声悦耳的啾啾声响起，柳树上所有的翠鸟腾空展翅，它们啾鸣着，奋力地追赶着头鸟，一会儿飞得无影无踪。

黑皮笑得开怀，习惯地将食指含在口中，见金凤朝他瞪眼，赶忙将食指取出。

“都回屋里去凉快着吧。这大太阳，不把人晒干不会下山。”英娣笑着率先往屋里去。

“婆婆，维田关照我去老乡那里看一看活计哩。”金凤边说边出了院门，她望了一眼太阳，阳光炫目。她揉了下眼睛，挑着小路往兰儿家走去。

兰儿正在院子里纳凉，院子正中的大树，浓浓的树荫覆盖了大半个院落。兰儿透过敞开的院门，见金凤径直走向自家老屋。她从椅子上起身，边走边摇着大蒲扇，张口问：“金凤，大热天的，来我家有事？”

“婶婶，我家维田关照，让我来看一下活计。”金凤喜滋滋地回着兰儿。

兰儿走出院门，笑呵呵地对金凤说：“你那个老乡，干活利索着哩。我也不常去。哎，我陪你一起去看看吧。”

金凤乐呵呵地搀着兰儿，俩人朝着老屋走去。走到老屋院门，兰儿推开院门愣住了，老屋的房门上挂了把铁锁。

“咦？这么热的天，他会去哪儿呀？”兰儿不解地说。

“莫不是上山砍藤条去了？”金凤笑着回。

“砍藤条一般早晨去呀，这中午大热天的，藤条砍下来，一会儿晒得干巴巴的，怎么编箩箩筐筐啊？”

5

天蒙蒙亮，小三子轻手轻脚地锁上房门。他什么东西都没有带，只在衣兜里塞了些钱。他环顾四周，庄家村一片宁静，山野里隐约传来蛙的鸣叫声，溪流仍然日夜不息地流淌着。

小三子像以前打家劫舍般踮着脚尖走路，生怕住在不远的兰儿听到动静。

满天繁星，星光和月光辉耀着庄家村。小三子走出村口，就大步流星地踏上去县城的山路。大山里静得可怕，渐渐显现的群山矗立在山道两侧。在月光的映照下，山路像一条巨蟒扭曲着身子，群山偶尔传出些声响，估计是那些蛰伏的动物耳尖，听到了小三子沙沙的脚步声而挪动身体发出的声音。

小三子不害怕，他习惯孤身钻深山老林，从小跟着大哥金不换闯荡江湖，山高林茂谷深的地方见得多了。在他的眼里，溧水的这些山根本称不上山。要知道，武威那地方的山山水水，沟沟坎坎，那些密不透风的森林，孤身一人在里面闯山还真会遇到不测。

远处的树林里有些绿光在闪烁，小三子笑了笑，他知道那是本地的土狼眼睛发出的寒光。小三子不害怕这里的土狼，这些狼通常都是孤狼，体形不大。在他的眼里，这些土狼还没有庄家村经常看到的那条大灰狗凶狠。有一次他去山上砍藤条，那只大灰狗一直凶凶地跟着他，后面还尾随着几只土狗。他蹲下身捡石块吓唬大灰狗好几次，大灰狗只是转头逃了几步，或许后面跟着的几只土狗给它助威，让它觉得来劲。大灰狗依旧凶凶地冲在前头，一副不咬他一口誓不罢休的凶狠相。

小三子心里揣着事，这事在他看来已经到了火烧眉毛的时候。前不久，他听兰儿说，在她公公安葬的那座山上，藤条特别多。兰儿说者无心，他听者有意。第二天太阳上山，他提了根扁担，扁担一端挂了两捆麻绳，他腰上插了把砍刀，大摇大摆地上了山。待他走到山坡上，眼前一座大坟让他停住了脚步。他凑到墓碑处一看，原来是黄秋生的坟。坟墓垒造得讲究，石块堆垒，工工整整，非常高大。真是冤家抬头不见低头见，活着不见死了见，小三子有些哭笑不得。他将扁担高高地抡起，照着黄秋生的墓碑狠狠地挥了一扁担，只听到砰的一声，扁担裂了，墓碑被砍出了一道小白痕，扁担震得小三子虎口生疼。小三子将扁担往地上一戳，一手拄着扁担，一手指着坟墓骂。

“黄秋生，你个狗日的。你装得比鬼都像，劫了山上的财宝不说，还害得一众兄弟们命丧黄泉！”

骂累了，小三子想找个石头坐下，他不想坐在黄秋生的坟上，怕屁股沾上黄秋生的阴气。小三子环顾山野，忽然愣住了，一条羊肠小道从远处的山坳里爬了出来。小道两侧是起伏的山丘。在小道的前方有块低洼地，茅草在山风的吹动下起着波浪。小三子觉得眼熟，他竭力地回想着。在一九四三年的那个夜晚，金不换大哥率一众兄弟，就是从那条小道的尽头策马而出，在那片低洼地和日本鬼子的骑兵遭遇的。

小三子浑身来了劲，提着扁担往小路奔去。一路上，野草野花在阳光下开得灿烂，小三子顾不得这些，气喘吁吁地来到了小路上。他把扁担当成马枪，转动着扁担，极力地挺起已经驼了的背，骄傲地东张西望。是的，一点儿没错，就是在这里，他冲着迎面奔来的日本骑兵开了一枪。在撂倒了那个凶狠的日本骑兵后，他也中枪倒地了。

“老子干掉过日本骑兵！”小三子将扁担往脚边一扔，像狼一般冲天号叫了一声。一股英豪气沸腾在小三子周身，他瞪着独眼，见洼地上野草野花长得茂盛，几棵野板栗树零零星星地生长在洼地中，洼地明显已经被抬高了许多。小三子明白，江南雨水充沛，山泥填高了洼地。小三子忽然哭了，金大哥和一众兄弟们就睡在他身前的这个洼地中。可怜这些出生入死的弟兄们，尸骨遗弃在荒野那么多年了。

小三子扑通一声跪下，声泪俱下地边磕头边说：“金大哥、兄弟们啊，小三子发誓，一定要为你们收殓遗骨，给你们造个比黄秋生那狗日的更高更大的墓！”小三子起身，狠狠地抹了抹脸上的泪。他冲着洼地鞠了一躬，捡起扁担往肩上一扛，火急火燎地回庄家村。

脚步踩在山道上沙沙地响，他这次神出鬼没地出门，就是要取回当年埋在山里的金条，给死去的兄弟们建个大坟。小三子知道，没有钱，一切都是空谈。

刚到庄家村落脚时，庄家村的人几乎都讨厌着他，提防着他，见了他也不打招呼，即使迎面相遇，最多冲他点个头。而他却满脸堆笑，侧着身子让对方先走。他知道，自己是个劳改释放犯，不招人喜欢。庄家村最有权势的杨伢子，在他落脚兰儿家时，每个礼拜都要来看他一次，说一些看起来嘘寒问暖，实则上警告他的话语。有时，治保积极分子庄维田也说这样的话。随着时间一长，杨伢子不大来了，庄维田更不用说，自己编的物件让他拿去卖钱，庄维田占到便宜后，开始对他笑脸相迎。不过，小三子最近对庄维田的老婆金凤起了兴趣。

小三子用独眼上下左右地偷偷打量过她。说实话，小三子从金凤现在的容貌可以想象出她年轻时的模样，有姿有色。随着他和兰儿及金凤接触的次数渐多，小三子心里有了些判断：金凤的前夫姓金，又是甘肃武威人，金凤的前夫可能是为了追寻爹爹金不换的下落而客死他乡的。

对女人，小三子现在没了兴趣。以前跟着大哥金不换打家劫舍时，他没少玩女人。山上不少兄弟的女人都是抢来的，刚上山时不乐意，时间一长，也都顺从了。不过，有的女人刚烈，甚至发生过差点咬断命根子的故事。小三子想起他有一次干了个寡妇，谁料正当自己提起裤子准备开溜时，那寡妇竟然一把拽住他，央求着他，把她带到山寨上去哩。

今非昔比，在大牢十几年的时光里，在满屋子能闻到的荷尔蒙气息里，他那个玩意儿早就搓弄得蔫巴了。

黎明的山风吹在燥热的身上，让他觉得清凉。他想，老天也注定他这辈子就是个孤儿，注定他没有家。小三子觉得胸口有点堵。他望了望天空，朝霞已经显露，天边像生起了火炉子，红红的光芒映照着天空。

小三子找了个地方坐下歇歇脚。一条溪流在不远处流淌，他起身走到溪流边，掬了捧水往脸上泼，顿觉脑清目明。路走得急，下体出汗多，短裤黏黏的难受。小三子索性脱下裤子，捧起溪水洗起澡来。在旷野中，他仿佛又回到了从前无拘无束的山林生涯。小三子周身凉快无比，他套上裤子，惬意地走回山道。太阳一跃老高，整个山林顿时笼罩在金色的光芒下，苏醒的鸟儿欢畅着飞来飞去。

小三子继续兴冲冲地往前赶路。他走出最后一座山时，太阳已经升得老高。炙热的阳光烤热了他略微潮湿的内裤，一股暖烘烘的热气在他两腿之间乱窜。小三子张大嘴巴想吼几句山歌。他身后突然传来马车轱辘的声音，他回头一望，远远的一辆马车已经拐过了刚刚的山脚，径直冲他奔来。

小三子急忙扭身离开山路。他知道这马车只会是从刘家村或庄家村而来，他不想让任何人知道，他离开了庄家村。

马车驶过，小三子望着马车扬起的尘土想，县城在前面不远了，他要去长途汽车站，赶往茅山，他要找到那个小村庄。只要找到那个小村庄，背对着村庄，面朝着大山，就能找到当年的那个山壁。在山壁的旁边有一棵老槐树，老槐树周围有块石头，搬开石头土里就藏有金条。

小三子走入县城，从袁宅边走过。他只是望了眼袁宅紧闭的大门，心想，袁旺松此刻一定还在睡觉。一段时间没见袁旺松了，小三子此刻怪念着他的。

远远的，一辆又一辆长途汽车鸣着喇叭从车站驶出。小三子急了，生怕错过去茅山的长途汽车，他撒开腿往汽车站跑去。

6

汽车一路颠簸，跳跳晃晃地来到了茅山。出了汽车站，小三子饥渴难耐，穿过县城的主干道，眼光扫视着县城的饭馆。他要找一家简陋的小面馆，吃碗面条，顺带着多喝两碗免费的面汤。县城里难找这样的面馆，小三子只能硬着头皮往前走。在离开县城不远的地方，有一家露天的面摊，几根竹竿撑着一块塑料布，塑料布顶着天上的阳光。塑料布下面放着一张小四方桌，几张长板凳围着桌边。小三子往长板凳上一坐，开口直嚷上碗面条。

不多会儿，一位中年妇女摇晃着胖胖的身体上前，她单手拖着一只粗瓷碗，砰的一声将一大碗面条放在小三子面前。

小三子一看，皱起了眉头。他瞪着独眼，上下打量了一番女摊主，嘴唇嚅动了几下。他伸出舌头用口水湿润了一圈干裂的嘴唇，问摊主：“这位妹妹，有没有汤水面条？”

“哎哟，你这位客人，这种大热天，谁吃得下汤水面？这冷拌面最好了，用桶吊在水井里镇的，吃了够凉爽。”

女摊主笑了，她料定眼前的这位客人是社会底层的那些人，说不准是拉板车、搬砖头之类的人，听口音也不是本地人。她的眼睛里透出一丝丝的冷漠，脸上却显出些笑容。

小三子在江湖上见多识广，他知道自己这副模样让人不喜欢。他抓起筷子，在桌子上戳了两下，挑起面条往嘴里送。嘴里口水不多，面条难以下咽。冷拌面被酱油淋得暗红，咸得难以入口。

“妹妹，能不能给我来碗水？”小三子用恳求的口气对女摊主说。

“有大麦茶，一分钱一碗。”女摊主张口便说，她生怕眼前这个独眼龙喝了大麦茶赖账。

“井水有吗？给我来两碗。”小三子渴得难耐，他想井水清凉，比大麦茶更解渴，而且也用不着花钱。

“一分钱两碗。”女摊主不依不饶地说，一脸不屑地望着小三子。

“井水也要花钱？”小三子有些奇怪。

“我跟你说实话，以前不要钱，现在要钱。上个月有几个省地质队的专家来这吃面，他们对我讲，我这口井是宝井，井水是优质天然矿泉水，在外国，一碗水要卖好几块钱哩。”

小三子摇摇头，他用筷子敲了敲碗：“快给我来两大碗。啰里啰唆，小里小气的，吃完一并付钱。”

女摊主听闻一点儿都不生气，一脸喜气。她刚刚也是将信将疑地试探着眼前这个独眼龙，没想到，还真有人愿意为这不花钱的井水付钱，她快乐地转身去打水。

小三子就着井水大口吃着冷拌面，这时，他才真正感觉到冷拌面带给他的满足感。吃完面条，他嘴巴一抹，爽快地付钱。小三子转身离开，他刚走了七八步路，他抬眼远远地眺望茅山，山顶上笼罩着一片强烈的金色光芒。郁郁葱葱的森林几乎覆盖着一切缝隙，许多条小路掩映在绿色中，究竟哪一条小路可以去往那个村庄？小三子犹豫了片刻，问女摊主：“妹妹，问个路，去茅山史家村怎么走？”

“客人，你去史家村哪家？”

小三子一愣，吞吞吐吐地犹豫了起来。少顷，他大大方方地对女摊主说，“去探访一个救命恩人。不知道那户人家还在不在？”

“哎哟，我就是史家村人。我掰着指头能说出史家村每一个男女老少。你跟我讲，你要去哪家哩？”

小三子心烦意乱，他也一时想不出要去哪家。他索性心一横，说：“那儿有个老郎中，以前救过我的命。”

“哎呀呀，那个老郎中早就去世了，家里没人了，我就是那老郎中的小女儿啊。”

女摊主没想到眼前这个形象邋遢的独眼龙，是要去寻访救命恩人。不过寻访恩人，一般都会大包小包地拎着报恩的礼品。她上上下下地打量着独眼龙，目光落在独眼龙微微鼓起的口袋上。

小三子倒吸一口冷气，坏了，遇上一个难缠的主。史家村既然老郎中家没人了，在女摊主眼里完全没有去的必要了。况且，所谓恩人的女儿就在跟前。

小三子心里飞速地谋划，万一女摊主问起他，因什么原因被老郎中救活的具体事情，他该如何回答。他不能将当年发生的事情如实告诉这个女人，更不能引起她的怀疑。若是女摊主稍稍警觉，他前脚走，女摊主后脚报官，进了公安派出所一审问，说不定事情要暴露，还是破财消灾吧。

小三子心一横，从衣袋里摸出两块钱，痛快地往女摊主手里塞去。女摊主嘴上客气着，手却接过钱。她笑容可掬地说：“哎哟，没想到你这人心却如此善良。按说不能收你的钱，但你风尘仆仆地从远地方赶来，也是你的一片心意哩。哎，你是从哪过来的？”小三子见她收了钱，心里略微轻松。他现在只想开溜，不想与这个女人多缠下去。

“从溧水来的，天没亮动身，紧赶慢赶到这儿，太阳都过了头顶。”

“哎呀，你真不容易。这个地方偏，跟溧水一样。其实，你回去可以不要坐长途车了，省得在茅山住上一宿。我跟你说，你到了史家村，背对着史家村，前面有条山路。溧水人啊，以前到茅山敬香，好多人都走这条山道，也就几十里山路。你不用坐长途车绕一大圈哩。”

女摊主说完又看了看小三子："像你这个脚力，紧赶慢赶，到下半夜就走到溧水了。"

小三子正愁着今天赶不回溧水了。

"哎，告诉你，前面那条路一直走，遇到岔路你不要走，到史家村也就七八里路了。"女摊主快乐地对着他喊。她此刻也盼着独眼龙赶紧离开，一直唠下去，晚上还得留他吃饭哩。

小三子头也不回地走出很远，心才稍许放下。此时，太阳已渐渐地西移，阳光依旧炙热，好在沿着山道两旁尽是树林。满山的翠绿和时不时传来的山溪的流淌声、鸟的鸣叫声，让他心旷神怡。他索性脱下衣服，甩开膀子走路。

太阳继续偏西，此时的山道有些暗了下来。山风吹来，小三子觉得有些微凉了，他伸手摸了摸光溜溜的胸口，将衣服穿上。拐了一个弯，在群山间，一片开阔的田野展现眼前，还有个一二十户人家的村庄，有些人家的烟囱已经开始冒烟。

"这就是史家村了。"小三子心里嘀咕了一句。他停下脚步端详起史家村，眼前似曾熟悉的环境一点儿都没有改变。

小三子跃上山坡，居高临下地观察了起来。他可没有那么傻，贸然进入史家村，被熟人发现，想脱身都难。村口正前方有几条山路蜿蜒着伸向四面八方，一条又细又长的山路引起了他的注意。小三子想，那条细长的山路人迹稀少，应该就是通往溧水的山路。他又仔细观察了一会儿，确定无疑后，小心翼翼地溜下山岗，朝山路绕行过去。

土地高低起伏，小三子没少走冤枉路。他好不容易踏上那条细长的山路。那块岩壁突兀着，他喘着粗气来到崖壁前。崖壁前一片茅草，密密麻麻地生长着，那棵粗大的老槐树没了踪影。小三子慌张了起来，金条埋在老槐树下，如今不见了老槐树，崖壁前杂草密布，让他去哪儿寻找？小三子体力不支，他声嘶力竭地冲天大叫了一声，一屁股瘫坐在山路上。

天空出现了绚丽的晚霞，空荡荡的荒野寂静无声。鸟儿飞进了深山里，山蛙隐身在石头缝下，积聚着夜晚清凉时分鼓噪的力量。

小三子不死心，他蹿入没腰的茅草丛中，从山崖正中间开始寻找着老槐树的踪影。如果老槐树被这一带的村民偷伐了，树根必然还在。那么大的树根即使在这几十年里腐烂了，也不可能没有一丝的痕迹。

草丛里传来窸窸窣窣的响声，小三子循着响声拨开两侧的茅草，他发现了槐树根。前方几步远，一条杯口粗的大蛇盘成一堆，冷冷的眼睛正注视着小三子。

小三子一眼望去，吓得惊叫一声，撒腿就跑。他跑回山道，心有余悸地望着大蛇的方向，盘估着自己不是这条大蛇的对手。忽然小三子精神一振，喜上眉梢。他听过不少大蛇护宝藏的故事，说不定大蛇所在的位置就是大槐树原先所在的位置，大蛇在，黄金应该还在。他甚至有些感慨，苍天不负有心人了。

他谨慎地寻找着可以防身的武器。他看见有几根手臂粗的树枝横七竖八地倒在草丛中，上前拉出一根，用脚将树枝布着虫洞的地方踩断，抡了抡剩下的树枝，沉沉的，还蛮结实。他左手持树枝，右手捡起一块石头投向大蛇盘身处，然后小心地贴着岩壁，往大蛇盘身处探去。大蛇不见了踪影，在它盘身的地方，果然有老槐树的根，树根已经被岁月的风雨蚀烂。小三子用手中的树枝敲了敲，确信没有大蛇的动静，便慢慢靠近。他欣喜地发现，那块压着黄金的石头还在，搬开石头，挖出了两根金条，小三子兴奋地回到山道。

小三子将金条插在腰部，他怕金条走路时滑落，便将裤腰带扣紧，又顺手扯了两根青藤条，在腰部上下各扎了一道。他站起来，跳了几跳，绑在腰上的金条服服帖帖的。小三子快乐极了，他望了眼蜿蜒着伸向溧水方向的山路，脚下来了劲，他大步流星地往深山走去。

空旷的群山，寂静无声。皎洁的月光洒在山野，朦朦胧胧。在银色的月光下，隐约能看得清回溧水的山路。小三子放心多了，他一高兴，扯开嗓子吼了起来。

早上吃饭晌午端，中午吃饭日压山。
晚上喝汤鸡叫唤，你看可怜不可怜。

前方森林里扑腾起一群鸟，小三子觉得是刚刚的山歌惊扰了这些夜归山林的群鸟，想着裤腰带上还插着黄金，他使劲地咽了下口水，不再唱歌，只管赶路。

也不知走了多久，小三子一路咬着牙，心里甜丝丝的。只要能给往日出生入死的一众兄弟和金大哥垒个又高又大又气派的坟墓，压住黄秋生墓地的风水，他这一生也活值了。

天上，星星渐渐地隐退，月亮隐隐地下坠，小三子终于走到院子跟前。他轻手轻脚地推开院门，打开屋门上的铁锁，快速地闪身而入，将屋门轻轻关上。他扯亮电灯，从乱七八糟的桌子上拿出火柴将油灯点亮，又提着油灯走向马厩。他取出金条，将金条塞入马厩内侧的石头缝隙里，然后提着油灯，弯下腰，细细地照了照，石头缝里闪着黄灿灿的光泽。

小三子心里不踏实。他出了马厩，顺手从菜地里用手抠了把泥土，将泥土塞入石头缝中，在油灯的照耀下，已经没有了金灿灿的光影。

小三子满意极了，他又俯身细细地查看了一会儿，他的脸触碰到了马厩石壁，突然，他感觉冰冰凉凉的，他的心里一颤。一阵倦意席卷而来，他不由得打了个哈欠，他觉得眼皮铅一般沉重，也没有多想，一口吹熄了油灯，轻手轻脚地回到屋内，将油灯往桌子上一放，一股睡意席卷而来，那只独眼又酸又胀。他扯灭了电灯，匆匆地走向床边，一头栽下，死猪般睡了起来，连门闩都忘了闩上。

第二十七章

1

清晨，福生心里忐忑不安。他起床后见爸爸坐在凳子上喝粥，妈妈替爸爸整理着饭盒，他向爸爸挪去。

庄维根见儿子起得早，也没多问。他将饭盒装入蛇皮袋，又拿起桌子上的粗瓷缸，对袁依冰说了句：“依冰，里面再放上几粒粗盐，昨天的酱油汤不咸。”

袁依冰拿起酱油瓶，揭开粗瓷缸盖，被庄维根拦住：“省点，里面有酱油红汤就行了。”

袁依冰从菜橱里用手撮了些盐巴，放入粗瓷缸。庄维根笑了笑，拎起蛇皮袋，大步流星地往工厂走去。炉子上烧着的铁锅子里的水沸腾着，袁依冰抓过两圈晒干的面条投入水中，又往锅里打了个鸡蛋，对福生说：“儿子，好好读书。你爸喝粥，面条省给你吃，你爸干的可是工厂最苦的活啊。”

福生默默不语，迟疑了片刻，突然跑出屋外，他扯开嗓子，冲着父亲消失的背影大喊了一声：“爸！”

屋外白雾茫茫，十几步之外什么东西都看不清，父亲的身影被浓雾吞没。在这清晨，路上空旷又宁静，大步流星地走向工厂的父亲已经走出去很远。

福生心里感到失望和惆怅，他在雾中瞪大着眼睛，望着父亲上下班必走的那条小路。小路两侧是河流，路旁长着茂密的柳树，此时的柳树在浓雾中只能隐约见到些黑影。小路左侧的河流弯弯绕绕，连通着隐在雾中的铁山。这些河流原本是围绕着一大片沼泽地的，而现在，沼泽地缩小了。他现在读书的地方中学，就是在铁山的填埋区上建造的。

福生转身望着地方中学，学校仅有的一座三层楼隐约在雾中。他心里忐忑不安，他听说爸爸的死对头——铁路中学的工宣队长颜元元调到地方中学当工宣队长了。他想问问爸爸，这个消息是否属实。

福生按道理是可以进铁路中学读书的。升初中时，小学同班的大部分同学进了铁路中学，他和马健被分配进了地方中学。那年，他就羡慕进铁路中学的同学，但他知道爸爸和马健的爸爸都是有问题的人。他也了解了一下，地方中学的学生，绝大部分以“黑五类”人员子女为主。另外，还有些是从铁路工厂周边的学校分流过来的学生。

在地方中学，时间一长，同学们自然而然分成了几大派。外来的学生中有个叫丁老三的，这人是个刺头，长得敦实。丁老三经常去常州体育馆练习举重。他走路一摇一摆，脚步中透着一股蛮劲，从周边学校分流过来的乡村学校的学生们，很快便簇拥在丁老三身旁。另外一派是以福生为主的学生，福生喜欢读书，同学们将家中珍藏的书偷出来传读。福生这几年个子上来了，人长得瘦，但是灵活，他经常约志同道合的同学去小花园朗读诗歌和散文。去小花园的次数多了，与小花园中心空地上一些社会上练摔跤的人也都熟悉了。空闲时，福生也穿着他们的练跤衣学摔跤。很快，福生一个动作就能把一般的男生撂倒。福生在同学们中间的威信飙，在同学们的眼里，福生属于文武双全的人物。福生身边不仅有马健一伙铁路工厂的子弟，还有一批长相甜美的女同学，这自然引起丁老三的不服。

丁老三好几次在女生面前夸海口，一定要教训一下福生。丁老三每夸一次海口，就有女生向自己合得来的男生透风，这些男生又将丁老三的海口传到福生的耳朵里。福生索性每天清晨去小花园练习摔跤，他知道丁老三早晚会当着他的面挑衅的。

福生今天忐忑不安的心情来自两个方面：一是昨天丁老三给福生下了战书，要约个时间跟福生玩几把摔跤。二是颜元元调到地方中学当工宣队长。若是让颜元元抓到自己打架的把柄，绝没有好果子吃。对于丁老三的约战，福生当时也没吱声，他评估了丁老三的实力，丁老三的胳膊和腿要比自己粗得多，尤其是丁老三厚实的胸脯，透着浑身使不完的劲。福生想，他与丁老三玩一把，输面大，在同学们面前自灭威风不说，跟着他的同学也会受丁老三这些人的欺负。

昨天丁老三约战了，福生今天必须回话，否则自动认输。福生心里有事，他又不敢跟爸爸讲，他刚刚冲出屋子，就是想鼓起勇气把这事跟爸爸坦白，好让爸爸给他拿个主意。福生觉得自己要闯祸了，他的右眼皮突然跳了几下。

“福生，吃早饭了。”袁依冰隔窗冲着福生喊着。

福生摸了下头发，在雾中站了会儿，他的头发被雾弄湿了。他转身进屋，一声不吭地刷牙洗脸，然后端起面条大口吃了起来。

福生匆匆地将书包背起往学校走去，沿途有几个铁路中学的女生羡慕地指着福生的书包议论。福生对自己的书包非常在意，那是一只挎包，妈妈用红丝线在书包上绣了一颗红星，在红星的周围绣了“敬祝毛主席万寿无疆”几个字。福生见女生们对书包指指点点，他骄傲地用手拽着书包的带子，昂首挺胸地往前走着。

“福生，等等我。”马健从后面赶了上来，他来到福生身边担心地问福生，“福生，我借给你的书抓紧看。我妈妈今天找这本书没找到，她问我是不是拿出去了。”

“在书包里哩，还有一点儿就看完了。”福生用手拍着书包对马健说。

“好不好看？”马健问福生。

“好看。邱少云趴在草丛中活活被大火烧，都能够一声不吭，这就是伟大的英雄主义精神吧！”福生用敬佩的口气对马健说。

“福生，铁路中学的那个工宣队长调到我们学校来当头儿了，他会不会报复我们啊？”马健忧心忡忡地问福生。

“不怕，那次打麻雀是我们看见了他，他又没有看见我们。”福生用轻松的口吻安慰马健，他的内心其实很惶恐。

“也是啊，他又不知道是我们打的玻璃窗。”马健嘿嘿嘿地笑了出来。

“哎，福生，丁老三和你约架怎么办？要不要把我们的人召集一下？”马健用忧心的口气问福生。

福生脑子里飞快地盘算身边几个要好的同学：李稻香、刘产元、高星星等人。福生觉得在这几个人中，高星星可以出来打架。高星星是从郊区的学校转过来的，和他是同桌。高星星个子高，胳膊粗，他和他爸天天要起早贪黑做豆腐。马健是个胆小鬼，在干架时他充其量在旁边起个哄、助个威。福生心里沉甸甸的。

“怎么样，上广播操时我来串联一下？”马健又问福生。

“马健，第一节课下课时，你与李稻香、刘产元他们几个吱一声，让他们和我们聚得近一些，有备无患。”福生对马健说。福生此时并不怕打架，他担心打架让颜元元知道了，免不了开全校批判大会。如果这样，福生下场会很惨。

马健见福生下了决心，他的底气明显硬了起来。他走起路来，脚下也来了劲。马健和福生边说边走，一会儿，两人进了教室。

突然，马健悄悄地将福生拉到教室窗户旁，丁老三和胖墩等几个人正围拢在教学楼后面的沼泽地边商量着什么。福生冷笑了一声，见李稻香、刘产元、高星星也进了教室，福生招了下手，指点着楼下冲他们眨着眼睛。大家似乎心领神会，往各自的座位上走去。福生往座位上一坐，从书包里取出《志愿军英雄传》看了起来。

没多久，上课的电铃声响起，丁老三一伙人急匆匆地跑入教室。丁老三和胖墩跑向座位时，还不忘看福生一眼。

颜元元拿着一沓报纸从走廊走向教室，班主任张老师疾步走在他的前面。张老师一进教室，她满脸笑容地大声招呼起来：“同学们，今天临时调课，由新来的工宣队颜队长给同学们上思想政治课，大家热烈欢迎颜队长！”

张老师话音刚落，她自己带头鼓起了掌。课堂里一片热烈的鼓掌声。丁老三索性站起来朝颜元元热烈鼓掌，全班同学也站起来热烈地鼓掌，福生和马健犹犹豫豫地站起来鼓掌。颜元元笑容可掬地向大家打着招呼，然后，他摆手示意同学们坐下。他清了下嗓子，红光满面地开起了口。

“伟大领袖毛主席教导我们，工人阶级领导一切。同学们，我作为工厂党委委派的学校工宣队长，将以身作则，带领同学们学习好伟大领袖毛主席的亲切教导，和同学们一起进步。”

颜元元今天穿得特别精神，上身着一件白色短袖衬衫，左胸佩戴着一枚陶瓷做的毛主席像章，穿一条军裤，脚上穿着一双黑皮鞋。由于兴奋的缘故，他的左眼皮往上吊着，浓浓的眉毛下，两只眼睛闪着光亮。

福生听爸爸讲起过颜元元的一些事情，他心里犯着嘀咕，颜队长是从哪里弄到这条军裤的。福生一直都渴望能有一套解放军的军服，现在外面许多人都以穿军服为时髦。

颜元元翻开一张报纸，照着报纸念了起来。福生懒得听，想起马健催他还书一事，他挺直腰杆，装作十分认真地听颜队长讲课，右手却在抽屉里翻动着书。他瞪大眼睛，透过破旧桌面上的空隙和孔洞看着传记。福生想象着，黄继光一跃扑向冒着火舌的机枪，黄继光要被机枪打中多少枪啊？

高星星轻轻地用左腿拱了下福生，福生一慌神，见丁老三手举得老高，他猛地站起来大声对颜元元嚷出了声。

“报告颜队长，有人在偷看课外书。”

福生一个激灵，他快速地将书合上，侧身用手挡住抽屉，惊慌地望着颜元元。

颜元元依旧一脸笑容，他看了一眼福生，和蔼地问福生：“你叫什么名字？”

“报告颜队长，我叫庄福生。”

颜元元的脸立刻晴转多云，快步走向福生，从抽屉里取出书，他看了一眼书的封面，冷笑着往讲台走去。

颜元元面朝学生，他将《志愿军英雄传》高高举起，大声说：“同学们，这本书我刚刚看了一眼，这是刘邓领导下的文艺黑线出版的书。这充分说明我们今天的思想政治课上得非常及时，非常正确。”

颜元元说完，将书往腋窝一夹。他指了指桌上的报纸，让张老师随便读几篇文章，转身出了教室。

2

学校的高音喇叭里放起了《大海航行靠舵手》，上广播操的时间到了，全校近千名学生陆陆续续向操场云集。董老师身穿鲜红的运动衫，脚穿白球鞋，胸口吊着一只黄灿灿的铜哨子，在操场台上来回走动着。

福生、马健、稻香等人和丁老三一起往教室门口拥去，临到门口，丁老三似乎故意停顿几秒，他双手叉腰，将福生等人堵在教室内。福生朝马健等人递了个眼色，几人往门口拥去，将丁老三撞了个趔趄。随着一阵哄笑声起，女同学们一窝蜂似的下了楼梯。

董老师精神抖擞地站在台上，吹响哨子指挥着操场上密密麻麻的学生们排好队形。随着高音喇叭里传来熟悉的声音：“第四套广播体操开始——”整个操场的学生们在音乐声中舞动了起来。

胖墩排在马健的前面，随着舒展的体操乐声，第三节踢腿运动开始了。胖墩伸手踢腿，舞得正起劲，马健一个不小心，一脚踢在了胖墩的屁股上。胖墩被马健踢翻在地，他爬起来揉了揉屁股，恶狠狠地冲着马健竖起了中指。马健赔着笑脸，周边的男女同学望着胖墩的狼狈相，忍不住窃窃偷笑。

广播体操一结束，操场上的学生们散开了队形。有的走向沼泽地看水葫芦，有的去柳树下喘息，有的奔向教室。胖墩回身冲着毫无防备的马健猛地一脚，这一脚踢在了马健的裤裆，痛的马健捂住裤裆，脸色发白，说不出话来。丁老三等人见状，围了过来。等马健一口气喘了过来时，他哇的一声哭了起来。

福生见状急忙上前，一把扶着马健，怒眼瞪着胖墩大声质问：“胖墩，你为什么踢马健？”

胖墩和丁老三几人将福生围住，将福生推来搡去。胖墩指着福生的鼻子嘲笑说：“福生，马健的爸爸是大流氓，是黄世仁，强奸了白毛女。你爸是地主，你爷爷就是大地主，你就是小地主，你和马健是一丘之貉。”

胖墩的话引得围着福生的丁老三几人大笑起来。他们似乎更加来劲了，不断地推搡着福生。

丁老三忽然闪到了一旁，双手抱胸，装作若无其事的样子。他发现董老师正疾步赶来。

“小地主！小地主！”胖墩和另外几个人没有发现董老师正匆匆赶来，他们开心地推搡着福生，嘴上大叫着。

马健此时已喘过气来，他见福生没有反抗，闪在福生身后不敢吱声，胖墩的嚣张气势显然压住了马健的反抗意识。

福生怒目注视着胖墩，就在胖墩伸出双手推搡福生之际，福生猛地一记直拳，砰地打在了胖墩的鼻子上。胖墩一声惨叫，鲜血从鼻孔往外直喷。福生一个转身，欲对围着他的其他人动武，那几人兔子般跑开了。

胖墩双手掩面，坐在地上，满脸是血，惶恐地说着求饶的话。赶来的董老师将胖墩扶起，见胖墩满脸是血，冲丁老三说：“你过来，领他去自来水那边冲一下，再去医务室弄些棉花球塞一下鼻孔，没什么大碍的。”

丁老三怏怏地扶着胖墩往男厕所走去，董老师面对站着发愁的福生安慰了起来：“福生，这事情我都看到了，幸好颜队长去工厂党委了。下午若是颜队长问我，我会帮你说话的。”

福生感激地冲董老师点了点头。福生缓过神来，朝马健挥了挥手。马健似乎明白了福生的意思，随着福生往沼泽地走去。

太阳升得老高了，阳光照在沼泽地一汪汪的水面上，有耀眼的光斑闪动着。远处的铁山在这里看得格外清楚，时不时传来倾倒废渣的火车发出的轰隆隆的响声，隐隐约约地腾起一阵黑尘。沼泽四周荒草萋萋，不知名的野花开放在乱草丛中。沼泽中的水生植物在水面漂浮着，绿茸茸的一片。

上课的电铃声响了。马健犹豫了一下，看了眼坐在草地上的福生。

“语文课，别去上了。”福生心情郁闷地对马健说。马健不吱声，他心情沉重地挨着福生身边坐下，两眼注视着泛着水花的河面。

马健的心情比福生要沉重，今天一连串的事情都与他有牵连。《志愿军英雄传》是他从家中偷出来借给福生看的，谁料到被工宣队头儿给没收了。打架又是由于他受胖墩欺负引起的。如果工宣队颜队长抓住他和福生不放，这事捅到学校外面让他爸爸知道了，免不了要挨揍。马健开始漫无目的地拔着身边的草，又将草一把一把地扭断，揉成团，狠狠地抛向空中。

“马健，这一次惹大祸了。我有不祥的预感，说不准颜队长回来要开我俩的批判大会了。”福生忧心忡忡地对马健说着，当他见马健一脸惊悸，反倒担心起马健来了，“那本书你放心，我去跟颜队长要回来。他如果不给我，晚上我翻窗进去把它偷回来。”福生担心马健回去交不了差，他知道颜队长的办公室就在楼梯间顶层的房间，那里有一扇窗户经常开着。

“开批判大会会不会打我们？”马健想起在铁路中学看到的那一幕，当时他吓得撒腿就跑，把福生一个人丢在了那里。

福生一愣，望了望马健，他亲眼看到过批判大会那恐怖的场面。翁校长被打得可怜巴巴的那一幕浮现在眼前。福生突然笑了起来。

“你怎么还笑啊？”马健疑惑地问福生。

福生意识到翁校长现在又恢复了校长的职务，颜队长一定是被排挤出了铁路中学。这么说颜队长的权势已经日薄西山，气息奄奄了。

“马健，你爸现在又上去了吧？”福生笑着问马健。

“我爸又回车间负责技术了。只是……还没有恢复车间主任。”马健吞吞吐吐，他羞于自己爸爸所犯的错误，心里有些发虚地说。

福生也拔了一把草，他学着马健将草揉成一团，往空中抛去。草儿散开，在空气中散发出一股青涩的香味。

“马健，如果开我们的批判会，他们只动嘴巴，我俩别吭声，一个耳朵进一个耳朵出。如果他们动手打我俩，你先逃，我来反击。”福生故意吓唬马健，他喜欢看马健胆小害怕的样子。

“我不怕，我也会动手。打不过他们的话，我就咬他们一口。”马健的脸色红润了起来，孩子气地说了一句，然后冲着福生傻笑。

“福生，我担心我爸回来知道了打我。唉，要是我爷爷没有回老家的话，我爸就是骂我，都得和颜悦色的。福生，我怎么一次都没有见到你爷爷？”

福生愣住了，两眼闪动着委屈的泪光。福生从小到大都没有听爸爸说起过爷爷的事，他只知道爷爷在爸爸很小的时候就死了。此刻听马健说着想念爷爷的话，心里泛起一种莫名的哀愁。他多么希望爷爷也活着，在爸爸呵斥自己的时候护着自己……

福生怕马健看到自己的软弱，背转身，迅速地用手掌抹了下眼睛，青草的绿汁染在了眼皮上。

“福生、马健，你们怎么躲在这里？张老师见你们缺课，让我来找你们。我找了一大圈，还不快去教室上课啊。”高星星找到了福生和马健，他着急地对福生说，他跑到福生身边，拉着福生往教室里去。马健怏怏地尾随着福生，回头望了眼沼泽地，金色的水面正向着天空反射着光。

“福生，下午要开年级批判大会，颜队长亲自指挥的，你要有思想准备哦。”高星星紧张地贴着福生的耳朵说。

“你怎么知道的？”福生大惊失色。

“我从楼梯下来时，看见二班、三班、四班的班长去了颜队长的办公室。哦，我们一班的银娣班长也去了，我还留心偷听了一下。”高星星警惕地扫了眼四周，他低声而又紧张地说。

马健慌了，他脸色发白，气喘声变急促了。他抓住高星星的衣服问：“真的？真的？你没骗我们吧？”

福生一脸的大义凛然，他安慰马健：“我们拿出革命的大无畏精神，像革命先烈一样，抛头颅洒热血，置生死于不顾，别让颜元元和丁老三看我们的笑话。”

“嗯！嗯！”马健在福生的鼓动下，硬着头皮点着头。三人装作若无其事的样子，往教室里晃去。

福生突然弯腰，从草丛中捡起一块拳头大小的铁渣往衣兜里一揣。他想，若是批判会动手打人，他将用这块沉甸甸的铁渣，在颜元元的脑袋上砸出一个洞来。

3

下午最后一节课，整个年级停课了。四个班级的学生们纷纷向会场拥去，相互打听着，他们大多不知道学校临时召集开批判会要批判谁。

马健和福生紧挨着坐在会场角落里，马健的脸色明显轻松了许多，他心中沉甸甸的感觉烟消云散，他只是担心福生即将遭遇接下来的狂风暴雨般的批判。

下午课间时，颜元元找了马健谈话，颜元元和颜悦色地问他，让他把上午打架的事情说了一遍。颜元元微笑着安慰他，让他回去告诉他爸爸，打架的事情颜队长已经帮他处理了，让他爸爸尽管放心。颜元元与他谈话时，董老师也在颜队长的办公室里，董老师为他和福生也解释了好多次。马健看得出来，福生打胖墩这件事情，颜队长不会深究的。

马健揣测，批判大会要批判的一定是那本《志愿军英雄传》。那本书他看过，都是讴歌抗美援朝牺牲了的志愿军英雄们，颜元元会从什么角度来批判福生呢？马健不敢正眼瞧坐在台上的颜元元，他心虚地扫视了一下会场，同学们正陆续坐下来，会场里一片嘈杂声。几个班长正围在颜元元身边，他们将手中的发言稿给颜元元过目。

福生装作满不在乎的样子，心却提到了嗓子眼。他两眼盯着颜元元，颜元元正喜笑颜开地与几个班长点着头，看得出来，颜元元心情非常愉悦。

福生没有猜错，颜元元的心情好久没有这么愉悦了。今天正好是他的生日，上午福生被他抓了个现行，让他满心欢喜。自从他上个礼拜被贬到地方中学当工宣队长，他就知道自己的前途不妙，心情一直抑郁。马继成又被调回到车间主抓技术，虽然没有官复原职，但种种迹象告诉他，马继成的问题显然工厂党委是重抓轻放的。也幸亏庄维根在批斗游街时提醒了自己，让他没有彻底得罪马继成。现在，马健参与打架的事情，自己高抬贵手，马继成迟早会知道，心里也会感谢他。颜元元明白，当工宣队长不是个长事，他最终还要回到车间去。他暗想，结局不管怎样，他回车间当个工段长应该没问题。

颜元元笑着，他扫视着批判大会的会场，见会场上连个标语都没有书写，身后的黑板上只写了一行“批判大会”的粉笔字，他不由得皱着眉头，习惯地伸手摸了摸下巴。

今天是他五十岁的生日，黄月英说去菜场买个鸡，晚上为他过生日。黄月英讨厌他那又粗又硬的胡子，让他抽空去理发店打理一下。颜元元大喜，黄月英这话的意思他懂，这意味着在他生日的今天晚上，黄月英允许自己碰她了。他在抓住了福生的现行后，谎称去工厂党委汇报工作，实则去了趟理发店，把胡子刮了个精光。

颜元元好久不碰黄月英了。不是他不想碰，自从有了女儿后，黄月英就不让他碰。每当他兴致勃发时，黄月英总有办法让他气场尽消，颜元元哑笑了起来，今晚上他一定要尽兴尽致，他要把黄月英的欲望调动起来。

颜元元瞥了一眼福生，他对福生极为厌恶，要不是福生看到自己那晚的事情，庄维根怎么会在批斗游街之时有胆量威胁他？他真想把眼前这个小家伙摁在地上，再狠狠地踏上一脚，以解心头之气。

张老师此时怯怯地走到颜元元身边，低声地询问颜元元：“颜队长，学生们都到齐了，开始吧？”

“嗯。”颜元元一本正经地嗯了声。他扭过头望了眼身后黑板上的粉笔字，眼睛里流露出明显的不满意。

张老师的脸一下子红了，她看出了颜元元对批判大会会场布置上的不满意。她涨红着脸，语气紧张地面对会场宣布，批判大会开始。

福生被张老师叫到了台前，他站在会场一侧，脸上装作若无其事的样子。他的眼睛透过窗户望着夕阳下的沼泽地。太阳照在沼泽地里，几只水鸟悠闲地栖息在水面。

被安排发言的同学一个挨着一个地走上讲台，他们无一例外地手上拿着写好的批判稿，照本宣科地念着。什么阶级斗争天天抓，时时抓，月月抓，什么资产阶级思想等，这些话语从福生一个耳朵进去，又从另一个耳朵出去，福生的注意力集中在沼泽地那几只悠闲自在的水鸟身上。

突然，会场里哄堂大笑。福生扭头一看，原来是自己班里的班长刘银娣两手抖动着在念着稿子。她从衣兜里掏错了稿子，把忆苦思甜的稿子给念了出来。

"……现在我们村的贫下中农，穿着皮鞋，戴着手表下地插秧，日子一天比一天好……"

"停！停！"颜元元明显发火了，他手拍着桌子，一脸严肃地喊着。刘银娣一惊，才发现自己掏错了发言稿。她的脸涨得通红，在一片哄笑声中委屈地落了泪。

福生也忍俊不禁，气得颜元元站起身，对着台下吼着"散会"。随着颜元元的吼声，同学们纷纷夺门而出，嘻嘻哈哈声回荡在走廊中。

董老师笑着，他见张老师正在安慰抹着眼泪的刘银娣，善意地向福生挥了挥手。福生心领神会，径直走向颜元元，从衣兜里掏出铁渣，砰的一声拍在桌面上，把颜元元吓了一跳。

"颜队长，我捡到一块铁，交给领导。"福生说完，睬都没睬颜元元，快步溜出会场。马健紧紧地追赶着福生。

"你——"颜元元忍不住愤怒地喊出声，涨红着脸，追出了会场。福生见颜元元追他，索性站住，一副死猪不怕开水烫的样子，迎着颜元元而去。福生大吼着："颜队长，把书还给我！"

没有走出会场的老师和同学们围了上来，福生竟一把揪住颜元元的衣服，歇斯底里地吼叫着。

福生的举动让颜元元大吃一惊，张老师和董老师见状，连忙上前将福生拉开，并将福生带往颜元元的办公室。

福生见《志愿军英雄传》正放在颜元元的桌面上，闪过身直接将书抢在手中。他大声问颜元元："这本书讲的是志愿军英雄，我问你，这是好书还是坏书？"

颜元元胸前的衬衣被福生揪得皱巴巴的，正被气得头大脖子粗，左眼皮吊得老高。

“书是好书，但你上课时看书，这是肯定不对的。”颜元元缓过神来了，他没料到庄维根的儿子这么厉害。此时，他想到了庄维根，料定庄维根也会来找他，他不由得有些心虚了。

“好啦，好啦，颜队长书也还给你了，回去吧。”张老师当起了和事佬，劝说着福生。

福生忍不了委屈，两眼闪动着泪花，大声冲颜元元说：“颜队长，你不要以为我不知道你为什么要开会批斗我，你耍流氓的事情，那天晚上我和马健都看到了。你……你欺负了黄老师。”

颜元元听福生当着拥入办公室的学生和董老师的面揭发他，气得直打哆嗦。如果福生将那天的事情竹筒倒豆子，他的脸面将荡然无存，还怎么在地方中学当工宣队长？颜元元又想到，他和黄月英现在是合法夫妻，又生了个女儿，福生即便捅出来，后果也不大。颜元元努力保持着镇定，对围观的学生呵斥：“走开！”

学生们畏缩地溜了，马健也想溜，被福生一把拉住。

“马健，那晚我们打麻雀，看见黄老师披头散发逃出来，颜队长光着膀子追黄老师，他手上还提着一只胸罩，是不是？”

“嗯，嗯。”马健应着，他点着头。

“砰！”董老师抄起颜元元喝茶的杯子，猛地摔在地上，一声不吭地扭头便走。张老师满脸惶恐地望着摔门而出的董老师，一语不发。

“走。”福生一把拉过马健，两人噌噌地下了楼梯。

“你血口喷人！”颜元元不顾工宣队长的尊严，冲出办公室，像个骂街妇，冲着福生和马健吼。

福生和马健睬都不睬颜元元的咆哮，反正事情到了这一步，福生也横下心来跟颜元元缠了。

“福生、马健，你们俩来一下。”董老师站在宿舍门口大声喊着。

“福生，你再把你们看到的事情讲给董老师听一遍吧。”董老师的眼睛红了，他哽咽着对福生说。福生有些意外，董老师的眼睛为什么红了？他对马健说：“马健，你讲。”

马健此时胆子大了，他冲着董老师详细地讲着那晚发生的事情。

“董老师，黄老师从大楼里跑出来时披头散发，她刚刚跑出校门时，传来手风琴的声音，好像是拉的外国曲子。黄老师停下脚步，还大哭了一声，随后跑上了桥。”

马健的话刚落地，只听董老师愤愤地说了句：“你们回家吧，我全明白了。”

福生和马健不安地往家里走去，他们都不知道董老师到底明白什么了。

4

暮色四合，颜元元气呼呼地回到家，刚进家门，他便闻到了煲鸡汤的香味。

“回来了？”从厨房里传来黄月英的声音，紧接着传来炒菜声，一团油烟从厨房里飘出。

颜元元走入厨房，煤球炉子上正炒着青蒜。黄月英额头上汗珠亮晶晶的，短衫后背有些潮湿。

“我来炒吧，你歇一会儿。”颜元元将皮包往桌上一放，露出了笑容。

“不用了，就这点菜，煲了一只鸡，青蒜炒肉丝，煮了些花生。你喝完酒后，我来给你下面条。”黄月英指了指桌子上摆放的鸡汤和带壳的花生。

炉火旺旺的，黄月英俯身翻炒了几下，将菜入盆，端上了桌子。她将炉门合上，将水壶放在炉子上。颜元元满心欢喜地看着黄月英，黄月英红润的脸上泛着活力。

“把炉门开着，多烧些开水，把暖瓶都灌满了。吃完了饭，早些洗澡，我俩上床睡觉。”颜元元故意提醒着黄月英，黄月英的脸更红了，她弯腰打开了炉门。

颜元元拿出塑料壶往杯子里倒入米酒，喝了一口，咂巴着嘴，对黄月英说：“按照老婆的指示，今天抽了空把胡子刮了。”

黄月英往对面一坐，自顾自地动起了筷子。她知道颜元元话里的意思，今天是他的生日，她不想破坏颜元元此刻的心情。只是，她的脸更红了。

颜元元端起酒杯一饮而尽，痛快地抹了抹嘴巴，拎起酒壶，又斟满了杯子。

“黄月英，我俩虽说是夫妻，这么些日子了，你也没让我好好亲热几回。说实话，我能娶到你，这是祖坟冒青烟了。”颜元元一杯米酒下肚，热气在全身涌动。

黄月英抬头看了一眼颜元元，他的下巴刮得青青的，连汗毛孔都看得清清楚楚。他的胡子又粗又硬，她想起了第一次被颜元元顶在宿舍的墙上时，颜元元的胡须扎在她脸上的感觉，又疼又痒。

“从今往后，你只要有一丁点胡子，就别上我的床。”黄月英轻声地说，她起身瞪了眼颜元元，拎起沸腾的水壶，往热水瓶里灌。

颜元元得意地边笑边摸起了下巴，这个要求对他来说太容易了。

“哎，你的衣服怎么皱巴巴的？我多次关照你，学校知识分子成堆，你当工宣队长，一定要注意仪表仪容。你这样邋里邋遢，这不丢我的人嘛。”黄月英见颜元元衬衣胸口皱巴巴的，责怪着他。

“那个小地主分子，后面我有的收拾他的。”颜元元放下酒杯，一把脱下衬衫，光起了膀子。

“你就是改不了粗野的习惯，跟谁杠上了？”黄月英扭头问颜元元。

“庄维根的儿子，你不认得。”颜元元火冒三丈地说。

“庄师傅的儿子？他妈妈我认识，是个知识女性，我们关系不错的，怎么回事呀？”黄月英焦急地问。

颜元元一愣，他没料到庄维根的老婆居然和黄月英认识。他的左眼皮往上吊着，斜斜地看着黄月英。颜元元想，这事不能让黄月英知道，最起码得过了今晚才能告诉她。

“没什么，打篮球时让那个小家伙扯了一下。”颜元元轻描淡写地回着。他捞起一只鸡腿，往黄月英碗里放去，自己捞起另一只鸡腿大口啃着。

夜黑了，窗外起了风，星星出现了。颜元元打开后门，见邻居们搬着板凳坐在各自的家门口纳起了凉，转身对黄月英说，“你把窗户关上，窗帘拉好，你先洗澡。我去河边转转，你替我把洗澡水放好”。

颜元元出门，他一边和熟识的人打着招呼，一边往河滩走去。河里一些大人和孩子们正在游泳。几个孩子的狗爬式将河面打得一团团水花，风吹在膀子上凉丝丝的，颜元元的心情在晚风中得到了释放。

一些野菊花盛开在河坡的草地上，斜缓的河坡上长满了灌木丛，灌木丛开着星星点点的蓝色的小花，一溜河堤弯弯绕绕在朦胧的夜色里。

颜元元上前摘了朵野菊花，他将野菊花放在鼻子底下嗅着。花儿散发出淡淡的花香，随之而来他又嗅到了茎秆掐断而发出的青涩味。颜元元看着野菊花就想到了黄月英，她的身体散发出的女人气息让他难以自持。颜元元快乐地拍了拍手，想着黄月英应该洗完澡了，就迫不及待地往家中走去。

果然，黄月英已经将后门打开。她穿着一身素洁的衣服，纽扣扣得整整齐齐。她的身上散发出热腾腾的气息，颜元元几步开外就闻到了玫瑰香皂浓郁的气息。

颜元元大步入屋，见洗澡盆里水已放满，黄月英正欲去和邻居聊天，他一把将黄月英拉回屋子，迅速地将后门关上，说："别和那些老头老太拉家常，那些人闲着没事，一拉起家常往往大半天。"

"你洗澡，我出去避一下，一会儿就回来的。"黄月英的脸红了，她明白接下来颜元元要干什么。颜元元不理睬黄月英，当着黄月英的面，脱下短裤，黄月英头也不回地径直往房间走去。

颜元元泡在大盆里，兴奋地搓洗着身体。热水滋润着他的肉体，他的血管沸腾着，他的下体粗壮了起来。他边洗边兴奋地想象着，是直接把黄月英按在床上，还是学绅士，一点一点地挑逗着黄月英，直到把黄月英的欲望点燃。

今天是五十岁的生日，颜元元决定要像绅士那样慢慢地调戏黄月英，直到黄月英彻底向自己臣服。他努力克制着自己澎湃的欲望，故意在穿衣服时，弄出些声响。他穿上背心，在短裤外又套上了西装短裤，用以掩藏住下体的膨胀。

颜元元慢吞吞地进了房间，黄月英正开着电风扇，她见颜元元进入房间，只是冷冰冰地看了他一眼。

"月英，我这西装短裤是不是小了点？裤裆好像太小了。"颜元元讪笑着挨近黄月英，他抓起她的手，去摸西装短裤的裤裆。黄月英像触电般的将手缩回。颜元元的下体硬邦邦的，她的脸涨得通红。

"我脱下来，你给量一下尺寸吧？"颜元元开始脱西装短裤，黄月英忽地起身，警告着颜元元："我不想再怀孕。"

"今天是我五十岁生日，你别扫了我的兴。"颜元元望着黄月英漂亮的脸庞，想起了被他揉碎的野菊花。他伸手将黄月英拉到怀里……

“笃！笃！笃！”门外有人敲门，黄月英惊慌地推开颜元元。

“外面有人敲门，快把裤子穿起来。”黄月英说完，故意提高嗓门问话，“谁呀？”

颜元元无奈地匆匆套上西装短裤，欲望正奔涌着，他恨恨地盯了眼黄月英，大声问着：“谁呀？都睡觉了。”

“我，庄维根。”屋外擂门声更响了。

颜元元大吃一惊，这庄维根早不来晚不来，偏偏在这时候来。他顿时火冒三丈，裤裆空间瞬间宽敞了许多。

“你别出来。”颜元元见黄月英衣服凌乱，低声而又严厉地说了句，径直打开了屋门。

“庄维根，你找我有什么事？”

“事情大着哩。”庄维根边说边要进屋，颜元元用身体挡住半开的门。

“庄师傅，黄月英已经睡觉了，我们在门外讲讲吧。”颜元元弯腰一手提过一张小板凳，将庄维根挡在了门外。

庄维根往板凳上一坐，一脸焦急地问颜元元：“颜元元，我儿子在家要寻死上吊的，情绪冲动，提了把菜刀要来找你拼命。我问他，他什么话都不说。你告诉我，到底今天发生什么事了？”

庄维根明知故问，虎着脸，两眼盯着颜元元。

颜元元轻描淡写地说：“就是一般的‘斗私批修’会，又没拿他怎么样。”

“我儿子犯了什么错，你让他‘斗私批修’？”庄维根追问。

“上政治课时，你儿子不认真听，偷看十七年前文艺黑线出版的书，被同学举报了。”颜元元底气十足地回答。

“那我问你，我儿子看的什么书？”庄维根嗓子粗了起来。

“你儿子看的是《志愿军英雄传》，从书本身的内容来看问题不大。”颜元元嗓门也粗了起来。

“究竟是大还是不大？”庄维根激动了，忽地起身，指着颜元元问。

“问题大还是问题不大，也不是我说了算，要工厂党委领导评判。”颜元元两眼望着闻声过来的左邻右舍，嗓子粗了。在众目睽睽之下，他不能输了气场。

庄维根见颜元元丝毫没有内疚的心态，反而趾高气扬地说起官话来。他一把抓住颜元元的手臂，使劲地握着，盯着颜元元的眼睛。他看到颜元元的吊眼皮往上跳了几下。

“颜元元，我的儿子就是我的根，我的命。你打击报复我的儿子，他要有个三长两短的，我就跟你拼命。”庄维根紧紧捏住颜元元的手臂，他的手上充满了钢铁工人的力量。庄维根由于激动，唾沫星子溅到了颜元元的脸上。颜元元越是挣扎，庄维根的手越是用劲。

“庄维根，你有种的话，明天跟我去工厂党委。”颜元元厉声说着，额头上两条眉毛愤怒地挤到了一起。

“谁怕谁？现在就去，夜里工厂党委有领导值班。我就不相信，全国人民学习解放军，我儿子看《志愿军英雄传》还要挨批斗。”庄维根大声说着，脸上的肌肉由于气愤而跳动着。

邻居们和走过来的路人纷纷围了过来，在大致弄清楚争吵的缘由后，许多人开口来劝和。

“老颜，人家小把戏看革命书籍，你怎么想到开人家小把戏的批判会？”

“颜元元，你和庄师傅都是一个车间出来的，别太过啊！”

“算了，庄师傅，批判会也开了，气量大点吧。”

庄维根松开手，冲着围观的人大声嚷了起来：“他颜元元不干好事，打击报复我的儿子。有一次，我儿子和车间马主任的儿子去铁路中学，晚上打麻雀，看到黄老师披头散发从学校里冲出来往外面逃，颜元元光着膀子，穿着拖鞋从后面追，他手上还拎着一只女人的胸罩。我带来了，大家看看吧。”

庄维根从塑料袋里掏出一只黑色的胸罩，高高地扬在手上，向人群展示着。人们哄然大笑，语声鼎沸。

“怪不得黄月英这朵鲜花会插在牛屎堆上。”

“颜元元利用当工宣队长的职权，霸占了黄老师。可恨！娘个皮，揍他！”

围观的人群中，有人愤怒地喊着，一些人开始凶凶地逼近颜元元。

颜元元脸色惨白，两腿颤抖着，嘴上不服气地嚷着：“大家别相信庄维根这个地主分子的血口喷人，我和黄月英是合法的革命夫妻。庄维根，明天我们去工厂党委或者去工厂保卫科，我心中无鬼，什么都不怕！”

颜元元边说边趁人不备溜进了屋子，将屋门关上，又将门锁的保险扣上，他把窗户和窗帘都拉得严严实实。他气急败坏地将电风扇对着自己，风吹动着西装短裤，发出布的抖动声。

颜元元气呼呼地闷坐着，他忽然想起黄月英。他推开房门，黄月英正坐在椅子上，淌着眼泪，双眼哭得通红。

屋外，喧哗声渐渐地消停。宁静的夜晚，一轮月儿挂在天边，不远处的河滩边传来蛙的鼓噪声。

颜元元叹了口气，推了推黄月英，内疚地望着黄月英："别哭了，今天是我五十岁生日，早点儿睡吧。"

黄月英突然站起来，瞪着一双哭红的眼睛，将颜元元推出房间，毫不犹豫地说："从现在开始，你睡外面地铺，我睡里面。颜元元，你丢人丢大了。"

黄月英说完，嘭地将房门关上，又将插销插上，空留颜元元在外面打着转。

5

黄月英一晚没睡。她回想了自己被迫嫁给颜元元的整个过程，心里充满了悔恨和哀伤。房间外，颜元元打着地铺正睡得沉，打呼噜的声响就像即将断气的猪。她知道只要天亮了，昨天发生的事情，便会在整个火车厂工房区传开。

她和董老师是在工厂一次文艺会演中认识的，地方中学参加会演的节目中有手风琴独奏。演奏者是英俊的董老师，演奏的曲目是革命样板戏《智取威虎山》中的《打虎上山》。学声乐的她知道，手风琴如果没有相当的演奏技巧和乐理知识很难拉好这一首曲目，也很难达到她入耳的水平。谁知一曲下来，演奏者以娴熟的手风琴演奏技巧和对曲子的认知水平，引得了满堂喝彩。不知怎么回事，董老师谢幕时，朝她看了一眼，他们两人的目光相遇了。董老师在台上愣了片刻，而她的心也莫名其妙地咯噔了一下，她的脸上火辣辣的。直至后来，董老师在地方中学快乐地拉着手风琴时，她像着魔一样踩着那个时间点去弹钢琴。铁路中学和地方中学仅一墙之隔，黄月英听着隔壁董老师拉手风琴时，她的钢琴会跟董老师的手风琴合奏到一起。这种感觉非常美妙，时间一长，她和董老师就差捅破窗户纸了。他们没有在花前月下徜徉过，可她内心的感觉告诉她，她恋爱了。

只是这美好的感情还没有绽放，就被颜元元无情摧毁了。颜元元以董老师的前途为筹码威胁她，并强行与她发生让她觉得耻辱的事情，更不幸的是，她还因此怀孕了……随着肚子渐大，再不嫁给颜元元的话，整件事情会传得沸沸扬扬。她也曾设想过，回到娘家去打胎，可是哪个医院都要单位的证明。黄月英不得不选择嫁给颜元元。黄月英曾无数次地设想过，如果她选择坦诚地面对董老师，会不会就有另一种人生？

“离婚！”黄月英的脑海里跳出了这两个字。只有与颜元元离婚，才能及时止住颜元元对自己的侮辱，然后，找个机会离开这个地方。黄月英痛苦地挣扎着，她想等太阳升起时，便搬到学校宿舍去住。先分居，后提出离婚诉求，哦，女儿必须归她。

黄月英下定决心后，心情明朗了许多。她开始收拾自己的物品，将自己的衣服和书籍悄悄地打成包，等天一亮，无论颜元元如何阻挠，她绝不回头。

东边的天空出现了曙光，远远的天际透出了红光。黄月英倚在窗户边，静静地看着窗外的景色，河面飘着丝丝缕缕的白雾，雾像纱一般轻盈，自由自在地飘浮着。一种即将解脱的轻松感在她的心里充溢着。她笑了，笑得有些凄惨。

天亮了，外面的世界被阳光照耀得亮堂堂的，寂静的马路开始沸腾了。

一阵手风琴的演奏声传来。黄月英心头一颤，熟悉的《打虎上山》的旋律正在传来，她以为自己出现了幻觉。她拧了下自己的耳朵，痛感告诉她，是真的声音。

她忽地推开窗，探出半个身子，朝声音传来的方向看，果然是董老师。他穿着一身火红的运动衣裤，站在草地上快乐地拉着手风琴，已经有一些路人饶有兴致地围着董老师听他拉琴。

黄月英突然意识到，董老师应该都知道了，他应该是通过《打虎上山》的曲子，向自己表达追逐爱情、排除万难的决心。她的心头明亮畅快，一晚上的痛楚，在阳光下荡然无存。

太阳继续升高，河面上的雾已荡然无存。柳树的枝条在风中微微地摇曳。董老师的身影越来越清晰地展现在她眼前，那一身火红的运动衣像是董老师正在燃烧的激情。手风琴声激昂高亢，在早晨的河边传向远方。手风琴突然演奏起了《马车夫之歌》，那深沉忧郁而又悲凉的琴声，深深地感染着黄月英。她恨不得立刻破窗而出，扑入董老师的怀里放声大哭。

颜元元怒气冲冲地捶着门，黄月英的心痛苦地抽搐。现在，颜元元还是她法律层面上的丈夫，如果自己对董老师的暗恋被他察觉，对她提出离婚的事情将带来极大的不确定性。她冷静地走向房门，打开插销。

“怎么回事啊？拉什么琴啊？”颜元元气呼呼地扑向敞开的窗户望了一眼，扭头用眼睛凶凶地盯着黄月英。

黄月英一脸漠然地望着颜元元。颜元元的脸扭曲着，粗野和愤怒挤满了整个脸庞，他的左眼皮因愤怒而吊得老高。

“你，你居然把窗户大开？这明摆着一个在勾引，一个在应和嘛。”颜元元按捺不住满腹的妒忌和愤怒，紧握着拳，边说边逼近黄月英。

“无耻！颜元元，我现在就搬到学校宿舍去住。我一定要和你离婚。女儿归我，其他全部归你。”黄月英大吼着，斩钉截铁地向颜元元宣告着。

颜元元愤怒地挥起厚厚的手掌，猛地向黄月英的脸上抽去。眼看着一记沉重的耳光将扇在黄月英美丽的脸庞，他的手忽然停在了半空，他听到黄月英提到“女儿”两个字。

颜元元愤怒地盯着自己扬在半空的手掌，又缓缓地将手垂下，他的眼里出现了泪花。

“黄月英，自从你嫁给我，我知道你是出于无奈，好在你替我生了个女儿，女儿是无辜的。你能否可怜一下我这个半百的老头，我从来没有对你大声呵斥过一句。黄月英，算我求你了，我给你跪下。”颜元元扑通一声跪在黄月英面前，声泪俱下。

黄月英惨淡地笑着。她背起背包，一手拎着一袋行李，缓缓地走出了房间。她打开房门，阳光照耀在她的脸上。她欣喜地望了一眼太阳，毅然决然地走出了家门……

第二十八章

1

连续下了几天的雪，冰封了整个九里沟。山沟里的溪水断流，祖露在沟底的一汪汪溪水结了冰。两侧连绵起伏的山林白雪皑皑，昔日的鸟鸣声也戛然而止，静谧占领了整个大地。

天色朦胧，窗玻璃上起了冰花，暗黑的屋子里显得死气沉沉。金二娃蜷缩在被窝里，只露出半个脑袋，他望着陈旧的屋顶上的蛛网，寻找着山蜘蛛的踪影。他的心里空落落的，内心说不出来的凄凉。

昨天，大伯把大娃和他叫到身边，说明年要把大娃和红梅的婚事办了。金家底子薄，张大山按镇子上现在流行的婚嫁条件提出，家具必须要满足三十六条腿。金富贵懂些木工活，在农闲时也去山下搞些快钱。金富贵下山挣快钱时，常带着金大娃，这样算起人工钱最划得来。

九里沟两侧的山林生长着各种树木，这些树木有许多不适合做家具。金富贵和张大山常常跑山，他们大致知道哪个山坡或是山谷生长着又高又大的云杉树。用云杉树做家具的主意是张大山提出来的，因此，金富贵特地叮嘱金大娃和金二娃，趁着山里下了雪，人迹稀少，去山里寻些云杉树，偷偷砍了锯成段，拉回家风干个大半年，就可以给大娃做家具了。

金二娃听了大伯的话心里难受。他打小就暗暗喜欢红梅，现在大娃捷足先登了。大伯还要他等到太阳出来，与大娃一起去山里伐木，他的心里一百个不愿意。昨晚上，他躲在被窝里想自己的爹爹和娘，淌了不少的眼泪。

金二娃无数次地揣测过爹爹和娘为什么丢下自己不管，每当他看到巧凤见金大娃一脸笑容的样子，他的心里总会起着莫名其妙的波澜。随着年龄和个子的增长，他对自己爹爹和娘的怀念和怨恨，越发强烈。他这辈子一定要寻找到爹爹和娘，一定要亲耳听一下爹爹和娘会怎么和他解释这过往的一切。

金二娃翻了个身，听到屋子客厅传来炉火燃烧的声音，隔着门缝还飘来旱烟的味道。

“大娃，娘给你们烙了几张饼，上山注意别踩空，摔下山谷不死也得残疾哩。”巧凤对着金大娃叮嘱着。

金二娃知道该起床了，再躺着巧凤又要大着嗓子吼他了。他穿上棉衣打开门，见金富贵正在吞云吐雾地抽着旱烟，大娃正喜滋滋地捧着碗，吃着早饭，金二娃向客厅走去。

“二娃，娘给你下碗面条吧。”巧凤见二娃出来，笑着对二娃说。

“嗯。”二娃懒洋洋地回了一句。他见墙边已经摆了两把斧子和一把大锯，一大圈粗麻绳堆在地上。他走过去拿起斧子，装模作样地用手指试着斧刃的锋利。

金富贵沉默不语地望着金二娃，他看得出两个娃娃都喜欢着红梅。二娃越是装作若无其事，金富贵越能看出二娃心里的不痛快。他琢磨着九里沟熟悉的那些人家，哪家的女儿可以和二娃般配。等大娃明年和红梅完婚后，也去给二娃说个亲。

巧凤将一大碗面条端上了桌，面条上还压了两个煎鸡蛋，引得大娃扭头盯着巧凤看。

“看啥？鸡蛋留给你弟吃，上山伐木是个苦力活。二娃身体比你强壮，让二娃吃好点，你帮二娃打个下手，树倒下来时闪远一点。二娃，吃吧，这么个下雪天，一会儿面条就凉了。”巧凤瞪着眼呵斥着大娃，又转身笑嘻嘻地冲着二娃说。

二娃不客气，端起面碗蹲在大门口，一口先把两个煎鸡蛋吞下了肚子。他拿着筷子夹起面条往嘴里塞，心里对巧凤的关怀没有一丝感动。

“娘，我也伐木哩，怎么不给我弄个鸡蛋？”金大娃故意问巧凤。

“家里那两只鸡，三两天才下一个蛋。你明年娶了红梅后，自己养鸡下蛋自己吃吧。娘留着鸡蛋等天放晴了，去山下换些钱哩。”巧凤哄着金大娃。

金大娃的眉头微微皱起，他抬眼望了望爹爹。爹爹没看他一下，依旧吧嗒吧嗒地抽着烟。金富贵正在琢磨九里沟一带，哪些地方长着高大的云杉树。

金富贵对九里沟一带哪些山上长着哪些树，要比张大山清楚。在九里沟深处的山上生长着不少高大的云杉树，但山高坡险，路途遥远，树砍下后运输难度大，不是两个娃娃就能搬下山的。再说了，深山沟的人家也不是太熟悉，一些认识的人家也不是常走动。万一遇到个别人阻拦，或是去镇里告上一状，偷砍树木这个麻烦就大了。

金富贵在盘算着，他和张大山不出面伐木，让两个娃娃上山伐木，万一真遇到麻烦，大娃十七岁，二娃十六岁，遇到镇上较真的话，也有个理由搪塞，镇上拿两个娃娃也没办法。

“爹爹，今儿去哪个山上砍云杉啊？”金大娃开口了。

金二娃吃完面条起身将碗放下，侧身听金富贵发话。

“富贵，让两个娃娃去哪座山上伐树啊？”巧凤见大娃问富贵，富贵不语，她忍不住追问了一句。

“你们都过来，爹爹有话关照你们。”金富贵不紧不慢地说着。

“远山的地方云杉树多，但那儿的人家十有九蛮，整出动静来不好收拾。我记得，张大山家后面有座山，那里没人家，好像有一些云杉树。你们兄弟俩去那里看看，挑一抱子粗细的树，伐一棵足够了。”

金大娃和金二娃点点头。

“砍树前先观察一下有没有人，没人时动手。先用绳子捆住树干，另一端扣在别的树上，要勒紧绳索，顺着绳索的方向下斧子。这样，树倒下时，顺一个方向倒下，砸不到人。”

“嗯！”金大娃和金二娃应着。

“心不要贪。太粗的树不容易砍断，费事。”金富贵边说边掏出烟丝塞入烟锅，他点燃了烟又开始抽了起来。

“富贵，说话咋说说停停呢，上哪个山上去砍树呢？”巧凤性子急，她嚷了起来。

“就去张大山家后面的山头找找。冬天好找，往山坡上一站，能看出去三五里远哩。”金富贵白了巧凤一眼，不紧不慢地回。

“还愣着干吗？趁太阳没上坡，去山上转转。砍一棵树够不够用啊？这个张大山其他没学会，镇子上什么三十六条腿倒是学会了，嫁个女儿咋这么挑事呢？”巧凤见金富贵瞪着自己，把不满撒在张大山身上。

“娘，人家条件不高。大城市里没四十八条腿，哪讨得上老婆？”金大娃见娘责怪红梅家，帮着红梅家抬起了杠。

“你个笨儿子，连娘的话都听不明白。张大山家的条件没咱家好，你点头哈腰给他们家献啥子媚哩？红梅进了咱家门，也算是交好运了。赶明年另外在旁边垒个屋，二娃的房间也给你们，这屋子也算宽宽敞敞了吧。”巧凤见大娃帮着红梅家说话，她有些来气了。

“娘，镇上能同意让咱家起房子吗？”二娃忍不住担心地问巧凤。

“咱家先借口垒个猪窝或者柴房什么的，镇上的干部也没这么管得严吧？抬头不见低头见，平时人模人样的，买瓶‘二锅头’往嗓子眼里一灌，什么事都好说。”巧凤连珠炮般地说着，她的话就像冬天喝凉水，让金二娃滴滴冻心头。

“走吧，哥，你自个儿的事情自己不操心。”金二娃心头憋着气，他冲金大娃发泄着。

金大娃拎起麻绳往背上一甩，提起大锯，金二娃将斧子往后背扎着的绳子里一插，扛着根扁担，兄弟两人迎着稀疏的雪花，深一脚浅一脚地往九里沟张大山家的方向走去。

金富贵缓缓起身走出院子，在风雪中抽着旱烟，沉默地望着两人远去的背影。

巧凤走近金富贵身边，低声说："富贵，二娃吃了枪子药哩，满肚子的火气。"

“哎，娃娃大了，心思也重了。二娃和红梅从小玩儿到大，他那心思你会不知道？”

巧凤叹了口气，沉默不语，脸上露出为难之色。许久，她开口道："富友和金凤咋这么心狠哩，除了寄回家两百块钱，后面咋一点儿音信都没哩？”

“那两百块钱你藏在哪里了？”金富贵问巧凤。

“用塑料纸包得严严实实，就埋在米缸地底下哩。这钱正好给大娃当彩礼钱哩。”

“那钱别动！怕是富友和金凤遭遇了不测，日后留着给二娃当彩礼钱……”金富贵抽了口烟，老眼里有了些许泪光。他心里明白，富友和金凤凶多吉少。他当大哥，了解兄弟。他后悔当初为了打探爹爹的下落，让富友和金凤出大山。

2

金大娃和金二娃气喘吁吁地站在山坡上，这山看着不高，人爬上去才知道累得够呛。随处可见的树林披着白雪，矗立在山中，远远地望去，连绵起伏的群山就像披着一件千疮百孔的白大褂。

云杉树显现在两人的视野里，一株株高大的云杉树直冲天空。云杉树大都有二三十米高，有的云杉树比其他的云杉树高出一大截，直直地矗立着，格外醒目。

金二娃看中一棵高大的云杉树，它矗立在山坡上特别显眼。在树的周围生长着一些低矮了许多的云杉树，他率先奔向云杉树生长的山坡，伸出双手拥抱着树身，冲金大娃兴奋地喊着："哥，两手抱不拢哩，砍了这棵云杉吧。"

金大娃笑嘻嘻地从高处滑下，他仰头望了望高大的云杉树，又伸出双手搂住粗大的树干，兴奋地嚷着："就这棵，树干一米来粗哩。等哥算一下，可以有多少方木材。"

金大娃仰头眺望着树梢，太阳亮晃晃地刺着他的眼睛。他的眼光由树尖开始往下扫视，心里估算着这棵云杉能出多少方木材。

"哥，三十六条腿的木材够不够啊？"金二娃笑着问金大娃。

"够，足够。估计能出十来方木材哩。二娃，就这棵树，砍回去做两房家具都用不完哩。等哥娶了老婆，多下的木材，都给你做家具。"金大娃边说边冲手掌心吐了口唾沫，接过金二娃的斧子，抡起来冲着树根上方，猛砍了下去。

砰，一声震动，树上的积雪哗啦啦地落下，砸在兄弟俩人身上，兄弟俩乐得哈哈大笑。

"哥，你托我一把，我爬上树，用绳子把树捆起来。爹爹说，树倒下时，防止砸人哩。"

金大娃蹲下身体，双手撑着树，金二娃一手提着麻绳，他踩在金大娃背上，像猴子一般攀爬着树干。他将粗麻绳绕着树干打了个活结，然后小心地沿着树干往下滑。

金大娃提着绳子的另一端，将绳子在对面的树身上紧紧绕了两圈。金二娃接过绳头，连着打了两个死结，绳子绷得紧紧的。金二娃吊着绳子，身体悬空地晃荡了几下，跳下了地。

“动手吧，哥，你先砍，讨个吉利。”二娃嘻嘻哈哈地冲着大娃说。

金大娃心里甜丝丝的，他双手抡起斧子，一斧子接着一斧子向云杉树砍去。不多会儿，他砍得满头大汗。树身上的树皮被砍掉了大半圈，露出白花花略微泛黄的树身。

“砍不动了。”金大娃浑身大汗，他的头上冒着热气，头发湿漉漉的，他一屁股瘫坐在地上。

金二娃抽出插在身后的斧子，摆好架势，抡起了斧子。伐树的声响震荡在山里。随着斧子砍下，树干上出现了一道道裂开的口子。

兄弟俩轮番上阵，从上午砍到中午，云杉树依然挺立。它不屈不挠地抵抗着斧子的砍击，一半的树干已经与树根脱离，紧绷着的麻绳稍微松了些。

“哥，我也砍不动了，肚子饿了。”金二娃将斧子往雪地里一扔，迫不及待地脱下破棉袄，往雪地里一铺，一屁股坐在棉袄上喘着粗气。

“哥去红梅家找点吃的东西，那饼硬邦邦的，没水吃不下，哥待会儿来换你。”金大娃说完摇晃着身体往红梅家走去。

山路寂静无声，太阳到了头顶。山上的积雪反射着阳光，刺得眼睛难受。二娃见山坡有一面石壁上长着青苔，绿油油的，看着眼睛舒畅。他来了劲，一骨碌起身，走到石壁前，他盯着青苔望着。嫩绿色的青苔，在白雪的世界里给他带来了欣喜。

金二娃小心地用手指触摸着青苔，他忍不住剥下一块青苔，将青苔放在手掌中，轻轻地用手指抚摸着，那种柔柔的感觉，触动着二娃的心田。

剥离了青苔的山体吸引了二娃的注意。怪了，这山上的石头怎么长得黑黢黢的？二娃来了好奇心，他继续剥离黏着山体上的青苔，他用手掌揉搓着山体岩石上的泥土。他终于看清了，石头果真是黑色的，石头上似乎还有着乱七八糟的纹路。在阳光的照耀下，石头闪着金线般的光泽。

二娃从小到大在九里沟生长，平时见到的山石都是灰黄色的。像这种黑色带着金丝的石头，他还是第一次看见。二娃饶有兴致地看着石头，此时，山上忽然起风了，风声中传来咯吱咯吱的声响。二娃顺着声响望去，原本悬紧的粗麻绳在风中摇晃着，那棵高大的云杉树在风的吹动下，正发出吱吱咯咯的声响。

风正摇晃着云杉树高耸的树冠，二娃喜形于色，他要借风的力量，把树砍倒。

他奔到云杉树下，迅猛地朝着云杉树卖力地砍着，他咬紧牙关，一斧接着一斧砍向云杉树。在风声中，吱吱咯咯的声响越来越大，高大的云杉树像喝醉酒的汉子，在吱吱咯咯的响声中开始摇晃。二娃使出吃奶的劲冲着云杉树砍下了最后一斧子。随着树干歪歪扭扭的摆动，二娃撒手往空旷处跑去。

云杉树摇晃着，它向着粗麻绳方向倾斜，只听咔嚓一声，云杉树像一把撑开的大伞，轰的一声，铺天盖地般砸向地面，溅起一片雪粉。

“倒了！”

二娃提着斧子奔向大树梢，他开始剁起树枝，随着咔咔咔的斧子声，一根根手臂粗的树枝被砍断。二娃兴奋极了，他想着大娃给他带热乎乎的食物，说不定红梅也会来。要是红梅看到自己这么卖力地替他们砍树，心里一定会对他充满感激的。

二娃干劲十足，浑身散发着热气。说来也是奇怪，云杉树倒下了，山里的风也停了，一切重新归于寂静。二娃担心山风还会再起，吹走他扔在雪地里的棉袄，他赶忙捡起棉袄抖了抖，将棉袄穿在身上。

突然，二娃愣住了。在倒下的云杉树梢处，地面上被砸出了一个窟窿。二娃心里一个激灵，他小心翼翼地走上前一看，窟窿处黑乎乎的，坍塌处有被云杉砸倒的青砖。

金二娃倒退了两步，窟窿不大，但明显是个死人的坟墓。云杉树倒霉地砸中了这个坟墓，金二娃纳闷了，这山上高低起伏的山包包有许多，难道这里是个乱坟岗？金二娃惊出了一身冷汗。

山上空空荡荡，寂静中透着死一般的沉闷。金二娃环顾四周，连只飞鸟都寻不见。他的心里有一种莫名的恐惧，心里发毛，他双腿不由自主地扑通跪下，双手合十地向死人赔起了罪。

金二娃起身，他觉得有些寒冷。他将棉袄扣紧，眼睛望着云杉树梢，树梢正巧覆盖了洞口处。

二娃心想，这棵云杉树不吉利，若是让大娃和红梅知道，今天的努力白费了。而且大娃是他的哥哥，红梅又是他喜欢的女孩，万一用这棵倒霉的云杉树做了家具，日后出些倒霉的事，他于心不安。

金二娃快速地提起大锯，哼哧哼哧地将树梢锯断。他将砍下的树枝连同树梢一起，将坍塌的窟窿盖了个严严实实。他望着山坡，心想用不了多久，山上的雨水便会带着泥土埋没这个窟窿。

干完了这一切，二娃的心略微宽慰了些。二娃开始锯起了大树，上面的树干好锯，二娃胳膊有劲，树梢部分的树干细，二娃锯锯停停，到太阳西边时，二娃锯了三大段。

二娃将锯断的木材掀起往山下滚，轰隆隆的木材翻滚声在山谷中回荡。剩下十几米长的粗树干，二娃一个人使不开手脚，二娃的肚子咕咕咕地叫个不停，这时他才感觉浑身酸痛无力。

太阳快要落山了，天空渐渐地昏暗了起来。大娃一去小半天，肯定和红梅躲到什么地方去亲热了。二娃的心里被羡慕妒忌恨渐渐地充塞着，他收拾起工具，准备下山。

“二娃哥。”耳边传来红梅甜脆的喊声。二娃心头一热，见红梅正和大娃跌跌撞撞地爬上山坡。大娃手上提了只小竹篮，边爬边停下等着红梅。

“哥，怎么来这么晚？我饿得慌。”二娃冲大娃嚷着。

大娃上前将竹篮递给二娃，里面用一块旧棉布裹着一只大碗，碗里放着两只微热的馒头，二娃迫不及待地狼吞虎咽了起来。

“哇，好大一棵树。二娃哥，是你一个人砍倒的吗？”红梅眼里闪着惊喜。

二娃鼓着嘴冲红梅点着头。

“大娃哥，这些木头够三十六条腿吗？”红梅问大娃。

大娃见放倒了云杉树，满心欢喜地围着云杉树观望着，弯下腰用手掐着树干丈量着。

“足够了，做两房家具都用不了。”大娃兴奋地回着红梅。

“大娃哥，能不能做四十八条腿啊？在镇子里同学们眼中，我脸上有些光彩。”红梅撒娇地对大娃说。

大娃望了眼二娃，似应非应地点着头。

3

李邱巴骑着自行车直接进入县政府大院，门卫都认识他，他们笑着迎出门和李邱巴打着招呼。李邱巴停好自行车，一双眼睛巡视着县政府大院的停车棚，他见停放吉普车的车棚空空荡荡，放心了许多。见门卫笑嘻嘻地出门迎向自己，他殷勤地笑着和门卫点着头。

“李主任，今天怎么来县政府？领导都去地区开会了，要连开几天会议呢。”门卫对李邱巴说。

李邱巴笑脸迎向县政府门卫，从衣袋里掏出香烟，挨个儿给他们发。门卫接过烟，习惯地往耳朵上一夹，冲着李邱巴憨厚地笑着。

“下雪天，在乡下待长了厌气。我这车子在这儿放两天，你们给我多上些心。”李邱巴边说边往大门外走。

“哎哟，李主任，不要说这自行车是你的，就是一般机关人员的脚踏车放在县政府里，哪个小偷敢进来逛啊。放心，一个螺丝都少不了。”耳朵上夹着烟的门卫向李邱巴打着包票。

李邱巴来县政府大院坐实了他的耳闻。县上主要领导都去地区开会了，这意味着，至少在这两天内没有县领导来电话或者上门找他。李邱巴想着上午去苏州，明天赶回溧水，时间够用。

李邱巴兴冲冲地往县长途汽车站走去，他要先到常州，然后坐火车去苏州，到苏州差不多是下午三点，他要去办一件非常重要的事情。

前段日子，雪花给他的来信让他的内心充满了激动，他不断地根据雪花在信中的描述进行揣测，种种迹象表明，雪花提到的开杂货铺的女人，与哑巴女高度吻合。只是工作上的原因让李邱巴无法脱身。

今天一大早，他骑着脚踏车先去了木果河畔哑巴女的老屋转了转。老屋的房顶上长着一些枯死的狗尾巴草，木门板上被调皮的孩子用粉笔画了些鬼脸，一把泛着绿锈的大铜锁静静地挂在门上。望着空寂无人的木果河东岸石铺的街道，李邱巴唏嘘不已。

冬天的寒风夹着雪花吹落在李邱巴的军大衣上，他丝毫不觉得冷，他甚至因为激动而觉得周身发热，他解开军大衣的扣子，一股寒风瞬间卷走了被军大衣包裹着的热气，让他觉得舒服了些。

一路辗转，一路寻访，李邱巴终于摸到了古尔胡同。他盯着古尔胡同的街牌看了会儿，想起了雪花跟他说的情况。他顺着古尔胡同走向巷子深处。

李邱巴反复探望了几次，确实有个看似卖杂货的铺子，木板排列的店门关着。李邱巴快步来到店门前，不安地看看是否有行人经过。天空扬着雪花，大马路两侧的树干上披着厚厚的雪。寥寥无几的行人撑着伞小心翼翼地在马路上行走。马路边的屋檐上，一些手指般粗细的冰凌悬挂在黑色的瓦当下。

“就是这家了。”李邱巴心里想着，手不由自主地要往门板上拍。忽然，李邱巴又停住了。万一拍错了门怎么办？店主在大冷天没有开门营业，应该会讨厌外人打扰。李邱巴将手缩回，将戴在头上的鸭舌帽的帽檐移到脑后，眼睛贴着门缝往屋里窥探。

店铺里的灯亮着，昏暗的屋子里堆着一些杂货，李邱巴侧移着脚步换了一个门缝往屋内窥探着。

吱呀的开门声把李邱巴吓了一跳。一张苍老的脸探出屋外，警惕的眼睛正注视着他。

“你想干啥？”老人用不高却严厉的口气冲着李邱巴喝问。就在李邱巴开口之际，两人似乎都认出了对方。一阵风裹着些凌乱的雪花吹入店内，一个让李邱巴难以忘怀的身影从里屋走入店铺。

“哑巴？”李邱巴脱口而出，不由分说地从敞开的店门闯入店铺。他怔怔地盯着哑巴女的脸，激动地搓着手。

哑巴女认出从屋外闯入店内的人是李邱巴，一脸惊讶。突然，她的眼泪像珠子般滚落。

李邱巴呵呵地傻笑着，他的眼里闪着泪花。是她，哑巴女，他终于又见到了哑巴女。他的泪水顺着脸颊无声地滚落着。

弹棉郎默默地转身，他那布满皱纹的脸上眼泪在流淌。他伸出枯枝般的手擦了下眼睛，又顺手摸了摸从门外飘落在他头上的些许雪花，用慈祥的眼光看着哭泣中的哑巴女。

哑巴女似乎回过了神，用手快速地摸着淌满泪水的脸，急不可耐地上前伸出手抹着李邱巴脸上的泪水。李邱巴情不自禁地将哑巴女紧紧地搂在怀里。

弹棉郎哽咽着对哑巴女说了声："丫头，大冷天，快去泡杯热茶吧。"

哑巴女从李邱巴拥紧的怀抱里挣脱，急急地走向厨房，将热气腾腾的茶水摆在了桌上。李邱巴和弹棉郎父女围桌而坐，店铺的门被弹棉郎虚掩着，店内瞬间暖和了许多。

"你怎么找到这里的？丫头几十年都在等着你哩。"弹棉郎对李邱巴说，他的眼里噙着泪水。

李邱巴脱下军大衣，里面的中山装口袋上插着一支钢笔。他伸出双手捧着滚烫的茶杯，只是傻傻地面对着哑巴女笑着。在昏暗的灯光下，哑巴女的脸上泛起了红晕。

"她是我们的女儿。"李邱巴憋不住内心的激动，轻轻地对哑巴女说。

哑巴女呵呵地笑着，眼角的皱纹舒展开来，她的眼睛里露出了灿烂的光亮，她喜极而泣。

"莫哭，丫头。兜兜转转，都是爹爹的错啊。"弹棉郎劝慰着哑巴女，他那蓬松散乱的头发像冬天木果河畔枯萎的荻花。他那双混浊的眼里泪水蒙眬，饱受风霜的脸上流露出幸福而又心酸的笑容。他内心非常后悔，不该在那个风雪夜将孩子送去庄家。他在想，如果那晚他直接将孩子送回李家，女儿也不会在过去的几十年里从姑娘熬到了老太婆，正是自己当年的义愤导致了今天的后果。

弹棉郎转眼盯着李邱巴，见李邱巴一脸憨笑地望着女儿。李邱巴的身上，已经找不到当年放荡不羁的影子。

"这么些年来，讨老婆了吗？"弹棉郎开门见山地问李邱巴。哑巴女听着父亲的问话，焦灼不安地等着李邱巴回答。

李邱巴摇摇头，哑巴女忽地起身，一把抱住李邱巴，号啕大哭。李邱巴再次将哑巴女拥入怀，抹着脸上无声流淌的泪水。哑巴女突然激动起来，她用手比画着，嘴里叽里呱啦地嚷着。用不着弹棉郎解释，李邱巴知道，哑巴女要拉着他一块去见女儿。

"别急，女儿跑不了，她还不知道我来苏州哩。"李邱巴安慰着激动的哑巴女，将哑巴女按在椅子上，"哑巴，雪花是我们的女儿。好了，莫哭，从此以后，我们一家人总算凑齐了，再也不分开了。莫哭。"

李邱巴呵呵地笑着，望着枯瘦如柴的弹棉郎，当年体壮如牛的弹棉郎，当年扬起了赶马鞭抽掉了他一撮头发的弹棉郎，当年遭日军追捕时掩护自己的弹棉郎……李邱巴的脸上火辣辣地烫了起来。那次临走时，弹棉郎猛抽了他一个耳光的场景，让李邱巴终生难忘。眼前这个没有文化靠弹棉花为生的男人，却有着一个男人应该坚守的底线。

李邱巴扑通一声跪在地上，叫了声："爹爹。"

弹棉郎和哑巴女被李邱巴突然的举动惊呆了。一声"唉"，从弹棉郎沧桑的喉咙里冒出。弹棉郎和哑巴女不约而同地俯下身子去搀扶李邱巴。

虚掩的门被推开，随着寒风吹入，一个人影闪入屋内。

"哎哟，总算开门了，下雪天就不做生意了？啥事体哉？吓我一跳。"来人是街对面的邻居，五十多岁的大妈，兴冲冲地闯入店内，被眼前的一幕惊住了，她不由得大声嚷了起来。

李邱巴机灵，急忙从衣兜内掏出几张钞票握在手上，站起来对着嚷叫的女人抱歉地笑着，说："找到了，这钞票掉到了桌子底下。"

"哎，哑巴，这人是谁啊？"女人感到莫名其妙，问哑巴女。

"老家的亲戚，刚刚才来。"弹棉郎见女儿愣在那里，他打了个马虎眼。

"哦，看你这个人，帽子反戴，穿着中山装，还插了支笔，看起来在乡下是个干部吧？"女人故意拍了拍胸口，嘲笑着李邱巴。

李邱巴这才想起鸭舌帽反戴在头上，他尴尬地将帽檐扶正。

"妹妹猜得对，我在老家公社当主任哩。"李邱巴故意在弹棉郎父女面前显露自己的身份，他心里想着自己在溧水也是个响当当的人物。

"公社主任？看出来了，你也是个老干部模样的人。在你们乡下能排得上号，在我们苏州，你最多当个街道办副主任。"女人的嘴巴厉害，她的眼界高，她不想让李邱巴在她的面前有优越感。

"是，是。"李邱巴边应边端起茶杯喝了起来，用轻蔑的眼神瞟了一眼这个女人。

"明天的雪要停了，居委会庄雪花主任要组织大家扫马路上的雪。她叫我通知一下你们，送二十把竹扫帚去居委会。我走了，真是的，庄雪花自己不来，差我来，官大一级压死人。"女人边说边走，她是故意显示自己是居委会副主任。临出门时，她冲着杂货铺看了一下，见店铺角落里有一大堆竹扫帚，放心地出了门。

李邱巴目送着女人出门，心里感叹着，城里居委会大妈那张嘴比县里机关能说会道的女同志要厉害多了，他苦笑着摇了摇头。

“丫头，你准备晚饭，爹爹去送扫把。”弹棉郎冲着哑巴女说，他走向角落，开始搬动竹扫帚。

“哑巴，爹爹，我不在这里吃晚饭了，我还没去看女儿哩。”李邱巴一听连连摆着手。哑巴女着急了，她拽着李邱巴的手，嘴巴着急地嚷着。

李邱巴从哑巴女的嚷叫声中猜出了她的意思，哑巴女是要他吃了晚饭后，她跟他一起过去。李邱巴来之前就想过这个问题，如果苏州的哑巴女真是雪花的亲娘，那也得让他找个机会在雪花面前慢慢解释。他担心哑巴女的突然出现，让雪花毫无心理准备。同时，他也担心雪花一时半会儿接受不了这个事实。

“我先找雪花慢慢地说清楚怎么回事。你不要着急，雪花是我们俩的女儿，跑不掉的。你别去找她，你就在家里等着，你的女儿会来上门认你这个娘的。”李邱巴劝哑巴女。

“你明天过来吧？”弹棉郎见李邱巴要走，问李邱巴。

“爹爹，乡下公事多，我是趁着县领导们不在，赶个空过来认一认的。现在只有雪花还被蒙在鼓里，今晚上我会全告诉雪花的。明天一早我就回溧水了，哦，来之前我专门去了木果河东岸，你们的老屋好好的。哑巴，莫担心，雪花会来认你这个亲娘的。”

李邱巴大声地说着，他将军大衣穿上，弹棉郎父女紧紧地尾随李邱巴出门，父女俩笑望着李邱巴踩着积雪往前走去。

哑巴女像孩子般笑着，她拽了一把弹棉郎，父女俩反身回到店内。她无比快乐地将竹扫把摊在地上，弹棉郎找了根麻绳将竹扫把捆在一起，父女俩抬着一捆扫帚欢喜地往居委会而去。

4

雪还在下着，马路上冷冷清清，少见行人。李邱巴在风雪中走走停停，他的身上冒着热气，兜兜转转走了许多路，他似乎觉得又回到古尔胡同附近。

李邱巴迷茫地看着四周，思忖着应该是迷路了。雪花不止一次地跟他讲过，到了凤凰街穿几条小巷就会看到房子，或者找到大马路口，会看到有一口古井，房子就在附近。这些标志李邱巴现在都没有看见，他心里想自己肯定迷路了。

李邱巴想起来了，当年刘生为了给庄家大奶奶寻找蚕商，误入苏州迷宫般的巷子里，最终靠排除法找到了唐少松的家。这个寻找蚕商的故事至今都在庄家村养蚕户间流传。李邱巴觉得应该找路人问一问了。

李邱巴忧郁地站在风雪中，四处寻找着过路人。见有个路人浑身包裹得严实，正沿着小巷往前走，李邱巴果断地上前，紧追了一小段路，高筒雨靴踩着积雪的脚步声引起了那人的注意。

李邱巴正欲开口问路，那人忽地将裹在脸上的围脖解开，李邱巴怔住了。

"爹爹，爹爹！"那人欣喜若狂地边喊边冲着李邱巴而来。

"雪花，是雪花啊！"李邱巴喜出望外地迎上前。

"爹爹，你咋来苏州啦？咋不写个信告诉我，我好到火车站接你呐。"

"爹爹突然的念头，直接赶的火车。"李邱巴呵呵地笑着，望着贴近身边的女儿。

庄雪花挽着李邱巴的胳膊，生怕他滑倒。父女俩相拥着往前走，李邱巴的心里泛起久违的温馨。

"大雪天你怎么跑外面来了？"李邱巴心疼地问。

"街道上通知，这雪到下半夜就停了，要各个居委会组织些积极分子，明天赶早将各个胡同路面清扫干净。女儿去居委会安排一下工作的，谁知道人手够了，扫把不够，我关照手下的人买一些。"

说到杂货铺时，庄雪花突然停止了说话，她与杂货铺哑巴女的一些过节和心中的疑惑都曾经告诉过李邱巴，这也是她没有亲自去杂货铺购买扫帚的原因。在她这个居委会管辖的区域，杂货铺不止哑巴女这一家。庄雪花想着，她能多多少少地帮哑巴女一下，以弥补自己对哑巴女一些失礼的行为。

李邱巴停住脚步，他有些担心地望着庄雪花，嘴巴嚅动着，欲言又止。庄雪花见爹爹的神情，心里突然一紧，爹爹在溧水是否受到造反派的迫害，否则怎么招呼都不打就来苏州呢？

"爹爹，怎么啦？老家出啥事啦？"庄雪花揪心地问。她有些惶恐不安，她张大眼睛盯着李邱巴的脸看着，想从李邱巴的脸色中发现些爹爹为什么来苏州的蛛丝马迹。

“爹爹刚从那家杂货铺出来。呃，雪花，你的手下那叫一个厉害，在杂货铺把爹爹着实嘲笑了一番呢。”李邱巴呵呵地笑着对庄雪花说。

“爹爹，她是怎么笑话的？简直不像话，我是看她家可怜，才把她弄到居委会工作的，这样多少也有几个钱补贴家用。她老公原先是文化局的一个头儿，现在还在监狱待着哩。”庄雪花的脸上透露着明显的不快，一双眼睛里透出难耐的无名之火。

李邱巴一脸轻松地对庄雪花说：“怪不得她，你看爹爹这身装束，怎么看都是一个乡下来的，土得要命。她的老公是文化局的头儿，想来也是个知识分子，清高和自傲那是知识分子的通病。她要知道爹爹曾经抗击过日寇，肯定不会小瞧我。”李邱巴的心里，以前干革命抗击日寇的经历，足够他自豪一辈子的。

庄雪花见他似乎一点儿都没生气，心里轻快了许多。

“现在有一种说法，凡是抗战前参加革命的，可能会参照红军干部的待遇。爹爹，你抽空去县城或者专区组织部问问，这些说法是不是真的。”庄雪花的眼里充满了骄傲的神色，这种说法在庄雪花与人闲聊时已经成了她关心的话题。如果国家按照这种说法来划定干部的界限，爹爹若是划入红军干部，无疑对她和整个家庭来说是个大喜事。在众人的面前，她的腰杆子和政治底气会更加硬一些。

“有这种说法。雪花，现如今不是争待遇的时候，是保位子的时候。那些造反派的势力大着哩，他们上上下下都连着。”李邱巴收敛起笑容，压低着声音对庄雪花说。

“爹爹，前面拐个弯就到家了。外面冷，哎呀，顺悟要知道外公来了，做梦都会笑出声哩。”庄雪花忽然想起了什么，问李邱巴，“爹爹，大雪天你怎么先跑到杂货铺去啊？”他似乎有些担忧地望着庄雪花，脸上的神情复杂了起来。

“爹爹，真有那事啊？”庄雪花从一个街道居委会主任的敏感中，一下子明白了什么，她的心悬了起来。

李邱巴朝庄雪花点了点头，伸手替庄雪花掸了掸头发上沾的雪花。庄雪花呆若木鸡地站着，空气格外地清冽，风还在吹，雪还在落。行道树树枝不堪重负，扑簌簌掉落下一些积雪。

“雪花，终于找到了。爹爹安心了，她命苦啊。”李邱巴不安地搓着手，跺了几下脚，借抖落军大衣上沾满的雪花来释放自己沉甸甸的心情。他的眼睛盯着雪花的脸，他细细地观察雪花呆滞的表情。他极为担忧哑巴女的出现，让女儿无法接受这一既残酷又心酸的事实。在风雪中，李邱巴哆嗦着手摸出一支香烟。

“爹爹，别抽烟。”庄雪花早有预感，哑巴女和自己爹爹肯定有关系。只是她没有想到自己的生母，真的是个哑巴。这事儿让别人知道，她会很难为情的，而且即便跟哑巴相认，她们在沟通上定会有太多的障碍。

李邱巴将烟塞回烟盒，无比内疚地对女儿说：“雪花，关于你娘的事，爹爹晚上慢慢跟你说。不管怎样，你要敢于面对事实。你娘可怜，是爹爹误了她这一生啊。”

“女儿明白，爹爹放心吧。”庄雪花搂着李邱巴的胳膊往家中走去。

“爹爹，到家了。”庄雪花指着院子大门说。

李邱巴打量着屋子的轮廓，石库门的房子，木门上镶着铜钉，一株桂花树顶着雪，冒出了围墙。

“爹爹，到了屋里别多说这事，我不想让我婆婆知道得太多。”庄雪花在开门时突然想到了婆婆婷婷，让她知道的东西多了，哪天在外面没管住嘴巴，传言一多，假的也变成真的了，这会让她在外面很尴尬。

“嗯，爹爹明白。”

5

李邱巴在女儿家住了一个晚上，父女俩说着过去的事情，几乎聊到了凌晨。袁唐平全家现在都知道哑巴女是庄雪花的生母，随着李邱巴的诉说，所有事情都真相大白。不过，李邱巴当然不会将自己当年设套诱奸哑巴女的详情告诉在场的任何人。

众人在唏嘘声中熬过了一夜，婷婷则想念袁旺松。袁旺松一个人孤苦伶仃地住在溧水，身边没人照顾。在李邱巴的劝说下，婷婷决定带着正在寒假中的袁顺悟回一趟溧水。

一到溧水县城，熟悉的街景和往事让婷婷感到心酸。她和顺悟敲开了袁家大宅。大门打开的那一刻，袁旺松压根儿没想到婷婷和顺悟会来。看到他们，袁旺松笑容满面，激动地问：“婷……婷、顺悟，你……们怎么来了？”

“爷爷。”袁顺悟喊了声，率先入内。婷婷深情地望着袁旺松。袁旺松赶忙接过婷婷手中沉重的旅行袋，闪身让她入门。

“院子里怎么空空荡荡的了？”婷婷一脸惊讶地问袁旺松。

袁旺松将旅行袋放下，心虚地将头伸出门外看了看，将门关上后，拎起旅行袋回到客厅。

婷婷的眼睛缓缓地扫视着屋子，屋子被袁旺松打扫得干干净净。她走入厨房，看到锅里还剩下些清水煮的面条。

“你中午就吃这清汤寡水的面条？”婷婷心疼地问。

“爷爷，院子里的竹子和夹竹桃怎么都砍了？”袁顺悟在客厅里问。

“爷爷看着这些东西厌烦，砍了这些把地翻了，开春时正好种些蔬菜，省得去菜场买。”袁旺松掩饰着自己砍去竹子和夹竹桃的真实意图，敷衍着孙子。

袁顺悟见书房的门虚掩着，推开书房，偌大的红木书桌上堆满了书籍。在书桌的一侧，一大堆纸上写满了密密麻麻的字。袁顺悟好奇地坐下，翻看着这些纸页。

“旺松，都怪我没能来照顾你。邱巴来苏州了，住了一个晚上，跟我们说了很多溧水的事情。”婷婷的眼泪无声地流了下来。

袁旺松一声不吭地望着屋外，他的思绪沉浸在往日袁家的热闹中，他的眼睛里流露出对消逝的岁月的怀念。

“旺松，你在想以前了？”婷婷温柔地问袁旺松。

“对门庄家的宅子被政府没收了。袁家的宅子还在，只是太冷清太凄惨了些。”袁旺松无比伤感地自言自语。

袁旺松自从释放回来后，无事不出门，每天都要将整个袁宅收拾一遍，那些往事在家中的一件件小摆设中浮现。爹爹袁通的画室乱七八糟，仍然保留原先的面貌，这是袁旺松对爹爹最后的思念。当他推开画室的大门，那些带着时间烙印的一切东西，哪怕是静静地堆放在墙角和大缸里的画，都能给他带来些许的安慰。他平时的生活费用就靠儿子唐平和小三子接济，他觉得自己无力赚钱养活自己，这对于一个男人来说，无疑是一种无奈，更是一种悲哀。

“你陪我去楼上转转吧。”婷婷对袁旺松说。

袁旺松微笑着点点头。他率先登上了楼梯，婷婷紧随其后，忽然袁旺松站在楼梯上不动了。

“走呀，旺松。”婷婷在身后催促着。

“那年你就坐在那张椅子上摇着檀香扇，还记得吗？”袁旺松苦笑着说。

婷婷不由得回头望向客厅，座椅被袁旺松擦拭得干干净净，摆放在昔日的位置。婷婷眼眶一热。

袁旺松轻轻地下了几步楼梯，挽着婷婷，问：“当初嫁给我，后悔吗？”婷婷摇摇头。

袁旺松陪着婷婷逐一推开卧室的门看。

“旺松，这间是梅儿和兰儿的卧室吧？”婷婷问。袁旺松点点头。他见花格窗透着风，于是上前重新将花格窗关上。花格窗一侧的铰链已经松弛，窗户倾斜着没法关闭，窗户上的一块花玻璃已经松动，在风中，凉凉的玻璃上起着霜花。

“一晃那么多年过去了，死的死了，走的走了。梅儿姐姐、竹儿、菊儿在国外也无音信，袁家的人劳燕分飞，人走茶凉。偌大的宅子空空荡荡，人生就像大梦一场。”袁旺松悲怆地说。

“别太伤感，我们不是还在吗？后代们像雨后春笋般涌现。总有那么一天，我们袁家又会枝繁叶茂的。”婷婷轻声宽慰着袁旺松。

“我出监后去你那地方时，看到有个书画店，我进去逛了一下，正巧有个妇女拿着一幅画去兜卖，被画店里的人请到里屋去了。我想，爹爹留下来那么多墨宝，那么多历朝历代的老画，这些东西会值大钱的。”袁旺松的眼睛亮亮地望着婷婷。

“嘘！”婷婷急忙将食指压在嘴唇上。

“这些日子我闲着也是闲着，我准备写些袁家的回忆录，把溧水这块土地上发生过的事情尽可能整理一下，未来这可是珍贵的史料。袁家的后代中无人继承袁家这一脉的文化，我不才啊。”袁旺松轻叹了一口气。

“你别自责。咱家孙子顺悟从小就喜欢读书。前不久还跟我说，他的梦想是要当一名大作家哩。明年就要高中毕业了，是上山下乡还是留城工作，只能听天由命了。”婷婷的心里喜忧参半，挨着袁旺松，不无担心地说。

“顺悟，你在干吗？”婷婷见楼下寂静无声，想起了顺悟。

楼下依旧寂静无声，婷婷又喊了声，楼下还是没有回声。婷婷冲着袁旺松笑着说：“一眨眼的工夫顺悟长成小伙了，他开了院门自己上街遛弯去了吧。”

袁旺松和婷婷缓缓走下楼梯，见院门关着，又喊了声顺悟。

书房里传来袁顺悟的声音，袁旺松和婷婷推开书房门，见顺悟正坐在椅子上，把袁旺松写的回忆稿摊满了书桌。

“这有什么好看的呀，快出来，陪爷爷好好说说话。”袁旺松慈祥地对袁顺悟说。

“爷爷，你写得太好了，这些感人的素材，足够写一部长篇小说了。这部小说由我来写，爷爷和奶奶帮我，好吗？”顺悟边讲边激动地站起身，挨着爷爷和奶奶，撒起娇来。

“顺悟，我们怎么帮你啊？”袁旺松问。

“庄家、袁家、黄家、刘家、李家所发生的故事，如同闪动着历史痕迹的一朵朵浪花，这些能让人触摸到历史长河的脉动，很有价值。我在这里要多住上几天，爷爷和奶奶你们要把你们保存着的记忆告诉我，这些素材太丰富太珍贵了。”袁顺悟激动地说。

袁旺松刚刚还在感叹袁家后代中无人喜欢舞文弄墨，袁顺悟这番话让他重拾信心。这大概就是人们常说的血脉相承吧。

“长篇小说不是谁想写就能写出来的，你怎么构思啊？”袁旺松心里长久没有这么快意过了，他忍不住伸手摸了摸顺悟的脸。

“爷爷，这是一部家族小说，也是一部乡土小说，我会让这部长篇小说不同于以往的家族小说，让这部长篇小说有着史诗般的色彩，有着浓浓的乡土气息，还要让小说中的故事引起读者的共鸣……”袁顺悟自信的眉宇间洋溢着激情。

“小说取什么名字呢？书名起好了，书也就成了一半了。”婷婷显然被顺悟的激动感染了。

“根脉”，袁顺悟脱口而出，“爷爷，这些素材我都看了，这些故事都离不开江南这块土地。我把故事捋一捋，按照时间顺序来组织创作，一定会写好的。”

袁旺松听着孙子的畅想，原本兴奋不已的表情突然被沉默代替。他长叹了一口气，颓然地坐下。

“旺松，你那脸怎么说变就变了？”婷婷疑惑地问旺松。

袁顺悟心里一惊，以为自己在爷爷面前说错了话。

“还是别写为好。”袁旺松缓缓地说了句。

婷婷一下子悟出了旺松话里的意思。“顺悟，听爷爷的话……”婷婷也劝着袁顺悟。

袁顺悟明白过来了，爷爷和奶奶是担心现在的政治环境——爷爷这辈子在监狱里受尽了苦难……袁顺悟想跟爷爷和奶奶辩解几句。当他的眼光和爷爷担忧的眼光相遇时，他违心地点了点头，转身去了书房，往椅子上一坐，沉思在一大堆纸页中。

“太阳偏西了，我俩去菜摊上买些菜吧。哎，我也好久没去买过菜了。”

婷婷反身去了厨房。她左手拎了菜篮，右手挽起袁旺松的胳膊，两人小心地踩着积雪，缓缓地向菜市场走去。

第二十九章

1

秋风起，豆花开。庄慕兰站在院子中，伸着脖子嗅着围墙上开满的扁豆花。她的耳边传来嗡嗡嗡的蜜蜂振翅声，今天她的心情似乎格外轻松。

院门敞开着，风微微地吹入，墙上的扁豆藤蔓在微微摇曳。一簇簇娇美的扁豆花在阳光下绽放，那淡淡的香味和紫色的花朵婉约着秋的韵脚，贪婪的蜜蜂不停地在繁花中忙碌。

庄慕兰就是个能干婆，她一心一意操持着黄家，根本无暇对自己的衣着打扮有丝毫在意。她除了将黄德胜永远排在第一位外，每天还要在头脑里对自己的子女逐个盘一遍。近日，庄慕兰发现，黄德胜的心情似乎有些变化。工厂的造反派头头们见黄德胜整日待在家中，觉得有些亏待了黄德胜，他们让黄德胜从明天起去工厂革委会上班。这个消息让庄慕兰欣喜不已，这意味着工厂造反派头头们对黄德胜并不全是敌意。庄慕兰其实内心也觉得好笑，黄德胜大字不识半箩的人，怎么也不可能与“走资派”沾上半毛钱的关系。

黄德胜对工厂造反派却嗤之以鼻，面无表情地看着来者，心里却一肚子的不服气。他凭什么要与这些人坐在一个办公室，由着他们对自己召来唤去？在“叛变革命”这个原则问题上他没有丝毫让步，要么宣布他没有“叛变革命”，是突围出来的新四军英雄，要么就这样待在家里搓大腿，反正工资又不少一分钱。因此，黄德胜对这些人冷冷地甩下一句话，再考虑一段时间。

黄德胜的脾气庄慕兰知道，她害怕黄德胜失去这个到手的机会。庄慕兰认为，黄德胜只要往革委会办公室一坐，全丹阳的人都会认为黄德胜的问题见底了。时间一长，自然而然恢复了政治名誉，再熬上若干年，可以离休享清福了。

庄慕兰搂着黄德胜睡觉时，温柔地把她的考量说给黄德胜听，她以为在温柔乡里的黄德胜一定会像以往那样满口答应。谁知黄德胜一骨碌坐起来，那张驴脸拉得更长，瞪眼望着庄慕兰：“你呀，还是个读书人，怎么这么糊涂。你以为那些狗东西是对我抛橄榄枝呀？”

“怎么？这里面还有什么阴谋？”庄慕兰也坐起来。

“邓小平出来工作已经一年多了，这些人嗅出了味道。打天下时，是我们这些人出生入死，坐天下轮得到他们？他们向我示好，是给自己留个后路，狡兔还有三窟哩。”黄德胜咬牙切齿地说。说完，他伸手将灯扯灭，侧身躺下不睬庄慕兰，呼呼大睡起来。

庄慕兰一夜都没睡好，天一亮她就到院子里胡思乱想起来。蜜蜂在花丛中飞着，一只蜜蜂居然飞到庄慕兰眼前，它悬停在空中，瞪着一双大眼睛盯着庄慕兰。庄慕兰来气了，她一扬手准备捉住它，蜜蜂双翅一振，嗡嗡嗡地飞开了。

卧室里传来响动声，黄德胜起床了。他站在敞开的窗户边，好奇地看着庄慕兰捉蜜蜂。见蜜蜂飞走了，黄德胜不由得笑出了声。

“德胜，起床了？你出来一下。”庄慕兰听到黄德胜的笑声，见睡了一晚上的黄德胜，那张脸上溢着笑容，她的心情瞬间大好。

黄德胜慢悠悠地来到院子，庄慕兰满脸堆笑地指着爬满围墙的扁豆藤问：“围墙上的小扁豆长得真好，花开得也好看。你仔细看看，能看出点名堂来吗？”

黄德胜扫了一眼扁豆藤，不咸不淡地说了句：“从小看到大的扁豆花，有什么稀奇的？”

庄慕兰上前拉着黄德胜的手，指着怒放中的扁豆花柔声地对黄德胜说：“这花开得明媚，一串串扁豆花轻盈似蝶，正在风中欢天喜地哩。你说，这是什么原因啊？”

“我怎么知道什么原因？”黄德胜噘着嘴低声嘀咕了一句。

“花这么好看，多亏了沿墙舒展的枝枝蔓蔓，这些枝蔓柔情蜜意，与藤缠缠绵绵，这就有了枝繁叶茂，才会开满了扁豆花，才会有扁豆荚，到时候秋实满院，全家人跟着欢天喜地哩。”

黄德胜听了一愣，皱起了眉。庄慕兰的话他听明白了，她是指责自己脾气太倔，要他学习那些扁豆枝蔓，顺着造反派头儿们缠着爬上去，好对全家都有利哩。

黄德胜的脸又拉长了。

“你再想想吧，反正我好话说了一晚上了。”庄慕兰见黄德胜闷声不响，知道自己的话触动了他。

“也是奇怪了，慕兰，维根写给中央组织部的信已经过了那么长时间，怎么像泥牛入海一样呢？”黄德胜不想回答，干脆换了个话题。

“你那几个战友会不会够不上中央管啊？”庄慕兰脱口而出。

黄德胜烦躁地在院子里走动起来，心里却在盘算起战友们可能的级别。

“慕兰，我没文化，直接从部队到地方给定了个十六级。刘沸腾和李德生是正团级干部，如果去抗美援朝了，再升级，按照老红军的资格，他们说什么也都够得上高干级别。”

庄慕兰弄不清楚黄德胜话里的意思。

“慕兰，你赶快再给维根写封信，让他按照我讲的这些，把信多写几封，往江苏、山东、安徽这些省委组织部投一下，找到他们的可能性很大。”黄德胜想，只要找到这些战友，自己的问题清白了，那些个造反派们他睬都不会睬的。

“好的。我马上给维根写信。”庄慕兰识时务，既然劝不动黄德胜向造反派们妥协，那就帮着黄德胜继续寻找战友，只要找到那些战友，何愁黄德胜不会重新复出呢。

“慕兰，跃进他们怎么都不在家。”黄德胜这才注意到两个儿子都不在家，他随口问了句。

2

黄跃进和钱三此刻正满头大汗，他们挥舞着镰刀和锄头，在一个偌大的院子里除草。在他们身边不远处，堆放着几大堆杂草。一个上午的劳作，原本杂草丛生的院子被收拾得干干净净。

“跃进、钱三，快进屋喝口水吧。我爸说，过不了一个礼拜，草又要长满了。”

说话的女孩叫秦曼，比跃进和钱三低一年级。秦曼和跃进的认识，源于前不久的一次约架。

秦曼有个同座位的女生叫林枫，她和林枫作为同学已经有两年时间了。她俩从初一到初二，既是同桌，又是闺蜜。

林枫喜欢初三的钱三。钱三个子高，长得瘦。钱三的父亲自从重新恢复了场长职务，钱三的人脉开始广了起来，许多同学都喜欢和钱三交往，只因为钱三的爸爸是大名鼎鼎的练湖农场的场长。每当水果即将成熟的季节，或者逢年过节的时候，有意接近钱三的同学更多。令人惊讶的是，有些老师也接近钱三。林枫将这一切都看在眼里，渐渐地，她也开始注意起钱三。这一注意让林枫看钱三越看越顺眼。有时她与钱三相遇时，她的脸会红，眼神里透着莫名的喜悦。

林枫比秦曼个子高，她拥有着外向的性格。在同学们的眼里，她似乎是一个谁都可以接近的人。也正是这一点，她喜欢钱三的心思被关注她的另一个男生注意到了，引起了这个男生极大的妒忌，他叫朱远平。

朱远平长得人高马大，喜欢打篮球。他曾数次追求过林枫，买过电影票和林枫一起悄悄地去看过电影，也曾经和林枫一起压过马路，还掏钱给林枫买过一次衣服和几次烤红薯。朱远平认为林枫就是他的女朋友。

林枫喜欢钱三的活泼和率真，只是无缘与钱三接近。当林枫知道钱三的爸爸是整个练湖农场的一把手时，林枫一下子明白了为什么那么多人讨好钱三。练湖农场在整个丹阳县无人不知无人不晓，林枫闭上眼睛便可以想象得出钱三家在丹阳县的地位和荣耀。这在林枫的心里泛起了涟漪，林枫开始鼓起勇气主动接近钱三。她买了两张文化宫的电影票，在放学的路上等着钱三。她见钱三嘻嘻哈哈地出来，红着脸对钱三说，自己捡到了一张电影票，问钱三要不要。钱三不傻，他见林枫红着脸，便明白林枫的意思了。

夜晚，电影散场后，钱三和林枫分别离开电影院。钱三刚出电影院大门，便被朱远平拦下。朱远平直接对钱三下了战书，相约明天中午在打靶场单挑。

朱远平和钱三产生了激烈的口角，让并没有走远的林枫听到。林枫害怕极了，也不敢回头劝说，她担心害怕了一整夜。她觉得必须跟秦曼讲，她要拉上秦曼去劝阻这一单挑决斗。

钱三接下了朱远平的单挑战书，心里面直打鼓。朱远平长得铁塔一般，他长得电线杆一根，单对单决斗，肯定落败。万一他被朱远平打得趴在地上求饶怎么办？钱三思来想去，第二天一早便赶往县城，将事情原原本本告诉了黄跃进。黄跃进一听，喜上眉梢，帮自己的兄弟抢女朋友，这是两肋插刀的好机会。

中午时分，钱三和黄跃进来到了打靶场。他俩对这一带熟悉，打靶场位于偏僻荒凉的地方，这里有许多的乱坟岗，到处长着荒草，土地高低不平。有时从草丛里穿行，脚步会直接踩到坟头。胆子大一些的人，大白天从这里经过都有些胆怯。

钱三和黄跃进知道，在这一带就属野桑林旁边有空地。他俩往野桑林地方观望，果然，朱远平正焦躁不安地在野桑树旁边走来走去。

“钱三，你要赖皮。说好的单挑，你带跃进来干吗？”朱远平相隔老远，见黄跃进也来了，他生气地冲钱三吼。

钱三诡异地笑着，他颇为得意地向朱远平走去。他见朱远平空着手，心情瞬间轻松了许多。

“朱远平，我跟林枫就看了一场电影，关你屁事？”

“钱三，眼看着林枫就要和我好上了，你横插一脚，搅我的好事。你要聪明点，赶紧离林枫远一点，我们可以做朋友。你一意孤行，今天让你鼻青脸肿地出现在林枫面前。两条路，由你选。”朱远平边说边火冒三丈地冲钱三而来。

钱三回头见黄跃进双手抱胸，冷冷地看着朱远平嚣张地过来。钱三的胆气瞬间有了加持，钱三迎着朱远平而去。

“别打架了！”远远地传来林枫的急叫声，林枫正与秦曼焦急地赶来。

“朱远平，我又没答应做你的女朋友，你用得着约钱三干架吗？”林枫气喘吁吁地冲着朱远平嚷着。林枫跑得急，头发沾在了额上。

“林枫，我爸是公安局局长，他爸是农场场长——一个土得掉渣的人，谅你也不会看上钱三。只是钱三太狂，我今天得教训一下他。”朱远平边说边冲着迎面而来的钱三挥拳而去，砰的一拳，砸在钱三的脸上，紧跟着一脚踹在钱三的肚子上，把钱三踢翻在地。

钱三猝不及防地被朱远平击倒。黄跃进见朱远平俯身正准备骑在钱三身上，他一个箭步，蹿至朱远平身边，猛地一个勾拳，击中朱远平的下巴，左手抓住朱远平的衣领，猛地照着脸部砸了一拳。在一阵痛苦的嗷叫声中，朱远平双手捧着脸，血从他的指缝中流出。

朱远平蹲下身子，他扯了一把草，擦着脸，大叫着："黄跃进，你不讲规矩，两个人打一个人，算什么好汉？"

黄跃进只是笑了声，他掏出五块钱在朱远平眼前晃了晃："拿去，去西门卫生所包扎一下。今后要单挑，随你的便，时间地点由你定。"

林枫上前搀起钱三，她扯着钱三就往回走。黄跃进和秦曼尾随在林枫的身后。桑林边，留下一脸无奈的朱远平。

"你叫黄跃进？"秦曼边走边问了声。

"嗯，你叫什么名字？"黄跃进涨红着脸问。

"秦曼。"秦曼的脸红了，眼睛亮了，微笑着，脸上露出两个浅浅的酒窝。黄跃进脸更红了。

年轻人的爱情就是这么简单。黄跃进的性格抓住了秦曼的心，秦曼两个浅浅的酒窝，掉入了黄跃进的心海。黄跃进和秦曼，开始了爱情旅程。

"好的。"黄跃进扔下了割草工具，和钱三一起满头大汗地进入了屋内。林枫搓了把毛巾递给钱三，钱三乐呵呵地抹了几把脸。秦曼接过钱三擦脸的毛巾，她放入洗脸盆中反复搓了几把。她将洗脸水倒掉后，重新打了盆水，招呼着黄跃进洗脸。

"不要这样劳累，院子里只要有土，没几天又会长满草。"

秦曼的父亲揉着胃，边说边从另一个房间走出来。他是一所乡村学校的校长，有着严重的胃病。学校造反派以关心秦校长健康的名义，让他在家养病，实际上是夺了秦校长的权。

"伯伯好。"

黄跃进和钱三连忙毕恭毕敬地喊着。他俩并不知道，秦校长对他们已经摸过了底细。女儿秦曼与黄跃进的接触，当父亲的是不会漠视不管的。

"在这儿随便吃些中饭吧，面条行吗？"秦曼的母亲微笑着从房内尾随着秦校长出来，她和蔼地问黄跃进。

"不用了，回去吃饭了。"黄跃进和钱三连忙回答，林枫凑在秦曼的耳边窃窃私语了几句，惹得秦曼的脸上红霞一片。

黄跃进和钱三出门，林枫朝钱三递了个眼色，笑盈盈地与秦曼挥手告别。她加快了脚步，去追钱三。

黄跃进和钱三说说笑笑地走在前面。林枫一出秦曼家大门，见钱三和黄跃进已经走出去一段路，心急地冲着钱三喊："钱三，等等我。"钱三停下了脚步，他冲黄跃进眨了几下眼，回头冲着林枫笑着。

黄跃进呵呵地笑着，独自一人大步流星地往家中走去。他走出小路，站在大路上回头一望，小路上早不见了钱三和林枫。

黄跃进想，钱三和林枫一定躲进了那片小树林里了。

3

苏北平原的天空，永远有魔幻神秘的色彩。太阳渐渐西沉，湛蓝的天空透着捉摸不定的奥妙。静谧的旷野，风把芦苇吹得沙沙作响。

唐丽丽此刻的心情快乐无比，她站在猪舍不远的一片空地上，嘴角挂着满满的微笑。她的眼睛里闪烁着难以压抑的激动。微风吹拂着她，西沉的阳光照射在她美丽的脸庞上。

唐丽丽含笑俯身摘下一朵蓝色的野花，将野花高高举起，又将野花放在鼻子上嗅着。她的心里无比甜蜜，不由得笑了出来。

郭大北刚刚离开养猪场。在他管辖的十五连范围内，养猪场是郭大北跑得最勤快的地方。每次郭大北到养猪场检查工作，次次都是笑容满脸。他挨个儿与养猪场的知青们打着招呼，即使养猪场存在工作上的失误，他也只是轻言轻语地对一些工作没有做到位的地方做一些提醒，一改往日火暴的作风。他见到唐丽丽时，眼睛里充满了柔情蜜意，嘴巴会情不自禁地发出呵呵的笑声。时间一长，养猪场的知青们看出了端倪，自觉地在与连长打完招呼后回避。唐丽丽不傻，早看出了郭大北对她的好感。

唐丽丽对自己的容貌充满了信心，她在十五连的女知青中当属西施级别的美女。她享受被男知青们用火辣辣的多情的眼光包围的感觉。

转眼来到苏北两年多了，她眼见耳听着一批又一批知青被源源不断地送往祖国的四面八方。唐丽丽很清楚，回城的希望几乎为零。她眼见着自己的年龄也大了起来，家中父母也开始关心她的终身大事，并托人为她挑选合适的结婚对象。

唐丽丽有自己的想法，如果听从父母和媒人的介绍，与城里工厂的某个工人相亲，人家要不要自己暂且不说，即便能成，结婚后，也是一根扁担挑两头。她在苏北回不了城市。再说了，和自己一般大的工人，一个月才十几二十块钱的工资，未来怎么养家？郭大北对自己的好感已经很明显，郭大北是国家干部，工资比在常州当工人的同龄人的工资高得多。如果她和郭大北谈恋爱，在知青们的眼里一定是一件让人羡慕的事情。唐丽丽想，在她的一批闺蜜中，可能暗恋郭大北的人还不少哩。

唐丽丽对郭大北的印象一天比一天好了，毕竟他俩常见面常说话，她对郭大北的陌生感和敬畏感正在丧失，随之而来的是好感。唐丽丽只要想起郭大北对她的点点滴滴的关怀，心里便会泛起那种说不清楚的痒痒的感觉。

郭大北给她送过雨鞋，还经常给她送一些饼干、麦乳精之类的。次数一多，唐丽丽接受这些礼品时似乎心安理得。虽然郭大北从来没有对她说过一些露骨的情话，但是，唐丽丽心明如镜地察觉到了郭大北的真情实意。但是，在唐丽丽的心里有一道高坎，那就是郭大北的年龄。他俩如果未来在一起，走在马路上，人们会以为是父女俩呢。

唐丽丽内心犹豫不定，将手中的野花往草丛里一扔，又抬头望了望天空。她想快要到下工的时间了，不如去找一下英群，听听她对这桩事情的看法。

唐丽丽转身欲往猪舍走去，只听得几声清脆的自行车铃声从左前方传来。她扭头一望，郭大北扶着自行车，站立在芦苇荡边上，神秘兮兮地冲她按着自行车铃。

唐丽丽有些惊慌地朝猪舍望了一眼，几排猪舍里只有猪的哼哼声，猪舍外面没人。

唐丽丽大胆地向郭大北走去，她的脸上挂着羞涩的笑容。离郭大北七八步远，她开口问：“郭连长，怎么没走呀？”

郭大北将自行车停在芦苇荡边上，浓密的芦苇掩盖了自行车。郭大北笑容灿烂，给唐丽丽解释：“骑到半路，忽然想起那两头‘二花脸’母猪，不知道什么时候生小猪崽，心里不放心，想着问一下哩。”

听到这个理由，唐丽丽笑出了声。她赶紧回头瞅了瞅，再回头时，郭大北已经往芦苇荡边隐藏了几步。

“小唐，你过来，别让人看见，我有几句话想对你说哩。”郭大北亲密地对唐丽丽说。

唐丽丽又回头瞅了几眼，壮着胆子往摇曳的芦苇丛边走去。

“郭连长，我可不知道母猪什么时候生小猪。但从猪肚皮来看，应该快了吧。”唐丽丽红着脸对郭大北说。

“下次，我把团部的兽医请过来，给两头母猪做个检查。这两头母猪可是我们连的宝贝哩，一窝最少得生一二十个。嘿嘿，养猪我是门外汉。”郭大北边说边看着唐丽丽。

芦苇荫里的唐丽丽俨然是风景画里的美女。郭大北瞪直了眼睛望着亭亭玉立的唐丽丽，他能看到唐丽丽的胸脯微微起伏着，那双美丽的大眼睛忽闪忽闪地亮着迷人的光。

郭大北突然上前一步，抓住唐丽丽的手按在自己的心口：“丽丽，我每次见到你，心跳得就厉害。你感受到了吗？”

唐丽丽触电般地缩回了手，红着脸不由自主地嗯嗯应着。

“丽丽，我第一次见到你就心跳得慌。我向你坦白，我真的喜欢上你了。不，我是爱上你了。答应我吧，我们结婚，成为一家人，好吗？”郭大北鼓足了勇气向唐丽丽表白。

“乱说什么呀，郭连长，你那么大的年纪，我还是个小姑娘呀。”唐丽丽慌了神，直接把困扰自己的话冲郭大北喊了出来。

郭大北听了唐丽丽的话，似乎早有准备，反而显得轻松了起来。他再次将唐丽丽的手抓住，贴近唐丽丽，对她说：“丽丽，我也不是七老八十，而且我工资高，政治条件又好，还是本地人。你也不可能回到城里了，还不如趁早跟我结婚，在以后的日子享享福呢。”

唐丽丽沉默了，郭大北的话击中了她的心弦。郭大北长得不赖，有权有势又有钱。虽说年纪稍大了些，但居家过日子也能凑合。像郭大北这样的条件，本地的姑娘打破了头都要往前挤哩。

唐丽丽不想马上给他答案，又问了句：“你这么好的条件，为什么偏偏追求我哩？”

“你开朗活泼，有一颗透明的心。你还有文化，总之，我看着你什么都顺眼。我……我是真的爱上了你。”郭大北在台上作报告的口才和自信，正在充溢着他的身体，他确信自己能打动唐丽丽。唐丽丽见郭大北贴近自己，心虚地退后了半步，伸出脑袋，往猪舍方向窥探着。郭大北却猛地将唐丽丽拉了过来紧紧地抱住。他那厚厚的嘴唇，紧紧压住唐丽丽的嘴唇。他伸出舌头，努力地撬动着唐丽丽紧闭的牙齿。唐丽丽害羞地扭动着脖子，奋力挣脱郭大北的拥抱，边往猪舍跑去，边冲郭大北嚷了声：

“等我想想，过几天告诉你。”

郭大北见惊慌失措地往猪舍跑去的唐丽丽的样子，脸上露出了胜利的微笑。他快活地拎起自行车一个转身，往自行车上一跳，蹬着自行车往连部而去。

4

数只鸟儿在水中茂密的孤岛般的芦苇丛中自由地跳跃着，它们互相追逐着，嘴里发出快乐的鸣叫声，忽而从水中央一跃而起，呼啦啦地落到岸边的草地上，瞪着眼睛晃动着脑袋，四下张望着。一个姑娘出神地注视着它们，嘴里发出了一声轻轻的叹息。鸟儿呼啦啦腾起，扑扇着翅膀飞向晚霞即将来临的绚烂的天空。

庄英群的眼神被受惊的鸟儿拖曳着，她望着鸟儿的飞翔。蓝色的天空透着宁静，西天的云彩似乎明亮了一些，云彩一动不动地悬浮着，在云彩的四周，阳光显得格外亮丽。

庄英群移动了脚步，她的眼睛望着近在咫尺的宁静的水面。她小心翼翼地靠近水面，水中映照着一张青春而美丽的脸。庄英群不由得笑了。她伸出手轻轻地拨动着水面，一圈圈水波泛着涟漪，掩住了她的倒影。她起身往后退了几步，将手扬在空中，一滴一滴的水珠缓缓地沿着她那纤细的手指落在了草地上。

一晃眼，来兵团好几年了，小姐妹们都有了心上人，下工后要想和她们聚在一起，也不是件容易的事了。维红今天中午就被魏东升的自行车拉到海滩去了——魏东升和赵克礼负责看守着几十里长的海堤。

她和赵克礼也悄悄地好上了，是赵克礼主动开口追求她的。庄英群心里本来也并不讨厌赵克礼，虽然赵克礼长相略显沧桑些，但赵克礼言谈举止显得成熟和深沉。赵克礼心海的船舱里，仿佛有着一块沉甸甸的压舱石。在不久前的一个夜晚，她和赵克礼相互挨着，坐在这里看月亮时，赵克礼突然将她搂入怀里，夺取了她的初吻。

庄英群并没有反感赵克礼的突然袭击，她微闭着眼睛，心荡漾在从未有过的甜蜜里。在那个迷人的夜晚，赵克礼像是变了个人，他滔滔不绝地告诉了她，她想了解而无法开口的事情。

赵克礼出身于一个革命家庭，他的父亲军人出身，现在是苏州市的什么领导，他的母亲是街道负责人，是土改时期，在老家斗地主最为泼辣的妇女主任，这样的家庭，不由得让庄英群的心里打了个寒战。

在那个月光皎洁的夜晚，赵克礼拉着她的手，一直送到了她的宿舍门口。赵克礼无比激动地告诉她，他的父亲解放了。苏州市按照照顾老干部的常规做法，决定将赵克礼调回苏州安排工作。这一消息让庄英群有些措手不及，她不知道自己是如何回到宿舍的。

现在，赵克礼请假回苏州近十天了。别的知青不知道他这次请假代表什么，但是，庄英群有一种强烈的预感，赵克礼这次回苏州，应该是配合已经解放了的父亲去上上下下地活动去了，等他回兵团时，应该是来办手续之类的事情。而她和赵克礼刚刚萌芽的这段恋情，能否破土出苗，让她觉得迷茫。庄英群不知道如何面对要回城的赵克礼。

庄英群心里虽然不愿意，但是她的自尊不允许她纠缠赵克礼，更不会卑微地祈求爱情的垂怜，她和赵克礼的这场爱情将会无疾而终。虽然明知结局不好，但是初尝爱情甜蜜的她，还是迫切地想见到赵克礼，这种煎熬让她备感痛苦。

上周，她接到父亲的来信，按照常州市的政策，福生被安排了工作。虽然弟弟没有进入想进的国营纺织厂，而进了建筑系统，但好坏都是靠她的牺牲换来了福生留在城市当工人。她既兴奋也为自己目前的境遇而伤感，难道她真的就要一辈子待在这块她并不喜欢的土地上了？

几只受惊飞走的鸟儿，心有不甘地在空中绕了个圈子，又回到了水中央。它们冲着庄英群站立的方向探头探脑，此起彼伏的叫声，似乎在埋怨着她不该在那里待得太久。“我偏不离开这里！”庄英群把一肚子的委屈冲着鸟儿喊了出来。随后，她见鸟儿又受了惊吓，腾空而起，远离了她。

“英群，你怎么一个人待在这里呀？我找了一大圈，维红、海琴她们都不在。真是的，有了男朋友以后连鬼影子都难找了。”唐丽丽人未近前，声音已到。她兴奋地站在岸滩上，冲着庄英群嚷着。庄英群望着唐丽丽，她那红扑扑的脸上透着难以抑制的兴奋。

“丽丽，你怎么这么兴奋？有人追求你了？”庄英群脱口问，笑着走向岸滩。唐丽丽迫不及待地抓着庄英群的手，将她拽到岸边的芦苇旁。

“郭大北现在正追着我，很疯狂哩。”唐丽丽的胸脯因激动而起伏着。

“哦？”这还真有点儿出乎庄英群的意料。

“真的，就在下午的时候。英群，你给我出出主意，我要不要答应他？”唐丽丽兴奋地问庄英群。

“这个……这个要你自己拿主意。说实话，郭连长人不错，就是……”庄英群才意识到是郭连长在追求唐丽丽，他可不是一般人，她的话噎在了嗓子里。

“哎呀，英群，我们是好姐妹，你说说你对郭大北的印象嘛。”唐丽丽迫不及待地说。

“郭连长人好又正派，还是国家干部。丽丽，我猜想咱们十五连的姑娘们中，暗恋郭连长的人多着哩。”庄英群顺着唐丽丽的意思捡着好话说，她得罪不起郭大北。

唐丽丽激动的眼睛发亮，她连连点着头：“我也是这么想的。反正不是我追求他，传出去我脸上也有光哩。”她不由得单腿旋了个圈，展示着青春的妩媚。

“英群，如果成了，你答应做我的伴娘吧？”唐丽丽的脸上荡漾着甜蜜，在阳光的照耀下，花儿一般美丽。

庄英群的脸上泛着笑容，心里却飘过淡淡的忧伤。她知道，如果唐丽丽嫁给郭大北，就再也没有希望回城了，就像身边的芦苇，永远扎根在这片土地上。

“你有什么要关照我的话吗？”唐丽丽盯着庄英群，焦急地问。

庄英群看着唐丽丽焦急地涨红着的脸，心里想着赵克礼即将回城的事。随着越来越多的老干部被解放，必然会有越来越多的干部子女回城，到时候，在知青们中间，回城将是一股汹涌的浪潮，而这一点是目前绝大多数的知青没有意识到的。唐丽丽如果贪图一时，真的嫁给了郭大北，她能回城吗？郭大北会让她回城吗？

“丽丽，我们会一辈子待在这里吗？”

“回不去城里了。英群，城里的应届生，一批又一批的下放到农村。你弟弟那一批七四届的高中生，一大半人去了茅山的知青点。要不是你在兵团，福生还要去茅山哩。”唐丽丽知道福生被分配了工作。

唐丽丽的话让庄英群的心里有了极大的宽慰，福生在爸爸妈妈的心里，是庄家唯一的根。当姐姐的为弟弟创造了留城的机会，她觉得值。

“英群，郭大北的工资抵火车厂一个半工人的工资哩。”唐丽丽眉飞色舞地说着。

“丽丽，你必须跟郭大北说清楚，结婚后，未来如果知青们返城，他不能阻拦你回常州。”庄英群鼓起勇气，给唐丽丽出主意。她觉得，如果不为唐丽丽着想，于心不安。

唐丽丽闻听庄英群的话，不由得笑出了声：“做梦吧！如果真有那一天，除非西边出太阳。”唐丽丽说完，突然捂住了嘴巴，她心虚地左右看看，见四周空空荡荡，她又恢复了脸上的笑容，“不过也是啊，话必须先跟他说清楚，别真有那么一天，郭大北跟我要赖皮。”

“走吧。”英群在河滩边待得时间久了些，又想起了赵克礼，心里沉重起来。

“这么急干什么呀？赵克礼在海滩哩。维红、海琴她们估计都去海堤了。”唐丽丽调侃着庄英群。

“赵克礼回来了？”庄英群欣喜地问。

“刚才魏东升骑着自行车，过来载维红了。他能离开海堤，说明有人看守，肯定是赵克礼回来了。”唐丽丽见庄英群脸上笑开了花，她怂恿着庄英群，她也想去海堤，把心中的秘密说给维红、海琴她们听，在她们面前嘚瑟一番。

庄英群想，赵克礼为什么不先到连部来销假呢？会不会是调回苏州的事砸锅了？

“怎么去啊？我又不认识路，那么远。”庄英群抬头望了望西移的太阳，她的眼睛被阳光炫了一下。

“我去把郭大北的自行车借过来，你去宿舍等我。”唐丽丽说完，转身颠颠地往连部走去。

5

几十里长的海堤弯弯绕绕地沿着海岸线矗立着。荒无人烟的地方总是带着阴森恐怖且神秘的色彩，尤其是临近黄昏时分，一汪汪水面上夕阳泛着波光。数不清的鸟在嬉戏。柽柳开着淡红色小花，胡杨、沙枣、紫穗槐、枸杞等植物隐约在黄昏的朦胧里。蛙的鸣叫声此起彼伏，随处可见的芦苇在海风中摇曳。通往海堤的小路，隐藏在杂草丛中，唐丽丽和庄英群骑的自行车摇摇晃晃地在坚实的土地上轧过。

临近海堤，就听到说笑声。没等自行车停稳，庄英群从后座上急忙跳下，她揉着屁股，冲着正欲爬上海堤的维红、海琴喊着：“维红、海琴，我和丽丽也来了。”

唐丽丽推着自行车跑向窝棚，将自行车停稳后，搀着庄英群一起往海堤上爬。

庄英群正欲攀爬海堤，赵克礼双手沾着鸡毛，乐呵呵地冲出了窝棚，他站在门口冲庄英群笑。庄英群见赵克礼心里一阵狂喜，不过听到维红、海琴向她招呼，便先攀上了海堤。

海堤本身就是一道防风墙，上面长满了高大的树木和野草，许多野花灿灿地开着。藤蔓交虬着树林，海堤上有一条行人踩踏出来的细长的路。

庄英群她们像孩子般快乐。极目远眺，蔚蓝色的大海出现在她们眼前。正是涨潮的时候，远远的一波波细碎的海浪懒洋洋地赶来，在海堤前形成了一线白花花的水沫。

“大海，真正的大海。”维红快乐地欢呼着，海琴则睁大着眼睛盯着前方眺望。

黄昏的彩霞映红了天，数不清的海鸥在海面飞翔着。海鸥灰白色的身影，像纸鸢般悠闲地飘曳在海面。

“下来吧，今天人多，都下来搭把手。”魏东升在海堤下喊。

庄英群见大海并没有像她心中想象的那么壮观和美丽，听见喊声就转身往海堤下走去。她正欲招呼唐丽丽，见唐丽丽拉着维红的手，眉飞色舞地边说边比画，海琴挨着维红，竖着耳朵听。

庄英群笑了笑，下了海堤，见赵克礼正在给鸡开膛破肚，接过赵克礼手中的剪刀，端着盆走出窝棚，蹲在地上拾掇了起来。

“今天人多，他们几个去摸鱼挖野菜去了。”赵克礼对庄英群说。

“那几个人不认识，是哪里的知青？”庄英群问。

“苏州的，隔壁连队的，他们特意带着女朋友赶过来的。”赵克礼兴奋地回答。他又压低嗓子对庄英群说：“我要走了，回苏州去了，是我让他们过来为我送行的。”

“魏东升知道吗？”

“还没跟他说，明天再告诉他。英群，你别生气，我原计划明天去连队开调令的时候去找你。凑巧，一下长途汽车，有个卖鸡的住在这一带，他用自行车把我捎过来的。”赵克礼怕英群生气，将事情原原本本地说着。

“我们的事情你跟家里说了吗？”庄英群羞涩地问赵克礼。

“讲了。反正……反正你不要担心，我回到城里不会轧女朋友的，我等着你。”赵克礼涨红着脸，吞吞吐吐地说。

庄英群的笑容凝固了，她的心猛然一沉。果然，与她想到的情况一样，一个地主家庭出身的人，想要融入赵克礼这样的革命家庭，困难重重。庄英群只是淡然一笑，她指着洗净的鸡对赵克礼说：“下锅去吧。”随后进了窝棚内。

窝棚已经大有改观，四周的墙壁严严实实，石灰水刷的墙壁干干净净，门窗也安上了玻璃。庄英群将鸡放入灶台的铁锅里，她环顾窝棚四周，心想，就这个窝棚都比自己在常州的房子强，自己出身这么寒微，哪方面都配不上赵克礼。

“我来煮吧。”赵克礼见庄英群心情低落，一时又找不到安慰她的好方法，显得有些木讷。

门外脚步声和欢笑声响起。赵克礼的朋友们正和维红、丽丽、海琴相互招呼着。

窝棚里充满了欢声笑语，铁锅里腾起的热气弥漫着馋人的香味，年轻人的心荡漾在暂时的欢乐中。维红依偎在魏东升身旁，像一只温顺的小鸟。赵克礼苏州的几个小兄弟们，肆无忌惮地和各自的女朋友搂抱在一起，用嗲声嗲气的“苏州闲话”打情骂俏。唯有庄英群脸上佯装着笑，她坐在墙角的一张空床边，眼睛时不时瞟一眼埋头烧火的赵克礼。

夜晚，繁星满天。在窝棚旁边的空地上，知青们嘻嘻哈哈地大吃大喝着。魏东升带来的两瓶常州“二锅头”，眼看就要见底。赵克礼只要一喝酒，脸红到脖子根。他本来话就不多，现在更加沉默不语，只是嘴角挂着笑，时不时和他们一起干笑几声。赵克礼不敢光明正大地看庄英群，他的心里也有着一种浓浓的忧伤。

有人拢集了许多干芦苇，将它们堆拢在一起。一个知青将正燃着的烟头投入了芦苇堆里，然后看着黑烟悠悠地燃起。火苗出来了，干枯的芦苇燃烧着，噼里啪啦的爆燃声在火光里响个不停。

魏东升将手风琴挎在了肩上，他边抖动着身体，边拉着琴往火堆边走去。手风琴声在旷野里响起，知青们起身尾随着魏东升，他们围聚在火堆旁，轻轻的歌声如晚风拂过水面的波纹荡漾开来。

在那金色的沙滩上
洒着银色的月光
寻找往事踪影
往事踪影迷茫
往事踪影迷茫
犹如梦幻一样
你在何处躲藏
背弃我的姑娘

庄英群唱着，眼睛里淌下了泪水。她哽咽着用手抹着眼泪，站起身朝赵克礼走去。赵克礼连忙上前，将庄英群轻轻地拥入怀里。他伸出手，轻轻地拍打着庄英群的肩膀，他找不出安慰庄英群的话，他偏过头，他不想让大家看到他伤感的泪水。

“别回城了。我一个人在这里孤孤单单的。”庄英群抱着赵克礼哭喊。

手风琴声和歌声戛然而止，所有人吃惊地望着赵克礼，他们怕耳朵听错了庄英群的哭喊声。

“赵克礼，你要回苏州了？怎么不跟我们讲一声啊？真的假的啊？”赵克礼苏州的小兄弟们惊讶地张嘴问着。

魏东升惊讶地望着赵克礼，他几乎不敢相信，赵克礼的牙根咬得这么紧，连他都没有告诉。

“东升，你别见怪，本来我想今晚上跟你说的。今天这么多人，我怕说出来影响大家的心情。”赵克礼嗫嚅着说。

“什么时候走？”魏东升问。

“明天去连部办手续，办完手续还得去团部办手续，我连英群都没有告诉。”赵克礼生怕大家误会他，他把庄英群推了出来。

“是的。”庄英群抹干了眼泪，她生怕大家误会赵克礼。她见桌子上空碗里有些残酒，她大步上前，将碗端在空中，她激动地面对所有人大声地说：“我们一起举杯祝贺赵克礼回城。”

庄英群一口将酒灌下肚子，随后她被辛辣的白酒呛出了眼泪。赵克礼木木地望着庄英群，不知道该做些什么。

“干杯！”一阵嘈杂的欢呼声和粗瓷碗的碰撞声响起，一阵咳嗽声伴着晚风在旷野里响起。

魏东升转身将手风琴放在自己的床上，从旅行袋里摸出了一个小木盒，他看了会儿，似乎心里不舍：“这个半导体收音机送给你了。记住，回了城，别忘了我们这群兄弟。”

“哪来的半导体收音机，这么好看的收音机，去上海也买不到啊？”大家对木盒里的收音机起了兴趣。

“海上漂过来的。上个月涨潮，我看到海滩边有个木盒，下去捞上来一看，是个收音机，里面还有一张反动传单，被我扯得稀巴烂。”魏东升故意轻描淡写地说。他知道，在海滩上常有渔民捡到此类东西。有的渔民胆子小，上交了，有的渔民胆子大，私藏了。有些食品类的漂浮物，被当场撬开，吃了。

赵克礼打开了收音机，他将收音机摆在简陋的桌子上，小心翼翼地调试着频率。一阵嘈杂的声音后，收音机里传来一个嗲声嗲气的女播音员的声音；

“下面请听邓丽君女士演唱的《兰花草》……”

魏东升快速地从衣袋里掏出笔，他着急地跑向窝棚，片刻工夫音乐声响起。

“你们每人记一句歌词，我来记谱。”魏东升一屁股坐下，竖起耳朵在纸上画起了线条。

我从山中来，带着兰花草。
种在小园中，希望花开早。
一日看三回，看得花时过。
兰花却依然，苞也无一个。
…………

收音机里优美动听的歌声，像潺潺流淌的溪水，滋润着他们干裂的心田。所有人凝神屏息，只有魏东升的笔在唰唰地响着。

庄英群突然意识到问题的严重性，她担忧地看了唐丽丽一眼，她发现维红和海琴也在偷窥着唐丽丽的表情。

“别这么瞪着我，我不会向郭大北报告的，我们是一伙的。”唐丽丽发现庄英群她们担心的眼光，大声地宣誓。

一阵沉默后，魏东升重新回到窝棚。他一手提着手风琴，一手提着小提琴，走向大家。维红默默起身，打开琴盒，取出小提琴。她眼睛看着在火光中隐隐闪现的《兰花草》的速记谱子，试着拉了起来。

手风琴声和小提琴声响起在空旷的盐碱地上，小伙子们和姑娘们围绕着维红和魏东升轻唱了起来。优美的歌声和琴声毫无顾忌地在夜晚的天空飘荡，歌声在芦苇丛的摇曳声里，在蛙的鼓噪声里，悠悠荡荡地流淌着。

第三十章

1

三个月的学工就要结束了，福生快乐地抹了把额头上的汗，他直起身子环视整个铸铁车间，估算着该到活动的时间了。他快乐是因为下周一就要去常州建设系统的劳资科报到，他已经接到了常州劳动局的通知，他留城分配工作了。只是，他没有被分配到纺织系统工作，心里隐隐约约地不痛快。

下午收工前的活动是车间团总支举办的，那是铸铁车间共青团员的一次集体活动，也是车间团总支欢送同学们学工结束的一次联欢会。而福生被团总支书记邀请负责给大家教歌，这歌刚出来不久，歌名叫《幸福不是毛毛雨》。

在福生的身边，长长的锻件输送带将一件件火红的铁件传送到一台台锻压机旁，工人师傅们伸出长长的铁钳快速地夹起放在锻压机上进行锤打。此起彼伏的锻打声震得福生的耳朵里一直都有嗡嗡声。

渐渐地，车间里寂静了许多。铸铁车间的青年们陆续拥向会议室。福生随着众人的脚步进了会场，他的心有些忐忑不安了。

会议室里坐满了人，福生见许多漂亮的女孩子三三两两地聚在一起。这些女孩子并不是他同一个学校的，福生心里猜想，她们一定是铁路中学的女生，福生有些激动了。他睁大眼睛又快速地扫视了一下会场，入他眼的漂亮女孩有十来个哩。在前排就座的那个女生最好看。突然，福生的心慌了一下，福生看到了几年不见的冤家对头丁老三。在丁老三的身边，坐着几个丁老三的小兄弟，其中就有胖墩。福生连忙扭头看了看会场里满满的人群，他看见了刘伟、高星星等人在呢，心里稍稍踏实了些。

黑板上挂着早已准备好的歌谱，在团总支书记的示意下，福生怯怯地走上讲台。他拿起教鞭，强作镇定地微笑着面对乌泱泱的会场，说："大家好，我也是刚会唱，我先给大家唱一下这首歌吧。"

福生的话刚完，会场里突然鸦雀无声，所有人的目光注视着福生。尤其是坐在前排最漂亮的那个女生，正瞪着明亮的大眼睛微笑地看着福生哩。她梳着两条麻花辫，手托着腮帮子，这让福生一下子有了自信，他来劲了。

"假日的我们多么愉快，朋友们一起来到郊外，天上下着毛毛细雨，淋湿了我的头发，滋润着大地的胸怀……"

福生唱完一段歌词，会场里响起热烈的掌声。福生的心中满溢着自信。从初中到高中，福生经常空闲时跟着黄老师去铁路中学音乐室的钢琴边学习声乐，连地方中学的董老师都曾当面夸他嗓音纯正哩，说福生的歌喉就像银子在空气中碰撞出来的。

福生侧身用教鞭指着黑板上的歌谱开始教唱了起来，他唱一句，大家跟着唱一句。会场里充满了音乐的氛围，一种青春的活力，满满的欢爽，在歌声里响起。一些老师傅穿着工装在外围饶有兴致地观看着，欣赏着车间里久违的歌声。

福生沉浸在教歌给他带来的自豪中，他觉得在女生们面前轧足了台型，特别有面子。他教一句，偷眼窥视一下那个最好看的女生，她穿着一件红衬衣，她的眼睛明亮又灿烂。她学得很投入，她边唱边微摇着脑袋。福生注意到了，丁老三不安分地伸手扯着她的麻花辫儿，胖墩儿人在旁边假装唱歌，一个个嘿嘿地鬼笑着。

福生看了丁老三一眼，继续教唱，他唱一句，就听到一记沉重的敲打声。原来是丁老三随着歌声的节奏，故意用弹簧鞭敲打身前的桌子，众人的目光都聚焦在了丁老三身上。

"丁老三，你别乱敲桌子干扰大家学唱歌，如果你不想学，你可以出去。"福生见丁老三这样子拆他的台，摆明了是挑衅。当着那么多人的面，福生心里起了一股火。

丁老三噌一下站起来，他扬起的弹簧鞭在空中划出一道弧线，砰地砸在桌面上，桌面被砸出了一个凹坑。

"福生，你轧足了台型，你卸我台型，有种！我在车间北大门等你。"

丁老三话音刚落，没等福生点头表态，他一挥手，胖墩几人虎气生生地起身，随着丁老三大摇大摆地离开了会议室。

会场里一片寂静，没有人敢出面呵斥他们。福生望了一眼高星星，高星星正瞪着眼注视着丁老三几人。福生挥动着手中的教鞭，继续教唱了起来。刹那间，会场里歌声嘹亮，欢快的旋律飘出窗外……

车间共青团员们留下来了，他们还要开会，福生等非共青团员们离开了会场。高星星和刘伟向他走来，福生冲着他俩挥挥手，示意他俩跟随着他，向车间无人处走去。

“福生，丁老三怎么也来啦？他老子是大队书记，他怎么会到这里来学工？”刘伟胆小懦弱，他不安地问福生。

“开后门呗。”高星星不以为意地说。

“福生，他们有五六个人哩，怎么办？”刘伟担心地问，他手心里替福生捏着汗呢。

福生心里紧张不安，几年不见丁老三了，自从初中进高中，他不跟丁老三一个学校。三年高中，离开了工宣队长颜元元和讨厌的丁老三，福生几乎把他们忘了。几年不见丁老三，这小子身体更强壮了。丁老三的眼睛炯炯有神，胸肌将汗衫鼓起了两座山。

“丁老三几年不见，跟水牛一样壮了。”福生对高星星说。

“听说丁老三被常州市青少年举重队选中，打了不少比赛哩。”刘伟怯怯地说。

“福生，丁老三在车间北门候着你呐，我们从南门出去吧？好汉不吃眼前亏啊。”高星星看出福生正在犹豫不决，他心事重重。

“星星、伟，如果我们从南门出去，这个事传出去，我们的脸丢大了。尤其还有其他学校的人在，我们这次吃瘪，会助长丁老三的嚣张气焰，说不定今后见我们一次打一次哩。”福生低声地说着，他的眼睛在车间地面上巡视着，似乎在找什么东西。

“福生，你是不是想找个家伙？”刘伟看出了福生的心思。

“丁老三有个会伸缩的弹簧鞭，被那东西抽一下会头破血流。你去找一根能藏在衣袖里的铁棍，以防万一。”福生嘱咐刘伟。

“星星，你和伟盯着胖墩几个人，如果他们群开的话，你们帮我挡一挡，打得赢就打，打不赢我们聚一起跑路。”福生的眼里透出了杀气。

一会儿，刘伟神气活现地过来了，他的左手直直地垂下，他扬起了右手，拍打着左胳膊。他走到福生身边，左手掌略往下一沉，一根大拇指粗的铁棍露了出来，他呵呵地笑着望了望福生的反应。

“可以。”福生点了点头，“伟，到时候我一伸手，你赶快把铁棍递给我。”

“嗯！”刘伟兴奋地点着头。

此时，会议室的大门打开了，一群共青团员从门内有说有笑地拥出。福生一看这么多人往车间北门而去，他赶紧和高星星、刘伟顺着下班的人流往北门走去。

从车间北门到工厂的大门，中间隔着几公里路，但相比从车间南门出来到工厂大门，又近了许多路。从车间北门走，要穿过工厂停放报废或者待修的火车车厢，几百节车厢就停放在这块偌大的场地上。铁轨在这里交叉，这里也是火车厂荒凉的地方，经常能看到蛇和野鸡野兔等动物。

“福生，我们等他们走光了再出去吧？”高星星拉扯了下福生，他朝福生眨着眼睛。

“为什么？”福生不解地问。

“人多眼杂。”高星星提醒着福生。

“你傻，这么多人出门，丁老三会动手吗？”福生边说边不管不顾地随人群出了车间北大门。果然，丁老三几人正急不可耐地聚在一起等着福生。他们见福生出了车间大门，迅速地围了上来。一些知道事由和喜欢看热闹的人放缓了脚步。

“你蛮狂的啊？单开还是群开？”丁老三和福生并排走着，他搡了一把福生。

“丁老三，算了吧，我们曾经是同班同学，犯不着啊。”福生示弱地劝丁老三。

“少套近乎！我只问你单开还是群开？”丁老三不依不饶地缠问福生，并将右手伸入看起来沉甸甸的右裤袋里。

福生脸上堆着笑，心想，丁老三笨，单打独斗在这种情况下是最好的选择。只是身边的丁老三浑身上下都透着一股子蛮劲，要想赢需要费些脑筋。福生估量着自己的个头比丁老三高，手臂比丁老三的手臂长，占据着上风。自己比丁老三灵活，只是要挑一个开阔的地方便于施展拳脚，打不赢时也方便逃跑。福生又看了看丁老三练举重的粗壮有力的胳膊，想着千万不能让他抓住，否则会被丁老三摔在地上骑在身上打。福生继续笑着示弱："丁老三，算了吧，都是同学，马上都进工厂工作了，低头不见抬头见，犯不着，犯不着啊。"福生赔着笑，开始有意与丁老三拉开些距离。马路缓缓地上升，这里地势高，前面就是荒芜的火车货场了，福生心里有了主意。

"现在㞞了？刚刚轧台型的时候风头足的！"丁老三狞笑着停下了脚步，他喝问着福生，胖墩几人哄笑着也停下了脚步。

"丁老三，算了吧！"福生做好准备出手了，只是还要诱惑丁老三继续往前走上几十步路，那里空地大，也更冷清，交叉的铁轨上停放的货车车厢更多，也更隐蔽。

"老子眼见着叉妹成功了，你个狗日的坏我的事。"丁老三恼羞成怒地吼着。

福生继续呵呵地傻笑着，他加快了脚步，来到了铁轨边。丁老三以为福生害怕了要溜，他加快脚步追着福生。他俩与后面尾随的人拉开了距离，丁老三再次将手伸入了裤袋内。

"算了吧，丁老三。"福生继续笑着，他移动着脚步，侧身与丁老三保持着合适的打击距离，没等话音落地，丁老三抽出弹簧鞭的一刹那，福生左掌由下往上削向丁老三的下巴，只听得咔嚓一声，丁老三的牙齿咬破了自己的舌头，紧接着福生一记直拳重重砸在丁老三的鼻子上。丁老三哇的一声惨叫，双手捧着喷溅而出的鼻血。福生一个箭步冲上去照着丁老三的脸一阵乱捶。丁老三努力地睁开眼睛，铁臂般的双手一把将福生揪住，任凭福生怎么挣扎也摆脱不了他铁钳一般的双手。

福生慌了，他猛地提右膝死命地撞击丁老三的腹部。接连几下猛撞后，丁老三松手了，痛苦地弯下腰，捧着腹部，一屁股坐在了地上。也就几分钟的时间，打斗结束了。

福生一扬手，高星星和刘伟随他扬长而去，胖墩等人迅速地向丁老三跑去。他们搀扶着丁老三，缓缓地往工厂大门而去。

"先去我家吧。"刘伟担忧地对福生说。

"嗯。"福生点了点头应了声。

刘伟家后门种着几十棵泡桐树，夕阳透过泡桐树叶，在小林子的地面上留下斑驳的光影。刘伟搬来小板凳，三人坐在树荫下，心事重重。

“派出所会不会来找我们哩？”高星星问福生。

“除非报案。”福生此时心里非常害怕，打架的底气泄了。刚刚接到分配工作的通知单，若是被公安逮着，恐怕工作要泡汤了，福生的内心惶恐不安了。

不知不觉中，天渐渐地暗了下来，福生和高星星起身，他们往各自家中走去。

福生刚到家门口，见庄维根快步迎上前，啪的一记耳光，把福生打得眼冒金星。

“全工厂上万人都知道你打架的事情了，在分配工作的节骨眼上，你还要不要前途了？跟我上门给人家道歉去！”庄维根火冒三丈地冲福生吼着，一把拽住福生的手往丁家村走。一路上，庄维根虎着脸，一声不吭地走在前面。离丁老三家几丈远时，庄维根扯开嗓子大喊：“丁书记，我带着儿子上门给你赔礼道歉来啦！”

庄维根的吼声引起了村民的好奇，围观的人很快成群。丁书记满脸怒气地从楼上下来，后面跟着鼻青脸肿的丁老三。

“庄师傅，我了解清楚了，这件事是我儿子不好。如果是你儿子不好，我非要让你儿子坐上几年牢。”丁书记愤怒地对庄维根吼着。

“丁书记大人大量，实在对不住了啊！”庄维根低三下四地说着，赔着笑脸，转身又给了福生一个大巴掌，福生猝不及防，被扇翻在地上。庄维根仍不解气，用大头工作皮鞋冲着福生的腿猛踹了一脚，痛得福生呼天抢地。

“好啦，好啦！庄师傅，别打了，你放心，这个事情就这样算了。”丁书记看庄维根真打福生也便平息了原来的怒气。

庄维根冲丁书记鞠了一躬，上前拽起福生，气呼呼地往回走。

夜，很深了，窗外寂静无声，福生在睡梦中隐约听到母亲在责怪着父亲。

“你不会装模作样地打几下子？”

“你不晓得，丁书记是地方上的一霸，他随便动哪根手指头，儿子都会去吃官司。”

福生隐约听到父亲的叹息，他极力闭上眼睛，泪水止不住地淌了下来。

“儿子大了，他自己会处理这些事情了。”父亲的话让福生觉得自己这顿打是应得的。

2

庄慕兰兴奋的心情已经压抑了一周了。此刻，她和女儿康铃正坐在拖拉机上，沿着练湖农场的白杨大道一路往家中驰去。在拖拉机的车斗里，一条硕大的青鱼张合着嘴巴，瞪着不甘心的眼睛望着天空，它的尾巴不时拍打着车斗，传来碰撞声。

五月的白杨树枝繁叶茂，大道两侧的白杨树伸开枝丫，叶子在风中哗啦啦地响着，碧绿的树叶遮蔽了太阳。

“开慢点，师傅，车子颠簸得屁股吃不消。这鱼也不老实，捞出来这么长时间了，活劲还这么大。”庄慕兰坐在拖拉机车斗上，大声地提醒开拖拉机的司机。

“小玲，你坐稳点，手抓紧点，小心摔下去。”

“我坐在车上好着哩，老娘，你自己当心些。”康铃笑嘻嘻地对庄慕兰说。

“到老西门已经不远了，我开慢点吧。”拖拉机手笑嘻嘻地说着，拖拉机在白杨大道上驰行。

“哎，不是我嘴巴子贱，钱场长怎么不跟你收鱼钱呢？”拖拉机手用丹阳土话大声地问庄慕兰。

庄慕兰兴奋了，她的眼里透着精神，她一手扶着拖拉机车斗，一手撩了下遮住额头的散发，大声地回：

“老钱跟我家老黄是老战友，他自掏腰包的。为了这条大青鱼，老钱说，他让渔业大队派船撒网，在练湖弄了一天，好不容易网了这个大家伙。唉，也难为你们钱场长了。”

“奇怪了，现在又不是什么大节日，怎么专门要去弄这么大的青鱼呢？”

“我家老头子要去南京跟老战友们见面，丹阳是个苦地方，又没有送得出手的礼物，只好托钱场长弄点湖里的活货，让我家黄德胜带到南京去。”

拖拉机手一个急刹车，差点儿将庄慕兰从车上颠下来。

“是老西门的老红军黄德胜？”拖拉机手一脸惊讶地问庄慕兰。

“哎哟，你差点儿送我半条命。是的，怎么了？”庄慕兰明知故问，心里洋溢着美滋滋的味道。

“怪不得！大家都在传，在运动最高潮的时候，是黄德胜把钱场长救出来的。这个事情真的假的？”拖拉机手像探宝般问庄慕兰。

“这个……胡说八道，都是道听途说捕风捉影的事情，我今天还是头一次听你说这种稀奇古怪的事情。老黄的身体要是骑脚踏车到练湖跑一趟，还不累死他？”庄慕兰本想痛快地承认，本能的警觉性却让她这么回答。

拖拉机手脸上浮起失望的表情，如果是真的，他回去后会当特大新闻去吹。拖拉机突突突地往前开着。

出了练湖白杨大道，往左拐，车子开了没多久，拖拉机便上了宝成桥。下桥几十米，一过老城门，就上了老西门大街的青石板路了，离黄德胜家很近。

“哎，师傅，麻烦你开到东门口，到了东门口，你放我们下来，你就可以回去了。”庄慕兰眼珠子一转，冷不丁地说。

“老娘，前面就是家了，你不是舍近求远吗？”康铃不耐烦地对庄慕兰说，她急着要回家，屁股和腰一路颠簸得受不了。

庄慕兰只是白了康铃一眼，她伸出食指压住嘴唇，示意康铃不要出声。拖拉机手点踩着刹车，拖拉机一颠一颠地下了宝成桥。他回头皱着眉头问庄慕兰：“决定去东门口了？”庄慕兰赔着笑脸，点了点头。

在拖拉机的轰隆声中，很快到了东门口。庄慕兰兴高采烈地从车上下来，从衣袋里掏出两元钱，塞给一脸不悦的拖拉机手。瞬间，拖拉机手眉开眼笑，愉快地对庄慕兰说：“要不我等你一会儿，你那完事了，我直接拉你到家门口，多好呀！”

“不要，不要了，谢谢你啊。”庄慕兰连连摆手。

拖拉机手将鱼费力地提了出来，又弄了一段绳子从鱼鳃处穿入，将大鱼摆在了石板路上。

庄慕兰见拖拉机突突突地开走了，一回头，见康铃鼓起了腮帮子，气鼓鼓地看着她。

庄慕兰咯咯咯地笑了，她凑近女儿的耳边，低声嘀咕着：“你不懂，老娘觉得，你爹爹的事情应该传风出去。你爹爹皖南事变叛徒的嫌疑洗清白了，他会立刻得到解放。官复原职后，对你们不是更有帮助了？你呀，你这脑瓜子什么时候才能开窍呀？”庄慕兰说完，伸出手指点了下康铃的额头。康铃恍然大悟，连连称赞，冲庄慕兰伸出了大拇指。

“马屁精，去找个面熟的人家，借根棍子或者扁担，我们把大鱼抬回去。人家要问，你就把你爹爹的事情大点声告诉人家。”

丹阳老西门大街上，庄慕兰和黄康铃两人抬着肥膗膗的大青鱼大步走着，大青鱼的尾巴拖在青石板路上，一路留下些湿漉漉的痕迹。一群前呼后拥叽叽喳喳的孩子们，边走边乱蹦乱跳着，他们快乐地随着大青鱼，一路由东门游向西门。

大青鱼游街时还不忘拍打几下石板路面，拍打的声音清脆响亮，吸引着来往行人的目光。大人们在看热闹的同时，交头接耳地议论和传播黄德胜即将复出的消息。人们都知道了，黄德胜就要去南京与皖南事变突围成功的当大官的老战友们见面。沿途认识庄慕兰的街坊邻居们，纷纷对庄慕兰报以笑脸和热语，让庄慕兰的自尊心和虚荣心得到了极大的满足。

庄慕兰抬着鱼，故意放慢脚步。她摇晃着，她用手揉搓着腰，喘着粗气往前走。前面是丹阳老浴室门口的古石桥，庄慕兰索性停下脚步，她一屁股坐在青石栏上，装着喘气捶腿，眼睛却四下张望着。

玩梗的孩子们围着比他们身体还长的大青鱼，有的伸出手指去触大鱼鼓起的黑眼睛，有的用小手抠着比铜板还大的鱼鳞，嘻嘻哈哈地笑个不停。

卖烟的徐老头扭头一看，见庄慕兰正坐在桥栏杆上歇息，一群顽童正在玩弄着躺在青石板上一动不动的大青鱼。他朝庄慕兰走来，扯开嗓子喊：“庄慕兰，这么大的一条青鱼，十几年没有看到过了。家里要办什么喜事了吧？”徐老头边问边回头，他的烟摊摆在门口。

“老徐啊，我家黄德胜的老战友找到了，他们都是从死人堆里突围出来的英雄。”庄慕兰起身，一手叉腰，一手在空中扬起，眉飞色舞地回着。

“好事多磨啊，这下你也定心了。”徐老头憨笑着说。

“哎，老徐，生意还好吗？”庄慕兰大声地问。

“好是好，赊账的人多，三根五根的卖，一个月保本是没问题的。”徐老头忧心他的烟摊，他朝烟摊走去，一屁股坐在长板凳上。

“庄慕兰，是老黄的老战友要到丹阳来见面啦？”丁双喜现在闲来无事，他最忙的时候是黄昏后。他听见庄慕兰和徐老头的对话，喜滋滋地踩着木拖鞋朝庄慕兰走来。

“庄慕兰，这鱼大，我帮你抬吧。”丁双喜扭头将叼在嘴里的烟蒂吐得老远，来到庄慕兰身边。

“哎哟喂，蛮重的，有三五十斤的，现在看不到这么大的青鱼了。”丁双喜将手伸入鱼嘴，一拱身，拽起大青鱼往老西门走。

庄慕兰没有想到丁双喜这么热情，转身与丁双喜并肩前行。

“老黄官复原职后，经常帮我弄点蚕蛹子，这个东西油锅里一炸，香喷喷的。还有，我家小把戏一天天大了，又读不进书，托老黄厂里招工的时候弄个机修工做做。现在你总晓得了，有权不用，过期作废。”丁双喜讨好着庄慕兰。

“你放心，老黄离解放也快了，到时候再说吧。”庄慕兰挺胸抬头，眼睛亮亮地对丁双喜说着。

“走开，走开，不要老跟着！”黄康铃怒瞪杏眼，挥手驱赶着顽童们。

“走吧，走吧，都回去吃中饭吧。”庄慕兰微笑着驱赶顽童们，孩子们一哄而散。

“康铃，你舅舅的信是几号寄出去的？”庄慕兰忽然问。

“一个礼拜了，舅舅早就收到信了。”黄康铃嘟着嘴巴说着。

“说不定，你舅舅要来丹阳。”庄慕兰皱眉嘀咕着。

3

满墙的扁豆花开着，藤蔓爬满了围墙。大青鱼被挂在院子中央的桃树干上，鱼肚子被几根筷子撑开，水也被沥干了。庄慕兰喜不自禁地在院子里走来走去。

黄德胜还在午睡，明天上午，他要坐火车去南京，跟多年不见的老战友们见面。按照丹阳的礼俗，送礼不送单。光是挂在树上的大青鱼，黄德胜带上车再要去刘沸腾家，就够折腾的。如果再准备些鸡蛋，一路上就需要找人帮他提着了，找谁呢？让庄慕兰犯起了愁。

回到屋里，见康铃正在梳头发，庄慕兰的心里一动，让女儿陪着黄德胜去南京，说不定刘沸腾家里有与女儿年龄相仿的儿子，也许，还会擦出些火花来哩。

“康铃，快点把头发盘了，去买一百个鸡蛋，明天陪着你爹爹去南京。”庄慕兰下定决心让康铃去了。

“买鸡蛋我去买，南京我才不去哩。我见生人话也不会说，我不去。”康铃显然不乐意了。

“几个女儿，老娘最疼你了。你怎么一点儿都不明白老娘的心思哩？你几个姐姐嫁的人家，娘其实心里都不满意，只怪你爹爹下来了。娘让你去南京，是想让你碰碰运气的，你难道不明白娘的心思吗？”庄慕兰苦口婆心地劝道。

“那我更不会去了，我的事情娘不要操心，我自己有数。要是英群在就好了，让她去。”黄康铃脸上露着笑容，她心中有喜欢的人了，只是现在还不能告诉娘。

“你老娘生来是个操心的命，老娘又是个聪明人，我怎么没有想到让英群请几天假，陪你爹爹去南京呢？英群能说会道，嘴巴甜。不像你，脑子笨，嘴巴也钝，说句话要想半天。”庄慕兰叹了口气，她转身便往卧室走，她想黄德胜也该醒醒准备吃晚饭了。这时，窗外出现了一张熟悉的面孔，曾家的李娟满脸的笑容，她正轻扣着窗玻璃。

庄慕兰推开窗户，李娟将大半篮子的鸡蛋送入窗内，隔着窗户说：“妹妹，你家老黄的事情都传开啦，恭喜，恭喜了。我家老曾听说此事开心得很哩，他硬要我把家里鸡生的蛋托老黄带给老战友尝尝。”

“太客气了，谢谢姐姐。你们家老曾几天不见了，身体好吗？”庄慕兰接过篮子摆在地板上。

“好着哩。就是一墙之隔的丝绸厂，也不知道装了什么鬼机器，闹腾起来，别说老曾睡不好觉，连鸡窝里那几十只鸡，半夜三更都炸窝哩。鸡一受惊吓，鸡蛋都下得少了。你们家老黄解放了，先叫人去看看，那是个什么鬼机器，想法子让它别闹腾。”李娟略带愤懑地说。

“一定，一定。老黄上台后让他看看，想办法让机器不闹腾。老曾睡不着觉，影响休息，身体一旦出了问题，那是党的损失哩，这可忽略不得呐。”庄慕兰顺着李娟的杆子往上爬。

“听我家老头子讲，战争年代过来的那些战友们，最讲革命情义了。你们家老黄什么时候去省城？”李娟脸露喜色，带着些羡慕问。

“明天上午坐火车去。”庄慕兰笑嘻嘻地说。

“妹妹，你们家那条大青鱼，老黄那身体拎得动吗？轻担怕远路啊。要不，让我儿子帮着老黄一路上提着，他这几天也正好准备回南京，可以提前走。”李娟的眼睛里流露出一种渴盼。

庄慕兰一愣，眨巴着眼睛一时不知所措，她猜不透李娟这么热情的真实原因。此时，康铃已经将篮子里的鸡蛋腾空，庄慕兰伸手接过篮子笑盈盈地递还给李娟。

“不用啦！我让康铃陪着老黄去，丹阳到南京，也就打个盹的事情。再说了，那些战友说不定会派小汽车接老黄哩。”庄慕兰注意到李娟伸手接过篮子时脸上的些许尴尬。

庄慕兰与李娟客气地打完招呼，见李娟扭着屁股回屋，顺手将窗户轻轻地合上，问黄康铃：“一共多少个鸡蛋？”

“五十个，不多不少。”康铃埋头又一五一十地点了一遍，她抬起头望着庄慕兰。

咚咚咚，有人敲院门。庄慕兰疑惑地朝康铃看了一眼，康铃急忙跑出去，她打开了院门。

“康铃呀，你妈妈在家吗？”来人是老范的老婆翠萍，她手上也拎着一篮子鸡蛋，喜笑颜开地边问边踏入了院门。

“翠萍姐姐来啦？哎哟，怎么还提了鸡蛋过来呀？”庄慕兰脸上堆满了笑，她热情地挽起翠萍的胳膊。

翠萍笑呵呵地将篮子递给黄康铃，黄康铃接过沉甸甸的菜篮子赶紧倒腾着鸡蛋。

“进屋子坐坐吧，我们姐妹已经几个月不在一起唠嗑了。”庄慕兰热情地招呼着翠萍。

“不用啦，慕兰妹妹，我还得给老范准备晚饭哩。”翠萍边说边将院门神秘兮兮地关上，拽着庄慕兰走向围墙角落。

“慕兰妹妹，老黄的事情老范也知道了，他说老战友见面不容易啊。老范让我把家里储存起来的鸡蛋装了五十个，让老黄带给老战友吃。慕兰啊，这是真正吃菜叶子和稻米养大的鸡生的蛋，有营养。”翠萍撩了下被扁豆藤蔓扯乱的头发，神秘兮兮地说。

“咳，真没想到，就这么点芝麻事，连老范都知道了。翠萍姐姐这么客气，我不好意思了呀。”庄慕兰跟翠萍客套着。

“慕兰妹妹，江西佬是不是也给你送来了鸡蛋？”翠萍神秘兮兮地问庄慕兰。

“是呀，前后脚的事情。”庄慕兰如实地说。

“上午，我喂完了鸡食，刚将鸡栅栏的门关好，回头一看，曾家的儿子挎着一篮子鸡蛋，从围墙的花窗外一闪而过。我还纳闷，他们家的鸡窝有我们家的鸡窝几个大，几十个鸡下蛋，都来不及吃，怎么会到菜摊上去买鸡蛋呢？幸亏老范提醒我，我才意识到江西佬应该是给你们的。这外面买的鸡蛋又怎么比自家鸡下的蛋好吃呢？省里的那些领导吃到嘴里，这味道还是辨得出的。”翠萍说的时候盯着庄慕兰，等着庄慕兰的反应。

庄慕兰也顺着翠萍的话说：“是啊，困难时期，老曾、老范和老黄的牛奶都是县上敲定的。省里的那些大官们，他们吃的鸡蛋肯定也是省里敲定的呀，这要闹出笑话来，不是让老黄的脸挂不住了吗？”

“就是。老范说，快点让我给你送些好鸡蛋过来。江西佬给老黄送鸡蛋，一定是有事情相求吧？要是她开什么口，尽管别睬她。现在托人办事，就是欠人情，将来是要回报别人的呀。对不对？”翠萍说到激动处，激动地贴着庄慕兰。

“嗯，嗯。其实呀也没什么大不了的事情托我家老黄。丝绸厂最近弄了个什么鬼机器，有时候深更半夜会轰轰地响上一阵子。老曾半夜三更地醒来后就睡不着觉了。李娟说，等我家老黄解放了，看看能不能把那个鬼机器弄哑了。”庄慕兰见翠萍盯着自己看，只能原原本本地将大概情况告诉翠萍。

“原来是这么一回事啊。这响声有一阵子了，我和我家老范也隐隐约约地听见了好多次。起初我们都以为是天花板上闹老鼠了，后来才发现，声音是从老曾家传过来的。老范很生气，他以为老曾家半夜钉棺材哩。看来，两家差些又要弄出误会来了。哎，你们家听到过这个声音没有？”

“听到过，习惯了。老黄这个人，一躺下就睡着了，睡沉了，喊都喊不醒。他说战争年代练出来的，外面又是打枪又是放炮的，他瞅个空子，在战壕里都能睡一会儿。”庄慕兰装着若无其事的样子。其实，那机器一响，庄慕兰睡不着觉，她在黄德胜面前嘀咕过，黄德胜不理不睬庄慕兰，还帮着工厂说话呢。

“慕兰妹妹，去年的夏天多热啊，我们家老范的卧室硬是不敢开窗户，电风扇马达吹得发烫。等老黄一上台，先把这个机器给搬掉。”翠萍脸上的笑容顿失，她真的生气了。

“肯定要搬掉的。翠萍姐姐真的心肠好，遭响声折磨最大的是老曾家哩，姐姐还设身处地为老曾家想着。”庄慕兰净拣着好话说，她心里想，这两家在这一点上目标终于一致了。翠萍听着庄慕兰的话，一下子笑得合不拢嘴。

“哎呀，到做饭的点了，我该回去了，别饿着老范。”翠萍看了一眼手表，她开心地走向院门口，她打开院门，就要告辞。

“阿姨，篮子拿回去。”康铃匆匆地提着篮子追了出去。

夕阳西下，金色的阳光照耀着黑瓦屋顶，天空泛着些余晖。望着翠萍走远，庄慕兰合上院门。没容庄慕兰开口，康铃便轻声地喊着：“老娘，也是五十个鸡蛋。”

“都装在一起，哦，装在背篓里，铺些稻草。什么家养的鸡跟外面的鸡下的蛋不一样，不都是鸡蛋？都是鬼话。”庄慕兰笑着，她冲着卧室大声地喊着，“德胜，还不起来呀？太阳都晒到屁股上了。”

卧室里传来黄德胜的声音：“早就醒了。你们几个婆娘，叽叽喳喳，怎么让人睡啊？”

4

院子墙上的藤蔓在起舞，粉嘟嘟的扁豆花和一串串刚长成的小豆荚也在晃悠。院中的桃树枝上挂满了山核桃般的小毛桃，庄慕兰见桃子挂果太多，忍不住伸手摘下几个扔往了墙角。

大青鱼弯曲着身子被硬生生地塞入了麻袋，正摆在厨房的地面上，惹得不知道哪里钻出来的两只猫，趴在厨房屋顶上，瞪着眼睛时不时叫上几声。

庄慕兰见餐桌已收拾干净，几个女儿正在打扫卫生。黄家灯火通明，闪耀的光晕照亮了全家每一个人的笑脸。黄德胜抽着烟，脸上挂着难得的笑容。一杯热茶正袅袅地扬着热气，他快意地深吸了一口烟，缓缓地咽下肚子，稍后，他将烟雾丝丝缕缕地吐出来。

“慕兰，把那张合影照装我口袋里，几十年了，他们的模样不知道会有多大的改变，别到时候人一多，眼睛又花，叫错了名字出洋相。”黄德胜说。

“早就放在你的衣袋里了，这些鸡毛蒜皮的小事，我早就替你在脑瓜子里转了几圈了。老四康铃和你一样，嘴笨。要是维根能陪你去省城，该多好啊。”庄慕兰愁巴巴地对黄德胜说。

“你不是给维根写过信了吗？他请不到假呀？”黄德胜吹了吹茶杯，呷了一口茶，漫不经心地说着。

“康铃，你过来，老娘关照你几句话。”庄慕兰喊黄康铃。

“我跟你说，见了你爹爹的那些战友们，嘴巴要甜，脸要带笑容，要这样……”庄慕兰起身，言传身教地示范开来，她那起着皱纹的脸庞上，突然开放出三十年前的鲜花，惹得儿女们围拢过来，哈哈地笑成一团。

黄德胜也被庄慕兰的示范惹笑了，他嘴角上扬，挂着的微笑往下掉。他想起了在木果河畔拥抱庄慕兰的情景，他深情地望着庄慕兰，庄慕兰像是刚刚睡醒的少女，一脸的纯真笑容。

院子外传来敲门声，夜晚的月亮都升起来了，又有谁会来串门呢？正当大家疑惑时，院门处传来喊声。

“姑妈，姑妈，开门呀！”门外的喊门声有些焦急。

“是英群。”跃进耳尖，他一个箭步蹿到院门口，将院门打开。

“跃进，姑父怎么啦？姑妈怎么啦？啊，你快说啊！”庄英群带着哭声一把抓住跃进，她大声地问着。

“英群啊，姑父姑妈都好着哩，你怎么啦？”庄慕兰一家子一窝蜂地拥出屋子，庄慕兰关切地询问着。

“姑妈！”庄英群扔下手中沉甸甸的旅行包，扑在庄慕兰怀里哭了起来，把黄家人吓得够呛，众人拥着庄英群入屋。

扑哧一声，庄英群喷出了笑声，她见黄德胜正坐在椅子上，边抽烟边朝她笑着呢。她赶紧喊了声“姑父”，然后擦了擦眼角的泪花，傻笑着盯着黄德胜看着。

“哎哟喂，英群，你一惊一乍的，把姑妈吓得心怦怦乱跳，怎么回事啊？”庄慕兰将英群按在椅子上问。

庄英群一把从衣袋里掏出一张皱巴巴的电报纸，上面有许多泪痕。庄慕兰接过来一看，上面写着："急！速去丹阳。"

庄慕兰对庄英群说："你爸也是的，惜字如金。怪不得将你急成这个样子。姑父和姑妈好着哩，先吃晚饭，你来得正好，姑妈的心头事也放下了。吃了晚饭，姑妈细细地跟你说。"

"嗯。姑妈，连长不批假，说电报里没有说出请假的事由。我好说歹说，缠着连长，他才给批了假。"庄英群一脸委屈地对庄慕兰诉起了苦。

"来吧，简简单单地热一下剩菜，英群，将就点。"康铃满脸笑容地端着冷菜盘子摆在桌上，跃进等几人欢笑着端着加热的饭菜鱼贯而入。一大家子人兴高采烈地围坐在桌子边，嘻嘻哈哈的笑声回响在月光皎洁的夜晚。

5

绿皮火车车厢里座无虚席，过道上熙熙攘攘的人群嘈杂着声浪。一个小时的车程，火车疲惫不堪地喘着粗气，缓缓地停在了南京站。迫不及待的旅行者从车上车下对挤着，挤得康铃大叫："鸡蛋，我的鸡蛋要挤碎了！"

一些送站和接站的人挤满了站台，他们从打开的车窗口，高举着双手或取或塞着行李。庄英群咬牙一手拖着装有大青鱼的麻袋，一手搀扶着黄德胜，一点点地挤向车门。车站的广播声响了："黄德胜同志请注意，黄德胜同志请注意，2号站台有汽车接您。"

庄英群的脸上顿露喜色，她见黄德胜已经下车，她松开搀扶黄德胜胳膊的手，将身体侧过，护着装有鸡蛋的背篓。

"姑父，还有汽车接我们呢。"庄英群兴奋了，她见黄德胜的脸上露出了笑容。她揣测着汽车能够开进站台，说明刘沸腾的官位不低。说不定还真像姑妈昨晚上说的，或许在将来能够帮自己一把，早点儿离开大丰这个鬼见愁的地方哩。再说了，回到兵团农场闺蜜们问起来，很值得炫耀一下。

黄康铃喜形于色，南京太平路在什么地方，怎么走，下火车换坐什么公交车，她和英群、跃进等人看了半个多小时的南京市地图，越看越糊涂。

庄英群边护着背篓，眼睛边东张西望着。果然，在站台上停着一辆军用吉普车，一个年轻的战士站在车边左顾右盼着呢，庄英群拖着麻袋走向吉普车。

“是黄德胜同志吗？”小战士喜形于色地问。

“是的。姑父，汽车在这里！”庄英群欢快地喊着。小战士闻听赶紧打开车门，他帮着庄英群将麻袋提上了车。他转身之际，黄德胜乐呵呵地近前。小战士一个立正，敬礼，让黄德胜一愣。旋即，黄德胜站直身体，向小战士回敬了军礼。

吉普车驰行在南京的街头，沿途高大挺拔的梧桐树随处可见，遮天蔽日的梧桐树叶在抖落着叶隙间金灿灿的阳光。

一路上高楼大厦拔地而起，楼房林立，商店鳞次栉比。汽车驰过花牌楼，出现了一些民国时期的建筑群。汽车停在了五十九号别墅楼前，小战士麻利地打开车门，小心地搀扶黄德胜下车。

黄德胜一眼便认出走下台阶的刘沸腾。他激动得热泪盈眶，双腿收拢得笔直，冲刘沸腾敬军礼。

“报告团长，营长黄德胜前来报到。”黄德胜的右手不停地颤抖，眼泪无声地流淌着。刘沸腾挺直着身体，庄重地回着军礼。他迫不及待地跑向黄德胜，握着黄德胜的手，使劲儿晃着，他的眼里闪动着亮晶晶的泪光。

刘沸腾家的客厅里，一张大圆桌上摆满了杯盘碗碟。一群老头老太太们或穿着军服，或穿着新衣，一个个脸上喜气洋洋。黄德胜恭敬地站立，向所有人环视着行起了军礼。

庄英群看见在墙上一个大镜框里，有一张放大的三位军人的合照。镜框玻璃里压着一张纸条，上面写着“皖南事变突围合影留念”一行字。

刘沸腾眉飞色舞地打开酒，沿着圆桌逐一倒着，给自己也斟满后，兴奋地说：“各位老战友们，这位就是我常给大家讲的黄德胜同志，外号丘八。在皖南那次突围中，我们这一队有百来号突出来哩。这次，多亏了黄德胜同志保存的照片，让我洗清了冤屈。德胜同志，这第一杯酒，我先敬你了。”刘沸腾说完，与黄德胜碰杯后一饮而尽。

“时间过得真快啊，一晃眼，我们都是白头人了。”刘沸腾显得格外兴奋，压抑了多年的情绪，在与黄德胜的相会中得到了释放。黄德胜笑着，他起身逐一地给大家敬着酒。

“德胜，还记得突围途中我们会合的那个夜晚吗？”刘沸腾兴奋地问，他擦了擦眼角。

“怎么不记得哩？要不是你采取分头突围的办法，我们都被国民党军队包了饺子。会合后，我们光捷克式机枪还有五挺哩。中途，我们还打掉敌人一个师部。我带着四名机枪手，我一声吆喝，五挺机枪冲着灯光处各打了一梭子，那个痛快劲，哈哈哈……”黄德胜情不自禁地大笑着。

酒桌上的气氛热闹开来了，众人你一言我一语地回顾着战争年代各自的经历，把庄英群和黄康铃听得目瞪口呆。

不过笑完后，黄德胜的脸上又泛起了忧伤，他将酒杯里的酒一饮而尽，坐下后一语不发，那张驴脸一下子拉长了。刘沸腾兴高采烈之际，忽见黄德胜愣愣的，推了他一下，问：“德胜，你有心事啊？”

众人的目光聚焦在黄德胜的身上，黄德胜一愣怔，脱口说：“团长，我想到了桃树村。”

刘沸腾叹了口气，说：“我也纳闷，运动一个接着一个，怎么捞不出来那三个人呢？”

“桃树村？老刘，是战争年代的事吗？”一位穿军装的老者疑惑地问。

“那三个叛军叫什么名字？我记不得了。”刘沸腾问黄德胜。

“刀疤脸、金刚、大银牙。这三个恶魔，一个提马灯，一个持步枪，一个挥着砍刀，沿着炕铺一刀又一刀地砍下去。一个班的战士，他们死不瞑目啊！”黄德胜起身，学着挥舞砍刀的动作，眼里闪着愤怒的目光。

众人闻听，纷纷叹息着。庄英群和黄康铃大气不敢出，竖着耳朵，瞪大眼睛注视着黄德胜。

“那天，营部的骑兵连也撒出去了，各个要道封得严严实实。几百号人硬是没摸到他们逃窜的方向，难道他们会钻地术？”刘沸腾激动地起身，将酒杯往桌子上一蹾，愤懑地说着。

“团长，这三个家伙不可能往安徽方向逃跑，那边的道路给封得连只野兔都窜不过去。我琢磨了那么多年，没把他们捞上来的原因只有一个。”黄德胜对刘沸腾说。刘沸腾的眼睛亮了，示意黄德胜说下去。

“他们一定往溧水的空白区逃窜了，说不定让庄坤林的地方部队给灭了。”黄德胜说。

“有这种可能，这可真是一桩悬案了。”刘沸腾对大家高声说，“老战友们，庄坤林是韩湖区的副区长，他的职务不是溧水牺牲的烈士中最高的，却是死得最惨的一个。”刘沸腾的眼睛里泪光闪闪，“他的头被日本军队割下来，挂在旗杆上几天几夜。抗战胜利后，《申报》上刊登了国民政府中央社的消息，那个伪警察局长以杀害抗战志士庄坤林的罪名，被判了无期徒刑哩。”

“庄坤林的后代现在怎么样了？”刘沸腾关切地问黄德胜。

“喏，这是我的侄女，叫庄英群，是庄坤林的孙女。”

“叔叔、伯伯们好。”庄英群起身，大大方方地向众人问好。

“哦，你在哪里工作呀？”刘沸腾笑着问。

“伯伯，我在江苏生产建设兵团十五团工作。”庄英群回答。

“哎呀，这么巧啊，那位叔叔就是你们兵团的刘副司令员啊，赶快跟刘叔叔打招呼。”刘沸腾指着刘副司令员哈哈大笑。

“刘叔叔好！司令员好！”庄英群激动地喊着，还学着黄德胜敬礼时的举动，她双腿并拢，挺胸抬头地敬了一个不规范的军礼，把一桌子人逗得哈哈大笑。

刘副司令员满意地点头微笑，大声地说，“老刘啊，真没想到，一顿饭，吃出了我手下的一个小兵。居然在我的兵团里，还有一条大鱼没有跑掉啊。”

刘副司令员哈哈大笑着走向电话机，一串号码拨动声响起后，他大声地说了起来：“郭师长吗？郭胖子，在干什么啊……你问我在干啥？我在喝酒！什么？你在烫脚？哈哈哈，这比我喝酒要痛快啊。我告诉你，最后一批工农兵大学生的名额下来了，你们师，一共有五个名额，一个名额必须给十五团。记住了，十五团有个叫庄英群的女孩子，这个名额一定要保证给她。什么？单团长这个人不好说话？我告诉你，郭胖子，办砸了，你就别回部队了，留在地方上吧……”

刘副司令员的电话，让众人哄堂大笑，他得意地回到座位上。

“这个郭师长，不愿留在地方，电话里跟我讨价还价哩。”

“谢谢司令员！”庄英群激动得涨红了脸，毕恭毕敬地双手端起酒杯，给刘副司令员鞠了一躬，一口将酒喝了个底朝天。

“小庄啊，郭师长说，名额太少了。你们的单团长，也是一个老军人，人耿直，不大好说话。你还得去找一找单团长，表个决心嘛！不行的话，把我抬出来。”

“是，谢谢司令员。不过……不过，司令员，我家庭出身不好。”庄英群涨红了脸，她鼓足勇气吞吞吐吐地说。

“这个好办。老刘，把条件摆一摆，革命烈士的后代优先嘛。”众人七嘴八舌地出主意。

“回头，我再关照一下郭师长，就这么办。”刘副司令员笑眯眯地说。

庄英群激动了，她想到了赵克礼，他已经很久没有给自己来信了。一个人的命运，竟然因为一句话就改变了。

第三十一章

1

苏北平原上滚动着热浪，一望无际的棉田在风中摇曳，发出沙拉拉的声响。长势喜人的枝丫上挂满了山核桃大小的棉桃，棉花秆儿长得粗壮，一些棉桃已经笑开了嘴巴，裸露出雪团似的棉花。再过一个月，棉田将又是一片白茫茫的喜人景象。

芦苇荡似乎永远是这块土地上的亮丽风景，波光粼粼的水面上总是不乏鸟儿的踪影。夕阳温柔地映照着水面，风吹的感觉热乎乎地迎面而来。

庄英群的心比明亮的水面还要透彻，她望着看腻了的风景，心里泛起淡淡的忧伤。确切地说，还有一种依依不舍的情愫在心头缠绕。这些年在农场日复一日的乏味劳动中，她极少有心情来欣赏这里摇曳多姿的芦苇，清凌凌的水面，聆听鸟儿的鸣叫声。

赵克礼回苏州城大半年了，他极少给她写信，信中的内容也是平淡无味，没有那些火辣辣的句子让她怦然心动，情感奔涌。她确切地感受到了“爱情不是面包”的真谛。她和赵克礼的这场恋爱，还不如一场邂逅，从一开始就处于不平衡的状态。她在想，莫非赵克礼的家庭给他的压力太大，或是赵克礼又轧了女朋友了？

从南京回来，庄英群直接回了常州。她责怪父亲为什么要对自己隐藏祖父是革命烈士这一令人感到骄傲和自豪的事，让她从小被沉重的负罪感笼罩着。父亲也没有对她多解释，只是叹息着从木箱里拿出一个用红布包裹的东西，打开后，里面卷着一张革命烈士证明书。

“记住，千万别弄丢了。”庄维根眼里泪光闪闪，他小心翼翼地将烈士证明书交给庄英群。

“爸爸，为什么到现在才让我知道啊？祖父是革命烈士，又不是见不得人的事情。”庄英群十分不解地埋怨着庄维根。

“如果早告诉你们，这张纸就保不住了。那些造反派又不懂历史，他们会一把夺过去几下子扯得稀巴烂。你看清楚了，那上面是毛泽东的签名。”

庄英群将烈士证明书带回了农场。她在犹豫，在不惊天动地的情况下，在什么节骨眼上，带着烈士证明书去团部找一下单团长最合适。

庄英群转身离开，迎面过来了唐丽丽和维红，她俩手拉着手一副热络样。庄英群顿生疑惑，她还是第一次看见维红和唐丽丽这般亲密无间。她一下子联想到了连长郭大北。莫非落实工农兵大学生的这事郭大北透露给了唐丽丽，而唐丽丽又悄悄地告诉了维红？自己和维红是好闺蜜……庄英群预感到，在这个上大学的名额上，争夺一定很残酷。

庄英群赶紧闪躲在芦苇荡边上，她的眼睛注视着她俩亲昵地往北边走去——那里有这些年当地人发现的商机，在路边建了几间房子，开了小饭馆，生意兴隆着哩。

“去下馆子去了！”这个举动更加印证了庄英群的猜测，她知道当消息一旦公开，全连知青中，光她知道出身于剥削阶级和地富反坏右分子家庭的人就有几十个。庄英群觉得势单力薄，上大学的希望如同眼前拉不住的西沉的夕阳。

天渐渐地暗了下来，一片星光洒在田野。宿舍的灯泡发着昏暗的光芒，有人开始架搭蚊帐。庄英群像热锅里的蚂蚁坐立难安。她想立刻去找郭大北，把烈士证明书给郭大北看看，来个先入为主。毕竟到目前为止，谁都不知道她是革命烈士的后代。

庄英群将旅行袋放在床上，她用身体挡住外人的视线。她拉动拉链，取出一个纸筒，快速地握在手上，连旅行袋的拉链都没拉上，迈着惶急的脚步，往连部而去。

连部就在不远处，连部大门口的灯光已经亮了，有许多熟悉的人进进出出。庄英群又犯愁了，又没有开始张榜公布要开始推荐工农兵大学生的消息，贸然去找郭大北，万一连郭大北都不知道这回事儿，岂不是没事找事？庄英群站在连部的围墙边彷徨着，她心一横，索性立即去团部找单团长去。

夜幕完全降临了，这里离团部有六里多路，庄英群一路也不觉得害怕，迈着惶急的脚步来到了团部所在的集镇。

集镇唯一的一条街上，十几盏街灯明了，两侧有些小旅馆和小饭馆，饭馆的主人正忙碌着，老板娘站在马路边兴高采烈地向来来往往的行人大声吆喝着生意。

“找谁啊？”团部的门卫大声问庄英群。

“我找下单团长。”庄英群心一横，她大声地回。

“奇怪了，今天来找单团长的人特别多啊，进去吧！”门卫大大咧咧地说。

庄英群进入团部大院，跨上台阶，沿着不长的走廊拐了个弯，见团长办公室里人影幢幢，她索性找个空地方站着，等待屋里有空了再进办公室。

“老战友啊，我们俩谁跟谁哩？放心，在同等条件下，我这胳膊肘总得往里拐吧！”屋里传来单团长浑厚的嗓音。

“谢谢啦！拜托啦！有你这句话，也不枉我们亲自赶一趟啦。”一对稍年长的夫妇边说边笑着从单团长的办公室里往外走。单团长热情地笑着送出了门。他见庄英群站在走廊上，略感意外地问：“你是哪里的？怎么有些面熟啊？”

“团长，我是十五连的，我叫庄英群。”庄英群不安地对单团长说。

“找我有什么事？”单团长沉着脸望着庄英群。

庄英群瞬间涨红了脸，她没想到单团长对她这么冷漠，一时紧张得语无伦次，木讷地站着。

“进来吧。”单团长转身回办公室，指了指桌子前的空椅子让庄英群坐下，然后端起桌上的瓷缸喝了一口茶，又挥动着蒲扇拍起了大腿，驱赶着嗡嗡叫着的蚊子。

“说话呀？”单团长虎起了脸问庄英群。

“团长，我想去读大学，如果……如果名额到了团部……团长，我是革命烈士的后代。”庄英群说着将纸筒里的烈士证明书取出，恭敬地摊开在单团长的面前。庄英群的脸在灯光下显得惨白，她只觉得心跳得厉害。

单团长无动于衷，冷冷地坐着，他掏出一根香烟，划亮了火柴，点燃了烟后，甩了几下燃烧的火焰，又将熄灭后冒着烟的火柴棍拿到鼻子下嗅了嗅，一扬手，将火柴棍精准地投入烟灰缸里。

“团长，这是伟大领袖毛主席签署的。”庄英群嗫嚅地说着，她的眼睛不敢直视单团长冷冷的脸庞。

“是郭师长告诉你的吗？你是怎么跟郭胖子认识的？”单团长语气缓和了一些，他用冷冷的眼神注视着庄英群的表情。

“团长，我不认识郭师长。”庄英群毕恭毕敬地回答。

“奇怪了，你说不认识郭师长，那么他为什么要给我打电话，并特别强调这个上大学的名额要留给你哩？小庄啊，任何人，如果想要从我这里开什么后门，是徒劳无功的啊。”单团长语气果断地说，说完，悠悠地摇摆起蒲扇。

庄英群突然想起来之前跟着姑父去南京的事来，如实地解释：“是刘副司令员关照的。”并将去南京的事情和盘托出。

单团长的脸色渐渐地变得和蔼起来，他的脸上有了笑意。他吐了一口烟，俯下身子仔细地看着烈士证书。他抬起头，眼神柔和了许多。

“你的祖父是一九四三年牺牲的，我是一九四四年参加革命的。我知道了，昨天我就把这个名额下给了十五连，明天将会出告示，你只需要去报个名。话说回来，这个名额是专门针对可以教育好的子女的，团里必须保证公平公正哩。小庄啊，我并不清楚十五连有多少人具备像你这样的条件的人啊。”单团长注视着庄英群的反应。

“团长，假如出现情况和条件不分上下的情况，就用剪刀石头布来决定谁去上大学吧。”庄英群见单团长态度好转，她也放松了些。

单团长乐了，将烟头使劲地摁熄在烟缸里，又快活地用扇子拍了几下腿，站起身来，笑着说：“好办法，好办法！就这么办吧！”

“谢谢单团长。”庄英群脸上笑开了花。她站起来朝单团长恭敬地鞠了一躬，转身离开团长的办公室。

回去的路上，庄英群快乐无比。银色的月光照耀着田野，七月的风带着田野的味道吹拂而过，沿途蛙的鼓噪声和芦苇的沙沙声此起彼伏。这一切在庄英群的眼里充满了诗情画意。不知不觉中，庄英群走到了宿舍。

“英群，你一个人晚上去哪里了？跟谁约会去了吧？”维红侧身躺在床上，好奇地问庄英群。

“心里烦，一个人在田边地头散步散心。晚风吹得舒服，星星和月亮好像格外美。”庄英群坐在床上，轻轻地说。

“有人了，一定有人了。”维红见庄英群如诗般浪漫的语言，起身探究起秘密。

“告诉我，跟谁约会去了？”维红不依不饶地问。

“剪刀、石头、布，赢了我，我告诉你。”庄英群起身故作神秘地说。

“石头、剪刀、布！”俩人轻轻地喊着。

“你输了。”庄英群忍不住笑出声了，她出的剪刀，维红出的布。

“英群、维红，你俩还不睡呀？”海琴轻声地嗔怪着。

2

炙热的阳光无情地烤着大地，滚滚热浪笼罩着九里沟。在高大的臭椿树下，叮叮咣咣的一片响声。金富贵父子正拉着墨斗在木板上弹线，金二娃在一张简陋的木工凳子上死命地推着刨子。山风卷着刨花四处滚动，却吹不走三人身上的汗水。

大娃和红梅已经定下了婚期，只等着家具打好了，山下找的油漆匠价格也谈妥了。他们三人要趁着大热天木材干燥，把四十八条腿的家具打好。

二娃搬出了原来居住的房间，那里作为大娃和红梅的婚房，已经装饰一新。婚房的隔壁又给二娃搭了间披屋住。泥水匠给房子刷了白灰，地上铺了水泥汀，地坪还带着湿痕。现在，大娃和二娃都挤在刚垒的披屋里。

二娃扭头望了一眼九里沟，九里沟的热浪在烈日下隐约可见。木板已经被他刨平整，他边抹汗边向巧凤走去。

“娘，我想跟你讨几十元钱。”二娃直愣愣对巧凤说。

巧凤的脸色陡变，沉下脸盯着二娃看了一眼，问：“要钱？要钱干吗用？”

“我要去找我娘，找我爹爹。”二娃噘着嘴回。

“大热天说胡话了？你哪来的火暴脾气？吃了枪子药跟你娘说话哩？”巧凤的脸挂了下来，她肚子里腾起了火。

二娃生气地扭过身，一把扯下挂在竹竿上的洗脸巾，狠狠地抹了把脸，又擦了擦身上的汗，然后将洗脸巾往竹竿上一抛，洗脸巾落在了地上。巧凤看着更来气了，扬手要打金二娃。

“娘，家里什么好事都让我哥给占了，你和爹爹偏心得很哩。”金二娃气呼呼地说。

“娘怎么个偏心了？你说来听听？”巧凤的手扬在空中，二娃从小到大头一回如此无礼地说话。

“死到这边来，有火冲你娘发吧。从你两岁起，娘一把屎一把尿地伺候你，一口饭一口汤地把你拉扯大。这下子好了，娘好像是罪人了。”巧凤往凳子上一坐，指了指身边的空板凳，示意二娃坐下。

“娘，为了我哥讨红梅，我风雪天去砍树，我也做了。为了我哥讨红梅，我搬出大屋住到边上去，我去了。给大娃打家具，我也没少干。爹爹和大娃把大堆的料子锯得长的长，短的短，浪费了太多的料子。剩下的那些料子说好是留给我的，眼见着只有一小堆乱七八糟的木料了……”二娃坐下，竹筒倒豆子般地诉着委屈。

听到这儿，巧凤乐了。她对二娃说，“娘以为什么大事呢，你爹爹也是为了省几个木匠钱嘛，糟蹋些木料值得大惊小怪地冲娘喷火？来年冬天，让你大娃哥陪你上山去多砍几棵树不就得了吗。”

二娃还是鼓着腮帮子，真正生气的原因他自己知道，却不能说。近来，他见到红梅打招呼时，红梅最多笑笑，也不搭理他了。他去九里沟转山，经过红梅家，红梅也不招呼他进屋喝口水了，这是红梅在刻意回避着他呢。他认为肯定是大娃哥让红梅与自己保持距离。上个礼拜，他在山坡上见红梅和大娃躲在树荫下亲热，他的内心充满了妒忌……可是本来红梅对他比对大娃哥好多了。

二娃觉得，因为大娃哥有亲爹亲娘在身边，所以好事都成了大娃哥的了。所以他发誓要去江南溧水，找自己的亲爹娘，可摸遍全身，连个钢镚子都没有。

“娘，这么多年，我爹爹和娘就没有寄过钱回来？”二娃追问巧凤。

巧凤的脸涨红了，她被二娃呛得嘴巴子直哆嗦：“你自个儿去问你爹你娘吧，有些话，娘憋在肚子里十多年了，娘一肚子的委屈和辛酸，你见娘跟谁倒过苦水？娘是打碎牙齿往肚里咽呐。瞧，现在娘里外不是人了。”

巧凤说完，长叹了一口气，眼睛里淌出了泪水。二娃见娘哭了，也不忍心直吼了，沉默地垂着头，他的眼里噙着泪水，右脚搓着地。

“唉，二娃，你也大了，娘不瞒着你了，再瞒下去，你心里面真把娘当冤家了。你爹爹带着你娘去山外寻找你爷爷去了。”巧凤决定一五一十地告诉二娃。

“找我爷爷去了？爷爷的坟不就在地头边上吗？”金二娃霍地站起。

“那是你爷爷的衣冠墓，那会儿正当日本人在中国猖狂，你爷爷领着人马去江南寻仇去了。具体是什么缘故，娘也说不清。”

“怪不得，我爹我娘这么心狠丢下我……”金二娃明白，爹娘是在尽孝道，心里对爹娘的怨气和肚子里的火气都消了。

巧凤觉得不吐不快，继续说：“一开始，你大伯和你爹瞒着我和你娘。都过去那么些年了，哪里的黄土不埋人呐？就是把你爷爷的骨头带回九里沟也没啥意义了呀。让活着的人跟着死人一起受罪，二娃呀，你说值不值得呀？”

“值，当然值！娘，你不总是说一根藤上的瓜嘛，大娃哥和我身上淌着爷爷的血，人家都说百善孝为先。”二娃激动地大声说，更加坚定了去寻找爹爹和娘的决心。

“二娃，娘也不瞒着你，你爹爹只寄回来过一次钱，一共二百块钱。娘替你藏得好好的，等你大娃哥完了婚，娘去九里沟转转，看哪家的女娃长得好看，娘去给你说一个回来。”巧凤说完，如释重负。

九里沟两侧的人家，二娃打小就漫山遍野地转过，哪家的女儿都没有红梅长得好看。他和小伙伴们闲来无事时早就把那几十户人家的女儿数落过几番了。所有的小伙伴们一致认为，红梅是花中的花魁。

“大娃哥，我给你们送冰镇大麦糊来了，凉凉的，可解渴哩。”屋外传来红梅的喊声。红梅正端着一盆大麦糊走过来，巧凤连忙出屋，从红梅手中接过脸盆。

二娃侧身探头望着红梅从院门一闪而过，他的心里一动。红梅穿着件短袖红衬衣，露出的胳膊又白又嫩。二娃忍不住出了院门，臭椿树的浓荫下洒着斑驳的光影。大娃正端着盆牛饮，红梅站在大娃的身边甜甜地笑着。

“大娃哥，还要多久才能打好啊？”红梅见许多配好的木料散放在四周，欣喜地问道。

“还得十来天才能见到东西，加上油漆，年前时间宽裕着呢。”大娃喜滋滋地抹了抹嘴巴，将剩下的半盆大麦糊递给了金富贵。金富贵摆了摆手，点起了烟。

“二娃，你来喝吧。”巧凤冲二娃喊。

二娃走过去，他的目光和红梅的目光对视了一下，红梅的脸红得像山茶花。二娃一声不吭地端起盆，咕噜咕噜地往肚子里灌。他喝到嘴里就知道，这冷冷的麦糊至少在沟里的溪水里浸了一个多小时。

二娃摸着肚皮喘着粗气，将盆递给了巧凤，他感觉浑身上下酣畅淋漓的。巧凤一手端着脸盆，冲着金富贵说：“富贵，这真是两条大水牛啊，一盆都见底了。”

金富贵只是用手抹了抹额头上的汗，提着烟杆起身，望着葱茏绿意的大山不语。趁着红梅扭头看金富贵的工夫，二娃瞥了一眼红梅，她隆起的胸脯鼓鼓的，这是他以前从没发现过的。以前和红梅玩耍时，他总被红梅的眼睛和漂亮的脸蛋吸引，他从没有注意过红梅的胸部。他的心里一颤，想起了和小伙伴们嬉戏时他们说过的话——女孩子山核桃般的奶子只要被男人摸过后，便会疯长。二娃偷眼窥了一下大娃，他的眼睛正盯着红梅的奶子哩。

二娃抄起刨子，弯腰弓步地摆好架势，鼓足力气往前猛推，刺啦一声，长长的刨花片便从刨子口中吐了出来。前边的在空中卷起了圈圈，后面的却卡在了刨子眼里。二娃生气地提起铁榔头，哐哐地将刨子松开。

“二娃哥，当心敲伤了手指头啊。”红梅突然冲二娃喊了声。二娃心头一颤，铁榔头咣地从手上掉下，将他的脚背砸得疼痛，二娃像斗鸡般跳了起来。

红梅见状，和大娃一起笑出了声，笑声刺痛着二娃的心。

3

太阳偏西了，鸟儿飞去了树林。英娣早就往院子发烫的地面上泼了凉水，一会儿工夫，地面又干了。眼见着天色昏暗了，溪流边的山蛙也开始鼓噪起来。金凤将桌椅板凳搬到院子里的树下后，她去厨房，准备一家人的晚饭。

家里割了些肉，地里的蔬菜吃不完，豇豆和茄子摘了一大篮子，金凤考虑着抓把咸菜炒个肉丝，厨房里响起了滚油爆炒的响声。

“黑皮，帮你娘去厨房把碗筷拿上桌子，你爹爹怎么还不回来呀？眼见着天擦黑了。”英娣冲着正在院子里洗头的黑皮叫喊着。

“奶奶，洗好了，我用了点洗衣粉擦的脸，我的脸白了吗？”黑皮的个子已经超过了英娣。

“唔，白多了，洗衣粉烧脸哩。”英娣望着黑皮憨憨的笑脸，笑着说。

“烧脸才好哩，把黑皮烧掉一层，长出新的皮肤，又白又嫩，只要白就行了。”黑皮笑嘻嘻地往厨房跑，一会儿工夫，桌子上的饭菜摆好了。

金凤抹着汗，走到院门口，眺望着暗下来的山路，念叨着：“二娃怎么到现在还不回来呢？”

英娣闻听，脸色难看地望着金凤，她推搡了一下正眯着眼睛躺在竹椅上的庄大冬，嘴巴里嘀咕着：“你听，心里只挂念她的儿子，维田到现在还不回来，她连问都不问一句。”

黑皮忍不住说：“奶奶，爹爹平时转山去，有时候比这还要晚才回家哩。”

庄大冬睁开眼睛，他耳朵背，见桌上的饭菜已经摆好，抓起筷子，习惯地在桌子上戳了戳，准备下筷。

“等下维田，他没回家，谁也别下筷子。”英娣心疼儿子，她冲着庄大冬喊着。

黑皮不管不顾地挨近桌子，他将装有炒肉丝的碗端起来闻闻，顺便咬了一口菜，喜滋滋地咀嚼着。英娣只是笑着朝黑皮翻了个白眼：“想吃就坐下来吃吧。”

院外传过来三轮车的咣当声，庄维田汗淋淋地回来了，见到金凤便喜滋滋地从衣袋里掏出一大把钱，显摆了一下。“金凤，娘，这趟跑远了，沿着石臼湖转了好长的路。那里山不多人家多，东西卖得好，都不赊账，全是现钱买卖，一家买，家家买。这一趟两腿酸痛得很，但也挣了差不多三十元钱哩。”

“快吃饭吧，肚子咕咕叫了吧？”英娣笑眯眯地说着起身，要弄把湿毛巾给庄维田擦汗。

黑皮一个转身，拎着湿漉漉的毛巾挤了过来，随手笑着递给庄维田。庄维田痛快地在脸上脖子上抹了两圈，往凳子上一坐，抓起筷子夹了一大箸菜往口里塞。众人见状，纷纷动起了筷子。

金凤欲言又止，她径直走出院子，担心地等二娃回家。英娣扭头看了眼金凤，又伸出筷子朝庄维田眨起了眼睛。

“娘，留几筷子菜等二娃回来吃吧。咦，二娃今天去忙什么事情了？”庄维田边吃边问。

“你不是一早出门时交代的二娃吗，去山上砍些藤条给那个小三子送过去。”英娣提醒着庄维田。

“那不对劲呀，东芦山上的那些藤条，也用不着砍这么久啊？”庄维田疑惑不解地说。

“金凤，别等二娃了，过来一起吃吧。”英娣忍不住地冲门外喊着。

金凤怏怏地回到院中，少时，又不安地出了院门，只当婆婆的喊声是耳边风。眼见着一桌子的菜吃得见底了，英娣才将每种菜拨了些装在一个碗里。

“维田啊，二娃过年就十八岁啦，他常常在我面前念叨着要去当兵哩。”英娣小声地告诉庄维田。

“由着二娃吧，去当兵也好，和平时期的兵，又不要打仗，部队上管吃管住管穿，还有津贴拿。退伍军人回家后，政府还优先安排工作哩。”庄维田大大咧咧地冲娘说着。

“维田，你闭上你的乌鸦嘴，你说得轻巧，二娃是我生的，我舍不得二娃去当兵，黑皮长大了也不许去当兵。都说好铁不打钉，好男不当兵。”金凤听到了，扭过身子边瞪着庄维田，边气鼓鼓地说。

“维田，金凤咋能这么说话哩？二娃要想当兵，就凭他爹爹扯不清的身份，也当不得兵啊。再说了，杨伢子与你有疙瘩，他当了乡人武部的头头，他会帮着你说话吗？”英娣把筷子往桌上一拍，嘴巴一抹，肚子饱了，嗓门也大了。

金凤听得真切，从院外进来，冲英娣大声嚷：“婆婆，我生的这两个儿子，哪个都不许去当兵，打起仗来枪子不长眼啊。”

“金凤，我娘又没说啥，唠嗑的事别较真了。”庄维田见婆媳顶起了嘴，赶忙和起了稀泥。英娣见儿子夹在了当中，朝金凤翻了个白眼，不理不睬地扭过了身子。

“金凤，杨伢子的儿子杨山现在出息了，在部队上当了营长，管着一大堆铁甲车哩。去年部队上招兵，听说东芦乡一个捞到机会的都没有，全让县上那些当官的人家的孩子们占了，弄得李邱巴吹胡子瞪眼的几天不开心哩。”庄维田添枝加叶地海吹一通。

“你咋知道的呢？”金凤才不相信，当官的人家会舍得把孩子送去当兵。

“现在当兵跟以前不同了，又不要去打仗了，哪来的枪子长不长眼？退伍回来，县上还会安排工作哩。”庄维田宽慰着金凤。

金凤信了庄维田的话，若是二娃当兵回来县上安排工作，那才叫好事一桩。

“不过没有杨伢子帮忙，二娃当不了兵的。”英娣一本正经地摆着手对金凤说。

这下轮到金凤哑了，她望着英娣，英娣的脸上透着得意的笑容，这让金凤心里特别不爽。金凤沉默了一会儿，突然开口说：“维田，咱家和杨伢子又不是世仇，也不过是在饭桌上大家斗过嘴嘛。再说了，这些年过去了，你和杨伢子有来有往的，俩人不也是嘻嘻哈哈的？你舍下身子，多请杨伢子来咱家吃几回饭，鸡窝里的鸡一个个肥膪膪的，来一次我杀个鸡，让杨伢子吃个满意，这样准行。”

英娣戗金凤：“金凤，你以为杨伢子还是以前的杨伢子呀？现如今，八人大轿去抬他，也不见得抬得动他。”

金凤吃惊地望着庄维田，她才不相信顿顿杀鸡会请不动杨伢子。

“娘说的话对，他不是以前的杨伢子了。听说去年他的儿子来县城招兵，领导们轮流做东请吃饭，临走他们父子都没有空单独吃过一次饭哩。”庄维田冲金凤肯定地说。

金凤要强的脾气上来了，她从反对二娃当兵到盼着二娃能够当上兵，态度发生了大转变。她嚅动着嘴巴想要说些什么，却一下子又找不到要说的话来。

庄大冬缓缓地开口了：“金凤，二娃要去当兵是件好事。维田哪，你得去找李邱巴，他能治得了杨伢子。”

门口传来匆匆的脚步声，庄二娃灰头土脸地回来了。他将衣服搭在肩上，光着膀子迈入院内。

“二娃，你咋才回家呀？你不知道娘心里着急啊？”金凤赶紧迎向二娃，见二娃好好的，她才松了口气。

“二娃，你怎么比爹爹回来的还晚？”庄维田关心地问。

“爹爹、娘，东芦山靠近庄家大奶奶坟地的那片山坡上，我砍了一担，独眼龙爷爷说那些藤条不好，又粗又老。也是怪了，原先那里有许多藤条，莫非外地人上东芦山给偷砍了卖钱去了？”庄二娃有些沮丧地说着。

“后来呢？”庄维田问庄二娃。

“后来我跑到南山去转了转，砍了许多鸡血藤、紫藤、葛藤。独眼龙爷爷很高兴，说这些藤条更管用。我一高兴，来回砍了一大堆，直到天黑了才回来的。”庄二娃快乐地说着，他那厚实的胸膛在冒汗，他用衬衫擦了擦汗，往桌前坐下。

金凤赶紧抓起二娃的衬衫，见衣袋里沉甸甸的，她伸手一摸，摸出来一摞银圆。金凤赶紧问：“二娃，你在哪儿弄到的大洋钱啊？”

一听大洋钱，庄维田伸手从金凤手中拿了过来，他见两块洋钱黏在一起，上面布满了老土留下的痕迹。

“爹爹，这是在南山捡到的。我挥刀砍藤条时，它就在藤条的根边边上。”庄二娃边吃边讲。

“这个东西现在值钱了，值大钱呐，你再说一遍，在哪儿捡到的？”庄维田两眼发光。

“在南山，那里有许多坟地，花蛇也多。哦，黄鼠狼特别多，窜来窜去的，一放屁，臭得很哩。”庄二娃大大咧咧地说。

“大冬，你怎么才吃饱又瞌睡啦？莫不是山上藏着宝？”英娣见庄大冬又瞌睡了，凑近庄大冬的耳朵边大声叫着。

“唔？唔？你说什么了？”庄大冬睁眼问英娣。

“二娃在南山捡到了两块大洋钱哩。”英娣大声地说。

“那个说不定是庄家扔在山里的。”庄大冬坐起来嘟囔着。

“爹爹，南山好奇怪，山坡上和山脚下出现了裂缝，长得有上百步，深的地方能把手塞进去哩。”庄二娃大口扒着饭碗，将看到的奇怪现象告诉给庄维田。

庄维田心想，天气干旱，地面上出现些裂缝也不稀罕，农田里遇到大旱时，土地晒得就像翘起的鱼鳞一样，裂着口子，水一来，又变得平平坦坦的了。他只是好奇，南山怎么会有大洋钱呢？

夜晚的天空繁星闪烁，起风了，树叶沙沙作响。黑皮抬头指着天空高兴地嚷：“快看啊，月亮好圆好亮哦。”

4

六月过去了，七月来临，天气更加炙热。外面骄阳似火，仿佛空气在燃烧。太阳照得远山近水一片火红，知了在热浪滚滚中聒噪，给人平添了几分烦恼。天空的鸟儿也躲到了潮湿的芦苇荡里去了，在近处的山坡上已经听不到鸟儿的叫声。

老式的风扇哐哐地响个不停，悬挂在屋顶上转动着。李邱巴此时却悠然自得地待在办公室里，他人不烦，心不躁。正是中午时分，机关里格外安静，李邱巴悠悠地慢摇着蒲扇从桌子边走向窗户。他眺望着庄家村方向，不远处河塘里，蓝莹莹的水面上浮着几个黑黑的牛脑袋，它们不停地搅动着身体，把一塘清水搅得天翻地覆。李邱巴盯着水牛看了会儿，哑然失笑。

李邱巴重新回到办公桌前，端起茶缸牛饮了一口。他的心情格外轻松，丝毫没有被酷热的天气和知了的聒噪所影响。

哑巴女找到了，父女俩在苏州生活上还过得相对滋润。几十年的恩恩怨怨，仿佛在一瞬间冰消雪化，这让他心里格外兴奋和轻松。

“日子过得真快呀。”李邱巴将蒲扇往桌子上一放，盘算起未来离休后的生活。假如能将哑巴女哄到溧水来生活，这个当然是最好的结果。他知道哑巴女脾气倔强，但是岁月这把锉刀也将她的棱角给磨光了。他手握女儿庄雪花这张王牌，若是雪花能够打消心中的隔阂，主动亲近哑巴女，帮着他推波助澜一下，这事准成。

李邱巴的嘴角挂着微笑，他又喝了口茶。他想起雪花对他说起过的话，按照他参加革命的时间起算，他应该可以参照红军干部的待遇执行。他从苏州回来之后，特地找了庄小春一起商量过此事。他和庄小春都是在抗战全面爆发前参加的韩湖游击队，他们互相可以做证。不行的话，兆明亮还活着，黄德胜还在哩，这些书面材料也要提前准备好了。

想到这些，李邱巴甚感欣慰。他愉悦地用手指轻轻地叩着桌面，回顾过去的人生历程。他想起了爹爹李半仙说过的话，“当官不为民做主，不如回家卖红薯。”自新中国成立后一直到现在，他在乡和公社一把手的位置上牢牢地坐着，从来没有迫害、加害过一个人，善事做了一大堆。都说乡官最难当，可他觉得乡官也不难当。东芦公社沟沟坎坎里住着的人家，哪家哪户他心里都知道，什么情况心里都有数。有困难帮着解决，解决不了的跟人家说个清清楚楚，明明白白地把事情摊在桌面上，让人家心知肚明。有仇有怨的人家帮着调解，上面让干什么就干什么。自己觉得上面的要求劳民伤财的话，他是能拖延就拖延，能拖几时就拖几时，打打太极拳嘛。

他最得意的就是在困难时期授意杨伢子等人在土地丈量上动了手脚，光一个庄家村就少报了百来亩粮食地。多亏了那些南瓜，救了不少人的生命哩。还有大炼钢铁，东芦公社没有大动干戈地劳民伤财，没有乱折腾，不过，山上的树确实砍了不少当柴烧。

李邱巴压抑不住心里的得意，望着满目葱茏的大山，几十年过去了，树木参天蔽日，花草漫山遍野。“这也算功德无量的事情吧！”李邱巴心想。屋顶上的电扇有气无力地转动着，吱吱呀呀的叶片响声让他觉得刺耳。他关掉了电扇，办公室里瞬间恢复了宁静。

“也难怪杨伢子当年砍了银杏树，要不然乡财政那时哪来的闲钱用啊。”李邱巴叹了口气，他想起了庄大奶奶，为了捍树，被杨伢子活活气死的事情，他无奈地摇了摇头。

李邱巴抬头看了一眼亮晃晃的天空，云朵仿佛在燃烧着。热浪从窗户席卷而入，离黄昏时分尚早，待天一擦黑，他要到杨伢子家去吃晚饭，而他特别关照，一定要将刘地也请过去。

刘地自从被打成右派分子之后下放到庄家村，这么多年过去了，李邱巴刻意与刘地保持着距离。他从没有主动和刘地打过招呼，更没有去探望过刘地。这是李邱巴故意而为的，免得被人指苛。他能在东芦公社不上不下地干到今天，靠的就是他处世谨慎，为人低调。

而这次不同了，李邱巴通过各种渠道和途径了解到，各地对右派分子的态度发生了变化。这种变化极有可能是上面授意的。右派分子大都是知识分子，是有能耐的人，这些人的问题经过那么些年，有些事情放在今天算个屁事。刘地是刘家的孙子，历史上与李家也走动得密切。在大饥荒时，也多亏了刘地利用原来在常州的关系，将南瓜籽卖得精光，给公社财政解决了不少的资金哩。万一未来国家给右派分子平反，这对他来说也不是什么坏事。

李邱巴有些扬扬得意起来，窗户边炎热，他有些受不了。他反身往椅子上一坐，将腿往桌子上一搁，继续摇动着蒲扇。

一阵自行车的搬动声响起，还传来几声铃响。

“杨部长，大热天不睡个午觉，去哪儿呀？”门卫粗大的嗓门声响起。

李邱巴赶忙将腿从桌子上移下，快步走到窗前，看到杨伢子正推着自行车出门。

“到山里刘家村去看看，了解一下那里的后生们还剩下多少人。来年的征兵名额下来了，心中有数些哩。”杨伢子飞身上车，一路铃声地绝尘而去。

李邱巴知道，杨伢子是回家去了——他对杨伢子说了句好久没有喝过芦花鸡煲的鸡汤。杨伢子一定是去搞芦花鸡去了。

5

杨伢子兴冲冲地踩着自行车，飞快地沿着热浪滚滚的山路往庄家村而去。眼见得庄家村就在眼前，他突然一惊，猛地刹车，自行车东倒西歪地晃动着，差点儿没让杨伢子摔下车。他扶稳自行车，两眼盯着双手紧握的自行车的车把。

“糟糕，出门心急，把手提包掉落在办公室里了。”

杨伢子身无分文，回去取包吧，一来一往十来里山路，人要晒成木乃伊。不回去吧，又得先回趟家伸手跟婆娘要钱，免不了一番口舌，他有些进退两难。

杨伢子以前对庄家村人家了如指掌，哪家哪户养没养鸡，养了几只鸡，养的什么品种的鸡，他都知道。

从山坳里吹来了些风，风中有杏子的香味。杨伢子往风吹来的方向眺望，一大片杏林远远地簇拥着庄维田家的山坡。对啊，庄维田的老婆金凤前些年一直养鸡，养的就是芦花鸡。杨伢子大喜，飞速上车，果断地掉转车头，往庄维田家踩去。

庄维田和金凤大热的天正在清理院子里的杂草，他们要把院子弄干净，待夜晚月亮高悬时，在院中焚香，向织女祈求智巧。多少年没有一本正经地过七夕节了，庄维田和金凤都有些期待。

院子边上的地里，红薯藤十分茂密，英娣正领着庄二娃和黑皮在给红薯藤翻秧。黑皮一跳一蹦地边翻边寻找着躲在秧子和泥缝里的蟋蟀，豆大的汗珠沿着脖子往下淌。

“维田，杨伢子来啦。”英娣起身抹汗，见村道上有人骑自行车驰来，定睛一看，是杨伢子，她有些喜出望外地喊着。

庄维田赶忙出院门，果然是杨伢子，他气喘吁吁地上坡哩。

“杨部长，哪阵风把你吹来啦？这大热的天，狗都吐舌头哩。”庄维田见杨伢子不请自来，一高兴，说出了带刺的话。他看见杨伢子一愣神，连忙满脸赔笑地小跑着迎接杨伢子。

“杨部长，昨天我还念叨你。金凤说，今年的芦花鸡养得又大又精神，正准备给你家送几只过去哩。”庄维田热情洋溢地迎上前，与杨伢子肩并肩地来到院中。

“维田，我以为你那个倔脾气又在撞我呐。”杨伢子笑了，他将自行车架好，望着院子问庄维田，“维田，这么个大热天，咋想起清理院子来啦？”

“今天不是七夕节嘛，我娘讲，好多年没有过七夕节了。她说要是再不过七夕节，黑皮他们这一代人都不知道七夕节怎么过了。我娘说，以前年年都要过七夕节，把院子里弄得干干净净，清清爽爽，摆上巧果、花生，让娃娃们、老人们乐呵乐呵，晚上一起观赏月亮哩。”庄维田快乐地说着，他的脸上堆满了笑。

庄维田瞥了一眼金凤，金凤明白了庄维田的意思，她也露着白牙朝杨伢子笑着，边笑边向鸡窝走去。

鸡窝里传来鸡的惊叫声，杨伢子听得真切，他的脸上泛起了笑容。

“维田，怎不见你那两个儿子呢？”杨伢子问。

“都在地里翻红薯藤哩，今年没有养猪，红薯藤又长得旺，再不翻秧，地瓜都长不过洋薯了。”庄维田眉开眼笑地冲杨伢子回着。他嬉笑着挨近杨伢子，厚着脸皮问：“杨部长，我家二娃转过年就成人了，若是有当兵的机会，我想让二娃去当兵，支持一下你的工作。你看行不行啊？”

“这个……这个看情况吧，去年，东芦一个名额都没有拿到，都给县上抢光了。”杨伢子见庄维田既想得便宜还要卖乖，他提高了嗓门说。

“这就不公平了吧？县上那些头头脑脑人家的娃娃，一个个娇生惯养的，去部队上能吃得了苦、受得了罪？你知道我家二娃的，从小山里爬，土里滚，上得了山，下得了水。要是送到部队上去，不立功，也会受奖，给杨支书脸面上增光添彩哩。”庄维田的一番话，杨伢子听了舒服，不住地点着头。

“这个当然，胳膊肘子往里拐嘛。去年我儿子到县上来带兵，就对我说过，城市兵弄不赢农村兵，农村兵弄不赢山村兵，主要是从小吃苦不一样。不过，维田哪，我儿子的部队是坦克部队，要有点文化才干得了。江南的后生们最适合当坦克兵，个子普遍没有北方人高，最适合开坦克、操大炮了。”杨伢子趁机眉飞色舞地为儿子摆谱，他的脸上透着自豪和骄傲。

“杨部长，你那儿子有出息，都当了营长了，未来还要当将军呢。”庄维田恭维地冲着杨伢子竖大拇指。

“嘿嘿，已经当团长了。这个小子在部队上左右逢源。不像我，死脑子一根筋。”杨伢子说到儿子，笑得合不拢嘴。

金凤左右手各提着一只肥硕的芦花鸡，鸡爪子被绳子绑得紧紧的，她笑着，一声不吭地将鸡挂在自行车把上。芦花鸡挣扎着，弄得自行车摇摇晃晃的。

“维田，真不好意思，出来急了点，把个包扔在了办公室，回头让我婆娘把钱给你送来。”杨伢子说。

“讲哪里去了？谢你都上不了门，不许提钱。不就是自家随便养的鸡嘛。要不是那年你耍了心眼，把那些小屁孩诱到庄家大院去掏八角井，庄家的宗庙早就被他们砸个稀巴烂了。姓庄的家家户户都感念你呢。”

庄维田的话说得诚恳，也拨动了杨伢子内心常常骄傲的那根弦。他曾不止一次地回味过这事，他觉得，就凭这件事情，砍银杏树的罪过也会被原谅的。

杨伢子舒心地笑了：“维田，我先把鸡送回家去，我还要去找刘地，让刘地晚饭前到我家来一趟，好久没找他谈过话了。”

庄维田一听，巴结地说：“杨部长，刘地也不知道把牛赶哪个山上放。大热天，你漫山遍野地去哪里找他？我让黑皮去给你跑个腿，带个话，你看好吗？”

“也是，这么热的天，我这腿脚也没有以前利落了。就这样吧，我先回去了。”杨伢子开心极了，太阳正热辣，他得回去帮着婆娘拾掇哩。

杨伢子推起自行车，他努力地控制住颤动的自行车把，采取了死上车的方式，一路顺势地滑下了山坡。

“黑皮，你过来，帮爹爹跑个腿，带个口信给刘地，让他晚饭前去杨部长家。”庄维田大声说道。

黑皮蹦蹦跳跳地过来，手上脸上都是泥巴，金凤见状赶紧去井里吊水。

“我不去，太阳晒死个人。”黑皮噘着嘴巴。

金凤拉着黑皮，给他又是洗脸又是洗手。

庄维田见儿子倔强，他心生一计说：“金凤，听说刘波放暑假到他爹爹这里来了。”

“真的？”黑皮一听，挣脱金凤的手，撒腿跑出了院子。

庄维田笑得前仰后合。金凤知道庄维田在骗儿子，也跟着笑起来。

6

七夕节这天，最兴奋和激动的人当数黑皮了。他撒开腿没费多大劲，便在牛棚里见到正在喂着牛的刘地。他将要传达的信息告诉了刘地，见刘地听后捧着草料一动不动，黑皮紧张不安地盯着刘地，等着回话。

“小孩子，不许骗人啊。”半晌，刘地说出了一句话，两眼仔细观察着黑皮的反应。

“真的，我爹爹还捉了两只芦花鸡送给他。”黑皮瞪大着眼睛回。

“芦花鸡？”刘地疑惑地自言自语，他在揣测着杨伢子约他见面的目的。

“是让我晚饭前去的吗？”刘地不放心地追问着黑皮。

“嗯。”黑皮使劲地点着头。

刘地望着黑皮，他的脸上渐渐地泛起了笑容，心里忽感一阵轻松。右派分子摘帽的传说，刘地也听到了一些风声。这些风声尽管断断续续地传来，却让他感受到天要亮了。

“伯伯，波儿妹妹回来了吗？”黑皮瞪大眼睛问。

“正巧，中午从常州刚到家。”刘地回。

“嘿嘿……你告诉波儿妹妹，翠鸟没有淹死，我把鸟儿放飞了，我不怪她，是翠鸟先啄她。”黑皮笑了，她的波儿妹妹真的回庄家村了。

“好啊，我跟她说，你不怪她。”刘地望着童心童趣未退的黑皮，忍不住也笑了。

“我家晚上有好菜，我奶奶要供月亮哩，我想让波儿妹妹一起过来吃晚饭，晚上和我娘一起看月亮。”黑皮快乐地说。

“好啊，等太阳落山了，我跟波儿讲，让她去你家蹭饭吃。”

刘地笑了，他想起多年前女儿从庄维田家离开的情景。

黑皮乐坏了，他一转身跑入了太阳的光影中，高兴得手舞足蹈。忽然，在阳光下，黑皮看到了指甲缝里黑黑的泥巴，他急忙撒开腿，小狗般往家中跑去。

一钩弯月悬挂在天幕，远处若隐若现的星星给天空增添了一丝神秘的色彩。蛙叫声，虫儿的低鸣声，鸡窝里偶尔传来的骚动声，烘托得山村静谧又美好。

院中树下，四方桌上燃着一炷香。袅袅的轻烟丝丝缕缕地在月光下飘逸。英娣带着一众人双手合十，虔诚地对着月亮行礼。

刘波白皙的脸庞像玉一样泛着波光。纤瘦的身材加上合拢的纤纤玉手，让这宁静的夜晚又多了不一样的美感。刘波挨在黑皮的身边，微闭着双眼，细长的眼睫毛在月光下清晰可见。她虔诚典雅的气质，如同一尊玉塑的人儿。

院中的树影斑驳地落下，月亮美极了，浮云像莲花般环绕四周。溪水声潺潺的旋律，像是低吟着动人的情歌。

英娣起身，她将一大盆的巧果和花生、瓜子摆上了桌。在青烟缭绕中，乐呵呵地招呼着刘波。黑皮憨笑着，他的脸上有浓浓的洗衣粉的味道，身上散发着玫瑰花香皂的清香。

“波儿妹妹，我的脸还黑吗？”黑皮憨憨地问。

刘波眨了眨美丽的大眼睛，伸手拿过一粒巧果含在嘴里，笑着摇了摇头，说:“白了，比以前白多了。”

黑皮笑出了声。

本来，金凤的脸上透着欢愉，但她抬头盯着在云中沉浮的弦月时，欢愉被愁绪代替。

“金凤，你怎么了？”庄维田见状，轻轻地搡了搡金凤。

金凤转过脸，看了一眼庄维田，她的眼睛里泪光闪烁。

第三十二章

1

火车厂铸钢车间内一派热火朝天的生产场面，巨型天车发出吱吱呀呀的骨架传力的可怕声。巨大的钢包被钢钩提起，天车缓缓地移动。天车司机瞪大着眼睛，注视着运动过程中的一切障碍物。

警铃声大作，热浪席卷而来。随着装满钢液的钢包移近，庄维根感受到周身皮肤正忍受着烈火炙烤。几十年了，他早就习惯这种炙烤，甚至，没有了这种热浪扑面而来的炙烤，庄维根的心里反而不痛快。

汗水早就布满了周身，帆布工作服被汗水浸湿。当炽热的钢水倾泻涌入砂模时，庄维根的心里总有一种痛快酣爽的感觉。今天更让他感觉痛快的，是女儿写信告诉他，赵克礼向她求婚了。

女儿读大学快满两年了。在这期间，他从依冰的口中断断续续地听到了许多关于赵克礼的事情。曾经有一段时间，英群很苦闷，赵克礼好长时间不给她写信。直到女儿读了大学之后，赵克礼竟然几天不上班，守在大学校门口等英群。庄维根望着暗红色流淌的钢水，他的脸上露出了笑容。

吊车咯噔一声，庄维根知道，活儿要结束了。熟练的浇铸工们纷纷散开。随着警铃声响起，吊车钢丝绳渐渐绷紧，钢钩缓缓上升，提起炽热的钢包，向右前方缓慢驰去。

庄维根走出炽热的车间，他敞开工衣，露出汗淋淋的厚实的胸膛。外面烈日炎炎，但与车间内滚热的空气相比，庄维根感到周身一片凉爽舒适。他使劲地抖动着大头防刺防烫鞋，将沾在鞋面的石英砂抖落。他扭头之际，看见一个熟悉的身影，那人腋下夹了个黑色的皮包，一身干部的装束，离他不远，正侧脸躲避着他，伫立不前。

“老颜，老颜，好久不见了，怎么今天来车间啦？”庄维根见是颜元元，冲着他喊。

颜元元听庄维根喊他，无奈之下，苦笑着转身，扬手与庄维根打了个招呼，转身欲走。

“颜元元，停一下啊。”庄维根满脸笑容地追上去，拉着颜元元钻进了树荫下，赔着笑，“老颜，黄月英和你的事情，我跟你说清楚啊，这不是我有意而为的。我也是实在没有办法，那天才摊开来说的。”

颜元元抖动着吊眼皮，心里想，庄维根太促狭了，真是哪里疼痛他把刀子往哪里捅。颜元元尽量保持着近些年当工宣队队长的干部风范，苦笑着对庄维根说：“庄师傅，这不怪你，她要是对我有情有义，不会和我离婚的。其实，她和那个董老师早就勾搭上了，眉来眼去，我是眼不见为净。唉，晚离不如早离，咬咬牙成全他们。果然，一离婚，她带着女儿和那个姓董的跑回上海去啦。啊，那个姓董的，国家给他家落实了政策。这黄月英还是贪图享乐啊。”

“老颜，想开点儿，毕竟夫妻一场。你和她本来就是老夫少妻，不般配啊。你又不是七老八十，你的条件摆着哩，天涯何处无芳草。”庄维根半是安慰半是调侃地说。

“老庄，我心里清楚得很，你说这些话，是黄鼠狼给鸡拜年，不怀好意。起码，你是在嘲笑我。你对我一直耿耿于怀，唉，我也不跟你计较。”颜元元压住心火，他知道，落难的凤凰不如鸡。

“下个星期，我回车间上班了。”颜元元淡淡地对庄维根说。

“那好啊，你和马主任搭档了吧？”庄维根小心翼翼地问。他估摸着，颜元元最起码当个车间副主任，他有些后悔，不该调侃颜元元。

“老庄，就是马主任不要我。他说，要么我回原来的班组当班组长，要么让我去找总厂领导，只要不是铸钢车间，哪怕去其他车间当主任，他都没有任何意见。庄师傅，想当初，要不是我手下留情，他能活下来？现在，我是龙游浅滩被虾戏了。这天底下，好人最是做不得啊。”颜元元一肚子火气加委屈，说话的声音里带着哭腔。他生怕庄维根不相信他说的话，从公文包里掏出总厂的内部调动单，在庄维根面前展示着。

庄维根刚伸手去接调动单，颜元元连忙将调动单放回公文包，拉上了拉链。其实，在颜元元晃动调动单的一瞬间，庄维根已经看到了纸条上的关键内容。他劝慰着颜元元:“老颜，你这事怪不得马主任，调动单上写着建议相对应的岗位。这要怪总厂，上面让你回车间报到，又没说具体安排什么岗位，难怪马主任让你回班组哩。”

“后来我也是这么想的，吃了总厂的苍蝇。我不正要去总厂讨个说法嘛。工宣队长从理论上来说，和车间主任平级。庄师傅啊，在工宣队长的任上，你知道我有多累多烦吗？要平息那些红卫兵造反，又要保护那些知识分子。我要问问总厂领导，工宣队难道派错了吗？操！”颜元元气不打一处来，他爆了粗口，他冲着马路啐了口痰。

“没错。最起码工宣队进校后，红卫兵组织迅速衰落了，对解决冲突，结束混乱不堪的局面和一些老大难问题是有所帮助的呀。”庄维根见颜元元动了肝火，他能感受到颜元元的愤懑和委屈，他认为，颜元元也是个受害者，心里不免有些伤感。

庄维根的一席话让颜元元备感惊喜，他没有想到，庄维根看问题这么实事求是。这些问题连他都没有认真思索和总结过，工宣队也不是他自己强烈要求去的，也是工厂党委安排他去的。他觉得去总厂找领导，可以从这些方面据理力争，他的底气足了。

颜元元的眼睛鼓了起来，看庄维根的眼神也柔和了许多。突然，他一把抓住庄维根的手，激动地对庄维根说:“老庄，唉，你太可惜了，车间，不，工厂一直以来埋没了你这个人才。你刚才说的话，让我心中一震的同时，也让我当工宣队长感到自豪。我问心无愧地执行上面的指示。我现在就去找总厂领导，把你刚才说的话问问他们，看他们怎么回答我。庄师傅，我俩什么话都不要说了，以前的疙里疙瘩一风吹了。大不了，我仍然当班组长，又不是干不动了？我不会让姓马的看笑话的。”

颜元元甩开握着的庄维根的手，大步流星地往总厂走去。

庄维根望着烈日下颜元元的身影，在滚烫的地面痛苦地扭曲挣扎着。他的眼前浮现出一排又一排戴着高帽子、胸口挂着形形色色的沉重牌子的男男女女。烈日将他们的身影投在地面，任由观看马戏团表演般的观众们践踏，他的心痛苦地抽搐了一下。

庄维根长叹一口气，他脱下帆布工装使劲地抖动着。沾在衣服上的细碎的砂子纷纷扬扬地落了下来，在阳光中闪烁着亮晶晶的色彩。他索性光着膀子，让烈日下的风吹干他那湿湿的肌肤。沾在他肉体上的细碎砂尘泛着无数的闪光点，像夜晚的星星调皮地眨眼。

“儿子该下班了，不知道他能不能请到假啊？”庄维根忧心起了儿子福生。这些天，他力劝福生去报考江苏省职工大学，福生不愿意。他执拗地说，明年可能恢复高考了，他要去读正规大学。

庄维根心里不反对儿子等明年国家可能恢复的高考，他只是隐约感觉到，即使儿子去报考正规大学，政审也可能过不了关。虽说现在政策宽松了，但一些硬性的东西还是松不了啊。

昨天晚上，父子俩促膝交谈，庄维根苦口婆心地劝导儿子，分析儿子未来奋斗的目标。他对儿子说，读职工大学，全脱产学习，拿足额工资，国家还认可学历。若是等恢复高考，考得上考不上先不说，政治要审查，过不过关都难说。女儿英群不久面临大学毕业，要哪里来的回哪里去。为此，她答应了赵克礼的结婚要求，她是寄希望于赵克礼的父亲提前退位，这样才能向苏州市委组织部提出让她调回苏州市的请求。在庄维根的分析下，儿子福生答应了去考职工大学。只是，考试日期只有几天了，儿子今天要向工厂请两天假复习高中知识，也不知道工厂给不给儿子批假。

庄维根心里充满了希望，孩子们有了生活的目标，他这半生的磨难，他觉得值了。

庄维根望了眼洞开的车间大门，里面安静了许多。就在这个车间里，他受苦受累地干了这么些年，他觉得生活正在一天天充满着希望。他精神抖擞地将帆布工衣穿上，大踏步地走入车间。

庄维根此刻浑然不知，他那宝贝儿子福生，正在死亡线上挣扎着。

2

高高的塔吊在烈日下直冲云霄。塔吊的周边，随处可见放下手中活的人们。

预制工场六个班组正在露天干活的工人向着塔吊围了过来，连钢筋车间、混凝土搅拌楼、木工车间、蒸汽养护车间、研究试验室等部门的工作人员，也纷纷拥向预制场的塔吊旁。他们凝神屏气，目光聚焦在高高塔吊的一个小黑点上，心提到了嗓子眼，紧张得大气不敢出。

吊装班的班长马师傅是所有人中最紧张最揪心的一个。工厂的领导把马师傅拉在身边，围着马师傅了解事情的缘由。他们板着面孔，眼睛里流露出极大的愤懑。他们碍于马师傅精湛的吊装技术，只是低声了解着突发事件的原因。

“唉，童书记、徐厂长，怪我啊。也就一句玩笑话，福生还真的就爬上去了，拦都拦不住啊。”

马师傅摘下头上的草帽，露出了花白的头发，他焦急地扇动着草帽，一脸的后悔，把责任往福生身上推。

“童书记，早晨已经上班了，福生迟到，脸上没精打采，说话垂头丧气，干活也没心思，人就像只病猫。我问他，连只装有两块水泥楼板的板车都推不动，是不是中暑了。他说去跟你请两天假，你没批。”马师傅对童书记说着。

“没有批假就想不开啦？一上班就要请假，说是要复习功课准备考市职工大学，我没答应他。没有批假也不要爬塔吊寻短见啊。”

童书记边说，边恨恨地瞥了一眼正像壁虎般爬在塔吊悬臂上的福生。突然，他觉得福生不像是寻短见，福生正一寸一寸地往悬臂顶端移动，他一只手紧紧抓着悬臂的铁件，另一只手上提着一个小铁桶，悬臂正在颠荡着。

“童书记啊，我前天发现，塔吊悬臂顶端的滑轮生锈卡住了，钢缆出现了磨损，卷扬机的卷筒吱吱作响。这样下去钢缆硬拽的话，很快会出现毛刺。万一工作时发生断裂，砸死人可不是一两个的事情。要是让机械公司来维修，光是拆装塔吊，没有十天半个月都弄不好，不要说工厂要付一大笔维修费用了。要解决这个问题很简单，只要在悬臂端的滑轮上抹点废机油。我也就随口一说，谁能爬上去给滑轮淋点废机油，就让谁回家休息三天。话刚说完，福生不声不响地拎着油桶上了塔吊。唉，闯祸了。”马师傅惭愧不已地对工厂领导们自我检讨了起来。

领导们皱起了眉头，塔吊从悬壁顶端到地面足有三十米，它就像几十米跳水高台上的跳板，不同的是一个是水平方向，一个是斜直的方向，危险程度可见一斑。

童书记皱紧着眉头，脸上铁板一块。他望着几乎趴在悬臂上晃荡的福生，心里有些歉疚。他对福生没有好感，福生有眼无珠。在工厂里他才是绝对的权威，是一言九鼎的人。福生刚进工厂，居然当着许多人的面敢顶撞他，弄得他下不了台。从他当工厂党委书记以来，福生是第一个敢于顶撞他的人。

福生刚开始进工厂，他见福生文质彬彬，一副斯文样子。福生在文艺方面有特长，喜欢唱歌朗诵，待人接物礼貌客气，这引起了他的注意。他还特别关照工厂团委刘书记，要多多关注一下福生。谁知道没两个月，福生竟然凶神恶煞地抡着手腕粗的长钢棍，把同一班组的几个工友追得满工厂窜。他喝令福生放下钢棍，福生非但不听，硬是把其中一个工友追出去半里地。事后，他召集工厂保卫干部去班组开班会了解情况，整个班组的人员都不敢在保卫干部面前提福生的意见。马班长只是指了指被打断的板车车把，无奈地摇着头，他见状也只能让保卫科把福生叫到厂部办公室去谈话。

在厂部办公室里，他还特意给福生倒了杯水，几个厂领导边批评福生，边了解事情的原因，福生的回答让在场的所有人哭笑不得。

“童书记，忙完一茬活后，我坐在凳子上休息，满屋子的臭脚味，熏得蚊子都不咬人了。我让他们把鞋子穿起来，他们非但不听，还嘲笑挖苦我。突然，他们几个把臭烘烘的袜子提在手上，故意在我的面前晃来荡去。老四还把臭袜子放到我鼻子底下，那臭气熏到我肺里，你说，我要不要揍他们？”福生理直气壮地说。

“你那一棍子下去幸亏没有打到人，把板车车柄都砸断了，你下手狠毒啊。都是干活的同事，都是阶级兄弟。你要好好地认错，找出思想深处的真正原因，好好地写个检讨书。”童书记来气了，边上的厂领导们看到童书记虎起了脸，纷纷帮起了腔。

“什么真正的原因？”福生觉得童书记的话刺耳，而且话中有话，他觉得受到了侮辱。他猛地起身，冲着童书记大声说，“真正的原因就是臭气熏天，把我的头脑熏晕了。童书记，你要是不相信这个原因，你去挨个儿嗅嗅，保管你一个礼拜吃不下饭。再说了，是老四他们不对，又不是我不对，我干吗要写检讨书？预制构件吊装班说起来好听，不就是个拉板车的班嘛，他们一个个五大三粗，全身都是蛮劲，我跟他们干一样的活，他们还要联手欺侮我。我不下手狠点，还以为我是后娘生的！”

福生不管不顾地说，把童书记气得脸铁青，厂领导们听了直摇头，一个个往自己的办公室走去。

“哎哟！”一阵惊呼，打断了童书记的思绪，他抬头一看，福生此刻困在塔吊悬臂顶端的不远处上下不得，悬臂正在上下颤动，他的心揪了起来。他望着悬臂上的黑点，竟开始欣赏起福生敢说敢干的豪爽直率的性格。如果福生给滑轮加油成功，能为工厂节省许多费用哩。他想，只要福生平安地落地，就给他假吧。

福生此刻困在悬臂上动弹不得，他只能用一只手和两条腿往上攀爬。越往滑轮处移动，悬臂越窄，加上凌空绷紧的钢缆又碍着手脚。他的脚上穿着低靿雨鞋，又松又软又滑，这是他的工作鞋。预制构件的场地上白花花一片白灰浆，白灰浆是为了防止构件沾底而专设的隔离层。雨鞋宽松地套在脚下，底部还沾有废旧机油的残液，踩在悬臂斜撑的三角铁上，特别容易打滑。福生一手抓着三角铁，一手小心翼翼地提着油桶。他几乎贴着悬臂往上一点一点地移动。他不敢看一眼地面，瞪着眼睛盯着锈迹斑斑的滑轮，脑子在紧张地盘算着，如何能接近悬臂的顶端。

太阳热烈地照耀着，下面的人连热带紧张得满头大汗。福生越往上攀爬，悬臂越窄，窄小到不能放下他的身体，还有一根绷紧的钢缆把悬臂的宽度一划为二，怎么办呢？

福生小心翼翼地将油桶紧贴着悬臂，他用右膝盖顶住油桶，腾出手小心地解开皮腰带。他将皮腰带把钢缆缠住，又将皮腰带扣住自己的腰，然后，他长舒了一口气。

“聪明。”

地面传来激动的喊声，福生来劲了。他望了望天空，几朵白云正缓缓地飘来，云朵在阳光的照射下，竟然泛起了色彩。他将帽子和太阳镜扔掉，深吸一口气，右手拎着油桶，双腿将钢缆骑在裆下，伸出左手抓住悬臂的角钢，慢慢地收回左脚，踩住了角钢后，人贴在钢缆一侧，再移动右脚，渐渐地往上攀移。悬臂晃荡得更厉害了，底下惊呼声一片。

离顶端只有一米多了。福生喘着气，他觉得无论采取什么方法，都不可能到达悬臂只有一条大腿宽的滑轮顶端了。他稍稍地平息着心跳，将油桶慢慢地挪到身前，他略微调整了身姿，托着油桶底，像投篮一般连油带桶投向滑轮。

地面上传来如浪般的欢呼声和人们奔逃的脚步声。他们见油桶在空中翻了一个跟头，不偏不倚地腾起在滑轮的上空。油像瀑布般倾泻而下，把滑轮淋了个透。润滑油倾泻在悬臂端，如同天女散花般四溅。

福生腾空了右手，顿时轻松许多。他一步一步地顺着塔吊悬臂往下移，越往下移越宽畅，悬臂的晃动也越小，他渐渐地退回到了塔吊空中驾驶室的护栏内。

所有人紧绷着的心落地了，许多人冲福生大声夸赞，有人竖着大拇指。人们嗟叹着，议论着，四处散开，各回各的工作场所。

福生在高空朝地面望着，他看见老四他们服帖地向他竖着大拇指，他也看到工厂领导们正往厂部走哩。而童书记走着突然停下脚步，他双手做喇叭状冲着塔吊喊：“福生，慢慢下来，我给你三天假！”

夜幕降临，河边的柳树上知了焦虑地喧嚣着。门前的小河里，几个大人领着几个孩子正在洗冷水澡。河面上漂浮着木桶和木盆，一只充气的汽车内胎漂在水面，内胎里露出一个孩子的小脑袋。河面传来狗爬式击水的扑通扑通的响声和嬉笑打闹声。

袁依冰心神不宁地走出家门好多回了，她的眼皮今天跳得厉害。福生平时黄昏时分就回家了，她揪心地站在门口眺望着夜色中来去匆匆的人影。

渐渐地，一个熟悉的人影出现了，袁依冰的脸上浮起了笑容。

3

九里沟的秋天美得让人窒息。漫山遍野的山林浸在秋色里，野果挂满了枝丫。幽深处，溪流依纵横的沟谷无拘无束地流淌，流水声像琴弦奏鸣时永不消停的余音，缭绕在青山碧水之间。鸟儿的喧鸣让沉寂空寥的山谷不再冷清，风将醉人的芳香使劲地吹往山外。湛蓝的天空上，云朵丝丝缕缕地飘浮着。

金富贵的院内院外拉着绳子架着竹竿，上面挂满了形形色色、大大小小的尿布，它们像彩旗一样在风中凌乱不堪地舞动，在阳光的照射下，散发着难闻的尿臊气。

金富贵既快活又忧愁地抽着旱烟，他的鼻子发出水牛般的呼噜声。他蹲在院门口的石头上，两眼呆呆地望着天空。金富贵叹了口气，懊丧地起身，抬起左脚，习惯性地用旱烟杆敲了敲脚底板。他走入院子，盯着像万国旗般悬挂的尿布，无奈地摇摇头。

“富贵，认命吧。”巧凤见金富贵一脸沮丧，知道他心里愁什么，轻轻地劝慰着他。

金富贵扬了扬旱烟杆，示意巧凤随他出院子。俩人移步院外后，金富贵说：“巧凤，你要去关照红梅，现在不能结扎，就是被计生办揭瓦扒房，过两年也得生个带把的。一对凤凰，长大以后会飞走啊。”

“镇计生办上门服务了几回了，人家的话已经说透说亮了。要不是我倒茶递烟抓鸡送蛋的，人家恨不得立马在家里按着红梅就要结扎。我只能哀求那些人，说红梅刚生了双胞胎，以身子被掏空了为由头，哄哄计生办哩。先拖着，日后再说吧。”巧凤轻声地说。

“拖着也不是个事啊？计生办乐得来，你乐不起送。几十只鸡，还剩七八只了。”金富贵边点头边嘀咕，他心里恨恨地想，咋不生个龙凤胎呢。

“不急，富贵，不会让金家断了根脉的。等娃娃们会下地了，让大娃带着红梅去大城市打工赚钱去，瞅准空当再生个孙儿回家。大不了，房子扒了，他们气出了，我们苦一阵子后再把房子竖起来。”巧凤苦着脸说。

金富贵思索了一下说：“到那时候，扒房不说，罚款罚到你倾家荡产，家里吃的喝的值点钱的东西，给你搬得精光。惹恼了他们，他们什么事情干不出来？”

“那些刷在墙上的红字，怪让人害怕的。不是说爱人民吗？怎么到了下面一个个都是阎王爷派来的催命鬼哩？”巧凤脸色煞白，满脸恐惧。

“不能来硬的，你要抬杠得厉害，洋镑子立马镑走。实在不行，金家还有二娃哩。来年，你腿跑勤快些，去山上山下沟里沟边多转转，里面都是苦人家，给二娃说个回来。一句话，金家不能断了根脉。”金富贵瞪着眼睛说。

“婚房哩？就这么大点的空间，怎么办哩？”金凤愁眉苦脸地问金富贵。

“让他俩带上俩娃娃回张大山那里去住，要不腾房，要不到二娃披屋里挤一块。要明大理顾大体哩。”金富贵咬牙切齿地说着。

一阵窸窸窣窣的声音传来，金富贵往响声处一瞧，鸡窝里几只鸡在打斗，金富贵气不打一处来。他跳进鸡栏，将打赢架正在扬扬得意地独自啄食的大肥鸡一把抓住：“巧凤，今儿杀只鸡，给红梅补补身子吧。”

“说话轻声点。”巧凤赶忙上前扯了下金富贵的衣服，“留着下蛋，到大年三十晚上再杀，至少还能下二茬蛋哩。不用担心红梅，她的奶水足得很哩。”

金富贵点了点头，他松开手出了鸡栏，他望着天空，湛蓝的天空中太阳已经爬过了山顶，阳光把山岭照得亮晃晃的，他的脸上有了笑容。

“趁着日头高照，我去刨垄红薯吧，过年多做些粉条，留着大雪封山时吃。”

金富贵转身回到院子，扛了钉耙，拽了只竹箩，便要往山坡地走去。

“二娃，二娃，太阳都升老高了，还在挺尸哩？去帮你爹爹一起刨红薯啊。”

巧凤扯开嗓子喊，披屋里静悄悄。巧凤一掌拍开门闯入屋子，屋里空无一人。

“二娃一大早咋不在屋子里呢？”巧凤生气地问金富贵。

金富贵只是回头朝洞开的屋子里望了一眼，悠悠地往山坡地走去。他心里清楚得很，自从大娃娶了红梅，二娃的心情就没好过。

金富贵来到山坡地，操起钉耙使劲地刨了下去，随着土被钉耙齿扬起，一大堆的红薯被掘起。他歇息的空当，看着远处山道上有一个人影，是二娃嘛！

金富贵拄着钉耙凝神注视着黑影的离去，一大早，二娃往县城里赶，他要去干吗呢？

4

晚饭后，二娃还没有回来。巧凤不安地在家中转悠着，不停地跑进跑出院门。金大娃和红梅正在房间里逗着双胞胎女儿，不时地会有笑声传出来。

巧凤冲着一声不吭的金富贵埋汰着：“二娃从来没有像今天这么晚了还不归家啊。山上林子里的鸟儿都睡了，山路上朦朦胧胧的，连个路都看不清楚，一脚下去踩个坑，腿都会瘸掉哩。二娃不是不声不响地出了山，寻金凤和富友去了吧？”

金富贵一愣，抬头看着巧凤焦虑的神色，安慰道：“不会吧？不会的。身上空无一文，现在去哪儿离得开烧钱啊？你过来，我问你点事情。”

金富贵扬了扬旱烟杆儿，指着对面的板凳示意巧凤坐下，他开口道：“二娃和红梅从小玩到大，自从红梅进了咱家门后，二娃就像是变了个人，说话金贵了，成天不言不语，跟个哑巴差不多了。见到大娃也没以前热乎了，大娃不开口，二娃不回。你没看出来？”

“我咋会看不出来哩？二娃最近跟九里沟那几个野娃娃们走得更近了，有事没事地在一起，跟老鼠开会一样，吱吱呀呀地商量着什么事情。有一次见我走近，一窝蜂地散去，鬼得很哩。莫不是他们聚在一起要去干坏事？”

“你就会胡思乱想，一惊一乍的。二娃是什么样的人，我这又当大伯又当爹的能不知道吗？知子莫若父。我猜想，二娃和这几个娃娃很有可能想出山去外面闯荡世界了。”金富贵想，二娃成人了，和几个毛娃娃们在一起也不会像以前那样捉山鸡、逮王八了，便对巧凤说，“鸟儿大了，翅膀也硬了，心思也多了。别担心，外出闯荡见些世面，有啥不好？”

“也是，我去门口再巴望一会儿，别让二娃觉得我俩不疼他。”巧凤说完，又急急忙忙地跑出院门。她特意地往前走了几十步，爬上一个高坎坎。这里空旷，能够看到蛇一般蜿蜒的山路，这条山路连着山外。

半个月亮挂在天上，银色的月光笼罩着静谧的山野。秋风带着些微凉拂来，朦朦胧胧的月影下，前方几个黑影移来。渐渐地，黑影近前，巧凤看见了二娃，他正兴高采烈地和九里沟的大毛等几个娃娃挥手再见哩。

巧凤扯开嗓子：“二娃，是二娃吗？”

二娃一溜小跑到了巧凤身边：“娘，黑天黑地的，咋在这里等我？”

巧凤上前扯着二娃的耳朵，气急败坏地训道：“爹爹和娘慌张了一天，都不知道你出了啥事，也不知道你去了哪里。你不回家，娘揪着心哩。”巧凤松开扯着二娃耳朵的手，顺势擦了擦眼角。

二娃见娘落泪了，心里泛起一阵酸楚。

“饭吃了吗？”巧凤大声问。

“吃了，大毛花的钱，一人一大碗面皮子哩。”二娃沾了光，他笑嘻嘻地说。

“娘再给你热些米饭吧？”巧凤摸了摸二娃的耳朵，她心疼地问。

“不用了，娘，耳朵不疼，肚皮饱着哩，今天累了，我想早点儿睡觉。”二娃客客气气地回。

“逛县城也用不着逛一天啊！你这么大的人了，你爹爹挖了一天的红薯，多累啊？你也不待在家里帮你爹爹干些活。”巧凤见二娃直接回披屋，气恼地冲二娃吼。

第二天，天蒙蒙亮。巧凤便隐隐听到院子里有扫把声，巧凤赶紧下床，匆匆地披上衣裳走向院子，见二娃扛着钉耙提着竹箩正往山坡地走去。巧凤不敢相信眼前的情景，望着啄食的鸡，又望了望走远的二娃，笑了。

十几天过去了，二娃像是变了一个人，话不多，干活多，根本不用巧凤唠唠叨叨地催促、安排活计。这让巧凤和金富贵俩人一头雾水，弄不清楚二娃咋就像变了一个人。巧凤不由得起了疑心，多了个心眼儿。

这一天，天蒙蒙亮。巧凤轻手轻脚地起床，听到了大娃屋里娃娃的大哭声。紧接着，大娃屋里的灯亮了，一会儿，娃娃不哭闹了。巧凤知道红梅起来喂奶了。

巧凤悄悄走到院子里，见二娃披屋的屋门半掩着。她侧耳听了听二娃屋里的动静。少时，就听到了土疙瘩落地的沉闷声和大娃屋里红梅的尖叫声。巧凤赶紧闪身进入披屋，二娃吓了一大跳。

“二娃，你不要脸！你怎么跟流氓一样偷看呢？”大娃在隔壁火暴地骂着。

巧凤见二娃吓了一跳，大娃房间里的灯光正透过缝隙照在披屋的地上。二娃手中握着一根竹筷子，筷子头上穿着一只大蝎子。大蝎子被穿在筷子头上正垂死挣扎着，它不断地张牙舞爪着。

大娃穿着短裤衩光着膀子闯了进来，把门推得咣咣响。他见娘和二娃都在，愣了一下。

“哥，误会了。一只蝎子钻在墙缝里，我生怕溜进去咬了娃娃，便取了筷子去捅蝎子。谁知道用力猛了，把墙壁戳了个洞……”二娃涨红着脸躲避着大娃愤怒的目光，低声解释着。

“二娃，你不要脸，耍流氓。”红梅带着哭腔在隔壁骂着。

“啪！”大娃怒不可遏地抬手扇了二娃一记耳光。巧凤见状，赶紧用身体挡在两兄弟之间。

“哥，我再说一遍，我不是在偷窥……”金二娃话没说完，红梅在隔壁带着委屈开骂了，“二娃，你下流，我正给娃娃喂奶哩。”

金大娃闻听，火气更大了，伸手指着二娃的脸破口大骂：“二娃，哥早就看你不顺眼了，红梅是你嫂子啊！哥现在不教训你，你跑到山外去，山外的人非打残你不可。”

金大娃扬起手，又要冲上去打金二娃。他挥在空中的手突然被人抓住，他回头一看，爹爹正虎着脸，眼睛瞪着他。

金富贵一把推开金大娃，将金二娃手中的筷子拿过来扫了一眼，又瞥了一眼土墙上的窟窿。他将筷子往地上一扔，用脚将蝎子踩碎。

“大娃，你自己睁开狗眼看看，这个窟窿连你的床都看不到，你嚷嚷着叫什么鬼啊？二娃是好心，现在的蝎子最毒，咬一口娃娃能撑住几天？就是咬了大人，你和红梅能扛得住？都是一根藤上的瓜，真是看一眼，又咋了？”金富贵火了，嗓门大大的，有些话，他故意说给红梅听。果然，隔壁安静了下来。

金大娃恨恨地一跺脚，反驳道：“爹爹，你这话不对。算了，儿子不跟你吵，待娃娃会下地了，我带着红梅去大城市讨生活去。”金大娃瞪了金二娃一眼，转身回自己屋里。

“唉——”巧凤叹息着，扯着金富贵往厨房走去。她要忙碌一家人的早饭了。

太阳一跃而出，山林沸腾了，鸟儿叽喳个不停，几只蝴蝶飞来飞去，流水潺潺，山野被太阳照得赤红一片。

一阵敲锣打鼓声传来，惹得人们都跑出家门张望。红梅从窗户里看到有汽车往自家而来，敲锣打鼓声正是从车窗里传来的。她赶紧穿戴整齐，跑到家门口去看热闹。

两辆汽车在阳光的照耀下径直上了山坡，一个拐弯直奔金家而来。汽车刚停稳，便有数人从车上下来，热情洋溢地将大红花递给金二娃。

巧凤和金富贵，金大娃和红梅，四人一脸茫然。二娃上了车，更换外衣。金二娃再下车时，一身军装，胸戴大红花，完全变了样。

在震耳的锣鼓声中，县上武装部的人喜笑颜开地对巧凤和金富贵贺喜：“恭喜，恭喜，金二娃光荣入伍。”

另一辆汽车上坐着九里沟的大毛，正探身车窗招呼着金二娃上车。金二娃连身子都没转，直接上了车。锣鼓喧天地响起，汽车轰鸣着一路扬尘离去。

“二娃，咋不带些衣服去哩？”巧凤像梦中惊醒般恍然大悟，追着汽车喊着。

“放心，部队上什么都有，连短裤衩都有。”后面一台车上有人回着。

“爹爹，娘，哥，嫂子，你们多保重身体啊。”金二娃突然探出车窗，大声喊着。

汽车拐上了去县城的山路，二娃沮丧地坐着，努力克制着内心的委屈。他当兵了，长大了，却无法将这个消息告诉自己的亲爹娘。二娃鼻子一酸，两行热泪无声地流下。

“二娃，你哭啦？”大毛轻轻地问。

“我想……想我爹爹和娘了。”二娃轻轻哽咽着，伸手去抹泪，泪水越抹越多。

5

秋阳下的庄家村，洋溢着喜庆的氛围。四周的山林透着浓浓的秋意，柿子树上的柿子挂满了枝丫。有的柿子已经熟了，一些鸟儿落在柿子树上，一记一记地敲啄着成熟的柿子。一会儿，鸟儿又被一阵喧嚣的话语声惊飞。

庄维田和金凤喜气洋洋地簇拥着庄二娃，在他们的身边围满了庄家村人，他们纷纷说着祝福和恭喜的话语。兰儿、苗苗、刘地等一众乡里乡亲围着英娣说恭喜的话，黑皮乐得东跑西窜。杨伢子一身新衣，喜气洋洋地招呼着手下，将大红喜报张贴在庄维田家的院子大门上。

县上派来接人的汽车还没有来，杨伢子欣喜地迈出屋子，大声招呼着庄二娃。庄二娃一身新军衣，头戴军帽，胸口挂着大红花，把金凤看得喜上眉梢，乐得合不拢嘴。

“二娃，娘问你中午饭吃饱了吗？”金凤笑盈盈地问。

“吃饱了，娘，别操心了。”庄二娃脸上笑容满面。

“还想吃些什么？娘去给你弄。”金凤问庄二娃。

庄二娃咂巴着嘴想了下，对金凤说，“娘，给我点钱，我还没吃过甘蔗。”

庄二娃见汽车还没来，在金凤面前撒起了娇。

庄维田闻听，笑嘻嘻地掏出五块钱，塞进了二娃的军衣袋。金凤似乎想起了什么，趁众人正欢天喜地热烈交谈着，急匆匆转身出了院门。

金凤出院门，庄维田注意到了，见金凤往山坡小跑，他大致猜到了金凤的目的。他正想喊金凤回来，杨伢子兴高采烈地拍了拍他的肩膀。

“维田，这次东芦公社只有几个名额，我和邱巴商量了好多次，才把名单定下来，报给了县人武部。”杨伢子得意地在庄维田面前摆着功劳。

“杨部长，谢谢你和邱巴书记对庄家的关心和照顾。我早就知道，你的胳膊肘子只会往里拐，要不大家怎么会这么拥戴你哩。”庄维田眉飞色舞地夸赞着杨伢子。

“邱巴书记咋没来哩？”庄维田突然问。

杨伢子一愣，凑近庄维田耳朵边低语：“年年征兵，邱巴都不愿意送兵，被上面催得没办法时，他才会去哩。”

“哦，怎么会这样？”庄维田不解，轻声问杨伢子。

“邱巴喝高的时候说过，抗战时，坤林和他亲手将韩湖游击队几十名后生送给新四军大部队，坤林望着队伍走远，伤心地蹲在地上大哭……邱巴还说，活着回来的就剩庄小春了。”

庄维田不由得望了望喜滋滋的庄二娃，庄二娃正被父老乡亲们簇拥着。庄维田心头一阵悸动。

“维田，现在是和平时期，当兵是农村娃娃的首选嘛，开心些。”杨伢子察觉到庄维田的脸部表情，心里有些后悔，不该现在对庄维田说这些话。

庄维田只是点点头，不由得上前靠近庄二娃。突然，他伸开双臂，紧紧地把庄二娃搂在怀里。

“二娃，爹爹平时骂你，你别怪爹爹啊。爹爹都是让生活苦的，穷生活闹得爹爹有时心里烦恼。”庄维田莫名其妙的举动和话语，让庄二娃瞬间眼中泛起了泪花。他嗯了一声，伸开双手，紧紧地和庄维田拥抱着。

“爹爹，你也抱我一下嘛。”黑皮在人群中欢喜地窜来窜去，他见爹爹和二娃哥拥抱，他也开起了玩笑。庄维田笑了，一挥手冲着黑皮说：“去，滚一边去，去找一下你娘，看她去哪儿了？”

庄二娃扭头四处寻找金凤，哪里找得见娘的影子。失望中，他突然开口：

“儿子有句话想跟爹爹说哩。”

庄维田一愣怔，示意二娃说。

“爹爹，小时候，我娘抱着我拍的那张照片，爹爹把它取出来，挂在镜框里吧。我娘想我时，她能看得见我哩。”庄二娃似乎有些难以启齿，那张照片是他的满月照，娘抱着他，他的亲爹爹金富友挨着娘，是一家三口子甜蜜的生活照。

庄维田的脸上露出尴尬的神态。自从金凤带着二娃改嫁给他后，金凤都没有提出过这个要求。现在，庄二娃却开了口，让他十分难堪。

庄维田寻思着，把一个死人的照片挂在家中的墙上，多晦气，而且会让金凤总想起前夫。今天是庄家村人大喜的日子，他不想扫二娃的兴，就先答应下。反正二娃一走就是两年哩。

“哥，他们说你是要去当坦克兵，我在画上见过坦克。哥，你好威风哦。”黑皮跑过来，羡慕地说。

山道上扬起了尘土，县上接兵的车子来了。杨伢子、庄维田和一众乡里乡亲簇拥着庄二娃迎了上去。

“上车吧，还要去接人哩。到了县上还要用大巴车送到常州火车站，各地的兵源都要坐火车去部队上哩。”县人武部的同志见杨伢子来了，他大声提醒着。

庄二娃依依不舍地四处张望，没有看到金凤，不愿意上车。杨伢子见状，硬将庄二娃拽上了汽车。杨伢子正要示意驾驶员关车门时，庄二娃一个闪身，探出车门冲庄维田大喊：“爹爹，对我娘好些啊！”

杨伢子一把将庄二娃推回车，车门哐当一声关上。喇叭声中，汽车扬着尘土，往县城而去。

庄维田哽咽着，话噎在了嗓子眼。

庄二娃心神不宁地盯着窗外，汽车拐了个弯。他突然看见娘手上携着一把甜秆，急得在山路上跺脚。

汽车鸣着喇叭疾驶，庄二娃将额头紧贴着窗玻璃。谁都没有发现，眼泪顺着庄二娃的脸庞往下滚。

6

丹阳火车站空地前热闹非凡。黄跃进、钱三、朱远平等一众人穿着新军装，盘腿坐在地上。空地上，锣鼓喧天，红旗招展。一群女孩子们打着腰鼓，扭着秧歌，许多看热闹的人们和送兵的亲友们将新兵们簇拥在空地上。

黄德胜是坐着钱场长的军用吉普车来的，庄慕兰和几个儿女喜气洋洋地聚拢在一起。秦曼和林枫不停地向黄跃进和钱三挥着手。

黄跃进和钱三一本正经地坐着，眼光却偷偷地瞄着她们。朱远平瞪大着眼睛，寻找不久前刚刚交上的女朋友姗姗。显然，朱远平要失望了。突然，一个扎着马尾的瘦高个姑娘从人群中挤出，她不管不顾地跑向朱远平，扔给朱远平一个绣着鸳鸯的绒丝袋。秦曼见状，也猛地跑向黄跃进，塞给他一个金黄色的打火机。

“全体起立！”

领兵的军官一声吆喝，盘腿坐在地上的新兵们像打足了气的皮球腾地弹了上来。

“报数！”

领兵的军官一声喝令，空地上响起了一串果断而急促的报数声。

“向左——转！”随着口令声，队伍骚动着，全体向左转动。

“齐步——走！”领兵的军官踏起了步，摆起了手，全体新兵雄赳赳，气昂昂地走向了火车站。

庄慕兰哭了起来，身边的几个儿女也都眼泪汪汪。许多送兵的亲友大声哭喊着，朝着进站的队伍奋力地挥舞着手。

“这有啥哭的？丢人！”黄德胜虎着脸，他冲身边的庄慕兰瞪了一眼。他一转身，扬起了手，朝进站的队伍挥动着。他一瞥，见身边的老钱眼里噙着泪水。

“没出息。”黄德胜心里嘀咕了声，“老钱呐，我们以前当兵哪有这样的排场哩。”

“是啊，是啊。”钱场长强装笑容应付着黄德胜的话。

“回去吧，老黄。”钱场长招呼着黄德胜。

司机已经将吉普车开到跟前，司机拉开车门，钱场长和黄德胜钻入了车内，汽车启动了。

汽车驶上火车站大桥，黄德胜说：“老钱，我那个小子昨晚和他谈了好久。在战场上越是怕死，越会先死。再强的敌人，也怕拼命的军人。我千叮咛万嘱咐我那个小子，要是哪天上了战场，宁可牺牲也不能当俘虏。”

“是啊。昨晚上，我也对我那个小子说过类似的话。哪天上了战场，不能丢中国军人的脸，不能给丹阳人民脸上抹黑哩。”钱场长回复着。

“黄书记，车子是直接开到你家门口，还是就在老西门街上停？”司机小声地问。

“就在家门口胡同边停车吧。哎，老钱，我那工厂里的几个造反派头头都下去了，你那个王科长怎么样了？”黄德胜悄声地问钱场长。

“下去了，去养猪场了。”钱场长笑着回。

第三十三章

1

这阵子，苏州城里的桂花香味淡了，偶尔传来的桂花香味便会引得路人驻脚。庄雪花小院里的金桂枝上还残留着一些桂花，一阵风吹来，树上又飘落了些残花。

自从桂花开放，庄雪花便在树下铺上床单，收集桂花。她将洗净后晾干的桂花，放进几个罐子里，将白糖均匀地撒在桂花上，用筷子搅拌，然后，将所有的罐子密封。过上一周，桂花就会变成浓郁可口的桂花蜜了。

庄雪花没有料到，一棵桂花树居然能收集到这么多花朵。庄雪花在厨房里高兴地哼起了“母鸡下鸡蛋了，咕呱咕呱地叫呀”的歌谣。

“妈妈，这歌你也会唱啊？”房间里传来袁顺悟的问话声。

“娘小时候就会唱，这有什么稀罕的呀？”庄雪花得意地回。

“妈妈，你记得全部歌词吗？写下来给我好吗？”顺悟将身子探出窗外，他一脸惊喜地望着庄雪花。

“顺悟啊，你都是个大小伙子了，要那歌词干吗哩？真是的，孩子气还这么重。哎，今天周日你不上班，怎么没去找青青呀？”庄雪花说着走向窗前，见书桌上堆满了厚厚的书籍，一沓写满了字的纸笺摊在桌面上，“又在写什么溧水的陈年旧事了？别把心思放在那些陈谷子烂芝麻的破事上面了。吃了晚饭，去找青青，俩人逛逛街”。

袁顺悟自从有了工作后，除了和青青在一起，就是趴在桌子上写小说。其实，庄雪花心里很乐意儿子这样做，免得他跑到社会上跟一些不三不四的人混在一起。在苏州街面上，她常看到跟顺悟一般大的人打架斗殴哩。

“妈妈，你是不是小时候在私塾学的这歌谣啊？”袁顺悟不依不饶地追问着。

“你呀，对过去的历史一点都不了解，还想写小说？私塾哪会教这个呀，我是跟干娘学的。”庄雪花一脸幸福地冲袁顺悟说。她的脑海里浮现出庄家大奶奶高兴时情不自禁地哼上几句的笑容，想起在庄家大院和袁唐平、袁依冰、庄慕兰、庄维根在一起玩的快乐场景。

听到是庄家大奶奶教会母亲唱的这首歌谣，袁顺悟的眼睛里透出激动的神采，他正苦于小说中缺少对庄家大奶奶性格刻画所需要的素材哩。

这些年庄雪花几乎将庄家大奶奶遗忘了。此刻，庄家大奶奶对她点滴的关爱和呵护的一幕幕，突然像潮水般涌来，她径直走入袁顺悟的房间，说：“把笔给我，娘将歌词写下来吧。”

庄雪花将歌词逐字逐句地写下来，她的眼泪落了下来，打湿了一行行的歌词。

“妈妈，你怎么哭了？”袁顺悟不安地问庄雪花。

“娘有今天，多亏了庄家大奶奶的恩情……”庄雪花抹了抹眼睛，笑容在脸上苏醒。

“妈妈，你哪天抽空专门给我讲讲庄家大奶奶的故事吧。”顺悟撒着娇求庄雪花。

“庄家大奶奶的故事，三天三夜都讲不完哩。”庄雪花又想起了什么，认真地问顺悟，“你说句心里话，娘要不要去认亲娘啊？”庄雪花询问儿子，其实还是希望他能给她些勇气。庄雪花一是碍于面子，迟迟不想认；二是哑巴女遗弃自己的怨，像裹粽子的绳，紧紧地缠绕着庄雪花的心。绳子一旦解开，内心满是血痕。

袁顺悟想，家中即将发生的事情，不就是他这部小说中十分重要的故事情节吗？母亲内心现在的挣扎和纠结，不正是人性中善与恶的冲撞吗？

他冷静地劝庄雪花：“妈妈，别管人家说长道短，毕竟血浓于水啊。”

“娘到现在都没有弄清楚，当初，你外公和外婆之间究竟发生了什么事情。”庄雪花长叹了口气。

“妈妈，这是多么好的素材啊，你一定要帮帮儿子，问问外公，搞得越清楚越好。他们的故事会让我要写的这部小说，与众不同，这对儿子来说，太重要了。”庄雪花见袁顺悟如此激动，便说：“等过年，娘领你回溧水去给你外公拜年，你自己缠着外公。他一高兴，备不住都会说的。”

袁顺悟笑了，他看了下手表，说：“晚上我和青青早就约好了，去观前街吃糖醋鱼哩。”袁顺悟说完将右掌摊开在庄雪花面前抖动着。

庄雪花假装生气地打了一下袁顺悟摊开的手掌，嗔怪道：“又伸手要钱了，你每个月几十块钱的工资还不够花？”庄雪花说话的同时，手已经伸入衣袋，掏钱塞给袁顺悟了。

“我说呢，你和青青一日不见如隔三秋，今天周日，怎么会不去找青青呢。”庄雪花甜甜地笑着，脸上堆满了怜爱的笑容。

“妈妈，怎么这么香啊？”袁顺悟调皮地问着，他故意转移了话题。

“娘做了几罐桂花蜜，放了满满一大罐白糖，正蜜着哩。等下周末，你上青青家时带一罐过去，顺便替娘给青青奶奶问个好。”庄雪花喜滋滋地叮嘱着袁顺悟，自从小桃红走了，齐鲁红便没上过门。庄雪花明白，齐鲁红内心的内疚和负罪感还没有消除。

袁顺悟匆匆地穿上衣服，他将一顶军帽戴在头上，面对镜子左看右看：“妈妈，你不知道，满大街的年轻人都羡慕得要死，现在这种帽子最时髦了。”袁顺悟说完，得意地出了屋门，推起院子里摆放的自行车一跃而上。

庄雪花走入厨房，她将装着桂花蜜的罐子，捧起一个放在鼻子下面嗅了嗅，一股丝丝淡淡的桂花香味沁人肺腑。庄雪花将罐子轻轻地放下，往椅子上一坐，她想，待桂花蜜好了，送一罐去给哑巴女尝尝。

忽然，庄雪花觉得心情平静了许多。

2

庄二娃去当兵，庄家村尽人皆知，村人们喜气洋洋地议论了一段日子。本来小三子也想去庄维田家图个热闹，顺带着送一送庄维田的儿子。可他一想起自己土匪出身，又是一个刑满释放人员，更是一个连户口都没有地方安放的流浪汉，不见得讨庄家人的喜欢。再说，他最害怕的杨伢子也在。小三子凭自己从小跟着大哥金不换舞枪弄棒、颠沛流离的经历，他的心头卷起一阵哀伤，他有一种感觉——庄维田家的二娃这一走，说不准回不来了。为何是这种感觉连他自己都说不清。

外面的阳光正好，秋风也显得格外亲切，吹在身上不凉不热。风中裹挟着山林的气息，让他心旷神怡。小三子望着被洗净晾干的大粪缸，心里美滋滋的。他走向大缸，鼓足力气将大缸侧翻，小心地将这口大缸滚进了马厩。马厩内充溢着一股怪怪的霉味，阳光透过残损的瓦片，照着地面上一些腐烂的柴火。小三子将大缸摆在角落，又把堆在地上的白灰一捧一捧地撒在了缸底。做完了这一切，小三子欢心地拍了拍手，空中弥漫起丝丝缕缕的白灰。

庄家二娃当兵的那天，小三子忽然想到那个占山为王的年代里的刀光剑影，想起金大哥等一众兄弟抛尸荒野几十年。小三子一直在等待时机，他要完成给死去的兄弟们收殓尸骨建个大墓的心愿。随着日子的流逝，小三子觉得眼睛常常出现幻觉，有时他还会深更半夜地咳嗽。小三子觉得时不我待，与其今后请人收殓那些尸骨，还不如自己去翻找。小三子下定了决心，要一个人悄悄地去荒野挖地，将挖到的尸骨零零星星地搬回来，先藏在这口大缸里。小三子明白，这是一个冒险又近乎疯狂的举动，但他感觉到剩下的那只独眼正在悄悄地病变，假如今后眼睛瞎了，什么都看不见了，连门都出不了了，如何完成给山上兄弟们建个大墓的遗愿呢？这个遗愿，可是他余生中苟延残喘地活下去的唯一动力。

小三子细细琢磨了几个晚上，连金不换在内，山上的十三太保都尽数出山了。从庄家村斜对面那个山坳开始，马队大概出来数百米远，而就在那时，和日本骑兵相遇。随着金大哥一身呐喊，他策马向前冲了一口烟的工夫，旋即他放了枪，而他也被日本骑兵给打下了马。这样算起来，干仗的范围在两百米左右。小三子以山道为轴线，前后左右马队活动的范围一估算，得有二三十亩地的范围。要想在这么大的范围内刨开荒土，寻找遗骨，得费天大的力气哩。

就那个地方，小三子踏足过不下十来次。从侧面山上下雨时滚下的泥沙，至少有两拃深，遇到洼地，恐怕得要齐腿深。小三子心烦意乱了起来，他点上烟，往马槽上一靠，吱溜溜地吸了起来，他的目光又落到了那口大缸上。

一口大缸肯定装不下所有的兄弟们啊？小三子心想，外面土里还埋着两口大粪缸哩，可这两口大粪缸，万万不能将它们掏空了，都搬到马厩来。万一兰儿发现三口大粪缸都没了，一定会起疑心，他该怎么向兰儿解释呢？他想，不如把兄弟们的脑瓜子找回来，那些骸骨即便找到，堆满了几大缸，也分不清骸骨是哪个兄弟的。

小三子爽快地抽完烟，走出马厩，见太阳正挂中天。他一咬牙，带上镰刀和锄头，提起一只麻袋往屋外走去。

小三子来了精神，他冲着山林小路一直前行，拐了七八个弯，来到了当年的战场。空旷的山谷里野花遍地，茅草和荆棘挨在一起，那条难以忘却的山路正从山林的前方向他走来。他停住了脚步，回头眺望着庄家村，又回头看了看当年马队出现的山路，他的耳畔仿佛传来马队发出的马蹄践踏声。小三子疾步往山坳中走去，转身四下环视着，觉得盲目地开挖山地，到时候哪些山地刨过，哪些山地没有刨过，野草一长，连他自己也分不清楚。

山路边有块大石头矗立着，小三子心中一喜。他面对庄家村方向，以大石头为中心，先把左边的旷野挖一遍，然后再把右边的旷野挖一遍，最后从两侧往庄家村方向探挖。

小三子往地上一跪，冲着天空高吼了声："兄弟们，小三子给你们收尸来了。"

小三子吼完，连磕了三个响头。他精神抖擞地朝粗糙的手掌心喷了口唾液，他两手摩擦着，挥起锄头，哼哧哼哧刨开了土。

不知不觉中，夜幕降临，山林里传来猫头鹰凄惨的叫声。小三子慢慢地直起了腰，挖地一个下午，他腰酸背痛，却一无所获。在他的脚下翻松的泥土中，许多山虫子在蠕动。

天空出现了星星，丘陵山区的夜晚静谧中有些瘆人。黑黝黝的山林在晚风的吹拂下，空气中弥漫着山花和泥土的气息。

小三子望着被他开垦过的山土，脸上流淌的汗水抚摸着他沧桑的脸庞。汗水流入右眼内，火辣辣地疼着。小三子擦了擦汗水，收拾起工具，快乐地踏着星光往庄家村走去。虽然一无所获，但他的心里却涌上来一阵快感。他昂起头，张开嘴，正想吼上几句山谣，他突然意识到了什么。他死命地咽了下口水，四处张望了起来。

3

临近十一月了，苏州大街小巷飘着落叶，时而听到扫帚扫地的声音。庄雪花显得很轻松，院里那株金桂树长得茂盛，整个秋季几乎不掉树叶。倒是院子围墙一侧堆垒的花架有些费事，五针松开始泛黄了，蔷薇花也开始落叶了。

厨房里的桂花蜜已经好了，盖着盖子也能嗅到很浓的桂花香味。袁唐平责怪她，说这种木犀科植物的花味辛，性温，如果把桂花弄成桂花酿，还是一种保健食品，而且有化痰止咳、醒脾开胃、美容养颜、活血止痛的功效。庄雪花哧的一声笑了起来，回袁唐平："桂花蜜和桂花酿吃到肚子里不都一样吗，啰里啰唆。"

说到"美容养颜"，庄雪花想起爹爹曾经说的话："你娘长得好看。你太像你娘年轻时候的样子，眼睛、嘴巴、牙齿……"她连忙对着镜子细细地看，现在看来她确实和哑巴女像是一个模子里倒出来的。

庄雪花轻轻地放下镜子，望着花朵凋零尽了的桂花树发呆。如果没有天大的冤屈，天底下哪个母亲会忍心将自己的骨肉送给外人呢？她忽然对哑巴女产生了同情，内疚像无形的绳缠勒着她的心，庄雪花感到心隐隐作痛。爹爹那晚激动地对她讲述了当年的一些误会。尽管爹爹还有些欲言又止，他们的故事还存在许多的空白，但这些空白就像一张泛黄的纸笺，已经不值得再重新书写过去的事情了。

"去看看哑巴父女俩吧。"庄雪花冒出这种念头。她拿起罐子放在菜篮里，匆匆地走出家门。巷子口不远处有家卖年糕和汤圆的小卖店，庄雪花买了几斤汤圆，往古尔胡同走去。

秋日的阳光波动在沿街黑色的房顶上，高大的法国梧桐树遮蔽了马路上的阳光。巴掌大的叶片铺满了地面，风还在吹，树叶还在飘落，庄雪花脚踩着枯黄的落叶发出的脆响，听起来格外地悦耳。

哑巴女正在杂货店门前清扫着落叶，她将落叶堆成了一个小堆。风吹来了，堆积的落叶随风飘散开来，她直起腰去追赶落叶。哑巴女一转身，见庄雪花笑盈盈地站在跟前，欣喜地将扫把一扔，叽里呱啦地拉着庄雪花进入店内。

白天的店铺灯依旧亮着，灯光泛着金黄，照耀着干干净净的杂货铺。弹棉郎正躬身码着货品，听到声响，扭头一看，他那混浊的眼睛里泛起了惊喜。

“庄干部来了？”弹棉郎笑着朝庄雪花走来。

“我家院子里的金桂树，前阵子开了满树的花。我收集了些，制成了桂花蜜，送些给你们尝尝。”庄雪花只敢看弹棉郎，她不敢看哑巴女，她知道哑巴女正咧着嘴巴盯着她看。哑巴女赶紧接过庄雪花的菜篮子，激动得手都颤抖了。

庄雪花强按住内心的慌张，不等父女俩招呼，一屁股坐在了椅子上。她偷眼瞄了下哑巴女，见她在傻傻地笑，一双眼睛紧盯着自己。少顷，哑巴女揭开罐盖，贪婪地吮吸了一口，哑巴女伸出大拇指夸赞庄雪花。哑巴女又转身去了厨房，过了一会儿，端上来了一碗热乎乎的红糖水，里面竟有三个荷包蛋。

“吃吧，吃吧。”弹棉郎亲热地对庄雪花说，庄雪花心里突然涌上一种久违的亲切感。她小时候，庄家来了尊贵的客人，庄大奶奶常常这样做。

庄雪花捧着热乎乎的碗，感激地看了哑巴女一眼。哑巴女开怀地笑了，眼里却泛着泪光。

庄雪花细嚼着荷包蛋，小心翼翼地喝了口甜甜的糖水，这糖水仿佛给了她极大的勇气。“娘……”庄雪花弱弱地叫出声。

庄雪花的声音虽小，哑巴女还是捕捉到了，她听得清清楚楚。她激动地冲弹棉郎打着手势，又急切地捏着自己的耳朵。哑巴女上前抓着爹爹的手，弹棉郎早已是满脸泪水。

“外公。”庄雪花起身，冲着弹棉郎喊了声。哑巴女这次听得分明，她起身抱住了庄雪花，低哀的哭声传到了门外……

4

黑黝黝的群山环绕着庄家村，屋顶上偶尔传来猫行的沙沙声。院子里的石板被月光浸润着，泛起的星光中能看到石板上蒙着一层薄薄的尘土。三角梅花开得正艳，藤蔓越过围墙，红红的花朵像是彩霞落在了墙上。

刘地喝高了，脑袋沉沉的。他躺在床上，眼睛透过敞开的花窗，看着月亮旁的浮云。

“人的一生就像天上的云朵，变幻莫测。”刘地暗自叹息着，他辗转难眠，干脆从床上爬起来，搬着凳子，往院子的角落一放，他独自坐了下去。磬口梅开放的花朵透着浓郁的花香，直冲着刘地的肺腑扑来。这种香味，似乎能醒酒，让刘地的脑袋变得轻松了起来。

刘地万万没有想到，当他怀着忐忑不安的心情推开杨伢子家的院门时，杨伢子竟然满脸笑容，连杨伢子的婆娘都是满面春风地迎他。他们热情的笑脸反而让刘地心里慌张，他不知道什么原因让他成了尊客。当杨伢子热情地拉着他在柿子树下坐下，杨伢子的婆娘喜笑颜开地对他双手捧茶时，他断定，一定有什么大事发生。他强挤着微笑，手捧着茶缸，手却抖动了起来。

“杨部长，一阵子不见，找我有什么训话吗？”刘地谨慎地问。

“哪有什么训话呀，都是乡里乡亲的，跟家里的亲戚一样呀。”杨伢子笑哈哈地冲刘地说。

“老表啊，好久不见你了。自从你下放到庄家村，我都没有正儿八经地请你吃过一顿饭，这心里总是过意不去。”杨伢子停顿了一下，贴近刘地的耳朵低声地说，“老表，邱巴书记晚上也要过来。邱巴书记说，他一直内疚，刘家的人下放到庄家村，他一直没有好好招待一下，邱巴书记晚上要和你好好聊聊哩。”

刘地一惊，他完全没有料到是李邱巴请他吃晚饭。他咂巴着嘴巴，激动地问杨伢子：“邱巴书记和你那么忙，怎么突然会想起来请我吃饭哩？”

刘地的心里涌上了一股强烈的预感，好事要降临在他的身上。

秋风拂过，柿子树叶发出了声响，满树的柿子压弯了枝条。杨伢子没注意，脑袋撞上了挂满了累累果实的树枝。他摸了下脑袋，将刘地招呼到四方桌旁坐下。

“老表啊，今后见面，别叫我杨部长了，就叫我杨伢子吧，听起来我们更像老表。”杨伢子开心地喝着茶，“你刚下放到庄家村时，邱巴书记就多次关照我，一定要善待你，一定不要为难你。你摸着良心想想，我杨伢子有没有为难过你？”

“没有，没有。”刘地一听连连摆手。刘地心里清楚，许多右派分子被下放后，过着非人的生活，遭迫害和被批斗是常有的事情。

“你知道这是为什么吗？”杨伢子紧盯着刘地的眼睛问。

杨伢子的眼神让刘地如芒在背，他的脸上起了鸡皮疙瘩：“邱巴书记关照的嘛。”刘地小心地顺着杨伢子的杆子往上爬。

“错了，你说对了一半。”杨伢子哈哈大笑，用手摸了摸自己的心口，“良心，良心告诉我，不能再干坏事了。人到了一把的年纪，经历了许多的事情后，这良心会慢慢地醒过来的。”

“老表，你又没有干过什么坏事，你那良心又从来没有泯灭过，干吗要自责哩？”刘地小心翼翼地说。

“那时候年轻，满腔热血。从斗庄家分田地开始，镇压反革命，三反五反，大炼钢铁去山上砍树，直到‘文化大革命’结束，我才真正弄明白斗来斗去，都是斗自己。”杨伢子激动地站起来，“良心一醒过来，才知道稀里糊涂地过了几十年，像做梦一样啊。”

刘地闻听，脸如土色。他慌乱地起身，快步走向院门，将两扇木门轻轻地合上。

“不怕，这儿唱歌都没人听到。”杨伢子见刘地的举动，安慰着说。

“邓小平上来后，国家的形势开始好转了，中国不仅没有垮掉，反而现在越来越好了，共产党的江山越来越牢了。”杨伢子见刘地反身回来，继续说着。刘地不敢开口迎合杨伢子的话，他心里清楚得很。

“邱巴书记这么些年来，也没少骂过我。我心里知道，要不是邱巴书记一直罩着我，我早就被人拱下来了。说不准，我的下场比你还惨哩。”杨伢子的话语里充满了对李邱巴的感激。

“嗯嗯。”刘地谨慎地应和着。这些年来，他已养成小心谨慎、沉默寡言的性格，孤独和寂寞始终包围着他。自从明君走后，他的内心被压抑、悲伤、绝望笼罩着。

杨伢子从衣兜里掏出烟，他递了一根给刘地，刘地摆手推辞。

刺啦一声，火柴亮光中，杨伢子深吸了一口烟，缓缓地吐出烟雾，若有所思地说：“人生中苦难和烦恼就像乱爬的蜘蛛，哪天起来就会发现蜘蛛网乱飘。我跟着邱巴书记年头长久了，跟着他学做人嘛。按照邱巴的意思，庄家的宗庙我给保护了下来。大饥荒那几年，我故意瞒报粮食地，给庄家村人多弄了些口粮，庄维田家的儿子我又让他去当了兵。一直到现在都有村民在骂我，当年不该砍了银杏树，否则庄家大奶奶还能多活几年。他们话说得风凉。谁知道啊，分了庄家的财产后，村里还是穷得一个钢镚儿都掏不出。让我干民兵队长，后面跟着一大批年轻力壮的后生们，正是镇反高峰，忙得昏天黑地，到哪儿去弄吃的？不过，现在想想，当时要是咬咬牙关，勒紧裤腰带，银杏树也留住了。”杨伢子心情郁闷地冲刘地说着。

刘地听得稀里糊涂，他忍不住问：“老表，砍银杏树是怎么回事呀？”

杨伢子尴尬地笑了，他摆着手：“不说了，都是陈谷子烂芝麻的事了。哎，让我想起来了，那些银杏树与你们刘家和庄家联姻有关系哩。”

“哦？”刘地来兴趣了，他瞪大眼睛盯着杨伢子。

杨伢子见刘地一脸好奇地盯着自己，他猜想，刘地一定不怎么清楚刘生、陶玉如和庄家的故事。他抽了口烟，将烟蒂弹飞，饶有兴致地说开了。

“有些事情我还是听我爹爹和娘说的。”在杨伢子的细细诉说下，刘地听得入神了。同时，心里也五味杂陈，他压根儿都没想到，他们刘家早就和庄家是一家人了。

院外的山路上传来了自行车声，院门被推开，李邱巴推着自行车进了院子。

杨伢子和刘地喜盈盈地起身，迎向了李邱巴……

“怎么会这样子呢？”刘地头脑清醒了，他欣喜地起身，在院子里走动着。他回味着李邱巴的话，如果真的要给右派分子摘帽，意味着他的苦难就要结束。李邱巴建议他向上面写信申冤。刘地转悠着，他想这事情重大，绝不能轻举妄动，最好的方式就是随大溜。他快乐地搓起手，抬头望着渐白的天空，星光隐退，朦胧的山也清晰了。

山林里有了动静，鸟儿的鸣叫声隐约传来。不多会儿，庄家村的公鸡开始啼叫，在高亢的公鸡啼叫声中，曙光闪亮了。

刘地倦意上来了，他面对曙光打了个长长的哈欠，径直走向屋内，脱下鞋，和衣大睡了起来。

5

下雪了，纷纷扬扬的雪花悄无声息地飘落在寂静的土地上。袁宅内植物的枝条上挂满了雪。

袁旺松坐在火炉子旁，屋内暖洋洋的。水壶的盖子被沸腾的蒸汽顶得时而发出响声，袅袅的水蒸气带着湿润的气息在屋内弥漫。袁旺松透过花格窗观望着雪中的院落，一些花草在雪中瑟瑟发抖。他推开门走入院子，径直走向夹竹桃，生气地将在他眼前颤动的一大段枝条掰断。

袁旺松想起盛夏时节夹竹桃花开时的艳丽，想起爹爹捋着山羊胡须，手提着画笔，大声询问他夹竹桃的枝条有没有棱的情景。袁旺松将手中的枝条往地上一扔，又回到了客厅。

自袁顺悟将他写的回忆录带回苏州后，袁旺松便将时间和精力放在整理爹爹的遗物上。他将爹爹和文人们的通信，按照人物和通信时间整理书写出来后，又开始清理爹爹的画室和储藏室。近千幅画作，带着时光的沧桑，乱七八糟地堆放在储藏室的地板角落里，像小山一般高。有的画作乱七八糟地插在荷花大缸内，倒是柜子里摆放的画显得略微整齐。袁旺松想，这些被整理过的画，一定是爹爹生前钟爱的画，其价值应该不可小觑。

花了近两个月的时间，袁旺松才将堆在地板上的书画清理完毕。他仔细地检查着每一幅书画的完整性，按照年代分出大类，以花鸟、人物、山水分科，根据作者姓氏笔画编号。袁旺松对每轴书画的书画名、作者、质地、尺寸进行了详细的记录。有些书画已经破残，有的书画已经受潮发霉。他将这些字画挂在楼上房间的墙上，在风和日丽的天气下，打开窗户，让暖风拂干画面后再收藏起来。画卷太多了，他用棉绳小心翼翼地将画轴按十卷为一捆，捆好了摆放在地板上。随着书画清理完毕，储藏室的空气中都弥漫着浓厚的文化气息，古朴厚重。

袁旺松的心悬了好多天，在所有的书画中，唯独少了一幅《云杉烟树图》，让他十分纳闷。这幅画爹爹最为钟爱，曾说过这幅画简直可以看作米友仁的真迹。往后，切不可一时贪念而转让。

“这幅画去了哪里了呢？”袁旺松又一次盘点了所有的画作，仍然一无所获。家中没有人喜欢这些画作，爹爹更不可能将其送人，难不成爹爹和娘把这幅画当成陪葬品了？袁旺松决定待天空放晴，去庄家村问问兰儿姐姐，顺便去见一见好久不见的小三子。

一想起小三子，袁旺松的心不由得沉重了起来。兰儿来县城看望他时，开心地告诉他，小三子人勤快，除了编制藤制品外，还跑大老远去山洼里开荒。

庄家村有村民进山挖草药时，才发现小三子在刨土挖地。他种下了一大片的黄豆、蚕豆和豌豆。那地里的黄豆花、蚕豆花、豌豆花在翠绿中，紫色的、白色的、粉红色的花朵和夹杂其中的野花开得旺旺的。采药的村民问小三子，为什么大老远地来此地开荒。小三子憨厚地回："这一片的山洼地雨水滋润，荒着太可惜了。随便刨些土，撒些种子，待到了秋时，多少也能收点粮食。"这事儿在庄家村传开，乡里乡亲都说，小三子头脑一根筋。庄家村周边的荒山多着哩，谁会跑那么远的地方去种庄稼。谁料想，秋天到了，小三子还真将收获的各种豆子挨家挨户地送。现在的小三子，庄家村人没有一个不喜欢他。

袁旺松听兰儿一说，先是满脸欢喜，后又愁云密布。因为他明白了小三子真正的意图——他肯定已经按计划付诸行动了。

袁旺松感到心里堵得慌，咕咚咕咚喝干了茶杯里的水，微凉的茶水让他镇定了些。眼前国家的形势不再像绷紧的弓弦。从去年开始，派出所也不要他去汇报什么思想和表现了。出门时，街坊们对他又有了恭维的笑脸。即便在这样的气候下，小三子贸然行动，万一捅出娄子，袁旺松作为知情人，当然逃脱不了连带的责任。袁旺松心急如焚，盼着大雪赶快消停，明日起个早，赶个十几里山路，先去小三子那儿看一看，劝一劝小三子。

好不容易熬到了天亮，雪消停了，县城的大街小巷有了动静。袁旺松急急地锁上院门，他来到县城道路的岔口，四处张望，没有可以搭乘的马车的踪影。他一咬牙，迈开脚步，硬着头皮沿着崎岖的山路，往庄家村走去。

太阳照得雪地一片炫目的白光，黄秋生老宅的大门开着，袁旺松放轻脚步悄悄闪入屋内，小三子正聚精会神地编一只花篮，丝毫没有注意到袁旺松进门，待袁旺松到跟前了小三子才发现。

"旺松！你怎么来啦？"小三子见到袁旺松喜形于色，连忙起身打招呼。

袁旺松四处看了看压低着嗓子问："小三子，你怎么这么鲁莽啊？这事儿还没有到非得要办的时候。你要是捅出娄子，你我又得回大牢去了。"

"没有啊，旺松，你听谁胡说八道？"小三子脸上带着诡异的笑容，狡辩着。

"这些是什么？"袁旺松指着里屋走道边摆放的几只鼓鼓的麻袋问。

"秋收时收的豆子，怎么了？"小三子依然嘴硬，他心里已经察觉到瞒不了袁旺松了。

袁旺松恨恨地瞪了小三子一眼，他四处查看着，眼睛扫视着屋子里的一切，见无异常，转身沉默地看着小三子，看得小三子心里发毛。

“袁旺松，别这么看着我。以前在大牢里，看守的眼睛和你现在的没什么两样。”小三子嘀咕着，走到袁旺松身前，用身体阻挡住袁旺松扫视后院马厩的视线。

“闪开。”袁旺松一把推开小三子，往马厩那儿去。小三子一把拉住袁旺松，脸上堆满了笑：“你还没吃早饭吧？我去给你煮面条，你去菜地掐些香葱回来吧。”小三子边说边推搡起袁旺松。

袁旺松看着小三子的举动疑惑万分，他假装应着去地里掐葱，趁小三子一不留神，反身闯入马厩。

一股霉味和潮湿的气味充溢在空气中，阳光透过残瓦的空隙照在地上。袁旺松一眼发现，马厩内多了一口大缸。而这口大缸，袁旺松知道是以前埋在地头用来装粪便的。

“怎么把这口肮脏的大缸给弄进来了？”

“这……这……旺松啊，你也别心慌，不就是那么回事吗？”小三子结巴着回袁旺松。他知道，事情瞒不过去了。

袁旺松走近大缸，见大缸里面有些干枯的藤条，下面铺着一些干白灰，有个褚红色的尖尖露出来，他伸手将它拽了出来。

“啊！”袁旺松惊叫了声，手像触电般松开了，他的脸吓得煞白。袁旺松拽起的是一根褚红色发黑的皮带，上面挂着骷髅头。

“别怕，旺松，别怕，那是我大哥的脑壳子，皮带也是我大哥的。我怕分辨不出来，弄乱了，用大哥的皮带穿进去做个记号。”小三子见袁旺松吓得脸如土色，连忙安慰起袁旺松。

半晌，袁旺松才回过神来，没等小三子招呼，逃一般地跑向客厅，一屁股坐下，不断地拍着心口。

“我去给你煮面条吧？”小三子讨好地对袁旺松说。

“唉，这事闹大了，我们恐怕真要进监狱了。”袁旺松忧心忡忡地对小三子说。

小三子若无其事地听着，他的脸上甚至隐藏着扬扬得意的笑。

“这种事情，只有土匪才能干得出来呀，哦，连土匪都干不出来呀。”袁旺松愤懑地伸着手指，戳着小三子的额头。他见小三子嬉皮笑脸地不语，又无奈地问，“这究竟是怎么回事啊？”

小三子坐下轻声轻语地说：“袁旺松啊，我这只右眼经常痛，有时痛得钻心。我怕哪天瞎了，我担心事情完不成……”

“天啊，我怎么瞎了眼摊上你这个魔鬼一样的朋友啊？”

“别吭声了，我听到脚步声了。”小三子急忙朝袁旺松摆手，他从敞开的屋门探身观望，见兰儿蹒跚地走入院中。

“小三子啊，发生什么事情了？我好像听到了喊叫声……”兰儿边问边进入屋内。

“哦，是旺松来了，怪不得刚才的喊叫声耳熟哩。”见到袁旺松兰儿喜出望外。

“姐姐。”袁旺松抬头叫了声兰儿。

“你怎么脸色灰蒙蒙的？身体怎么了？”兰儿不由自主地伸手，要摸摸袁旺松的额头。

“好着哩，姐姐，我这心里搁着心事哩，在发愁哩。”袁旺松见兰儿着急，起身对兰儿说。

袁旺松的话，把小三子急得心烦意乱。他不住地跺脚，提醒着袁旺松。

“你这脚又怎么了？天冷冻麻了？”兰儿好奇地问小三子。

“是……是麻了，风寒腿，老毛病。”小三子搪塞着。

“旺松啊，什么事情让你发愁啊？去姐姐屋里暖和暖和吧。我那屋子比这老屋暖和多了，不着急，去姐姐屋里把你那发愁的事情讲来听听，看看姐姐能不能帮你一把。”兰儿关切地对袁旺松说。

小三子不安地望着袁旺松，努力地眨着右眼，向袁旺松示意。

“姐姐，爹爹最钟爱的一幅画《云杉烟树图》不见了，我角角落落都寻过了，连个踪影都找不到……”袁旺松的话一出口，小三子心里轻松下来。

“多大点事啊，不就一幅画吗？走，去姐姐屋里吧，有什么事跟姐姐好好地聊聊。你早饭没吃吧？姐姐那里刚烙的饼，还有热粥，吃饱了再和小三子聊。”兰儿伸手拉扯着袁旺松起身。

袁旺松点了点头，转身用愤懑的眼神看了眼小三子，便拖着沉重的双腿，随兰儿出了院门。

6

兰儿家的屋子里暖和，火炉子开着。她掀开锅盖，拿出刚烙的饼，又盛了一碗粥，端上了桌子。袁旺松也饿了，迫不及待地舀了一盆水，用肥皂搓着手，连着洗了两回，又将手伸到鼻子底下嗅了嗅，确定彻底干净了，才将饼卷起，咬了一大口，腮帮子鼓鼓地嚼了起来。

“慢慢吃，外面天寒地冻的，串个门也不方便。你难得上姐姐这里来，边吃边陪着姐姐唠唠嗑。哦，桌子上煮的咸黄豆，是今年的新豆子，小三子送了十来斤来。”兰儿脸露喜色地说。

袁旺松埋头喝起了粥，内心的不安和恐慌让他觉得身子发冷。一碗热粥下肚，热气将身子里的寒气逼出了体外。

“姐姐，这段时间你养得蛮好，脸上都有红晕了。”袁旺松笑着讨好起兰儿。

“那是出屋子冻的，回屋子才泛红哩。”兰儿回道，看着袁旺松吃饭，就唠起嗑来，“旺松啊，听人说，前不久邱巴和杨伢子请刘地吃饭。他们怎么会请右派分子吃饭？”

“哪个刘地呀？”袁旺松好奇地问。

“刘生的孙子，在常州，原先是个干部，反右那几年下放到庄家村来的。他的爹爹和大伯你都知道的呀。”

“刘银和刘铜啊，认识。现在他们怎么样了？”袁旺松问。

“死了多年了，都葬在刘家村的山坡上哩，刘生和陶玉如也都葬在刘家村。”兰儿的语气里有着淡淡的忧伤。

“姐姐，国家现如今太平了许多。去年我去派出所汇报思想和表现，公安都对我笑了。他们扬着手对我说，今后不用去他们那儿了。姐姐啊，看来环境越来越好了，真是谢天谢地。”

兰儿赶忙打开门，出院子四处观察了一下，回屋后合上门，对袁旺松说：“不能说这样的话呀。你自己心里知道就好了，这些话要烂在肚子里。天上时常刮风下雨，谁知道往后又要折腾什么呀？都这把年纪的人了，别去关心国家什么大事，记住姐姐说的话吧。”

“嗯。我只是跟姐姐讲。”袁旺松点着头，但想到隔壁的小三子，他的心又不安了。

“还有件事，解放前就埋在后院的三口大粪缸，被人刨去了一口。大饥荒时都没人偷盗，现在一日三餐管饱了，怎么还有人干这缺德的事情哩。沤了几十年的大粪了，那个味道任怎么洗也洗不掉啊。要是偷回去能做什么？”她想不通哪家人会去偷个大粪缸。

袁旺松的脸唰地白了。他知道兰儿的脾气和性格，她一定会四下探访，找出偷缸的人家。袁旺松清楚，兰儿早晚会发现这口大缸正放在自家马厩内，而且，会受到惊吓，万一吓出个三长两短……袁旺松不敢继续往下想了，他的头上渗出了冷汗。

“姐姐，你常去隔壁老宅吗？”袁旺松委婉地问。

“姐姐去隔壁做什么？孤男寡女的，姐姐的名声可好着哩。”兰儿想起了黄大树，自从黄大树死后，兰儿的心也就死了。

“姐姐，是不要去隔壁。那个小三子当了一辈子的土匪，劣根深着哩。老屋破旧，里面阴气重，对姐姐身体也不好。”袁旺松故意吓唬兰儿，生怕哪天兰儿去马厩，发现装着骷髅头的大粪缸。

“没个急事，谁会跑那里去啊。旺松，也多亏了小三子租着那老屋，姐姐坐享其成，手头上才会宽裕些。你也别用老眼光看他，我公公黄秋生不也当过土匪吗？我还是土匪的儿媳妇哩。现在庄家村人，没人不说小三子好，桌子上吃的黄豆不就是他送的吗？村里人都说小三子懂礼数，他不去开垦村庄周边的地，免得被庄家村人说闲话，大老远跑到山洼里去开荒种地，听人说，他刨了大几亩地哩。”兰儿听袁旺松数落小三子，不由得维护起了小三子。

“姐姐，我寻思着，邱巴请刘地吃饭，一定是邱巴嗅到了什么政治气息。否则，邱巴没必要去讨好刘地。”袁旺松见兰儿盯着土匪的话题说得高兴，怕自己说漏了嘴，故意转开了话题。

兰儿听到袁旺松议论李邱巴，更来劲了。以前，李邱巴在她的眼里除了相貌平平，嘴巴甜，人机灵外，没什么大本事。现在她琢磨出来了，李邱巴才是个有着真本事的人物哩。他圆滑，他只干拆墙修路的事，表面上看起来唯唯诺诺，实则上心里装着道德和礼数、人性和良知，东芦公社多亏了他。

兰儿的话显然多了起来：“这人也真奇怪，就像山上的林子，你不去毁林，林子只会越来越茂盛，越来越扩展。那些根呀、脉呀、须呀，满土里钻，它们交缠后，又长出了一片又一片林子。你看啊，袁家、庄家、刘家、赵家、李家，先前互不认识，如今都是一家人了。再这样下去，后生们像脉，像须一样到处窜着，这不要将百家姓里的人都连起来了。”袁旺松见兰儿姐姐笑得开怀，他的心情也好了起来。兰儿的话虽朴实，却道出了人类社会的发展规律哩。

“哎哟，说这些话的工夫，老天又下起雪来了。旺松，今晚就住在姐姐家吧，跟姐姐多唠唠家长里短的事情。你不知道，一到晚上没人跟姐姐说话，这些年来，姐姐有多苦哦。”兰儿的眼圈红了。

袁旺松应允着，望了眼阴霾的天空，雪正纷纷扬扬地下着，窗外的风将石墙上干枯的荆棘吹得瑟瑟发抖。袁旺松起身走向窗户，只见茫茫山林银装素裹，上午的太阳也不知躲在了哪里。他凑近炉子，摊开双手烤了起来。

第三十四章

1

二月，木棉树随处可见，高高挺立的木棉树正傲视着苏醒的春天，满树的花蕾已经凸显出浓浓的春意。

空旷的荒野寂静无声。一排排坦克高昂着炮管，成群结伙地静默在山谷。坦克团的全体官兵精神抖擞地列队，前来配合参战的两个步兵营的官兵，雄赳赳、气昂昂地排列在坦克团官兵的一侧。山风吹动，誓师大会两侧的横幅在风中鼓起了声响，布条抖动声吸引着许多人的目光，鲜红的布条上书写着白色的大字：“铁骑打出我军威风，尖刀插进敌人心脏。”

太阳热烈地照耀着山谷，抖动的布条泛起血红的光泽。在血色的光彩中，团政委箭步上台，对着麦克风吼：“全体官兵，要打仗了。是可忍孰不可忍？中央军委一级战斗命令下来了。隔壁那个小越南，狂妄至极，杀我边民，毁我村寨，屡教不改。我告诉你们，这个仗很好打，越南人现在没吃没喝了。你抽烟，他会过来跟你讨烟，你们趁机可以抓俘虏。你在吃饭，他会过来跟你要饭，你们可以趁机抓俘虏。你们都能立功啊！”

政委长得瘦高个儿，白白净净，鼻子上架了副眼镜。他正当意犹未尽时，团长杨山上前夺过话筒，大声说道：“同志们，我们坦克团是一把钢刀，要直插越南重镇高平。这一途中，山高路远坑深。我们的坦克洪流像潮水一样，席卷东溪，靠松山，穿越弄梅隧道，打下博山，冲过博山桥，便可直达高平，切断这一地区敌军的退路。这一次突击行动，为了出其不意攻其不备，专门给我们配置了 372 团的两个步兵营。会后，各连可以与步兵兄弟们熟悉一下。我命令，全体左转，面向天安门方向，庄严宣誓——宁可向前一步死，绝不后退半步生！”

山谷里传来一阵沉闷的脚步声，所有的官兵转身面向北方，神情肃穆地高举着右拳，吼声激荡云天：“宁可向前一步死，绝不后退半步生！”

黄跃进攥紧右拳，用尽丹田之气大声吼着，他的脸憋得通红，脖子上青筋突起。站在身边的钱三，吼声同样慷慨激昂。

黄昏时分，太阳渐渐西坠，天空的云朵一团又一团，云朵被落日辉耀得像火一般燃烧。野战兵营里，战士们热血沸腾地写着决心书，有的战士伏案写着遗书，眼泪扑簌簌地落下。

黄跃进和钱三闷声抽烟不语，黄跃进边抽烟边玩弄着秦曼送给他的打火机，不停地点火又不停地将火熄灭。

“想秦曼了？”钱三打破了沉闷，调侃黄跃进。

“你不想林枫？明知故问。”黄跃进戗了钱三一句。

“跃进，秦曼家怎么有这么高级的打火机？听说秦曼家有海外关系，真的假的？”钱三问黄跃进。黄跃进不回答钱三的问话，却突然问：“今天怎么没见六连的庄二娃？还有朱远平，他们是一个车的呀？”

“誓师大会我看见他们了，离我们远，你那时候眼睛里冒着火，怎么看得见他们两人呢？再说了，又都戴着坦克帽。”钱三回。

“你身上还有钱吗？我们凑个数，请庄二娃和朱远平一起吃个晚饭，怎么样？”黄跃进问钱三。

“最后的晚餐？哈哈哈，还是不要吧，朱远平那小子虽然是丹阳人，可见了面总觉得冷冰冰的。”钱三心里对朱远平冷漠着哩。“跃进，你知不知道那个庄二娃是溧水人？”钱三想起黄跃进的父母也是溧水人，便告诉了黄跃进这个消息。

“新兵训练时就知道了。庄二娃那小子话不多，下手猛，操起坦克横冲直撞。”黄跃进对钱三说。

“好吧，依着你，没两天要上去了，谁生谁死都不知道。这样，我还有十几块钱，不够你来。朱远平你去请，都是丹阳人，说不定死了埋一起哩。”钱三的话里透着悲凉。

“钱三，你写份遗书，我替你转交你爸你妈吧。”黄跃进哈哈地笑着说。

钱三一愣，旋即笑了：“你写，我替你保管。”

跃进和钱三相视大笑了起来。

“走，六连离这不远，我们去找他们。”黄跃进边说边迈开大步往六连驻地而去。钱三赶忙追向黄跃进，他与黄跃进并肩走着的同时，暗暗摸了摸军装衣袋。

六连的驻地一片沸腾，许多战士趴在坦克车上擦拭着炮塔，有的战士抡着长长的杆子捅擦着炮膛。一些步兵战士团团簇簇地围在一辆辆坦克车旁，他们的眼里透着羡慕。

哨兵不让黄跃进和钱三串岗，情急之下黄跃进扯开嗓子冲着坦克大喊：“二娃，二娃！”黄跃进的喊声惊天动地。

“谁在喊我？”步兵丛里一个黑壮的战士背着冲锋枪急急地跑向黄跃进，他显然不认识黄跃进，一头雾水地问，“你在喊我吗？”

“谁喊你了，我在喊二娃。”黄跃进生气地回他。眼前的人操着一口外地口音，一看就是个山沟沟里的兵。

“对呀，我叫二娃，你明明是在喊我啊？”金二娃也有些耐不住性子了，瞪大着眼睛，虎生生地注视着眼前这个明显看不起他的坦克兵。

“哎哎，你别来胡搅蛮缠，我们是喊我们的战友，他叫二娃，你耳朵聋了？”钱三不耐烦了，他也凶起了金二娃。

“我是叫二娃呀，你们不是喊我二娃吗？咋回事？有话快说，有屁快放。马上要开饭了，老子肚皮已经咕咕叫了。”金二娃生气了，他叉开腿，一手指着钱三吼着。

“二娃，二娃。”黄跃进不再理睬眼前这个乡巴佬步兵，两手做喇叭状，冲坦克车继续吼着。

“跃进。”从坦克车里钻出一个战士，正是庄二娃。他见是黄跃进和钱三来了，跳下坦克车，欣喜地奔了过来。

“你看，乡巴佬，这个是我们要找的老乡。你听好了，他是江苏溧水的庄二娃。”钱三大声训斥着步兵，冷笑着看着眼前这个自称二娃的步兵。钱三一脸的不屑，坦克兵的优越感洋溢在他的脸上。

金二娃见迎面跑来的坦克兵叫庄二娃，又从钱三的口中听到“溧水”两个字，心里突然有挥舞重锤砸开了厚厚的冰盖的感觉。

“同志，你也叫二娃？江苏溧水的？”金二娃一步上前，激动地冲着庄二娃问。“我叫金二娃，甘肃人。”金二娃生怕引起更大的误会，赶忙自我介绍起来。

“你也叫二娃？甘肃人？我娘老家也在甘肃啊，我俩真是有缘。跃进，世上还有这么巧的事情。哦，跃进，他是步兵班长，官比我们大哩。我的坦克要搭载他们班。他们是昨天上午到的，下午我们开始配合训练。”庄二娃眉飞色舞地冲着钱三说。

“嗯，我们昨天下午才开始配合。坐在坦克车上，在山坡上绕了一个多小时。根本坐不稳，头晕，发动机的噪声震得耳朵都要聋了。”金二娃见是一场误会，他也放松下来，跟黄跃进搭话。

“朱远平，过来，过来。”黄跃进看见朱远平从坦克车里钻出来，他热情又大声地喊着朱远平。朱远平见丹阳兵都在，笑着跑来。

“马上就要开战了，钱三身上还有些钱。今晚上我们几人找个小餐馆聚一聚吧。”黄跃进对朱远平说。

朱远平摸了摸口袋，大方地说：“我也凑个数，都是江苏的兵，我们聚。”

黄跃进抬手望了眼手表，离八点钟归队还有不少时间。他用眼睛瞟了眼金二娃，金二娃看出了黄跃进的意思，他的口袋里没有几个钱，但是他看到庄二娃有莫名的亲近感，就转过身望着庄二娃。

“跃进，把他也带上吧？我和他有缘，他是我娘的家乡人哩。”庄二娃对黄跃进说。

“是，是的。我和他有缘，我两岁时，我爹爹和娘就去了溧水哩。”金二娃顺着庄二娃的话，连声表白。

黄跃进心里犯着嘀咕，喊了几声二娃，结果跑来两个二娃，而且两个二娃都与老家溧水有牵连，这难道真是一种缘分？

“走，我们五个人今天好好地吃个大餐。金二娃，你们步兵几时熄灯啊？”黄跃进问金二娃。

“和你们一样，八点前自由活动。”金二娃喜滋滋地回。

2

黄昏时分，天边的云朵还在灿灿地燃烧，云隙间透着闪闪的光亮。简陋的餐馆里人声鼎沸，黄跃进几人入内，餐馆里几乎全是当兵的，男兵女兵们混杂在一起，热闹非凡。听喧闹的口音，像是安徽和山东兵。角落里正好有张空桌，黄跃进等人径直前往，迅速占据了桌子。

“随便来几个菜吧，再来一箱啤酒，什么牌子的都行。”黄跃进见餐厅的服务员迎上来，冲着她大大咧咧地叫着。服务员笑了，当兵的豪爽，她的眼睛里流露出亲切和欣喜，提笔开起了菜单。

“你们五个人，六个菜够了，一共这么多钱。”服务员将写好的菜单递给了黄跃进。黄跃进一挥手：“不看了，够吃就行。”

餐厅里响起了口琴声，一个年轻的战士激情满怀地吹着。一个女兵忽然站起，伴着口琴的吹奏，唱了起来。

乘着夜色骑到马上，
你带着我一起徜徉，
在那漫无边际的田野上，
鲜红朝霞，
紫红色光芒，
田野正在升起霞光，
时隐时现，
景色变幻无常……

服务员端着堆得尖尖的菜盘摆上了桌，啤酒也上来了。黄跃进将酒瓶盖放在牙齿上一磕，啤酒打开了。金二娃操起啤酒，用筷子砰砰砰地连续撬开几瓶啤酒，白花花的泡沫溢在了桌上。

“喝。”黄跃进举起一瓶啤酒，五个酒瓶哐哐当当地碰在一起。

“娘的，就要干仗了，还有心思唱这些歌。”黄跃进一口小半瓶啤酒，嗓子里咕噜声一串。他抹了下嘴唇，低声嘀咕。

“不像中国歌。”钱三望着唱歌的女兵说了句。他的眼睛直勾勾地盯着女兵漂亮的脸蛋，眼皮都不眨一下。

朱远平抄起酒瓶，激动地对钱三说：“钱三，就要上战场了，你我生死未卜，我打过你，我俩碰一碰，一笔勾销。”

钱三一愣，他收回了目光，他看着朱远平的脸，见朱远平一脸诚恳，连忙抄起酒瓶，准备与朱远平干杯。

“慢，远平，我也要向你赔不是。顺带着感谢你，让我搭上了秦曼。”黄跃进笑容满面，他一脸真诚地站起来，抄起酒瓶子，三人互相敲了敲酒瓶，来了个底朝天。

“哎，你们两个二娃闷一闷哩。”黄跃进见两个二娃只管放开肚皮吃菜，他提议着。

“我不会喝酒。”庄二娃略显为难，他看了看黄跃进，又望了眼已经抄着酒瓶，笑嘻嘻地望着他的金二娃。庄二娃一狠心，将酒瓶抓起，随着一声清脆的酒瓶撞击声，金二娃仰起脖子，居然一口气将啤酒灌下了肚子。他脸不红、心不慌地傻笑着看着庄二娃。庄二娃也咕咚咕咚地一连喝了几大口，脖子涨得老粗，惹得大家哈哈大笑。

“庄二娃，你家住在溧水什么地方啊？”金二娃问。

“庄家村？我老娘就是庄家村人。”黄跃进抢着说。

“是庄家吗？”庄二娃激动了，见黄跃进喜滋滋地点着头，不无羡慕地冲黄跃进说，“庄家好大的宅子，威武，气派。只可惜，快要倒了。”

“什么？你怎么知道老房子要倒了？”黄跃进从来没有见过庄家老宅。

“都是裂缝，地上、坡上、房子边也有裂缝了，恐怕山会垮。”庄二娃故弄玄虚地说着。

“倒就倒呗，反正现在也不是庄家的房子了。”黄跃进心里一惊，他脸上装作若无其事。他想，等仗打完了，回去要告诉娘这个消息。

“金二娃，我娘跟你是老乡哩，你住在甘肃哪里呀？”庄二娃问金二娃。

“穷地方，武威，九里沟。你听你娘说起过九里沟吗？”金二娃的眼里闪着光亮。

“没听说过，我娘从不跟我提老家的事。我刚生出来没多久，我爹爹就死了，我是跟着后爹姓的。”庄二娃说着，脸上泛起了忧伤，眼里闪着泪光，“我……我想我娘了。”

众人瞬间沉默了。临近桌子边正传来沸腾的吆喝声，一种躁动不安而又狂热的声浪扑向他们。

金二娃细细地琢磨着庄二娃的话，庄二娃的娘是甘肃人，庄二娃刚生下不久，他的爹爹便死了。庄二娃对甘肃的事情一无所知，但他隐隐感觉到，他们两个二娃相遇，巧归巧，眼前的庄二娃应该和自己没有半毛钱的关系。他心里飘浮的疑云散了。

黄跃进则在沉默中想到了庄慕兰，在当兵的前一天晚上，黄德胜喜滋滋地围着他转来转去，不断地叮嘱他，上了战场就不能当屃包，敌人的子弹专打那些怕死的人，一再叮嘱他绝不能当俘虏。而庄慕兰却时不时地搂着他，眼泪鼻涕一把抓。庄慕兰哭得黄德胜心烦，横挑鼻子竖挑眼地凶了她好几次。黄跃进心一酸，眼泪出来了。

“我提议，我们五个人结拜为兄弟。不分年纪大小，大家说好了，上了战场，谁死谁活都不重要，重要的是活着的人必须把死的人给带回来，活着的人不要忘记照顾死去的人的父母，行不行？”黄跃进举起酒瓶说。

“赞成。”钱三抄起酒瓶，手扬在空中，大声地说。

“好，好。”

“赞成！”

他们将酒瓶高举在空中，猛烈的酒瓶撞击声响起。他们含着泪水，昂起头喊着，一口气喝光了瓶中的酒，慷慨激昂的吼声中充满了悲壮的色彩……

惨淡的月亮被乌云遮掩，忽明忽暗地在天上徘徊。浮云像波涛，月亮时隐时现，山庄已经在梦境中沉睡。

天亮时分，就要踏上征程。黄跃进躺在床上，想象着炮火纷飞、枪林弹雨的场景，他的心里忽然掠过一丝不安。金二娃和步兵兄弟们搭载六连的坦克一路随行，不正好给越南兵当活靶子练枪吗？黄跃进眼前浮现出假想的越军，他们架着机枪，喷着火舌，坦克上的步兵们纷纷中弹的惨烈场面。他惊得从床上猛地坐起，呆呆地望着夜空。

3

天蒙蒙亮，大地在颤抖。黎明的天空如烈日照耀般火红，无数的炮弹闪着火光扑向越南方向。红色的天空中，炮声震耳欲聋，坦克团的钢铁洪流咆哮着。火光中，成百上千的伤兵随着匆匆奔跑的脚步声抬来。黄跃进站在坦克上，他瞪大着眼睛，数着一副副担架，他的眼睛看模糊了，嘴里的数也数乱了。他惊讶地望着前方，刚刚开战，伤亡为何如此巨大？他见团长杨山火暴地在坦克车前走来走去，一脸的焦急万分。眼前是汪洋一片，所有的坦克和车辆拥挤在河边，整个坦克团束手无策。

“怎么回事啊？地图上明明是一条小河，怎么现在是一片汪洋了？”团长杨山一脸疑惑地问。

“团长，友军一个坦克营在开战三个小时内已经成功穿插到了东溪，惊慌失措的越军炸开了水库。”团参谋大声地回着。

“全体车辆涉水过河。”杨山眉头紧蹙，他大声命令着。

坦克一营轰鸣着，率先扑入这片水障。一营的坦克不多会儿便抵达了对岸，水障的地面被一营的坦克压松，导致后续所有的坦克和车辆被先前到达对岸的坦克车牵引着，缓慢地涉过了水障。

“不要停顿，六连开路，目标靠松山。”坦克车里响起了杨山团长的命令。六连的坦克车成一路纵队，嘶吼着扑向靠松山方向。

浓雾弥漫，庄二娃小心翼翼地驾驶着坦克，行进在崎岖狭隘的山路。山路刚好能过一辆拖拉机，山上的岩石时不时阻挡住庞大的坦克。庄二娃不管不顾，他开着重型坦克，用强力撞击着山崖，努力地撞开一条通道。在这条山道上，钢铁洪流扭动着身姿，勇往直前，轰隆隆的防步兵地雷被坦克碾压得纷纷爆炸。

“这么多的地雷啊，幸亏坦克搭载着我们步兵。”金二娃坐在坦克车上对身边的战士说。

“金班长，听说一个越南兵能背上几百颗这样的地雷哩。没有坦克，我们步兵连路都没法走哩。”坦克车上另一个战士大声叫着。

“庄二娃，开慢点，我们屁股颠得不行啊。”金二娃拍击着坦克大声说着。

朱远平从坦克舱里探出身，他对着前方瞭望了一会儿，回头瞪着眼大声训斥着：“叫什么叫啊？你喊破了嗓子，庄二娃也听不见啊。你们都绑得紧紧的，掉不下去。”朱远平说完，缩回坦克内，啪的一声合上了舱盖。

金二娃有些气恼，他回头一看，许多步兵像泥鳅一样贴着山沟缓缓向前，时不时冲着山上越军放冷枪的地方打上几枪，金二娃觉得和这些步兵比起来，他们沾了大光了。

沿途到处是崇山峻岭和悬崖陡壁，映入眼帘的是一座座被越军炸毁的桥梁，山上的蒿草又高又密，钢铁洪流像渐渐凝固的钢水，迟缓地流淌着。一晃眼三个小时过去了。

从广西到东溪，只有这条崎岖山路。越军料定中国军队的坦克集群无法通过这条险道，因此，越军连条像样的战壕都没有布置，更别说安排正规部队在此抵抗。越军只是疏散边民，沿途布满了反步兵地雷。而沿途断断续续的冷枪冷炮都是越南地方武装的骚扰，将近一天的时间，坦克团才前进了两公里。黄昏时分，坦克团终于抵达了靠松山。团长杨山——杨伢子的儿子，头上冒着冷汗，他的心里火急火燎，按照这个速度，一天快过去了，部队如何赶到高平？他焦急万分地冲着话筒大声喊着："六连注意，加快速度，越过靠松山！"

六连的坦克轰隆隆地直扑靠松山。靠松山不算高，一条蛇道往上盘，山路崎岖弯连弯，悬崖峭壁两边悬。庄二娃见地形如此险要，深吸了一口气，驾着坦克冲向了靠松山。刚过一个弯，越军的火力点出现了，子弹打在钢板上溅起了火星。

最前方的坦克喷出了火焰，机枪密集的子弹射向越军的火力点。随着几声坦克炮响起，越军的火力点被摧毁，坦克轰隆着继续爬山。

庄二娃的坦克紧随着前方的坦克，他突然发现前方的树丛在晃动，紧接着火光一闪，一辆坦克被掀翻。稍许，又是火光一闪，又一辆坦克中弹起火，一团火焰轰隆隆地摔下了悬崖。紧接着，从树丛里钻出来一个孩子，他的身上插满了树枝，他直立着，扛着火箭筒，毫无畏惧地发射着火箭弹。火光闪动中，又一辆坦克被击中。

"快扫射！"金二娃大叫，朱远平抄起机枪，连连扫射，密集的子弹把小男孩打得往后翻腾。此时，山路两侧的越军机枪声四处轰响，坦克上搭载的步兵被密集的子弹打得血肉横飞。金二娃迅速跳下车，躲在坦克身后，只听得扑通一声，他边上的战士趴在了坦克车上。此时，坦克上所有幸存的步兵，在慌乱中解开束缚跳下车辆，胡乱地冲着山上扫射着。

花了一天的时间，坦克团好不容易穿过了险要的靠松山，杨山团长在指挥车里望着地图暗暗叹息。在靠松山的前方，又出现了更多的山，前方就是弄梅隧道了。

"命令部队出发，夺取弄梅隧道！"杨山对着电台大声吼着。

步兵头儿大声招呼着步兵战士，冲着前方的一条山道嚷着："金二娃，地图上就只有这条山道通往弄梅隧道，带上你的兵，全体出击。”

金二娃带着剩余的八九名战士，嗷嗷地叫着，他们顺着山道往前冲，后面是四处散开的步兵。

弄梅隧道是东溪通往高平的咽喉，它位于越南一个叫嫩金山的腹地。隧道不长，只有二十米左右，是一个穿山而过的小山洞。山洞逼仄，宽度正好容纳一辆坦克缓缓地通过，是易守难攻的天然绝佳之地。

六连的坦克开始了强攻。先头坦克刚刚拐弯，便被山洞里越军的火力摧毁。刹那间，越军的火箭筒，无后坐力炮和反坦克枪密集的火力齐射，接连摧毁了几辆坦克。

“步兵呢？我们需要步兵！”六连连长的车中弹了，他在燃烧的坦克车里绝望地呼叫。他翻滚着从车底爬出来。

“暂停攻击，等待步兵！”杨山大声命令着。

庄二娃的坦克停在了山路上，他通过观察镜突然发现，在侧面的山头上有一块空旷的场地，一匹白马正在晃悠。

“朱远平，快看，侧面山头有匹白马，那里一定有敌情。快，轰他几炮。”庄二娃兴奋地喊着。

朱远平操纵着坦克炮，锁定目标后，果断地连轰两炮。在炮弹爆炸的火光和散开的硝烟中，白马被轰上了天，四处散动着十几个人影。

朱远平紧接着又开了一炮，硝烟散去，远山恢复了平静。

“报告坦克团，我们已经攻占了山头。”车载电台里传来金二娃激动的报告声。

“六连前进！”杨山脸上露出了笑容，他厉声喊着。

六连的坦克怒吼着，一辆接一辆冲向弄梅隧道。从弄梅隧道内射出的火箭弹，无后坐力炮的炮弹无情地摧毁着六连的坦克。一辆接着一辆的坦克被炮弹击中，坦克的炮塔被轰飞在空中，落在山崖上，传来沉闷的响声。

“报告团长，步兵没有拿下山头！”六连指挥车万分焦急地报告着。

杨山愤怒地仔细查看着地图，他这才发现，地图上的山道画错了方向。步兵占领错了山头，步兵攻下的山头离弄梅隧道还有一公里路哩。杨山被愤怒战胜了理智，他愤恨地命令，“继续攻击！按波次攻击，一定要拿下弄梅隧道”。

六连的605坦克像野牛般冲向山道，在拐弯处刚露身，只听轰的一声，坦克起火了，瘫在山路上。

“606 坦克上，将 605 坦克拖走。”六连指挥车里传来命令。

庄二娃驾驶坦克冲向正在燃烧的 605 坦克，他朝朱远平看了一眼，朱远平正操纵着机枪，朝着弄梅隧道方向疯狂扫射着。

“庄二娃，你下去套钢缆，我掩护你。”朱远平边射击边大声喊着。

庄二娃钻出坦克，他抄起钢缆，快速地冲向燃烧的坦克车，炙热的钢板烤得庄二娃双手发烫。长长的坦克纵队停在山道上，进退不得。黄跃进和许多人一样，钻出坦克，注视着庄二娃的举动。

“轰！”一发炮弹冲着庄二娃射来，巨大的爆炸声中，庄二娃被炸得四分五裂。在滚滚的硝烟中，黄跃进看到一条大腿蹿出浓烟，在空中翻滚着，摔落在右后方的山坡草丛中。

“庄二娃！”黄跃进失声大喊。

枪声响起，金二娃带着步兵气喘吁吁地折回。他挥动着手，步兵四下分开，从沟谷贴着山壁往上攀爬。金二娃像山猴子般敏捷，他迅速贴近了隧道旁边的山石。

金二娃侧身将手榴弹一颗紧接着一颗投入隧道，其他战士们纷纷贴紧隧道的洞口，死命地往里投着手榴弹。一连串的爆炸声响起，硝烟从山洞内往外翻卷。

金二娃和步兵们端着冲锋枪边扫射边冲入隧道，隧道里横七竖八地散落着血淋淋的尸体，弄梅隧道被攻占了。

黄跃进一跃而起，他快速地奔向草丛。突然，对面山上的枪声响起，子弹打得他脚边泥土飞溅。黄跃进一个卧倒，匍匐着向前。他看到大腿上的裤子在草丛中冒烟，黄跃进翻滚着身体下了山路，他伸手握住带着热度的血淋淋的大腿，一个转身，弓着腰，拼命跑回到坦克车边。

钱三和车长及二炮手已经从坦克车里爬了出来，他们将庄二娃的大腿从黄跃进的手里捧过来，小心翼翼地放在坦克履带上。

“跃进，我去挖坑。”钱三哽咽着说。

“把他带回去。”黄跃进悲伤地回。

“怎么带？”车长问黄跃进。

黄跃进颤抖着手从衣袋里掏出香烟给每人点上，他抽了口烟，缓缓地说：

“钱三，去车上弄些柴油，把灰带回去。”

黄跃进看着柴油燃烧，死命地吸着烟，一股呛人的烟味和尸体燃烧的焦味弥漫开来。

“烧不透。”钱三用木棍拨弄着庄二娃的大腿对黄跃进说。

黄跃进将打火机的内芯拔出，一扬手摔得远远的，接过钱三手中的木棍，拨动着庄二娃的大腿。黄跃进将烧焦的地方用木棍弄下些灰烬，小心地装满了半个打火机壳的空间，又俯身从脚边抠了些泥土，塞入打火机内，将打火机盖子合上，往胸口的衣袋里一塞。

“挖坑吧。”黄跃进含着眼泪说。

庄二娃残缺的大腿带着燃烧的柴油被放进一个浅坑内，随着泥土被掩盖，所有的人沉默不语，泪光闪闪。

前方，枪炮声大作。黄跃进驾驶着坦克，轰隆隆地驶出弄梅隧道。

4

杨山坐在指挥车里沉默不语，三天过去，行程刚过半，坦克团兵锋所指，高平在望。余下的行程能否一鼓作气，直捣黄龙？

“报告团长，七连已经拿下博山，我们共摧毁敌军二十七个火力点，无后坐力炮两门，火箭筒五具。”车载电台里传来七连连长的报告声。

“好。”杨山脸展笑容，他正忧心能否拿下博山。博山拿下，高平只有四公里远了。

“我军损失报告一下。”杨山激动地喊着。

“排长牺牲了，十一辆坦克还剩七辆。”车载电台里的声音低沉。

“我命令速速越过博山桥，直取高平。”杨山怒瞪双眼地喝令着。

“706 坦克，我命令你们率先驶向博山大桥。”车载电台里传来七连连长嘶哑的吼声。

“遵命！”黄跃进驾驶着坦克冲上山坡，一个转弯，博山大桥出现在眼前。黄跃进猛地刹车，倒吸了一口凉气。博山大桥百孔千疮，两岸悬崖峭壁，几十米深的河谷激流奔涌。

“车长，大桥都是窟窿，过不去啊。”黄跃进大声汇报。

“试一试吧，大不了摔下去。”车长火冒三丈地吼着。

坦克车咆哮着，黄跃进小心翼翼地驾驶着706坦克。在嘎吱嘎吱的履带碾压声中，坦克像蜗牛般爬过了桥，停在了河对岸。后续的坦克见状，鱼贯而行。

越军的炮弹拖着火焰咆哮着精准地砸向大桥。在爆炸的火光和气浪中，博山大桥轰隆隆地垮了，桥上的两辆坦克一起摔进河谷。

“报告团长，博山大桥被越军炮火摧毁了。”营指挥车焦急地向团长杨山报告。

“团长，刚接到战况报告，兄弟部队已经摧枯拉朽般进入高平市区。”团政委笑逐颜开地说。

“停止前进，就地布防，防止残余越军偷袭。”杨山喜从心来，他长舒了一口气。高平已经被友军占领，坦克团已无须进入高平了。

“报告营长，我们怎么办？”706坦克的车长万分焦急地请示着营长。

“继续前进！不要停顿！直达高平！”营长果断并大声命令着。

黄跃进驾驶坦克，轰隆隆地沿着河谷边的山道直扑高平而去。一路上，能看到零星的越军在四周山上晃动，钱三操着机枪，一路扫射着。沿途，一些越南山民拖儿带女地站在路边树下，他们以为是自己的坦克，兴奋地冲着驶来的坦克欢呼雀跃着。

“跃进，打不打这些刁民？”钱三打红了眼，他转动着机枪，瞄准着目标问。

“手无寸铁的人，不打。”黄跃进笑了，他得意扬扬地驾驶着坦克，直奔高平市区而去。

黄跃进不知道，他们正成为名副其实的孤军，虎落平阳，龙游浅滩。706坦克正面临着英雄末路，状况堪忧。

二月二十日下午，黄跃进和钱三驾驶着706坦克在越南高平城内演出了一幕独角戏。706坦克像个怪兽一样，在空空荡荡的高平街头四处轰响着。那些躲藏在地洞里没有来得及逃跑的越南乡民和散兵游勇，听着坦克的轰鸣声，以为是中国军队的大部队打过来了。但是只有这一辆坦克，这么长时间了，连中国军队的影子都没看到。那些散兵游勇具有丰富的战斗经验，还意识到这辆笨重而又无步兵守卫的坦克也不是探路先锋，他们在暗处伺机而动。

“跃进，憋不住了，我要撒尿了。”车长叫了声。黄跃进一个刹车，车长和二炮手迫不及待地钻出坦克，两人离得不远，急吼吼地刚解裤子，一发炮弹精准地袭来，随着爆炸声，两人被炮弹炸得无影无踪。

黄跃进迅速启动坦克，钱三急得四处眺望，他的手紧紧地握着机枪，空荡荡的城市连个鬼影都寻不见。

“往哪儿开啊？”钱三急了，问黄跃进。

黄跃进此时也慌了，坦克失去了战斗目标，又失去了前进的方向。黄跃进见前方有个工厂，便想可能是越南的兵工厂，便驾着坦克直扑而去。谁知道，路越走越远，越走越窄，坦克开到了路的尽头，已经无路可走。

“操他一炮！”黄跃进怨气冲冲地说。钱三转动着炮口，瞄准工厂轰地射出了一发炮弹。

“就我们俩人了，跃进，你拿个主意吧？这样转来转去也不是个事啊。”钱三绝望地对黄跃进喊。

“还是原路返回吧，离坦克团近些，心里踏实。”黄跃进驾驶坦克转身，沿着来的道路快速行驶。

“报告，706 孤军深入，我们已经到达高平，准备原路返回，请指示。”黄跃进通过车载电台呼唤。

“706，你们是孤胆英雄，向前挺进，勇猛前进！”车载电台里传来营长的声音。

黄跃进不相信自己的耳朵，急切地问：“钱三，电台里是不是命令我们继续前进？”

“是的。”钱三沮丧地回。

黄跃进一咬牙，坦克转身，冲出了高平市区，又向前方突进了约七公里路。

“706 注意，你们已经到达了哪里？”车载电台响起。

“报告，706 已经越过高平七公里左右。”黄跃进喊着。

“立即停止前进，原地待命，组织防御。”营长命令着。

“706 明白。”黄跃进驾驶坦克躲藏进了山路边的树林里。坦克刚刚熄火，一阵呼啸声伴随着爆炸声传来，坦克内充满了令人窒息的硝烟味。黄跃进和钱三手脚并用地钻出坦克，身边的草丛和树木在燃烧。

“快检查坦克有没有受损。”黄跃进边说边围着坦克观察起来。

坦克的炮管炸坏了，机枪的装弹匣也炸坏了。黄跃进和钱三沮丧地望着坦克，一脸无奈。

“钱三，趁着坦克没爆炸，快把冲锋枪和能带的东西带出来吧，我们干脆就近隐蔽，保护我们的坦克。”黄跃进对钱三说。

钱三钻入坦克，他取出冲锋枪，又取出了些罐头和压缩饼干递给黄跃进。

“就躲在那个洼地吧。”钱三从炮塔高处看到二十米开外有个洼地，洼地杂草丛生，密不透风，他冲黄跃进喊着。黄跃进将冲锋枪子弹上膛，和钱三往洼地里一坐，蒿草掩盖了他们的身影。

夜深了，空旷的山野吹着寒风，孤单、寂寞和恐惧像四周黑黝黝的群山包围着二人。他们打着寒战，喉咙里冒着青烟。他们不敢合眼，竖着耳朵，听着山里的每一种响声。他们提心吊胆地一会儿望着月光下庞大的坦克身影，一会儿扫视着四周晃动的树枝，生怕突然扑来的越军特工们。

“冷，又渴，跃进，去坦克车里过夜吧？”钱三悄声地问黄跃进。

黄跃进用手指压住自己的嘴唇，示意钱三不要发声。黄跃进心想，只要天一亮，越军发现坦克还没有被彻底炸毁，肯定会再次炮击的。到那时候，坦克就是他俩的铁棺材。

漫长难熬的夜晚刚刚过去，森林里传来鸟的鸣叫声。天边的曙光显现，渐渐地太阳一跃而起，山坡明亮了。果然，一阵密集的炮弹精准地飞来，坦克的炮塔被掀开，紧接着坦克内部发生了爆炸，一股巨大的气浪将两人掩身之处的蒿草刮得东倒西歪。

“快，换个位置，抢个制高点，越军炮弹一会儿打偏了，我俩都会报销。”黄跃进边喊边一跃而起，端着冲锋枪跃出了洼地。钱三紧紧尾随，两人蹿上山坡，隐藏在一棵大树身后，警惕地注视着四周。

从十七日出发越过边境到现在，他俩没有吃过一顿热饭，全靠罐头和压缩饼干填饱肚子。白天炙热难耐，夜晚又寒冷难熬。口渴是最折磨他们的。

“跃进，我好像听到山底下有流水的声音。”钱三出现了幻觉。

“那是蛇。”黄跃进看到不远处有条扁担长的花蛇钻入了草丛。

“跃进，是水，我听到流水声了。”钱三固执地对黄跃进说。

黄跃进心想，有水也不能喝啊，万一越南人投毒。可是他和钱三总不能老待在着这地方啊。这地方无险可守，又没水没粮，光凭他和钱三的战斗意志也抵挡不住身体的需求。黄跃进望着钱三痛苦的脸庞，暗想着必须突围，他期待黑夜早些来临。

“守到晚上，我们原路返回，干脆去找部队！”黄跃进提议。钱三点点头，伸出手使劲掐了掐干裂的嗓子，喉咙里蹿出了血腥味。

夜幕终于降临了，天空隐现着星星，浮云环绕着一轮惨白的月亮，依稀的月光将山野照得一片朦胧。坦克服显眼，黄跃进和钱三悲壮地脱下坦克服，整整齐齐地叠好，放在大树底下，又晃晃悠悠地将棉大衣穿上。

“跃进，带冲锋枪吗？山高路远沟深，实在提不动了。”钱三绝望地问。

“带上，万一遇到大股越军，靠手枪不管用。”黄跃进说。

浓密的山林里无路可走，黄跃进手提冲锋枪跌跌撞撞地在前，钱三拿着手枪踉踉跄跄地在后。他们穿行在森林里，一步一滑地摸索着向前。他们朝着部队驻地方向，艰难地前行。好不容易翻过了一座山，他们听到了溪水的流淌声，俩人身不由己地迎着水声奔去。

一汪浅浅的溪水泛着水波，水面上漂浮着腐烂的树枝。黄跃进和钱三不管不顾地扑上前，他们急不可待地捧起溪水往肚子里灌。溪水一下肚，两人身上虚汗直冒，连头发都被虚汗沾湿了。

黄跃进将冲锋枪费力地举到嘴边，亲吻了一下枪管，弯腰将冲锋枪放在溪水边。黄跃进掏出手枪，压上了子弹。

“跃进，你要干什么啊？”钱三惊慌地问。

“我走前面，你跟在我后面。如果遇到山里的土民，能躲就躲，躲不了就打。如果遇到越军，能躲就躲，躲不了你从后面朝我开枪。你有时间自杀，总之一句话，钱三，我们是中国军人，决不当俘虏。”黄跃进惨淡地笑了笑，他的话里充满了悲伤。

钱三将子弹上膛，打开了保险，他紧握着手枪，点了点头。黄跃进和钱三一前一后跌跌撞撞地爬山。

好不容易又翻过了一座山，透过密密的树林，天空出现了曙光。前方依然是一望无际的山，朦胧的山的轮廓连绵起伏。林中传来了鸟的鸣叫声，一条细而弯曲的小路隐现，前方出现了一个村庄。

“钱三，再检查一下枪支，我们悄悄地擦着小路边的树林过去。”黄跃进和钱三将手枪举起，对视一眼。

黄跃进和钱三像山猫一样保持着警惕，一前一后静悄悄地下了山坡，沿着山路旁的森林猫行。突然，从树上跳下几个越军，四周草丛中又蹿出一批越军，他们以迅雷不及掩耳之势将黄跃进扑倒在地。

“开枪！”黄跃进全身被巨大的力量压在地面。他的脸庞和四肢被紧紧地按在地上，他的脸上硌进了细碎的沙粒。黄跃进动弹不得，用眼里的余光看到身后的钱三被七八个越军像提小鸡仔般从地上拎起。他俩被五花大绑，带到了一间茅屋内。

昏暗的油灯闪烁，黄跃进的打火机被搜了出来。金黄色的打火机在油灯飘忽的火光映照下，散发出金色的光泽。

“不许碰！那里面装着骨灰。”

黄跃进挣扎着往前蹿，他大声喊着，他的身体被越军牢牢地控制着。

越军的小头目手上摆弄起打火机，他借着油灯的光焰，见打火机里装着褚红色的泥土。他合上打火机放在手中掂了掂，他又走到黄跃进身边，用鼻子嗅了嗅黄跃进大衣上的气味，将打火机塞进了黄跃进的衣袋里。

“是坦克兵，这是真正的中国军人。他们是战俘，他们不是特工，按战俘对待吧，带下去。”越军小头目一挥手，黄跃进和钱三被越军推搡着带了下去……

一九七九年六月二十二日，黄跃进和钱三在中越两国最后一次交换战俘中得以平安回国。

中越边境上随处可见挺拔的木棉树，火红的木棉花旺旺地盛开着，一团团羽毛般带着优雅气质的花朵，像烈火般燃烧。它是英雄花，即使凋落，仍然保持着英豪气。木棉花从高大的树枝上一路旋转而下，花不褪色，花不萎靡，像英雄般道别尘世。

第三十五章

1

春天的九里沟美丽至极，清晨的太阳跃上山顶，将绵延起伏的山峦照耀得金光灿灿。九里沟的溪水哗哗地流淌，细叶芒、水生美人蕉、梭鱼草、水深鸢尾和荇菜等遍布在溪流边。翠绿的深山里鸟儿欢快地飞翔着，一群群鸟儿从九里沟的溪流上空掠过，一些鸟儿叽叽喳喳地栖在巧凤屋旁的树林中。

巧凤愁容满面，走出屋门朝自家田地边望着。光秃秃的竹竿上，白幡被山风吹成了布条巾，有气无力地摆着。在巧凤的公公和婆婆的坟冢边又新增了一座坟冢，那是不久前刚垒的土坟，里面埋着她的宝贝儿子大娃。

金二娃冷不丁地报名当兵后，巧凤知道金二娃是在和金大娃赌气。金二娃当兵去了，巧凤不过稍微埋汰了几句，金富贵凶了几句。没几日，大娃便带着红梅去南方打工了。不久前，得到噩耗，大娃从工地的大楼上摔下，去世了。

金大娃走后，红梅悲伤难耐，回九里沟后，带着双胞胎女儿回娘家去住了。近日传出消息，红梅呕吐了。

张大山前几日专门过来和金富贵商量，要把红梅肚子里的娃娃打掉。张大山说红梅还年轻，不可能一辈子守寡，得嫁个老公来帮她养育两个娃娃。张大山还忧心地说，红梅已经替金家生了两个娃，镇上计生办的人已经知道红梅又有了，虽说红梅肚子里的是遗腹子，可计生办的人三天两头来家里胡搅蛮缠。

这个消息让金富贵和巧凤在绝望中看到了希望。巧凤压根儿都没有想到，红梅的肚子里还有金家的血脉。金富贵斩钉截铁地说，一定要红梅把这个娃娃生下来。而且巧凤凭着女人的直觉，感到红梅这次极有可能是怀了个男胎，于是扑通一声跪在张大山面前，涕泪横流地求着张大山，把张大山搅得眼泪直淌。

红梅自己也想把肚里的娃娃生下来，这可让镇上计生办的那批人急得跳脚。巧凤也知道，如果红梅躲到外地强行生下这个娃娃，大山和她家的房子都会被计生办的人员扒光。

金富贵和张大山在一起细细地谋划，一咬牙，买了两百多块钱的烟酒，趁着夜黑给计生办的头儿送去。礼是收了，情却给不了，说这是上面的硬杠杠。计生办的头儿苦思冥想了一会儿，给指了条出路——红梅马上嫁人。

巧凤走向树林，扶着高大的臭椿树痛哭了起来。“巧凤，巧凤。”金富贵四处寻找着巧凤。他知道婆娘肯定又躲在无人处抹泪去了。

巧凤在林子边回了声，急忙抹去眼泪，向金富贵走去。她冲着金富贵挤着笑脸，“富贵，这臭椿树上停了一群鸟，有只鸟特别好看，羽毛都是红色的，平常也见不到这种鸟哩。”

金富贵已经看见了巧凤脸上的泪痕，忍不住朝地头边的坟堆望了望。他转身示意巧凤随他回屋。金富贵坐下，习惯地点了袋旱烟，吞云吐雾了片刻开口道：“巧凤，大娃没了，谁心里都没过这个坎，心窝窝里疼。红梅肚子里的那个娃娃，我寻思来寻思去，能保得下来。”

巧凤眼睛亮了：“有啥法子哩？”

金富贵犹豫了片刻说：“二娃快回来了，等他回来，我们在大山家扯上一桌子酒，两家人一起吃个饭热闹一下。你去外面放风，就说二娃和红梅……”

“叔接嫂？”巧凤激动地问。刚看到的希望，瞬间又消失了，巧凤脸上愁云密布，“你这是擀面杖吹火，一窍不通。二娃和红梅虽然是青梅竹马，但是二娃和大娃两口子是掰僵了出去的。二娃和红梅只要有一个不乐意，红梅肚子里的娃娃还是保不住。”

“先不忙告诉二娃他哥走了。待二娃回来，就说张大山家请客，我把二娃拽过去。你去九里沟满山的人家放口风，说二娃和红梅同居了，还不传到镇计生办那些鬼耳朵里去？”金富贵边抽烟边说。

“纸包不住火咋办哩？二娃要是知道大娃没了，他又不愿意讨红梅，咋办哩？”巧凤担心地问金富贵。

金富贵胸有成竹地说：“成不成这事看红梅了。男追女隔座山，女追男隔层纱。拔出萝卜带出泥，抹一节啃一节。你现在带些钱去张大山家，把这意思给他们家吹吹风，让大山的婆娘教一教红梅。”

“剃头挑子一头热。大娃走了没两个月，让红梅这么快就去跟二娃，这事传出去，背地里被人戳脊梁骨哩。”巧凤忧心忡忡地说。

“红梅肚子里的娃娃不仅仅是金家的血脉，更是一条命啊。你顺着红梅的意思往下说，另外，你让三妹扮黑脸，你俩一唱一和。我料定红梅不会吱声，她也舍不得肚子里的娃娃呀。”金富贵给巧凤支招儿，“别管人家闲言碎语，耳不听心不烦。老话不是讲嘛，救人一命胜造七级浮屠。况且，保住金家的根脉，是天大的事情哩。”

“我先去与三妹扯扯，我俩的意思合拍了，两个巴掌就有响声，到时候，我和三妹都可以给红梅支招儿。”巧凤说完，望了眼天空，太阳正金光灿灿地亮着，她觉得脸上干巴巴的，就转身洗了把脸，撸了几下头发，冲着金富贵凄惨一笑，匆匆往张大山家而去。

等巧凤出了家门，金富贵扔下烟枪，掩面痛哭。过了一会儿，他用粗糙的手抹了把脸，弯腰捡起烟枪，朝鞋底磕了磕，重新点了袋烟，埋头吧嗒了起来。

也不知过了多长时间，屋子里已经烟雾缭绕，金富贵起身推开窗户，往屋外走去。山风吹来，带着溪水的气息和野花的芳香。金富贵无神地望望院外，突然眼前一亮，山道上有个熟悉的身影，二娃回来了。

“爹爹，我回来了。”金二娃一身军装，胸口挂着大红花，两手拎着沉甸甸的旅行袋，高高兴兴进家来。金富贵见二娃的脚步坚定有力，他的脸上露出了难得的笑容。

“快进屋喝口水吧。”金富贵从金二娃手上接过旅行袋。

“啥时候回来的？”金富贵问。

“一大早汽车就到了县上，敲锣打鼓，热闹了一会儿，车子送到了镇上，从镇上走回来的。”金二娃回道。

“大毛也回来了？”金富贵问。

“爹爹，大毛回不来了。”金二娃的声音沉了下来。

“爹爹，我娘呢？我哥和嫂子咋不在家里？”金二娃边说边把旅行袋的拉链拉开，给大家买的礼物摆了一大桌。

“都去大山家了，明天是大山的生日，我们都得去吃饭。”金富贵撒了谎。

“正好，我买了条‘飞马’香烟，这烟好着哩，明天送两包给红梅爹爹抽。”金二娃从另外一只旅行袋里将香烟拿出来，恭敬地摆在桌子上，又从衣袋里掏出香烟，递了根给金富贵，划亮了火柴，欲给金富贵点烟。

“爹爹抽惯了旱烟，这洋烟不带劲，嘴刁了往后抽不起。”金富贵将香烟夹在耳朵上。

“二娃，你没上去打仗吧？人家都说这越南兵不禁打，没一个月的光景，就被灭了。”金富贵问金二娃。

金二娃脸色瞬间凝重，往椅子上一坐，茫然地朝金富贵点了点头。只有上过战场才知道，越南的猴子兵有多么难缠。

“爹爹，我退伍了，政府也没给安排工作。过段时间我去江南打工，那地方有不少战友哩。”金二娃说。

“先不忙着出去，回来安心一阵子，娶个媳妇成个家，这事要紧哩。”金富贵试探着金二娃。

“虽说当了两年兵，但没攒下钱，回来连个住的地方都不踏实，也不知哪家的女娃愿意嫁给我哩。”金二娃笑着回，起身往院子走去，推开他住的披屋门，见里面堆满了杂物。

“爹爹，我的床铺咋拆了？”金二娃有些吃惊地问跟随着的金富贵。

“嗯。今晚上你先睡你哥的床，他们这些天不回家。”金富贵随口敷衍，心却跳得慌。

“这不好吧，爹爹，我哥会不乐意的。”金二娃说完，他转身将披屋门掩上。他一回头，看到自留地的山坡上有白幡在扬，他赶忙往前走了几步，看到山坡上多了一座新坟。

“家里出了啥大事了？谁死了？”金二娃指着山坡方向惊慌地问。

2

满天繁星，月亮高挂在天上，月光透过窗棂洒入屋内。上半夜，金富贵和巧凤涕泪纵横地劝着他，让他过些日子把红梅娶了，他硬是咬紧着牙关不吭气。要不是为了红梅，大娃怎么会去打工？又怎么会摔死？要不是为了红梅，他也不会赌气去当兵，差些死在异国他乡。昨天黄昏时，他在大娃的坟前痛哭流涕，拍着胸脯告诉大娃，他绝不是有意将墙捅了个窟窿，更没有从窟窿眼里偷看红梅的奶子。

金二娃仰面躺在金大娃的床上，眼泪无声地流淌，他眼前不断浮现出从小和大娃一起的场景。他想起了那座被大树盖住的古墓，那个恐惧的黑乎乎的窟窿……他很愧疚，当初不该用那棵倒下的树给大娃打家具，红梅说的锥心的话也在耳边响起，“二娃，你不要脸，我正在给娃娃喂奶哩。”正是红梅的这句话，让大娃跟他彻底扯下了脸面。金二娃想，大娃去山外打工，说不定是由这桩事情引起的……

“狐狸精，克夫的命。”金二娃心里愤恨地骂了几句。他想到明天中午张大山家请客过生日，他清楚，那是大伯的谎言。这顿饭，就是促使他和红梅亲近的一顿饭。金二娃望着渐渐发白的天空，犹豫着究竟去还是不去，又考虑着自己回来后可以做的营生。

去南方找战友们，和他们一起打工，他们会不会带自己？窝在这九里沟，除了茫茫大山，去哪里搞钱呢？

金二娃突然想起，巧凤告诉他大娃的老板赔了万把块钱。钱都在红梅手上，说要留着抚养两个娃娃。

金二娃想走捷径——红梅乐意让他用这笔钱去南方做个小生意，他将毫不犹豫地娶她当老婆。金二娃推开窗，一股山风轻拂而入，风中有着山野和花儿的气息。哗哗流淌的溪水声传来，让他不由得想起往日时光的快乐，红梅那咯咯咯的笑声在耳边响起。

金二娃往床上一躺，扯着被子的一角搭在了肚子上，在醉人的花的气息中，渐渐地合上了眼。

“二娃，起床吧，洗漱水给你备好了。”巧凤在堂屋轻轻地喊着。她见二娃没有声响，便轻轻地叩了叩门。

“嗯。”二娃吱了声，他睁开眼睛，刺眼的阳光正透过敞开的窗户射入屋内，把屋子照得亮堂堂的。

“二娃，太阳到头顶了，大山家该等急了。”金富贵提着烟杆，探头入屋冲金二娃说。

金二娃连忙出门，刷牙洗脸，又入屋换上迷彩服，特意将军帽端端正正地戴上。

还没到张大山家，三妹领着金大娃的两个娃娃摇摇晃晃地出了院子。三妹见金二娃三人正迎面向她家走来，赶忙回屋子，冲着红梅大喊："红梅，二娃来了，穿着军装，怪精神的。"

红梅蹲在灶膛边烧火，她的脸被火光映得通红。她没有起身，也看不出有任何的欣喜，只是往灶膛里塞了几把柴火，手不由得颤抖着。

张大山闻听，大步走向院子，冲金二娃笑着问："二娃，昨天就回来了？"

金二娃两年多不见张大山了，张大山头上的白发被太阳照耀着，就像冬天溪边的芦花。他的背明显驼了，身板看上去还结实。

"叔，昨晚累了，我爹爹和娘跟我唠嗑到大半夜哩，所以今天才来看你们。"

金二娃刚入屋，三妹忙不迭地抹桌递茶，前言不搭后语地说："二娃，红梅在厨房烧火哩。"

"二娃哥，回来了？"红梅起身轻轻地喊了声。

"这条'飞马'香烟是我从南方带回来的，孝敬我叔。"金二娃并没有搭理红梅的问话，只是不慌不忙地从挎包里取出香烟，将烟恭敬地放在桌子上。

当了近三年的兵，金二娃整个人的气质变了，变得更像个男人。他的眼神坚定，身体更加强壮，说话落地有声。金二娃身上透露的军人气质，让红梅不由得偷偷瞥了一眼。灶膛里柴火燃烧的光焰，让红梅的脸发烫。

三妹和巧凤互递了个眼色，她俩往灶台走去。在油的爆裂声中，大碗的菜肴摆上了桌子。两个娃娃爬上凳子，直接伸手抓着肉片往嘴里塞。红梅起身走向桌子，一手抱起一个娃娃在长凳上坐下。

"红梅，让娃娃们上桌吧。"金二娃冲红梅说了句。

红梅脸红了，抱着娃娃坐在二娃的对面，她的眼睛不敢正视二娃，只顾夹起菜往两个娃娃嘴里送。

张大山从柜子里搬出酒瓮，拿出几个碗，往里倒着土酒。二娃也不推却，端起酒碗恭恭敬敬地敬了张大山和金富贵。红梅见金二娃和爹爹碰了碗，洒下的酒顺着桌子往下淌。红梅将两个娃娃交给了三妹，拿着抹布挨着金二娃的身边抹着桌子。金二娃抹了下嘴巴，他嗅到了红梅身上散发出来的女人味。他看了一眼红梅，红梅似乎意识到了什么，她的脸更红了。

“二娃回来了？”门外一阵熙熙攘攘，金富贵侧身一望，是镇上计生办的一群鬼东西。男男女女七八个人，个个脸上淌着汗，嘴巴笑开了花。

“哎哟，镇长也来了？”张大山和金富贵几乎同时起身憨厚地笑着，闪身腾出空间，点头哈腰地请镇长入座。

“不要，不要。听说二娃和红梅定亲，我愣是不相信，咋这么快哩？我特地领着计生办的人上门核实一下哩。”镇长的脸上洋溢着笑容，额头闪着汗痕。

“二娃，这是咱镇子上管生育的镇长。”巧凤奉承着镇长说。

“镇长好，大家好，一起坐下来吃饭吧？”金二娃反客为主地招呼起来。

“二娃，当兵好啊。看，二娃整个人味道都变了。”镇长冲着身后的一帮人乐呵呵地说着，上前和金二娃握起了手。

“谢谢镇长。”金二娃笑着回。他看了眼计生办的人，他们一个个脸上乐呵呵的。

“定亲好啊。这计划生育是国策，哪个领导都不愿意干这得罪人的工作啊。二娃啊，我对你说实话吧，那次开了一上午的会，我是一泡尿硬没憋住，上了趟厕所，镇上领导们便一致同意由我分管计划生育。”镇长的话惹得满屋子的人哈哈大笑。

“二娃，赶紧把证领了，红梅那肚子都看得出来了。多超生一个，我们这些人连工资都拿不全，都是拖家带口的呀。”计生办一个女同志说。

金富贵说：“我让你们别操心，二娃这不回来了吗？什么上房揭瓦，捉鸡牵牛，你们净吓唬我们这些老实巴交的人哩。”

“红梅，尽快扯证啊。别肚子鼓得圆圆的还没扯证，到时候别怪我们这么长的针扎下去啊，你受罪，我们犯难，大家都不好过。”计生办的女同志用手比画着吓唬起红梅。

红梅脸色惨白，惊恐不安地望着金二娃，她的手不由得抚摸了一下肚皮。张大山讪笑着，赶紧挨个儿敬起了烟。镇长接过烟往耳朵上一夹，出门时还不忘强调：“赶紧把证扯了，山沟深处还有人家等我们上门哩。”

镇长走在前，一伙人前呼后拥，往九里沟深山里赶去。张大山和金富贵将他们送出院子，进屋前，张大山压低声问：“富贵，都跟二娃谈妥了？”

金富贵低语着：“二娃牙齿咬得紧，没松口哩。红梅啥意思哩？”

“红梅能有啥意思？想保住肚子里的娃娃。千条路，万条路，无路可走啊，只有叔接嫂这条路。一个女人带两个娃，肚子里还装着一个，哪家人家乐意娶哩？”张大山忧郁地往屋里看了一眼，二娃正端着酒碗往肚子里灌着哩。

金二娃端起碗大喝了几口，突然将酒碗重重地放在了桌子上，冲着刚进屋的张大山和金富贵说：“要是在战场上，我非得用冲锋枪扫了他们，我砍刀劈了他们。”

金二娃酒上了头，怒火中烧脸庞涨得通红。

“别喝了，再喝就要发酒疯了。”金富贵将酒碗拿开，三妹赶紧拧了把热毛巾，替二娃抹起了脸。三妹边给二娃抹脸边示意着红梅过来，两人扶着踉跄的金二娃进了房间，让他坐到椅子上。

“红梅啊，二娃有些挺不住了，你去把热茶端来，陪他唠唠吧。”三妹意有所指。红梅红着脸，转身出屋，端来茶杯递给二娃，三妹趁机出门将门拉上。

“红梅，我哥怎么摔下来的？”二娃问。

“从大楼脚手架上踩空了摔下来的。”红梅心跳得厉害。

“赔了多少钱？你跟我说……说实话。”金二娃歪着头嘟囔着。

“扣去乱七八糟的花费，不到一万块钱。”红梅弄不清二娃问话的意图，只能如实地说。

“我想……想去南方，找一找战友做生意，你……你能不能借我些钱……回本了，我……我加倍还你。”金二娃抬起头，瞪着红梅，红梅正在他的面前晃动着。

只听得杯子砰的一声，水溢在了桌子上。

“不行！那是大娃的命钱，一分钱都不能花。”红梅哽咽了，转身打开房门，径直走入自己的房间，趴在床上哭起来。三妹见状，长长地叹息了一声，小跑着去安抚红梅。

金二娃摇晃着身子走向床，往下一躺，一会儿就睡过去了。

深更半夜，金二娃醒来，他觉得头昏昏沉沉，他的头痛得几乎要裂开，嗓子也痒痒的，他似乎听到张大山说话的声音。

“三妹，大山里好像又闹鬼了。那些鬼火飘来飘去的，镇政府的人管人行，管不住鬼哩。”

“大山，把院子门关严实些，别让鬼进门呀。”三妹的声音传来。

金二娃努力地睁开眼睛，外面黑漆漆一片。

3

两天过去了，金二娃留宿在红梅家的消息一直传到九里沟最深处的人家。九里沟几乎所有的人都在议论，有人说红梅交了好运，有人说金二娃眼馋着金大娃的死亡赔偿金，更有人说金二娃以前就和红梅有一腿。这些传言，自然也传到了金二娃和红梅的耳朵里。

金二娃坦坦荡荡，没把这传言往心底里搁，可巧凤耐不住了，三番五次地催促二娃，让他有事没事去红梅家串串门。巧凤唠叨个不停，让金二娃心里烦。他这两天一直在想着如何搞钱，那晚的事情，他依稀记得红梅摔了茶杯拂袖而去，还依稀记得张大山说山里闹鬼了。

那天喝酒时二娃偷眼看了红梅，红梅比以前更好看了，她的身子里透着诱人的气息。这些气息钻入了他的心窝窝，让他的心里有了些许的波动。但金二娃的心里也会有莫名的抗拒感，这种抗拒感来自金大娃和红梅尖酸的挖苦，也来自红梅的小家子气。

金二娃觉得红梅肯嫁给他，是一种无奈，而他娶红梅之日，就是背负沉重家庭负担的开始。他想去南方做些生意，红梅又不理解他，更不愿意借钱给他当资本，他觉得娶红梅当老婆，占不了丁点的便宜。

“二娃，长大了是不？娘的话你怎么不听啊？山里山外都传开了，你不对红梅热乎些，让红梅的脸往哪儿搁啊？两个娃娃没爹，你把红梅逼得嫁了外人，整天打骂两个可怜的娃娃，你当叔的心里好受？”巧凤说着，眼泪掉了下来。

金二娃皱了皱眉：“娘，我拿什么养这一大家子人？当了几年兵，政府没给安排工作，去外面做生意，又没个资本。”

“去做什么生意啊？老老实实地待在九里沟。你哥一去外地，连性命都丢了。”巧凤哭得厉害了。

金富贵说：“二娃，你与红梅成了两口子，红梅不会不帮你的。你现在开口管红梅要钱，换谁也不会掏给你的。那是你哥的命钱啊。”

金二娃沉默了，也是，做什么生意，心里还没个谱。现在管红梅借钱，这口开得是早了些。

“娘，你别哭了，我这就去找红梅聊聊。爹爹，我好像听张大山说，咱这九里沟最近闹鬼哩？”金二娃问金富贵。

“哪来什么鬼啊，爹爹寻思是外地来了些‘一锅儿’，咱这荒山野岭的地方，哪来什么大富大贵的人家的祖坟哩。”

“爹爹，什么叫‘一锅儿’啊？”金二娃来了兴趣，追问着。

“江湖上以前有专门干挖人祖坟的班底儿，那一伙人就叫‘一锅儿’。锅子里当数‘掌眼的’地位最高，被那些人尊称为大哥。”金富贵吞云吐雾地说着。

金二娃恍然大悟，他想起了那座坍塌了的坟墓。金富贵抬眼盯着金二娃，他以为金二娃对盗墓来了兴致，语重心长地说：“二娃啊，这种盗人祖坟的缺德事，是要遭报应的。再说了，真遇上藏有钱财的大墓，里面机关重重。猫腰进去，躺着出来。而且，往往十墓九空，得不偿失啊。”

“娘，别哭了，红梅来了。”金二娃发现红梅正提着一只鸡往这里走来，巧凤赶紧抹了抹脸，堆着笑，出门迎了上去。

“我娘让我捉只鸡给二娃哥补身子。二娃哥头还疼吗？”红梅轻言轻语地问巧凤。

“今天二娃精神好了些，正说着去找你哩。”巧凤热情地接过鸡，将红梅迎进屋。

“爹爹，二娃哥。”红梅进门显得腼腆，红着脸喊了声。

金富贵笑了，冲着红梅说：“大山咋这么客气，都是一家人，鸡窝里还有鸡哩。”

金二娃见太阳照得屋外亮晃晃的，鸡被缚住双脚，在巧凤手里蹦跶着。他起身从巧凤手里接过鸡，将绳子解开，往鸡窝走去。他故意看了眼红梅，示意红梅和他一起去鸡窝。

“去吧，帮二娃搭把手。”巧凤乐呵呵地说。

红梅随二娃走向鸡窝。阳光照在红梅的脸上，二娃故意放缓脚步，等红梅跟上，他停下脚步，眼睛望着红梅。

“红梅，哥那天喝高了，说的话你别搁心上啊。”二娃轻声地对红梅说。

“二娃哥，你当红梅是什么人了？”红梅显得羞涩，眼睛亮亮地望着不远处的山花。

“不是，哥是说管你借钱那事，你别搁心上。你做得对，那是我哥的性命钱。”二娃边说边把鸡扔进了鸡窝。

“二娃哥，山里山外都传开了。我娘让我来问你，让你拿定主意哩。”红梅涨红着脸，弱弱地对金二娃说。她的心怦怦地跳着，她不敢看着金二娃，用脚踢着山坡上的小草。

金二娃望着红梅，心里突然涌出一种怜悯。红梅微微发胖的肚子和不安的表情，让他想起了小时候用狗尾巴草做的戒指换红梅咯咯笑的场景。

“哥不会不管你的。”金二娃话音未落，见红梅已抬起脸冲着他笑，眼里闪着泪光。她好像是故意挺了挺胸，被衣服裹紧的奶子凸显着丰满的轮廓。

“二娃哥，从今日起，你两边都可以住，红梅从了你，什么都会由着你的。”

“在这儿吃晚饭，吃了晚饭我上你们家去。”金二娃鼓起了勇气冲红梅说。

“杀鸡吧。”红梅笑了。

金二娃跳入鸡栏，几下便捉住了那只惊魂未定的芦花鸡，他几下拔去了芦花鸡脖子上的鸡毛，和红梅回到了院中。

“咋又改主意了？”巧凤见二娃乐呵呵地提着鸡返回院中，知道红梅的事情妥了。她兴高采烈地将盐放入大瓷碗中，倒上水用手指搅动着。随着金二娃操刀往鸡脖子上一抹，殷红的鸡血注入了碗中。

金富贵见状，提来水壶，开始给芦花鸡煺毛，沉寂而郁闷的院子里又响起了久违的笑声。

夜晚，月亮出来了，金二娃送红梅回家。一路上他不断地眺望着月影下的山峦，显得有些心神不宁。

“红梅，离家不远了，你一个人先回去吧。”金二娃话刚出口，红梅愣住了。

“二娃哥，晚上不住我家了？”红梅脸色尴尬地问。

金二娃凑近红梅的耳边，神秘地对红梅说了几句话，红梅的脸色吓得煞白。

“二娃，你赤手空拳一个人上山，安不安全？”红梅惊问。

“放心，去碰碰运气，万一逮住这些家伙，弄些金银，这不就来钱了。”

“那我晚上给你留着门吧？”红梅担忧地问金二娃。

“嗯。”金二娃转身钻入了山林，朝着墓地所在的山岗摸去。他跌跌撞撞地翻过山，寻找着被砍伐掉的高大的云杉树树根。终于，他看到了齐腰高的树根。

金二娃悄悄地摸了上去，找了几块巴掌大的石块放在身边，以防不备时使用。他猫在树根身后，侧耳倾听着四周的动静。

山谷静谧无声，偶尔传来小动物奔跑的声响。月光洒在山坡上，能看到在微风中摇曳的花草，那座坍塌的坟已被荒草掩盖。天幕上星星闪烁，黑黝黝的群山伸向远方。一阵轻微的脚步声从不远处传来，有人打着手电，风中传来轻轻的说话声。

金二娃注视着晃动的黑影，对方一共五个人。这些人手持铁铲和撬棒，提着麻袋姗姗而来。金二娃不由得倒吸了一口凉气，他有些后悔，没带把斧子放身上，只能凝神屏息地注视着黑影中摇晃而来的人。

“大哥，这墓坍塌了，没准又是个空墓。”一个中年人冲着一个老者说。

老者沿着墓四周走了一遭，又四下观望了一下，伸手指向被砍伐的云杉树，吓得金二娃连忙躲在树根后。

“这个坑一定是当地山民砍树砸出来的，估计没被摸过，下去看看吧。”

“我也下去探一探？”中年人对老者说。

“你是支锅，还是让腿子们下去吧。”老者边说边摆着手，他示意另外几人下去。那三个人小心地搬弄着腐烂的枯枝，用铲子铲了起来。

过了好久，金二娃才敢悄悄地探出头。两人背着两个鼓囊囊的麻袋正从坑里爬出来，另一人将搬开的枯枝重新抛入坑中。

“三千块。”被称为“支锅”的中年人对老者说。

“五千块，少一个铜板都不行。那几只瓷缸是青花瓷，还有一只铜鼎，最少值三千块一个，还有这把青铜剑哩。”老者讨价还价。

“那青铜剑虽说是战国的，但上面没有文字啊。”支锅从麻袋里摸出青铜剑，借着月光看了起来。

“拿到南方去至少几万一把，古铜残片贵黄金哩。”

做苦力的腿子开口了：“老板，你是支锅，是这次挖掘的金主。我们都是干体力的，你把钱压低了，大哥给我们的就少了，你这次打包赚大了。”

支锅笑着将提包递给老者："剩下的，拿到我家里再给你吧。"

金二娃听得目瞪口呆，心里的贪欲像火点燃了热血。他操起两块石头猛地闪出，大喝一声："站住，都不许动！"

这一声叫喊，把几个盗墓者吓得魂飞魄散，有个腿子拔腿就跑。也就一瞬间，两道手电的光柱将金二娃照得通亮，老者用惊慌的口吻回："大兄弟，见者有份，你别叫啊。"

金二娃穿着迷彩服，他们误认为遇到公安了。也就在这一瞬间，金二娃看见自己身穿的军服，浩然之气由心而起。他一个侧身，举起石块准备砸过去。

"慢！"老者惊慌地喊着，用手电筒四处照了照，当他发现荒山野岭只有金二娃一个人时，他的底气上来了。他一挥手，两个腿子抡着铁铲奔金二娃而来。

金二娃猛地将手中的石块砸向冲在最前面的人，石块不偏不倚地砸在那人的肩膀上，铁铲哐的一声掉在石头上。

"大兄弟，识时务者为俊杰。大路朝天，各走一边。与人方便就是与己方便啊。给你一千块钱，放我们走路，如何？"老者劝说着金二娃。

"掘人家祖坟，这是违法犯罪，你们不知道吗？"二娃边说边将另一块石头换在了右手上。

老者从包中取出一沓钱，用手电筒照了照手中的钱，他左手举着钱缓缓地向金二娃走来。金二娃见他脚步轻盈，动作灵敏，他猜想着老者身上必有功夫。老者向前，金二娃缓缓地向后倒退着。

"我不要你的钱，要了我就犯罪了。"金二娃血气上来了，他摆好了决斗的架势，大声喊着。

忽然，老者站立不前，他用手电照了照金二娃，照了照凸起的山石，大声问："大兄弟，想不想发财？你放我们一马，我告诉你一个发财的地方，如何？"

金二娃见几人正向他围来，盘算着如果这几人一起动手，他的命今晚要丢在这个山岗上了。他做好了逃跑的准备。

"大兄弟，这座山上的石头，可是个宝贝哩。这些石头里面藏着金，叫金镶玉大理石。你随便整些去邻县卖给石材厂，那可是抢手货啊。"老者边说，边用手电又照了照凸起的石头，随着光影掠过，金二娃也想起了在山崖上剥青苔时发现的那种神奇石头。

老者见金二娃愣住了，一挥手，几条人影迅速扛着麻袋钻进了林子里。老者则一个转身，蜻蜓点水般踩着山坡地跃出老远，只眨眼的工夫，便消失在了树林里。

金二娃暗自吃惊，小心地往前行走着，奋力地将手中的石头砸向树林。一阵石头的撞击声后，山野里静悄悄，山风中传来山蛙的咕叫声。

金二娃不敢向前了，他怕中了埋伏，他环顾四周，随手抱了块锅子大小的石头，急匆匆地往红梅家走去。

4

杨伢子托人带口信让庄维田立即去乡人武部，庄维田百思不得其解，他望了眼正在地里除草的金凤，心里突然闪过一丝惊恐。自卫反击战结束了，庄二娃究竟有没有上战场，他不知道。不过，庄二娃好久没有给家里写信了，算起来也该回来了。庄维田不安地望了一眼忙活中的金凤，不知为何，庄维田鼻子一酸，眼里泛出了泪花。

庄维田想，杨伢子天天回庄家村，从他家走到自己家，也就一支烟的工夫，为什么不直接过来？杨伢子为什么让他走七八里山路去乡政府？

庄维田见金凤起身抹着脸上的汗，装着若无其事地冲金凤笑了笑。他的心里有一种强烈的不好的预感。他回到屋里，打开柜子，找到金凤藏着的一张两寸照片，上面是金凤抱着还在吃奶的庄二娃和金凤前夫金富友的合照，他的耳边想起了庄二娃离家当兵时说的话："爹爹，小时候，我娘抱我时拍的那张照片，你把它挂在镜框里吧。我娘想我时她能看见我哩。"庄二娃的话此时将他的心撩拨得酸酸的。

庄维田将照片揣进怀里，抓起草帽往头上一戴，急匆匆地出门去。

"维田，头顶上太阳正热辣，你去哪儿呀？"金凤见庄维田匆匆出门问。

"去东芦公社，杨伢子有事找我哩。"庄维田回。

庄维田大步流星地闯入公社，边抹汗边走入杨伢子的办公室。杨伢子的办公室里无人，庄维田见李邱巴的办公室门开着，他沿着走廊故意闪身而过，窥视了一下李邱巴的办公室。

“维田，怎么不进门呀？”李邱巴已经看见了庄维田，匆匆地起身，热情地拍着庄维田的肩膀拥入屋内。

杨伢子和公社几个领导都在。杨伢子的眼睛不敢正视庄维田。其他公社领导忙不迭地给庄维田端茶倒水，热情地招呼着庄维田。

庄维田一屁股坐下，他心里越发地不安，他见杨伢子神态慌张，抬眼望了望李邱巴，发现在李邱巴的桌子上放着一张《阵亡通知书》，庄维田眼泪夺眶而出。

“尊敬的庄维田夫妇，在深切悲痛的折磨下，我们必须通告一个对你们来说十分痛苦的消息：你们勇敢的儿子，坦克兵庄二娃在对越反击战中，于一九七九年二月二十日攻打越军弄梅隧道的战斗中英勇牺牲。在深切的哀悼中，我们的心和你们紧密相连。因为庄二娃是一个正直、勇敢、不怕死的士兵，他被敌人的炮弹穿透了身躯，为我团攻克弄梅隧道做出了贡献。我们和你们一样悲痛……”

庄维田拿着《阵亡通知书》，眼泪扑簌簌落下，屋里只剩下庄维田的哭泣声。

“维田啊，我们这心里都难受。都是东芦人，看着二娃长大。县人武部明天来庄家村慰问，我把公社领导都叫来了。上面发的五百块抚恤金够个屁呀，再多的钱也换不来二娃的命了。东芦虽然是个穷公社，再穷，都不能穷烈士的家属。公社再挤出五百块钱……我李邱巴做主了。”李邱巴眼里饱含着泪水。杨伢子起身将装有五百块钱的信封塞入庄维田的口袋。

“邱巴书记，杨伢子，你们叫我来公社，我就有点数了。要么是喜报，要么是丧报。我进大门时，从门卫望着我的脸上就知道了。”庄维田边抹着泪边起身说着，见太阳快要偏西，走出屋门，转身对屋里人鞠了个躬。李邱巴连忙起身，一直把庄维田送出公社大门。

太阳火辣辣地照耀着庄维田，庄维田一声不吭地往县城赶。县城离东芦公社有很远的路，那里有一家好照相馆。他要完成庄二娃的心愿，他的眼泪无声地流着，他悔恨自己没有给庄二娃太多的父爱。

照相馆到了，庄维田大汗淋漓。他掏出照片小心翼翼地递给柜台里的人，他哽咽着说：“翻拍一张最大尺寸的照片，配个镜框。”

“这要等些时间啊，最大的二十寸，要几张？”店主出来了，是个三十多岁的丰腴女人。她穿着件白色连衣裙，一看就是个优雅的女人，她的眼里闪着喜悦的神色。

“一张，一张够了。哦，小的照片要还给我哩。”庄维田心酸地说。

“少不了的。连配相框，要几十块钱哩，我先告诉你。”女人瞟了眼土里土气的庄维田。

“晓得了，花再多的钱我也舍得。”庄维田一屁股坐在凳子上，他直了直腰。

太阳缓缓地偏西，天边的云朵被夕阳烧得火红。

“好了，付钱吧。”女人从屋里出来，她单手拎着相框，不耐烦地喊着正低头掩面的庄维田。

庄维田抬起头，哆嗦地从衣袋里掏出信封。

“客人，这么多钱啊？你是做生意的？”女人的问话客气了许多。

“我儿子的性命钱。”庄维田边说边取出钱递给女人，他的泪不由得滚了下来。

“怎么走的呀？”女人边数钱边轻声地问。

“打越南死的。这些钱是政府刚给的抚恤金。”庄维田忍不住了，眼泪止不住地流。

照相馆里的人闻声都出来了，几个人望着悲戚中的庄维田，不知所措地沉默着。

“是溧水兵吗？”女人小声地问着。

“东芦的。”庄维田接过照片，转身就要出门。

突然，女人一把拽住庄维田，将钱塞入庄维田的口袋，说：“我们溧水的，是溧水的英雄，这钱不能收。”

照相馆里闻声而来的人也说：“不能收。”

庄维田一抹眼泪，一股自豪感和悲壮感几乎同时涌上心头。他感激地冲着所有的人大声说着谢谢，转身跨出了照相馆的大门。

庄维田回到庄家村时，夜已黑了，庄家村的灯火亮了，金凤正焦急地站在院门口眺望着山路。她见庄维田手上捧着相框，赶忙迎上前帮着提在手上。

“你一去大半天，就为了去弄个相框？”金凤欣喜地问——在灯光下，她发现照片是她和富友、二娃的合影照，惊喜又感动，“这么大的相框，得花多少钱？”

庄维田含混不清地支应着金凤。他将照片挂在墙上，左端右瞧，伸手抚摸了一下玻璃镜面，说：“我这个当后爹的，给二娃的关怀少了点啊。”

“看你说的，二娃从小到大，吃的、穿的、住的，哪点也没让你少操心啊……”金凤看着镜框里的庄二娃，满目的温柔。

“吃晚饭吧。”金凤拉着庄维田在饭桌边坐下，“维田，说句良心话，我改嫁给你，一点儿也不后悔，我也对得起二娃死去的爹爹了。二娃已经长大了，要不了多久，二娃就退伍回来了。”她将筷子递给庄维田，她的脸上堆满了幸福的笑容。

庄维田接过筷子时愣了一下，强烈的酸楚涌上心头，让他眼泪差点流下来。他怕金凤瞧出端倪，用筷子指着夜空说：“今晚的星星真亮。”

金凤笑着望起了星空：“等二娃回来，月亮就圆了。”

这一夜，对庄维田来讲，是痛苦又漫长的一夜。

第二天，太阳金灿灿地挂在天空，万里无云。阳光开始炙热了起来，树上的知了叫个不休。金凤喜笑颜开地往鸡窝里撒着玉米粒，抢食的芦花鸡咯咯地叫着。望着她亲手喂大的芦花鸡，金凤喜从心来。

庄维田忧心忡忡地站在院门外，见山路上扬起了尘埃，一辆汽车正往他家而来。庄维田最担心的这一刻来了，他的心一下子揪了起来，迈着沉重的双腿，迟缓地迎上前。汽车越来越近，停在了门外。杨伢子和县人武部的几人从车上下来。他们迈着沉重的步伐，一脸肃穆。其中，还有人捧着庄二娃的照片，黑纱垂挂在镜框两侧。

金凤以为二娃回来了，喜滋滋地想从中找到二娃的身影，却发现了二娃的遗像。她冲过去抱住二娃的遗像，扑通一声跪在地上，号啕大哭了起来。

杨伢子迎着金凤跪下，大声说：“金凤啊，我对不住你呀，是我亲手把二娃送去当兵的呀。”

金凤缓缓地松开手，仰面倒在了山坡上。

5

春夏之交，老西门浴室的生意比冬天冷清了许多。石拱桥横亘在弯弯的护城河上，河坡上蒿草和野花交缠。蝴蝶在草丛中寻觅着花的踪迹，两岸的垂柳枝叶茂盛，高挂的柳条如瀑布般垂下，在春风中摇曳。

丁双喜穿着木屐，懒洋洋地站在浴室门口，与卖香烟的徐老头搭着话。他见黄德胜阴沉着脸骑着自行车下桥，便大声招呼："黄书记，快点来泡个头汤，一到吃晚饭的时候，浴池里挤不下人的。"

黄德胜摇摇头，丁双喜上前抓住自行车龙头嬉笑着说："老黄，泡个汤，擦个背，擦背费我帮你免了。"丁双喜边说边拽着自行车龙头不放，他对黄德胜充满了感激之心，在饿肚皮的那几年，黄德胜帮了他大忙。

黄德胜见拗不过热情洋溢的丁双喜，尴尬地笑了笑，停好自行车，随着丁双喜进了浴室。果然，浴室里浴客不多。黄德胜脱光衣服，泡在了浴池里。

浴池里热气腾腾，雾气升腾中，黄德胜见偌大的浴池只有几个浴客像水牛般泡在池子里，只在水面露出个头。黄德胜转身背对着他们，也把头露在了水面。

黄德胜的心情焦虑不安，他的身体被热水泡得发红，额上冒出了汗。他刚刚从县人武部回来，公安局朱局长的儿子朱远平回来一段时间了，跃进和钱三还没有回来。他今天专门去打听儿子的下落，听县人武部的同志说，跃进和钱三在战场上失踪了。这个消息对黄德胜来说犹如晴天霹雳。失踪，意味着儿子要么为国捐躯了，要么当俘虏了。

他出了县人武部大门，在马路上恰巧遇到了县人武部部长。部长把他一把拉到边上，贴着耳朵告诉他，黄跃进和钱三通过战俘交换已经回国了，而且部队上对黄跃进和钱三革除军籍的处分报告一周前就到了县人武部。黄德胜心里石头落地的同时，怒火也旺旺地蹿了上来，他的脸涨得通红——他的儿子竟是个孬种。黄德胜认为儿子当了俘虏这事不亚于投敌叛国。黄德胜昏头昏脑地告辞了部长，骑上自行车，贴着马路边往家里走。

浴池里传来水的晃动声，有人开口了。

“刘瞎子，听说这次丹阳兵在越南死了不少人，有这个事情吗？”

“有啊。我跟你们说，老红军黄德胜的儿子跟老革命钱场长的儿子一块当了俘虏，听说已经放回来了。”刘瞎子大声地说，他那皮包骨头的上身从水里浮了上来。

“还有这种事情？手里拿着枪，又不是烧火棍。换了我，先打死几个越南兵再说。”有个浴客饶有兴致地搭上了话。

“台塌大了，老子是英雄，儿子不是好汉。看黄德胜那张脸在丹阳怎么混？不过，黄德胜有今天只能怪他自己，他门槛太精了。他没生儿子时，有一次洗浴我说漏了嘴，不晓得跟我说话的人就是他。他连五块算命钱都舍不得出，这个叫报应啊。”刘瞎子说完哈哈大笑，笑声刺激着黄德胜的自尊心。黄德胜匆匆地爬上浴池，不去理会骨瘦如柴的刘瞎子。

“黄书记，我来帮你擦背。”丁双喜手提滚烫的毛巾，殷勤地欲帮黄德胜擦身体。

“把我衣服取下来，我今天身体不舒服。”黄德胜沉着脸说，丁双喜怏怏地转身拿起了叉衣杆。

从浴室出来，天也渐渐暗了，黄德胜郁闷地跨上自行车，他低头骑车，他觉得来来往往的行人凡是看着他的，眼中都有异样。

黄德胜将自行车推入院中，他听到家中房内传来的声音：“我的宝贝儿子，听老娘一句话，把上衣脱了，让你老娘好好地看看身上有多少伤疤。”庄慕兰正心疼地哀求着儿子。

黄跃进呵呵笑着，缓缓地脱下上衣，弯起胳膊，握紧拳头，露出胳膊上的肌肉。黄德胜悄悄贴近窗户，他看着屋内的一切。

“越南人对我和钱三每天小打小骂、吃不饱肚皮是天天都有的事情。上老虎凳，用烧红的铁烫身上，我跟钱三倒没有经历过。”黄跃进边笑边说。

“下半身呢？”康铃大声地问。她的话还没问完，抗美、抗英便迫不及待地伸手去解黄跃进的皮带。黄跃进双手死命地拽紧着皮带哈哈笑着，他扭动着身体左躲右闪着。

“俘虏就俘虏，总比死在越南好。阿弥陀佛，菩萨保佑。”庄慕兰双手合十不住地摆动。

“老娘，当俘虏不丢人。国际上有公约，打不过别人，举手投降，这种事情国际上的军队很多。”康铃大声说着，安慰着黄跃进。

“放你个屁！”一句低沉的痛骂声中，黄德胜阴沉着脸闯了进来。他虎着脸，瞪大着眼睛，把黄跃进从头到脚扫视了一遍。随后，他一把将黄跃进按在椅子上，像审犯人般问：“你和钱三是怎么当上俘虏的？”

“老爸，我们的坦克车刚过桥，敌人的炮弹飞了过来，把桥炸断了。上面要我们继续前进，就我们一台车，被越南人俘虏了。”黄跃进理直气壮地说。

“好你个兔崽子，你们猫在坦克车里，越军怎么能钻进去把你们俘虏了？除非你们自己举手钻出来！”黄德胜火冒三丈。

“跟你也说不清楚，这是现代战争。越南人跟法国人、美国人打了那么多年，他们鬼精得很，防不胜防。你以为是你以前打日本鬼子啊？”黄跃进寸步不让。

“德胜，儿子平安回来了，我的下巴笑得都要掉下来了。当俘虏不丢人，刚刚康铃说国际上有个什么公约哩。”庄慕兰见黄德胜发怒，赶忙帮着跃进解释。

“老爸，《日内瓦公约》，你不知道的。”康铃嘟着嘴小声地嘀咕着。

“就你们知道！中国军人不是立功就是战死，除了负伤当俘虏，哪有这样好手好脚当俘虏的？”黄德胜咬牙切齿地说，吓得几个女儿站一边不敢吱声。

他看儿子一脸的倔强，又训斥起来：“你躲在坦克车里，车上身上都有武器，手上又不是拿着烧火棍，怎么吓得连抵抗的勇气都没有了？老子怎么生了你这么个贪生怕死的种！”

“德胜，儿子钻在铁罐子里，怎么打敌人，你要讲理呀！”庄慕兰见儿子眼睛里泛着泪光，心里像刀割般疼，心疼地帮着儿子讲话。

“儿子从小到大，就是让你惯的。你爹爹一个书生，当年被日本鬼子围住，死到临头还抓了个垫背的哩！这让我这张脸怎么在丹阳混？”黄德胜凶起了庄慕兰，庄慕兰却嬉皮笑脸地挡在黄跃进身前。

“德胜，儿子刚到家，你就先消消气吧。父子俩慢慢地沟通，有什么话不能好好讲啊？”庄慕兰担心父子俩的冲突升级。

“这下好了，军职革了，工作也分配不了。当了俘虏的人，哪个单位敢要你？”黄德胜的语气平缓些，他注意到儿子的眼里泛着泪光，正咬牙不让泪水流下来。

“军职革就革了，反正命捡回来了。老爸，你就跟师里那批人一样，不讲道理。实话告诉你，换了那些人，面临我遇到的情况，说不定早就举双手投降了。”黄跃进将满腹的憋屈吐了出来。

黄德胜一个巴掌冲黄跃进扇了过去，庄慕兰闪身一挡，巴掌重重地落在她的脸上。

“我求求你了，你革命一辈子图个什么啊？儿子平安回来，你想逼死他啊？你打，你冲着我打吧，你把我打死算了。”庄慕兰边哭边朝黄德胜撒起了泼。黄跃进紧紧地咬着嘴唇，拎起旅行包，一把推开庄慕兰，冲出了房间。

“跃进，你要去哪儿啊？”庄慕兰哭着欲追赶儿子。

“你有种，有种你这辈子别回来见我。”黄德胜火冒三丈，龇牙咧嘴地骂着，伸手抓住庄慕兰不让她去追。

“你究竟要干什么啊？”庄慕兰一屁股坐在椅子上，大哭了起来。

“你们都出去，我有话跟你们娘说。”黄德胜虎着脸，把女儿们赶出了房间。

黄德胜往椅子上一坐，挨着庄慕兰长吁短叹。

“有话就说，有屁就放。”庄慕兰抹了把眼泪怨怨地说。

“慕兰，儿子这么大的人了，他能跑去哪里？八成是去秦校长家了。”黄德胜气恼地说，庄慕兰抬起脸，一语不发地听着。

“儿子回来了，你以为我不着急？没工作怎么办？慕兰，你设法筹些钱，省里正好有一批报废的布机，要当废铁处理。那些布机能用，我跟省里打个招呼，弄个几十台回来。”黄德胜悄声地对庄慕兰说。

庄慕兰眼睛亮了，轻声问黄德胜：“你给上面打招呼管用吗？”

黄德胜虎着的脸渐渐松弛下来，说：“当年你送到果园去的一篮子鸡蛋，救了那几个人的命，他们现在都官复原职了。”

庄慕兰一拍大腿：“钱，我来想办法弄，地方怎么弄啊？”

黄德胜思索了片刻，说：“秦校长家地方大，又偏僻，你让儿子弄些毛竹搭个大棚，先简单地干起来。有关部门到时候你打着我的名号去招呼一下。”

“德胜，我叫康铃去把跃进叫回家吧，为了这个宝贝儿子，为了黄家的根脉，我遭了多大的罪呀！”庄慕兰靠在黄德胜的肩膀上啜泣了起来。

第三十六章

1

刘地得到平反了，他收到了摘掉右派分子的通知单，虽然没有补发工资，但恢复了他的待遇。单位征询他意见时，他选择了退休。站在城市与郊区的分界线，他感觉到自己是个真正的自由人了。郊外的田野上，传来牛的叫声，现在的刘地觉得牛的叫声都无比悦耳了。他不由得往前走了几步，寻找着牛的踪影。他从牛的叫声中可以判断出，这头牛刚吃过饲料，叫声中透着满足。

五月的江南，树木嫩枝舒展，新叶舞动。刘地精神饱满地行走在大街上，他的脸上出现了温润的笑意。回到常州快一年了，这一年是他这一生最难忘的一年，他的心情从磨盘般沉重到渐渐如风筝般轻盈。

家里恢复了烟火气，儿子刘军有了工作也有了女朋友。刘波也高中毕业了，可她压根儿不想考大学，也不忙于找工作，每天去文化宫参加各种文艺学习。刘波最近又喜欢上了文学，晚上不是躺在床上看小说，就是趴在写字桌上写小说。她长得秀气、漂亮，一双明亮的大眼睛里闪动着迷人的神采。这让刘地看女儿时一脸的欣喜，也让他时不时会想起明君。

刘地叹了口气，自语道："物是人非，斗转星移。十年可见春去秋来，万人一生不过白驹过隙啊。"

一群鸟儿欢呼着从远处飞来，乱纷纷地停在黑色的屋顶上，叽叽喳喳的鸟语声让刘地想起了庄家村。回常州时，他专门去谢了李邱巴和杨伢子，也去了庄维田家。金凤神经错乱了，精神时好时坏，说话前言不搭后语。庄维田送他回城时，金凤冲着鸡窝说些不着边际的话。刘地和金凤打招呼，她好久才回过神来。

“过去的都过去了，哪家都有一本心酸史。但愿从此，太平的生活不要再起什么波澜了。”刘地暗自念叨，一路闲逛着往家中走去。

临近家门，笑语声喧哗，狂噪的音乐声伴着嘻嘻哈哈的嘈杂声传来。刘地知道，儿女又领着一群青年人在家中院子里唱歌跳舞了。刘地略微地皱了下眉头，闪身溜进了院子。

刘军手上拎着一台四个喇叭的收录机，一群人随着音乐起舞、搂抱，嘴里号叫着：“路边的野花我就要采。”

刘地沉着脸，干咳了几声，正在唱歌的刘军慌忙停下，音乐声戛然而止，众人尴尬地望着刘地。刘军笑嘻嘻地喊了声：“爸爸，回来了？怎么出去这么久啊？”刘波冲着众人挤了挤眼睛，冲大门努了下嘴巴。随着乱纷纷的脚步声响起，院子里又恢复了宁静。

刘地入屋，他屁股刚沾上椅子又起身对刘军说：“看你穿的裤子，裤边沾着地，像扫把一样，头发留得这么长，还流里流气地跳着乱七八糟的舞，唱着不着边的调。这样下去，早晚要闯祸的呀。”

“爸爸，这叫喇叭裤，最时髦的款式。那歌是邓丽君唱的，是最流行的歌了，真是阿木灵。”刘波笑着，把手搭在刘地的肩上撒娇，她的眼睛里透着天生的妩媚。

“爸爸是阿木灵？”刘地笑了，“别以为爸爸不懂音乐，流行音乐在三十年代的中国就有了。不就是在民间小调和地方戏曲的基础上，加了点美国爵士乐和百老汇的东西调制的吗？老爸记得，当时中国最有名气的是一个叫黎锦晖的人，他创作的《毛毛雨》，满大街的人都会唱。现在形势刚有好转，你们事事要小心为妙。”

“爸爸，你怎么知道的？”刘波瞪大着眼睛惊讶地问，她内心一阵欣喜，她没想到爸爸看上去土里土气的，肚子里的知识这么多。

“以前家里几百张黑胶唱片哩，后来都弄光了。”刘地惋惜地说。

刘军见刘地脸色好转，悄悄地伸手将桌子上的菜刀拿起，闪身往厨房走去。

“刘军，菜刀怎么跑到客厅来了？”刘地脸色陡变，厉声喝问。

“妹妹去文化宫，经常有小流氓骚扰她。我去接妹妹时带把菜刀，以防万一嘛。”刘军看了眼刘波，低声地说。

“嗯，爸爸，那些小流氓讨厌得很。我一出来，他们就像绿头苍蝇一样盯着我。”

刘地抬眼望着女儿，他好久没有这么仔细地打量女儿了。刘波长高了，乌黑的头发，白皙的皮肤，一双明亮的大眼睛，胸脯也高挺了。

“刘军，在外面你别乱来，别乱交社会上的朋友。现在街面上是不安稳，国家不会容忍社会这么乱的。不过，小心地护着你妹妹还是有必要的。”刘地严肃地对刘军说。

“嗯。”刘军应了声，他提着菜刀向厨房走去。

“波儿，你那小说写得怎么样了？”刘地笑盈盈地问刘波。

“爸爸，快写完了，将近十万字哩。”刘波扬扬得意，只要小说写完，一旦出版，她就是作家了，而且，是个美女作家。

“叫什么书名？”刘地笑着问。

“《会上树的母猪》！”刘波心里自觉这个书名别出心裁，够吸引人眼球的。

“哦？猪还会上树？”刘地觉得女儿是在胡闹，他嘴上不说，满脸疑惑。

刘波嗲声嗲气地挽起刘地的胳膊说：“怎么样？光听书名，便会勾起读者的好奇。只要书一出版，我就常常在闪光灯下，签名、合影……”刘波美滋滋地想象着成名后的风光。

刘地皱了皱眉头，“波儿，这条路是条苦路，过去十个文人九个穷。《红楼梦》的作者曹雪芹生活贫困，满径蓬蒿，举家食粥，连喝个小酒儿都常跟人赊账。爸爸劝你赶快找个工作，嫁个好人家……”谁知，刘波听了哈哈大笑，见刘军过来，笑着指着刘地对刘军说：“哥，爸爸拿曹雪芹来教育我哩，曹雪芹生活的年代，怎么能跟现在的年代相提并论？”

“就是，爸爸，凭我妹的长相能迷倒一大街人哩。”刘军拣着刘波喜欢听的话说，他在刘波的成长过程中，没少尽当哥的责任。

刘地也笑了：“波儿，你还记得庄家村的小黑皮吗？”

“小黑皮？记得呀，黑得跟煤堆里扒出来的一样，怎么了？”刘波好奇地问。

“去年考上常州大学了，一个山沟里的娃娃，有志气呀。人长得黑又怎么了？记住，在任何时候都不要以貌取人，更不要小瞧任何人。”刘地不满地看着一脸不屑的刘波，教训了起来。

“那好，爸爸，给我几个钱。”刘波笑着冲刘地伸出了手。

“要钱干吗，爸爸又不开银行。”刘地嘴上说着，手却从衣袋里掏出十块钱，刘波眼疾手快地一把抓了过去。

“过几天我去常州大学找他，请他吃顿饭，常州大学我认识好多人哩。”刘波快乐地说，她想起了和小黑皮踩着溪水摸彩色石子的事情。刘波又将钱还给刘地：“爸爸，算了，我离开庄家村时，把翠鸟按入水缸，差点儿淹死。小黑皮嘴上不吭声，心里一定恨我哩。”

“妹妹，你怎么会干这种事？”刘波的话引起了刘军的兴趣。

“我对翠鸟好得很，还喂小鱼儿给它吃。谁料翠鸟不领情，把我的手指啄出血来了。哥，这能怪我吗？”

“都是小时候的事啦，那年你去黑皮家拜月亮，黑皮也没说什么呀。说实话，爸爸右派帽子戴了那么些年，在庄家村，那里的人谁都没难为过爸爸。爸爸心里清楚，一是多亏了李邱巴暗中的照顾，二是庄家人善良啊。你们有出息了，别忘了他们。”刘地笑着边说边将钱又塞给了刘波，“等你们都成家立业了，爸爸去庄家村养老，说实话，爸爸有些怀念庄家村了。”

“天快黑了，晚饭后我和小伙伴们去马公桥上跳舞唱歌，放松一下心情。”刘军开心地对刘地说。

“哥，我也要去。”刘波来劲了，嚷着。

“都是男人，你去干吗？”刘军不耐烦地说，生怕刘地阻拦，瞪了刘波一眼。

刘地起身走向厨房，在厨房里喊：“刘军，不着急的话，爸爸烧个红烧肉，你吃几块再去。”

“不急，天没黑哩。”刘军快乐地回着。他见刘波噘着嘴巴朝他翻白眼，佯装伸手打她。刘波笑着闪开身子，一溜小跑地去了厨房。

2

刘波捧着西格蒙德·弗洛伊德的书，爱不释手，这是前不久她从图书馆里借来的。一缕阳光从窗户射入，灿灿地照耀着她的卧室。

“女人越是轻浮放荡，就越使男人爱得发狂。同这种女人相爱，往往使他们魂销骨酥，不能自拔。但一旦爱上之后，又要求她们对自己忠实。”读到这些句子，刘波想，如果她能成为弗洛伊德笔下描述的这种女人，该多好啊。

刘波放下书，面对镜子，镜子里的她青春靓丽，顾盼流连的大眼睛正闪动着摄人心魄的波光。她又想起之前读的作家丁丁写的《燃烧的青春》，觉得里面字字珠玑。她想，如果今生有幸能让丁丁看一下她的小说，指导她一下，这该多好呀。

不知不觉快到她约黑皮见面的时间了。刘波匆匆地看了眼腕表，这是爸爸托关系给她买的上海牌手表，小巧精致的玻璃表面上似乎有些朦胧，她哈了口气，用手抹了抹。

刘波袅袅婷婷地向常州大学而行，她想起与小黑皮相处的点点滴滴。孩提时代的欢快场景让她了情流殇，于心牵绊。消失了的儿时的欢快声仿佛隐匿在街角，随着她的脚步轻轻地拂过，继而像梦幻般消失不见。

阳光像火球般炙烤着大地，刘波的额头上起了些微汗。眼见常州大学就在身前，烈日下进出的人都迈着急匆匆的步伐，躲避着骄阳。有个人却站在学校传达室边上，正顶着烈日左顾右盼，不用问，那个人一定是黑皮。

刘波忽然烦躁起来，感觉在拂面而过的微风中带着火辣辣的灼烧感。这种灼烧引起的心跳没有相互寻觅的嫣然，也没有那种穿越了时空地域而激起灵魂深处的向往，更没有那种一旦相见尽缱绻、说风流、共唏嘘的愿望。她犹豫不定，索性闪身躲在行道树荫下，观察起那个儿时缠着她、讨好她的黑皮。

黑皮在焦急地转来转去，手上拎着一个五颜六色的小纸袋，不时抬手看着手表，又转过身，面对着传达室的玻璃照了起来，刘波看着黑皮的举动不禁失笑。

刘波从树荫里闪了出来，并没有穿越马路往黑皮那里走去，她怕被常州大学认识她的师生认出来。刘波现在在常州文学青年中名气渐大哩。

“波儿妹妹！”黑皮转身之际看到了她，欣喜地喊着，一边小跑着，一边躲闪着马路中来往的车辆，满头大汗的他站在刘波面前嘿嘿地憨笑，他的眼睛里闪动着难以压抑的兴奋。

“黑皮哥，等了多久了？”刘波甜甜地问。

“刚出大门，没等多久。”黑皮撒谎了，抬手将纸袋递给刘波。

"里面装的什么东西啊？"刘波接过小纸袋瞧了一眼，里面装着一个小盒子。

"BB机，常州这么大，我又不知道你住哪里。前天在邮电局门口排了两个小时的队，给你买的，我的拷机号码在里面写着。"黑皮的脸红通通的，他不敢正视刘波。他想到了刘波漂亮，但没有想到她现在这么楚楚动人。树荫下的她，眼睛如同一泓清泉。

刘波喜出望外，她一直都想着有个BB机，只是刘地不久前刚给她买了块手表，她不好再要BB机了。黑皮冲刘波憨笑着，故意抬手看了下手表，阳光在玻璃表面上炫出一束亮光。

"什么牌子的？"刘波抬起手，露出了她那块上海牌手表。

"中山，不贵，花了几十块钱。"黑皮脸更红了，他嗫嚅着嘴巴说。

一群大学生嬉笑着从不远处的饭馆拥出，朝刘波站立的地方过来。刘波赶忙与黑皮离远一些，她听到有人夸赞她的身材。

"波儿妹妹，下午要考高等数学，三个中值定理，很难的。"黑皮显然有些心慌了，他脱口说道。刘波转过身笑着面对黑皮，她的眼神硬生生地将黑皮的眼神压在了脚下，她说："黑皮哥，学理工科的人做事都是一板一眼的。我正在写一部长篇小说，我讨厌那些数理化，一点儿都没有文学的浪漫气息。"

黑皮低垂着头，他的眼睛又被刘波如玉般的脚吸引了。刘波五个脚趾划出一道弧线，雪白的皓肤由脚往上延伸着。他心烦意乱地移开视线，有些语无伦次。

"波儿妹妹，你还记得那只翠鸟吗？"

刘波心里一惊，她的脸不由得红了。

"放飞的那天，天上飞来了许多的翠鸟。"黑皮黝黑的脸庞上布满了笑容。

"黑皮哥，你知道的，是翠鸟先啄了我的手指头。"刘波脸红了，她的心里掠过一丝慌张。

"都是小时候那些陈谷子烂芝麻的事情了。波儿妹妹，我要去学校了，马上要考试了。"黑皮望了望校门口，校门口已经空空荡荡的了。

"快去吧，有事情呼我吧。"刘波回过神来，笑着说。

黑皮转身往学校跑去。刘波目送着黑皮进入校门，她的心里涌起了丝丝感动。黑皮和以前一样，皮肤黝黑，不一样的地方，刘波也感觉到了，在黑皮的身上，涌动着青春活力。她感念黑皮对自己的好，却又想：“黑皮怎么不像其他男生长得白哩？”她又笑了，黑皮长得黑与白，与她又有何关系？

刘波到家已是黄昏了，院子里还残留着一些阳光，墙边的菊花好像又多开放了几朵。她移步花丛端详着，那些菊花，花瓣舒展，瘦弱的茎上，布满了绒毛。一朵粉红色的菊花，躲藏在绿叶丛中，她嗅到了从花朵里散发出来的醉人的香味。

“波儿，见着小黑皮了吗？”刘地从里屋出来，他的脸上透着欢愉。

“见着了，还是那么黑。不过，个子比我高了。”刘波走入屋内，懒洋洋地往椅子上一坐，顺手将纸袋丢在桌子上。

“不容易啊，穷山村里还出了大学生。”刘地感慨地道，指了指小纸袋问，“他送给你的礼物？”

刘波点点头，端起刘地的茶杯，连喝了几口：“逛了一个下午的大街，腿都酸了。”

“是什么礼物啊？拿出来给爸爸看看吧。”刘地没容刘波回应，他已经将纸盒从小纸袋里取了出来，“这么贵重的东西，你怎么好意思拿他的哩？”

“又不是我要的，是黑皮哥硬塞给我的！”刘波一把从刘地手中夺过纸盒，打开一看惊呼着，“是中文的BB机，好贵的呀。”

中文BB机在常州刚出来不久，一只中文BB机卖上千块钱，有这种BB机的人，整天挂在腰上显摆哩。刘波瞪大着眼睛望着刘地，生怕刘地责怪她。

“唉，这山里人就是实心眼。庄维田家的经济并不宽裕啊。”刘地望着惊讶中的刘波，似乎想到了什么，语重心长地对刘波说：“波儿，你和黑皮都长大了。人家现在读了大学，毕业了就是国家干部。黑皮对你从小到大都这么挂念，你也该对别人好啊。”

“爸爸，别说这些话，等我赚了钱，我买台电视机回他的礼，我可不想欠黑皮哥的情。”刘波故意这么说。

“你哥也该下班了吧？”刘地望着渐渐暗下来的天空，转身往厨房走去，他打开火炉门，等待着火苗蹿上来。

夏日的夜晚，弥漫着撩人的气息。敞开的窗户外，满天星斗闪烁着光芒，院子里传来轻微的开门声，刘军蹑手蹑脚地潜入了院子。

“哥，怎么才回来呀？吃晚饭时爸爸都骂你了。”

“嘘——”刘军压着嘴唇示意刘波，他走入刘波的房间，从口袋里掏出一个皱巴巴的黄军帽，他将军帽在手上甩了几下，往头上一戴：“妹妹，神气吗？”

“哪儿来的军帽呀？”刘波惊讶地问刘军。

“在马公桥弄到手的。下班后，我和几个工友去小餐馆喝了些小酒，又去轧了会儿马路。逛到马公桥时，有两个外地人头上戴着军帽，哥儿几个上去搭讪，还给他们发烟，问他们卖不卖军帽。谁知道这两个人不识好歹，张口就骂人。哥一个巴掌扇得他嘴巴出了血。这两个小子，有眼不识泰山，哥在西门一带，也没谁敢惹啊，帽子就归我们了。”刘军扬扬得意地说着，他拿起镜子照了照。

“后来哩？”刘波有些担心地问。

“灰溜溜地走了，哦，别告诉爸爸啊。”刘军叮嘱着刘波。

“他们会不会报警啊？”刘波更担心了。

“不会的，天黑了，又是外地人。即使报警，关几天就出来了，怕什么呢？”

“妹妹，你今天见到那个黑皮了吗？”刘军问。

“嗯。”刘波点点头。

一阵风从窗外吹入，带着凉凉的气息，满天的星星忽明忽暗地闪烁着，夜空中，几朵浮云正缓缓地飘来。

刘波打了个哈欠，说：“哥，我要睡觉了。”

“你睡吧，厨房里还有吃的东西吗？”

“爸爸给你留着饭哩，再不吃要馊了。”

刘军猫一般溜进了厨房。

3

转眼到了九月，秋高气爽，田野上五彩缤纷。后河边的柳树下，有人在悠闲地钓着鱼。太阳刚刚爬上屋顶，院子里的菊花旺旺地开着，刘军在院子里摆弄着鱼竿。今天他上中班，见有人不断地从后河里钓上鱼来，他心里痒痒的。

他也拎着小桶，提着鱼竿，向石阶码头走去。刘波尾随着刘军，脸上洋溢着欢愉。

刚到码头边，几个行人慢悠悠地朝他俩走来，他们手上拿着根粗麻绳，刘军只是随意地瞥了他们一眼。刘军拿出蚯蚓，正专心致志地往鱼钩上挂，突然，被那几人摁倒在地，紧跟着被他们绑了个结实。

“为什么抓我？”刘军挣扎着问。

一人上前一把摘下他头上戴着的军帽，大声呵斥：“你自己干的事情难道不知道吗？”

刘波急忙上前拦住他们，想要问个明白。一辆汽车开来，刘军被塞进了车内，汽车门关闭的刹那间，里面传来大嗓门：“滚一边去！我们是公安局的。”话音刚落，汽车已飞驶向前。

“爸爸，爸爸，哥哥被公安抓走了！”刘波惊慌失措地跑入刘地的卧室，叫醒了还在睡觉的刘地。

刘地闻听从床上一跃而起，穿着拖鞋跑向后门，码头边空空荡荡，汽车已经绝尘而去。除了河对岸有几人在交头接耳，向着他们指指点点外，一切跟往常无二。

刘地惊慌地问：“波儿，是公安抓的？”

“是的，车里有穿警服的人。”刘波脸色惨白地说。

刘地慌乱地回屋换上衣服，弯腰穿鞋之际问刘波：“警察没说你哥犯的什么事？”

刘波心跳如雷，惊恐不安地把刘军抢军帽的事情说了出来。

刘地心稍稍安了些，追问：“就抢了人家一顶帽子吗？”

“哥哥还扇了人家一巴掌。”刘波此时不敢隐瞒。

“唉，一顶帽子又不值几个钱，犯得着去抢吗？这几天我们先在家里等你哥回来，你哥拘留几天应该会放出来的。”刘地恢复了平静。他想，按照刘军犯事的严重性，最多也就拘留几日，正好让刘军吸取个教训。刘地又换回拖鞋，不再着急出去了。

刘波不放心，她从后门沿着后河往派出所走去。她想打听一下，刘军现在关在哪里。她没走多远，前方河边垂柳下摆着一张棋桌，数人正围着棋桌叽叽喳喳说个不停。

“昨天晚上，光我们工厂的民兵就组织了一百多人，十个人一组，带着麻绳，手铐不够用，一直抓到下午才抓完哩。”

“我儿子到现在都没有回家，还在外面帮着警察抓人哩。说是什么‘严打’。”

“听说这次从重从快从严！”

刘波闻听，吓得脸色惨白，双腿发软，她的心提到了嗓子眼里。派出所离此地不远，刘波却走了将近半个小时。派出所的铁大门关得严严实实，门口挤满了打探消息的家属。两个持枪的警察一脸严肃地盯着人群，刘波只觉得一股寒气涌上心头。

“听说这次严打，全国抓了几十万人哩。”有人低语着。

“何止啊，就这几天，全国抓了百来万人哩。”

“都回去吧！不许堵在派出所门口，人不在派出所。回去等着看法院的布告吧。”

派出所里出来几个警察高喊着，他们推搡着堵在派出所大门口打探消息的人。

刘波昏昏沉沉地走入家门，见刘地正不安地在客厅走来转去。

“爸爸，哥哥出不来了。”刘波扑在刘地身上痛哭起来。

“严重了，是严重了！”刘地眼里噙着泪水，哽咽地说。

“赶快想办法救哥哥啊。”

刘地望着刘波，陷入了绝望中。他擦着眼泪，盯着刘波看。他脑海里突然浮现出顾副市长的脸庞。顾副市长在外地担任领导，如果让刘波上门去找顾副市长，顾副市长能出得上力吗？

一想到顾副市长，刘地心里便蹿上了火，明君从河里捞出来的惨状又浮现在他的眼前。如果他让刘波去找顾副市长帮忙，势必他要向刘波说明真相，刘地痛苦万分，掩面而泣。

“爸爸，只要能救出哥哥，我什么事情都敢做。”刘波情绪激动地说着。

“找谁都没有用啊，等几天，公安总会有消息过来的吧。”

难熬的一周过去了，大街小巷到处张贴着法院的布告。在一连串被打上了鲜红的叉的名字中，刘军的名字赫然在列，刘地和刘波在拥挤的人群中都看到了。刘地面无表情，一把拉起刘波的手，急匆匆奔回屋里。

“别哭了，再多的眼泪也拉不回你哥的命了。今晚我们替你哥守个夜吧，天不亮时，我们去西门的乱坟岗等着见你哥最后一眼。”刘地明白，面对血淋淋的事实，谁都不能改变法院的判决了。

“爸爸，哥哥就那么点事，罪不当死啊。”刘波号啕大哭。

天空中夜色还未褪去，刘地和刘波一路沿着古运河往乱坟岗走去。太阳刚刚升起，乱坟岗四周竟然人山人海，公安和民兵正维持着秩序，电喇叭的叫声撕裂着阳光下的天空。刘地一把抓住不管不顾地要往人群里挤的刘波：“我们站在大马路边，等汽车过来时，就能看到你哥。”

一个多小时过去了，远方传来开路警车的鸣笛声，后面跟着几辆吉普车，吉普车内有人持着车载电台的话筒。在指挥车的后面，一长串大卡车上站满了荷枪实弹的警察以及被五花大绑挂着牌子的死刑犯。刘波盯着缓缓而来的车队，她的耳边响起电台里的呼叫声。

“报告指挥长，一号刑场人山人海。”

“明白，去二号刑场。”

吉普车停下来了，他们在等后面的车队。一个手拿电台的警官一脸冷峻地对着电台喊叫，“全体注意，去二号刑场。”浩浩荡荡的行刑车队，在先导车的指引下，从刘地和刘波站立的马路上快速驶离。

“爸爸，他们去别的地方行刑了。”刘波哭喊着。

“儿子啊，爸爸连最后一眼都见不到你啊。”刘地失声痛哭。

没多会儿，一股人流追逐着车队，有奔跑的，有骑摩托车的，有死命踩着自行车的。奔跑的人流中，有放声大哭的，也有倒在路边草丛中的……

两天后，刘地和刘波去火葬场领回了刘军的骨灰。

夜晚，灯光下，刘军的骨灰盒被刘地用红布包裹了起来，刘地默默地用手一遍又一遍地抚摸着。

“波儿，”刘地哽咽着说，“爸爸老了，过几天我带着你哥回溧水去，那儿安静。”

“爸爸，别哭，你还有我，家里还有我哩。”刘波抱住刘地，她的眼泪像断线的珠子往下滚落。刘波松开手，轻轻地抱起骨灰盒亲吻了一下，往自己房间走去。

“波儿，抱到爸爸的卧室里去吧。”刘地哭着从刘波手中抱回骨灰盒，缓缓地走入卧室，将骨灰盒挨着枕边放下。

4

今年的秋天，在庄维根的眼里比春天更欣欣向荣。溧水的山区处处金黄，果园里的果树压弯了枝条，田园处处透着丰收的喜悦。目光所及之处，从木动秋生到菊老荷枯，从花栏绕蝶到香树无蝉，连不起眼的小沟小渠，在庄维根的心里都充塞着诗意。尤其是兰儿、苗苗和庄维田等一众至亲老表，让他的心里感到温暖。

溧水县人民政府给庄坤林重新举办了追悼会，追悼会就在东芦乡政府的小会堂里举行，这是李邱巴的主意。追悼会放在县政府礼堂召开虽然隆重，但放在东芦乡政府小会堂举行影响更大。这对庄家来说，整个东芦乡千家万户的村民们都知道庄家的光荣事迹了。

许多部门的代表和久违的至亲老表参加了追悼会，花圈摆了一长溜。在肃穆庄严的气氛中，庄小春代表县委致了悼词，县广播站连续三天广播了庄坤林的英雄事迹。一段尘封的悲壮的故事，成为人们茶余饭后热议的话题。

庄家，这个几乎被遗忘的家族，在这片土地上悄然苏醒。庄坤林为国捐躯的爱国主义精神，深深地感动着这片土地上的人们。

从中山烈士陵园出来，李邱巴和杨伢子等人送庄维根。临上车时，李邱巴冲庄维根眨了眨眼。庄维根明白李邱巴的意思，他拥抱了杨伢子，这让杨伢子猝不及防。少时，杨伢子的眼里泛出了泪光。

在迁墓收殓庄坤林遗骸时，杨伢子下了墓穴。他用手小心翼翼地将庄坤林的枯骨捡起。他的举动，让哀思中的庄维根动容。庄维根想，时代不同了，杨伢子也不是以前的杨伢子了，庄维根长期积郁在心中的怨恨烟消云散。庄维根望着不远处贾亮、黄大树、刘金的坟墓，心里默默地与他们对话。中山烈士陵园地方小，县里暂时还没有为三位烈士迁坟的计划。

庄维根心里也有疑惑，庄小春与庄慕兰握手时，姐姐将一封信塞给了他。在回城的车里，庄维根问庄慕兰，庄慕兰只是笑着对他说，是一封感谢信。庄维根有些不相信，但也无法当着一汽车人的面追问。

庄维根揣测不出个所以然，他抬眼望着袁依冰。

“你姐姐做事神出鬼没，跟亲弟弟都不讲实话。哪有感谢信偷偷地塞的？用个大红纸写了才对哩。”袁依冰愤懑地说。

“跃进当了俘虏回来了，我在想，姐姐有没有可能是要请小春给跃进安排个工作？你看啊，兰儿年纪大了，没个人在身边照顾。跃进在丹阳要找个工作，眼前难度很大。”庄维根分析道。

“你姐姐就是对黄家好这一根筋。其他的，事不关己高高挂起。想到英群和福生在丹阳受了那么多委屈，我心里就原谅不了你姐姐。”袁依冰嗓门高了起来。

“都是过去的事了，依冰，你也不要再生气了。说句心里话，她对黄家来讲是个贤妻良母；对庄家来讲，不是一个好女儿；对我来讲，不是一个好姐姐；对福生和英群来讲，也不是一个好姑妈。”袁依冰听庄维根这么说，她的脸色也明显好看了许多。

庄维根起身出了屋门，对面的学校传来读书声。他望着河边浓浓的垂柳，河堤上开放的野花和杂乱的草丛，长长地舒了口气。明天去车间上班，父亲平反昭雪的事情将会传遍铸钢车间，料颜元元今后不敢再鄙视他。

袁依冰见庄维根脸露喜色，对庄维根敲起了木鱼：“你爹爹开追悼会的事，明天上班了别到处炫耀，做人要低调些。”

“这个你就不懂了。我夹着尾巴几十年了，国家形势一天比一天好，我再不翘翘尾巴，后半生没机会了。地主分子的帽子摘了，我爹爹也恢复了烈士称号，我还图什么呢？现在我是一身轻松，只保佑不要发生安全事故，把本职工作做好，熬到退休就享清福了。”庄维根说完，忍不住哈哈笑了。

“顺悟要结婚了，我想寄二十块钱去，你看呢？”袁依冰询问庄维根的意思。

“太多了，家里钱紧。英群结婚，袁唐平一家子一个铜板都没出。”庄维根心里不乐意。

“这也不能怪我哥一家啊，平时不走动，也不来去，等他们知道消息，英群和克礼喜酒都办了个把月了。”袁依冰帮着袁唐平说话。

十一届三中全会后，庄维根家的年景一年比一年好。为了英群调回苏州，赵克礼的爹爹明明还可以在任上待几年，却选择了提前离休。儿子福生争气，读书勤勤恳恳，大专毕业后成了助理工程师。想到两个孩子袁依冰心中知足又骄傲。

天渐渐地暗了下来，窗外传来了歌声。袁依冰喜滋滋地探出身，见福生快乐地哼着小曲往家中来。福生一进门便大声嚷着：“爸妈，今天常州报纸报道了我的新闻，我当了承包队的大队长了。”

庄维根欣喜地问：“怎么回事？”

“建设部选中我们公司搞承包改革试点，一共分了五个承包队。好工程和好班组都被那些资深的干部弄去了，剩下十几个工程项目都是骨头。那些老弱病残的，从山上放出来的，连外包工一共三百多人没人要。为了不影响公司改革试点，我自告奋勇当了第五承包队的大队长。爸爸，那些没人要的人员对我充满着感激呢。”福生喜气洋洋地对庄维根说。

庄维根欣慰地看着福生，儿子长大了。

“亏了怎么办啊？”袁依冰脸带愁容地问福生。

“亏不了的，我去那十几个工地都调查过了。一听说要搞承包了，有的工地把上百吨的钢筋埋在土里，有的工地把大量的钢管、模板藏在外面，这些要当损耗报公司核算部门。哼，他们那几下子瞒不过我的眼睛。虽然是内部承包，但都是国家的财产，我不能贪污国家一根钢筋。妈妈，你放心，赚不多但亏不了。”福生忍不住哼起了小曲，“日落西山红霞飞……”

“别唱了。”袁依冰笑着阻止福生，“儿子，你也长大了，什么时候给娘带个儿媳妇回家？”

“不要着急嘛，你儿子风度翩翩，白马王子一个，除了穷些，什么都好。”福生呵呵地笑着，得意地望着庄维根。

“抓紧些，马主任的儿子都快要结婚了。我们家就这个条件，你只要看着对眼就行了。”庄维根忍不住笑着说。

“知道的，你儿媳妇人长得文静，老实本分，比我小好几岁哩。”福生忍不住内心的欢快。

“多久了？”袁依冰兴奋得眼睛发亮，她盯着福生问。

“没多久。我这身衣服还有脚上的皮鞋，都是她给我买的。她爷爷是资本家，是跟有名的民族大资本家刘国钧一起创业的伙计，也是刘国钧的私方厂长。刚解放时，她爷爷的工资就两百多块哩。”福生自豪地展示着自己的行头。

“她爹爹和娘是干什么的？”袁依冰兴奋地问。

“一个是俄语翻译，一个是内科医生，都是名牌大学毕业的，她的父母都见过我了。”福生红着脸说。

“人家父母是什么态度啊？”庄维根有些担心。

“不冷不热。反正我们晚上逛马路，也不公开阻拦。哦，她妈妈说，她女儿还小，要我等几年。我厚着脸皮对她妈妈说我愿意等。”福生实话实说。

袁依冰忍不住用手指头戳了一下福生的额头：“福生，娘关照你，要谈就好好地谈，不要伤了人家啊。”

“那我把她捧在手心，含在嘴里，塞在心里！”福生调皮地说着。

庄维根皱了下眉，望着福生，脸上流露出内疚的表情。

“爸爸，你有心事？”福生见父亲锁起了眉头，他疑惑地问。

“爹爹就这个能力，给不了你多少支持。听说现在个体经济兴起来了，边上的武进市，一些企业发奖金，上千上万的发哩。你今后有机会要从商，不要想着升官发财，记住了？”庄维根语重心长地说。

“我知道的，我不是开始承包工程了吗？上个月，我拿了好几百哩。”福生喜滋滋地说，从衣袋里掏出钱，交给了袁依冰。

庄维根笑了，对袁依冰说：“依冰，顺悟结婚，就给他二十块钱吧。”

“我那个表哥要结婚了？”福生喜滋滋地问。

“嗯，从小到大，你们还没见过面哩。”庄维根说完，他看了下闹钟，匆匆地出门。

“天黑了，你去哪儿啊？”袁依冰大声问。

“图书馆还没关门，我去找一找报纸，借一张报纸回来给你看看。”庄维根心里从来没有这么轻松惬意过，头也不回地往图书馆而去。

5

九里沟笼罩在雾海里，群山影影绰绰地起伏，仿佛在云海里沉浮。曙光依稀，红梅披着棉衣送金二娃出门。金二娃推着借来的自行车，载着装在麻袋里的石块，缓缓地往前走。他回头望了望红梅，红梅已反身回屋。金二娃的举动让红梅觉得不可理喻，昨晚他们聊得闹心。

金二娃滔滔不绝地对红梅说他发现了宝藏，开口跟她要金大娃的性命钱。红梅瞬间拉长了脸，指着石头对金二娃说："二娃哥，你问它答不答应？"红梅心里觉得好笑，扔在路上都没人瞧一眼的破石头，二娃竟然说它是宝贝，骗谁呢？她心里更笃定，二娃哥答应娶她，就是看中了大娃那笔性命钱。而且，二娃口头上答应娶她，连丁点儿的实际行动都没有。眼见着，肚子腆高了，计生办的人说不准就这几天上门来逮她了。

金二娃见红梅生气地合上了门，气呼呼地跨上自行车。他今天要去武威县城，摸一下石材厂的位置，试探一下这种石头是不是真像那个盗坟的老者所言。他从小在山里长大，知道山里有铜矿和铁矿，但是也从来没有看见国家来开矿，但那个老者的话像磁铁一样吸引着他。反正骑自行车对他来说也不累，只当驮着块石头去逛县城吧。

对于红梅的吝啬，金二娃心里是一百个看不起。他也准备和红梅扯证，可红梅的小气让他无法释怀。金二娃只是试探性地跟红梅吱了几句，话还没有出口，红梅立即黑脸，睬都不睬他，这让他心里来火。

上了去镇上的山路，雾淡了些，车速加快了。这里两边的山野都是些缓坡，路比较平缓。但雾却突然一团一团地涌来，自行车像把剪刀穿行在雾的纱海里。钻出雾团，前方的雾又突然消失了，离开镇子不远了。

金二娃心里泛起了嘀咕，他将自行车停下，他心里有些发慌。面对庞大的群山，石头垒着石头，要想把石头弄下来，比登天还难哩。这些日子充溢着的兴奋就像涌来又消失的雾团，让他长叹了一口气。他抬头望了望前方的天空，巍峨的群山已遮不住太阳的光芒。山路边的狗尾巴草含着湿漉漉的水珠在微风中摇曳着。

"也怪不得红梅。"金二娃望着狗尾巴草长长的触须，想起红梅长长的眼睫毛。开矿连个影子都没有，眼前的石头究竟值不值钱，红梅怎么能把大娃的性命钱交给他呢？

金二娃无奈地摇摇头。从部队复员回来，莫名其妙地要当爹了，他拿什么来维持日后的生活呢？他一个身强力壮的大男人，窝在九里沟能有什么出息？

一串自行车铃声响起，金二娃回头一看，是管计生的镇长，正春风满面地踩着自行车冲金二娃而来："金二娃，起这么早去哪儿啊？你和红梅赶快去扯证啊。镇子里就剩下你和红梅这个事给我们添堵了。”他管计生工作以来，靠着用铁的手腕和雷厉风行的霹雳手段，镇子上没有发生一起超生事件。

“镇长，下个礼拜就去扯证了。”金二娃闪过身准备让道，镇长却笑嘻嘻地下了车，盯着金二娃自行车上挂着的沉甸甸的麻袋，问：“金二娃，车上挂的什么宝贝？麻袋都快扯开了。”

“一块石头，拿到武威去换钱哩。”金二娃脱口而出。

“什么石头可以换钱？”镇长饶有兴致地问。

金二娃尴尬地提起麻袋放在地上，他扒开麻袋的口子让镇长看。

“你脑子有病了？这样的石头压咸菜缸还差不多。”镇长以为金二娃想钱想疯了。

金二娃羞红了脸，扎紧了麻袋的同时，想起如果要开矿，没有镇长的支持，纵然他有翅膀也办不成事，就殷勤地说：“镇长，抽口烟再走吧。”他掏出飞马香烟，递一根给镇长，并划亮火柴给镇长点烟，又将剩下的烟塞进了镇长的口袋。

“镇长，这种石头叫‘金镶玉’大理石，我在广东见过，是造房子的好石材，要是运到山外值大钱哩。”金二娃讨好地说。

镇长的表情一愣，追问道：“我们这儿还有大理石矿？”

金二娃见镇长来了兴致，趁热打铁：“镇长，我想开矿，办个石材加工厂。一个人势单力薄，想找个帮手一起开矿哩。”

镇长闻听，眉开眼笑，将自行车停好，挨近二娃亲切地问着：“开矿可不是闹着玩的呀？这附近都没有一家石材厂哩。启动资金从哪儿来呀？”

金二娃吞吞吐吐地说：“镇长，我和红梅扯了证后，不就是两口子了嘛。我的退伍金和我哥的赔偿金，加起来有万把块钱……”

镇长抽着烟，一语不发，似乎在思考着什么问题。

“办个矿比登天还难，涉及工商局、土地局、劳动局、税务局。光是那些五花八门的证，乱七八糟一大堆，弄得你身心疲惫。靠你去跑，跑到胡子白了，也办不下来。”镇长说得来劲，但心里打起了小九九。

“那怎么办哩？镇长，你得想办法帮我呀。”金二娃苦着脸说。

“都是乡里乡亲的，你有这心，我来帮忙。这样吧，马上就要村选了，你熟悉沟里的人家，你是退伍兵，又是党员，你来竞选村主任。成功了，你用村委的名义给镇上打报告，申请办矿。另外，你在报告中一定要强调，把九里沟通往镇上的路连起来，其他的事交给我来办就行了。”镇长觉得发财的机会来了。

“行，镇长，我挨家挨户地发一包烟，九里沟的人家都知根知底，选上肯定没问题。”金二娃向镇长投去钦佩的目光。

“不过，困难重重。就你那点钱怎么够？到时候要先立项，我领着你跟银行商量，让银行贷些款。二娃，我的小儿子已经成年了，原本想让他去当兵，他娘说，现在当兵风险大，舍不得。这样，你俩合伙弄，一个篱笆也得要三个桩啊。”镇长轻描淡写地说着，瞟了一眼金二娃，观察着金二娃的反应。

“太好了。”金二娃眉开眼笑地说。他的笑容里充满了兴奋感激和真诚，让镇长的脸上乐开了花。

“就这么办吧。你忙你的，等事情有了眉目，来找我商量。现在我得去镇上开会哩。”镇长一跨腿，骑上自行车走了。

太阳亮晃晃地照着山野，金二娃重新把麻袋挂在车后座，他全身像打足了气。他将自行车龙头一拐，蹿上另一条山道，冲着与武威县城临近的金昌市而去。

金昌市离武威县城约六十公里的路程。金二娃路上琢磨，既然武威没有一个像样的石材厂，不如到金昌赶一趟。金昌有许多工厂和矿区，弄清楚石头是不是大理石，今后挖下来的毛石怎么卖钱，锯成石板怎么卖钱，可以卖多少钱就行了。

黄昏时分，大汗淋漓的金二娃来到了金昌市。金二娃根本用不着入市区，他一眼望过去就有好几家石材厂，金二娃骑着自行车随意进了一家敞开的工厂大门内。

“哎，哪来的？”门卫吼着，探出身子问金二娃。

“联系业务的。”金二娃下车，满脸堆笑，停好自行车，拎着麻袋往门卫室走去。

“联系业务也得登记哩。”门卫的嗓门小了，嘀咕着指了指正坐在门卫室里打趣的一人说，“业务科领导在这儿，有什么业务和他说就行了。”

室内的几人见金二娃提着沉甸甸的麻袋入内，一个胖子起身上前一探究竟。

“金镶玉！”胖子喊出了声，一脸欣喜地掏出烟递给金二娃。

“这个怎么卖钱？”金二娃边抹汗边接过烟问着。

“毛石还是板材？”胖子问。

“毛石和板材各怎么卖钱？”金二娃继续问。

“这种大理石要贵些。我问你，这个矿在附近吗？”胖子一脸惊喜，他不回答金二娃的问话。

“远着哩。”金二娃抽了口烟，轻描淡写地回。

“有多远哩？两百公里？你领我们去看山，辛苦费少不了你的，怎么样？”胖子亲昵地拍了拍金二娃的肩膀，眼睛里闪着狡黠。

金二娃抽着烟想，胖子这么感兴趣，说明这种石头确实是值钱的大理石。他心里喜滋滋的，卖起了关子，等着胖子回话。

“走吧，走吧，不愿说就趁早走吧，马上要下班了。”胖子生气了，他朝金二娃不耐烦地嚷着。

金二娃美滋滋地出门，心里一点儿都不恼。他蹬着自行车，还乐呵呵地与他们挥着手。他穿过马路到对面一家石材厂，停车时，见胖子还站在厂门口望着他哩。

金二娃拎着麻袋底气十足地冲门卫室走去。

“这里收大理石吗？”金二娃大声地喊着。

一个瘦高个儿从门卫室走来，伸手拦住金二娃：“不收，不收，赶快出去。”

金二娃将麻袋放在地上，摊开麻袋：“你看看，这种金镶玉，收吗？”

瘦高个儿只瞥了一眼，马上改口问：“从哪个山上采的？你跟我说，领我们去看一下，给你一百块钱，怎么样？”瘦高个儿的话更加验证了眼前的石头正是一种名贵的大理石。金二娃心里的石头落地了。

“厂里收不收这种石头啊？”金二娃问。

“你这个人，牙齿咬得这么紧。”瘦高个儿显然生气了，“快走，快走。要么进来喝杯茶，告诉我山在什么地方，要么赶快走。”

金二娃乐呵呵地转身，连麻袋都不要了。他径直出门，骑上自行车上了马路。

“哎，哎，停一下。”金二娃身后传来胖子急吼吼的叫声。金二娃一个刹车，脚点着地，见胖子正穿越马路冲他奔来。眼看着胖子过了马路，金二娃猛地踩着自行车，像箭一般蹿了出去，将胖子甩得远远的。

天色微暗，一抹燃烧的云映红了西天。金二娃猛踩自行车，往武威而去。

6

夜色朦胧，县城白日的鼎沸声渐渐消停了。几朵浮云在铅灰色的天空缓缓地移动，月亮若隐若现，不远处的街灯亮了。

庄慕兰悄悄地来到了庄家大宅，凝视着夜色中的老宅，青砖围墙上依然爬满了青藤。她悲喜交加，沿着庄家大宅的围墙绕了一圈，心中暗暗地点着脚步，一圈下来正好是三百二十八步。庄慕兰紧张地望了一眼大门紧闭的袁宅，又眯起眼睛想看一下庄家大宅内的情况，厚厚的大门严丝合缝，让她什么也看不到。

庄慕兰感觉到心跳得厉害，眼前的房屋分明是自家的老宅，现在她却像做贼般偷偷地观望。她抚摸着冷冷的大门，不由得将脸贴上去，一股凉气透入心里。她仿佛听到寂静无声的老宅里传来话语声和笑声，她的眼睛湿润了。

庄慕兰摸了摸衣服口袋，里面还揣着这座老宅的房契呢。“怎么会闲置不用了呢？”庄慕兰心里暗暗思忖着。

县城的面貌正在悄悄地发生着变化，一些新屋和大楼正在兴建，马路也变得宽敞干净了。一阵凉风吹来，枯叶被风卷起贴着地面跳跃着。一片枯叶落在庄慕兰脚边，这是一片银杏树叶，枯黄的叶子还透着些许绿色。庄慕兰凝视着银杏叶片，想起了爹爹，爹爹就是死在银杏树下的。

得知家乡政府要为爹爹召开追悼大会后，庄慕兰百感交集。她首先想到了县城的庄家大宅，她正在发愁怎么筹措到一笔钱给跃进购买机器设备呢。这一消息犹如一道希望之光照亮庄慕兰的心。

“德胜，我能搞到钱了。不过，这个事情要你出面才好。”庄慕兰冲着正在喝茶的黄德胜说。

黄德胜一愣，家里有多少钱，他也略知一二。买报废的机器，即使当废铜烂铁作价，也要花不少的钱哩。这些旧设备买回来，还要换掉损坏的部件，请技师安装和调试，开销确实不小哩。

“我们结婚时，当时县上主要领导不都来参加了？你出面让他们写个证明材料，我再提前写封信，将证明材料装在信封里。等追悼会结束，我塞给庄小春。”庄慕兰兴奋地说。

黄德胜猜出来庄慕兰要干什么了，喜滋滋地说：“这个容易，明天上班我给他们打电话，原来的组织部部长调到宜兴当公安局局长去了。你把证明材料写好了，让他们签个名就行了。实事求是的事情嘛，又正好赶上国家在落实政策。”

庄慕兰兴奋地一拍大腿：“我娘临走前，把房契给了我，这么多年我藏得好好的哩。”

“这个点也卡得好，全国都在落实政策，老家又要给你爹爹开追悼会，在这种氛围里，我想小春也不好意思推托。那小子现在手握实权，他跺跺脚，溧水也要摇三摇哩。”黄德胜说完开心地笑了起来。

“不过这个事情难度不小，涉及县房管部门。小春的工作那么忙，他要亲自出面还好。要靠我去跑，把腿跑断了，恐怕也办不成呀！”庄慕兰忧心忡忡地说。

黄德胜习惯地掏出烟，庄慕兰殷勤地划亮了火柴。

“德胜，你要先给庄小春打个电话，让他心里有个准备，你看行吗？”她担心黄德胜不愿意出面打招呼，她盯着黄德胜脸部的表情观察。

烟雾缭绕中，黄德胜点了点头，对庄慕兰说：“心不要贪，政府补偿给你多少，你就拿多少，千万不要让庄小春为难。”

“晓得啦，你这一生，一是胆小怕事，二是没文化。要不，早就当了大官了，我也用不着整天操心这个家的柴米油盐酱醋茶了。”庄慕兰两手一拍，摊开在黄德胜跟前，一脸的委屈。

黄德胜沉默地抽着烟。每当他说此类话时，庄慕兰就会打苦情牌。这时，他的心里就会涌上内疚与自责。庄慕兰许下的诺言都实现了，除了给他生了一堆儿女外，尽心尽责地维护着这个家。而他似乎还没有付出什么。

“德胜，庄家村的老屋也一并跟县上要回来，你看行吗？”庄慕兰试探地问。

“你别胡来！那是土改时我亲自定的。老宅充公，金银钱财造单，收缴送县银行。那时土地按人口均分，酒坊里的酒，按户分配到人。”黄德胜虎起了脸，他训斥起了庄慕兰。

“你看，你看，我不就是顺口问一句嘛，你马上冲我虎起了脸。你一天到晚地讲原则、讲党性，谁来关心一堆儿女？跃进回来，你就给他脸色看。有些话当着儿女的面我不说你，跃进被越南人俘虏又不是他的错，他一条命捡回来了，你还不庆幸，还一直耿耿于怀，把他弄得家都不愿意回。”庄慕兰边说边哽咽了起来。

黄德胜见庄慕兰哭了，叹了口气：“我就是这个脾气，肚子里藏不住东西。要是换在过去的战争年代，谁当了俘虏回来，我非得当着全营战士的面杀一儆百。这样吧，等他那个工厂建起来，你把跃进叫回家。但是你得关照他，在我面前不要提越南的那些破事。”

黄德胜说完，将口中的烟雾吞下了肚子，烟雾在他身体内走了一遭后，丝丝缕缕地从鼻孔里飘了出来。庄慕兰见此情景，知道黄德胜正压着怒火，赶忙换个话题说：“你待会儿睡个午觉，我来写材料，一会儿就写完的。”

庄慕兰若有所思地说：“我准备在溧水住一段时间，庄小春必须天天缠着他才行哩。”

“那你就陪我娘住一段时间，别操心着我。”黄德胜淡淡地回。

“不能住庄家村，这个事情必须悄悄地去做。我只要在庄家村露面，维根马上会知道的。我在县城随便找个小旅馆住下，拿到钱，我立马回来。”

“维根早晚会知道，你不分点给他？”黄德胜问庄慕兰。

“一分钱也不给，这是我千辛万苦跑回来的。我是庄家的人不错，但嫁出去的女儿就是泼出去的水。维根要是有本事，他自己会去找政府落实政策。不过没有你的关系和国家的政策，光凭维根，他这辈子都要不回来。”庄慕兰心里没有半点的内疚感，她的心里反而有着一种说不清楚的痛快。

“那你跟维根在一起参加追悼会，回来时维根会不知道你留在溧水不回丹阳？”黄德胜提醒庄慕兰。

“这个好办，我和维根在汽车站分手，我买张比维根晚一些的车票，等维根上车了，我去退票就行了。”

袁家院内传来了婷婷的喊声：“旺松，大门怎么没闩上啊？小心进来贼。”

随着喊声响起，庄慕兰听到了脚步声。

庄慕兰赶紧移开身子，匆匆离开庄家大宅。她一边向旅馆走，一边盘算着要交的住宿费用。这一晃在溧水已经住了快一个月了。明天，庄小春会陪着她一起去拿补偿款。老房子归政府，老房契也要交给政府。

庄慕兰走上古老的石桥，木果河水静静地流淌着。两岸的垂柳正在风中摇曳，灯火把县城照得辉煌。

第二天，庄慕兰坐上了回丹阳的长途汽车。她两手紧搂着鼓鼓的提包，里面装着数目不菲的补偿款。

随着汽车的行驶，车身两侧的风景往身后闪退。在庄慕兰的眼里，老家的一切忽然变得既熟悉又陌生。一种失落的惆怅，悄悄地在她的心头弥漫。

7

下雪了，纷飞的雪花从天空飘落，苏州城里的大街小巷披上了银装。树上许多玲珑剔透的枝条在风中微微摇晃。青青腆着肚子，笑盈盈地望着庭院中数只麻雀在雪地上玩耍。见一只麻雀瞪大着眼睛机警地扭头盯着她看，她忍不住呵呵地笑了。

庄雪花听到青青的笑声，她从厨房门口探出身来，顺着青青的眼神望去。“这么厚的雪，都看不到泥土了，哪来的食可觅呀？”庄雪花边说边拿着碗内残余的食物出门，往雪地上泼去。

“妈怎么这样啊？把雪地的情趣都破坏了。”青青略微皱着眉，她缓缓地向书房走去。

这个庭院虽然不大，一年四季都郁郁葱葱。树木花草随处可见，老式的庭院里透着浓郁的江南民居的气息。入户门也是石库门，是前不久苏州市落实政策，将这座老宅归还给袁旺松的。袁旺松和婷婷住在溧水，他们将这个宅院给袁顺悟当了婚房。自从青青有了身孕，庄雪花便住过来照顾青青。

书房宽敞明亮，透明的雕花落地窗古色古香，罗砖铺就的地面，宽大的红木书桌泛着岁月的光泽。

袁顺悟埋头写小说，当画上最后的句号后，抬眼望去，青青正嘟着嘴，指着花窗外惊恐不定的麻雀，埋怨庄雪花。青青见袁顺悟从沉思中回过神来，轻声说：“顺悟，看你妈做的好事，等到太阳出来，院子里满地的油污。”

袁顺悟没理会这茬，他的眼睛里闪着兴奋的光彩：“青青，小说杀青了。”

“真的呀？取什么书名哩？”青青欣喜地问。

“我想取《根脉》，外公建议取《古老的银杏树》，爷爷的意思是取《静静的木果河》。爷爷取的书名最有诗情画意。可是，木果河是家乡的一条河流，没什么名气。”袁顺悟说完，将钢帽套旋上，他小心地将书稿收好，装入了布袋里。

“顺悟，你知其一，不知其二。木果河是秦淮河的发源地，你听娘的，就叫《静静的秦淮河》吧。”庄雪花在院子里听见了，笑呵呵地说。

“顺悟，千万别听你妈的。一提到秦淮河，人家就会想起秦淮八艳，青楼女子。什么柳如是、陈圆圆、董小宛、李香君……”青青冲着顺悟轻声地嘀咕着，没料还是被庄雪花听得分明。庄雪花脸上堆着笑，她走入屋内，心里的要强却喷涌了出来。

“小时候听我干娘说过，以前那条河是叫秦淮河。秦淮河里的水呀，都是从庄家村、李家村那一带的山上淌下来的。早年我干娘造庄家大院时，来了个云游天下的高人，说庄家大宅地方选得好。前有木果河，河水聚财，后有南山，傍着靠山。等庄家大宅建好后，庄家果然财源滚滚。许多人就把这一段秦淮河叫了木果河。”

袁顺悟激动地说：“怪不得爷爷说，书名就叫《静静的木果河》。”

青青笑着说：“婆婆，我看还是叫《根脉》，听起来严肃些。”

庄雪花连连摆手，对袁顺悟边眨眼边说：“顺悟，你爷爷是读书人，还是按照爷爷取的书名，让爷爷开心些才好。”

青青背朝着庄雪花，也向袁顺悟眨了几下眼睛，暗示袁顺悟随她去。袁顺悟没领会青青的暗示，想了一会儿说：“爷爷取的书名，透着一种朦胧美，就这样定吧。”袁顺悟说完，便想去客厅陪伴青青，被庄雪花扯住。

“顺悟，居委会那个副主任的老公去年平反了，官复原职。他是个有名的作家，这个小说让他帮你看看吧。”庄雪花喜笑颜开地对袁顺悟说。

“太好了。妈妈，你明天就把这稿子拿给他看看吧。”袁顺悟有些迫不及待了。

“马上要过年了，娘要去你外婆那里帮着料理一下。今年的年夜饭你外公也要来，我们家呀，现在是最圆满的时候。”庄雪花脸上满满的幸福。

“妈妈，吃年夜饭的时候，你开导一下外婆，外公一个人在溧水，孤苦伶仃的。”袁顺悟对庄雪花说。

“慢慢来，外婆心里的死结还没完全解开。外公现在也没离休，外婆的爹爹也离不开她照顾。你办婚礼的那天，外婆挨着你外公坐着，笑得多开心哩。”庄雪花自从开口喊了哑巴女一声娘之后，心里并没有多少不适。那种天生的母女之情，一旦汹涌澎湃时，能让所有的抵触一扫而光。

“我结婚时，应该请姑妈家那两个表姐表弟过来喝喜酒，他们可是送了份子钱的呀。”

庄雪花有些尴尬，她和袁依冰打小就是水与火的关系。庄雪花也想到了庄慕兰一家，但袁顺悟结婚，她连消息都没透给庄慕兰。

“一代人管一代人。娘这代人的关系，是命中注定的。你们这代人的关系，由你们确定。那些根根脉脉的东西，娘想起来心就烦。娘这一生最对不起庄家大奶奶。”庄雪花眼里泛起了泪光。

“妈妈，外公和外婆究竟为什么颠沛流离的？”袁顺悟忍不住问庄雪花。

庄雪花也从来没有问过爹爹和娘，她心里隐约感到，一定是爹爹当年青春冲动时，犯下了不能让娘原谅的事情。

“上代人的事情，娘也不忍心去揭开伤疤。你不是作家嘛，自己去猜吧。”庄雪花笑眯眯地说。

“顺悟，雪停了，那群麻雀又回来啦。它们在抢食哩。”青青见顺悟和雪花唠叨了这么久，她故意大声地叫着。

第三十七章

1

常州宾馆位于常州市中心闹中取静的地方，具有几百年历史的江南“近园”坐落其中。此地交通便捷，离火车站也近。宾馆内假山碧水，奇花异草，古色古香的建筑透出浓浓的文化气息。青砖甬道弯弯曲曲，石板路带着历史的沧桑。天上的白云倒映在弯弯曲曲的溪水中，堤岸上红白的花朵和紫黄色的菊花争抢着秋天的宠爱。福生戴着安全帽站在工地上望着美不胜收的景色，心里泛起阵阵自豪。

福生此时意气风发。公司将市里的重点工程国宾楼交给了他的承包队。工程不大，但是一个完整的工程。整栋建筑虽说只有三层，但是结构和造型复杂，尤其在该栋国宾楼中采用了一些新的设计理念，也使用了一些新型建材，给施工带来了很大挑战。福生心里清楚，哪个承包队都不愿意承揽这个项目，可福生很珍惜，这毕竟是他的承包队唯一的新开工程。

基坑已经挖好，混凝土垫层上已经弹好了墨线，经纬仪对轴线和标高再次进行了复核。福生转身收拾好仪器，一挥手，钢筋班的全体人马扛着钢筋下到了基坑中开始绑扎钢筋。

福生对这个工程项目十分重视，这几天就住在工地的窝棚里。他脱下叶子给他买的新衣服，换上了卡其布的工作服。他的形象和工人们一样，唯一不同的地方是他身上透出的书卷气和一双闪烁着青春活力的眼睛。

福生回到办公室，和工长一起摊开图纸，计算主体结构的主材。此时工地与宾馆相连的侧门被推开了，一位老人迈着坚定的步伐，走向工地。他四面张望着，一会儿就走进了工地，站在基坑边缘，注视着工人绑扎钢筋。来者高大魁梧，一身布衣，脚上穿着一双黑色的老布鞋，脸上透露着严肃、冷峻的表情，福生有些疑惑，他担心老人的安全，赶紧拿了顶安全帽，笑着迎过去。

“老伯，工地危险，您戴上安全帽再看吧。”福生猜测眼前这个老人是宾馆总务科的工作人员，殷勤地将安全帽递上。

“这个垫层还是干净的，钢筋上也没有泥巴和油渍。小同志，你是负责人吧？”老人问福生。

“是的，我是承包队长，我姓庄。”福生回答。

“这个房子建好后，接待的都是来常州的贵宾，千万不能出一丝一毫的差错啊。”老人一脸严肃地叮嘱着福生。

“不会出差错的，我吃住都在工地上哩。”福生表决心般说着。

老人看了福生一眼，转身往宾馆内走去。福生目送着老人走入宾馆，欣喜地跑入工地办公室，兴高采烈地说：“大家先把手头的工作停一下，听我说几句话。”

办公室内，工长、翻样员、材料员等人向福生投去疑惑的眼光，他们不知道福生要说些什么。

“刚刚有个老伯跟我说，这个楼建好后，是专门给到常州的贵宾住的。真没有想到，这么重要的工程让我们承包队遇上了。大家一定要按照设计图纸和施工规范进行施工，千万不要玩材料替换的花头，大家记住了没有？”

“我以为是什么好消息哩！就那个老头，我看见他经常东转西转，估计就是个宾馆打杂的。”材料员不以为意地说着。

福生将脸一虎，瞪着眼说：“是不是打杂的我不管，我只管哪个巧立名目、偷工减料，我就停发他的奖金。另外，我关照你们，进出这种宾馆的人都有头有脸，大家一定要注意文明礼貌，体现我们建筑行业的文明素质。”

“队长，别说‘建筑行业的文明素质’这类话了，宾馆的食堂明明对外营业，我们去他们那里买个饭菜，都不卖给我们，让我们去哪里吃饭？外面小饭馆一排队半天，价格又贵，如果不动些脑筋，哪来的钱补贴大家的伙食费？这个楼的设计安全系数太高了，羊毛出在羊身上，我们只要保证工程合格就行了。”工长是个施工经验丰富的工程师，他不买福生的账，顶撞起来。

福生没有想到，平时唯唯诺诺的工长，居然当着大家的面顶撞起他来了。

福生望着一脸不在乎的工长，竟一时不知怎么应对。

“我去找过宾馆的总经理，合同上写得很清楚，业主提供伙食方便。总经理签的字，白纸黑字加大红印章，可他翻脸不认。他说建筑工人形象邋遢，有损宾馆的形象，你说气不气人？”工长的话打击了福生的自尊心。

“队长，你不要高兴得太早。现在要讲究实惠，贵宾住不住跟我们有什么关系？房子又不会倒，放心吧，这叫一报还一报。宾馆总经理有关门法，我们有跳墙法。弄到最后，我们又不吃亏，大家说是这么回事吗？”工长说完，得意地冲着福生哈哈大笑，他的笑声引来了哄堂大笑。

福生牙关紧咬，忍了一会儿说：“大家听好了，既然合同上写得清清楚楚，这两天我就去找宾馆总经理讨个说法。如果宾馆总经理搭架子，不理不睬，和我们打太极拳，那么，我们就按工长的意见办。以其人之道还治其人之身。”

福生的话刚说完，引来一阵喝彩。工长站起身，冲着福生边笑边竖起大拇指：“队长，这件事我出面没有办成，你若办成，我们从此服了你。大家说好不好？”

“好。”众人回应着。福生脸上火辣辣的，他从工长和大家的眼神中看到了嘲讽的意思。

“就这样定！这件事情，如果我办不成，你们今后别叫我队长了。”福生心一横，冲着大家说了狠话。他心里清楚，他年轻，无论从资历上和工地经验上都不能服众。福生心里憋足了气，扭头便往工地走去。工长见势不妙，抄起安全帽往头上一戴，紧跟着福生去了工地。

福生往土坑里一跳，他俯身检验起钢筋。福生知道工长就在身后，他也得给工长些颜色瞧瞧。工长掏出钢卷尺，认真检查着钢筋与钢筋间的距离，讪笑着挨近福生，和福生搭话：“队长，我不是故意在大家面前塌你的台。这个项目利润不大，该节省的地方，还是要节省的嘛。”工长脸上堆着笑。

“晚上浇混凝土的工作安排了吗？”福生一本正经地问工长。

“安排了，一共不到两百立方米混凝土，商品混凝土站都联系好了，浇捣班组四点多钟进场。”工长胸有成竹地说。

“每人三个肉包子，你叫材料员安排好。”福生关照着。

“晚上我来值班，你路远，下班后你先回家去吧。”工长开始讨好起福生。

“我是单身汉，我来值班。晚上我就睡在工地上，有电风扇吹着，比回家舒服。”福生笑着说。

工长的脸松弛下来，他也担心刚才的话会与福生结下梁子。毕竟，福生是整个公司冒尖的年轻人，从长计议的话，他也不想得罪福生。

夜晚，工地上灯火通明，机器的轰鸣声响个不停，秋风微微吹来醉人的花香。一箩筐的肉包子抬进了工地，工人们停下手中的活计，蜂拥着去拿箩筐里的肉包子。他们席地而坐，大口吃着香喷喷的肉包子。福生推开工地侧门，眼前闪烁的灯光朦朦胧胧地映照着花花草草。他顺着曲曲弯弯的青砖甬道，穿过圆弧形砖砌拱门，坐在一池秋水边的石栏杆上，心里不免发愁起来。

宾馆的总经理他认识，四十多岁的年纪，风度翩翩。总经理说话不急不躁，谈合同那天，光是一个简单的小问题被他缠了近两个小时。福生心里并没有底气说服总经理。他呆呆地望着水底若隐若现的鱼儿，心里发起了愁。

“喂，鱼池石栏杆上不能坐人的。”有个温柔的声音响起。福生转脸一望，一个仪容端庄的漂亮女孩，提了三个热水瓶，正微笑着看着福生。福生摘下安全帽的瞬间，女孩子的眼睛亮了。

“我们宾馆有规定，谁都不能坐在石栏杆上。”女孩甜甜地提醒着福生。福生赶紧下来，讨好女孩：“我来帮你提热水瓶吧，哎，打开水要走这么远的路吗？”

“我们那栋楼的烧水器坏了，只能到其他楼里打开水了。”女孩甜甜地笑着，将右手提着的两个热水瓶递给了福生，两人一前一后地往前走去。

“天气这么热，你怎么穿长裤子啊？不热吗？”福生调侃起了女孩。

“宾馆有规定，在大楼内工作的女孩子，一律要穿长裤子。天再怎么热，都不许穿裙子的。”女孩子停下身来，她温柔地打量着福生。福生一下子心慌了起来，他的脸红了。

“你长得真帅，有女朋友吗？”女孩笑起来很甜，在朦胧的灯光下，让人过目难忘。

福生腼腆地点着头。

“有我漂亮吗？”女孩大胆追问福生。

“没你漂亮。”福生脱口而出，他见女孩嫣然一笑，又补了一句，“不过，她比你长得好看。”福生紧跟着又蹦出来一句话。女孩的笑容凝住，她伸手一把从福生手中夺过热水瓶，扭头便往前走。福生紧追了几步，女孩一脸严肃地回头说："别跟着我，被人看见影响不好。"

福生很尴尬，他停下脚步，连声说着对不起。福生喊了声："哎，停一下，我向你打听个人哩？"

"打听谁啊？这里进进出出的人那么多，我知道谁啊？"女孩生气地停下脚步，瞪着福生。

"有个老伯，长得高大魁梧，穿一身布衣，脚上穿一双黑布鞋，是你们总务科的人吗？"

女孩一听穿布鞋的老伯，用尊崇的口吻说："穿布鞋的那个老头是市委的秘书长啊，他是老革命，我们这个宾馆，不，我们这个系统都归他管哩。你呀，真是个乡巴佬，没见过世面。"

女孩临走不忘调笑福生。福生脸上赔着笑，目送着女孩走入大楼内。

工地上又传来机器的轰鸣声。福生心里闪出一个念想，他如释重负地向工地走去。

2

第二天清晨，福生穿戴一新，他将黑色的皮鞋擦得锃光瓦亮，站在工地门口和陆陆续续进入工地的工人们打着招呼。工长进来了，见福生一改往日形象，似乎意识到了什么，只是抬头对福生报以一笑，便直接下到基坑里，观察昨晚浇捣混凝土的情况。

福生进入工地，巡视了一圈，看了下手表，八点还未到。他心想宾馆总经理不会准时上班，不如先去办公室喝杯茶后再去找他，正欲转身，见老人神采奕奕地从侧门进来。他仍然穿着黑布鞋，一身灰青色的衣服，连风纪扣都扣得严严实实。老人一见福生，不苟言笑的脸上有了些许微笑，他上下打量了一下福生。

"小庄，今天穿戴这么整洁？"

福生一见老人心中大喜，赶忙迎上前，殷勤地搀扶着老人。

"老伯，工地上的工人没有饭吃。这里不许生火做饭，宾馆又不按合同约定提供搭伙方便。工人们只能浪费时间去街上找地方吃饭，工作的积极性低着哩。”福生已经知道老人的身份，趁机在老人面前诉苦。

老人听着福生的话无动于衷，他的眼睛扫视着昨天浇好的混凝土基础，脸上露出满意的笑容。

“宾馆为什么不同意哩？”老人这时才搭话。

“宾馆总经理说，宾馆是我们常州对外的窗口，工人邋里邋遢，他担心客人投诉，把宾馆的形象损坏了。”

此时，工地上响起了敲拆模板的声音，工人们生龙活虎地挥舞着手中的榔头和钢钎，一个个埋头工作着。

“工人没地方吃饭，不跟战士饿肚子打仗一个理吗？小庄，你去跟他讲，就说有个姓钟的同意了。”说完，转身往宾馆走去。福生一阵狂喜，心里也涌动着莫名的感动。福生不由得紧追了几步，老人回头朝福生笑了笑，扬了扬手，去其他地方巡视了。

福生心里的石头落地了，这件事情办成了，消息将会迅速传遍整个承包队，也会传遍整个公司，他的威望会一下子提高许多。

九点整，福生喜滋滋地从工地侧门进入宾馆区域，干干净净的宾馆里无不透着秋的意韵。几株瘦小的枫树，叶子红了，像火一样燃烧。从清澈的水面能看到鱼儿摆尾，各种奇花异草映入眼帘。穿过一座小石桥，再往前走，就是宾馆的正门了。在大门的边上，有一座二层楼老屋，那里是宾馆领导们的办公区域。

上了木楼梯，福生一眼便看见总经理正聚精会神地看报纸。他戴着一副精致的金丝眼镜，大包头一尘不染，穿着一套烟灰色西服，金色领带打得端端正正。总经理听到脚步声，抬了抬眼，见是福生，便不冷不热地说：“又为搭伙食的事情来了？”

“是的，经理，也就几个月的工期，眨个眼睛的工夫房子就建好了。工人们不能饿着肚子干活呀，这事还请总经理关心一下。”福生不卑不亢地对宾馆总经理说。

总经理的眉头皱了皱，脸上流露出明显的不耐烦。

“庄队长，常州宾馆是市委、市政府对外接待的重要场所，那些建筑工人一身污渍地进入宾馆，你说行吗？”

“经理，有个姓钟的老伯刚刚在工地上，他让我对您说，他同意。”福生小心翼翼地试探着，他不清楚总经理买不买钟老伯的账。

“钟秘书长来了？哎呀，我怎么不知道啊。”总经理起身摘下眼镜往桌子上一摆，他往前走了两步，看样子像是要出门。

“钟秘书长走了没有？”总经理问福生。

“早走了，太阳刚露脸的时候他来工地上的。”福生见总经理有些慌张，他有些暗自得意。

“哦，来来来，小庄，坐下，我们商量一下这个事情怎么办。”总经理连声招呼着福生，他的脸色好看了许多，竟给福生泡起了茶。

翠绿的茶叶在沸腾的开水里沉浮，渐渐舒展开嫩嫩的芽片，玻璃杯中的水开始泛绿。福生知是好茶，迫不及待地端起玻璃茶杯，边吹边品尝起来。

“难啊，找不出合适的解决方法。”总经理叹了口气，有些懊恼地对福生说：“签合同时，我也没太注意那句话，早知道把它划掉了。”

福生暗自偷笑，他已经观察到总经理心里的松动。他笑着对总经理说：“经理，这个事情很好办的。宾馆食堂每天给我们准备三十份饭菜，按你们内部员工就餐的标准。饭和菜装在桶里，我派人过来拿。我们一个月一结算，最终在工程款里扣除，您看行吗？”福生脑子在快速地盘算，从现在开始到工程结束，承包队额外有了一笔可以由他任意支配的小金库哩。

“这个方法好，我怎么没想到哩。既解决了你们的困难，钟秘书长的指示我也给落实了。”总经理喜形于色。

“经理，我的承包队干了宾馆这个小活儿，我替您背了不少的黑锅，得罪了不少的领导哩。”福生见总经理笑得开怀，要起了小聪明。

“你替我背什么黑锅？”总经理不解地问。

“外面说闲话的人多了，他们说，凭我接了宾馆这个活，一定跟您的关系很好。我们虽然是公来公去，但人家不相信，说您每个月都批五条香烟的指标给我哩。领导们都来找我买烟，我拿什么满足他们？干这个小楼真是吃力不讨好。”福生装出一脸的委屈，让总经理听了心里也难受。

“这样吧，从这个月开始，我每个月批五条香烟的定额给你，你就去宾馆涉外商店里买。不过跟你说，主要是外烟，良友、健牌、三五，其他的烟不能买。”

总经理一脸无奈地对福生说：“小庄，别看我是宾馆的总经理，面对四面八方的领导，难啊。”

福生连连点头，见目的超额达成，脸上笑开了花。他边谢着总经理边端起茶杯，喝干了里面的茶水，才心满意足地离开了总经理办公室。

3

已近秋末，树叶渐黄，一畦畦菜地长势喜人，晚风里透着秋凉，狗叫声断断续续地从前面的村庄传来。叶子紧挨着福生，她的手被福生牵着。郊外的景色透着浓浓的秋味，空气中都有着甜蜜的气息。

“福生，过了年我就满晚婚的年龄了，我们去领结婚证吧？”叶子柔声地问福生。

“嗯。”福生应着，他的手握紧了叶子的手。

“结婚了，我们住在哪里呢？”叶子忧愁地问，眼睛里流露出淡淡的惆怅。

“打报告，跟公司要房呗。万一房子分配不到，先去外面租房子住。”福生安慰着叶子，他的心里也没有底气。

福生拥着叶子漫无目的地游荡着。月亮升起来了，银色的月光将郊外的田野映照得朦朦胧胧。月光仿佛是巨大的婚纱，将福生和叶子簇拥在它的怀抱里。

“拍不拍结婚照？”叶子问福生。

“随便你，你说拍就去拍。”福生轻柔地回。

“去银开照相馆，我的闺蜜都在那家照相馆拍的结婚照。”叶子说。

“好啊，你定时间，由着你。”福生硬着头皮说，他可连一套西装都没有。

“你穿这一身咖啡色衣服真好看。转过去，后面的衣服皱巴巴了，也不知道熨一下。”叶子让福生转过身，她用手给他拍了几下。福生转过身，将叶子拥抱在怀里。

夜幕中，星星调皮地眨着眼睛，偷窥着这对沉浸在热恋中的人。他们不知不觉已经散步到离村庄很近的路口，福生指着村庄里最气派的一栋房子对叶子说：“我们未来的房子，会比这栋房子更大更气派！”

月光下，叶子笑了，笑得真好看。她那美丽的脸庞像玉一般晶莹。

“等过完年，我将户口本偷出来，我知道户口本在哪儿放着。”叶子笑着说。

“干吗要偷啊？光明正大地跟你爸妈要不好吗？”福生不解地问叶子。叶子望着一脸疑惑的福生，犹豫了一下说，“我爸妈对你本人满意，但对你的家庭情况，不太满意……”

“是因为我们家出身地主吗？”福生有些忐忑不安。

“不是家庭出身的问题。我从小到大衣食无忧，我们家的条件摆在那儿呢。我们如果没有合适的婚房，我爸妈嫌丢人，他们肯定不会来参加婚礼，你说到时候怎么办？”叶子将头埋在福生的怀里，轻轻地啜泣着。

福生用手轻抚着叶子的头发，回想起叶子父母见他时不冷不热的态度——叶子的父母都是知识分子，有些事情不放在明面上。

福生从父亲的嘴里也获知了庄家以前的辉煌——偌大的古色古香的宅院，千亩良田，还有酒坊。尤其当父亲眉开眼笑地对他说，祖父的英雄事迹如何被父老乡亲们口口传颂着时，父亲脸上洋溢着笑容仿佛变了一个人。父亲关照他，要找个时机，去看看天生桥和胭脂河，祖父在那里打过日本骑兵哩。可是这一切对福生又有什么帮助呢？福生暗暗发誓，这辈子一定要发奋努力，出人头地，要让叶子过上幸福的生活。

“叶子，不要哭，我知道你心里难受。结婚如果得不到父母的祝福，还不如别结婚。我们就这样谈一辈子恋爱，不离不弃。”

“不，过了年就去办结婚证，大不了我来个胜利大逃亡。什么拍结婚照、办喜酒都是空的，只要我们一辈子心心相印，未来生活再怎么苦，我都跟定你了。”叶子一抬头见福生两眼泪汪汪，伸手替福生抹着眼泪，坚定地说。

叶子的话让福生心里波涛起伏。他望着天上那轮金色的月亮，心里暗暗发誓，这辈子在他的心里，就只有一轮明月，而这轮明月，就是眼前的叶子。

“什么结婚照、办喜酒，一切免了。许多人结婚照拍得好看，后来不都扯碎了。福生，假如你们公司不安排住房给你，我们就去租房子住。等我们有了孩子，我们轰轰烈烈地在常州饭店给孩子办满月酒，好吗？”叶子柔柔地说。

“只是委屈你了。”福生的心里涌上了酸楚，他觉得自己对不住眼前娇生惯养的千金小姐。福生从叶子亮亮的眼睛里看到了真爱，不由得紧紧拥抱着叶子，亲吻着她的眼睛。

福生突然想到了《夜半歌声》这首歌，他微笑着对叶子说：“该回去了，我想起一首歌，唱给你听。”

叶子惊喜地由福生牵着手，他们踩着月光，缓缓地往回走。福生清了下嗓子，他深沉地唱了起来：

> 空庭飞着流萤，高台走着狸牲。
> 人儿伴着孤灯，梆儿敲着三更。
> 风凄凄，雨淋淋，花乱落，叶飘零。
> 在这漫漫的黑夜里，谁同我等待着天明……

福生望着旷野无声地哭着，大声地唱着：他想到家中的贫困，想到叶子的爱情誓言，想到父亲常对他说的能把他养大就不容易的话，他无比伤感。面对冰清玉洁的叶子一片痴情的爱，何时能给予她一个安宁的未来呢？

“唱不下去了，我把歌词背给你听吧。”福生快速地抹着眼泪，挽起叶子的胳膊，边走边动情地朗诵着：

> ……你是天上的月，我是那月边的寒星。
> 你是山上的树，我是那树上的枯藤。
> 你是池中的水，我是那水上的浮萍……

“歌词写得真好，谁写的？”叶子欣喜地问福生，那诗一般的语言震撼着她的心灵，她感知到了福生内心厚重的情感和深深的无奈。

“田汉作词，冼星海作曲。叶子，这辈子我对你的爱就是这样深沉不变。”

叶子双手搂住福生的脖子，两人深情相拥。

金黄色的月亮在云里沉浮，旷野里荡起了秋风。风中透着秋末的气息，还有不知名的花儿的芳香。

4

一晃三个月过去了，国宾楼主体已经完成，福生的威望在整个公司一下子提升了不少，工人们都乐意来这个不起眼的工地干活，劳动热情高涨。福生连续几个月的奖金都接近千元。他还靠手中有五条香烟的特权，结识了许多重要人物，他的知名度也高了。

装修队已经进场，脚手架已经拆除，福生一如往常地在太阳刚刚升起的时候便来到工地。在他管辖的十几个工程项目中，他的大部分时间都放在了国宾楼这个项目上。

“小庄，陪我上楼去看看。”福生一听声音就知道是钟老伯来了。室内外堆集着许多装修材料，他生怕钟老伯不小心磕碰到，赶紧上前搀扶着。

“怎么回事？”钟老伯指着现浇楼面问福生。

几个工人正在地面开槽，混凝土楼面出现了烟青色珍珠岩砖，这种砖重量轻，易碎，福生见钟老伯的脸绷紧了。

“哦，钟老伯，这个现浇楼面采用了密肋式设计，在肋和肋之间用珍珠岩砖填充。这种设计就好像我们人的肋骨，既能承重，又能减轻楼面自身重量，而且还能起到保温和隔音作用。”福生用简单易懂的话向钟老伯解释。

钟老伯恍然大悟，他的脸松弛了，但仍不放心地追问，“万一这个砖掉下来，砸着人怎么办”？

“不会的。”福生指着暴露在外的珍珠岩砖块上的钢筋说，“您看，砌块与砌块之间打了孔，里面用钢筋穿着，又与混凝土凝固在一起，安全着哩。”

钟老伯慈祥地点点头。福生这才发现钟老伯今天形象大变，脚穿皮鞋，身穿呢子中山装，格外精神。他疑惑地上下打量着钟老伯。

“一会儿有外宾，我得赶去接待。”钟老伯看出了福生眼中的惊奇，他转身边下楼梯边说。福生赶紧上前扶着钟老伯下楼。

“小庄啊，你的工作态度好，年轻人要多学习。像你这样的小伙子，放在哪个岗位上都能干好的。”钟老伯的话让福生就像喝了杯糖水那样甜，他目送着钟老伯出了工地。

福生转身往工地办公室走去，正遇上建筑系统的一把手周书记走入工地。工地大门正对着周书记家的小四合院。由于工地和周书记家挨得近的缘故，周书记晚饭后散步，常来工地瞧瞧，一来二去，福生和周书记也混熟了。

“周书记，走慢点儿，工地上磕磕撞撞的。”福生一脸笑容地迎了上去。

“进度蛮快的呀，这个小楼漂亮。”周书记慢条斯理地对福生说着，停下了脚步参观起来，“今天有个外宾代表团，我从工地进宾馆，路近一些。”周书记跟福生说完，便缓缓地向工地侧门走去，“里面环境好，我先去转转。”

周书记是苏北过来的老干部，解放常州时，是钟老伯带着他们十几个人前来接管常州的。这个事情在整个建筑系统都知道。正像公司总经理说过的，周书记的脚跺一下，建委大楼要晃一晃哩。

福生乐呵呵地回办公室，还没进门，便听到工长用讥讽的语气说："那是个马屁精，见到领导就像见到老祖宗一样。"办公室内一阵笑声响起。福生故装严肃地进门，众人面面相觑，工长的脸红到了脖子根。

"你说谁是马屁精啊？"福生虎着脸问工长。

"我……我是说，公司过完年就要分房子了，几个承包队长个个都是马屁精。办公室还在起草分房方案，他们一个个得空便往办公室跑。遇到跟分房有关的领导，香烟都是整包地扔哩。"工长说完，他的脸更红了。有人更是心照不宣地直点着头，他们应和着工长。

"分房了？"福生眼睛亮了，他笑着问工长，"怎么个评分法？"

工长见福生并没有刨根问底，心里轻松了许多，侃侃而谈地讨好起福生来了。

"工龄的长短，职务的高低，年龄的大小，已婚的和刚结婚的，有老人孩子的和没有老人孩子的，各种条件林林总总不下二三十条，我也在等着换房子哩。"工长如数家珍般地将分房条件说了出来。他心里知道，福生没有结婚，在分房子这件事情上，和他没有利害关系。

福生此时心里风起云涌，但他故作平静，严肃地对大家说："国宾楼到了装修冲刺阶段了，大家别老窝在办公室。多去工地盯紧些，关键时刻多转转，多看看，多查查。你们都看到了，领导们重视着哩。"

众人见福生如此认真，一个个拿起检测工具知趣地往工地而去。福生往办公桌前一坐，脑子快速地盘算开来：

过完年，他和叶子要去领结婚证，去公司开结婚证明时，得给办公室主任塞条烟，此人是药里的甘草，汤药是甜还是苦，他起到大作用。一共五个承包队，房子有可能会按照一定比例分配到科室和承包队。工长说他要换房，而自己是申请要房，房子的地段和大小至关重要。说不定自己和工长在分房子这件事上，还会有一番较量哩。

福生心里涌出一丝凄凉，人家供电局，小年轻刚领证，就能分到一套令人羡慕的房子。建筑这个行业，说起来伟大，实际上低下的很。福生在想，倘若房子没分到，或分的不如意，还不如换个行业做。

福生也惊讶，怎么会有这个念头冒出来。而这个念头一旦出现，就像暗夜里的灯，瞬间照亮了他的心灵。他觉得现在的心情轻松惬意，不过这种轻松，稍纵即逝——去哪个行业呢？福生也很彷徨。

福生接连喝了几口茶水，泛黄的茶叶毫无清香，杯中的茶叶犹如枯萎的柳树叶。不甘的情绪如同滚滚而来的云团，覆盖着他的心境。

骑驴看唱本——走着瞧，福生心一横，等年过完，结婚证到手，房子满意就继续在建筑公司，不然就走人。他抓起安全帽往头上一戴，冲着工地走去。

5

夕阳照着玲珑秀气的文笔塔，这座历经兴废，距今已有千余年历史的宝塔，在余晖下显得格外优美别致。夕阳辉耀着宝顶，也辉耀着福生和叶子的脸庞。他俩的脸上，欣喜中有着淡淡的忧伤。

“看，塔顶有祥光腾现哩。”福生故意饶有兴致地指着塔顶金色的葫芦宝瓶，欣喜地对叶子说。“呀，真的，金光闪闪，真好看。”叶子露出了浅浅的酒窝，洁白整齐的牙齿，白玉般闪着光泽。

福生牵着叶子的手，来到宝塔围墙边几株桃树下，桃枝上挂满了花骨朵。一些桃花已经绽放，粉红色的花朵挤满了枝条，散发着淡淡的花香。红梅公园河岸边的桃树也开花了，远远望去，满树的桃花就像从天空落下的彩霞，又像风中舞动的火花。

他们下午刚刚领了结婚证，两本鲜红的结婚证书正在他的挎包里放着哩。叶子甜蜜地挽着福生的手臂，她提议到红梅公园走走，叶子的家离公园很近。

叶子领结婚证是瞒着父母的，这让福生既感动又内疚。没有父母的祝福，领完证后，在偌大的常州市区，也找不到一个可以庆祝的地方。福生只知道在南大街大光明电影院的边上，有一家卖热饮的小店铺，那里有热牛奶和精美的小甜品。但那地方只能容纳三五人小憩，而且拥挤喧闹得很。

“晚上我们去南大街喝牛奶吃甜品去？”福生亲昵地对叶子说。

“不要浪费，从今往后安心地过日子。牛奶有什么稀奇，我从小到大牛奶没断过。”叶子温柔地对福生说。

“福生，你可以打报告跟单位申请住房了吧？房子不要大，只要够我们住就好了。”叶子的话让福生心里一慌，这是福生最头痛又最无奈的事情了。

昨天去公司开结婚证明，他特意带了条良友牌香烟偷偷地塞给了办公室主任。办公室主任悄悄地与他耳语，公司的住房早就确定了分房对象。那些得到住房的公司骨干个个守口如瓶，公开的评分办法是做做表面文章。公司给福生安排的住房也确定了，在一个老旧小区的七楼，是一套劈户，一共不到五十平方米的房子，需要住两对夫妻。办公室主任的话，让福生感觉到犹如冬天喝凉水，滴滴冻心头。福生要不是承包队长，估计连劈户都轮不到。

“叶子，你看这边的桃花，一簇簇地开满枝头，灿烂芬芳。那边的却还是花骨朵，这是为什么？”福生故意转移话题。

“为什么？”叶子望着桃花。

“小气候不同。文笔塔那里的桃树，日照时间短，有围墙，春风吹不到。河岸边的桃树阳光充沛，四周通透，没有大树和建筑物遮挡，所以同一块土地上小气候不同啊。”

“小气候？不都一个公园吗？”叶子笑了，她心里想，再过几天，文笔塔边上的桃花也要旺旺地开了。

“树挪死，人挪活啊。”福生意味深长地说了一句。叶子觉察到了福生的沮丧，她的脸上掠过一丝不安。

“房子的事吹了？”叶子问。

“一个小户，要住两对夫妻。”福生愤懑地说。

“劈户？”叶子脸色陡变，“我才不要住哩，上个厕所都不方便。大热天洗澡，万一人家闯进来怎么办？”

福生沉着脸，肚子里腾着火。虽然他当了承包队长，可毕竟是公司内部承包，除了奖金多些，也挣不到大钱。

“我要调单位。常州有那么多好单位，我不能在一棵树上吊死。”福生咬牙切齿地说。

“万一调不成单位，你们公司又不要你了，怎么办啊？”叶子惊慌失措地说。福生下决心要调单位，让她始料不及。

福生沉默不语，叶子见福生脸色凝重，她急忙说：“福生，劈户就劈户吧，只要跟你在一起，住草棚我都开心。”

三月的春风带着寒凉，福生见叶子打了个寒战，他背对着风吹来的方向，用身体挡着直面叶子吹来的寒风。

“常州一共有两家房地产公司，一家是中国房地产常州公司，一家是建委刚刚成立的城市综合开发公司。这两家公司专门从事城市改造和商品房开发，房子一定很宽裕的。”福生分析道。

“听说丽华那个地方造上百栋房子哩，就是城市综合开发公司开发的，一平方米要卖六七百块钱哩。”

“过几天我去找公司总经理，老子不干了，把那个劈户留给其他人吧！”

“别说粗话，亏你还是助理工程师哩。调单位不是小事，你考虑清楚再做决定。事情办砸了，别怪我没有提醒你啊。”叶子忧心忡忡地抬头看着福生。

河边风大，对岸的柳树枝条儿在风中飘荡。眼前的桃树枝条在微微地颤动，河面被长长的柳枝条点出了涟漪。

福生伸手扯过一根桃枝，对叶子说，“这芬芳无比的桃花，就是今天领证最好的礼物了。”叶子将脸挨近花枝，嗅了一下，心满意足地说，“真香！”

天略微暗了，叶子挽着福生的胳膊，缓缓地沿着公园的主路出了大门。青果河边的两排垂柳绿荫正浓，一些鸟儿还逗留在树梢上叽叽喳喳地叫唤着。

叶子松开挽着福生胳膊的手，关照福生：“就送到这里吧。结婚证在你包里，挤车别弄丢了。”

“放心吧，这辈子也丢不了。”福生恋恋不舍地目送着叶子拐进了胡同。他紧捏着挎包的包口，往 7 路公交车站走去。

6

福生起了个早，他心里美滋滋的。他衣袋里揣着一个红包和一张调动工作报告，红包是昨晚上爸妈给的，一共两百块钱，是爸妈对他们领结婚证的祝福。袁依冰捧着红红的结婚证书反复看着，庄维根笑得合不拢嘴。一晚上家中喜气洋洋，庄维根一高兴又开始念叨起庄家以前的辉煌。

讲起老家天生桥风景的秀美，讲起祖父的英雄事迹。庄维根眉飞色舞地说，抗战胜利时，他还是个未成年人，为了替父亲报仇，孤身一人去国民政府苏州高级法院，控告伪溧水警察局长如何勾结日军杀害父亲的，最终国民政府判处伪警察局长无期徒刑。庄维根还告诉福生，他的童年和少年时期是在腥风血雨、飘摇动荡中过来的，他能把福生和英群拉扯大是多么的不容易。福生看着父亲唏嘘不已的表情，他的心沉甸甸的。

福生坐在公交车上，心想，父亲老是喋喋不休地讲过去的事情有意思吗？那些过去的事情再怎么辉煌和悲壮，都不及小红包里的两百块钱实在。昨晚上，他只是不想扫了他们的兴致，心中的苦恼也不愿讲给爸妈听，以免增加他们的忧愁。

7路车的终点站在小营前，这里离常州宾馆很近。国宾楼工程如期交付了，工地的围墙缩小到一个角落，里面就一间门卫室。角落里还有一些剩余的建筑材料堆放着，过几天绿化队来了，就要将这些东西全部拆除搬走。福生不放心，他下车后径直往工地走去。

工地门卫正坐在椅子上悠闲地晒着太阳，宾馆花园里飘来阵阵花香。福生一进入工地，就看到钟老伯穿着一新，知道应该有什么重要活动。钟老伯一脸严肃地走向草地，俯下身子观察着向外冒热气的管子，一会儿又缓缓地向工地侧门走来。福生忙打开侧门，钟老伯只是望了眼福生，便到国宾楼一处不起眼的地方伫立着。

一辆黑色的轿车悄无声息地驶来，不多会儿，几名端庄的女服务员拎着行李，簇拥着一对老年夫妇上了车。

"首长再见。欢迎首长再次光临。"姑娘们笑靥如花地挥着手。

"同志们再见。"老年夫妇冲着姑娘们挥着手，汽车忽地驶离。

"小庄啊，这个工程完了你要去哪里？"钟老伯抬腿进了工地，随口问福生。

"钟老伯，我想调个单位，领了结婚证，单位安排不了住房。我想去建委底下的综合开发公司，不知道人家要不要我。"

"好啊，你结婚了，我也没什么东西送你。我给你写个条吧，你去对面找周书记吧。"钟老伯边说边从口袋里掏出钢笔往门卫室走去。

福生赶紧从门卫室找出张白纸，钟老伯一字一字地在纸上写着："周书记，小庄的事要办的。钟"

福生欣喜若狂，他大声喊门卫泡茶。门卫尴尬地摆着手，轻声地说没有茶叶了。

钟老伯笑呵呵地摆了摆手，走出工地对福生说，“你就去找周书记，回头我打个电话给他。”说完就离开了。

“庄队长，领导给你写的什么？”门卫好奇心重，他小心地打探着。

“看好你的门。”福生甩下一句话，兴冲冲地走出工地。福生见门卫跟着出门，而且一直在望着他，便故意穿过一个胡同，绕过一段路，再返回到周书记家的大门口。

今天是周日，周书记正在院子中打着太极拳，福生在门口怯怯地对周书记说：“周书记，我想调到城市综合开发公司去工作。”福生边说边将纸条掏出来递给周书记。

“钟的指示还是要办的。”周书记边看纸条边说。他声音不高，但语气坚定，他走入客厅，拨通了电话。

“赵经理，给你推荐个人才，是建筑公司的小庄，能力强，是个人才哩。”

不多久，周书记从客厅出来，和蔼地说：“小庄，你现在就去见一下赵经理吧。”

福生喜出望外，连声道谢，一出门便加快脚步，往文笔塔方向走，那家公司就在文笔塔边上。

福生刚走到城市综合开发公司门口，就见一个矮胖的中年男子在大门口观望。没等福生开口，那人张嘴就问：“你是小庄吧？周书记推荐来的？”

“是的，是的。”福生连连回着，这应该就是赵经理了。

“干过些什么工作？”

“承包队长，助理工程师。”福生紧张地回。

“好，好。你先回去，抓紧办你们公司的工作调动单，办好了直接来找我吧。”赵经理是个直性子人，他边说边急匆匆地走向自行车棚，推上自行车飞身一跃，快速离去。

太阳热烈地照耀着，阳光在琉璃瓦屋顶上闪着刺眼的光亮，原来已经到中午饭的时间了。福生并没有觉得肚子饿，想到公司领导周日经常在公司，就干脆直接去公司一趟。

公司总经理办公室的门果然开着。福生风风火火地闯入办公室，满腹心事地对总经理说：“经理，我要换个单位。”

总经理正在看文件，听到福生的话，惊讶地抬起头，扯了张椅子让福生坐下。

“干得好好的，为什么要换单位呀？”

“我没房子住，安居才能乐业。”

“小庄，我告诉你，你的房子公司已经考虑了，安心些啊。”总经理笑了，他以为福生有多大点事呢。

“多大的房子？”福生明知故问。

“这……小庄，公司目前困难。都说建筑工人伟大，造好了新房子给别人住，却轮不到我们建筑工人住哩。你放心，只要你安心待着，三年内，保证给你安排一套二居室的住房。”总经理对福生有好感，他信誓旦旦地说。

“要么现在给我房子，要么放我走。”福生掏出调动报告，摆在了总经理面前。

“想去哪个单位？”

“城市综合开发公司，那个单位福利好。”福生知道瞒不住，他笑着回。

“你一个助理工程师，那个单位，连高级工程师都进不去。”总经理惊讶地说着。

“试试吧，您在报告上签字，我去碰碰运气，不行的话我再回来。”福生赌着气说。总经理皱起了眉头，心里冒着火。他盯着福生看了会儿，拿起笔作势要签字。

“小庄，你考虑清楚，我这字签下去是收不回来的。你要进不了那个公司，你也回不来了。”

“您签吧。”福生见总经理提笔吓唬他，趁机火上浇油。

总经理不耐烦地签下大名，福生眼疾手快地拿过报告，快速装入衣袋。

“小庄，你是建筑系统培养的大学生，全脱产读了三年书，花了公司三千块钱。这个钱要对方单位付给我们公司后，你才能去组织科开调动单。”总经理忽地站起身，语气决绝地说。

“可以。”福生朝总经理鞠了一躬，乐呵呵地走出了办公室。他快步走出公司大门，沿着大运河人行道往回走。不过很快，他兴奋的心情被新的担忧代替了——接收单位如果不愿意出三千块钱，怎么办？

福生垂头丧气地拖着沉重的脚步，走到了新丰街。一家老字号的药铺引起了福生的注意——在玻璃展柜里，摆着大大小小的人参，一根人参要几百块钱哩。福生心一狠，他掏出红包内的钱，又将身上的余钱数了数。福生一咬牙，买了根几百块钱的漂亮的人参，小心地捧着精致透明的人参盒子，往周书记家中走去。

大门关着，福生犹豫不决地在门口徘徊。他望了望礼品盒，身上的钱都花光了，而他连敲门的勇气都没有了。福生深吸了一口气，让自己保持镇定，他敲响了木门。

开门的是周书记的夫人，长得面慈目善，微笑着打开门，让福生入内。

“老周，小庄又来了。”福生趁着空当将人参盒塞入周夫人手中。

“小庄啊，是不是不顺啊？”周书记显然已经预料到了，他的口气带着些许的不满。“我们公司领导说，要接收单位支付我读大学的三千块费用。另外……”福生想要不要多说出一件事来。

“另外什么？”周书记扫了一眼人参。

“公司要我把住房交出去。我也没地方住啊。”福生壮着胆，一吐为快。

周书记走向客厅，他拨打起了电话。事情办得出奇地顺利，周书记放下电话，对福生说：“小庄，周一上午去赵总那里拿张支票，另外，赵总答应，先借给你一套三楼的二居室居住。争口气，把工作干好。”

福生连连点头，他长舒了一口气。

第三十八章

1

迎春花已经开了半月余，一丛丛迎春花簇拥着院中的小鱼池，纤长的枝条上布满了翠绿的叶子。齐鲁红伸手触摸了一下纤瘦的枝条，像迎春花般地笑了起来。

“青青，这个院落真安静，迎春花枝条像飘飘的彩带，那几只小蜜蜂贪心地黏着花儿不飞哩。”

“奶奶，我和顺悟谈恋爱时，居然不知道他们家有这个宅子。这地方离我婆婆家也不远，离古尔胡同也近。哎呀，我婆婆催着顺悟去给外婆拜年，一去大半天了，怎么还不回来？”青青嘟着嘴，嗔怪起来。

齐鲁红笑了，说：“人的一生就好像做了一场梦，这世界说大也大，说小也小。雪花与她亲娘分开几十年，相认也就在一瞬间。她们娘儿俩，估计有说不完的话呢。”

青青笑了，她望着院子里碧草青青，树木葱茏，她若有所思地走向小鱼池。鱼池水面上有云朵在浮动，她不由得笑出了声。

“奶奶，外公一定是负心汉。他肯定深深地伤害过外婆。”青青忍不住地说出自己的猜测。

齐鲁红的笑容凝固了，她想到了赵林，赵林此刻正和梅儿在美国过着舒适安宁的生活哩。她不由得将胸前的十字架拿到唇边，轻轻地吻了一下。

“这都是命啊。上帝给每个人都安排好了命运，我们只有顺从，只有认命。抛弃人世间的怨恨，把心交给耶和华。做到了这些，什么事都会想开的。”齐鲁红缓缓地念叨着。青青皱了皱眉头，上前搀扶着齐鲁红往屋内走去。奶奶的话，她从小听到大，也真是耳不烦心不躁了。

“庄家、赵家、袁家、李家、刘家，这五个家族盘根错节，奶奶总算大致盘清楚了。可里面有些事情，越盘越糊涂。一些事情盘清楚了，心里的感慨反而越来越多。”齐鲁红走入屋内，她往椅子上坐下。

“青青，听齐伟说，李邱巴年夜饭在雪花亲娘家吃的？”齐鲁红问。

“嗯，顺悟去的，喊我去，我才不去哩。去年的年夜饭，不是咸就是淡。那么多人挤在一张旧桌子上，人挨人，伸筷子夹个菜都要小心翼翼的。”青青一脸嫌弃地说。

“青青，不要乱嚼舌头，乡下人家都是这样子的呀。以前奶奶还是闺女的时候，家里来了客人，都不许奶奶上桌子的。”

青青故意双手捂着耳朵，装出淘气的样子，连连说着：“奶奶，我不听，我不听，你又要讲你们家族的故事了。那些陈年旧事，离我们现在的生活那么遥远。”

齐鲁红假装生气，她起身扬起手，摆出打青青的架势，青青笑着往门外跑。

“青青，你去哪儿呀？”齐鲁红见青青往大门跑，着急地问。难得有闲暇时间和孙女亲热，一眨眼，青青又要溜了。

青青笑着回头对齐鲁红说：“奶奶，我要去接儿子。本来说好是顺悟去接的，太阳都偏西了，他还不回家。”

“唉，你先过来，奶奶话还没说完呢。一会儿你回来了，奶奶又要忘了想和你说啥话了。”齐鲁红大声地说着。

青青犹豫了一下，她合上院门，匆匆往屋里走来。

“奶奶见顺悟书桌上堆满了书稿，这多费脑子呀？书写了几年了，还没有写成？”齐鲁红指着书房内的书桌问。

青青的脸挂了下来：“奶奶，你就瞎操心。顺悟的书改了好几遍了，已经交给出版社了。”青青的嘴噘得老高，转身又要走。

齐鲁红拽着青青的衣服，让青青感到疑惑。

“青青，奶奶老了，有个心愿想求你哩。”齐鲁红小声说。

“什么心愿啊？”青青惊讶地问。

“奶奶来日不多了，你和顺悟什么时候去溧水，把奶奶也捎过去，奶奶想去看看那个赵县长家的老宅，看看万寿寺，看看小桃红……”齐鲁红一直为不能认祖归宗而忏悔。她认为自己就是赵家的人，她的腿想迈进赵家的门槛。她也思念着小桃红，想去给小桃红上个坟。

青青见齐鲁红两行老泪正顺着脸庞往下流，她不懂奶奶为什么要去溧水，她也弄不明白奶奶为何要哭。青青赶忙扶奶奶在椅子上坐下，点头应诺着。

院外传来脚步声和儿子的笑声。

“妈妈，妈妈。”青青见儿子跌跌撞撞地冲屋内欢呼着奔来，她急忙迎出门，一把将儿子抱在怀里。她见庄雪花和顺悟有说有笑地进门，心里泛起了一丝不快。

“青青，我们今天太高兴了，你猜是什么事情？”庄雪花抢先说。青青见庄雪花和顺悟如此亲昵，一种当儿媳的天生的妒忌涌上了心头，她压住心里的不满问：“顺悟的小说出版了？”青青边说边将儿子放下，儿子奔跑着往院子花丛中而去，慌得顺悟紧随其后。

“我亲娘今天终于松口了，答应等我爹爹退休，带着我外公去溧水住。这太好了，她终于想通了，我的心也放下了。”庄雪花一直担心爹爹过几年退休了，在溧水没人照应。

“这有什么好高兴的？他们又没领结婚证，到了乡下住在一起，乡下人闲言碎语不要太多啊。”青青往庄雪花头上泼了盆凉水。

“青青，干吗说话带着火药味？”庄雪花朝青青白了一眼，无辜地冲着齐鲁红摊开双手。

“婆婆，你多心了。我的意思是让他们领个结婚证，回到乡下再补办个婚礼，这样才名正言顺嘛。”青青嘟着嘴嚷着。

“那才叫笑话哩，一件普普通通的事情，非要在全溧水传得沸沸扬扬？我爹爹和我亲娘是事实婚姻，一点儿都不会丢人的。”庄雪花知道青青瞧不起哑巴女，她硬着头皮替爹爹和娘辩解。

“那叫你爹爹退休后到苏州来住嘛，你那边的房子宽裕着哩。”青青趁机发泄着心中的不满。庄雪花把顺悟原先卧室的床给拆了，这不明摆着不让她和顺悟在那边住嘛。就这事，青青压在心里快两年了。

“我爹爹这辈子没离开过溧水，我是说不动他的。再说了，一方水土养一方人，我爹爹即便搬到苏州来住，水土不服怎么办？人呀，一定要有孝顺心。”庄雪花心里有些火了，也不管齐鲁红在场，开始数落起青青。

青青脸上一阵火烧刚想和庄雪花顶撞几句，见齐鲁红朝她眨着眼睛，只能气呼呼地扭过头，不理睬庄雪花。

齐鲁红敲锣听音，她自然领会庄雪花的意思，于是当起了和事佬：“雪花，你的话说得在理，青青的话也在理。青青的意思你没辨明白，青青也是好心，她是想帮你爹爹和亲娘补办个婚礼，热闹一下嘛。”

齐鲁红话说完，她的眼里竟然泛起了泪花。原本说给庄雪花听的话，此时却像锥子刺痛着她的心。

“婆婆，你怎么哭了？”庄雪花慌了，她没想到，训斥青青的话，让青青的奶奶听了伤心。庄雪花赶紧掏出手帕，欲替齐鲁红擦泪。

青青扭过身子偷窥着庄雪花的举动，心想自己的婆婆真会演戏。怪不得能在街道左右逢源，在家里大事独揽，小事装模作样地放开。自己摊上这么个婆婆，也不知是喜是忧哩。

“雪花呀，婆婆这一生像水中的浮萍。要是让顺悟知道婆婆的经历，保不准又可以写部书了。”齐鲁红自己抹了下眼睛，算是解释。

“青青，还有一件高兴的事情要告诉你。”庄雪花见气氛缓和了些，对青青卖起了关子。青青疑惑地望着她。

“那个居委会副主任的老公，放出来后当了文化局的领导，她昨天跟我说，她老公对顺悟很赏识，准备调顺悟去文化局创作室哩。”

青青大喜，这意味着顺悟当上了文化干部，从此再也不用在工厂拨动那些机器了。

“顺悟知道吗？”青青兴奋地问庄雪花。

“顺悟还不知道呢，有好消息，婆婆当然要第一个告诉你哩。”庄雪花呵呵地笑。

青青快步出门，激动地对着陪孩子玩的丈夫喊：“顺悟，快把儿子抱回来，有天大的好消息哩。”

2

又是一个炎热的夏天，太阳亮晃晃地照在黑色的屋顶上。躲在假山一角的栀子花盛开着，这里背靠假山的荫蔽，又临小鱼池，浓烈的花香弥漫了整个院落。

庄雪花采摘了一捧栀子花，她开心地进入厨房，打开水龙头用水冲洗着花朵里的小虫，然后哼着小曲将花朵插在玻璃杯里。瞬时，客厅里也弥漫着花香。

“顺悟，你妈将栀子花带到厨房里，把小虫子都带进家里了。”青青轻轻地扯了下袁顺悟，不高兴地说。

袁顺悟笑了：“别担心，小虫子都被冲进下水道里了。”

“你说得轻巧，等会儿小虫子顺着管道爬上来怎么办？飞到儿子的鼻孔里会钻到肺里去的。”青青不满地瞟了庄雪花一眼，嘟囔着。

袁顺悟心里知道，青青和娘有些磕磕绊绊。婆媳俩都是鸡毛蒜皮的事情，他也不会明着帮青青去数落娘的不对，故意扯开了话题。

“青青，这次去常州文化局讲座，我是穿皮鞋还是穿跑鞋呢？”顺悟问青青。

“穿西装，里面白衬衫，下面穿一条黑色长裤，配上皮鞋。”青青笑着回。

“顺悟啊，你的小说，单位里的人都开口跟我要哩。你还得给我十几本。”

“我也没想到，小说出版后好评如潮。上个月，光去大学作报告就已经五次了，也挣了些外快。这次去常州讲创作体会，一个下午最少也得两千块钱哩。”袁顺悟得意地笑着，小说出版后，他名正言顺地调入了文化系统，每天穿得干干净净，走到哪里都是他人羡慕的眼光，这极大地满足了他的虚荣心。

“就去一天吗？”青青问。

“今天下午去，在常州住一晚。明天下午讲座，最多后天就回苏州了。”

“我送你去火车站吧？”青青小声地说。

“用不着，现在出租车方便，又有了手机，随时可以通话。”袁顺悟得意地掏出手机，这是一部西门子手机，他花了近一万块钱买回来的。

“有事打家里的座机吧，我不在家你就呼我。顺悟，现在好多人都不用BB机了。”青青故意眨着眼睛，提示着袁顺悟。

“等我常州回来，也给你买部手机。”袁顺悟的话，让青青听得满意。

袁顺悟只带了一个铜鼓包，里面放了些替换的衣服和一本《静静的木果河》。他精神抖擞地走入客厅，冲着正在擦花格窗的庄雪花说了声：“妈妈，我去常州出差，幼儿园放学时，你和青青去接孩子吧。”

庄雪花见袁顺悟神采奕奕的样子，骄傲地看了眼嘴角上挂着不满的青青，乐呵呵地扬了扬手：“去吧，你娘把你儿子当成命宝哩。”

青青把头一扭，搡着袁顺悟出了大门。低声地对袁顺悟埋汰：“顺悟，听你妈妈的口气，好像我们的儿子从小到现在，都是她一个人的功劳。”

袁顺悟只是笑了笑。一辆出租车驶来，他钻进车内，驶向了火车站。

袁顺悟坐了一个多小时的绿皮车来到常州，一出站就看到一个美丽的姑娘举着写有他名字的小纸牌，正东张西望。

“我是袁顺悟。”袁顺悟上前自我介绍。

“哦，大作家，我是文化局办公室的小刘，叫刘波，外面有车接您。”刘波一双亮汪汪的大眼睛里流露出惊喜。

汽车驶向小营前招待所，那里离文化宫小剧场很近。一路上，刘波热情地与袁顺悟交谈。

“袁老师，您的小说在常州文学青年中引起了很大的反响，很多人看了小说后感慨万千。五个家族的故事，悲欢离合，根节相连，读后让人唏嘘不已。您知道吗，您的小说里讲的庄家村、李家村，我都知道的。”刘波激动地说。

“你的祖籍是溧水？”

“我就是您小说中描述的刘家的后代。”刘波不无骄傲地说。

“姑娘，你多大了？进文化局几年了？”袁顺悟欣喜中带着好奇。

“进文化局满三年了。年龄嘛，女孩子的年龄不能问的呀。”刘波笑着回，她撩了下额前的头发。

“结婚了没有呀？”袁顺悟笑着问。

“袁老师，刘波是我们文化系统的一枝花，追她的男孩子不要太多哦。我们都管她叫墙上的画，冰美人哩。”司机小伙边开车边忍不住搭话，刘波的脸红了。

刘波自己清楚，她能进文化局工作，是因为文化局领导的儿子在追她。文化局领导知道了，便大肆夸赞刘波是可造之才，不仅能歌善舞，聪明活泼，年纪轻轻就能写长篇小说，是不可多得的文艺青年。领导以此为由头，把刘波招进了文化局，安排她在办公室当了名打字员。可领导没有想到，刘波傲气得很，与他儿子的距离保持得不远不近，关系保持得不冷不热。加上刘波的追求者趋之若鹜，时间一长，领导的儿子耐不住性子，找了个跳舞的女孩儿，刚结婚不久。他还在外面说刘波坏话，到处散布她有忧郁症。

刘波瞪了司机一眼，司机知道刘波生气了，赶紧闭嘴，他知道刘波的火暴脾气不好惹。

“袁老师，您写《静静的木果河》有没有受到《静静的顿河》的影响啊？”刘波扯开了话题，大胆地问着。

袁顺悟不由得笑出了声，望了一眼刘波，料定刘波压根儿没有读过《静静的顿河》这本书。

“《静静的顿河》是世界名著，在一九六五年获诺贝尔文学奖。作者是米哈依尔·亚历山德罗维奇·肖洛霍夫。如果非要跟这部名著比，那就是我小说中故事发生的年代与之小说年代背景差不多，内容可全然不一样。或许我的小说与《静静的顿河》有一个共同点——都有着史诗般的色彩。”袁顺悟说完就后悔了，他不该把自己的作品与《静静的顿河》相提并论。幸亏车上是两个小年轻，要是在明天的讲座上，他这么说，那会贻笑大方了。

没料到，袁顺悟的话让刘波激动不已。刘波不由得摸了下她的背包，里面装着她写写改改好多年的《会上树的母猪》。她鼓起勇气对袁顺悟说：“袁老师，我有一部长篇小说，您能帮我看一下吗？”

“好啊，今晚在房间也无聊，书稿带来了吗？”

刘波刚想取出书稿，汽车左前轮漏气，车抛锚了。司机下车一脸沮丧地观察了一下，从车胎上抠出一个铁钉，四周望了望，好在不远处有个补胎的店面。

“不远了，袁老师，你们走一段路吧。”司机一脸无奈地说。

“还有多远？”袁顺悟下了车，问刘波。

“就那栋楼，我们从边上的弄堂穿过去，很近的。”刘波觉得正好可以和袁顺悟边走边聊。

“小说什么名？”袁顺悟边走边问。

“《会上树的母猪》。”刘波甜甜地回。

袁顺悟怔住了，好奇怪的书名，他心里觉得好笑。但他没读小说，也不能随便瞎说。刘波从背包里取出书稿，递给袁顺悟：“袁老师，我只剩这本打印件了，您别弄丢了。”随后，她掏出房卡，交给袁顺悟。

“出了这条胡同，左前方的大楼就是招待所，旁边是公园，环境很好的。我家就在附近，就不送您过去了。”刘波认真地交代。

“行，我回房间浏览一下。宾馆有茶吧吗？要是有的话，晚饭后，我请你喝茶。”袁顺悟热情地邀约。

刘波欣喜地应了，这正是她求之不得的事呢。

袁顺悟冲刘波点了点头，大步走出弄堂。果然，招待所大楼就在眼前。

宾馆房间窗外是个公园，树木参天，绿草如茵，碧水弯弯，知了和鸟儿的叫鸣声此起彼伏。袁顺悟眼前晃动着刘波婀娜的身姿和水汪汪的大眼睛。他不由得拿出刘波的书稿，一目十行地看了起来，一直看到屋子里的光线暗下去。

袁顺悟将书稿装入宾馆客房的塑料袋拎着，径直去了旁边街角的一家面馆。填饱肚子后，他见公园和街道华灯闪烁，听着嘈杂的城市喧嚣声，不由得皱起了眉头。袁顺悟看了下手表，外面闷热，觉得不如早些去大厅茶室休闲一下。

袁顺悟走入大厅，看见刘波穿着一身红色的连衣裙，从窗边的座位站起，冲着他笑。刘波的美丽，让袁顺悟怦然心动。

“喝一杯雀舌吧？”刘波笑着问袁顺悟，从袁顺悟的手中接过装有书稿的塑料袋。

“随便。”袁顺悟心不在焉地说，刘波身上散发出的青春气息，让他觉得晕眩。

“小说写得不错，文笔优美。没有想到，你将一个全村公认为最愚蠢、最懒惰的农村寡妇写得这么出彩。寡妇种种愚蠢的举动，潜藏着聪明人无法料知的智慧。”袁顺悟有意鼓励刘波。

“文字真的还行吗？”刘波抿嘴浅笑。

“文字优美，语言灵动。有的语言很粗犷，有北派的味道。乡土小说的味道还是蛮浓的。”袁顺悟夸张地赞叹着。

刘波忍不住心花怒放，殷勤地将茶杯端放在袁顺悟面前。她笑容灿烂，露出了整齐洁白的牙齿。

“天呐，这比维纳斯还要美。”袁顺悟用热辣辣的眼神看着刘波，心里叹道。

“袁老师，什么是乡土小说啊？”刘波问。

“这要从鲁迅讲起。题材上是写农村社会和农民生活，作品风格带着浓浓的乡土气息，对故乡有着寻根、恋根的惆怅之情。凡具有上述特征的小说，一般都可以认为是乡土小说。”袁顺悟见刘波的眼里求知若渴的眼神，心中莫名地兴奋。

刘波听得入神，她似懂非懂地点着头。

“小刘，你的小说有北派的味道。换句话说，有男人的味道。语言像酒，看了逗人不说，还有一种火的烧灼感。”

刘波第一次听到大名鼎鼎的作家这么评价自己的作品，情绪顿时像打足气的皮球，只要轻轻地一拍，便能蹦老高。

“唉，可惜了。常州地方太小，苏州也太小。像你这样的美女，有这样的文笔，如果在北京，遇上著名文化公司的注目和捧场，要不了几年，你便会红遍大江南北。”袁顺悟感叹道。他的眼光落在刘波高挺的胸部。

“袁老师，北京最有名气的文化公司是哪个？”刘波眼睛里透着光亮，往前探着身子问。

“名气最大的是叮叮文化公司，据说他们老总叮叮想捧的作家，没有不红的。”其实，袁顺悟也不过是听说。

袁顺悟喝了口茶，满嘴的江南三月的气息。他贪婪的目光反复扫视着眼前清秀可人的刘波。突然，他的手机响了，是家里来的电话，他转身走向僻静处，还不忘回头望了眼陷入遐思中的刘波。

3

八月的北京被热烈的阳光笼罩着。刘波拖着沉重的黑色行李箱，肩上背着一只红色双肩包，脚上穿着奶黄色的皮凉鞋，茫然地看着天安门广场上熙熙攘攘的人群。从出租车上下来了，她也不知道该去哪里。

她辞职了，辞得干净利落。她文静的身体内有着北方高粱酒的气味，她行事从不考虑后果。她决然地离开了常州，怀揣着文学梦想到北京寻找机遇。映入眼帘的一切是那么熟悉，耳边传来的声音又是那么陌生。阳光炽热，她觉得口干舌燥。她东张西望地穿行于北京的胡同中，想要找一家廉价的小旅馆，先住下来再说。

一间不起眼的小茶馆出现在眼前。刘波反复掂量了一会儿，看门口的装修，觉得价格应该不会很贵，加上她累得腰酸腿疼，便昏昏然上楼入内。

茶馆里别有洞天。古朴的装修，五颜六色的灯光，墙上悬挂着许多字画，浓浓的文化气息扑面而来。几个年轻漂亮的女服务员，穿着鲜艳的短裙，穿梭其中。

“姑娘，来喝茶的吗？”一个和她差不多大的女孩笑盈盈地迎上前，从刘波手中接过行李箱。刘波腼腆地点了下头。

“一个人吗？坐大厅吧？”女孩将行李箱放在大厅的茶桌边。

“请问喝什么茶？”女孩甜甜地问。

“最便宜的……”刘波坐下，环顾四周，大厅不大，四周摆放着红木柜子和一些古董，柜子里放着她从来没见过的各种精美的酒，她不由得吸了口凉气。

女孩迈着轻盈的脚步向她走来，她端的托盘里放着一把拳头大小的紫砂壶和一盏小得不能再小的茶盅。

“茶来了。一共是六百八十元。”

刘波的心咯噔了一下。她迟疑了一会儿，碍于面子，还是狠下心掏出钱，递给了女孩。

刘波太渴了，但她努力地忍住大口饮茶的欲望，慢慢地往茶盅里倒茶，一股茶香溢出。她小小地抿了一口，温润的茶水不够口干舌燥的她滋润一下。她索性大口喝起来，茶水滑入干裂的喉咙，她好像听到了水滴在滚烫的石板上发出的吱吱声。

“服务员，再续些水。”刘波冲吧台说。

“对不起，要续水还得付钱。”女孩笑容可掬地说。

“多少钱？”刘波压住心头的愤懑问。

“我们这儿论壶卖钱，不免费续水的。”女孩脸上笑着，但眼底的不屑还是流露出来。

“天底下哪有这样的茶馆？”刘波的嗓门大了，呼地站起身，“把你们经理叫出来，六百八十元一壶茶，还不能续水？”

女孩也不再掩饰对刘波的嘲讽，回道：“我们经理是你想叫出来就会出来的吗？”

女孩话音刚落，一个高挑个儿、穿着大开衩的粉黄色旗袍的漂亮女人，皓齿微露，款款而来。

“怎么了？”漂亮女人温柔地询问，扬起奶油般的手，示意女孩离开，她的眼睛拂过刘波的全身。

刘波惊讶地看着眼前举手投足优雅至极的女人，一时语塞了。

“我叫水静，京城的人都叫我水姐，嫌贵了？今天这壶茶，水姐请客。续水。”漂亮女人一上来自报家门，她微笑地端起壶，给刘波斟了茶，让刘波有些手足无措又有些受宠若惊。

“外省的？刚来北京吧？”水静柔柔地问。

“江苏常州来的，刚刚下火车。”刘波小心翼翼地回答。

水静见刘波的双肩包放在地板上，她拎起双肩包放到了座椅上说：“姐姐刚来北京时，比你还小。妹妹，你的包怎么这么沉啊？”初次见面就以姐妹相称，让刘波觉得很亲切。

“来北漂的？”水静柔声地问。

刘波吞吞吐吐地说：“我……我来北京是为我的书稿。”

“哟，没看出来，还是个文学青年呐。跟姐说，有什么困难？”水静乐了，她笑起来很美。

“这儿的茶怎么这么贵啊？”刘波见水静笑了，她的紧张心情也松弛下来。

“这茶楼可不是谁都能进来的。来这儿喝茶的人，随随便便一桩买卖都是上千万的。哪一个人不是京城的角儿？”水静指着茶壶对刘波说，“这里每一件茶具，都是名家定制的，都打上了款。就拿这把最便宜的壶来说，一万多一把壶，茶叶都是几千上万一斤的……”

听了水静的话，刘波心中后怕不已，她刚刚气愤时，还想抓起茶壶砸在地板上……

“剧本还是小说？”水静轻言轻语地问刘波。

“长篇小说，我来北京，就是想碰碰运气。”刘波意识到自己误打误撞来对地方了。

水静听闻刘波的话，又仔细审视了她一番，脸上有不动声色的满意。她说：“我知道谁能帮你——叮叮，文化公司老总，姐姐这儿的常客。姐姐一个电话，他准来。”没等刘波反应过来，水静已经离开座位，起身走向柜台，拨通了电话。

“叮总，我看上了一件新衬衣，你一定会喜欢。要不，你来看看？”应该是得到了对方肯定的回答，冲看着她的刘波点点头，扭着水蛇腰，满脸笑容地下楼去了。

刘波当然明白水静的动作意味着什么，她喝了一口茶，心头激动万分。她仿佛看到春风拂过青青的杨柳，拂过灿灿开放的迎春花丛。她觉得自己太幸运了，老天有眼，让她得来全不费工夫！她赶紧从双肩包里取出书稿，工工整整放好，等待幸运降临。

不一会儿，水静口中的叮叮出现在刘波面前。刘波忙不迭地起身，拘谨地站在桌边。叮叮五十左右的年龄，留着小平头，穿着十分朴素。

“妹妹，他就是京城大名鼎鼎的文化公司老总叮叮。”水静的笑容里多了些意味，此时刘波的心情已经被紧张和激动占据了，她无暇多想。

“你好。”叮叮上前，热情地握着刘波的手，笑容让刘波觉得温暖。

刘波任由叮叮握着她的手，带着崇敬的心情看着他，刘波的脸红了。

“这是书稿？”叮叮松开手，拿起书稿，只瞥了一眼，就笑了，“这部小说不会有你好看。”叮叮示意水静离开，顺势靠近刘波坐下。

坐下的刘波心情稍稍平复了些，听到叮叮这么夸自己有点不知所措，只能尴尬地赔笑。

“书名取得不好，必须改。”叮叮见刘波发愣，大声地说。

一提到书稿，刘波像换了一个人，不再局促不安，而是大胆地看着叮叮，眼光真诚又热切。

“《会上树的母猪》改成《会上树的猪》。原来的书名，怕只有男人会感兴趣。要是出版了，会丢掉一半读者。”叮叮一副胸有成竹的样子，他边说边随意翻着书稿。

刘波心想，不愧是文化公司老总，眼光真毒。她悄悄地看了眼叮叮，国字脸上有一双大眼睛，浓浓的眉毛，高挺的鼻子，典型的北方汉子。

“出版社不会喜欢你的小说。除非我给你润一下，再帮你造个势……”叮叮依旧只翻书稿，丝毫不给刘波一个眼神。

刘波一听他肯帮忙，激动不已，竟大起胆子，拉着叮叮的胳膊问：“我需要做什么呢？”

“你得舍得付出……”叮叮合上书稿，看着刘波。

“我舍得！付出什么呢？”刘波有些迫不及待了，她不怕吃苦，只要书稿能出版，只要能成为名家，多付出努力是应该的。

“这要花很多钱啊。我把当当、铿锵两位名家拉上，封面题字、名人推荐再加上精美的封面设计，首印五万十万的，不出半年，销个精光。”叮叮说的话让刘波兴奋不已，她仿佛看到自己作品大卖的盛况了，她眼睛都放光了。

“来京城是短发展还是长发展？”叮叮却不再谈论书稿，而是换了话题问刘波。

“我倒是想长发展，可是找不到工作呀。”刘波的眼神一下子黯淡下去。

叮叮听了她的话却笑起来，问道：“你会打字、会上网吗？”

“我一分钟能打一百二十多个字哩。”刘波自豪地回。

“银杏树下网站听说过吗？那里聚集着一群已经小有名气的作家。我给你写个条，你去那儿上班，拓宽你的交际圈，开拓你的眼界和胸怀。”叮叮边说边掏出钢笔，直接在刘波书稿的空白处，写起了推荐信。

“网站见条收人，就这么简单。”叮叮写完掏出金灿灿的名片，递给刘波，“遇到什么事情，把这张名片掏出来，对方会给你几分面子的。”

刘波双手接过名片，恭恭敬敬地看——名片上只有叮叮的名字和电话号码，她感激地看着叮叮，如获至宝地将名片放入包中。

“跟我下楼吧。”叮叮说得自然又带着不让商量的霸道。刘波竟鬼使神差地顺从地拿上行李，随他下楼。水静笑脸相送，叮叮只是随意地冲她扬了下手。

“妹妹，这是姐姐的名片，你收好了。有事只管来找姐姐。”水静匆匆地下楼，往刘波手上塞了张名片。

“走吧，京城这地方就是停车我拿它没办法，好在车离这里不远。”叮叮边走边嘀咕。刘波拖着行李，尾随着叮叮，往停车处而去。

刘波上了一辆普桑，叮叮开着车，七拐八拐，往郊外驶去。

“叮老师，我们这是要去哪儿？”刘波其实已经猜到汽车将开往哪里，她有些不安。

“你在北京没地方住，往后住我家。”叮叮的话听起来不容置疑。看他也没有别的要求，刘波提起来的心稍稍放下了些。

汽车拐上了一条林荫大道，一个高档的别墅区出现在眼前。汽车停在一栋别墅前，别墅门口花开正艳，许多香樟树环绕在房子四周。别墅的车库门开着，里面还停着一辆崭新的黑色奔驰。

刘波随叮叮走入别墅，里面收拾得干干净净，偌大的别墅里并无他人。

“叮老师，您夫人不在家吗？”刘波不安地问。

“电影明星，没空，也从不问我的事情。”叮叮头也不回地说。

书房的门开着，刘波见满屋子的书籍，安心不少。又见墙上挂着许多画，便移步画前欣赏起来。

“啊？是她？”刘波看到一个镜框里的照片，现在最火的女明星正搂着叮叮幸福地笑着，惊喜地问，“叮老师，您夫人是她呀？”

叮叮起身向刘波走来，笑着点点头，拉起刘波的手走向沙发。

“从现在起，叫我叮哥。”叮叮亲切地说，“喝点酒，庆祝一下。”

“叮……叮哥，我不会喝酒。”刘波为难地说，她的脸烫得厉害。

“你要想在京城发展，成为令人羡慕的美女作家，必须学会抽烟、喝酒。”叮叮语重心长地说，将酒杯递给刘波。看着叮叮真诚的眼神，刘波心一狠，咕咚几口，将红酒喝了个精光。

“叮哥就喜欢直爽的女人。去洗个澡吧，里面有浴衣。”叮叮指着淋浴房对刘波说。刘波的周身被红酒点燃，她的脸涨得通红，但只是瞟了一眼叮叮，便鬼使神差地走进了淋浴房。

花洒喷着温暖的水，热气弥漫开来，镜面出现了水雾，朦胧着刘波的样子。她脱下衣服，露出玉般润莹的肌肤。走到花洒下，温水冲淋着她，暖暖的水让她清醒过来。任由水从头到脚流淌，看着镜中赤裸裸的自己，刘波明白洗完澡出去，迎接她的将是什么。

“就这样给他了吗？”刘波的眼泪流下来了。

此时的刘波神往着书稿出版，她出名，向往着出人头地的荣耀，虽然有些不甘，但初出茅庐的她以为这应该就是捷径了。

她爱惜地抚摸着自己的身体，这朵娇艳的玫瑰，将在今晚凋谢。擦洗一番后，刘波献祭般迈出淋浴房……

一番惊天地泣鬼神的纠缠后，叮叮望着床单上的血痕，默默地披上睡衣，往沙发上一坐。他点了根烟，望着袅袅的烟雾沉默了一会儿，又起身走到床边，说："没想到你是花骨朵儿。从今往后，两肋插刀的事情，叮哥帮你。"叮叮走向柜子，从里面取出一张银行卡，递给刘波，"里面有十万块钱，密码六个六。"

刘波从床上爬起来，双手搂着叮叮的脖子，重重地给叮叮留下了一个吻痕。

4

眼看着阳春三月即将来临，庄家村桃花红艳，杏花灿烂。庄维田站在家门口眺望四周，不远处溪水的流淌声比任何一年的水流声都响，他心里觉得怪怪的。天空湛蓝，白云悠悠，庄维田望着缓缓飘逸的白云，白云下的山岗青翠葱茏，爹爹庄大冬的坟，影影绰绰地在树丛枝条摇晃的隙间隐现。

庄维田总觉得心里怪怪的，这让他有些不安。眼看清明临近，又要祭祖。爹爹坟上的草和金富友坟上的草长得一般高了，他要抽个空上山修坟，他不由得朝金凤看了一眼。

金凤正背对着他，和鸡窝里的鸡说话。她说的话含混不清。她会从一只鸡开始数落到所有的鸡，不是嫌这只鸡多吃却不长肉，就是嫌那只鸡光吃饲料不下蛋。家里人和她说话，她只是笑，笑得凄凄惨惨的。庄二娃活着时，清明金凤给金富友上坟，金凤泪汪汪；庄二娃死后，金凤去给金富友上坟，不再泪汪汪而是会笑，边磕头边笑。她也不再提给金富友砌个大坟的事了。

一个女人家，连哭都哭不出来了，该是受到了多大的刺激啊。一晃十来年了，虽说他也习惯了，可这十来年里，庄维田的心碎了。庄维田在金凤面前变得唯唯诺诺，不敢惹金凤生半点气。

这些年，家里也攒下来一些钱，庄维田舍不得把那些钱拿出来给金富友垒个大坟。儿子黑皮大学毕业后，在县城一家建筑公司当工程师，他每个礼拜回庄家村一趟，平常吃住都在县城。黑皮三十大几的人了，到现在都不讨老婆，谁在他面前提这事，黑皮就跟谁急。庄维田心里清楚，儿子痴情刘地的女儿。为此，他把刘地的马屁拍得顺溜。他现在和刘地的关系全庄家村人都知道，那比亲兄弟还要亲。庄维田也曾多次半真半假地试问过刘地。

庄维田从刘地口中得知，刘波在北京混得风生水起。她走到哪里，哪里就有一批吹捧者。庄维田心想，这种女人，自己儿子想讨她做老婆，这不是癞蛤蟆想吃天鹅肉嘛。庄维田的眉头紧锁了起来，他劝傻儿子，别做大头梦了。

溪水声传来，庄维田心里那种怪怪的感觉又上来了。开春后也没见多大的雨水，怎么溪流一下子涌来这么多水呢？他走向溪流，过膝的溪水哗哗地流淌，流水撞在沟里的石头上还溅起一些浪花。他逆着溪水下来的方向寻觅着源头，这些溪水应该是从南山下来的，他觉得该去探个虚实。

“金凤，我去南山走走，心里窝得慌。”庄维田冲金凤喊着。

金凤转过身，点了点头。她的脸苍老了许多，半头的白发。她伸出握着玉米粒的拳头，朝庄维田挥了一下，转身又对着一窝鸡唠叨了起来。

庄维田顺着山路往南山走去，看见李邱巴和哑巴女在门前看梨花。李邱巴自从离休后，过着逍遥自在的生活，他和哑巴女的故事，早就传遍了溧水，而且故事中还带着传奇的色彩。人们都说，李邱巴在抗战年代与哑巴女失去了联系，交口颂扬着李邱巴重情重义。不过现在，这些故事，随着村里许多有能耐的人外出经商或者讨生活，已经被人们淡忘了。

“维田，过来了。”李邱巴看见了庄维田，大声喊着。

庄维田笑着向李邱巴走去，张口嚷：“李书记，村里出了怪事了。”

“什么怪事？”李邱巴来兴趣了。

“那条溪流，几十年都是浅浅的水。自从开春以来，水涨得满满的，也不知道这些水从什么地方下来的。我正想去南山源头处找找看看哩，别是有什么事。”庄维田担忧地对李邱巴说。

“有这事？这些日子雨头又不大，怎么会呢？我跟你一起去看看吧，正好闲着没事。”李邱巴眉毛上扬着说。

庄维田和李邱巴沿着村道往南山走去，他俩晃悠着边说边四处观望。途经庄家宗祠，李邱巴和庄维田不由得驻脚观望了起来。

“银杏树又长成腰一般粗了，这树生命力强着哩。”李邱巴感叹地说。

“要不是杨伢子当年砍了这树，现在最起码这么粗了。”庄维田愤懑地将双手展开。

“维田，你又在说我坏话了。这都是过去的事了，我犯的错我认，这不又长起来了。”杨伢子从宗祠边冒了出来，他闲来无事，正在附近溜达。

庄维田冲杨伢子笑着说：“杨支书，一个礼拜不见你了，我以为你去广东儿子那里了。”

杨伢子咧着嘴笑道，“我那儿子忙得很，部队转业后，当了什么副厅长，我才不去给他们添麻烦。哎，邱巴书记，你们俩这是要去哪儿？”

“溪流涨得厉害，会不会出啥事哩？”庄维田抢着说。

“怎么会呢？以前我总担心那条溪流断水，怎么一下子下来这么多水呢？”杨伢子也皱起了眉头。

“一起去看看吧。”李邱巴开口了，他又找到了当书记的感觉。刚离休时，县上有人劝他再当个几年顾问，说是将年轻人扶上马后再送一程。李邱巴肚子里清楚，说这话的人是恋权。谁知，真的没事做了，当官的感觉一下子没个地方放下，全身憋得难受。幸亏哑巴女回来，有个人做伴，心才落到实处。

庄维田领着俩人往南山走去，庄家大宅出现在山坡旁。庄维田心里突然想起，庄二娃当兵前曾跟他说过，山坡上出现了许多裂缝，他的心悬了起来。

“邱巴书记，我们去庄家大宅看看吧，二娃当兵前跟我说过，山脚出现了裂缝，溪流涨水会不会跟这有关哩？”庄维田忧心忡忡地说。

“有这事？怎么现在才说？”李邱巴白了庄维田一眼。

杨伢子眨巴着眼睛想了会儿，说：“那年红卫兵造反，把八角井底凿穿了。溪流涨水，会不会跟这事有关哩？”

杨伢子的话让大家目瞪口呆，他们的目光注视着南山。郁郁葱葱的南山在太阳的照耀下显得生机勃勃，充满着活力。

“快去把刘地叫上，人多力量大，说不准能找出些名堂哩。”庄维田指着刘家院落嚷着。

杨伢子连走带跑，往刘家院落而去。不多会儿，他和刘地匆匆赶了过来。

“邱巴书记，溪流涨水一般与雨水和地下水有关。最近又没下大雨，不会是地震的前兆吧？”刘地冲李邱巴说。

“有地震也不会大，打越南那年，溧阳的地震还不到六级哩。”李邱巴满不在乎地回。

“刘地，最近没回常州？”李邱巴问刘地。

“半年多没回常州了。不过我前天去刘家村上坟，那地方溪水充沛、阳光明媚、鸟语花香。山里的杏花白生生、红灿灿，比我们这风景好得太多了。本想在那住一晚的，但是几十户人家，没几家有人了。可惜了，好端端的刘家村，说荒凉就荒凉了。”刘地叹着气说着。

李邱巴听着，忍不住叹息了一声，问：“那个石磨还在吗？”

“在，被院子里的草埋没着哩。有些房子，再不修缮都要垮了。刘家村看来保不住了。”刘地痛惜万分地说着。

“能不能利用起来啊？”杨伢子试探着问，他知道上刘家村的路，高低不平，坑坑洼洼。

李邱巴想了会儿，突然兴奋地说：“维田，赶快让黑皮挑个头，把那些空房全收购了，那里的房屋三文不值两文。我刚才仔细琢磨了一下，还真能整出个名堂哩。”

庄维田一听，急得连连摆手：“买不得，再便宜也买不得。别说手头紧，就是有钱，买那些破房子，买回来给鬼住啊？我家黑皮又不是万元户。”

“维田，你干了那么些年投机倒把的事，我和杨伢子都没动你一下。现在这么大的便宜，你畏畏缩缩地不敢做，真没出息。”李邱巴笑着骂庄维田。

“维田，邱巴书记有眼光、有魄力，他的话能让你吃亏？”杨伢子乐了，骨子里拍李邱巴马屁的习惯上来了。

庄维田的脑子飞快地盘算着，家里这些年积攒了不到一万块钱，这些钱得留着给黑皮讨老婆哩。庄维田问刘地：“刘地，你家那房子卖多少钱哩？”

“你要的话，最多五百块钱。”

庄维田心想，五百块贵了些，刘家村三四十户人家，全买下来，要两万多块钱哩。

“买不起，买不起。邱巴，那里几十户人家，一家家跑，一家家磨嘴皮子，磨到嘴皮子出血都谈不下来的。”

“维田，你只要去刘家村放个口风，不消一个月，家家都会来联系你。那地方的房子卖钱卖不了，送人舍不得。不说这些了，我们还是去南山坡边转转吧。”刘地心里知道，庄维田不会要那些破屋。再说，上万块钱，庄维田出不起的。

庄维田领着众人来到废弃不用的庄家大宅，透过门缝，可以看到院子里杂草丛生。大门的石阶上，尘土在晒着太阳，沿着围墙生长的草丛里开着星星点点的野花。墙根与土地接壤的边上，真有着一条裂纹。

“邱巴书记，土陷了，真有裂纹了。”庄维田惊呼，其他三人也聚拢过来，细细地查看着。他们沿着裂纹寻找着，裂纹消失在山坡的杂草丛中。

“去山坡上看看，山会不会垮下来。”杨伢子率先踏入杂草丛中，拨开些杂草寻找着。庄维田闯入草丛，他往山的方向寻找。

“维田，前面草深，春天蛇多，咬一口，送命哩。”杨伢子喊道。

“快来看，有许多口子。”庄维田发现土地裂开了口，一条巴掌宽的裂纹，歪歪扭扭地通向草丛深处。李邱巴说：“估计跟溧阳的那次地震有关系，溧水和溧阳连在一起哩。”

“去庄家大院看看？”刘地建议。

“我带着钥匙哩。”杨伢子喜滋滋地拍了下圈在皮带上的钥匙，率先往庄家大院走去。

“杨伢子，你没移交给乡里？”李邱巴问。

“邱巴书记，家门口这么大的宅子，我留了一把钥匙，鬼知道啊。”杨伢子回答。

推开院门，几人小心地走入院子。青石板东倒西歪地躺在地上，院墙上枯萎的藤蔓紧贴着墙壁，像蛇般卷曲着。

李邱巴走向八角井，俯身看着井底，井底躲藏在黑暗里。

杨伢子瞥了眼八角井，说：“邱巴书记，井底被那些红卫兵打穿了，现在是枯井一口了。”杨伢子说完，心虚地望了眼庄维田。

刘地此时满院子观察着。宅子后面的南山，高高地矗立着，几只鸟儿往院中飞来，又忽然惊慌地往山里飞去。“不好！”刘地大叫了一声，惊得众人面面相觑，“地下水改道，风水变了。”

看其他三人不解的样子，刘地分析道：“你们想啊，井底原来水源不断，现在是滴水没有。地下水改道了，导致山坡出现了裂纹。本来一切都是稳定的，现在这种稳定打破了……”

庄维田陷入了沉思中，他是庄家村庄家的正宗根脉，他担忧庄家大宅会不会垮了。

“邱巴书记，庄家大宅荒了几十年，干吗不还给庄家哩？”庄维田问李邱巴。

“那要怪黄德胜，他当区长的时候定的。县里有记录，还不了的。哦，县城的庄宅，不是给庄慕兰弄去了一大笔钱，也不知道维根分到点钱没有？”

“什么？县城的庄宅给庄慕兰卖了？”庄维田一脸惊讶。

“我也是离休前去房管局帮哑巴办县城房子的房证才知道的。这个庄慕兰，消息捂得严严实实。庄家，就属庄慕兰鬼精。”李邱巴替庄维根愤愤不平。

“回去吧，哑巴一个人在家，我还不放心。”李邱巴往大门外走去，随着杨伢子锁大铜锁的咔嚓声，庄家大宅内恢复死一般寂静。

当天夜晚，天气转阴。庄家村的天空刮起了风，一会儿又下起了雨。雨越下越大，风刮得树木摇晃。庄家村人正在睡梦中，天空却响起了一阵阵闷雷。紧接着，狂风大作，电闪雷鸣，惊雷声轰隆隆滚来，巨大的响声过后，风停雨住，天空又恢复了平静。

黎明时分，有早起的村民在村子里惊慌地扯开嗓子喊：

“南山垮了！”

“庄家大宅垮了！”

村民们从睡梦中惊醒，纷纷爬起来，往庄家大宅跑去。

5

农历三月的杨柳正是婀娜多姿的时候，柳絮纷飞。庄维根在院子里给花盆浇水，一朵柳絮沾在他的眼睫毛上，他用手抹了把脸，摊开手掌看着揉成一线的柳絮。庄维根吹了口气，柳絮在空中飘飞，他兴致勃勃地咏道：“桃红柳絮白，日照复随风。”

庄维根浇完花，走出底楼的院子，环顾马路两侧的菜摊，没有看见袁依冰的身影。他又走回院子，拿起一张泛黄的报纸，津津有味地看起来。

这是一张几年前的《新华日报》，庄维根保存得很好。报纸上刊载着中国首批国家注册监理工程师人员的公告，全江苏省只有几百人考取。几百万人口的常州市，只有十五个人考取。而儿子福生是十五个人中考得最好的，庄维根自豪万分。

人逢喜事精神爽。庄维根退休后衣着干净，精神矍铄。退休前两年，工厂领导照顾他，把他调到工厂总部值班室，专门负责夜间重要电话的接听和上传下达的工作。他被评为万人工厂的十大标兵人物，还被评为铁道部工业总局的先进人物。他的工资涨了，工厂不仅给他换了新房，还给他安排去了庐山疗养。庄维根的心里觉得这辈子值了，从一个地主分子成为万人学习的楷模，他每每想起，心里乐陶陶的。他逢人便会说，没有党的十一届三中全会，就没有他的幸福生活。

这些年来，儿子福生一点儿都没让他们操心，他只需要和袁依冰接送孙子上学放学就可以了。常州市民的福利好，他脖子上挂着老年卡，坐公交车还不花钱哩。

庄维根戴上老花眼镜，在一大堆名字中寻找儿子的名字。他每看一次都像第一次看公告时那么认真。嘴里念叨着苏州多少个，无锡多少个，常州多少个，然后，心满意足地合上报纸，放好。

门外传来单元进户门开启的声音，庄维根起身往单元门走去。他见邮差正往邮箱里塞报纸，说：“师傅，102室的报纸直接给我吧。”

邮差望了他一眼，拿出一沓报纸给了庄维根。庄维根正欲反身，邮差喊道：“还有一封信哩。”

庄维根心里一震，一年到头都没有人给他写信，现在电话也方便了，是谁给他来信呢？庄维根接过信，扫了一眼信封，邮戳上的寄信地址是溧水。

庄维根回到院子，坐在椅子上反复看了信封的正反面，他猜不出老家会有谁给他写信。他拆开信封，迫不及待地看了起来。庄维根看完信，脸色沉重了起来。他的脸上流露出无限的忧伤。他缓缓地闭上眼睛，阳光照耀着他的脸庞，眼泪从他紧闭的双眼里往外流淌。

袁依冰拎着一篮子菜走入院内，她见庄维根紧闭着眼晒太阳，眼泪在脸上流淌，她惊慌不定地问：“维根，怎么了？”

“一点儿念想都没有了。”庄维根将信递给袁依冰。

袁依冰放下菜篮，她急切地看着。她的脸色由惊慌到惊讶，由惊讶到气愤，她气得拿信纸的手都在发抖。“庄慕兰，太过分了！”袁依冰的脸绷得铁青。

庄维根扭过脸望了望袁依冰，他摆了摆手：“庄家老宅被山泥摧毁了。我是想起老宅没有了，忍不住要哭。小时候那么多往事，都被山泥掩埋了。”袁依冰赶紧去厨房整了把毛巾，递给庄维根。

“没出息，以前的事情去想它干吗呀？”袁依冰安慰着庄维根。

“依冰，人一老，心就软了。想起院子里的青石板，我爹爹的书房，围墙上攀爬的青藤，还有那么多花草树木和那口八角井，想起我孤苦伶仃的童年，想起我孤身一人去国民政府苏州高级法院为爹爹告状申冤的场面，我这心里委屈……”

“唉，维根，别想那些事了。你姐姐专干坏事，最自私自利了。她瞒着你把县城的庄宅都卖给政府了，而且你连一个铜板都没有捞到。”袁依冰咬牙切齿地说着，她的心里对庄慕兰恨得要命，“这个事情，肯定是政府给爹爹开追悼会的时候发生的。慕兰趁着与庄小春握手时给庄小春一封鼓囊囊的信，我当时问慕兰，她还撒谎呢！”

袁依冰气愤地说着往房间里走，拿起电话说：“维根，我打个电话问问慕兰，她当姐姐的良心给狗吃掉了。”

“不要打！”庄维根一把按住电话“依冰，你先耐心听我讲完，我讲完了，你要打电话骂慕兰，我帮你一起骂。”袁依冰疑惑地望着庄维根，点了点头。

“我以前跟你说过，慕兰对黄家来讲，她是一个贤妻良母。慕兰对庄家来讲，她既不是一个好女儿，更不是一个好姐姐。”庄维根说。

“讲过。”袁依冰见庄维根没有偏袒庄慕兰，满意地点着头。

“老娘放在她那个地方，比老妈子都可怜。一家子的衣服，老娘一个人洗，一双手没几年，就变成了鸡爪子。‘文化大革命’时，慕兰担心造反派说黄德胜养了个地主婆在家里，慕兰怕影响黄德胜，也没跟我商量就随便找了个理由，把老娘往庄家村一送。没两年，老娘连病带饿，死了。”庄维根说着，眼睛红了。

“唉，这种事情，只有你姐姐做得出来。”袁依冰嘀咕着，她的眼睛里闪着泪光。

“但是，慕兰也是个苦命人，又是个可怜人啊。”庄维根擦着眼泪对袁依冰说，“她在南京读师专时，她谈了一个男的，两个人要好。男的是个飞行员，本来说好，慕兰师专毕业后就结婚的。谁知道国民党败退，他去了台湾……”

“还有这种事？”袁依冰惊讶地站起来。

“这种事情谁敢对外面讲啊？露一点消息出去，不死也得扒层皮哩。”庄维根对袁依冰说。

“慕兰和黄德胜从小一起长大不假。但慕兰长大了怎么会看上黄德胜呢？黄德胜人长得丑，又没文化，懂什么感情？慕兰是迫不得已求自保，才嫁给黄德胜的。”庄维根的故事并没有打动袁依冰。

“又没人强迫慕兰，是她自己愿意的。”袁依冰愤愤地回。

“黄德胜刚从部队里转业，回来当了区长，又是土改工作组的组长。慕兰聪明啊，她为了自己，也为了庄家，当然也为了我。赶上黄德胜一意孤行地追求慕兰，即使受党内处分，也要讨慕兰做老婆……”庄维根耐心地分析给袁依冰听，他的话，让袁依冰虎着的脸渐渐松弛了下来。

“她幸亏跟了黄德胜，过上了好日子。”袁依冰虽然嘴上不说，但是心里已经不那么怨恨庄慕兰了。

“你又说错了，慕兰其实一天好日子都没过到。”庄维根连连摆手，他不认可袁依冰的话。

“就这还没有过上好日子？”袁依冰不满地问。

“黄德胜这个人党性强。你想啊，地主的女儿，被他弄去做老婆。土改时，庄家除了分到两间柴房，一点儿财产都没留下。慕兰虽说跟了黄德胜，俩人文化差距这么大，八年替黄家生了六个子女，弄了个子宫下垂不说，还落了个关节炎。一到阴雨天，痛得打滚。她把学到的文化通通还给了学堂，变得跟居委会大妈一个样子了……”

袁依冰听了这些，对庄慕兰的理解多了几分，心里的怨恨消了些。庄维根也趁热打铁，想解开袁依冰的心结，继续说：“慕兰是用了庄家的钱给跃进办了工厂，钱都花了，再打电话骂慕兰几句，你觉得还有意思吗？毕竟慕兰是我的亲姐姐，跃进是我外甥哩。”

“好了，好了，我不打电话了。现在生活条件都好起来了，人在做，天在看。活在世上，摸着良心做事就好了。”袁依冰释怀了。

院外传来汽车的喇叭声。袁依冰知道定是儿子回来了，欣喜地往院子外张望，见驾驶员和儿子拎着大包小包往家中来。

“不要带东西回来，家里吃的东西多着哩。”庄维根迎着儿子。

“一个客户送的，顺路经过家门口，就给你们送过来。”福生笑眯眯地说。

“爸妈，我马上就得回市里。市里就要建筑市场大检查了，我要先去各个工地检查一下。”福生带着歉意对他们说。

“公司生意还好吗？”自从儿子决定下海开公司后，庄维根总是担心儿子的业务。

“好得很哩。公司快三百多工程技术人员了，这还月月为人手不够犯愁哩。”

福生一脸的得意，冲着司机一挥手，“走，回常州。”

庄维根和袁依冰赶紧尾随着福生出了院子，目送儿子离开，直到汽车拐弯，看不见才作罢。

“回家吧，要准备晚饭了。”袁依冰乐呵呵地对庄维根说。想到儿子，庄维根几多自豪在心头。福生不留恋综合开发公司的福利，胆大心细有魄力，抓住了发展的机遇，成就了现在的公司的辉煌。女儿英群更是有福气，女婿赵克礼比福生还早下海，生意做得风生水起。孩子们的成功，让庄维根腰杆笔直。

回到屋里，庄维根继续刚才的话题，跟袁依冰说：“哦，我还忘了讲，县城的庄家大宅，只有姐姐能从政府手上要回来。我去找政府要求落实政策，没人会帮我说话。姐夫是老红军，又在溧水工作过，那些县领导，哪一个不给他点儿面子呢？”庄维根其实是怕袁依冰后翻炮，特意强调一下，毕竟，慕兰和他血脉相连哩。

“好了，好了，别婆婆妈妈的了，我不会让你难堪的。”袁依冰套上围裙，张罗起做饭来。

6

武进这块土地上，正发生着翻天覆地的变化。原先的农田和村庄消失了，取而代之的是一个个雨后春笋般的现代化工厂。汽车行驶在高新区宽阔的沥青路上，福生望着一座座气势恢宏的工厂从眼前闪过，信心百倍。他知道，他将步入人生的黄金时代。

“庄总，武进人真有钱啊。刚刚过去了一辆豪车，少说也要一百多万。”司机小唐一脸羡慕地说着。“汽车就是个代步工具。”福生淡淡地说了一句。

福生盘算，一个上午走马观花了五个工地，下午他准备再转几个。福生看了眼表，时间够用。

“去挖掘机工厂，那是个省重点项目，市里大检查应该会抽查到这个项目。”福生突然对小唐说。

“那个项目不是已经验收了吗？”小唐提醒着福生。

“还没有综合验收，小心无大错，现在应该是在做‘后三通’工程。”

这个挖掘机工厂，光主车间就有七百多米长，近两百米宽，气势宏大。

汽车缓缓驶入工地，福生一下车就习惯地往工地办公室走去。身后，一辆黑色商务车驶入，车里下来一个男人，穿着黑色的皮鞋，戴着一副浅黑色的眼镜，上身穿着米黄色的工装，扬着手，笑着朝福生打招呼。

“先生，我在高速上看到这么大的一座厂房，特意在前面下了车，过来看看，允许我看看这个车间吗？”

福生见来者个子不高，衣着干净，年龄看上去比自己大些。福生又望了眼车牌，是台安徽牌照的车辆，见他并无恶意，便微笑着回答：“可以。只不过道路还没做好，地面湿滑，您走路要当心些。小唐，去办公室拿安全帽来。”

福生和来者戴上安全帽，司机跟随他们一起往车间走去。车间四周正在挖排水沟，近两米宽的沟上架着块窄窄的跳板。福生率先从跳板上走过，提醒来者：“当心！沟边的土湿滑。”

来者小心地从跳板上走过。他刚踏上沟岸，脚下突然一滑，摔倒在了沟岸边，衣袋里的笔记本掉落了出来。

“没事吧？”福生赶紧将他搀扶起来，帮他捡起笔记本时，看到从里面滑出一张泛黄的照片，一条长长的沟壑，一座悬空的石桥，两岸荒草萋萋。福生隐隐觉得照片中的场景好熟悉。

福生赶紧抹了抹照片背面沾上的泥土，将照片放入笔记本，恭敬地将笔记本交给来者。来者有些狼狈，皮鞋脏了，工装上也满是黄色的湿土。福生抬头示意一下小唐，小唐心领神会地往停车处走去。

偌大的车间转完已是黄昏。来者的脸上露着满意的笑容，问福生："先生贵姓？"

"免贵姓庄。"福生从衣袋里掏名片的同时，来者也掏出名片。福生赶紧接过名片，他将自己的名片双手恭敬地递给了对方。

"庄先生？"他的脸上掠过一丝耐人寻味的笑容。

"泊田一郎先生，失敬了。"福生微笑着表达起歉意。他率先走过跳板，伸出右手，帮助泊田一郎走过了跳板。

"庄总，东西买来了，放在工地办公室哩。"小唐对福生耳语着。

"泊田一郎先生，我的司机已经给您买了新的工装和皮鞋，请您去办公室换一下吧。"福生微笑着说。

泊田一郎有些惊讶，他正为肮脏的衣服而发愁呢。福生嘱咐司机小唐带泊田一郎去换衣服，自己在原地等着。不多会儿，泊田一郎换上新衣从办公室里走了出来。

"庄先生，我本来今天要去上海的，现在决定先不去了。在常州住一晚，您方便陪我体验一下常州的风土人情吗？"泊田一郎笑容可掬地问福生。

"可以，晚上我们一起吃个饭，认识您是我的荣幸。"福生隐隐察觉到，这可能是潜在的客户。

"你先回合肥吧。"泊田一郎对他的司机说，随后他问福生，"庄先生，明天上午九点，您的车能否送我回合肥？明天晚上，我有个重要的会议要参加。"

"没问题。"福生爽朗地说。

"去哪个宾馆？"司机小唐问。

"淹城。"福生果断地说。福生知道，淹城夜晚的繁华，不输给常州其他繁华的夜市，在淹城百步远的地方，也正好有一家涉外酒店。

一会儿，汽车驶入宾馆大门，福生先行下车，扶了把弯腰下车的泊田一郎。泊田一郎下车后，微笑着往大厅走去。福生转身对小唐说："你现在回工地办公室，把那些换下来的衣服送干洗店。明天八点，来这儿接他时，交给他。"

"庄总，干洗店恐怕都下班了。"小唐面露难色地说。

"你想办法，不管花多少钱，必须办成。"福生果断地命令着，说完便向大厅走去。此时，泊田一郎已经办好了入住手续，带着歉意地请求福生先等他半个小时，他先去房间处理点事。

夜幕降临，福生领着泊田一郎来到淹城风味小吃一条街，让泊田一郎品尝武进名菜，点了“太湖三白”“寨桥老鹅汤”等。

“喝什么酒？”福生问泊田一郎。

“晚饭不喝酒，等会儿找个日式酒吧，我们放松一下吧。”泊田一郎回。

“泊田一郎先生，您怎么中国话说得这么纯正？”福生笑问。

“我的父辈会说中国话。在日本，不会说些中国话，会让人看不起。用你们中国话来说，就是‘吃不香’。”泊田一郎品尝着菜肴，得意地说着。

淹城的夜晚，朦胧着迷人的灯火。福生和泊田一郎踩着青石板，沐浴着晚风，穿行在古建筑群中。

“淹城遗址已经有近三千年的历史了。荒，野，幽，三城三河的建筑形制是世界唯一。”福生边走边向泊田一郎介绍。

泊田一郎只是笑了笑，他似乎对这座古城遗址并不感兴趣。直到看到一间日式酒吧，几个穿着和服的美丽女孩站在门口热情地招呼着，他兴致上来了，领着福生进入。

烛光下，桌子上摆满了干果，透明晶莹的玻璃杯里，清酒散发着沁人心脾的酒香。“庄先生，您唱什么歌？”泊田一郎笑着问福生。

“您先点歌吧。”福生礼貌地回。

“《北国之春》。”泊田一郎笑着说。

他拿起话筒站起身，随着音乐响起，他陶醉地唱着：

亭亭白桦，悠悠碧空
微微南来风
木兰花开山岗上
北国的春天
啊，北国的春天已来临……

福生专注地望着眼前这个矮小精干的日本人，他的嗓音里带着沧桑，他的声音很好听。优美的旋律配上优美的歌词，歌声吸引了许多人的目光。曲终，泊田一郎在四周热烈的掌声中，将话筒递给了福生。福生思索，日本人唱春天，那他也应该唱春天。

“《二月里来》。”福生脱口而出。他心里底气十足，小时候在钢琴边练声乐打下的基础，是时候展示一下了。

二月里呀好春光
家家户户种田忙
指望今年的收成好
多捐些五谷充军粮
二月里来好春光
家家户户种田忙
种瓜的得瓜种豆的收豆
谁种下仇恨他自己遭殃……

福生激情澎湃地唱着，他的眼前仿佛出现了一片春光。优美的歌声，欢快的旋律，让大厅内许多人起身，向福生投以微笑。曲终，掌声响起，人们站起来热烈地鼓掌。或许是兴奋，也或许是酒精的作用，福生和泊田一郎的脸庞都是红通通的，眼睛里都闪烁着兴奋和激情。

“来，庄先生，干一杯。”泊田一郎豪爽地说。福生和泊田一郎脆脆地碰杯，一饮而尽。

“庄先生，我有事请教一下，您知道这个地方吗？”泊田一郎从笔记本里拿出照片，他递给了福生。他滑倒的时候虽然狼狈，但是看到了福生帮他捡照片时脸上一闪而过的若有所思的表情，所以特意带来，希望福生真的知道这是哪里。

福生仔细端详着照片，他的脑海里浮现出家乡的天生桥——幽深的沟壑，裸露的沧桑的岩石，凌空飞跃的天然的石桥，只是，照片中的桥太野太荒凉了，杂草丛生，仿佛是亘古的深山风貌。

“我似乎知道，但不确定，像溧水的天生桥，胭脂河。”福生疑惑地说着。

“溧水？对，那就是了。庄先生，明天一早您带我去看看这个地方，好不好？我的母亲希望我能找到这个地方，拍些照片回去让她看看。”泊田一郎激动地从福生手中拿回照片。

7

旭日东升，蓝天万里，汽车驶向溧水。沿途车辆稀少，花开烂漫。茅山圣地就在沿途，连绵的群山中，索道正缓缓地载着游客上下行。绛紫色的茅山道院在阳光的照射下透着神秘。

“庄先生，那是什么寺庙？”泊田一郎饶有兴趣地问。

“茅山道院，中国的一个道教圣地，主峰叫大茅峰。西汉时期有三个姓茅的弟兄在此隐居，创建茅庵，潜心修道。三兄弟采集山上的草药，炼制丹药，济世救人，后来功德圆满，得道升仙了，人们称颂为‘三茅真君’，此山便称为茅山。”

“我倒听说过茅山。”泊田一郎笑着说。

“离这儿很近，要不要去看看。”福生问。

“我今天必须回合肥，时间恐不赶趟。庄先生，还有多远？”泊田一郎问。

“还有七十公里左右。”司机小唐回答。

泊田一郎出宾馆时，除了拎着那只黑色电脑包，手上还捧着一束鲜花，福生有些纳闷，但是没有问出口。

“风景真漂亮。”泊田一郎不由得赞叹。

汽车驶入溧水境内，让福生吃惊的是，弯弯曲曲的山路铺了沥青，平坦又干净。花草树木比比皆是，山上山下的民居黑瓦白墙。桃花夭夭，梨花如雪，草狗悠闲地趴在家门口晒着太阳。

汽车驶入天生桥景区停车场，在停车场马路边，有乡民摆的地摊，香椿、土鸡蛋等特产排了一长溜，特产让人目不暇接，叫卖声不绝于耳。

一进入天生桥景区，映入眼帘的，是浩瀚的紫红色山岩。两侧的山岗险峻陡峭，森林茂密，花草芬芳，近乎原始状态的风景，幽深地连绵着山的深处。峡谷的水拍打着两岸的岩壁，传来空灵的回声。

奇峰耸峙，怪石嶙峋，峡深谷幽。一块巨大的岩石跨过峡谷，那就是天生桥了。天生桥雄伟的气势和摄人心魄的野性，让泊田一郎嘴里不断地发出赞叹：“这座世界上独一无二的天生石桥，名不虚传！”

福生看着幽深的峡谷，那赭红色的山岩和赭红色的水让他感到震撼。“泊田一郎先生，您看，峡谷里的水都是胭脂色哩。”福生大声招呼着泊田一郎。福生见泊田一郎兴致勃勃地拍摄着天生桥四周的景色，他为家乡的风光而自豪。泊田一郎一手拿着手机，一手拿着照片，不断地移动着脚步，比对着角度。

“就是这里，就是这个角度。”泊田一郎时而看照片，时而看着天生桥，兴奋莫名。福生见泊田一郎兴致正浓，想邀请他欣赏更多家乡美景，便说：“泊田一郎先生，前面还有瀑布，我们去看看吧？”

泊田一郎心满意足地对福生说：“庄先生，用不着了。我就是为这座天生桥而来的，回去吧。”福生有些失落，他本想陪着泊田一郎边踏青边聊天，说不定还能谈下什么合作呢，他见泊田一郎回得果断，也不再勉强。

汽车刚发动，泊田一郎突然问：“庄先生，是不是这附近还有个庄家村？我们能顺路去看看吧？”

福生心里一个激灵，那是他祖辈生活的地方。福生虽然没有在溧水生活过一天，也从来没有到过庄家村。但是，从小到大，庄家村的名字耳熟能详。福生百思不得其解，泊田一郎怎么会对庄家村感兴趣。

通往庄家村的沿途丘陵起伏，鸟语花香。泊田一郎看出了福生的疑惑，主动解释道：“庄先生，我听我爷爷说过，庄家村有几株千年的古银杏树。古银杏树长得枝繁叶茂，直耸云天，伟岸挺拔，我想去看看……”

福生心中虽还有疑惑，但还是吩咐司机小唐去庄家村。小唐在GPS导航上输入了庄家村的地址。庄家村离此处不过十五公里。

说到庄家村的银杏树，福生当然也有印象，他曾听爸爸说过，祖父当年就是牺牲在银杏树下的。车内陷入了短暂的沉默。

“目的地在你前方五十米。”导航的语音响了，汽车缓缓地停在村道边。

他们下车的地方就是庄家宗祠。宗祠已经破旧不堪，石牌坊依然矗立，一棵腰围般粗的银杏树伸向天空，满树的叶子在风中发出簌簌的响声。银杏树旁边三个巨大的银杏树根裸露在外。树根的中间已经腐烂，裸露在地面的苍劲的树根，像巨龙的爪子般，倔强地抓着地面，并深深地扎入泥土中。

泊田一郎手持花束，向银杏树根走去。他端详了一番腐朽的树根，表情沉重地转过身，背对着庄家宗祠，念念有词地数着步数。他走出去十几步路，将花束轻放在地上，毕恭毕敬地，无比虔诚地向着鲜花深深地鞠躬。

福生也是第一次见到庄家宗祠，心中正唏嘘不已，却被泊田一郎的举动吸引。注视着泊田一郎的举动，突然想到了祖父的牺牲……难道泊田一郎是侵华日军的后代？是杀害祖父的日军的后代？

福生没想到自己会以这样的方式与庄家村、庄家宗祠以及祖父的牺牲之地相遇，他面对庄家宗祠、石牌坊、银杏树，扑通跪下，分别行三跪九叩之礼。

泊田一郎听到身后的声音，惊讶地转身，默默注视着正行着大礼的福生。

礼毕，福生站起身，眼神悲伤却坚定："我的祖父就是在这里牺牲的……"泊田一郎也愣住了。两人的眼神无声交流，一瞬仿佛万年。战场上的刀光剑影早已远去，留下的伤痛激励着后人更加热爱和平。福生和泊田一郎的手紧紧地握在了一起……

回常州的路上，汽车里的氛围发生了微妙的变化。安静了许久，泊田一郎先开口说："庄先生，认识你也是缘分。我是日本一家世界五百强医药企业的董事长。在合肥高新区，我们将新建十几万平方米的工厂。工厂要求很高，有放射性处理和很高的洁净要求。我回去后，会指示工厂的建设团队，邀请你们参加监理投标，不知贵公司是不是感兴趣？"

"泊田一郎先生，如果我的公司能有机会参加贵公司新工厂建设的监理，我相信那些优秀的工程师们，定会为您的工厂提供优质的监理服务。"福生不卑不亢地回。

一个月后，福生的公司收到了监理中标通知书。其实福生公司的报价比别的公司报价高出一倍多，但泊田一郎他们发现福生公司高出的报价主要发生在保险费、交通费、食宿费等与员工利益直接相关的地方，因此认定这是一家以人为本，有人性的企业，跟他们的企业理念相合。后来两家公司也因此成就了一段合作佳话。

第三十九章

1

丹阳人有两个习惯，“早上皮包水，晚上水包皮”，黄跃进只占其一，不占其二——他正悠闲地坐在办公室喝早茶，从办公室窗户往外看，可以看见许多新建的工厂被绿树环绕。黄跃进在丹阳开发区新建了工厂，又购置了一批高速剑杆机，生意做得红红火火。

他见办公桌边上的装饰品，蒙上了一层灰。装饰品是两个半人高的炮弹，黄跃进走向炮弹，伸手摸了摸弹壳，手上却干干净净的。黄跃进心生疑窦：“怎么不沾灰尘呢？”一阵风从窗户吹来，办公室的门砰地被人一脚踹开，庄二娃怒气冲冲地闯了进来：“黄跃进，你说话算不算数？”庄二娃手上提着啤酒瓶，他的眼珠子凸起，眼里闪着怒火。

“庄二娃，你怎么来了？”黄跃进喜出望外地冲上去，想拥抱庄二娃。庄二娃却抡起啤酒瓶，照着黄跃进的脑门砸过去。黄跃进一个闪身躲过，大声惊呼：“二娃，你疯了？我又没得罪你！”

“黄跃进，你把我害惨了。这些年来，我到处流浪，活得不如一个叫花子。”庄二娃带着哭腔说。

“你怎么不来找我？我现在能大把地挣钱，随便给你点，你就活得滋润哩。”黄跃进大声地回。

“我不稀罕你的钱，你现在跟我走一趟，做个证人，把事情说说清楚。”庄二娃火冒三丈地上前，一把抓住黄跃进的衣领，就要往门外走。

“二娃，你先松手，我这套衣服贵着哩。我问你去哪里？做什么证人？先喝茶，消消气嘛。”黄跃进使劲掰着庄二娃的手。

“去阎王殿走一趟！我好不容易到了第十殿，那个转轮王薛，专司各殿解到鬼魂，区别善恶，核定等级，发往投生的。他说我尸骨全无，找不到灵魂，硬是不肯签字。我拉着他找到阎罗王评理，他们官官相护。阎罗王说，要你亲自去他那里，把事情的来龙去脉说清楚。”庄二娃连珠炮般地说。

“不去！不去！去了就回不来了。我好不容易挣了那么多钱，又带不走。”黄跃进急了，使劲挣脱庄二娃的手，迅速坐到老板椅上。

“你倒舒服，你记得你说过的话吗？”庄二娃抡起酒瓶子砸向豪华气派的办公桌，砰的一声，酒瓶爆裂，白色的泡沫在桌面上涌动。

“庄二娃，你太不像话，你知道我受了多大的委屈吗？我和我老爸，一直到现在都不说话。我的委屈找谁说？”黄跃进霍地从座椅上站起，火气冲天地指着庄二娃问。

“是你提议的，活着的人，不要忘记照顾死去的人的父母。你把我关在打火机里面，我的灵魂出不去，我怎么投胎？我不投胎怎么去看我娘？你知不知道，我娘多可怜啊！”庄二娃号啕大哭。

“哎呀，二娃，我忘了！打火机我保管着哩。你别着急，我立马去溧水看你娘。”黄跃进懊恼地甩了自己一个耳光。

黄跃进腾地从床上弹起。

“跃进，你怎么了？”被惊醒的秦曼惊慌地看着黄跃进。

黄跃进惊魂未定地走向窗户，拉开窗帘，屋外的天空透着曙色，沉寂的黎明中只看到树的影子。

“我刚刚做了个梦，死去的战友向我讨债来了。”黄跃进的额头上出着汗。

“战友讨什么债啊？”秦曼惊慌地坐起来问黄跃进。

“你送我的那只金黄色的打火机，被我锁在工厂的保险柜里了。”黄跃进还有些惊魂未定。秦曼疑惑地说：“不就一只打火机嘛，那时候稀罕，现在扔马路上都没人捡。”

“怪不得庄二娃的灵魂逃不出去。”黄跃进自言自语道。

“你胡言乱语些什么啊？”秦曼从床上下来，她盯着黄跃进的眼睛看着，神色慌张地上下打量起黄跃进。

“打火机里面装着庄二娃的骨灰哩。”黄跃进内疚地说，“清明节不远了。

天亮后，我联络一下金二娃、朱远平、钱三，把骨灰给庄二娃送回去。你备些现金放家里，我们说走就要走的。”

2

“轰轰轰”，开山的爆炸声闷雷般滚过群山，惊得一群群鸟儿四处乱飞。春天的九里沟透着活力，溪水涨了，淹没了岸滩上生长的蒿草。在溪流潺潺声中，蜈蚣草在水中摇曳着。

金二娃嘴里叼着烟，放下电话喊：“红梅，下午去镇子上取些现金回来，我要去江南溧水。”

红梅珠光宝气地从二楼下来，说：“二娃，别去碰什么运气了，你找不回你娘的。”

金二娃指着座机说：“战友刚刚来电话，说是清明快到了，我们几个生死战友聚聚。顺带着去一趟溧水，给那个和我一样叫二娃的人上个坟。”

红梅皱了皱眉头说：“二娃，这好日子刚没几年，你一走就要十天半个月的，厂子里提货的大卡车，每天都要十几台。我只会管钱，管不了厂子。”

“你管钱就行了，厂里不是有孩子管着吗？都是你生的，有什么你管不了的。”金二娃心里一直喜欢着红梅，当他和红梅扯了证后，红梅对他的温柔显现了出来。红梅不仅支持他办矿，把金大娃的赔偿款尽数给了他，还又给他生了个男丁，把他和金富贵、巧凤乐得合不上嘴。

“二娃，别去南方了。你回个电话，胡乱扯个理由把人家回了。活人看死人，有啥意思呢？赶来赶去，这不是活受罪吗？”

红梅心里不愿意让金二娃去南方，主要是心里不放心金二娃。金二娃发财了，在武威名气大着哩。他去澡堂子里洗个澡，都要花上几百，也不知金二娃搞什么名堂。在KTV和一帮生意人喝酒唱歌、搂女人的事情，她都见怪不怪了。

“红梅，别再唠叨了，准备好钱就行了。你们女人家懂什么战友情？”

“要多少钱？保险柜里还放着三十万货款。”红梅嘟囔着，白了金二娃一眼。

“都带上。”金二娃轻描淡写地说。

“带那么多现金？别又是要花在那些不要脸的女人身上了吧？开厂子这些年，钱是赚了，但那送出去的钱，两个箩筐都装不下。”红梅气恼地说。

“你看你看，一提到女人你就来气。我跟你不知道说了多少回了，要想当大老板，就要会逢场作戏，那是挣钱的必需。你看那酒，上面写着什么？‘舍得’，有舍才有得。挣十块钱，必须花掉七八块钱，否则，一个铜板儿你都到不了手。”金二娃点了根烟，吞云吐雾起来。

“那你干脆把那些勾你魂的女人带到九里沟来吧，这儿沟深林大，可以养着一大批狐狸精哩。我把和你生的娃交给狐狸精们，我就管和你哥生的娃，我搬到县上的别墅去住，眼不见，心不烦。”红梅赌气说着。

金二娃笑了，他知道红梅来气了。只要红梅真来气，她必定说出这样的话。

“老板再大，官当得再大，人的名气再大，外面的女人不过是逢场作戏，糟糠之妻才是真爱哩。”金二娃笑呵呵地说，他料定红梅听到这话会高兴。

红梅果然笑了，红梅笑起来很好看。红梅的笑声，让金二娃仿佛听到了溪水声，看到了昔日他们光着脚丫子踩水时的欢乐。红梅嗔怪地白了他一眼，说：“就你油嘴滑舌！”

金二娃也不再嬉皮笑脸，认真地对红梅讲起原委：“我去南方主要有几个事情想办一下。一是要去见见在越南共生死的战友。二是听拉货的司机们讲，江苏宜兴办了个超级大的石材市场，连着全国各地的市场，我想去看一下，能不能租个地方卖矿上的石板。三是我爹爹和娘去了溧水没了音信，这么多年了，他们不要我，我要他们哩，正好去访一访。”

“我骗你的，保险箱里还有百来万哩，都是货款。银行里的车子几天没来厂子收钱了，只能先放着，要不要都带去。”红梅先前以为金二娃又要和外面的客户去乱花钱哩。

“三十万够了，石材市场生意红火的话，租店面的定金足够用了。”金二娃笑了，刚才红梅说保险柜里只有三十万，他的心里还一愣哩。

“你明天就走？坐飞机还是开车去？”红梅问金二娃。

“带着司机，开车去。”金二娃回。

“晚饭去你娘那儿吃吧？”红梅征求金二娃的意见。

“一个礼拜没去了，爹爹和娘的腿脚不便，离我们这么近，平顺的山路都走不动了。”金二娃望着窗外他请人修的山路，山路依着山脚蜿蜒着，一直通到他的大理石矿场。

金二娃发迹后，替金富贵和巧凤把房子彻底翻修了。白墙黑瓦的房子，大玻璃落地窗，阳光满满地洒进屋子。金富贵伛偻着身子躺在床上，边咳嗽边抽着旱烟。

“富贵啊，你那个肺不好，消停一下旱烟吧。”巧凤哭丧着脸对金富贵说。

“这烟有滋味。我哪天临死前，你别忘了给我点一袋烟。”金富贵笑着。

“爹爹，别抽烟了，听娘的话吧。”红梅听见了，率先进屋，劝金富贵。

“爹爹，听娘的话，别抽旱烟了。”金二娃一把夺过旱烟杆，往桌子上一扔。

金富贵挪动了下身子，苦笑着：“二娃，一个礼拜没回来了，都在忙些什么啊？”

“爹爹，二娃明天要去溧水。”红梅对金富贵说。

“好，好。是该去溧水找你爹娘了，昨晚上，我还梦见他俩了。”金富贵大喜过望，从床上缓缓地下来。

“富贵，几十年过去了，他们还认得二娃吗？”巧凤满脸忧愁地走向沉默不语的金富贵。

金富贵沉重地说：“二娃，你爹爹和娘就像那云，飘到溧水后消失了。鸟儿年年回来，他们咋不回来哩？我记得你周岁那年，他们抱着你去镇子上照过张相片哩。你帮着你娘，柜子里、箱子里四处找找。”

金二娃大喜，拉着红梅一起，满屋子翻找了起来。一无所获，巧凤绞尽脑汁地想了半晌，突然对金二娃说：“你去院子里的厢房找找。你娘在一只旧的担水桶里乱七八糟地放了些东西，照片会不会在里面？”

金二娃快步冲入厢房，果然，有一只旧的担水桶。他将木桶倾翻在地，在一堆旧物里，果然有一张泛黄的照片。

金二娃捧着照片匆匆走到阳光下，照片里的娘，怀里抱着个婴儿，爹爹和娘笑得开怀。他抚摸着照片上的爹娘，激动地手都发抖了。

“爹爹，娘！”金二娃心里呼喊着，他眼含热泪，忍着悲痛对红梅说：“我……我终于看到了我爹爹和娘了。我娘……我娘长得真好看。”

3

黑皮听庄维田讲了刘家村的事情，两眼冒光。直觉告诉他，发财的机会来了。黑皮没去过刘家村，但他想，有李邱巴的帮助，这事还真可能会办成。为此，他悄悄地骑着摩托车，摸到了刘家村。

一路上的风景像彩云落地，美得醉人。等到了刘家村才发现，那些红艳艳、白生生、黄澄澄、紫薇薇的花漫山遍野；浅浅的溪谷里，蛙叫蜂鸣，蒿草摇曳；四周的山上树木青翠，参天大树随处可见。

黑皮骑着摩托车绕着一座又一座废弃的民宅，有的屋顶千疮百孔，有的门窗东倒西歪。偶尔有几位老人，在空空荡荡的门前懒懒地晒着太阳，好像在等着最后时光的到来。摩托车的轰鸣声，吸引了那些老头老太的注意。

黑皮索性停下车，与这几位老人攀谈了起来。黑皮从他们的嘴里了解到了刘家村的现状，他们因为太眷恋刘家村而留下来，他们的子女们都搬到山外去居住了，还有许多人拖家带口地回了安徽老家。

黑皮估算了一下，进山的道路只要沿着山脚削些土下来便可以通汽车，几个比较宽的沟沟坎坎，只要砌几个石墩，弄些空心楼板往上一搁，便可以通汽车。在进山的路口设个栏杆，便可以收费。而连通安徽的方向，没有一条像样的山道，外人也进不来。黑皮在大学读的建筑专业，他自己也会设计，他想，只要弄上十几个工匠，忙上五六个月，刘家村便会大放异彩。

没几日，黑皮带上平板仪、比例尺和水准仪，叫来几个民工帮着拉皮尺，也就三天时间，刘家村的平面图便绘了出来。黑皮又花了两天时间，他将平面图又画成效果图，着上颜色，一幅美丽至极的山水画呈现在他的眼前。他专门带上这张效果图，找李邱巴商量。李邱巴看着图纸时惊讶得几乎下巴都要掉了。

“黑皮，你跟维田讲，钱不够，大家凑，务必把这事做好。乡里县里我去打招呼，等房屋都租下来后再声张。动作大了，招来了外地的财神爷，这事恐怕轮不着你了。”黑皮回味着李邱巴的话激动万分。

“爹爹，你去找刘地，花五百块钱将他的房子收过来。然后，让刘地帮忙把刘家村那些空房的主人家的电话统计过来，我一家一家地打电话联系。同意卖的，我把协议寄过去，让他们签字，再把钱给他们汇过去。”黑皮想让庄维田去办这种事，他怕树大招风。

“爹爹以什么名义去跟他们说哩？”庄维田有生意人的头脑。他想要不泄露真实的意图，必须找个租房的由头。

“你就说家里穷，租个房给我当婚房。”黑皮不假思索地说。

“你傻，你以为人家也傻啊？你把整个刘家村都租下来当婚房哩？连我都骗不过去，你还唬人家？”庄维田数落着黑皮。

“爹爹，烂泥萝卜，抹一段啃一段。等到最后，有几家不乐意的话，只不过是多花些钱的事。最多，我不租那几家的房子嘛。”黑皮笑着回庄维田。

“爹爹问你，那个鬼地方，你租下来派什么用场啊？”庄维田担心地问。

“先把房子拿到手，稍微修缮一下，可以办民宿，可以办观光旅游嘛，也可以办农林牧果生产基地，溪流利用好还可以养鱼。总之，先把刘家村的房子租到手，后面的事情后面再说。到时候我可以想办法找人投资合作。这里面，有一百种生财的门道哩。”黑皮给庄维田上起了课，听得庄维田不住地点头。

金凤在院外听到黑皮跟庄维田滔滔不绝地理论，生怕黑皮惹恼了庄维田，匆匆忙忙地跑进了屋子：“黑皮，跟你爹爹争什么呢？”

“娘，我跟爹爹拉家常哩。”黑皮笑着说。

“金凤，山上坟头的草都清光了。明天就是清明节了，纸啊，香呀，我娘都备了，你明天几时去？”庄维田小心翼翼地问金凤。

“现在日头还早，你和黑皮陪我去。明天赶个早，我要去中山烈士陵园，给二娃烧些纸钱去。”金凤淡淡地说着。

“儿子，你搀着你娘上山，我来提纸钱。”庄维田吩咐黑皮，又对着里屋大声说，“娘，我们这就上山去，烧些纸钱给富友。爹爹的坟，我昨日就祭祀过了。”

里屋传来窸窸窣窣的声响，英娣颤颤巍巍地拄着拐杖出来：“我在院子里走走，看着鸡窝，你们去吧。”

黑皮赶紧将图纸卷起，放到橱柜顶上，搀着金凤往山上走去。庄维田提了一麻袋祭祀用的金银元宝，扛起锄头，随着金凤上了山。

春风送来百花的香味，山顶的天空云朵在飘逸。金富友的坟前整理得干干净净，庄维田放下麻袋，点燃了纸币和元宝，火在挖好的土坑里燃烧着。

金凤跪下，一个接着一个地磕头。庄维田慌了，朝儿子使了个眼色，黑皮赶紧将金凤扶起。金凤看着黑皮问：“儿子，你咋不磕头哩？”

黑皮赶紧跪下，连磕了几个头。庄维田埋头烧着纸币，金凤抓起麻袋将里面的元宝统统往土坑里一倒，一股浓烟腾起。金凤一声不吭地瞪大着眼睛，看着庄维田的表情。

庄维田最怕金凤这样子看着他，怕自己有什么事情会刺激到她。自从庄二娃牺牲后，金凤整个人都变了。庄维田觉得金凤没有疯掉，已经是菩萨保佑了。庄维田赶紧毕恭毕敬地对金富友的坟鞠着躬。

火蹿了起来，土地冒着热气。火光闪闪中，金凤望向对面山上黄秋生的大坟，庄维田心虚地转开了身子。金凤突然仰天大笑，指着对面坟上摇曳的蒿草嚷：“坟再大也没用，上面长满了草，长满了草啦。”

黑皮知道娘的心思，他也知道爹爹舍不得钱给金富友垒个大坟，他不安地望着庄维田。

火渐渐地熄灭了，山风吹得泛白的纸灰扬在空中，纸灰在空中闪着火星，庄维田赶紧拿起锄头准备往坑里埋土。

“干吗这么着急？纸钱还没有烧透哩，再等等。”金凤突然一把推开毫无防备的庄维田。庄维田趔趄了几步，手中的锄头帮他稳住了身体。

几只乌鸦在天空盘旋，它们嗅到了烟火气。乌鸦黑色的身体在阳光下泛着金属的光亮，它们飞来飞去，在空中叽叽喳喳了一阵后，绝望地往大山深处飞去。

庄维田望着天空消失的黑点，心里暗暗庆幸：幸亏没摆上祭品，否则会招来黑压压一片的乌鸦。那些乌鸦尾巴一翘，天上就会落下无数臭烘烘的鸟屎。头上身上弄得脏兮兮的不说，被乌鸦冷不丁啄上一口，眼珠子都会被啄瞎哩。

金凤此时朝庄维田挥了下手，示意庄维田给土坑埋土，她准备下山了。

“明天让儿子用摩托车载你去中山吧？”庄维田大声问。

“不要，我一个人走路去，心里好受些。”金凤边说边往山下走去，黑皮挽起金凤的胳膊，希望她能舒服些。

庄维田叹了口气，心想，要是金凤能放开嗓子大哭一场，把心里积郁的悲痛释放出来，她就会好起来了。可庄维田又害怕，万一金凤痛哭一场后，整个人会疯掉。

庄维田挥起锄头将土推入坑里。庄维田转身，看了眼富友的坟和黄秋生的坟，带着歉意对着金富友的坟说：“金富友，你儿子是为国家牺牲的，不是我庄维田苛他，你不要怨恨我。年年清明节，我都过来给你上坟，四周弄得干干净净。你放心，等我庄维田搞到钱，会来给你垒个大坟的。你看黄秋生的大坟上，茅草长得老高了，有钱又有什么用呢？万两黄金也带不走啊。要有后人，要有根，要有脉，要年年有人上坟才行啊。你就把黑皮当自己的儿子吧，他会年年来看你的。”

庄维田说完，扛起锄头，望着走远了的金凤和黑皮，加快脚步撵着他们。

一阵山风迎面吹来，庄维田的眼睛湿润了。他抹了把眼睛，看到金凤正在山脚下等着他哩。

4

汽车一驶入溧水境内，金二娃惊喜不已。这里的山虽没有九里沟群山的苍茫，却透着灵气。黑瓦白墙的江南民居随处可见，沿途可见踏青和祭祖的人们，一些人家的门前插着柳枝。在田野里，有人兴致勃勃地放着风筝，还有人拎着菜篮沿田埂挖野菜。翠绿的群山透着春天的气息，梧桐树三三两两地闪过车窗，紫白色的桐花带着惊喜扑面而来。

“黄跃进，你们这儿的春天跟我们武威的不同，我们那里的山密不透风。你们这里的山就像盆景一样，桐花在我们那里很少见，而你们这里却到处都有。”金二娃的眼里闪着惊喜。

“我老家在溧水，我奶奶住在庄家村，我也是第一次来溧水哩。”黄跃进喜不自禁地说。在他的感觉中，溧水应该是个偏僻落后的苦地方，可是沿途的风景和便捷的交通，让黄跃进的心里有了些许的自豪感。

“跃进，我要是早知道你奶奶在溧水，带点青团子给你奶奶。金二娃，你们那里清明节吃不吃青团子啊？”朱远平兴致勃勃地说着。

“我们那里吃馓子，油锅里一炸，满屋子香味。朱远平，青团子是不是要放青的调料？”金二娃扭过头问坐在后排的朱远平。

钱三开着车笑了起来："金二娃，浆麦草你知道吗？把它捣烂后挤出汁，与糯米粉拌匀揉和，然后做成青团子了。"

"知道，我们那里管它叫火燕麦。这种草人不能吃的，也吃不死人。"金二娃乐呵呵地说。

"跃进，带上庄二娃了没有？"钱三问黄跃进。

"装在红布锦香袋里哩。"黄跃进边说边摸了摸上衣口袋。

车内的空气仿佛凝固了一般，钱三加快了车速，一声不吭地注视着前方，他略微开了点车窗，呼啸的风带着山林的气息灌入车内。汽车拐入一条泥土路，两侧生长着许多古老的翠柏。道路不宽，车轮扬起一些细碎的石子，发出簌簌的响声。

"查过没有？溧水有几个烈士陵园啊？"钱三问。

"我问过我老娘的，她说只知道有一个中山烈士陵园。"黄跃进回钱三。他想，如果在中山烈士陵园找不到庄二娃，就去民政局问一问。

不远处，传来《我们是共产主义接班人》的歌声，来来往往的少先队员们在学校的组织下，来烈士陵园接受爱国主义教育。大门口站着一些警察，他们在指挥交通。中山烈士陵园大门两侧的马路边热闹非凡，祭祀完的人们正饶有兴致地购买着当地乡民贩卖的土特产，荠菜、香椿、土鸡蛋等摆了一长溜。一辆电动三轮车上摆着几捆青皮甘蔗，鲜有人上前问津。

在工作人员的指挥下，汽车驶入烈士陵园停车场。朱远平坐在副驾位置上，他率先下车，站在车门一侧，等黄跃进下车。

"你们是来扫墓的吗？"工作人员上前询问黄跃进。

"是的，庄二娃的墓在这里吗？"黄跃进问工作人员。

"先登个记吧。"工作人员指着大门一侧的小桌子说。小桌子上放着登记本和一支圆珠笔，一位女同志坐在桌子前。

钱三听闻，走过去登记。黄跃进看了眼工作人员，问道："您方便领我们去一下吗？"

"当然可以。"工作人员微笑着说。

朱远平已将鲜花持在手中，白菊花、百合花和马蹄莲的花束上还带着水痕，在阳光下散发着花的芳香。

一座三层建筑出现在眼前。在工作人员的带领下，黄跃进四人迈着凝重的脚步，拾级而上。

进入烈士生平事迹介绍大厅，黄跃进一眼看到外公庄坤林的名字出现在墙上。黄跃进恭敬地上前凝视着从未见过面的外公，他从朱远平手中接过一束鲜花，摆在照片前面的案桌上，深深地朝外公的照片鞠躬默哀。稍后，黄跃进轻声地问工作人员："同志，庄坤林的墓地在哪里？"

"庄坤林的墓地在烈士纪念碑右侧的山坡上，那里有一片茶园。"

"庄二娃的墓地也在那里吗？"黄跃进轻声地询问。

"庄二娃的骨灰盒在隔壁哩。"工作人员边说边领着黄跃进等人进入了隔壁。

这里地方不大，几十平方米。一面墙上做了个大木框，木框被分成了几十个小格子，里面几乎放满了骨灰盒。在众多照片小格子里，他们看见了久违的庄二娃，照片上庄二娃稚嫩的脸庞上透着不安。他头戴军帽，大睁着眼睛，仿佛目光灼灼地看着黄跃进几人。

黄跃进轻轻上前，缓缓地推开移动小玻璃门，朱远平将鲜花递给黄跃进。无奈，格子太小，太矮，太窄，整个空间仅容放一个骨灰盒。黄跃进摘下一朵白菊花，硬塞入骨灰盒顶上。所有人的目光痛苦地望着黄跃进的举动，被揉碎的白菊花淌出了汁液……黄跃进、钱三、朱远平、金二娃站成一排，并拢双腿，像等待检阅一样，用最庄重的仪式注目着庄二娃的照片。黄跃进出列，立正，命令道："一鞠躬！二鞠躬！再鞠躬！"工作人员悄悄地退出了门外。

仪式完毕，众人一个个眼泪汪汪。黄跃进抹了抹眼泪，寻找着工作人员。

此时工作人员的身后，有一位老妇人在门口徘徊。工作人员对老妇人说："你可以进去了，他们祭祀完毕了。"

这个装束奇怪的老妇人引起了黄跃进等人的注意，她的头上扎着块白布蓝花头巾，额头上有着水波般的皱纹，面容沧桑，半头白发。她身穿黑色外衣，脚上的黑布鞋上各缝着一块泛黄的白布。她的背略微佝偻，眼神里透着疲惫与悲伤，龟裂的手上握着一小节削了皮的甘蔗。她径直走向放庄二娃骨灰的格子，颤抖着手抚摸着照片，又盯着照片傻傻地笑。她咬下一口甘蔗，强行塞入骨灰盒前的玻璃窗内。

"二娃，世界太小，放不下甘蔗，娘替你吃了吧。"她咬下一口甘蔗，嘎吱嘎吱地咀嚼着，她将甘蔗渣吐在手中，又装入口袋里。

“您是庄二娃的妈妈？”黄跃进突然上前，激动地抓住老妇人的胳膊。钱三、朱远平、金二娃也拥上前去，把老妇人吓了一跳。

“二娃是我儿子。”老妇人惊慌失措地回着。

黄跃进猛地松开手，往后退了几步，众人见状，明白了黄跃进的举动，他们排成了一行，黄跃进哽咽着喊了声：“妈妈。”另外三人也异口同声地喊着。他们立正，对着老妇人行了个军礼。

“你……你们……你们认错人了，我是二娃的娘。”

老妇人结巴着，连比带画地解释着。

“我们是庄二娃的战友，我们在一起当兵，在越南一起打仗的。”钱三大声地对老妇人说。

老妇人瞪大着眼睛，似乎不相信钱三说的话。她走近他们的身前，挨个儿地看着他们。渐渐地，老妇人的脸上恢复了平静，眼里闪着惊喜。

“钱三，去车里拿瓶酒来。”黄跃进对钱三说。不一会儿，钱三拿着打开的酒走了进来。黄跃进接过酒瓶，工作人员上前说：“同志，这里不能上酒，容易引起火灾，也影响环境。”

“庄二娃的骨灰在这里呢。”黄跃进望着工作人员，低声说着。他从心口的衣袋里掏出红布锦香袋，从里面取出金黄色的打火机。

“这里也不许抽烟。”

黄跃进轻声地对着打火机说：“庄二娃，惊扰你了，我们把你……送回家了。”黄跃进哽咽着，泪流了下来。他啪的一声打开打火机盖，走向庄二娃的骨灰盒。

工作人员似乎明白了，沉默地望着黄跃进的举动。金二娃快步上前，艰难地将庄二娃的骨灰盒挪出抱在怀里。朱远平和钱三聚拢过来，他们帮着黄跃进把骨灰盒盖子打开。

骨灰盒里放着一个锦缎的黄布袋，黄跃进打开布袋，里面是干枯的玫瑰花瓣和一些草木灰。老妇人急切地上前，盯着黄布袋看。黄跃进将打开盖子的打火机，轻轻地弹着，打火机里的骨灰和褐色的山泥已经凝固在一起了。

黄跃进从朱远平捧着的花束中折了一根粗壮的茎，将打火机在地面上轻轻地磕动了几下，见泥土松散，便小心地用花秆搅动了几下，将庄二娃的骨灰倒入黄布袋内，将打开盖子的打火机也轻轻放入黄布袋。黄布袋扎好口后，黄跃进将骨灰盒盖子合上。金二娃小心地托着骨灰盒子的底，将骨灰盒推入小格子内。

“少撒些酒吧。”工作人员红着眼轻声地对黄跃进说。

老妇人缓过神来，明白眼前的几人真是庄二娃的战友，他们把真的二娃带回来了。她紧紧地拽住黄跃进的手，急迫地说：“你们上我家去，我杀鸡给你们吃，我养了好多鸡哩。”

黄跃进使劲地点着头，伸开双手，拥抱了老妇人。朱远平、钱三、金二娃一个个轮流上前，拥抱着老妇人。

“二娃，娘回去了，娘只要走得动路，娘年年来看你。娘要回去杀鸡，给你的战友们吃。”老妇人被黄跃进等人簇拥着走出来。

车门打开，老妇人畏畏缩缩地不敢上车。朱远平赶紧上前搀扶老妇人，却见老妇人一手扶着汽车，伸手脱去左脚的布鞋，说：“这么好的汽车，别弄脏了。”

“没关系的。”朱远平轻轻地推着老妇人上了车。

在老妇人的指引下，汽车七拐八拐地驶往庄家村。

老妇人拘谨地一动不动，只是不停地说：“托二娃的福，我坐上了这么好的汽车。”

黄跃进他们沉默了……

“到了，到了，上面开不上去。”老妇人着急地喊着。钱三猛地一脚刹车，车内的人都摇晃了一下。“你以为开坦克啊？”黄跃进调侃了起来，努力缓解车上的沉闷气氛。众人刚下车，庄维田和黑皮就已经跑出院外，父子俩惊奇地看着金凤从豪华的奔驰商务车里下来。

不等庄维田问，金凤手舞足蹈地冲庄维田和黑皮喊：“二娃的战友来了，在中山遇到的。”

庄维田和黑皮小跑着上前帮忙提东西。钱三抱着一个沉重的大塑料箱，他承包了练湖农场上千亩鱼塘和果园，箱子里装着两条大青鱼。黄跃进搬着两箱丹阳的封缸酒，朱远平手提着水果，金二娃提着装有凉州锅巴、核桃和枸杞的大旅行袋。

金凤大声喊着：“黑皮，快帮娘捉鸡。”黑皮撸起袖子，进入鸡窝，鸡窝里闹腾开了。金凤激动地指挥着儿子，捉最肥的鸡。

“随便吃点，不要浪费啊。”黄跃进和众人劝阻着。

庄维田很久没有见金凤这么有精神了，她伸手接过黑皮手中的鸡，麻利地将鸡头扭在手中，几下子拔光了鸡脖子上的毛，乐呵呵地往厨房走去。

黄跃进他们进屋各自拿出给庄二娃家人准备的钱，放在桌上。庄维田客气地推让着。黑皮已经将茶泡好，说："请喝茶，这是山上的野生茶，我爹爹在山上采的。乡下人家，拿不出什么东西招待。"

放在柜顶上的一卷图纸引起了黄跃进的注意，他指着图纸问黑皮："你会画画？"

"我乱画的东西。"黑皮腼腆地回，拿下来递给黄跃进看。

黄跃进把图纸摊在桌面上，秀丽的山村风景展现在眼前。曲曲弯弯的山路边有花儿绽放，青山起伏，一栋栋古朴的民居错落有致。

"这是什么地方？"朱远平饶有兴趣地问。钱三也俯下身子，嘴里啧啧称赞。

"朱远平，要真有画中这样的村落，我就过来养老。"钱三开玩笑似的说。

"当然有，这是我们的刘家村，离这里十多公里。不过现在这个村庄还是基本荒废的。"黑皮说。

"要是把刘家村规划一下，搞旅游开发，将来一定是个好地方。"黄跃进说。

"我儿子大学毕业，他对这个地方感兴趣哩，就是差点钱。"庄维田见众人一个个气度不凡，大胆地试探着，说不定他们有人可以投资呢。

聊了会儿，众人散开，不再谈论刘家村，埋头喝起了茶。金二娃起身，观察着房间。金二娃转身之际，被挂在墙上的一张大照片惊住了。

金二娃快步上前，盯着照片细细地看着，他整个人都打了个激灵。他哆嗦着从衣袋里掏出照片，仔细比对。挂在墙上的照片上，金凤甜甜地站在左侧；他手上照片中的金凤，甜甜地站在右侧；而他手上照片里的金凤，明显比挂在墙上照片里的金凤更年轻，更漂亮。不同的是，挂在墙上的照片里的男人手上抱着婴儿，他手上的照片是金凤抱着婴儿。金二娃浑身一震，手持照片往厨房跑去，众人一脸愕然。

"你老家是不是甘肃武威？"金二娃急促地问。

金凤正在煺鸡毛，她点了点头。

"你知不知道九里沟？"金二娃语气更急切了。

金凤一愣，又点了点头。

金二娃一把拉起金凤，不容分说地拉着金凤来到客厅，众人不知发生了什么，面面相觑。

“都让开！”金二娃吼了声，将金凤扯到照片前，把手中的照片塞给金凤，“快看看！快看！这是不是你？”金二娃急切地问着金凤，他的身体正哆嗦着。

“你怎么有这个照片啊？”金凤大惊失色，追问金二娃。

“娘！我是九里沟的金二娃！”

金二娃扑通一声，双膝跪地。他紧紧地抱着金凤的腿，号啕大哭：“娘，娘啊，儿子想娘几十年了。”

金凤对面前的一幕吃惊不已，她的嘴巴剧烈地抖动着，从嘴巴里传来牙齿的磕碰声。

“我的儿啊！”金凤挣脱金二娃的手，也跪在金二娃跟前，紧紧抱住金二娃，“娘对不住你啊。”金凤哭得惊天动地。

眼前的一幕，让所有人瞬间明白了是怎么回事，一个个眼泪汪汪。庄维田哽咽地说：“哭出来了，终于哭出声来了。”

5

金凤母子相认的事情像风吹一般，传遍了附近的村庄和乡镇，甚至，在溧水县城都传开来。人们议论纷纷，感叹着人世间的悲欢离合。这事，也成了人们茶余饭后热议的话题。人们除了唏嘘外，更多的，还是羡慕金凤生了有出息的儿子。小儿子黑皮，得到了金二娃二十万元的扶持，把刘家村所有的民居租到了不说，还在李邱巴的帮助下，成立了以刘家村为中心、方圆几公里的生态农业观光园。据说，县上的领导还很重视，正在办土地流转手续哩。

几个月过去了，再热的新闻也渐渐消退。可这件事，在小三子的心里却越来越热。小三子已经过了耄耋之年，他的右眼也越来越模糊了。虽然腿脚还算利索，但身子骨一年不如一年了。

金二娃一众人到金凤家时，小三子当天就知道了。他听到黑皮在庄家村跑来窜去地喊兰儿、李邱巴、刘地、杨伢子等人去家中，陪着庄二娃的那些战友吃饭。兰儿应承黑皮时，还不忘招呼小三子代她照看一下隔壁的屋子。这些年来，庄家村也时有小偷光顾了。

兰儿第二天眉开眼笑地对他讲了金富友和金凤的故事。这让小三子不由得想起大哥金不换，小三子断定金凤夫妇来到江南溧水，一定是为了探访金不换和询问玉石的下落，他能不激动吗？

小三子迫切地想去与金凤攀谈，他想告诉金凤金不换的生平和下落。他兴高采烈地出院门时，突然想到，如果此时泄露了消息，他卧薪尝胆并煞费苦心谋划了那么多年的计划，可能会竹篮打水一场空。小三子有些心灰意懒，坐立不安。

就在昨天，火辣辣的太阳下，金富友的坟地被修葺一新。庄维田找来工匠，专门买来了垒坟石，将坟墓垒得高高大大，远远超过了对面山上黄秋生的坟，乐得金凤喜笑颜开。

小三子一想到当年一起下山的十三个兄弟就着急。他花费了这么多日子，在田野里刨来挖去，把山坡那一片荒地挖了好几遍，最终只找回十二个骷髅头。还有一个骷髅头究竟丢失在哪里呢？小三子回忆，当初和日本鬼子干仗时，是马队对马队。马儿跑得快，一溜烟能蹿出去老远。

小三子这些日子翻来覆去地睡不着觉，他躺在床上的感觉，就像是睡钉板。今天他觉得浑身酸疼，便缓缓地下了床，拉亮电灯，从枕边拿起手电筒，向马厩走去。他要把金条先取出来，等到从旷野里找到最后一个骷髅头，他就是送命，也要找李邱巴和杨伢子，告诉他们一九四三年在庄家村发生的那段往事。

小三子踩着猫步，弓着腰，悄悄溜进马厩。这种习惯，小三子始终没改。他打开手电，照着马厩内的石壁。他突然发现有两块石头居然出现了神奇的色彩，石头通体透白。小三子赶忙熄灭手电，刚才出现的一幕又消失不见。小三子又打开手电，照射着石头，石头里面如凝脂。他赶忙伸手摸起石头，一种温润凝重的感觉，由手掌到心头。

“天啊！”那两块玉石让他遇上了！小三子关掉手电，他一屁股坐在地上，激动地抱头啜泣。

过了会儿，小三子平复了心情，伸手抠出金条，向屋内走去。他将金条放在自己的破棉鞋里。小三子坐在床沿上，望着渐渐泛白的天空，焦虑起两块玉石如何处理的事情。金大哥曾经说过，黄秋生共盗走了三块玉石。小三子料定，兰儿手上的玉镯，必定是一块玉石中取出来的。另外的就在这马厩里了。小三子想，他孤身一人，举目无亲，要这两块玉石做何用呢？这两块玉石沉甸甸地压在他的心上。

一个点子由心而生，小三子索性一不做，二不休，说干就干。

他趁着夜色蹑手蹑脚地打开院门，走到空旷处，选了两块石头，费劲地将它们搬入马厩。小三子又找来起子，撬起石头之间的缝隙。他用起子的木柄推敲着石头，石头松动了，他取出玉石，小心翼翼地放在地上，他又将捡来的两块石头塞了进去。

做完了这一切，小三子面对大缸扑通跪下，连磕了三个响头，嘴里念念有词："金大哥，众兄弟，小三子没什么本事啊，我吃苦受罪忍到现在，终于找到山上的财宝了。等找到最后一个兄弟，我一定给众兄弟起个大坟，风风光光地给你们下葬。"

小三子起身，抱着玉石放入背篓里。他背起背篓，扛起钉耙，直往山路上走去。

太阳出来了，小三子也累了，他将背篓往地上一放，缓缓地走上山路一侧的高坡，能看见黄秋生的坟地里荒草萋萋。小三子又往前方探望，被他翻过的土地上野草疯长，山花盛开。在一块巨石的边上，有一块未开垦过的土地。小三子心想，不妨去那地方刨一下。小三子深吸了一口气，弯腰背上背篓，撑着钉耙，往巨石走去。

小三子用手中的钉耙当尺，顶着山岩，量过三个钉耙的地方，挖了一个浅浅的土坑，将玉石扔入了土坑里。小三子往后走了几步，见随意摆放的石头与荒野浑然一体，他放心了。

小三子在手掌心吐了口唾沫，交替着双手摩擦了几下，使出劲开垦着荒土。几钉耙下去后，小三子的劲上来了，他使劲地抡起钉耙。突然钉耙凝固在了空中，小三子松手，钉耙落在地上。他傻傻地摸了下自己的脑袋，那最后一个骷髅头不正被两个肩膀架着吗？小三子往地上一坐，顺势躺下，感觉身子和灵魂仿佛与这块土地汇成了一体。

阳光刺眼，深邃的天空万里无云。小三子不由得回想起自己的人生，不过就是站起来、倒下去。

他爬起来，捡起背篓背上，将钉耙扛在肩上，找到了当年扛着长枪的那种感觉，那种闯荡江湖的英雄豪气在体内升腾，他不由得感到喉咙发痒。他大声咳了几下，冲着旷野边走边吼。

早上吃饭晌午端，
中午吃饭日压山。
晚上喝汤鸡叫唤，
你看可怜不可怜。

6

太阳透过窗户，把兰儿的屋子照得明亮。这几个月，兰儿的心里喜气洋洋。被黑皮叫到金凤家吃晚饭时，她居然遇到了自己的宝贝孙子跃进。好多年不见了，她的孙子居然长得结结实实，整个人成熟又稳重。黄跃进也压根儿没有想到，黑皮跑去把兰儿奶奶请来吃饭，他原本准备吃完晚饭就去看望兰儿奶奶的，他想给奶奶一个惊喜。黄跃进掏出大红包硬往兰儿手中塞，把兰儿喜得像个小姑娘般笑。李邱巴和杨伢子更是喜出望外，这接踵而来的喜事都和庄家村关联着哩。

"跃进，你爹爹可好？"李邱巴乐呵呵地问。

杨伢子见李邱巴询问黄德胜的消息，他脸上露着笑，心里掠过一丝怨恨。这么些年过去了，他忘不了黄德胜把他捆绑在庄家大门口拴马桩上羞辱一事。

"我爸爸早就离休了，正在家里享清福哩。"黄跃进回李邱巴。

"黄德胜在家里待着习惯吗？不习惯，让他回庄家村来住吧，正好陪陪兰儿。"李邱巴乐呵呵地建议着，他心里也想着黄德胜哩。

"他呀，早上'皮包水，晚上'水包皮'，跟老丹阳人的习惯一样了。"黄跃进说着，兰儿听着，笑着。杨伢子眉头微锁着，一声不吭。

兰儿想出门找英娣分享心中的乐事，走入院子，见老屋的门开着，院子里的柴门也开着，看来小三子又忘了关门了。兰儿将院门关好，走入老屋。屋子里电灯亮着，没有小三子的影子。

“小三子，在不在啊？”屋里没人回应，兰儿走进屋子，生气地将电灯扯灭。又往马厩走去，她站在马厩门口东张西望。“咦，地里的大粪缸怎么跑到马厩里来了？”兰儿一阵奇怪，又有点庆幸，她原来以为大粪缸被谁偷走了呢。

小三子将粪缸拿回马厩，要派什么用场呢？兰儿带着好奇往粪缸走去，往缸里看了一眼，缸里盖着一层白石灰，上面放着一些已经枯萎的藤条。

这些枯萎的藤条现在烧火都不稀罕了，兰儿心想小三子也太爱收拾东西了。她又望了一眼缸内，见杂乱的藤条下似乎还有东西。她伸手拨弄着藤条，一个尖尖的褚红色的东西露了出来。

兰儿不由得缩手，她的脑子里第一个想到蛇。以前马厩的木梁上还悬挂着一条扁担长的蛇皮哩。兰儿惊恐地往后退了几步，小心翼翼地看着石灰堆里露出的尖角，那不是蛇呀。她又找了根竹竿，挑起褚红色的尖尖，原来那是一根皮带。

兰儿松了口气，将竹竿扔掉，俯下身子抓住皮带，用力一扯，皮带扣上还吊着东西。兰儿定睛一看，皮带扣子上吊着一个骷髅头，两个大大的黑窟窿正瞪着她。

兰儿吓得惊叫一声，松开手，全身汗毛竖了起来。她浑身颤抖着，惊恐万分地跑出院子，高喊着：“快来人啊！出人命啦！”

听到惊叫声的村民，纷纷向黄秋生老宅奔来。李邱巴和杨伢子也闻讯赶来。

在杨伢子的指挥下，胆大的村民将大粪缸掀翻在地，从里面居然滚出来十二个骷髅头。

“惊天大案，不得了啊，赶快报警啊。”有村民大声惊呼着，所有的人目瞪口呆，一个个惊恐万分地望着李邱巴。

“邱巴书记，赶快让民兵把小三子控制起来？”杨伢子大声地问李邱巴。

“按杨支书的办。先挑几个民兵，赶紧把小三子抓起来。”李邱巴果断地说，他也吓出了一身冷汗。

第四十章

1

八月的北京，气温达到了三十多摄氏度。长期在北京生活，刘波不禁思念起南方的气候。她今天穿了件红色的连衣裙和一双白色的中跟皮鞋，迈着轻快的步子走出了美容店。刘波美滋滋地望了眼天空，云朵飘逸，空气中弥漫着秋的气息。拂过来的风，仿佛能把她眼帘边细细的皱纹抚平。她已经往四十岁的坡上爬了，她必须对自己的婚姻做出选择了。想到叮叮多次咬着她的耳垂亲昵地说，她流过四次产，绝不让她流第五次。刘波知道让叮叮离婚娶自己的时候到了。

刘波坐上出租车，她那修长而白皙的大长腿，让司机的眼光多停留了几秒钟。车子行驶，刘波望着窗外，她觉得在北京，处处潜藏着幸福。那种幸福躲在墙角，躲在胡同里，躲在槐树的树荫下，甚至就在她不经意间的一瞥中。幸福的刘波用美女作家的名头混得如鱼得水。她当然知道，这些都得益于叮叮。

叮叮风趣幽默，热情豪爽，对她也十分阔绰，许多事情用不着她开口，他都提前想到并给她办好了。他会制造浪漫，会调情。他的浪漫有时候像细碎的波纹，撩拨的她心痒痒的；有时候又像海的巨浪，那种排山倒海、摧枯拉朽的冲撞，让她回味无穷。

“到了。”司机说。刘波回过神来，到叮叮住的地方了。刘波打开门，见叮叮在家，笑盈盈地走向叮叮。

“叮哥，一边两个孔洞，正好对称，你看嘛。”刘波撒着娇。

“噢，是对称，桌子上有一对蓝宝石耳坠，送你的。”叮叮指着书桌上一只精美的盒子对刘波说。刘波欣喜地取出耳坠，戴上，娇滴滴地对着叮叮喊：“叮哥，好不好看啊？”

叮叮起身从身后搂住刘波的腰，望着镜中的刘波说：“好看，我的女人，丹凤眼、高鼻梁、白玉般的牙齿，富有弹性的耳垂……”叮叮说着，从身后磨蹭起了刘波。她转身搂住叮叮的脖子，亲吻他的嘴唇。

“叮哥，你必须娶我了。”刘波边吻边说。

“嗯。”叮叮漫不经心地回，他的身体已经兴奋了。

“什么时候离婚？越快越好。”刘波突然停止了热吻，注视着叮叮的眼睛。

“先上床，我兴奋了。”叮叮欲抱起刘波，她使劲地挣脱。

“叮哥，我吃了那么多年的避孕药，还为你流了四次产。你说过，绝不让我流第五次。”

“我说过，可你没有流第五次呀？”叮叮盯着刘波，他身上的躁动正在消退。

“你要对我负责任！你必须离婚！你若是不离婚，别以为我刘波软弱无能，拿你没办法！”刘波的脾气上来了。

“我不离婚，你拿我怎样？”叮叮也来气了。其实，是叮叮的警觉上来了。

“我会把你对我做的一切昭示天下。既然你无情，我只能绝情。”刘波连珠炮地说着，摘下耳坠，装入盒子，生气地走向叮叮的工作台，砰地扔了过去。此时的刘波很有底气，她认为如果失去了叮叮，凭她现在的名气，照样在京城左右逢源。

叮叮抽起了烟，一声不吭，在腾起的烟雾中，他想起了一句台词，自顾自念起来：“爱情是灯，友情是影子。当灯灭了，你会发现你周围的影子。朋友，是在最后可以给你力量的人。”他说给刘波听，问她是否明白其中另一层含义。叮叮嘴角挂着不易察觉的不屑。

“你直白些说，我的文采和你比，是天和地的差别。”刘波话中带刺地说。

“我是灯，你是灯下的影子。你懂吗？”叮叮重话轻讲，“你是我的红颜知己，是朋友中的朋友。而我，是在最后给你力量和勇气的人。我这一生只会办一次证。”

“当灯灭了，我的周围依然有影子。因为，其他的灯还亮着。”刘波火了。

叮叮忽地站起，将烟蒂在烟缸中揿灭：“你要房，我买给你了。你要车，车库里有。你要花钱，我哪次都是主动给你的，好合好散，你开条件。”

刘波没想到叮叮会这么决绝，气愤地说：“结婚还是身败名裂，你选择一样吧。”

“那就请便。”叮叮火冒三丈，手指向大门。

刘波狠狠地瞪了眼叮叮：“给你三天时间，三天过去，满大街的报纸都等着给我付稿费！”

刘波一把抓起自己的包，砰的一声把门摔上，大步走出别墅。

叮叮没想到刘波这么鲁莽，听到她摔门而出的声音，冷笑一声，拿出手机拨通：

“水静，刘波疯了，处理一下。”

“叮哥，知道了。您按规矩办了吗？”电话里传来水静的问话声。

“什么都由着她，她不稀罕。”叮叮回。

“知道了，放心吧。空了到妹妹这里来喝茶，妹妹最近又看上了一件新的衬衣。”电话那头，水静呵呵地笑着。

2

刘波从床上懒洋洋地起来，窗外的太阳射着刺眼的光芒。昨晚一觉睡得昏昏沉沉，她光着脚走入浴室，痛快地淋了一把。刘波望着镜中的自己，任由流水淌过全身，她的心里忽然空荡荡的。

自从“银杏树下”网站解散后，她没有认认真真思考过去找个稳定的工作。依靠叮叮的安排，她安逸地过着金丝鸟般的生活。刘波可不认为她只是笼中的金丝鸟，她认为自己一定可以边飞翔边啾鸣。她的作品随便邮往哪个省级刊物，都可以让她闭着眼拿稿费，让她衣食无忧。

刘波擦干身体，将浴巾裹住身子，回到房间，将浴巾往地板上一扔，光着身体仰面朝天往松软的床上一躺，太惬意了。

刘波忽然想起了爸爸刘地，父女俩几年不见面了。刘波回常州时，刘地在溧水，刘地偶尔回常州时，刘波不是在北京，就是在上海。父女俩谁都没有约过彼此某月某日在什么地方的家中见面，刘波此时心里叹息了一声。

刘波知道自己不是刘地亲生的，是在她十五岁左右的时候。有个高高大大的男人一直盯着她看，她以为遇到了好色鬼，拔腿便跑。此后，她联想到小时候街坊邻居的闲言碎语，隐隐感到，她是一个私生女。那个盯着她张望的男人，有可能就是她的亲生父亲。刘波从来没有把这事放在心里，她活得坦坦荡荡，逍遥自在。只是，此刻她想娘、想爹爹刘地了。

刘波侧过脸，呆呆地望着窗帘，紫红色的窗帘被阳光照射出血般的颜色。

“不想这些了。”刘波从床上爬起来，挑选了一件粉红色的连衣裙和一双黑色的高跟鞋穿上，她觉得仿佛回到了少女时代。她对着镜子转动着身体，自我欣赏着凹凸有致的身材。刘波信心满怀，她料定叮叮贪图她的美丽，一定会打电话向她赔不是的。

刘波想去大街上遛遛，顺便去全聚德吃烤鸭。刘波知道，以往要不了夜晚十点，叮叮准会打电话向她求饶。

刘波撑开小花伞，像江南胡同里雨中撑伞的女孩般，徜徉在绿树掩映的北京街道上。熙熙攘攘的人群、五颜六色的门店招牌、琳琅满目的商品让刘波目不暇接。她沿着大街的一侧，漫无目的地闲逛着。绿荫遮盖的人行道上，阳光透过枝丫，在地上留下波动的光斑。刘波索性收拢伞。

一家卖甘蔗汁的小店引起了刘波的注意，甘蔗水顺着铁皮管子流出来，让她想起了小时候在庄家村吃过的甜秆。她印象中甜秆是黑皮的哥哥庄二娃从人家地里偷来的。

刘波想起黑皮，想起了她与黑皮的对话。儿时快乐地踩着溪水欢乐的场景浮现在她的眼前，溪水流过脚丫的那种惬意让她难以忘怀。

“波儿妹妹，我还黑吗？”

“比以前白多了。”

“你长大了还跟我好吗？”

“嗯。”

“好，我们拉钩，一百年不许变。”

刘波想起了那个傻傻的小黑皮，忍不住笑起来。

黑皮大学毕业后去了哪里呢？黑皮在校时曾经传呼过她很多次，她要么不理不睬，要么简短地回几个字。后来黑皮呼她的次数越来越多，她嫌烦，索性把传呼机停了。

刘波不记得自己有没有黑皮的手机号，掏出手机。在通讯录里翻找了一会儿，竟发现了手机里有黑皮的电话号码。

“美女，借个火？”一个女孩甜甜地问刘波。

刘波抬眼一看，女孩撑把黑色太阳伞，手上夹了根细长雪白的香烟，那张青涩的脸，让人难以拒绝。

“噢，对不起，我没有打火机。”刘波略带歉意地回答。

女孩却笑眯眯地转动黑伞，将伞面遮挡住来来往往的行人。突然，冒出一个红衣女孩与刘波擦肩而过，扬手向刘波泼了些液体，旁若无人地往前走了几步，被一辆驶来的摩托车载着消失在人海。

刘波本能地一扭脸，随即惨叫一声。火辣辣的灼烧感席卷而来，恐惧和慌张让她慌张地冲入店铺，寻找着水源。慌乱中，她冲入了男厕所，打开水龙头，迫不及待地将水往脸上和脖子上泼去。

刘波惨叫一声，昏厥在厕所的地上。

3

黄德胜心里堵得慌，今天他感觉天旋地转，脸色红通通的。庄慕兰以为天气热的缘故，让黄德胜待在空调房里，想睡就睡，想看电视就看电视。今年黄德胜把烟戒了，他像老丹阳人一样，一斤茶叶不消两个礼拜便喝得精光。黄跃进孝顺，知道父亲爱喝茶，一买就是三五斤地往家里送。

黄德胜和儿子话不多，儿子问一声，他应一句。黄跃进从庄家村回来后，把庄家村的故事讲给庄慕兰听。庄慕兰听得饶有兴趣，还不时问长问短。黄德胜表面上不愿听，却往房里沙发上一坐，竖着耳朵偷听着母子俩人的对话。

黄德胜一直对儿子被越军俘虏这件事难以释怀。好在事情过去了那么些年，丹阳的街坊邻居也不再议论这件事了。

“庄二娃怎么死的？”庄慕兰问黄跃进，她始终不相信骨灰盒里装着一堆枯萎的玫瑰花瓣和草木灰。

“老娘，你问了十几遍了，烦不烦啊？庄二娃被炮弹穿过身子炸死的，我只找到庄二娃的一截大腿，烧又烧不透。”黄跃进不耐烦地回。

黄跃进边说边对庄慕兰眨着眼睛，他生怕让父亲唤起对他被俘一事的记忆。庄慕兰瞬间明白了儿子的意思。

天渐渐地暗了，庄慕兰指着院子中结满桃子的果树对儿子说，“跃进，你什么时候叫个人过来，把这桃树砍了，枝枝丫丫的戳瞎了眼睛都不知道。砍了树，再帮老娘找个泥水匠，把树根那个地方补起来，院子里宽敞些。”

“老娘，前阵子你说桃花开得好看，现在又说桃树长在院子中间碍手碍脚，你自己拿定主意再说。”黄跃进对庄慕兰说。

“砍了干吗呢？树长这么大不容易，穷日子的时候忘了？”黄德胜走出房间，朝着庄慕兰板起了脸。

“老黄，今天还要去泡池子？一天不泡要死？头昏还要去？”庄慕兰见黄德胜出来，故意逗他。

“现在脑子清爽得很，我刚刚照了照镜子，脸上气血好着哩。”黄德胜笑了。

“要去早点儿去，抢个头汤泡泡。”庄慕兰对黄德胜说。

“爸爸，我送你去吧。”黄跃进起身，想搀扶黄德胜。

“用不着搀，我又不是走不动路的人。现在腿脚利索，那点路，闭着眼睛就能走过去。”黄德胜出了门。

黄德胜去澡堂子里不算晚，但浴客却都是这种想法。去得最早的人是刘瞎子，刘瞎子从下午两点就颤巍巍地往澡堂去了。他从家里走到澡堂，一般人只需十几分钟路，他走了一个小时。现在，他正裸着身体躺在吊扇底下舒畅着哩。

黄德胜下了池子，痛快地扭动着身子。他浑身泡得发烫，额头上像淋着雨。澡堂子没变，只是装了些衣柜，天顶上安装了风扇。

丁双喜早就不干搓背的活儿了，搓背工也换了一茬又一茬，他们忙不迭地给熟客擦着身子。黄德胜心满意足地从池子里爬上来，从刘瞎子身边经过，没有跟刘瞎子打招呼，刘瞎子却嚷了起来：“老革命来了？到我边上来躺一歇，这位置，好几个人想来躺，我骗他们说，人在池子里哩。”

“你怎么知道我现在会来？”黄德胜笑着问刘瞎子。他看着皮包骨的刘瞎子，心想刘瞎子可能活不了多久了。

“直觉告诉我，你走过来了。几十年的老浴客了。黄书记，我有话跟你说呢，你想听吗？”刘瞎子卖着关子。

“你说不说无所谓，你爱说，我爱听。你不说，我不听。”黄德胜调侃着刘瞎子。

刘瞎子爬起来时，浴巾从肚皮上滑落。

“哎哟，全曝光了。”刘瞎子顺手捞起毛巾，盖住了下身。

“你那个下身，螺蛳大点的东西，曝光了人家也看不见。”黄德胜的话惹得浴客哄堂大笑。

刘瞎子也被黄德胜逗笑了，极力地抬起头，大声说：“人，只要不死，就要有羞耻感，人没有羞耻感时，离死没几天了。这说明，我刘瞎子有得活哩。”

“刘瞎子，我要反驳你的说法。现在不少当官的，不要脸皮，最基本的人性和羞耻感都没有。小别墅好几幢，家里的钞票用板车拉，不是也活到八九十岁吗？”有浴客调侃起了刘瞎子。

“不要羡慕他们，到了阎王那儿，要下十八层地狱的。好了，我不跟你们嚼舌头了，大家来听听我要说的新闻，黄书记家儿子在越南的英勇事迹。”刘瞎子咋呼起来。

黄德胜急了，在这么多浴客面前讲自己儿子当俘虏的事情，这不是要公然坍他的台，撕他那张老脸皮吗？

“你不要瞎说了，我儿子不就是当了战俘吗？”黄德胜索性兜底说着。

“黄书记，你误会了。你家儿子像你哩，宁死不屈。他跟钱场长的儿子，二人开了一辆坦克车，孤军深入，在越南人后方横冲直撞，直到弹尽粮绝。他们在深山老林里，没吃没喝，迷了路，被几十个越南人从树上跳下来，压在身子底下。他们两个人自杀都来不及，这是不是英雄啊？”刘瞎子大声地说，他情绪激动，唾沫星子飞溅。

“哎哟，这么些年了，你不说，还没有人知道哩。”

“英雄，最起码是孤胆英雄。”

“刘瞎子，你怎么知道这么清楚，你瞎着眼睛去调查的？”

众人话语纷纷，铺天盖地的话压向刘瞎子。

刘瞎子索性站起来，他左手捂住命根子，右手拍着胸脯，拍得胸脯的皮泛起了红。

“钱场长上个月带着他的儿媳妇到我这里来算命，他亲口告诉我的。信不信，你们大家评。好嘞，出来不早了，我要回去吃晚饭了。”刘瞎子摸索着柜子门，用钥匙捅开了衣柜门。

黄德胜听了刘瞎子的话，极力隐藏着自己激动的情绪，匆匆将衣服穿好，急切地往家里走去。

黄德胜知道，越南军就是猴子，他们跟法国人、美国人打了那么些年的仗，上山爬树，挖土钻洞，厉害得很哩。在深山密林里，一下子拥出几十个越军，换了谁，也来不及反抗。

十几年的压抑一下子释放了，黄德胜释怀了。他浑身轻松，走起路来脚轻飘飘的。黄德胜只觉得心跳加剧，呼吸困难，他扶着墙壁想喘息一会儿，结果眼前一黑，腿一软，倒在了石板路上……

夜黑了，电话响了起来。庄慕兰正在厨房里准备晚饭，听见电话铃声响起，冲着玩手机的黄跃进大喊：“跃进，还不去接电话，可能是你姐姐打来的。”

黄跃进拿着手机慢吞吞地走到卧室，接起电话，刚听了几句，脸色陡变。他扔下电话，撒腿边跑边叫：“老娘，老爸不行了，在人民医院抢救哩。”

庄慕兰大惊失色，顺手关掉煤气，围裙都来不及解，边哭边喊：“快点开车，我们去医院。”

黄跃进冲向汽车，拉开车门，一边上车一边冲庄慕兰喊：“老娘，快点儿给抗美她们打电话，去人民医院抢救室。”

黄跃进开着车奔人民医院而去，庄慕兰慌慌张张地挨个儿给女儿打电话。黄跃进刚到医院，几个姐姐或打着出租车，或是骑着摩托车，急吼吼地到了医院。

抢救室门口，一位医生焦急不安地在门口徘徊，见家属们赶到，着急地说：“病危通知单上谁签字？”

黄跃进含着泪拿过病危通知单，心神不宁地签上自己的名，见医生拿着病危通知单要进抢救室。他情绪突然失控，从衣袋里掏出一沓现金大喊：“医生，用最好的药，用最好的仪器啊。”

晚到的庄慕兰脸色惨白地进入了医院大厅，直奔抢救室而来。

“老娘，病危通知书签字了，老爸要没有了。”康铃大哭着奔庄慕兰而去，母女俩抱头痛哭。

“黄德胜家属在吗？”医生又出来喊，见黄跃进他们围过来，说，“刚刚打了强心针，五分钟后心电图还是这样，要考虑后事了。”

医生刚说完，哭泣声响成一片。黄跃进从慌乱中镇定了些，死死地盯着手表的秒针，一格一格地数着，数完了一百八十格了，黄跃进的心碎了，忍不住哭出了声。

“黄德胜家属，心电图恢复了。”医生满头大汗地冲出抢救室，欣喜地大声嚷着。

一个多小时后，黄德胜被推出了抢救室。黄德胜被送进了老干部单间病房，病房的墙上布满了各种管子，心电仪、心脏起搏机，抢救设备一应俱全。

黄德胜醒了，他缓缓地扬起手，将手轻轻地落在黄跃进伸过去的手心上。他微笑地看着儿子，满眼都是怜爱的目光。

4

小三子悲怆的哀号声余音未了，突然从草丛里蹿出数人，将他压在地上。他像小鸡仔似的被人提了起来，随即被绑了个结结实实。

小三子的双手被麻绳绑得发麻，胳膊被庄家村几个后生紧紧地拽着。他被连拖带拽地弄进了庄家村。一进村口，惊魂未定的庄家村人像看怪物般围着他。

“干什么绑我？我犯啥子罪了？”

小三子只能声嘶力竭地吼叫，毫无反抗能力。他的脸上沾着泥土和草屑，衣服也被扯破，露出瘦骨嶙峋的身子。小三子吼不动了，不得不紧紧闭上唯一的右眼，任由村民们把他带到黄秋生的老屋里。

村民们将小三子按在板凳上。有胆大的村民已经找了个箩筐，将十二个骷髅头堆在里面，箩筐满得冒了尖。

“小三子，这十二个人头从哪里来的？尸体在什么地方？”杨伢子年轻时当民兵队长的气势恢复了。他挽着袖子，左脚踩在板凳上，眼睛直瞪着小三子。

小三子睁开右眼一看，箩筐里堆满了骷髅头，原来是寻找山上兄弟们的事情暴露了，他此时心里反倒轻松起来，脸上露出了笑容。他咧开嘴嘿嘿地笑。

“啪！”一个后生长得铁塔一般，看了一眼杨伢子，得到示意后，一个耳光扇过去。小三子脸上一个红红的巴掌印，他的嘴角被扇出了血，枯草般的白发被另一个后生揪着。

“不许打人。”李邱巴火了，他上前一把推开打人的后生，又一巴掌拍在揪着小三子头发的后生手上。李邱巴回头瞪了眼杨伢子，杨伢子不由得往后退了两步。

“小三子，趁着警察还没到，你跟我说实话，你在哪年杀的人？看这骷髅头，有些年头了。”李邱巴想诱导他说实话。

小三子伸出舌头舔了舔流到嘴角的血，委屈地说：“李书记、杨支书，我小三子连鸡都不敢杀，哪敢杀人哩？”

小三子话音落地，惹得一些村民议论纷纷。

“明明骷髅头上面都是刀砍的痕迹，咋不是杀人？”

“有癖好也不能盗人祖坟，这被人家知道，还不刀劈了这狗日的。”

李邱巴听着村民们骂骂咧咧，心里突然一动，他壮着胆凑近箩筐细细地观察骷髅头，那一个个黑窟窿正龇牙咧嘴地瞪着他。李邱巴的汗毛竖了起来，同时心里也起了疑。

“都别吵了。”李邱巴吼了声，只有他才能让愤怒和惊恐的村民们闭嘴。

“小三子，在哪儿盗的坟？盗坟也是犯罪啊。你跟我讲实话，警察正在路上哩。你给他们弄进去，牙口再紧，也会撬开的。”李邱巴强压着内心的焦急，故作平静地劝着小三子。

小三子的脸痛苦地扭曲着，他的胳膊被麻绳勒得生疼。

“李书记，让后生们先替我松绑吧，我的手要废了。”小三子求着李邱巴。

“杨伢子，给小三子先松绑。”李邱巴不容置疑地说。

杨伢子见情况并没有那么恶劣，他也稍微安心了些，走到小三子身后，使劲地解绳结。杨伢子毕竟也老了，手上的劲大不如从前，解了好久也没有成功。他喊道：“谁绑的人？”

簇拥着小三子的几个后生，此刻面面相觑，他们也意识到事情有蹊跷。刚刚逮小三子时，他们一个个使出了吃奶的劲，现在，那吃奶的劲没了。

“那儿有把劈柴的刀，拿过来割绳吧。”一个后生喊着。

有后生用刀将绳索割断，小三子只觉得周身的血液激流般涌向枯枝般的手指。

小三子瞪着右眼，可怜巴巴地望着李邱巴，涕泪俱下地说："憋屈了几十年了，今天我竹筒倒豆子，都说了！我苦啊……"

周围顿时安静下来，屋内只有小三子的哽咽声。

"我三岁时没了爹娘，打小吃百家饭，穿百家衣，一天能喝到一碗米汤就是福分了。我命硬，阎王爷不收我，让我遇到金不换大哥，跟着他在土匪窝里混。山上兄弟们好不容易积攒下来的钱财，却被黄秋生劫走了。"小三子哭诉着。

李邱巴心中大惊，他知道，黄秋生在山上当了十八年的土匪，黄大树那把盒子炮，就是黄秋生给的……

"金大哥发誓，一定要寻回被黄秋生盗走的钱财，报仇雪恨。山寨里的十三太保都下了山。当时日本人在上海登了滩，占了大半个中国，我们一路跋山涉水，遇到零星的日本鬼子就杀，遇到大批日本鬼子就躲，好不容易打听到庄家村，又迎头遇上了日本骑兵，跑也没处跑呀，我们就跟日本骑兵死磕，兄弟们都死了……就剩我……"小三子陷入痛苦的回忆。

"我发誓，只要活着，一定要给金大哥和兄弟们收尸，给他们垒个大坟，立个大石碑。这些骷髅头，是金大哥和兄弟们的脑壳子……"小三子说完号啕大哭。

杨伢子恍然大悟，怪不得袁旺松会托李邱巴关照他，先给小三子办了个暂住证。杨伢子心想，袁旺松一定知道这事。

"去，打盆水，给小三子擦擦脸。"杨伢子冲后生们喊。

后生们又是打水，又是整毛巾，他们给小三子抹着脸，把小三子的脸擦得干干净净。

"小三子，你说清楚，你们来庄家村是哪一年？"李邱巴问道。日本鬼子拢共来庄家村一次，日本鬼子是来围捕庄坤林的。那天晚上，他李邱巴在李家村。

"一九四三年的冬天，刚过完年。我们十三个人离村口还远，看见鬼子骑兵追着一人一马。"小三子记得真真切切。

李邱巴顿时想起当年的场景，他断定小三子没有撒谎。

"嗯，对，那天晚上，鬼子骑兵追的是黄大树。当时，我正和我爹娘唠嗑，听到枪声和喊杀声，我提着马枪，跨上马，迎面冲鬼子骑兵开了枪。多少个日本骑兵追着我哩，好在我及时蹿上了山，甩掉了他们。”李邱巴激动地对村民们说。

“小三子，你们是英雄，绝对是英雄。”

“敢跟鬼子骑兵干仗，不是英雄又是什么！”

刚才还声讨小三子的村民们，听了李邱巴的话，竞相称赞起小三子来。小三子被突如其来的赞美，感动得热泪盈眶。他双手抱拳，冲村民们行礼。

“老子没白来人间一趟。金大哥、兄弟们，你们都听见了吗？他们夸你们是英雄哩。”小三子扑通一声，跪在装满骷髅的箩筐前，行起了三跪九叩的大礼。

小三子行完大礼，抹去了眼泪，往卧室走去。他又提着棉鞋出来，从鞋子里拿出两根黄灿灿的金条，将棉鞋往地上一扔，双手捧着金条，冲李邱巴跪下。

“李书记，我小三子，一生是个野人，是个到现在都没有户口的可怜人。我跪求庄家村的父老乡亲们，给山上的兄弟们修个坟，让他们的魂有个安放的地方，让他们别再做孤魂野鬼。这两根金条换钱吧，小三子不会白麻烦大家的。”

小三子说完，起身将金条往搀扶他的李邱巴手里一塞，又冲着李邱巴和庄家村人拱了拱手。

李邱巴抬头问大家：“庄家村的人，基本上都来了，你们说，要不要给修个大坟、立个石碑？”

“要。”庄家村人齐声喊着。

杨伢子也激动不已地走近小三子，伸出手拍打着小三子衣服上的泥尘。

屋外，警笛声响起，乡里公安的车来了。车上下来两个警察，配着短枪，他们神情严肃地往院子里走来，庄家村人纷纷让开了道。

李邱巴径直出门，杨伢子紧随李邱巴，迎向警察。

“李书记、杨部长，发生什么事了？”领头的警察紧张地问。

“没事，娃娃们不懂黑白，乱报警。你们把我和杨伢子送到县政府去，我要去找县长和书记，汇报重要的事情哩。”李邱巴一脸严肃。

“没问题，没问题。谁打的电话？出警记录要人签字。”警察大声问着。

“上车吧，我和杨部长签字。”李邱巴拉开车门，他和杨伢子上了车，警车鸣着笛向县政府开去。

兰儿猫在围墙的一侧，竖着耳朵听得仔细。她的心随着隔壁的说话声渐渐地平静，她的脸随着小三子哭泣声中的叙事，涨得通红。兰儿脸上汗淋淋的，她一抬手抹汗之间，阳光照射在玉镯上，泛起一束刺眼的亮光，让她慌张不安。

兰儿知道她的玉镯是当年黄秋生送给袁家的那块玉石割的，她居然将不义之财戴在手腕上几十年。她在羞愧中想象着，明天庄家村人见到这只镯子，自然而然地会问起玉石的事。兰儿心想，自己居然变成了小偷，不，变成了强盗。兰儿的脸上火烧火燎的。

兰儿想，她不贪财，不爱财。要是她爱财的话，当初也不会爱上马车夫黄大树。兰儿又想，公公黄秋生一定也瞒着黄大树，没有跟黄大树讲清楚玉石的来龙去脉。兰儿凭着对黄大树品德的了解，她知道大树绝不会将赃物作回门礼的。

兰儿生气地取下玉镯，使劲地往地上一摔，玉镯碎了。兰儿有气无力地起身，她的心里空荡荡的。她扶着门框，望着黄家老宅院子，院子里空无一人，只有知了在绿荫中杂乱地吵闹。

“唉，这个世界真小，稀奇古怪的事情，怎么都让庄家村遇上了呀。”兰儿想起了黄大树，木然中，她的浊泪流了下来。

兰儿不知道，小三子此时正提着装满骷髅头的箩筐，往那口大缸里放哩。小三子的心里正回响着他常吼的山歌。他把玉石的秘密，藏在了自己的心里哩。

5

一个女人突然火急火燎地冲进男厕所，店员们惊慌了，一些男店员跑出柜台，直接往厕所奔去，女店员则围在男厕所门前议论纷纷。看到这个女人昏了过去，脸上和脖子上还渗着血，众人赶忙叫了救护车。

刘波被送进了医院烧伤科病房，经医生的诊断，她属于浅度烧伤。医生们对刘波进行了简单的处理后，让刘波住院观察一周。

病房外是医院的走廊，不时闪过的人影在探头探脑地张望。刘波缠着绷带，消毒水的味道直扑口鼻。屋外的阳光被窗帘挡在窗外，透过帘隙，刘波看到了树的绿叶。

刘波醒来内心充满了恐惧和绝望，她不明白，那女孩为什么会往她脸上泼硫酸。她的脸被毁了，叮叮再也不会喜欢她了。刘波的眼泪止不住流下来。

“护士，护士。”刘波望着关上的门，大声喊着。她没有得到回应。病房里充满着沉闷的气氛。大热的天气，刘波觉得从内到外冰凉透了。

“医生，医生，快来救我呀。”刘波绝望地喊着，她难以忍受脸上和脖子上的烧灼的痛苦。

病房门被推开了，白衣护士进门就问：“什么事？”

“护士，麻烦你把我的手机拿给我吧。”刘波对护士请求着。护士将刘波的包打开，将手机递给刘波。

“谢谢，护士，我严不严重啊？”刘波问。

“你是不幸中的大幸了，要是硫酸泼中你脸部的正面，眼睛瞎了，鼻子塌了，咧嘴歪牙都会发生的。安心些，别叫嚷，刚刚又送进来一个，全身烧伤，人家也不像你叫嚷。”护士埋怨着刘波。

“护士，那我这张脸还保得住吗？”刘波苦苦地缠着护士问。

“疤痕肯定会有的。你别太担心，要保持平静，别乱动，尽量别出汗。观察一些日子，就可以出院的。”护士委婉地安慰着刘波。

刘波噙着眼泪打起了叮叮的电话，电话始终无人接听。刘波以为叮叮一定还在气头上。此刻，她多么盼望着能打通叮叮的电话，哪怕叮叮在电话里对她大发雷霆，她多么希望扑在叮叮厚实的胸膛上……

刘波想起了当当和铿锵是叮叮的铁哥们，给他们打电话，或许也能找到叮叮。她颤抖着手，挨个儿给他们打电话，奇怪的是，他们的电话一样无人接听。一种不祥的感觉让她不寒而栗。她跟了叮叮这么多年，怎么不清楚叮叮在京城的影响力。叮叮八面玲珑，左右逢源，黑白两道玩得游刃有余。刘波的内心恐惧到了极点。

刘波回忆着，有谁能够帮到她，她想起了开茶馆的水静。

刘波自从跟了叮叮，就没有再联系过水静。她当初离开茶馆时，水静对她说过，今后遇到什么事情可以去找她的。

“水静姐姐吗？我是刘波。”刘波一开口，便哭了。

“妹妹，你怎么哭了？快别哭，告诉姐姐，你在哪里呀？”水静惊讶的声音从电话里传来。刘波啜泣着，将地址告诉了水静姐姐。

挂完电话，刘波的绝望消失殆尽，心中复仇的火焰在燃烧，她要东山再起，去报仇雪恨。

夜幕降临了，刘波起身走向窗户边，拉开白天遮着阳光的窗帘，望着灿若星河的北京城。此时的她平静下来，她突然想到，她是通过水静姐认识的叮叮，那么，水静和叮叮又是什么关系呢？水静会不会帮她呢？天真的刘波竟然还想到，假如水静为她两肋插刀，如果失败了，会不会连累到水静……刘波竟想起了那只倒霉的翠鸟。

刘波从小到大都是被男人们追捧着的，她从来没有被人下过黑手，对于这种卑鄙无耻又心狠手辣的人，她必须以其人之道还治其人之身。

病房走廊里传来水静的询问声。刘波赶紧爬上病床，她的脸上和脖子上缠着纱布，她尽量让脸上的表情痛苦到极点，她故意痛苦地呻吟起来。

水静轻轻地推开病房门，见刘波痛苦不堪地呻吟着，快步走向刘波，一脸震惊地问："波儿妹妹，你怎么变成这样了？哎呀，让姐姐心疼死了。"

"姐姐——"刘波喊了声，眼泪扑簌簌地往下掉。

"毁容了？谁泼的硫酸啊？"水静惊讶地询问。

刘波心里突然一怔，水静怎么知道自己被泼硫酸了呢？她的眼泪一下子止住了。刘波脸色煞白，惊恐地打量起眼前风姿绰约的水静。

"叮叮知道吗？他怎么不来看你呀？"水静问刘波。

刘波只觉得心要从嗓子眼里跳出来了。她压根儿不敢把眼前文静丰腴的水静往这件事情上扯。刘波的手不由得抖动着，双腿蜷缩在一起，浑身战栗。

"波儿妹妹，别害怕，有水静姐在哩。跟姐姐说，叮叮来看望你了吗？"水静安慰着刘波。

"叮叮是谁？"刘波如梦初醒，她平静地回问水静。

"波儿妹妹，这就对了。出院后，回南方去吧。这个地方，你人生地不熟，不知道哪天，还会出什么事……"水静看着刘波可怜而又绝望的眼神，放下心来，语重心长地说，"波儿妹妹，回去吧，这只包是叮叮送给你的。姐姐新开了一家酒吧，生意太忙了。"水静说完，转身离去。

刘波心有余悸地打开提包，里面装着满满一包现金。此刻，刘波什么都明白了。在绝望中，刘波想到了黑皮。她忐忑不安地翻出了黑皮的电话号码，拨通了黑皮的手机。

“您好，哪位？”电话里传来黑皮的声音。

“黑皮哥——”刘波哇地哭了。

短暂的沉默后，黑皮问：“波儿妹妹？你怎么哭了？出什么事了？”

“黑皮哥，我在北京……我受伤了，我想回家……”刘波听到黑皮的声音，委屈一下子爆发了。

“别哭，波儿妹妹，我刚买了新车，你把地址发给我，我去接你……”黑皮在电话里焦急不安地说着。

刘波哭着应了声。她挂断了电话，赶紧给黑皮发了短信。一会儿，黑皮打来电话：“波儿妹妹，不远，我十几个小时就能赶到。你别哭啊，哥马上来接你……”

6

李邱巴坐着警车赶到县政府，径直闯入县领导办公的三楼，却被办公室的人员拦住。办公室的人员告诉李邱巴，领导们外出招商引资了。

办公室人员问明了事情缘由，告诉李邱巴，建坟的事，需要庄家村村委会打个报告给东芦乡，东芦乡领导们研究同意后，由东芦乡转县政府办公室。然后，由县政府办公室汇集公安局、国土局、规划局、园林局、农业局、民政局等相关部门开会讨论，形成会议记录，由各部门领导签字盖章后，再由县政府办公室汇报给县分管领导签字。听着办公室的同志这一番云里雾里的解释，李邱巴耐心顿失，想到在荒山野岭建一个小小的坟墓，各种手续居然要如此烦琐，气急败坏地抓起办公室桌子上的茶杯，砰地摔在地上。

“我叫李邱巴，劳驾你转告县长书记，让他们来找我。”

李邱巴说完生气地转过身，进入电梯，留下目瞪口呆的办公室小年轻。

“这坟建得起来吗？”杨伢子跟在李邱巴身后，担忧地问。

李邱巴见警车已经开走，看了看天空，太阳还在灿灿地照着，便走向县政府对面马路旁的绿荫里。他掏出金条递给杨伢子，说：“杨伢子，你把这金条拿到银行去兑换了，我去袁旺松那儿消消气。你办好了，上旺松那儿找我，我俩打车回庄家村。”杨伢子接过金条往衣袋内一放，他的衣服顿时一边高一边低，他扬手招呼出租车。

“杨伢子，当年银杏树卖了多少钱？”李邱巴冷不丁地问杨伢子。杨伢子一愣，顿时尴尬地笑着说：“都是些老皇历上的事情，现在哪个还记得啊？”

“放心，我要贪了一分钱，养出来的孙子没屁眼。”杨伢子笑了，上了出租车，一溜烟赶往银行。

李邱巴打了个出租车，直接停在了庄家大院门口。他望了望曾经的庄家大院，若有所思。走上对面袁宅台阶的刹那，他心里感慨万千。李邱巴扬起手拍打着袁宅大门。婷婷把大门打开，见李邱巴来了，欢喜地闪过身，冲着屋内喊着：“旺松，亲家公来了。”

李邱巴笑着走入客厅，袁旺松正悠闲地喝着茶，花白的头发梳得整齐，在桌子上放着一副老花眼镜和几本县志。

“邱巴，你来得正好，县编史办要修县志，把我请去，说东芦这块土地历史上发生的事情，我最熟悉了，由我主笔，可我哪有你熟悉啊。”袁旺松欢喜地起身给李邱巴看座。

“都是一家人，用不着客气。”李邱巴随意拉过一张椅子，接过婷婷手中刚泡的翠眉茶，看着玻璃杯中沉浮的茶叶，嘴巴嚅动了几下，欲言又止。

“怎么看起来心事重重的啊？”婷婷也坐下了，见李邱巴皱着眉头，轻声地问。

“庄家村出了件大事。”李邱巴一字一句地说着。

“什么大事？”袁旺松惊讶地问。

“你弄过来的小三子，着实把庄家村人吓了一大跳啊。”李邱巴望着袁旺松，讲了小三子举动的来龙去脉。

“旺松，那个小三子真看不出来，侠义柔情。这样的故事不进溧水县志，太可惜了。”婷婷听完李邱巴的话唏嘘不已。

“这样的故事，完全可以进县志，至少要写进东芦这一章里面。他们以前是土匪，但在中华民族危亡之际，敢于把民族利益放在首位，这种慷慨激昂地为中华民族赴死的精神，值得后人敬仰啊。”袁旺松激动了，对于小三子的事情，他原本就知道的，只是那时事情没有真相大白，他也不能做什么。

李邱巴喝起了茶，少顷，他突然开口：“旺松，那天晚上，我对着日本骑兵打了一枪，有没有打着我不清楚，你要写的话，这个能写进去吗？”李邱巴说完，竟有些难为情。

“当然可以写。不过，通常来说，活人不进史。邱巴，在东芦党政领导的排序介绍上，我可以为你添上一笔。”袁旺松笑了，他看着李邱巴，心想，谁不想青史留名哩。

“邱巴，就这个事情，你也不该满脸愁容啊。”

“那些死去的人，总不能抛尸荒野吧？他们是为抗日而死，为中华民族而死的，他们这种悲壮的赴死精神，是民族魂啊。庄家村人决心给他们建个坟墓，哪知道，手续一大堆。能不愁吗？”

“要不瞒着县上，偷偷地给他们垒个坟、竖个碑？”袁旺松轻声地说。

李邱巴心里翻江倒海，毕竟当了这么些年的公社党委书记，规矩他懂。他暗暗想着，给他们在那荒山野岭修个坟，也是功德一桩，又不要花政府的钱，这也是庄家村人的心愿。再说了，那个荒山野岭也不在规划内。李邱巴摸了下自己的脑袋，头上的官帽都卸了那么多年，还怕啥？

杨伢子兴冲冲地捧着钱袋子回来了，他把鼓囊囊的钱袋子往桌子上一放，边抹汗边说：“邱巴，银行给我多少，我就捧回来多少，我连袋子口都没有解开啊。”

李邱巴猛拍了下桌子，忽地站起，把杨伢子吓得跌坐在椅子上。

“杨伢子，就这么办。你和庄维田负责，买个荷花大缸，装那些脑壳，再去洪蓝弄些石匠来，给他们在山旮旯里建个大坟。”李邱巴的话让杨伢子长舒了一口气，他听明白了李邱巴话里的意思。

李邱巴走了几步，回头关照着杨伢子：“弄个大青石碑，上面刻‘民族魂’三个大字，把那些人的名字刻上去。我倒要看看，在溧水这块土地上，谁敢逆民心而动。”

“谁来题字哩？”杨伢子望着袁旺松说。袁旺松知道杨伢子的意思，他急忙摆着手：“邱巴，我不够格，我是汉奸啊。还是你这个老革命来题吧。”袁旺松自嘲地说着，他拉着李邱巴走进书房。

书房里什么都是现成的，李邱巴提起狼毫笔，凝神屏息，挥笔而就，写下了“民族魂”三个大字。李邱巴将笔轻轻放下，看着袁旺松缓缓地说：“旺松，都是过去的事情了。想想庄家，想想天底下那么多人家，下雨不是淋你一个人啊。”

杨伢子又拎着钱袋子进入书房，大声问：“邱巴书记，这钱放哪里啊？”李邱巴扭头说：“杨伢子，几十年过去了，我最信任谁啊？”

杨伢子明白了，呵呵地笑着，两手捧紧钱袋子。

7

九月，漫山遍野的山菊花旺旺地开着，庄家村被金色的阳光照耀着。天空像蓝色的大海，云朵千姿百态，翠绿的青山正渐渐被金黄取代。木果河静静地流淌，溪水欢快地潺潺向前。翠鸟在芦苇中嬉戏，金黄色的田野、沉甸甸的谷子在风中摇荡。不知哪家的孩童正在吹着短笛，一声长一声短。山花惹得蜂飞蝶舞，庄家宗祠前的银杏树，叶子泛着太阳的光泽，在秋风中摇曳着。

小三子洗了个澡，换上了干净的衣服，把胡子刮得干干净净。他把所有的钱装在衣服的口袋里，兴高采烈地出了门。小三子先拐进兰儿的院子，冲着兰儿大声地谢恩。从兰儿家出来，一路上，他对见到的每一个乡民抱拳致敬，并从衣袋里掏出钱塞给他们。

小三子的举动，让大家以为他是高兴。他们都知道，山上的大坟快要垒好了，青石碑已经竖了一周，只等着大墓的顶部修砌好，举行一个祭祀仪式后，就用水泥板把大墓的门封死。

小三子的右眼痛得厉害，阳光下疼得更厉害，他忍着眼睛的剧痛，快乐地往山野走去。那里，工匠们正在烈日下忙得汗流浃背。

山路弯弯，茅草在秋风中摇曳，山蛙高一声低一声地咕咕着。在被小三子多年来开垦的山野里，野豆子零零星星地夹杂在杂草丛中，有村民在寻摘着这些野豆子。

小三子走到坟前，高大的青石碑被太阳晒得发烫。工匠们见小三子过来了，欢喜地迎上前来。

“荷花大缸放进去了吗？那些脑壳是不是排了一圈？”小三子乐呵呵地边问边从预留的门洞中往里看，荷花大缸被摆放在正中间哩。

“小三子，你放心，我们修坟建坟多少年了。你对我们这么好，我们必须把活做漂亮啊。”包工头站在小三子身边憨厚地说。

青石碑运来时，小三子给每个工匠一人买了一条烟，把工匠们高兴地歪了嘴巴。在小三子的指挥下，他们按照小三子的指挥，把他藏起来的那两块石头搬来，埋在了青石碑的基坑内，又放入了许多碎石。工匠们不辞辛苦，去山脚边的溪流里担来了水，将碎石冲洗干净，用混凝土浇捣得严严实实。

“小三子，一个礼拜了，这青石碑竖得牢靠。你就是让大象来撞，没半天时间也撞不倒哩。”包工头当着小三子的面，使劲推了推青石碑，青石碑纹丝不动。

小三子高兴地招呼工匠们上前，将口袋中剩余的钱尽数给了他们。工匠们大喜过望。

“钱，生不带来，死不带走。人要看穿了，活着就是站着，死了就是倒下。”小三子看着工匠们说。

工匠们听了他的话点点头。小三子继续说：“你们记住，老子叫小三子。我这一辈子，活着就是个死人，连个户口本都没有。死了，就是个活人，还有个青石碑站着。你们谁识字啊，把石碑上的名字念给我听听，老子的独眼龙看不清啊。”

工匠中有人大声地念了起来：“金不换、李大伟……”

随着工匠念着一个个名字，小三子的眼前浮现出一张张久违的熟悉的脸庞。一脸杀气的金不换，满脸横肉的李大伟……他们把根留在了甘肃，他们把命留在了溧水，他们也是拖家带口的人啊。而他，小三子，终于完成了此生的心愿，他对得起大缸里那十二个兄弟了。

“怎么没刻上老子的名字？”小三子大声地问。

“小三子，活人可不能上碑。”包工头上前，作势要捂小三子的嘴巴，“快把话咽回肚子，再吐口痰，去晦气！”

小三子没理会包工头，兀自往前走了十来步，迎着灿灿的太阳，扯开嗓子号叫着。

早上吃饭晌午端，
中午吃饭日压山，
晚上喝汤鸡叫唤，

你看可怜不可怜。

小三子的歌声，像磨剪刀发出的刺耳声，让人听了汗毛孔直竖。小三子吼完后，突然转身，脸上的肉鼓动着，独眼里猩红色一片。

“你们都散开，让老子来试试，这青石碑能不能推不倒！”小三子怪异的举动让工匠们惊恐不安，工匠们不由自主地闪开。

小三子冲天大吼：“金大哥，兄弟们，老子来陪你们了！”小三子奔跑起来，用尽全身力气，一头撞向青石碑。

“砰！”血液喷溅，小三子缓缓地倒下，他合上了那只独眼……

大墓封门那天，小三子像和尚坐缸一样，被置放于荷花大缸的正中间。在他肉身的周围，十二个骷髅头排成一圈。庄家村、李家村及附近村庄来了不少的人，老头老太，男男女女，乌泱乌泱地挤满了小半个山坡。庄维田不知从哪里请来了十几个和尚，敲打着木鱼和引磬，捻着佛珠，围着大墓又是唱又是敲，口里念念有词：“荡荡游魂，何处留存。三魂早降，七魂来临。河边野处，庙宇村庄……”

和尚的喊声尚未消停，亮灿灿的天空，突然卷起一阵黑云。太阳躲藏了起来，天空乌云翻滚着、下垂着。电光闪现，一阵轰隆隆的雷声由远及近地炸响。山坡上的人们惊恐万分，四处散开，纷纷往各自的村庄跑去。

下雨了，几滴豆大的雨点砸了下来。空气中充满了炽热的气息，大雨瓢泼，闷雷轰响，慌得和尚们大喊：“魂归来兮！”

和尚和村民们，一个个被淋成了落汤鸡，荒凉的旷野充满了雨的气息。

尾　声

二○一四年的秋天，溧水的天空布满了彩云，阳光透过彩云的空隙，波动在这片金色的土地上。李邱巴神采奕奕地望着来来往往的祝寿的亲友，眼里满满的慈祥。他微笑着与每个前来祝寿的人们打着招呼，天真活泼的孩子们时不时地跑到李邱巴的身边，调皮地伸手抚摸着李邱巴白色的眉毛。

“当心戳痛了老太爷的眼睛。”刘地吹胡子瞪眼地说着。刘地的神态，惹得身边坐着的杨伢子边咳嗽边笑着。

哑巴女颤巍巍地扶着家具走过来，挨着李邱巴坐下。

“杨伢子，我现在活过了期颐之年，我争取活到茶寿。”李邱巴呵呵地笑着，他的思绪就像胡乱剪辑的电影胶片，跳跃着、穿插着过去的场景。他常常会没头没脑地说些前言不搭后语的话。

“肯定的呀，活过茶年就是个小目标啊。”刘地乐呵呵地对李邱巴说。

“老爸，让老太爷休息一下吧。你和杨老伯今天也累了，闭上眼睛眯一会儿。”刘波走进来，她担心刘地话多伤神。

“妈妈，庄家村要建大学城，我们的老房子会不会拆啊？”刘波的儿子手上拿着变形金刚，一跳一蹦地进来问刘波。

“当然要拆光了，不拆光怎么建学校啊？”刘波俯下身，亲昵地抚摸着儿子的脑袋，“你要好好读书，长大了考进大学。”

“我才不要进那些大学哩，我要读清华北大，哈佛牛津。”孩子昂着头，天真地回答。

刘波朝正在和袁顺悟聊天的黑皮嚷着：“黑皮，你听见了吗，你儿子志向远大着哩，他瞧不上南京的那几所大学哩。”

黑皮听到刘波问话，和袁顺悟一起走入客厅。此时，李邱巴突然睁开眼，伸手抓住刘波的儿子，笑着问：“我考考你，你知道木果河在哪里吗？”

“不知道。”孩子疑惑地望着李邱巴，摇晃着脑袋。

“就在溧水。”李邱巴笑着说。

“我知道秦淮河，这里是秦淮河的发源地。”孩子甜甜地说，他的脸上洋溢着得意的笑容。

“杨伢子呀，晚辈们像雨后春笋般出生了。这些事，他们都不知道了呀。”

李邱巴愁容满面，长叹了一口气，又眯起眼睛养起神来。

刘波赶紧拉着儿子往外闪，袁顺悟刚想离开，李邱巴突然又开口问：“顺悟，庄家村要拆了？”

袁顺悟笑着回：“外公，要拆了。”

李邱巴忽地站起，激动地抓住袁顺悟的手：“快，快开车，带我和杨伢子、刘地去看看。马上要看不到庄家村了。”李邱巴边说，边伸手摸拐杖。

杨伢子和刘地也各自抓起拐杖，起身随着李邱巴。袁顺悟见外公如此，也不再劝阻，赶紧挽着李邱巴的胳膊，往院中的商务车走去。

黑色沥青路被茂密的森林掩映，偶尔出现的田舍和青石道缓缓而过，车窗外传来几声狗的吠叫。散落在山坳里的黑瓦白墙的民居，屋檐下挂着一长串金黄的玉米棒。野柿子树时不时地闪现，满树青黄的柿子压弯了枝子。依山势而修建的乡村路，弯弯绕绕地向四面八方蜿蜒着，奇花异草随处可见。

“弄得漂亮。”李邱巴一路看，一路赞叹。他转过脸问杨伢子：“杨伢子，是我们能干，还是这些后生能干？”

杨伢子笑了：“那又怎么比呢？我们是打江山的一代，他们是守江山的一代呀，都能干。”

汽车驶进空无一人的庄家村，在鸟儿的鸣叫声中，汽车停在了庄家宗祠前，袁顺悟和黑皮小心地搀扶着他们下车。李邱巴三人拄着拐杖，簇拥在一起，缓缓地行走张望，他们的脸上浮现出不舍和惆怅，消失的往事被拐杖触碰地面发出的笃笃笃声所唤醒。

李邱巴停住脚步，望着一座座老屋，感慨万千。他扳着手指，边数边唠叨：“兰儿走了，维田走了，庄大冬和英娣走了，黄德胜和庄慕兰走了，庄小春和袁旺松走了，金凤被她那甘肃的儿子接回去享福了，庄家村的老人就剩下我们三个了。唉，后生们也一个个跑到外面不回来了。维根的儿子和孙子移民国外了，慕兰的孙子去美国读书了，我的重外孙也去了加拿大，庄家村真的要没了呀……”李邱巴望着庄家宗祠前高大的银杏树，一树的金黄中挂着一树的果实，他喃喃自语。

杨伢子和刘地沉默地随着李邱巴看着银杏树，它那顽强的生命力，挺拔粗壮的枝干，布满了累累伤痕。杨伢子不由得转过了脸，叹了口气，摇着头。

“外公，别太伤感。”袁顺悟赶忙上前搀扶李邱巴。

“黑皮，你记住我的话，庄家村可以拆，庄家宗庙可以拆，这棵银杏树，绝不能再让人给砍了。你，你给盯紧着啊。”李邱巴突然激动万分，挥着拐杖敲打着银杏树干，他扫了一眼杨伢子。

“不能砍！黑皮，建大学城时，决不能让人砍了这棵银杏树。”杨伢子斩钉截铁地说。

黑皮知道银杏树下发生的故事，这棵树是庄家村人的灵魂。他告诉李邱巴：“李爷爷，我爹爹活着时总唠叨杨支书当年不该砍了那几棵古银杏树，我爹爹说，当年再苦再穷也不该砍了卖钱哪。”

“好，好。庄维田说得好啊。黑皮，你给我盯着规划图吧。”李邱巴大声地说。

“坤林爷爷进红色李巷去了，挂在墙上的照片有这么大哩。”黑皮张开双臂夸张地说。

“嗯。”李邱巴的眼里泪光闪闪。

秋风带着秋愁远远地吹来，几片银杏树叶子在缓缓地飘落，一群喜鹊从山林飞来，它们在空中欢愉地飞翔，乱纷纷地落在树上和无人居住的村舍上。放眼望去，青藤依然爬在篱笆墙上，无人修枝剪叶的菊花怒放。蝴蝶扑扇着美丽的翅膀停留在花枝上，蜜蜂嗡嗡嗡地作响，贪婪地吮吸在花朵里。远处，在阳光的照耀下，木果河波光粼粼，河塘里蓝莹莹的水面上有白生生的云朵，一丛丛苇花在秋风中摇曳着。

“外公，上车吧，秋风起了，容易着凉。”袁顺悟搀扶着李邱巴往车上去。

汽车启动了，李邱巴、杨伢子、刘地留恋地张望着庄家村最后的身影，眼泪汪汪。

……

刘地和杨伢子先于李邱巴离世，李邱巴活到了茶寿，他走时很安详。

（完）